Katja von Glan

Der Sternenmantel

Katja von Glan

Der Sternenmantel

Roman

nymphenburger

Für Dieter und Thilo

Besuchen Sie uns im Internet unter
www.nymphenburger-verlag.de

Schutzumschlaggestaltung: Wolfgang Heinzel
Schutzumschlagmotiv: Pado Veronese:
Bildnis einer jungen Dame, akg-images, Berlin.
Satz: Schaber Satz- und Datentechnik, Wels
Gesetzt aus der 11,2/13,4 Punkt Adobe Garamond
Druck und Binden: Ueberreuter Buchproduktion, Korneuburg
Printed in Austria
ISBN 3-485-00981-4

Inhalt

Prolog

März 1193, in Damaskus

Saladin lag im Sterben. Es hatte mit einem leichten Fieber begonnen. Am sechsten, siebten und achten Tag stieg es beständig. Am neunten Tag verlor Saladin das Bewusstsein und am zehnten Tag schwitzte er heftig. Am Morgen des elften Tages verloren die Ärzte jede Hoffnung. Nur noch wenige Stunden und der große Sultan, die Krone der Emire, der Anführer der Heere und das Schwert des Islam würde Allah seine Seele übergeben.

Als die Nacht zum zwölften Tag anbrach, verließen die Ärzte den Sterbenden und riefen den Imām. In dieser Nacht wehte ein warmer Wind um die Omayyadenmoschee, über die Dächer des Suk Hamidiye bis zur Zitadelle. Er strich um die gewaltigen Türme, suchte sich seinen Weg durch einen Torbogen und fuhr in ein tränennasses Gesicht. Es gehörte Kamāl, den seine Freunde den Grübler nannten. Er war ein stiller junger Mann und gab nicht viel auf das Urteil seiner Freunde. Heute Nacht vermisste er sie.

Als er den Windhauch spürte, blieb er stehen und schob eine herausgerutschte Locke zurück unter seinen grünen Turban. Dann setzte er seinen endlosen Weg durch die hohen Flure der Zitadelle fort. Gehen, immer gehen, einen Schritt vor den anderen setzen, nur nicht stehen bleiben. Wenn er stehen bliebe, dann würde der Schmerz ihn überwältigen. Morgen würde Ägypten weinen und Syrien würde sich verdunkeln.

Saladins Ärzte hatten ausgerechnet ihn, den jüngsten und unerfahrensten unter ihnen, zurückgelassen. Deutlicher konnten sie ihr Urteil über den Zustand des Sultans nicht machen. Sie hatten Saladin nach einem langen Kampf aufgegeben. Kamāl hatte all die Tage das Leid mit angesehen. Bei Einbruch der Dämmerung hatte er mit den anderen Ärzten das Sterbezimmer des Sultans verlassen. »Bleib in sei-

ner Nähe, falls er wider Erwarten zu sich kommt«, hatte sein Meister gesagt und Kamāl war in der Zitadelle zurückgeblieben.
Um nicht über den großen Verlust nachdenken zu müssen, wanderte er, ohne anzuhalten, durch die Flure. Das machte es leichter, den Schmerz zu ertragen. Er hatte in dieser Nacht Männer gesehen, die vor Trauer apathisch waren und vor sich hin starrten. Er war an Männern vorübergekommen, die sich die Lippen blutig gebissen und an welchen, die mit geballten Fäusten an die Wand geschlagen hatten.
Wieder strich der Wind durch die Torbögen und brachte die Vorhänge vor den Empfangszimmern zum Zittern. Kamāl achtete nicht darauf, sondern wischte sich im Gehen mit dem Handrücken über die nasse Wange. Er schwitzte unter seinem qabā', doch er hatte nicht auf den langen offenen Mantel verzichten wollen. Er war ein Abschiedsgeschenk seines Vaters. Der weite qabā' verbarg seine schmalen, fast jungenhaften Schultern vor den skeptischen Blicken der Kranken. Kamāl war Student am Krankenhaus von Damaskus, dem berühmten Maristan Nuri. Er war geschickt und besaß eine ruhige Hand. Deshalb war er ausgewählt worden, um den Leibärzten des Sultans zur Hand zu gehen. Noch vor wenigen Stunden hatte er zugesehen, wie die Ärzte den vom Fieber ausgedörrten Körper des Sultans untersucht hatten. Bei Allah, wenn Kamāl gekonnt hätte, dann hätte er den großen Saladin mit seinem Leben ausgelöst. Saladin, der Sieger von Hattin, der Bezwinger der Christen und der Beherrscher der Gläubigen, würde noch in dieser Nacht sterben. So lautete Ali al-Farādīs Prognose und sein Meister irrte nie.
Beim Gedanken daran schossen Kamāl wieder die Tränen in die Augen. Wütend über sich selbst beschleunigte er seine Schritte. Er benahm sich wie die flennende Hure eines auf dem Hügel von Hattin erschlagenen Franken. War er ein Säugling oder ein angehender Arzt? Hör auf zu heulen und erinnere dich. Du bist ein Student des Maristan Nuri und dein Meister vertraut dir. Kamāl blieb stehen und versuchte, sich zusammenzunehmen.
Angestrengt blinzelte er durch den Tränenschleier hindurch auf die schmalen Türöffnungen. Die Empfangszimmer der Zitadelle zogen sich wie Perlen an einer Schnur den Flur entlang. Durch die gegenüberliegenden Torbögen fiel das Mondlicht auf die dunklen Falten

der geschlossenen Vorhänge. Kamāl lauschte und plötzlich war die Nacht nicht mehr still. Aus den mit wartenden Menschen gefüllten Empfangszimmern drang gedämpftes Gemurmel. Ab und zu wurde es von unterdrücktem Schluchzen und abgerissenen Wortfetzen unterbrochen. Kamāl dachte daran, wie die Gesandten und Heerführer den ganzen Tag über in die Zitadelle geströmt waren. Die Luft war voller säuerlicher Gerüche. Die Vorhänge schwankten und ihm war, als wolle der Schmerz mit dem Schweißgeruch aus den Räumen quellen. Kamāl hatte das Gefühl zu ersticken. Er sehnte sich nach einer kühlen nächtlichen Brise und lief auf die Torbögen zu, die ins Freie führten.

Er gelangte auf einen ins Mondlicht getauchten Innenhof. Weiße Marmorplatten bedeckten den Platz. In seiner Mitte stand ein leise plätschernder Brunnen. Hohe Zedern warfen den Schatten ihrer Zweige auf die rosafarbenen Brunnenquader. Ein Geflecht aus Licht und Schatten wurde mit jedem Luftzug lebendig und die Äste knarrten. Die alten Bäume standen sicher seit der Zeit des Erbauers Nureddin hier, überlegte Kamāl und atmete tief durch. Ihr Anblick tröstete ihn und er beschloss, sich auf den Brunnenrand zu setzen und einen Moment auszuruhen. Erst als er in das Schattennetz der Zedern eintauchte, bemerkte er den Mann.

Er saß mit dem Rücken am Brunnen und trug die vornehme Kleidung eines Edlen. Als Kamāl näher kam, erkannte er einen Haufen abgenutzter Bücher, die sich auf den Marmorplatten stapelten. Der Mann wandte ihm sein runzeliges Gesicht zu und kaute nachdenklich auf einem Zedernholz. Die unzähligen Falten verzogen sich zu einem Lächeln, als der Alte ihn begrüßte: »Allahs Frieden erfülle dein Herz. Ich sitze unter Allahs weitem Himmel, da mich ein Meer von Tränen hinausgespült hat. Ich bin Saladins Sekretär 'Imād ad-Dīn al-Kātib al-Iṣfahānī.«

Kamāl war seit langem ein Bewunderer von 'Imād ad-Dīns Werken, die sich besonders durch ihre Wortspiele und Metaphern auszeichneten. Seine Geschichte der Eroberung Jerusalems war weithin geschätzt. Erfreut, den berühmten Literat und Rhetor kennen zu lernen, ließ Kamāl sich in das Schattengewirr der Zweige nieder. Mit angewinkelten Knien lehnte er sich an den Brunnenrand. 'Imād ad-Dīn

rückte ein Stück zur Seite und erklärte: »Bevor du kamst, flehte ich Allah den Erhabenen an, mir drei Fragen zu beantworten. Und mit dem Wind aus dem Osten bist du herangeweht. Allah ist groß.«
»Verzeih, wenn ich dich gestört habe. Ich werde wieder gehen.«
Kamāl machte Anstalten, sich zu erheben, doch die knochigen Finger des alten Sekretärs hielten ihn zurück: »Begreifst du denn nicht? O Allah, wieso hast du mir keinen klügeren Mann geschickt?«
»Ich bin klug! Ich bin ein Student des Maristan Nuri. Dort wird neben der Medizin auch Rechtswissenschaft, Theologie und Philosophie gelehrt. Wie lauten deine drei Fragen?«
»Also gut, du gelehrter Student des Maristan Nuri, beantworte meine erste Frage: Wird Saladin sterben?«
Kamāl spürte, wie sich ein Kloß in seinem Hals bildete. Er schluckte und erklärte möglichst ruhig: »Das kann ich beantworten. Ich war dabei, als die Ärzte ihn untersucht haben. Saladin, Allah habe Wohlgefallen an ihm, wird noch in dieser Nacht sterben. Wie lautet die nächste Frage?«
Saladins Sekretär nickte traurig, so als hätte er keine andere Antwort erwartet, und zögerte einen Moment, bevor er die nächste Frage stellte: »Gibt es einen Nachfolger?«
Nun war es Kamāl, der zögerte. Der Wind rauschte in den Zedern, die Schatten tanzten über die glänzenden Marmorplatten. Schließlich senkte Kamāl den Kopf und erklärte leise: »Auch das kann ich beantworten. Ich weiß, dass gestern Saladins Erstgeborener die Mächtigen zusammengerufen hat, um sie einen Treueeid auf seine Person leisten zu lassen. Doch es gibt Gerüchte, dass der jüngere Sohn und der Bruder des Sultans ebenfalls nach der Macht streben. Es muss sich erweisen, wer von ihnen ein würdiger Herrscher ist, doch …«
Bevor er ausreden konnte, fuhr 'Imād ad-Dīn dazwischen, als hätte er auf dieses Stichwort gewartet. »Woran erkennst du einen würdigen Herrscher?«
»Ist das die dritte Frage? Der Prophet hat sie beantwortet: Der gerechte Fürst ist der Schatten Gottes auf Erden und seine Barmherzigkeit.«
»Klug geantwortet Student des Maristan Nuri. So wirst du mein Nachfolger. Ich erwähle dich zum nächsten Hüter des Sternen-

mantels. Ich kann dich nicht einweisen, denn meine Zeit auf Erden ist abgelaufen. Ich spüre den Tod nahen. Wenn der Morgen anbricht, wird meine Seele zusammen mit der unseres Sultans entschwinden.«

Mit diesen Worten zog Saladins Sekretär ein dickes schwarzes Seidenkissen hinter seinem Rücken hervor und legte es Kamāl in den Schoß. Kamāl starrte den zerknitterten Packen schwarzer Seide verblüfft an. Bevor Kamāl etwas fragen konnte, hatte der Alte die Seide gegriffen und schlug sie zurück. Die Schatten der Zedern tanzten über blau schillernde Seide und das Mondlicht funkelte auf goldener Stickerei. Mit Blumen und Ranken gefüllte achtzackige Sterne reihten sich zu einem gleichmäßigen Muster. Jeder Stern war so groß wie eine Handfläche und wurde aus einem Band gebildet, das ein Koranvers schmückte. Die arabischen Buchstaben schienen zu wispern und die Sterne strahlten. Kamāl hielt den Atem an und kämpfte gegen den Drang, den herrlichen Stoff zu berühren.

»Spürst du seine Macht?«, wisperte Saladins alter Sekretär. »Nur ein Herrscher kann ihn besitzen, ohne ihm zu verfallen. Nur einem würdigen Herrscher gereicht er zum Segen. Allen anderen ist er ein Fluch. Den Hüter des Sternenmantels zerfressen Zweifel, Angst und Gier. Mit jedem Tag fällt es ihm immer schwerer zu beurteilen, ob ein Herrscher würdig ist.«

Kamāls Atem hatte wieder eingesetzt. Es waren kurze keuchende Atemzüge, als wäre er gerannt. Die bestickte Seide in seinem Schoß schien zu brennen. Der Schweiß lief ihm den Nacken hinunter und seine Hände zitterten. Er konnte keinen klaren Gedanken fassen. Schließlich gelang es ihm zu flüstern: »Aber Saladin war würdig, diesen Mantel zu tragen.«

»Ich habe viel zu lange gezögert. Wie du weißt, war ich schon unter Nureddin Sekretär. Ich hielt Nureddin für einen einfachen Mann aus der Wüste, der Wolle der Seide vorzog. So behielt ich den Sternenmantel und wartete auf einen würdigeren Herrscher. Doch nach Nureddins Tod schien Saladin ein kurdischer Emporkömmling zu sein, der sich im Heer hochgedient hatte. Nun, wo ich meine Meinung geändert habe, liegt der große Sultan im Sterben. Allah war gnädig und hat mein Flehen erhört. Er hat dich geschickt. Ich ernenne dich

zum neuen Hüter des Sternenmantels. So wie einst Nureddins Sekretär mich ernannt hat, als er den Tod fühlte.«
Die Sterne auf dem goldblitzenden Stoffballen in seinem Schoß begannen sich zu drehen. Kamāl wurde schwindelig. Wie aus weiter Ferne hörte er die Worte: »Erwähle einen würdigen Herrscher zu seinem Besitzer. Gehst du fehl in deiner Wahl, wird die Dynastie untergehen und du wirst sterben. Wählst du richtig, dann wird die Dynastie blühen und du wirst ein langes Leben haben. Beschütze den Mantel mit deinem Leben, sei bereit für ihn zu töten und zu sterben. Allah habe Wohlgefallen an dir.«
Eine Wolke verdunkelte den Mond und eine kräftige Windböe fuhr durch die Zedern. Die schwarze dünne Seide, in die der Mantel eingewickelt war, flatterte auf und schlug Kamāl ins Gesicht. Als er sie gebändigt hatte und sich umblickte, war er allein. Nur das kleine Stück Zedernholz und die Bücher waren zurückgeblieben.
Hastig wickelte Kamāl die schwarze Seide um den Sternenstoff und schob sich das Bündel unter seinen Mantel. Während er sich erhob, presste er das Paket mit überkreuzten Armen vor seine Brust. So stolperte Kamāl durch den Torbogen und rannte die Flure entlang. Er lief die ganze Nacht mit dem immer schwerer werdenden Stoffballen, an seinen Körper gepresst, durch die Zitadelle und suchte vergeblich den alten Sekretär des Sultans.
Nach der Stunde des Morgengebetes starb Saladin, das Schwert des Islams und der Beherrscher der Gläubigen. Der Tag seines Todes war ein Tag des Schmerzes. Seine Söhne gingen hinaus und flehten das Volk laut um Mitleid an. Die Stadt wurde vom Kummer überwältigt. Auf den Vortrag eines Dichters und die Rede eines Predigers wurde verzichtet. Um die Stunde des Nachmittagsgebets wurde Saladin im Westpavillon der Zitadelle bestattet. Kurz darauf sackte sein Sekretär tot in einer Fensternische zusammen. Er wurde am Abend gefunden und neben seinem Gebieter beigesetzt.

1. KAPITEL

Ein Mantel kommt ins Reich und König Philipp bezwingt Köln

April 1206, in Damaskus

Dreizehn Jahre nach Saladins Tod hetzte ein Mann durch den Suq al-Buzuriya. Er trug den grünen Turban eines Studenten des Maristan Nuri. Keiner der Männer, die ihm zu dieser frühen Stunde entgegenkamen, beachtete ihn. Wenn sie es getan hätten, dann hätten sie ihn für einen besonders hellhäutigen Araber gehalten. Doch er war ein Ifranğ, ein Franke. Sein Ziel war das Hamam Nuraddin, das viel besuchte Badehaus der Stadt.

Ein Franke hatte im belebten Badehaus von Damaskus so wenig verloren wie eine Katze im gefüllten Pitha-Brot. Ein Ifranğ in Damaskus war meist ein Sklave aus dem Kreuzfahrerheer, das immer noch die Städte an der Küste zwischen Akkon und Jaffa besetzt hielt. Ein unbeschnittener Ifranğ im Badehaus begab sich ohne Zweifel in Lebensgefahr. Sie würden nicht zögern, ihn noch im Dampfbad mit einem Handtuch zu erwürgen. Der im Laufschritt über den Gewürzmarkt hastende Franke ließ sich von diesem Gedanken nicht beirren. Er achtete nicht auf den duftenden Koriander, die glänzenden Sesamkörner oder das lockende Zitronengras. An den mit gelbem Safran, weißem Pfeffer und Kreuzkümmel gefüllten Säcken schlängelte er sich geschickt vorbei. Weder der Geruch der frisch geriebenen Muskatnüsse noch die Schreie der Händler oder die durch die Menge trottenden Esel konnten ihn aufhalten. Sein Freund hatte versprochen, ihn heimlich in die Wonnen des Badehauses einzuweisen, und er war spät dran.

Endlich hatte er den Vorplatz des Badehauses erreicht und konnte das Tor zur Eingangshalle erkennen. Das schmale Gesicht des Franken

entspannte sich und er blieb schwer atmend stehen. Er war ein gut aussehender Mann Mitte zwanzig und die anderen Studenten nannten ihn zu Unrecht einfältig, nur weil in die Rede eingeflochtene Wendungen und Schnörkel nicht seine Stärke waren, er sich mit den Feinheiten der arabischen Sprache schwer tat und sich oft plump ausdrückte. Hastig versteckte er sich in einer Hausnische und dachte daran, was die anderen mit ihm anstellen würden, wenn sie ihn hier fänden. Er fürchtete ihren Spott und dankte täglich Gott, dass er unter dem besonderen Schutz von Ali al-Farādīs stand. Niemand hätte gewagt, dem Schützling des geachteten Lehrers ein Haar zu krümmen. Trotzdem ließen sie keine Gelegenheit aus, ihn zu quälen. Nur sein Freund Kamāl war anders. Er war der Einzige, der ihm zuhörte und mit dem er seine Sorgen teilen konnte. Wo steckte Kamāl? Er wollte doch längst hier sein. Die grünen Augen des Franken glitten prüfend über den kleinen Vorplatz.
Ein Händler hatte neben dem Torbogen zum Badehaus seine getrockneten Datteln, Feigen und Rosinen auf einem Teppich ausgebreitet. Eine herumstreunende Katze wollte ihre zitternden Barthaare in den Berg Rosinen vergraben, doch ein neben ihr hockender Mann in einem schwarzen qabā' hielt sie am Nackenfell zurück. Der Franke stützte amüsiert die Hände in die Hüften. Das war sein Kamāl. Immer sorgte er sich um die Schwachen und immer trug er seinen schwarzen qabā', den sein Vater ihm geschenkt hatte. Selbst in glühender Sommerhitze und in den stickigen Krankenzimmern trug er ihn und der Franke fragte sich lächelnd, ob er ihn wohl im Badehaus ablegen würde.
Kamāl blickte hoch und bemerkte den Franken. Sofort ließ er die Katze frei und erhob sich aus der Hocke. Sie begrüßten sich mit einer herzlichen Umarmung und Kamāl erwiderte den Kuss. Der Franke pries Gott für diesen einzigartigen Freund. Er wusste, dass man sich über ihre ungewöhnliche Freundschaft wunderte. Obwohl Kamāl ein geachteter Lehrer und Arzt am Maristan Nuri war, galt er als verschlossen und eigen. Seit frühester Jugend nannten sie ihn den Grübler. Aus unerfindlichen Gründen schien er mit den Jahren noch verschlossener und grüblerischer geworden zu sein. Es war, als trüge er eine schwere Verantwortung mit sich herum, über die er nicht spre-

chen mochte. Nur wenn sie allein waren, wirkte Kamāl gelöst. Er stand nun vor ihm und blickte ihn mit offener Zuneigung an. Mit einem verschwörerischen Blinzeln zog er seinen Freund zum Tor. Trotz der Gefahr, dort von aufgebrachten Badegästen erwürgt zu werden, folgte der Franke ihm bereitwillig. Er hatte keine Ahnung, wie Kamāl es geschafft hatte, doch das Torgitter zum Badehaus ließ sich mühelos öffnen. Kamāl musste vor seiner Ankunft dafür gesorgt haben. Der Franke nahm an, dass er den Aufseher des Bades mit einer Hand voll Dīnāre bestochen hatte. Sie durchschritten den Torbogen und der Franke bemerkte überrascht, dass Kamāls Diener verborgen im Schatten kauerte und fragend zu ihnen aufblickte. Er war vielleicht sechzehn Jahre alt, hatte hellblondes Haar und war vermutlich als Kind von einem der Pilgerschiffe geraubt worden. Der Franke wusste, dass der Junge auf Arabisch fluchten konnte wie kein Zweiter, doch im Schlaf in einer nordisch klingenden Sprache jammerte. Obwohl der blonde Sklavenjunge wahrscheinlich Svend oder Knut hieß, nannte ihn sein Herr Abū. Kamāl wies ihn an, das Gittertor wieder zu verriegeln und Wache zu halten. Abū stand auf und beeilte sich, den Befehl seines Herrn zu befolgen.

Kamāl führte seinen Freund in das Barrani und erklärte, dass es Eingangsbereich und Entspannungsraum zugleich sei. Der Franke blickte sich verwundert um. Er hatte nicht erwartet, dass das Badehaus von innen so prächtig sein würde. Sie standen in einer fast quadratischen Halle, deren Boden mit rosafarbenen und schwarzen Steinen bedeckt war. Die Wände waren mit Kalkmörtel verputzt und hohe Holzbänke mit bunten Teppichen luden zum Verweilen ein. In der Mitte der Halle stand ein zwölfeckiger Brunnen, dessen herrliche Einlegearbeiten wie schwarze Blumen auf dem rosafarbenen Stein blühten. Vier kleine Steinlöwen ließen das Wasser aus ihren geöffneten Mäulern plätschern. Der Franke legte den Kopf in den Nacken und blickte staunend zu der von Gewölben aus Basaltsteinen getragenen Kuppel auf. Er erinnerte sich, dass Saladins Vorgänger Nureddin der Erbauer des Badehauses gewesen war. Genau wie das Krankenhaus Maristan Nuri stammten fast alle wichtigen Gebäude aus der Zeit Nureddins, einer Zeit, als Damaskus noch mächtiger gewesen war als Kairo. Nun herrschte Saladins Bruder als

Sultan in Kairo und Damaskus schien immer noch um Saladin zu trauern.
Kamāl weckte ihn aus seinen Gedanken, indem er wortlos begann, sich auszuziehen. Er hängte seinen schwarzen qabā' an einen kleinen goldenen Haken und der Franke beeilte sich, seinen schäbigen braunen Umhang daneben zu hängen. Zufällig streiften seine Finger den schweren Stoff der qabā' und er wunderte sich, wie steif die Falten des Mantels fielen. Er glaubte, ein leises Knistern zu hören, als er darüber fuhr. Hinter ihm hatte sich Kamāl bereits entkleidet und ein gestreiftes Handtuch um seine schmale Hüfte geschlungen, ein weiteres legte er sich um die braunen Schultern und ein drittes wickelte er sich um seine schwarzen Locken. Der Franke mühte sich mit den Handtüchern, bis er genauso eingewickelt war wie sein Freund. Gemeinsam betraten sie eine kleine Halle, die Kamāl Wastani nannte. Der Franke hatte Schwierigkeiten, in der enormen Hitze zu atmen, die sich unter der kleinen Kuppel staute. Die Kuppel war in ein unwirkliches blaues Licht getaucht, das aus unzähligen blauen Glasaugen hereinfiel. Kamāl legte die oberen Tücher ab und benetzte sich mit dampfendem Wasser aus einem eleganten muschelförmigen Steinbecken an der Wand. Anschließend murmelte er etwas vom al-Juwani und verschwand in dem eigentlichen Schwitzraum des Badehauses. Der Franke folgte ihm zögernd in den Dampf, der aus einer Ecke über die schwarzen und weißen Kacheln strömte. Der Dampf nebelte ihn ein und legte sich als feuchter Film auf sein Gesicht. In der gegenüberliegenden Ecke glaubte er schemenhaft Kamāls nackten Oberkörper und das gestreifte Hüfttuch zu erkennen. Dem Franken lief der Schweiß die Schläfen herunter, Feuchtigkeit hing in seinen Wimpern und seine Augen brannten. Keuchend stolperte er in den Dampf hinein, ging an den vielen Becken vorbei und ließ sich neben Kamāl auf einen der wenigen in die Wand geschlagenen Sitzplätze fallen. Kamāls Lachen drang aus dem weißen Nebel zu ihm herüber und er hörte seine gedämpfte Stimme: »Das ist erst der Anfang. Für gewöhnlich erwartet dich noch der Schrubber mit dem Schrubberhandschuh in einer Seitenkammer des Wastani. Er schmirgelt dir dann die Haut, bis du feuerrot bist und die Haut sich in Röllchen schält. Danach wird im Massageraum auf einer Matte die

duftende Seifenpaste aus Aleppo in die rote schmerzende Haut massiert. Sei unbesorgt, zu dieser frühen Stunde ist niemand hier, um uns zu schrubben und zu massieren. Morgens gehen die Männer anderer Arbeit nach, den Masseur findest du als Händler auf dem Gewürzmarkt.«

»Ich kann das für dich tun«, erklärte der Franke und Kamāl erwiderte amüsiert: »Du, ein Ifranğ? Sicher hast du noch nie einen Schrubberhandschuh in den Händen gehalten. Eine nach Jasmin, Hyacinthen oder Rosen duftende Paste kennst du nur aus deinen feuchten Träumen von Fatima, Safiye oder Miriam.«

»Du träumst vielleicht von Frauen und duftender Paste. Ich niemals!«

»Bei Allah, in eurem kalten Land gibt es keine Frauen?«, fragte Kamāl scheinheilig und aus den Dampfschwaden war sein spöttisches Lachen zu hören.

»Es gibt Frauen – von nach Jasmin duftender Seifenpaste wirst du in meiner Heimat vergeblich träumen.«

»Du denkst an eine bestimmte. Ist sie es wert, mit der guten Seifenpaste aus Aleppo eingerieben zu werden? Nenn mir ihren Namen!«

Johanna, dachte der Franke. Er starrte in den Dampf und versuchte, sich vorzustellen, wie sie an der duftenden Paste roch. Als er nicht antwortete, kam Kamāls Seufzen aus dem Nebel und er sagte einlenkend: »Gut, dann schweigst du eben, du einfältiger Ifranğ. Komm und versuch dich am Schrubberhandschuh.«

Sie verließen den Schwitzraum und suchten eine der Seitenkammern des Wastani auf. Dort legte sich Kamāl auf den Bauch. Der Franke hockte sich hin, griff sich den Schrubberhandschuh und begann, ihn vorsichtig über den feuchten Rücken zu reiben.

»Stärker!«, knurrte Kamāl. Der Franke legte sein ganzes Gewicht in die rechte Hand und fuhr nun druckvoller über die schmalen geröteten Schultern. Erst als die ersten Hautfetzen auf die Matte fielen, ließ er ab. Dann fuhr er mit dem weichen Schwamm über Kamāls krebsroten Rücken. Der seufzte zufrieden und bat matt: »Hol die Seifenpaste aus dem Massageraum. Ich kann meine Glieder nicht von dieser Matte bewegen. So lieblich ist die Reinigung des Körpers, so wohlig umspült sie die Seele.«

Als der Franke zurück war, schien Kamāl zu schlafen, doch dann murmelte er in seine Armbeuge: »Du musst sie ordentlich aufschäumen.«
Der Franke verteilte die Paste zwischen seinen Händen und dann auf Kamāls Rücken, seine Oberarme und behaarten Beine. Es duftete wunderbar mild und würzig und der Franke atmete tief durch. Kamāl ließ ein Schnauben hören und bat leise: »Der Masseur singt immer dabei. Sing mir ein Lied aus deiner Heimat, geliebter Freund. Tu es für mich, der dich wie einen Bruder liebt und dessen Ohr sich nach fremden Klängen sehnt.«
Der Franke hörte auf die rote Haut einzureiben und dachte nach. Einst war er als fahrender Sänger durch das deutsche Reich gezogen und hatte die Kinder mit seinen Froschliedern zum Lachen gebracht. Dame Johanna hatte sich verstohlen die Tränen mit dem Handrücken fortgewischt, wenn er ihr die Liebeslieder Walthers von der Vogelweide vorgetragen hatte. Der berühmte Sänger hatte am Hof König Philipps geweilt und den Winter verflucht. Das war vor vielen Jahren gewesen, als der Franke noch Konrad geheißen hatte. Er hatte in dem Jahr das Singen aufgegeben und davon zu träumen begonnen, sein Leben der Heilkunst zu weihen. Als gelehrter Meister Konradus hatte er wiederkommen und niemals mehr im Winter in löchrigen Schuhen frieren wollen. Konrad kam ein Lied Walthers über den Winter in den Sinn. Walther hatte es ›Sehnsucht nach dem Frühling‹ genannt und es wollte so gar nicht zum heißen und dampfenden Badehaus von Damaskus passen. In holprigem Deutsch stimmte Konrad die letzte Strophe an: »Dann pflück' ich Blumen, wo's früher ge... geschneit«, er hielt inne und betrachtete die feine weiße Paste auf seinen Fingern.
Schnee, dachte er und schloss die Augen. Konrad hatte so lange keinen Schnee mehr gesehen. Er holte tief Luft und begann das Lied von vorn, dabei übersetzte er die Worte so gut es ging ins Arabische: »Uns hat der Winter geschadet so sehr. Heid und Wald sind so fahl nun und leer ...«, dann brach er wieder ab. Kamāl sagte etwas, doch er hörte ihn nicht. Vor seinen Augen breitete sich eine graue Landschaft aus, auf schneebedeckten Ästen hockten schwarze Winterkrähen und ein eisiger Wind pfiff. Er erinnerte sich an das schmerzende Ge-

fühl von kalten Füßen und steif gefrorenen Zehen. Walther hatte den Winter gehasst und war in den Wintermonaten immer sehr melancholisch gewesen. Konrad fuhr gedankenverloren fort, die duftende Paste zu verteilen, und fragte sich, wie es im Reich stand. Er hatte lange keinen Ifranğ mehr getroffen. War der Thronstreit zu Ende? Hatten sich die deutschen Fürsten auf einen König geeinigt? Hatte der Welfe Otto oder der Staufer Philipp den Sieg davongetragen? Besang Walther noch den süßen und holden Philipp oder bejubelte er in seinen Liedern längst einen Kaiser Otto? Kamāl setzte sich plötzlich auf und sah ihn prüfend an: »Das Lied hat Erinnerungen geweckt. Du trauerst um deine verlorene Heimat. Erzähl mir von dem Land, in dem die Winter so hart sind, dass die Männer Trauerlieder darüber anstimmen müssen. Hat dein kaltes Land einen würdigen Herrscher?«

Konrad wischte die Seifenpaste in das gestreifte Handtuch, das noch immer über seiner Schulter lag, und antwortete zögernd: »Es gibt zwei alte Geschlechter, die um den Thron streiten. Die Staufer aus dem Süden und die Welfen aus dem Norden. Vor vielen Jahren starb unser mächtigster Sultan, der Stauferkaiser Heinrich. Sein Sohn war erst drei Jahre alt und die Mächtigen des Reiches erhoben seinen Bruder Philipp zum Herrscher. Die Anhänger der Welfen machten Otto zu ihrem König. Streit und Unfrieden regierten das Reich. Es hätte kälter und dunkler nicht sein können und der Winter schien niemals zu enden. Ich wüsste gern, ob es König Philipp gelungen ist, das Reich zu einen. Er wäre ein guter Kaiser, gerecht und friedliebend.«

»Woher weißt du das? Wie kannst du dir so sicher sein?« Kamāl hatte sich vorgebeugt und er blickte Konrad unter seinen tropfenden Locken herausfordernd an.

»Gott allein weiß es. Wer kennt seinen Willen? Ich nehme an, dass König Philipp ein würdiger Herrscher ist. Ich hoffe es.«

Konrad wich Kamāls bohrendem Blick aus. Irgendetwas in den dunkel blitzenden Augen seines Freundes machte ihm Angst. Er hatte Kamāl noch nie so erregt gesehen. Seine Unterlippe zitterte und der Brustkorb hob und senkte sich unter seinen schnellen Atemzügen. Die kleine rot-gelb gekachelte Kammer mit den schwarzen Einlegearbeiten erschien ihm plötzlich unangenehm eng und heiß. Die Paste löste sich auf und hinterließ einen öligen Glanz auf den Kacheln. Kamāl schluckte schwer und sagte mit einer rauen veränderten Stimme: »Dir genügt es, zu hoffen. Mir nicht. Ich muss wissen, ob Saladins Bruder ein würdiger Herrscher ist. Denn wenn al-Malik al-'Ādil ein würdiger Herrscher ist, muss ich nach Kairo und ihm ein Ehrengewand bringen.«

»Ein Ehrengewand? Woher hast du ein Ehrengewand für einen Sultan? Kamāl, warum hast du es nicht längst überreicht? Wenn sie es bei dir finden! Wo hast du es versteckt?«

»Das sind viele Fragen auf einmal«, sagte Kamāl und er wirkte nicht mehr fremd und bedrohlich, als er fortfuhr, sah er nur noch blass und erschöpft aus: »In der Nacht, in der Saladin starb, übergab mir sein Sekretär einen blauen mit Sternen bestickten Mantel. Er ernannte mich zum Hüter des Sternenmantels. Er übertrug mir die Aufgabe, den Mantel einem Herrscher zu bringen, der würdig ist, ihn zu tragen. Seine Dynastie wird dann ewig dauern. Gehe ich fehl in meiner Wahl und der Herrscher ist unwürdig, so werde ich mit ihm untergehen und sterben. Wie soll ich da entscheiden? Der Mantel ist meine zweite Haut geworden. Ich kann nicht mehr atmen ohne ihn. Allein der Gedanke, ihn fortzugeben, bricht mir das Herz. Ich leide Qualen, wie ein unsterblich Verliebter, der das Objekt seiner Anbetung verlieren soll. Was soll ich bloß tun?«

»Kamāl, du musst … du kannst nicht …« Konrad brach ab und schwieg verstört.

Jetzt verstand er, warum Kamāl oft verschlossen und grüblerisch gewirkt hatte. Er spürte das Bedürfnis zu helfen. Kamāls Kummer berührte ihn tief. Wie sollte sein Freund entscheiden, ob ein Herrscher würdig war? Welcher Dynastie sollte er zu ewigem Glanz verhelfen? Konrad wollte nicht in Kamāls Haut stecken. Niemand sollte so viel Verantwortung tragen müssen. Andererseits, war es nicht auch ein verlockender Gedanke? Konrad folgte Kamāl nachdenklich aus der Kammer.

Schweigend beobachtete er, wie Kamāl sich am Muschelbecken des Wastani das Wasser über seine gerötete Haut rinnen ließ. Es tropfte auf die Fliesen, die Tropfen wurden zu Regentropfen, die auf die grauen Steine eines Burghofes fielen. Vor Konrads Augen flimmerte es. Auf einmal war ihm, als käme König Philipps Gestalt durch den Regen auf ihn zu. Die Wangen des Königs glänzten, seine ernsten Augen blickten ihn flehend an. Konrad presste seine Hände vors Gesicht. Sein König war in Nöten, es konnte keinen Zweifel geben. Der Kampf um die Krone war noch nicht entschieden. Er sehnte sich mit jeder Faser seines Körpers danach, vor dem König zu knien und ihm Kamāls mächtigen Mantel zu Füßen zu legen. Konrad rieb sich die Augen und atmete tief durch. Der Sternenmantel würde das Reich einen und Frieden bringen. Ein nie gekanntes Verlangen nahm Konrad den Atem und sein Herzschlag beschleunigte sich. Nein, dachte er beschämt, so etwas durfte er nicht einmal denken. Kamāl war sein Freund. Doch die Sehnsucht, den Sternenmantel ins Reich zu bringen, war wie ein quälender Stachel in ihn eingedrungen.

Kamāl ging, ohne sich noch einmal nach ihm umzuwenden, zurück ins Barrani. Die Halle unter der Kuppel kam Konrad kühl vor und er fröstelte in seinen nassen Handtüchern. Während sich Kamāl in frische Tücher wickelte und sich, vermummt wie ein Beduine, auf einen der Teppiche sinken ließ, begann Konrad eilig, seine klammen Tücher abzuwickeln. Er wollte das Badehaus so schnell wie möglich verlassen, dem quälenden Verlangen nach dem Sternenmantel entfliehen und sehnte sich danach, die frische Morgenluft in seine Lungen zu atmen, das Geschrei der Esel zu hören und König Philipps Reich zu vergessen.

Kamāl streckte seine Hand nach einer Kanne aus, die vor ihm auf dem kleinen Tablett bereitstand. Schweigend goss er sich den kalten Gewürztee ein, lehnte sich zurück und trank in kleinen Schlucken, dabei musterte er Konrad misstrauisch. Konrads Hände zitterten, als er sich sein fleckiges Gewand über den Kopf streifte. Warum sah Kamāl ihn so an? Bereute er bereits, dass er ihn ins Vertrauen gezogen hatte? Überlegte er, ob er ihn zum Schweigen bringen musste? Das stille Barrani war gut geeignet für einen Mord, niemand würde ihn beobachten. Beunruhigt blickte sich Konrad um. Es war ihm fast unmöglich, den grünen Turban zu wickeln. Er musste mehrmals von vorn anfangen. Seine Kehle fühlte sich trocken an und seine Finger waren schweißnass, als er nach seinem Umhang greifen und ihn vom

Haken nehmen wollte. Er bekam den groben braunen Stoff nicht zu fassen, sondern erwischte Kamāls schwarzen Mantel.
Kamāl sprang auf, der Teebecher schepperte und die Tücher glitten zu Boden. Aufgebracht herrschte er Konrad an: »Fass ihn nicht an, du mit deinen unreinen, schmutzigen Händen!«
Seine Warnung klang durch das Echo der Kuppel wie das gewaltige Gebrüll eines Löwen. Erschrocken stolperte Konrad rückwärts und riss den schwarzen Mantel mit sich. Kamāls qabā' zerriss mit einem lauten unangenehmen Geräusch. Kamāl heulte auf, bückte sich und wand eines der Handtücher zu einem festen Strang. Er stand leicht vorgebeugt mit dem Strang, straff zwischen den Händen gespannt, da und beobachtet jede von Konrads Bewegungen. Konrad beachtete ihn nicht. Er fühlte sich, als würde er träumen. Lange schwarze Fetzen lagen am Boden und gaben den Blick frei auf ein verborgenes Futter aus goldbestickter Seide. Wie ein Schlafwandler bückte er sich nach dem schwarzen Tuch und der blauen Seide. Handtellergroße ineinander greifende Sterne drehten sich wie achtzackige Lichträder. Sie wirbelten tanzend, schwirrend und summend über die nachtblaue Seide. Mit einem Ruck befreite er den Sternenstoff vom qabā', die Nähte zerkrachten und lösten sich in herabhängende Fäden auf. Als Konrad die schillernde Seide an sich pressen wollte, schluchzte Kamāl gequält auf und war mit wenigen Schritten bei ihm. Konrad wich mit dem Seidenbündel in den Händen an die Wand zurück. Ehe er den Mantel fallen lassen konnte, stand Kamāl mit dem Handtuchstrang vor ihm. Es knallte, als seine geballten Fäuste links und rechts an die Wand schlugen. Konrad war zwischen Kamāls gespreizten Armen und dem gedrehten Strang gefangen. Er umklammerte die Seide zwischen seinen Fingern, als hinge sein Leben davon ab. »Lass ihn los«, knurrte Kamāl und der Strang kam immer näher. Kamāls Nasenflügel bebten und er ließ ihn nicht aus den Augen. Als Konrads Finger sich weiter um den Sternenmantel krallten, begann Kamāl, ihm die Luft abzuschnüren. Lass den Stoff fallen, schrie es in Konrad. Das dringende Bedürfnis, Luft zu holen, breitete sich panisch aus. Es raste durch seinen Körper, staute sich unter seiner Kehle und entlockte ihm ein Wimmern. Sosehr er es auch wollte, es gelang ihm nicht, seine steifen Finger vom Stoff zu lösen. Wie festgeklebt waren sie an der

blauen Seide und den Goldfäden. Der Brunnen plätscherte eintönig, während sich Kamāls hasserfüllter Blick in Konrads schreckgeweitete Augen senkte. Ganz langsam drückte er den Strang noch ein wenig tiefer in Konrads schmerzende Kehle. Konrad wand sich unter ihm, schwarze Flecken flimmerten vor seinen Augen, er röchelte und der Sternenmantel glitt mit einem erlösenden Rascheln zu Boden. Beim Geräusch der fallenden Seide blickte Kamāl nach unten. Konrad nutzte den Augenblick. Er sammelte alle Kraft, zu der er noch fähig war, und rammte seine Fäuste in Kamāls Unterleib. Der Strang flog zur Seite und Kamāl taumelte ächzend nach unten. Konrad fuhr sich an die schmerzende Kehle, japsend rang er nach Luft. Kamāl krümmte sich zusammen, keuchte: »Du dreckiger Ifranğ«, und wollte sich erneut auf Konrad stürzen.

Konrad war schneller und stieß ihn mit solcher Wucht von sich, dass Kamāl rückwärts an die gegenüberliegende Wand geschleudert wurde. Sein Hinterkopf knallte mit einem hohlen Ton auf die Kacheln, seine Pupillen schlingerten und die Knie knickten ein. Langsam sackten seine Schultern nach vorn und sein Rücken rutschte an der Wand entlang. Eine Blutspur blieb an den rosafarbenen Kacheln zurück. Kamāls Augenlider flatterten und sein Kopf sackte weg. Dann war alles ruhig, nur das Plätschern des Brunnen und Konrads schwere Atemzüge waren zu hören.

Konrad starrte benommen auf die blutverklebten schwarzen Locken. Er schluckte ein paar Mal und tastete fahrig über seinen tauben Hals. Warum war alles so still? Warum stürzte die Kuppel nicht über ihm ein? Warum gaben die Wände nicht nach und begruben alles unter sich? Er hatte seinen besten Freund getötet! O Gott vergib mir, vergib mir, vergib mir. Seine Augen füllten sich mit Tränen und seine Unterlippe bebte. Doch dann sah er genauer hin. Konrad stöhnte erleichtert auf. Kamāl atmete, zwar nur schwach, aber es war deutlich zu sehen. Sein Brustkorb hob und senkte sich, ein Mundwinkel zuckte und Blut tropfte aus seiner Nase.

Konrad widerstand dem Drang, zu Kamāl hinüberzugehen. Andere mussten das tun, andere mussten die Wunde verbinden. Er musste fort, bevor sie ihn fanden und einen Mörder nannten. Hastig hockte er sich hin und raffte die goldschillernde blaue Seide zusammen. Leichter

Schwindel mischte sich mit einem berauschenden Glücksgefühl, das ihn wie ein Triumph überwältigte. Er war im Besitz des Sternenmantels! Der Mantel war all die Jahre in Kamāls schwarzer qabā' verborgen gewesen. Eingenäht zwischen dem schwarzen Oberstoff und einem unscheinbaren schwarzen Futter, hatte er Kamāl seit Saladins Tod auf Schritt und Tritt begleitet. Der Sternenmantel war ihm mehr Fluch als Segen gewesen. Er hatte Kamāls Sinne verwirrt, ihm Schwermut und Zweifel gebracht. Konrad wickelte die schwarzen Fetzen der qabā' um die blaue Seide, bis nichts mehr von der Pracht des Sternenmantels zu sehen war. Vorsichtig stand er auf und klemmte sich das unscheinbare Bündel unter den Arm. Kamāls Leid hatte nun ein Ende. Konrad würde ihn von der Last des Sternenmantels befreien. Kamāl würde erwachen und der Mantel wäre weit fort. Konrad würde in Sidon ein Kreuzfahrerschiff nehmen und den Mantel zu König Philipp ins Reich bringen. Er warf seinem Freund noch einen letzten Blick zu, dann ging er mit dem Stoffballen unter dem Arm hinaus.

Unter dem Torbogen zum Badehaus lehnte der blonde Abū am geschlossenen Gitter und malte mit seinen schmutzigen Zehen Kreise in den Sand. Er wirkte gelangweilt. Die Sonne spiegelte sich auf den Kupferringen an seinen Fußgelenken und er gähnte herzhaft. Bei seinem Anblick blieb Konrad stehen und presste das Bündel mit klopfendem Herzen an sich. Was würde Abū tun, wenn er ihn ohne seinen Herrn aus dem Badehaus kommen sah? Als Abū aufblickte und ihn erkannte, grinste er erfreut. Konrad wischte sich verstohlen über die Augen und krächzte: »Dein Herr ruht sich noch bei einem Gewürztee aus. Öffne das Tor. Ich muss rasch zum Maristan Nuri.« Konrad räusperte sich, sein Hals fühlte sich immer noch taub an, er räusperte sich noch einmal und fügte mit rauer Stimme hinzu: »Lauf und such meinen Sklaven Harun. Er soll für eine weite Reise packen, ein paar gesunde Maultiere besorgen und alles zum Krankenhaus bringen. Los beeile dich, dein Herr weiß Bescheid.«

Abū sah verwirrt aus, doch dann machte er das Tor auf und rannte den Suq al-Buzuriya hinunter. Konrad schlug den Weg zum Maristan Nuri ein.

Er musste sich beeilen, denn er wollte noch vor dem Mittagsgebet aus der Stadt sein. Der Umweg zum Krankenhaus erhöhte die Wahrscheinlichkeit, dass Kamāl gefunden wurde oder erwachte. Konrad fühlte sich erleichtert, als er endlich das prächtige Portal des Maristan Nuri durchschritten hatte. Er eilte unter der spitzen weißen Kuppel hindurch, die in wunderbarer Weise aus zellenförmig aneinander gereihten Waben gebildet wurde und durch die das Licht schräg in die große Eingangshalle fiel. Er wollte zur Bibliothek und sich zwei bedeutende Werke arabischer Gelehrter heraussuchen. Möge Gott ihm vergeben, doch er würde nicht ohne die Schriften von Avicenna und Rhazes ins Reich zurückkehren.

Sein Ziel waren die Abteilungen der großen Bibliothek auf die der feste Ärztestab des Krankenhauses besonders stolz war. Als er die rechteckige Hofanlage mit den Springbrunnen durchquert hatte und endlich zwischen den staubigen und vergilbten Buchrücken der Bibliothek stand, hasteten seine Augen hungrig über die Werke der Chirurgie, Orthopädie, Augenheilkunde und der Fieber- und Geisteskrankheiten. Er fand schnell, was er suchte. Mit den vergilbten Büchern hockte er sich neben das schwarze Stoffbündel und schnürte die schwarzen Fetzen auf. Nervös blickte er sich um. Es war niemand zu sehen. Waren da nicht Schritte? Konrad beeilte sich, Avicennas ›Gesetze der Heilkunst‹ neben Rhazes' Werk zwischen den Falten des Sternenmantels zu schieben. Nun waren die Schritte ganz deutlich zu hören. Konrad wickelte mit fliegenden Fingern das schwarze Tuch der qabā' zusammen, verschnürte alles sorgsam und blickte auf. Abū stand blinzelnd vor ihm, betrachtete misstrauisch das schwarze Bündel und fragte unsicher: »Herr?«

»Hast du Harun gefunden? Wartet er mit den Tieren und dem Gepäck vorm Krankenhaus?« Konrad wusste, dass Harun keine Fragen stellen würde. Harun war stumm, was manchmal von Nutzen war. Abū starrte immer noch auf das schwarze Bündel zu seinen Füßen. Erkannte er Kamāls schwarzen qabā'? Anscheinend nicht. Konrad stand auf, bückte sich nach dem Stoffballen und legte schützend seine Arme darum. Abū beobachtete ihn stirnrunzelnd und sagte leise: »Harun wartet am Brunnen, Herr. Er hat seine Schwester Fatma mitgebracht. Sie sagt, er würde Damaskus nicht ohne sie verlassen.«

Konrad nickte. Fatma war ebenfalls seine Sklavin. Sie und ihr stummer Bruder waren ihm von Ali al-Farādīs nach einer erfolgreichen

Heilung zum Geschenk gemacht worden. Wenn es sein musste, würde er eben beide mitnehmen. Doch durfte er keine Zeit mehr verlieren. Eilig sprang er auf, bückte sich nach dem Bündel und wollte die Bibliothek verlassen. In diesem Moment erkannte Abū den qabā' seines Herrn. Konrad sah es an Abūs verändertem Gesichtsaudruck. Sein plötzliches Begreifen war ihm deutlich anzusehen. Er verstand, was der zerrissene Mantel seines Herrn und Konrads hastiger Aufbruch zu bedeuten hatten. Ehe Abū etwas sagen konnte, hatte Konrad einen Schritt auf ihn zugemacht. Er stand nun so dicht vor dem schmalen Gesicht des Jungen, dass er die grauen Sprengsel in seiner blauen Iris sehen konnte. Eisblaues Meer unter grauen Wolkenfetzen. Konrad wisperte: »Komm mit mir. Komm mit zur Küste, dort nehmen wir ein Schiff und in wenigen Wochen bist du zu Hause.«
Abū wich zurück und flüsterte: »Du Sohn einer aussätzigen Hure … du …«
Konrad machte erneut einen Schritt auf ihn zu und hob beschwörend die Hände: »Du bist hier ein Sklave, dort wirst du frei sein.«
»Du verrottender Mistkäfer … Allah wird dich …«
»Du wirst das Glitzern der treibenden Eisschollen im klirrenden Frost wiedersehen, die Nebelbänke über dem Fjord und die sturmgepeitschten Wellen. Du kannst das Heulen der Seehunde und das Pfeifen der scharfen Nordwinde hören. In Haithabu, Roskilde oder Uppsala wartet deine Familie. Ich bringe dich zu Knut und Olav aus deinen Träumen. Sie werden dir die Kupferringe von den Fußgelenken nehmen und du wirst frei sein.«
»Woher weißt du von meinen Träumen, du Fliegendreck auf einem Haufen Kamelscheiße? Du hast meinen Herrn bestohlen! Das ist sein qabā' oder was noch davon übrig ist. Was hast du ihm angetan? Bei Allah, er hat dir vertraut wie einem Bruder.«
Abūs Stimme war vor Wut und Sorge schrill geworden. Er hatte die Fäuste geballt und in seinen graublauen Augen stand echte Verzweiflung. Konrad hatte sich getäuscht. Abū würde niemals mit ihm kommen. Er liebte seinen Herrn und er würde ihn nicht verlassen. Konrad wollte ihm sagen, dass das alles nur ein Missverständnis gewesen sei. Abūs vorwurfsvoller Blick ruhte auf ihm. Der Sklavenjunge hatte Recht. Wie konnte er seinen Freund verraten und sich heimlich aus

der Stadt schleichen wie ein Dieb? Doch ehe er einen Ton hervorbringen konnte, waren Stimmen zu hören. Drei Studenten mit grünen Turbanen kamen lachend und gestikulierend näher. Abū drehte sich um und rannte los. Konrad umklammerte das schwere Bündel und stolperte hinterher: »Warte, es ist nicht so, wie du denkst.«
Abū blieb stehen, blickte sich um und brüllte: »Ich muss zu ihm und wenn du ihm auch nur einen Kratzer zugefügt hast, dann finde ich dich. Und wenn es bis zum Nordmeer sein muss, bei Allah, bei Thor und beim Kreuze Christi: Ich finde dich!«
Abū stampfte wie zur Bestätigung mit den nackten Füßen auf die Fliesen und seine Kupferringe rasselten aneinander. Er warf Konrad einen letzten Blick zu und Konrad schien es, als würden Blitze unter den blonden Strähnen hervorschießen und glühende Funken auf ihn niedergehen. Die Studenten hinter ihm flüsterten miteinander und es zischte bedrohlich aus ihrer Richtung zu ihm herüber. Weg hier, nur weg. Konrad vergaß alle Schuldgefühle und lief im Laufschritt zum Ausgang der Bibliothek, wo der blonde Schopf gerade verschwunden war. Er hetzte an den Springbrunnen vorbei, durchquerte die Eingangshalle und kam durch das Portal hinaus auf den sonnenbeschienenen grellen Platz.
Während seine Augen über die vielen Männer, Karren und Tiere am Brunnen schweiften, stellte er sich vor, wie sich Abū um Kamāl kümmerte. Er würde ihm Wasser ins Gesicht spritzen, um ihn zu wecken. Er würde Handtücher in Streifen reißen und die Kopfwunde verbinden. Und dann … und dann würden sie den Mann suchen, der schuld an den Verletzungen war und der den Sternenmantel entwendet hatte. Einem Dieb wurden die Hände abgehackt, einem elenden Ifranǧ wahrscheinlich gleich der Kopf. Da, endlich!
Zwischen den schwer beladenen Kamelen einer Karawane stand Fatma. Sie trug eine sandfarbene, ärmellose Tunika, schlichte Armreifen und ein im Nacken geknotetes Kopftuch. Gestanzte Blechplättchen fielen ihr in die Stirn und umrahmten ihr dunkles Gesicht. Es hatte die Farbe der Wüstenstämme und auch deren stolzen und gelassenen Ausdruck. Fatma beugte sich zu ihrem Bruder und flüsterte ihm etwas zu. Harun war groß, dunkel und kräftig. Er hatte seinen wertvollsten Besitz dabei, einen schön gearbeiteten Köcher, den er am

Gürtel trug, und einen Bogen, der ihm über den Rücken hing. Die Pfeile im Köcher hoben ihn aus der Menge der Sklaven heraus und machten ihn zu Konrads persönlichem Leibwächter. Mürrisch hielt er die Stricke zweier Maultiere, die unruhig mit den Köpfen schaukelten, und blickte sich um.

Die Kameltreiber begannen, die Fußfesseln der Kamele zu lösen und sie mit Stöcken und Geschrei zusammenzutreiben. Konrad kämpfte sich durch das Gewühl zum Brunnen. Mehrmals verlor er Fatma und Harun aus den Augen. Als er sie endlich gefunden hatte, rief er Harun vorwurfsvoll entgegen: »Warum hast du sie mitgebracht? Eine Frau auf einer Reise bedeutet immer Ärger.«

Harun runzelte nur unwillig die Stirn und Fatma sah verlegen zu Boden. Konrad murmelte: »Nun ist es nicht mehr zu ändern«, und begann, die Maultiere zu untersuchen. Er musste das schwarze Bündel mit dem Sternenmantel und den beiden entwendeten Büchern auf dem Maultierrücken befestigen. Als er eine passende Stelle gefunden hatte, befahl er: »Schnell, Harun, einen Strick. Das hier muss noch zwischen die Gepäckballen. Hilf mir, beeil dich. Sie sind hinter mir her.«

Gemeinsam mit Harun befestigte er das Bündel am Sattel des größeren Maultieres. Harun trieb die sich sträubenden Tiere durch die bepackten Kamele, das Geschrei der Treiber und das Knallen der Reitpeitschen hindurch. Fatma rannte neben Konrad her und warf ihm ängstliche Blicke zu. Konrad wich einem Karren aus und brüllte ihr zu: »Frag schon.«

Fatma hielt im Laufen ihr Kopftuch fest, die Plättchen schaukelten über ihrer Stirn und die Armreifen klimperten. Atemlos konnte sie nur zwei Worte hervorstoßen: »Wohin, Meister?«

Konrad wies Harun, der sich umgeblickt hatte, durch einen Wink zum Stadttor. Sie mussten sich beeilen, gleich würde der Muezzin zum Gebet rufen. Die Straßen würden sich leeren und jeder würde sie anstarren. Konrad trieb das Maultier an und heftete seinen Blick auf die Reste von Kamāls schwarzem qabā'. Er dachte an den darin verborgenen Sternenmantel. Er tat das Richtige, er tat ganz bestimmt das Richtige. Er straffte die Schultern und erklärte den auf und ab wippenden Gepäckballen auf dem Maultierrücken: »Nach Sidon und dann zu König Philipp ins Reich.«

Fatmas Gesicht verdunkelte sich und sie fragte leise: »Ist es das Reich der Kälte und der Dunkelheit, von dem du uns erzählt hast, Meister?«
Konrad hörte sie nicht mehr. Er rannte über die staubigen Straßen von Damaskus und stellte sich vor, wie er König Philipp den Sternenmantel zu Füßen legte.

April 1206, vor den Toren von Sidon

Tagelang marschierten sie durch den roten Sand. Konrad blickte sich kein einziges Mal um.
Er flüchtete sich in Tagträume und verdrängte jeden anderen Gedanken. Erst beim Anblick der in der Abendsonne leuchtenden Kreuze auf den Kuppeln von Sidon erwachte er aus seinem betäubten Zustand. Sidon war eine von Kreuzfahrern beherrschte Stadt. Konrad fragte sich unruhig, wie eine christliche Stadt ihn nach all den Jahren aufnehmen würde. Es dunkelte bereits und sie würden erst am Morgen in die Stadt können. Die Nacht verbrachten sie in Sichtweite der Stadt zwischen verkrüppelten Olivenbäumen auf einer kleinen Anhöhe.
Konrad fand keinen Schlaf. Während Harun und Fatma in dem aus Stangen und Tüchern errichteten Zelt schliefen, hockte er unter den Olivenbäumen und blickte in die gelb flimmernde Ebene hinaus. Mit der Nachtkühle kamen die Zweifel. Er wickelte sich in seinen braunen Umhang und fragte sich fröstelnd, wie es nun weitergehen sollte. Niemand schien ihnen gefolgt zu sein, doch konnte er wirklich sicher sein? Was war, wenn Abū seine Drohung wahr machte und ihn bis in christliches Gebiet verfolgte? Oder würde Kamāl selbst, sobald er sich erholt hatte, nach ihm und dem Sternenmantel suchen? Der Sternenmantel. Konrad dachte daran, wie Kamāls Augen im Badehaus vor Wut gefunkelt hatten. Um den Mantel zu schützen, war er bereit gewesen, ihn zu töten. Doch selbst wenn Kamāl den Sternenmantel für immer verloren gab, wie sollte Konrad die Überfahrt nach Hause bezahlen?
Er starrte in die Dunkelheit und entschied, dass er als Arzt arbeiten würde, bis er die Summe zusammenhatte. Wie gut, dass er Harun

hatte. Sein stummer Sklave war so klug gewesen, die Arzttasche mit den Instrumenten einzupacken. Doch wo sollten sie bis dahin unterkommen, ohne Verdacht zu erregen? Wie sollte er den Sternenmantel beschützen? Was sollte er sagen, wenn die christliche Stadtwache ihn aushorchte? Konrad lauschte dem Gezirp der Grillen, dem Wind in den Olivenbäumen und wartete auf die Morgendämmerung.

Konrad musste doch eingeschlafen sein, denn als der Morgen anbrach, fühlte er seine steifen Glieder kaum noch. Seine tauben Gelenke knackten, als er sich dem ersten violettroten Glimmern am Horizont entgegenstreckte. Konrad fühlte, dass dies ein Augenblick war, in dem ein von Sorgen geplagter Mann für gewöhnlich auf die Knie sank und betete. Er wünschte, er könnte genau das tun. Er konnte es nicht.

In Damaskus hatte er zuerst nur zum Schein Allah verehrt und heimlich zum christlichen Gott gebetet, doch irgendwann hatte er damit aufgehört. Die arabischen Worte waren ihm so vertraut geworden. Nur aus Gewohnheit trug er immer noch das Kreuz unter den Gewändern versteckt. Wie alle anderen Studenten des Maristan Nuri hatte er sich angewöhnt, Allahs Gunst zu erflehen. Er tat es, wenn eine Operation bevorstand oder das Leben eines Patienten in Gefahr war.

Nachdenklich betrachtete er die immer heller werdenden Strahlen der aufgehenden Sonne und fragte sich, ob der Sternenmantel göttliche oder teuflische Mächte in sich barg. Konnte wirklich Gottes Segen über ihm liegen oder brachte er mit dem Mantel Unheil ins christliche Reich? Er drehte sich zögernd um und blinzelte zur christlichen Stadt hinüber. Würde sie ihn willkommen heißen? Er hatte sein Haupt so oft nach Mekka gebeugt, wie sollte er noch Zuflucht in der göttlichen Gnade des Auferstandenen finden? Hätte er doch den Sternenmantel auf den Kacheln des Badehauses liegen lassen, hätte er doch Kamāls Vertrauen niemals verloren. Er wünschte, er könnte wieder an Kamāls Seite im Maristan Nuri sein, um einem gelehrten Vortrag von Ali al-Farādīs zu folgen. Seufzend wandte er Sidon den Rücken und blickte zurück nach Osten, wo irgendwo in der Ferne die Minarette und die Moschee von Damaskus lagen. Wo der Muezzin nun zum Morgengebet rief und es einen Freund gab, den er für einen

goldbestickten Mantel verraten hatte. Etwas Ungewöhnliches unterbrach seine trüben Gedanken.
Beunruhigt heftete Konrad seine Augen auf einen Sandwirbel, der beständig näher kam. Er wusste, dass Schlafmangel und Erschöpfung Trugbilder hervorriefen. Schulterzuckend wollte er sich schon abwenden, doch irgendetwas hielt ihn zurück und so starrte er weiter hin. Der Wirbel aus gelbem und grauem Staub war nun gut zu sehen. Wie ein dunkler Schatten schälte sich die Gestalt eines Reiters aus den Staubwolken. Kamāl, dachte Konrad und sofort vergaß er seine Reue und seine Sehnsucht nach Damaskus. Er dachte nur noch daran, dass er den Sternenmantel um jeden Preis behalten wollte. Vorsichtig ging er in die Knie, beschirmte seine Augen mit einer Hand und tastete sich mit der anderen Hand rückwärts zum Zelt. Er strich über das flatternde Tuch und zischte: »Harun, da kommt ein Reiter! Den Bogen, spann den Bogen und bleib, wo du bist.«
Konrad erhob sich zögernd und beschirmte seine Augen weiter gegen die Strahlen der Morgensonne. Er hatte keine Ahnung, ob Harun ihn gehört hatte. Es raschelte im Zelt und das war Antwort genug. Er würde sich in Schussentfernung gut sichtbar neben den Olivenbaum stellen und den Ankömmling erwarten. Harun würde schon wissen, wann der richtige Augenblick gekommen war. Kamāl sollte nur kommen. Die Maultiere standen in einiger Entfernung, die Ballen waren ihnen vom Rücken genommen worden und lagen etwas abseits. Sobald Kamāl seine Hände auf die Gepäckballen legen würde, würde Harun einen Pfeil in seinen Rücken schießen. Kamāl würde niemals lebend mit dem Sternenmantel zurück nach Damaskus kommen. Sie würden seinen Leichnam, auf das Pferd gebunden, zurückjagen und wenn es Abū war, würden sie ihn im Sand verscharren.
Als sich die Silhouette deutlicher abzeichnete, konnte Konrad erkennen, dass dieser Mann größer war als Abū. Er trug auch nicht wie Kamāl einen Turban, sondern ließ seine Haare offen im Wind flattern. Das da war kein gläubiger Moslem, sondern ein verdreckter Ifranğ. Er trug einen zerschlissenen weißen Mantel, auf dem das Kreuz der Kreuzritter kaum noch zu erkennen war. Sein Gesicht war von Narben zerfurcht und von schwarzen Bartstoppeln bedeckt. Mit dem Blick eines Arztes erkannte Konrad, dass die große Adler-

nase, die unter den buschigen Augenbrauen hervorsah, schon mehrmals gebrochen worden war. Graue Strähnen zogen sich durch das Haar, das ihm wirr in die breite Stirn fiel. So ungepflegt sah nur ein Franke aus.

Konrad musterte den sich nähernden Fremden eindringlich und vergaß dabei fast, dass er selbst für den anderen wie ein Sarazene aussah. Hastig wickelte er den grünen Turban ab und ließ ihn zu Boden gleiten. Dann fingerte er an der Lederschnur um seinen Hals, zog ein schlichtes Holzkreuz unter dem Gewand hervor und platzierte es gut sichtbar auf dem braunen Umhang. Er hoffte, dass er sich nun deutlich in einen Christen verwandelt hatte, und rief dem Reiter möglichst unbekümmert entgegen: »Gott grüße Euch.«

Er hatte Deutsch gesprochen, obwohl der Mann aus einem französischen oder englischen Kreuzfahrerheer kommen konnte. Während er noch überlegte, ob er diesen Gruß in seinem holperigen Französisch wiederholen sollte, stieg der Reiter ab und nahm die Zügel seines müde wirkenden Pferdes in die Hände. Langsam führte er es zu Konrad hinüber und sah sich dabei um. Er ließ die Augen über das Zelt aus Tüchern, die grasenden Maulesel und die Gepäckballen wandern. Anscheinend beunruhigte ihn nicht, was er sah. Reisende Christen mit fremdartig wirkendem Gepäck waren keine Seltenheit. Saumzeug und Stoffe waren eindeutig nicht aus dem christlichen Abendland, doch das kümmerte den Mann wenig. Er selbst trug einen Krummsäbel, am breiten, mit arabischen Ornamenten bedeckten Ledergürtel. Als er schweigend neben Konrad stand, dachte dieser daran, dass ein verwehrter Gruß unter Rittern einer Kriegserklärung gleichkam. Nervös blickte er sich zum Zelt um und konnte die zitternde Spitze eines Pfeils unter den Tüchern erkennen. Warum grüßte der Kerl nicht? Ein Gruß zeigte, dass ein Ritter friedliche Absichten hatte und nicht kämpfen wollte. Endlich verzog der andere sein Gesicht zu einem angedeuteten Lächeln und sagte: »Gott gebe Euch einen guten Morgen.«

Konrad atmete erleichtert aus. Der Ritter wickelte sich die Zügel um die Faust, wandte sich der Stadt zu und fragte: »Was führt Euch nach Sidon?«

»Ich war Heeresmedicus in der Festung Tyron. Nun werde ich in Sidon gebraucht.« Das war nur eine halbe Lüge, denn bevor er nach

Damaskus gekommen war, war er jahrelang Medicus im Kreuzfahrerheer gewesen. Der Ritter wirkte besorgt, er runzelte die Stirn und fragte: »Ist in Sidon eine Seuche unter den Unsrigen ausgebrochen? Man fängt sich allerlei Krankheiten ein. Ich habe viele Pilger daran zu Grunde gehen sehen. Es war mein Auftrag, sie sicher zur Grabeskirche von Jerusalem zu begleiten. Doch was kann ein Schwert gegen eine Seuche ausrichten?«

»Seid unbesorgt. Es ist alles ruhig in Sidon.«

»Gott sei es gedankt. Ich habe nicht den ganzen Weg auf mich genommen, um in einem Hafen zu verenden«, er blickte zur Stadt hinüber und fügte leise hinzu: »Wie Sidon heute Morgen hat einst Akkon in der Morgensonne geleuchtet. Dreitausend auf Befehl von Richard Löwenherz erstochene Bewohner lagen nackt im Sand vor der Stadt. Ihr habt sicher davon gehört. Akkon blieb christlich, genau wie Jaffa. Saladin bewilligte den christlichen Pilgern den Zutritt zum Heiligen Grab in Jerusalem. Ihr sicheres Geleit war jahrelang mein mühsames Geschäft. Ich habe es aufgegeben. Es ist kein Lohn damit zu erringen.«

»Ihr erringt Gottes Lohn.«

»Ich erringe Gottes Lohn, während im deutschen Reich ein Schlitzohr von einem König mein Lehen an einen seiner Günstlinge verschenkt. Erst vor wenigen Wochen hat man mir davon berichtet, sonst wäre ich viel früher aufgebrochen, um zurückzufordern, was mir gehört.«

»König Philipp achtet das Recht. Ihr findet sicher Gehör.«

»Ich rede nicht von diesem staufischen Bastard, sondern von König Otto. Mein Lehen liegt in der Nähe von Braunschweig und nun soll es einem von Ottos Ministerialen gehören. Ich werde das nächste Schiff nehmen und mit diesem Schreiberling machen, was wir hier mit den stinkenden Heiden machen. Dann waren sie nicht ganz umsonst, die Jahre im Heiligen Land unter der dörrenden Sonne. Ich muss weiter. Gott behüte Euch. Ich beneide Euch nicht um den faden Kichererbsenbrei und das Ungeziefer unter den Decken der Soldaten.«

Der Kreuzritter wickelte sich die Zügel vom Handgelenk und schwang sich ächzend auf sein Pferd. Konrad murmelte: »Gott behüte Euch«, und blickte dem davonreitenden Ritter nach. Harun kam aus dem Zelt gekrochen und stellte sich neben ihn. Konrad sah, dass er immer noch den Bogen in der Hand hielt. Hinter ihnen raschelte Fatma im Zelt. Sie würde damit beginnen, Feuer zu machen und Kichererbsenbrei zu kochen. Fatmas Essen war niemals fad, sondern immer gut gewürzt. Schon bald war der Kreuzritter nur noch ein winziger Punkt in der Ferne und mit einem Mal hatte es Konrad sehr eilig, nach Sidon zu kommen. Der Kichererbsenbrei konnte warten. Er wollte dem Kreuzritter so schnell wie möglich ins Reich folgen und wenn er Glück hatte, nahmen sie ihn als Schiffsarzt mit.

August 1206, in der Nähe von Braunschweig

Der Ritter verlor keine Zeit damit, sich zu waschen oder sich das Haar schneiden zu lassen. Er kümmerte sich auch nicht darum, wo sich König Otto aufhielt. All das konnte warten. Während er an einem strahlenden Sommermorgen durch die grüne Landschaft ritt, dachte er daran, wie er als junger Mann vor fast zwanzig Jahren voller Begeisterung Friedrich Barbarossa ins Heilige Land gefolgt war. Er hatte darauf vertraut, dass sich sein Verwalter um alles kümmern würde. Der Verwalter war längst tot, genau wie Kaiser Friedrich. Der Ritter seufzte und blickte sich um.
Nach all den Jahren erschien die Landschaft seltsam vertraut und fremd zugleich. Er erkannte den Grenzstein, aber die Baumgruppe dahinter hatte er noch nie gesehen. Die Felder waren in einem guten Zustand. Alles gedieh prächtig. Die Ähren wiegten sich schwer und goldgelb und versprachen eine gute Ernte. Er lenkte sein Pferd auf den schmalen Feldweg und bewunderte die kräftigen Halme. Ottos Ministeriale schien etwas von der Bewirtschaftung eines Lehens zu verstehen. Gott verdamme ihn.
Es war bald Mittag und die Sonne begann im Nacken zu stechen. Er beeilte sich, das offene Feld hinter sich zu lassen und in ein kleines Waldstück einzubiegen. Er wusste, dass es bis zum Lehnshof nicht mehr weit war, und trieb sein Pferd an. Der Wald kam ihm dunkler und schattiger vor als der Wald seiner Erinnerung. Eine Elster kam

flatternd aus ihrem Nest hervor und das Pferd scheute zurück. Ganz in der Nähe plätscherte ein Bach. Als Kind hatte er dort Dämme gebaut und Holzboote treiben lassen. Das vertraute Geräusch wurde von einem hellen Gesang begleitet. Die Stimme war so schön, dass sie einer Waldnymphe gehören musste. Der Ritter sprang vom Pferd und ließ es an einen Baum gebunden zurück. Geduckt schlich er durch das Unterholz und näherte sich vorsichtig dem Bach. Eine junge Frau hatte ihm den Rücken zugekehrt und stand bis zu den Knöcheln im Wasser. Ihr langes, helles Haar hing ihr in Wellen bis zur Hüfte. Er hielt den Atem an und lauschte. Sie hob die Stimme und sang: »Dann pflück' ich Blumen, wo's früher geschneit«, dann verstummte sie.
Als alles still war, bemerkte der Ritter, dass sie ein schlichtes Kleid trug und ein schäbiger Korb im Gras stand. Ein großer schläfriger Hund döste daneben und zuckte nur hin und wieder gleichgültig mit dem Schwanz. Schweigend und mit den Füßen im Wasser plantschend, war sie nun für den Ritter nichts weiter, als eine junge Magd, die sich am Bach die Zeit vertrieb. Eine leichte Beute für einen Mann, der so lange keine Frau mehr besessen hatte, dachte er zufrieden. Doch da sollte er sich täuschen.
Die junge Frau mit der schönen Stimme war keine einfache Magd. Sie hieß Mechthild und war die neue Herrin des Lehens. Der schläfrige Hund war auch keineswegs so harmlos, wie er aussah. Während der Ritter näher kam, öffnete der Hund kurz die Augen, um sie gleich wieder zu schließen: Mit so einer erbärmlichen Kreatur würde seine Herrin allein fertig werden. Mechthild warf dem Hund einen Blick zu und wandte sich dann dem verdreckten Ritter zu, der zwischen den Büschen hervorgekrochen kam.
Abschätzig betrachtete sie den Mann mit der gebrochenen Nase und den vernarbten, unrasierten Wangen. Solche wie den, kannte sie zur Genüge. Sie hatten immer denselben Ausdruck im Gesicht. Es war eine Mischung aus Gier, Selbstüberschätzung und Stumpfsinn. Sie war es leid, sich immer und überall mit solchen Männern herumärgern zu müssen. Erst gestern hatte es einer gewagt, die Pachtzinsen anzuzweifeln. Sie verrechnete sich nie, deshalb war ihr Tuchhandel in der Stadt so erfolgreich. Auch dort traf sie Männer, die einer Frau nichts zutrauten: hochnäsige Handelspartner, aufbrausende Flussschiffer und

eingeschnappte Färber. Nun kam schon wieder einer und dieses Exemplar stierte sie an, als hätte es noch nie eine Frau gesehen. Verärgert raffte sie ihr Gewand über den Knien und stieg aus dem Bach. Ehe er etwas sagen konnte, herrschte sie ihn an: »Was wollte Ihr? Hier gibt es keine Arbeit, fragt nebenan beim Mühlenbächler.«
Der verlotterte Ritter strich sich eine wirre graue Strähne zurück und suchte offenbar nach Worten. So ein Trottel, dachte Mechthild und bückte sich nach dem leeren Korb. Der Hund hob fragend den Kopf und ließ ihn wieder erschöpft auf seine Pfoten sinken. Schließlich räusperte sich der Ritter, nahm die Schultern zurück und sagte wichtigtuerisch: »Ich bin der Herr dieses Lehens. Wenn du eine Leibeigene vom Lehnshof bist, dann gehörst du mir!«
Mechthild glaubte, nicht richtig zu hören. Was redete der Kerl? Sie war die Herrin dieses Lehens. Daran bestand gar kein Zweifel. Ihr Mann Anselm war Ministeriale und hatte das Lehen vor vielen Jahren von König Otto erhalten. Zum Dank für seine Treue. Wer war dieser komische Kauz? Wieso musste er ausgerechnet dann auftauchen, wenn sie einmal die Zahlen vergessen und sich die Füße kühlen wollte? Das kommt davon, wenn man sich gehen lässt, hätte Tante Herrad bestimmt schadenfroh geschnauft. Der Ritter schnaufte nun auch, doch klang es eher lüstern.
Er machte einen Schritt auf sie zu und streckte den Arm vor, um sie zu packen. Der Hund knurrte leise und Mechthild wich zurück. Er war der Herr dieses Lehens? Das musste der vorige Besitzer sein. Sie hatten angenommen, dass der Mann vor Akkon niedergemetzelt worden war. Sie hatten sich geirrt. Seine bleichen Knochen lagen nicht im Sand verscharrt, er war nicht verwest, sondern stand nun erwartungsvoll grinsend vor ihr. Heilige Margareta steh mir bei! Was sollte sie nur tun? Warum musste Anselm immer fort sein, wenn sie ihn brauchte? Anselm war beim König und sie war ganz allein auf dem Hof. Doch das brauchte der Kerl ja nicht zu wissen.
Trotzig reckte Mechthild ihr Kinn vor und sagte schnippisch: »Wagt es ja nicht, mich anzurühren! Ihr werdet es mit Eurem Leben bezahlen, denn ich bin König Ottos Lieblingsmätresse.«
Der verblüffte Mann senkte den Arm und blinzelte verunsichert. Mechthild stemmt die Hände in die Hüften und fand, dass es an der

Zeit war, ihn so richtig einzuschüchtern. Im Einschüchtern war sie gut, noch besser konnte sie lügen. Gott möge ihr vergeben, doch es blieb ihr keine andere Wahl. Bedeutungsvoll senkte sie die Stimme: »Der König ist zwar seit Monaten im belagerten Köln eingeschlossen, glaubt aber nicht, ich wäre ohne Schutz. Dort drüben im Haus versammeln sich gerade die wichtigsten Ritter des Landes, um über das weitere Vorgehen zu beraten. Der beste Kämpfer unter ihnen ist Ottos Ministeriale Anselm, dem dieses Lehen gehört. Fürchtet sein Schwert! Sein Ruf ist im ganzen Land bekannt und er wird nicht zögern, Euch in Stücke zu hauen.«

Das war eine dreiste Lüge. Anselm war ein Mann der Feder. Im Schwertkampf war er ziemlich mäßig. Sie konnte nur hoffen, dass der Ritter lange genug in der Fremde gewesen war und erst seit kurzem wieder zurück im Reich. Wenn er nur einen Funken Verstand besaß, würde er wissen, dass Versammlungen der Ritterschaft auf Burg Dankwarderode in Braunschweig und nicht auf einem abgelegenen Lehen stattfanden. Anscheinend besaß er keinen Verstand, denn er wich beeindruckt zurück und blickte sich ängstlich um. Der Zufall wollte es, dass gerade Stimmen und Pferdegewieher vom Lehnshof herüberdrangen. Wer konnte wissen, wie viele Pferde dort unterstanden? Der verunsicherte Kreuzritter duckte sich und fragte kleinlaut: »Es sind viele, sagt Ihr? Und ihre Schwerter dienen alle der Sache des Ministerialen Anselm?«

Mechthild nickte freundlich und fügte großzügig hinzu: »Ich rate Euch, nach Braunschweig zu ziehen. Dort könnt Ihr mit Schaukämpfen auf dem Marktplatz Euer Brot verdienen. König Otto ist bald zurück. Er wird Euch anhören und Euch zu Eurem Recht verhelfen.«

»König Otto ist im belagerten Köln eingeschlossen?«

»Es kann nicht mehr lange dauern.«

Er musterte misstrauisch ihr schlichtes Gewand. Anscheinend war er sich nicht sicher, ob er wirklich eine vornehme Dame vor sich hatte. Unsicher fragte er: »Ottos Mätresse, sagt Ihr?«

Mechthild versuchte ein freundliches Lächeln, doch es geriet etwas schief. Er begann, an ihren Worten zu zweifeln. Um ihn abzulenken, sagte sie schmeichelnd: »Die Schaukämpfe in Braunschweig werden gut bezahlt. Ihr seht mir aus wie ein Mann, der zu kämpfen versteht.«

Der Ritter nickte selbstgefällig: »Bis der König zurückkommt, haben mich die Schaukämpfe reich und berühmt gemacht.«

»Euer Ruhm wird im ganzen Reich bewundert werden. Was bedeutet da schon ein kleines Lehen?«

Das hätte sie lieber nicht sagen sollen. Ein kleines Lehen bedeutete ihm anscheinend eine ganze Menge. Sein Gesicht verdüsterte sich und er knurrte: »Denkt nicht, dass ich meine Zeit ewig auf den Marktplätzen vertrödeln werde! Ich bin gekommen, um mein Recht zu fordern. Ich werde um dieses Lehen kämpfen. Wenn Worte nicht ausreichen, dann mit Waffen. Dieser Ministeriale soll sich in Acht nehmen. Und Ihr solltet das auch tun! Ich kann es nicht leiden, wenn ich an der Nase herumgeführt werde. Vor allem nicht von einer schönen Frau.«

Er warf ihr noch einen drohenden Blick zu, dann verschwand er in den Büschen.

Mechthild schloss die Augen und sandte ein Stoßgebet zur heiligen Margareta. Für dieses Mal war sie den Mann los. Doch er würde nicht locker lassen und wenn man es genau nahm, war das Recht sogar auf seiner Seite. Sie stieß einen Pfiff aus und der Hund folgte ihr durch das hohe Gras. Mechthild runzelte die Stirn und dachte nach. Belagerungen dauerten manchmal den ganzen Winter. König Philipp würde Köln nicht so schnell aufgeben, denn Köln war die größte Handelsstadt im Reich. Sie musste es wissen, denn schließlich war sie selbst eine Kaufmannstochter aus Köln. Sie war vor vielen Jahren in dieses trübe, unfreundliche Herzogtum gekommen und sehnte sich immer noch nach ihrer Heimatstadt am Rhein. Während sie den Pfad zum Haus hoch lief, fasste sie einen Entschluss: Sie würden dem Kreuzritter zuvorkommen und König Otto zuerst um Unterstützung in diesem Rechtsstreit bitten. Es musste einen Weg geben, um in die belagerte Stadt zu gelangen. Anselm kannte sich mit dem Recht aus und er würde es so drehen, dass der Kreuzritter den Rest seines Lebens damit verbrachte, sich mit Schaukämpfen auf den Marktplätzen sein Brot zu verdienen. Von den Pachtzinsen würde er keinen Pfennig sehen. Sie hatte so viel Arbeit in das Lehen gesteckt

und sie hasste es, wenn sie sich anstrengte und es kam nichts dabei heraus. Sie musste unbedingt nach Köln und um ihr Lehen kämpfen.
Vor dem Haupthaus stand ein Pferd und aus dem Inneren des Hauses erklangen Stimmen. Mechthild kannte das Pferd gut. Es war ein ruhiges, friedliches Tier. Genau wie sein Besitzer, dessen Stimme nun aus dem Haus herüberklang. Friedrich war zurück, dachte sie erleichtert, ihr zuverlässiger Handelsgehilfe aus Braunschweig. Er war ein Mann, dem sie ganz und gar vertrauen konnte. Manchmal war er zwar ein bisschen langweilig und er gab zu schnell nach. Im Gegensatz zu Anselm sah er jedoch keinen Reiz darin, sich mit ihr zu streiten. Keiner war wie Anselm. Sie hatte ihn seit vielen Monaten nicht mehr gesehen und vermisste ihn. Vielleicht sollte sie schon allein wegen ihm nach Köln gehen, um ihn endlich wiederzusehen. Sie würde einen Weg finden, in die belagerte Stadt zu gelangen. Es würde nicht leicht sein und vor allem musste sie Friedrich von ihren Plänen überzeugen. Er würde allerlei vernünftige Einwände haben und am Ende nachgeben, das tat er immer. Siegessicher klopfte sie seinem gutmütigen Pferd auf den Hals und betrat das Haus.

August 1206, in der Nähe der Burg Trifels

Dame Johanna mied die Falkenjagd, wann immer es möglich war. Natürlich wusste sie, dass der Falke in der Minne das Symbol für den an die Dame gebundenen Mann war. Doch sie gab nichts auf die feinsinnige Bildersprache der Minne. Sie hielt die dressierten Raubvögel vor allem für hochmütig und unberechenbar.
Zu ihrem Kummer fanden in diesem Sommer im deutschen Reich ungewöhnlich viele Falkenjagden statt. Vielleicht lag es daran, dass der Winter besonders hart gewesen war. Vielleicht lag es auch daran, dass es im Reich immer noch zwei Könige gab, die sich gegenseitig belauerten. Es war eine verfahrene Situation, in der die Anhänger der Welfen König Otto und die der Staufer König Philipp huldigten. Eine Jagd war ein billiges Vergnügen, um von der unerfreulichen Politik abzulenken und um Gefolgsleute an sich zu binden.

Johanna war eine der Hofdamen von Königin Irene. Sie interessierte sich nicht für die Gründe, weshalb König Philipp an diesem Morgen zur Falkenjagd aufgebrochen war. Sie war eine zierliche junge Frau, die sich vor so manchem fürchtete. Nicht nur Raubvögel, auch Pferde und Spinnen bereiteten ihr Unbehagen. Normalerweise war das kein Problem, da sie den Winter über in der beheizten Kemenate saß und sich am Geplapper der anderen Hofdamen beteiligte. An diesem Morgen jedoch hatte Walther von der Vogelweide darauf bestanden, dass sie sich das Spektakel der königlichen Falkenjagd ansah. Der berühmte Sänger schaffte es immer, sie aufzumuntern. Dafür ertrug sie geduldig all seine Launen und wenn es sein musste, auch die Falkenjagd.

Johanna und Walther standen einträchtig auf einem sanft ansteigenden Hügel und blickten, an ein morsches Gatter gelehnt, auf die grünen Weiden und Wiesen hinab. Von hier oben würden sie die zurückkehrende Jagdgesellschaft viel besser sehen können als die kleine Gruppe aufgeregter Damen, die sich etwas weiter unten versammelt hatte und deren helle Stimmen Johanna hören konnte.

Sie beobachtete misstrauisch eine Spinne, die sich vorwitzig ihrem Handrücken näherte. Ihre Hände waren keine gewöhnlichen Hände. Es waren Hände, die im Dienst der Königin standen. Über den Hof von König Philipp hinaus war bekannt, dass sie über besondere Heilkräfte verfügten. Manche nannten es ein Gottesgeschenk, andere Hexerei.

Walther, der kleine rundliche Mann, der neben ihr lehnte, hatte offensichtlich ganz andere Sorgen. Johanna stützte sich ab und lehnte sich so weit vor, dass ihre weiten, langen Ärmel fast das feuchte Gras berührten. Prüfend betrachtete sie ihren Freund. Wenn Walther auf diese Weise seinen Mund verzog und den Kopf in den Nacken legte, dann schmollte er. Sie vermutete, dass er diesmal mit König Philipp haderte. Walther klagte seit langem darüber, dass der König ihn nicht ausreichend entlohnte. Nachdem er den König nach seiner Krönung mit Jubel überschüttet hatte, verfasste er in letzter Zeit nur noch Lieder über dessen Geiz. Die Spinne war verschwunden und Walther begann, leise in die Hände zu klatschen, und summte die Zeilen eines Liedes vor sich hin: »Tam ta tam … Denk doch an den freigebigen

Saladin, der da sagte, Königshände sollen durchlässig sein, dann würden sie gefürchtet wie geliebt.«

»Wie könnt Ihr unseren christlichen König mit einem Sarazenen vergleichen? König Philipp ist nicht Sultan Saladin.«

»Daran müsst Ihr mich nicht erinnern, dennoch könnte er mir einen neuen Mantel gönnen oder zumindest ein Lehen.«

Johanna unterdrückte ein Lächeln. Walther träumte schon seit langem von einem eigenen Lehen. Es war fraglich, ob er es je erhalten würde. Ein Fahrender wurde für gewöhnlich mit abgelegten Kleidungsstücken entlohnt. Sie hatte einst einen jungen Sänger geliebt und wusste Bescheid. Obwohl sie ihn vergessen wollte, dachte sie noch oft an ihn. Wäre Konrad doch niemals fortgegangen! Er hätte die richtigen Worte gefunden, um Walther zu besänftigen. Geduldiger, als sie es vermochte, hätte Konrad erklärt, dass der Thronstreit Unmengen verschlang. Philipp konnte es sich zurzeit nicht leisten, großzügig zu sein. Es war nicht gerecht, ihn mit dem sagenumwobenen Saladin zu vergleichen. Saladin, Johanna seufzte, wie kam Walther nur auf Saladin? Er war doch niemals in Damaskus gewesen, außerdem war der Sultan längst tot. Während sie noch darüber nachdachte, wie sie Walther wieder für König Philipp einnehmen konnte, waren plötzlich laute Stimmen, Hufschläge und Gewieher zu hören.

Die Jagdgesellschaft kehrte zurück.

König Philipp kam auf seinem mit rotem Zaumzeug geschmückten schwarzen Hengst als Erster um den Hügel herum. Trotz der Entfernung konnte Johanna seine schlanke Gestalt und das blonde kinnlange Haar gut erkennen. Der König trug ein hellgrünes mit großen silbernen Rauten besticktes Gewand und hielt sich sehr aufrecht. Ihr Herz schlug bei seinem Anblick ein bisschen schneller und sie lehnte sich noch ein Stück vor. Sie fand, dass der mächtige Falke auf seinem eleganten weißen Handschuh sehr selbstgefällig aussah. Es schien eine erfolgreiche Jagd gewesen zu sein, denn die Ritter wirkten entspannt und heiter. Die Damen hatten ihren Falken Bänder um die Krallen gewunden und trugen Bänder in denselben Farben im Haar. Walther schien von dem Anblick nicht sehr beeindruckt zu sein. Er schüttelte missbilligend den Kopf und knurrte: »Wenn sie genau unter uns sind, dann stimme ich das Lied an. Von hier oben trägt es weit und es wird sehr wirkungsvoll sein.«

»Welches Lied?«, fragte Johanna beunruhigt und ließ den König nicht aus den Augen. Nun verstand sie, warum Walther sie dabeihaben wollte. Sie sollte seine Tollkühnheit bewundern, wenn er den König mit einem Lied herausforderte. Walther schnaufte und erklärte unwillig: »Welches Lied? Na, das über den freigebigen Saladin.«

Die Gruppe war nun fast unter ihnen. Walther räusperte sich erwartungsvoll und bückte sich unter dem Gatter hindurch. Johanna folgte ihm ungeschickt. Ihr Haarkranz löste sich und die braunen Flechten schaukelten vor ihrem Gesicht. Sie mühte sich mit der langen, nun völlig durchnässten Schleppe ab und überlegte, wie sie Walther davon abhalten könnte. Er würde den König erzürnen und von der Burg gejagt werden. Wer würde sie dann an trüben Tagen aufmuntern? Der kleine dicke Sänger konnte zwar lästig sein, doch ohne ihn war es am Hof furchtbar langweilig.

Ihre Gedanken wurden durch Walthers Klatschen jäh unterbrochen. Das Klatschen hallte über die stille Wiese und wurde von den umliegenden Hügeln zurückgeworfen. Johanna stolperte erschrocken vorwärts und fiel in ein Gestrüpp. Ihre Hände verfingen sich in dornigen Zweigen und einer der Zöpfe löste sich. Zwischen den braunen Strähnen hindurch konnte sie sehen, wie sich der Hengst des Königs wiehernd aufbäumte. Der König brüllte und straffte die roten Zügel. Sein Falke stieg flügelschlagend in die Höhe. Der Hengst warf sich nach vorn und raste auf die Gruppe der wartenden Damen zu.

Johanna starrte entsetzt auf die Staubwolke. Sie hörte trommelnde Hufschläge und grelle Schreie. Sie rappelte sich hoch und keuchte mit der Schleppe im Arm an Walther vorbei den Hügel hinab. Walther schrie: »Oh, seht Euch das an! Sein kostbarer arabischer Hengst verliert die Nerven. Das Tier hat den Namen Saladin wahrlich nicht verdient. Er geht durch, er geht einfach durch. Wartet auf mich!«

Sie hielt einen Moment inne und war verwirrt, wieso er schon wieder von Saladin sprach. Dann begriff sie, dass der Hengst des Königs Saladin hieß, und sie rannte weiter. Die Hufschläge hatten sich entfernt, der schwarze Hengst war mit dem König um den Hügel gestürmt. Saladin hatte Verwüstung und Entsetzen zurückgelassen. Einige Damen hatten die Hände vor das Gesicht geschlagen und kauerten am Boden. Andere knieten wimmernd im Dreck und eine Dame stand nur da und schluchzte ununterbrochen: »Der Herr erbarme sich. Der Herr erbarme sich.«

Ein junges Mädchen lag blass und mit verrenkten Gliedern im Staub. Ein gewaltiger Hufschlag hatte ihre Stirn eingedrückt. Die ersten Fliegen umtanzten die offene, blutige Wunde. Johanna fiel atemlos neben der jungen Frau auf die Knie und verscheuchte die Fliegen. Sie trug ein blassrosa Kleid, dessen mit Falken bestickte Goldborte sich bereits mit Blut voll gesogen hatte. Ihr rotblondes Haar war mit dem Brenneisen zu großen Locken gedreht worden, die nun wirr auf den bleichen Wangen klebten. Johanna presste den Stoff ihrer Schleppe auf die Stirnwunde und wischte das Blut aus der Halsbeuge. Schweigend standen Philipps Gefolgsleute, die Damen und die Ritter um sie herum und beobachteten jede ihrer Bewegungen. Walther war plötzlich neben ihr und obwohl niemand sie behinderte, brüllte er ungehalten: »Lasst sie ihre Arbeit tun. Sie ist die Heilerin der Königin. Sie kann ihr helfen. So geht doch zur Seite!«

Johanna beachtete ihn nicht. Wenn ihre Heilkräfte benötigt wurden, dann vergaß sie alle ihre Ängste und wurde ruhig. Vorsichtig untersuchte sie den leblos daliegenden Körper. Gab es noch Kräfte, die sie wecken konnte, oder war bereits alles Leben entwichen? Sie tastete am weißen Hals des jungen Mädchens entlang und legte ihre Hände auf den blutdurchtränkten Stoff unter der Falkenborte. Sie konnte nichts spüren. Keine verborgenen Kämpfe im Inneren der Seele. Kein Ringen mit dem letzten Funken Leben. Kein noch so schwaches Flimmern, das sie mit der Heilkraft ihrer Hände leiten und verstärken könnte. Johanna fühlte, wie ihre Hände eiskalt wurden und ihre Unterlippe zitterte. Sie wünschte, sie könnte es versuchen, doch es wäre ein gottloses Schauspiel. Sie nahm die Hände vom Körper und schüttelte den Kopf.

Das Mädchen war tot. Niemand konnte ihr mehr helfen. Der Hengst des Königs hatte ihren Schädel zertrümmert. Johanna konnte spüren, wie die Menschen zurückwichen. Ein Ritter zischte: »Nehmt doch die Hexe da weg und holt Meister Jacobus.«

Sie tat so, als hätte sie ihn nicht gehört, richtete sich auf und sagte leise: »Ich kann nichts mehr tun. Gott ist der Herr über Leben und Tod. Sie sollte zu Vater Ambrosius in die Burgkapelle gebracht werden.«
Sie legte die steifen, weißen Finger des Mädchens übereinander und wollte ein Gebet sprechen. Plötzlich durchbrach ein Schrei die Stille.
Ein dunkel gekleideter junger Ritter drängte sich durch die Menge, schubste Walther zur Seite und warf sich neben dem toten Mädchen zu Boden. Seine schwarzen Locken standen wirr vom Kopf ab und seine langen Ärmel wirbelten den Staub auf. Er schüttelte den leblosen Körper und schluchzte: »Nein, du darf nicht tot sein, nein! Du bist doch das Liebste, was ich habe! Nein, nein, wach auf, bitte meine Liebste, schlag die Augen auf. Sieh mich an!«
»Herr«, sagte Johanna leise und beugte sich zu ihm, »Herr, sie wird ihre Augen erst im Paradies öffnen und Gott in seiner Herrlichkeit schauen.«
Der Ritter bedeckte das Gesicht des Mädchens mit Küssen. Johanna wich zurück, um ihn in seinem Schmerz nicht zu stören. Ein weißer Handschuh legte sich auf ihre Schulter und schob sie sanft zur Seite. Neben ihr kniete der König. Philipps Gesicht war schweißbedeckt und er atmete schwer, zwischen den Atemstößen stieß er hervor: »Herr Graf, Pfalzgraf, hört mich an. Es tut mir unendlich Leid, ich bin untröstlich. Ich werde den Hengst eigenhändig töten. Saladin wird dafür sterben.«
Der Kopf des Ritters wirbelte beim Klang der Stimme zurück. Sein Gesicht war mit dem Blut des Mädchens beschmiert und seine Augen waren schwarz und voller Bitterkeit. Er starrte den König an und sagte tonlos: »Sie war mein Mündel und im Sommer sollte sie meine Frau werden. Gebt sie mir zurück, mein König. Gebt sie mir zurück!«
Die Ritter begannen unruhig mit den Stiefeln zu scharren, Schwertgeklirr war zu hören und irgendwo bei den Pferden schlugen Falken mit den Flügeln. Der König hob beschwichtigend die Hände und richtete sich auf: »Herr, das kann ich nicht. Gott weiß, es war ein Unfall.«
»Gebt sie mir wieder, sonst möge Gott Euch beistehen.«

Einige Ritter zogen nun ihr Schwert und stellten sich breitbeinig hinter den König. Johanna rutschte verängstigt etwas zur Seite und Walther zog sie aus dem Kreis der Männer zu sich hinüber. Sie wagte kaum zu atmen, während sie im Staub kauerte, auf ihre blutige Schleppe starrte und gespannt auf die Antwort des Königs wartete. Der König zögerte einen Moment, dann sagte er beschwörend: »Wenn es Euer Wunsch ist, dann gebe ich Euch eine meiner Töchter zur Frau. Würde die Hand einer Königstochter Euren Schmerz lindern?«
Die Ritter nickten beifällig, doch der Pfalzgraf antwortete nicht. Er starrte durch den König hindurch, als hätte er ihn nicht gehört. Dann presste er seine Finger vor die Augen. Seine Schultern begannen zu beben. Einer der Ritter knurrte unwillig: »So ein großzügiges Angebot und der Mann schlägt es aus.«
Die Umstehenden nickten und wisperten hinter dem sich entfernenden König her: »Für den freigebigen König ist sein Schweigen eine Beleidigung!«
»Wie kann er unserem König eine Antwort verwehren. Für wen hält er sich?«
»Er gilt als ungestüm und unbeherrscht. Seht, wie er heult, als wäre er ein Säugling.«
Die Ritter lachten abfällig und entfernten sich.
Walther half Johanna auf die Beine und wischte unbeholfen an ihrer Schleppe herum. Johanna beachtete ihn nicht, sondern sah besorgt zum Pfalzgrafen hinüber, den zwei Männer von seinem toten Mündel wegführten. Er wandte sich immer wieder zu ihrem leblos daliegenden Körper um. Er hat es noch nicht begriffen, dachte Johanna, solange er ihren Tod nicht wahrhaben will, kann ihn nichts und niemand trösten. Auch die großzügig angebotene Hand einer Königstochter nicht. Als die Männer an Johanna vorüberkamen, blickte sie in das tränennasse Gesicht des jungen Mannes und sie fühlte sich plötzlich hilflos und verloren. Walther flüsterte mit rauer Stimme: »Kommt, Ihr könnt hier nichts mehr tun.«
Johanna wandte sich zu ihm und sagte leise: »Er wird keine Ruhe geben.«
»Ich hätte die Hand der Königstochter angenommen. Was nützt ihm ein toter Hengst?«

»Der Pfalzgraf hadert mit dem Tod. Seine Seele hat sich verdunkelt und der Schmerz verdrängt jeden Gedanken.«

»König Philipp bereut sicher bereits sein großzügiges Angebot. Er hat sich hinreißen lassen. Bald ist er wieder so geizig wie eh und je. Seid versichert, er wird weder seinen kostbaren Hengst töten noch die Hand seiner Tochter hergeben.«

»Euer Klatschen …«

»Was kann ich dafür, wenn der arabische Hengst durch deutsche Klänge verschreckt wird? Soll ich deshalb Arabisch singen?«

Walther zog beleidigt die Schultern hoch und sah sie herausfordernd an. Johanna seufzte und sagte bedauernd: »Werdet Ihr fortgehen?«

»Noch heute breche ich auf und beehre den Landgrafen von Thüringen, der auch für seine verschwenderische Großzügigkeit bekannt ist, mit meiner Dichtkunst.«

Johanna überlegte, ob sie ihn zurückhalten und zum Bleiben bewegen sollte. Doch dann schwieg sie, weil ihr die Gefahr bewusst war, in der Walther sich durch sein Klatschen befand. Sie folgte ihm zur Burg, begleitete ihn jedoch nicht in den Knappensaal, wo er seine Laute und sein spärliches Gepäck zurückgelassen hatte, sondern lief zur Burgkapelle, um das tote Mädchen noch einmal zu sehen.

Johanna wachte den restlichen Tag und die ganze Nacht bei der Toten. Sie wachte nicht allein.

Im flackernden Licht der Kerzen schimmerte das unbewegte, bleiche Gesicht des jungen Pfalzgrafen. Johanna spürte, dass sein Schmerz dunkel, zerstörerisch und machtvoll war. Die ganze Nacht wurde sie das unbehagliche Gefühl nicht los, dass er sie alle damit vernichten könnte.

November 1206, auf der Burg Trifels

Drei Monate später stand Konrad an einer Weggabelung und blickte zur mächtigen staufischen Festung hinüber. Dunkle schwarze Wolken hingen regenschwer über den grauen Türmen von Trifels und ein frischer Wind kündigte ein nahendes Unwetter an. Der Wind fuhr unter die Gepäckballen und löste eines der Tücher. Es flatterte zwischen den Hufen der Lasttiere hin und her. Bevor Harun es bemerkt hatte, war Konrad abgestiegen und versuchte den gelösten Strick wieder zu befestigen. Während er sich abmühte, verfluchte er zum hundertsten Mal, dass er so lange in Sidon geblieben war. Durch den verspäteten Aufbruch waren sie in die Herbststürme geraten, die ihre Reise beschwerlich gemacht hatten.

In Sidon hatte Konrad zwar viele Verbände anlegen und Kräutertees einflößen müssen, bis er das Geld für die Überfahrt zusammenhatte. Doch die Verzögerung war dadurch entstanden, dass er immer mehr Dinge besorgen wollte, die er unbedingt mit ins Reich nehmen musste. Er hatte gewusst, dass er so Abū und Kamāl die Möglichkeit gab, ihn zu finden. Vielleicht hatte er sogar darauf gehofft. Wie gern hätte er alles ungeschehen gemacht! Wie oft hatte er bereut, dass er den Sternenmantel genommen und sich einen Freund zum Feind gemacht hatte! Die Wochen waren vergangen und ihm war immer noch etwas Neues eingefallen. Sein Gepäck hatte sich vergrößert und mit den Gepäckballen war Konrads Unentschlossenheit gewachsen, das Land zu verlassen. Schließlich war er dennoch aufgebrochen.

Der Mann, der nun den Strick verknotete, sich auf sein Reittier schwang und seinen Weg nach Trifels fortsetzte, war ein wohlhabend wirkender Mann. Vor vielen Jahren war er mit nichts als einem Holzkreuz um den Hals, seiner Laute und ein paar Arztinstrumenten am Gürtel zum Studium der Medizin aufgebrochen. Damals hatte ihm der einäugige Torwächter von Trifels häufig Scherereien gemacht. Diesmal würde er ihn passieren lassen.

Konrad sah aus wie ein prächtig gekleideter Gesandter. Er trug einen senffarbenen mit bronzenem Blattwerk bestickten Mantel und einen blauen Turban. Er hatte zwei fremd aussehende Sklaven und eine Reisetruhe dabei. Die große Truhe schwankte auf dem Rücken eines der Lasttiere bedenklich hin und her. Sie enthielt gebogene Instrumente zum Ausschaben von Wunden, unzählige günstig erstandene Werke arabischer Gelehrter, kostbare gläserne Krüge und seidene Kissen. Natürlich hatte er nicht vergessen, Jasmin-Duftpaste aus Aleppo für Johanna mitzubringen. Er hatte sie zwischen die Falten des Sternenmantels gesteckt, der in dem unauffälligen schwarzen Bündel verborgen war. Niemand hatte das Bündel während der Reise beachtet. Dennoch schien es Konrad, als würde es von innen heraus

leuchten und das erfüllte ihn sowohl mit Freude als auch mit Unbehagen.
Sie erreichten das Tor der Burg in dem Augenblick, als der Regen einsetzte, und wurden von dem einäugigen Wachmann misstrauisch gemustert: »Wer seid Ihr, Herr?«
»Ich bin ein treuer Gefolgsmann unseres Königs und bringe ihm Nachricht aus dem Heiligen Land. Du hast nichts zu befürchten. Weilt Meister Jacobus, der gelehrte jüdische Medicus, noch auf der Burg? Bring mich zu ihm und nimm dies für deine Mühe.«
Konrad holte drei Dīnāre aus seinem Gürtel und reichte sie dem verdutzten Mann. Der Einäugige sah ihn erst ungläubig an, dann betrachtete er die Münzen in seiner Hand, verbeugte sich und erklärte freundlich: »Folgt mir, Herr. Ich bringe Euch zu ihm. Der alte Jacobus wird sich freuen, von einem weit gereisten Mann beehrt zu werden.«
In diesem Moment begann ein durchdringender Lärm vom Westturm herüberzudringen. Balken krachten aufeinander, Gewinde knirschten, Männer brüllten und Hammerschläge dröhnten. Der Einäugige seufzte und erklärte verärgert: »Sie bessern eine Mauer aus und der Wind bringt das Gerüst zum Wanken. Alle Bauarbeiten auf der Burg sollten vor dem Winter abgeschlossen sein. Nicht mehr lange und der erste Schnee fällt. Ich spür es dort, wo mir ein verdammter Hurensohn das Auge herausgeschossen hat.«
Konrad nickte und zog sich seine Kapuze über den Kopf. Dicke Regentropfen fielen und der Wind hatte zugenommen. Besorgt blickte Konrad zu den Ställen und den Wohngebäuden hinüber. Bevor es ein richtiger Platzregen wurde, musste der Sternenmantel sicher verwahrt sein.

Während Konrad dem Einäugigen über den zugigen Burghof folgte, döste Johanna auf einer gepolsterten Fensterbank. Träge beobachtete sie die Damen Engeltrud und Richilde. Die Hofdamen saßen über ihre Stickrahmen gebeugt und ließen sich von dem plötzlich einsetzenden Baulärm nicht stören.
Johanna richtete sich benommen auf. Das Dröhnen der Schläge hatte sie in ihren schönsten Träumen gestört. Seit Walther fort war, träum-

te sie wieder den ganzen Tag vor sich hin. Doch welche Frau konnte schon davon träumen, dass sich der Mann ihres Herzens auf einem Schimmel näherte, wenn es unablässig klopfte und krachte? Das Bild war zerplatzt und einem eintönigen Tag gewichen, der sich wie viele andere eintönige Tage ereignislos dahinzog. Seufzend strich sie eine aus dem Haarkranz gerutschte Strähne zurück und unterdrückte ein Gähnen. Es ist zum Verrücktwerden, dachte sie schläfrig und rieb sich die Augen. Warum waren alle Burgen immer riesige Baustellen? Als wäre das Leben auf einer Burg nicht schon unbequem genug, immer mussten sie vergrößert und verstärkt werden. Trifels war sowieso schon imposant – imposant und unerträglich. Obwohl es unendlich viele Räume in den unübersichtlichen Wohnbereichen gab, waren sie alle eng und kalt. Selbst eine beheizte Kemenate war auf Trifels nicht so, wie sie sein sollte. Die verstopften Abzüge verrußten die Wandbehänge, durch die undichten Fenster zog es und die kleinen Öllampen gaben nur spärlich Licht. Wäre sie doch bei Walther auf der Wartburg. Beim Landgrafen von Thüringen sollte es so lustig zugehen.

Johanna beobachtete gerade, wie Richilde einen langen Faden zerbiss, als ein gewaltiger Lärm losbrach. Es klang, als ob das Jüngste Gericht bevorstünde und die sieben Posaunen der Offenbarung die Erde zum Beben brächten. Ein ohrenbetäubendes Krachen, Poltern und Rauschen ließ die Damen erschrocken zusammenfahren. Richilde bekreuzigte sich und flüsterte: »Herr, erbarme dich in dieser letzten Stunde.«

Dame Engeltrud legte ihr beruhigend eine Hand auf den Arm: »Es ist nicht das Jüngste Gericht, vertrau mir. Es kommt von der Baustelle. Ein Gerüst muss umgestürzt sein.«

Johanna sprang bei ihren Worten auf. Sie strich ihr zerknittertes Kleid glatt und rief aufgeregt: »Ich laufe zu Meister Jacobus und sehe nach, ob ich ihm helfen kann.«

Die resolute Engeltrud sah sie streng an: »Der Hofmedicus kommt allein zurecht. Denkt an Euren Ruf. Es schickt sich nicht, dass eine Dame auf einer Baustelle herumläuft.«

Johanna antwortete nicht und befestigte einen gelösten Riemen an ihrem Schuh. Immer sorgten sich die Damen um ihren Ruf. Nun

schlug Richilde sogar die Hände zusammen und rief: »Bedenkt doch, wenn Königin Irene nach Euch schickt? Dann wird womöglich Blut an Euren Händen kleben!«
Engeltrud fügte vorwurfsvoll hinzu: »Ihr seid die Heilerin der Königin!«
Johanna drängte sich an den Damen vorbei und griff nach ihrem dunklen Wollmantel, den sie nachlässig über einen Hocker geworfen hatte.
»Der Königin geht es gut. Seit Richard Löwenherz durch einen Pfeil ums Leben kam, plagen sie keine Albträume mehr. Sie braucht mich nicht so häufig wie früher. Das wisst ihr doch!«
Während sie eilig die Kemenate verließ, hörte sie Richilde sagen: »Oh, oh, das wird noch böse enden. Unser Herr Jesus tadelt die Hochmütigen.« Und Engeltrud zischte: »Sei doch still.«
Johanna brauchte nicht lange nach dem Ort des Unglücks zu suchen. Sie musste nur dem Geschrei folgen. Männer rannten wild gestikulierend über den Platz, auf dem die Reste des zusammengebrochenen Gerüstes verstreut lagen. Es musste geregnet haben, denn alles glänzte vor Feuchtigkeit. Die durch die Wolken brechende Sonne spiegelte sich auf dem Durcheinander von Steinbrocken, Stämmen und Stricken. Johanna raffte ihren Mantel und kletterte über Holzbalken und zerbröckelte Steine. Von überall kamen Wortfetzen und laute Rufe. Verstaubte Arbeiter liefen umher und der Baumeister redete auf einen verängstigt wirkenden Mann ein. Der Werkzeugmacher war dabei, die Reste eines Gewindes zwischen den Balken hervorzuziehen. Er riss ziellos an den Seilen herum und schimpfte laut. Alles passierte gleichzeitig und planlos. Während Helfer mit Tragen für die Verletzten herbeieilten, waren andere schon dabei, Gerüstteile wieder aufzurichten.
Als zwei verdreckte Männer einen Toten an ihr vorbeitrugen, wandte Johanna sich schnell ab. Doch sie hatte noch gesehen, dass sein Kopf von den herabstürzenden Balken zerschmettert worden war. Der Anblick erzeugte ein hohles Gefühl in ihrem Magen. Mit einer Hand vor dem Mund stolperte sie vorwärts. Hektisch flogen ihre Augen umher und suchten ein bekanntes Gesicht. Meister Jacobus war nirgends zu entdecken. Er war nicht unter den Männern, die sich um die Verletz-

ten und Sterbenden kümmerten. Plötzlich trat sie in eine weiche Masse und sie blickte entsetzt nach unten. Gott sei gepriesen, es war nur die Kappe des Hofkaplans. Er hatte sie achtlos neben sich in den Dreck gelegt. Vater Ambrosius kniete neben einem Sterbenden und spendete ihm den letzten Segen. Erleichtert, jemanden gefunden zu haben, der genau wusste, was zu tun war, sank sie neben ihm nieder. Sie faltete die Hände zum Gebet.

Doch obwohl sie dem armen Mann auf seinem Weg zu Gott beistehen wollte, konnte sie ihre Augen nicht von dem Durcheinander um sie herum lösen. Während sie folgsam die Worte mitsprach, irrte ihr Blick von einer Menschengruppe zur nächsten. Plötzlich weiteten sich ihre Augen vor Erstaunen und sie vergaß alles um sie herum. Mitten zwischen den Trümmern hockte ein Mann mit einem blauen Turban. Es war das strahlendste Himmelsblau, das sie je gesehen hatte, und schien aus einer anderen Welt zu kommen. Einer Welt, die nichts mit diesem Schrecken zu tun hatte.

Johanna erhob sich langsam und ging auf dieses leuchtende Blau zu. Mit traumwandlerischer Sicherheit näherte sie sich dem Fremden. Sie stieg über die Holzbretter, als wären sie gar nicht vorhanden. Die Sonne brach erneut durch die Wolken. Die Strahlen brachten seinen bestickten Mantel zum Funkeln. Es war, als wäre der Erzengel Gabriel herabgestiegen, um die Verzweifelten zu trösten. Doch das Bild vom erlösenden Retter löste sich auf, als der Mann seine blutroten Hände hob und fluchte. Die Stimme kam ihr seltsam vertraut vor.

Johanna blieb stehen und starrte in das schmale dunkelhäutige Gesicht. Hätte er nicht pausenlos auf Deutsch die schlimmsten Wirtshausflüche ausgestoßen, sie wäre sicher gewesen, einen Prinzen aus dem Morgenland vor sich zu haben. Er warf plötzlich den Kopf in den Nacken. Seine grünen Augen funkelten sie an. Die braune Haut am Hals spannte sich. Sie war überzogen von feinen weißen Narben. Solche Narben hatte sie vor vielen Jahren schon einmal gesehen. Bei einem Fahrenden, der die Dichtkunst aufgegeben hatte und zum Studium der Medizin nach Salerno gegangen war. Doch der war nie zurückgekommen, obwohl er es versprochen und sie sich viele Jahre nach ihm gesehnt hatte. Dieser Fremde konnte unmöglich Konrad sein. Konrad war tot. Selbst Meister Jacobus war sich da ganz sicher.

Jahrelang hatte sie jeden Reisenden nach Konrad gefragt. Dann hatte sie sich damit abgefunden, dass er nie zurückkehren würde. Dieser Mann war niemals ihr Konrad. Oder doch? Zögernd näherte sie sich dem blauen Turban, der sich nun über einen Mann am Boden beugte.

Der Fremde schien genau zu wissen, was er tat. Er untersuchte mit geübten Griffen den schlaffen Arm des Mannes. Oberhalb des Ellbogens befand sich eine große offene Wunde. Johanna setzte sich vorsichtig neben den Verletzten. Sie war sich nicht sicher, ob der Fremde sie bemerkt hatte. Er war ganz auf seine Arbeit konzentriert. Als er, ohne aufzublicken, das Wort an sie richtete, hätte sie sich fast umgeschaut, ob noch jemand hinter ihr war. Doch er hatte eindeutig sie gebeten, ein Tuch auf den Rand der Wunde zu drücken. Beim Anblick der dunkelroten Flüssigkeit, die unablässig aus der Wunde kam, wurde ihr plötzlich schwindelig und sie musste tief Luft holen. Was war nur los mit ihr? Sie hatte schon so viel Blut gesehen. Es musste etwas mit dem Erscheinen des Fremden zu tun haben. Nimm dich zusammen, es ist nur ein Saft des Körpers wie jeder andere, sagte sie sich und griff nach dem Tuch. Blut ist wie Urin, wie Tränen und Schweiß. Es ist ein Teil der guten Schöpfung Gottes, versuchte sie ihr klopfendes Herz und ihren aufgewühlten Magen zu beruhigen.

Sie presste das Tuch wie befohlen auf den Rand der Wunde und sofort färbten sich ihre Hände rot. Sie warf dem Fremden einen Hilfe suchenden Blick zu. Er schüttelte unwillig den Kopf und rief: »Nein, nein, hier rüber. Von dort könnt Ihr nicht genug Druck ausüben.«

Ohne abzuwarten, ob sie seine Anweisungen befolgte, stocherte er mit einem kleinen Messer in der Wunde herum. Während er die abgezogene Haut des heiligen Bartholomäus beschwor, holte er mehrere blutige Holzsplitter aus dem Arm.

Johanna bemühte sich, das Tuch weiter auf die Wunde des sich wehrenden Mannes zu pressen, doch er schlug wild um sich. Der Fremde mit dem Turban brüllte: »Harun – halt ihn fest!«

Aus dem Nichts kamen zwei muskulöse braune Arme und pressten die Schultern des Mannes auf den Boden zurück. Von den Armen ging eine unglaubliche Kraft aus. Sie gehörten zu einem Bär von einem Mann, der nach einem kurzen Nicken des Turbanträgers dem Verletzten einen Faustschlag ins Gesicht gab. Endlich sank der Mann bewusstlos zusammen. Harun zog sich mit unbeteiligtem Gesicht wieder in den Hintergrund zurück. Der fremde Medicus schnaufte und befahl seinem kräftigen Diener: »Geschafft! Jetzt muss nur noch die Blutung zum Stillstand kommen. Harun, schaff ihn zu Meister Jacobus in die Krankenzimmer!«

Sein Diener Harun warf sich den leblosen Körper über die Schulter und ging fort.

Johanna war verwirrt und verlegen. Sie blickte Harun fasziniert nach und fragte leicht benommen: »Ist er ein Heide?«

»Er war ein Geschenk. Vermutlich betet er zu Allah, aber er kann es nicht laut tun – er ist stumm«, erklärte er freundlich und wischte sorgfältig das Blut vom Messer.

Johanna starrte auf das Messer und versuchte zu begreifen, was er gesagt hatte. Sie stellte sich vor, was die Damen Engeltrud und Richilde sagen würden, wenn sie ihnen von dem Turban erzählen würde. Sicher würden sie die Hände über dem Kopf zusammenschlagen und Gott um Beistand anflehen. Plötzlich kam ihr der Gedanke, dass der fremde Medicus womöglich zu Allah beten könnte. Vermutlich war der Mann mit dem Turban ein Heide. Was würde geschehen, wenn der Hofkaplan davon erführe? Vater Ambrosius verdammte die Heiden bei seinen Messen mit kräftiger Stimme und rief alle frommen Christen zur ständigen Wachsamkeit auf.

Sie beobachtete, wie der Medicus seine Instrumente hastig sortierte, und dachte daran, dass er den heiligen Bartholomäus kannte. Doch den heiligen Bartholomäus anzurufen bewies noch gar nichts. Es konnte eine angelernte Gewohnheit sein. Der Hofkaplan Vater Ambrosius würde es sehr genau nehmen. Er war sehr streng. Seit König Philipp mit all seinen Anhängern von Papst Innozenz gebannt worden war, war es fast noch schlimmer geworden. Vater Ambrosius flehte jeden Tag zu Gott, dass der Heilige Vater zur Einsicht käme und statt König Otto zu bevorzugen, endlich König Philipps Bann aufheben und ihn zum rechtmäßigen Kaiser krönen würde. Was würde Vater Ambrosius tun, wenn er den Turbanträger entdeckte?

Alle Bewegungen des Fremden wirkten sicher und wohlüberlegt. Diesen Mann würde so schnell nichts aus der Ruhe bringen, überlegte Johanna und konnte den Blick nicht von seinem gebräunten Gesicht abwenden. Als er aufstand und die fleckige Ledertasche unter den Arm klemmte, schlug sein prächtiger Mantel zurück. Für einen kurzen Moment wurde schillernde grüne Seide und ein großes Holzkreuz sichtbar. Nur ein Christ trug das Zeichen von Jesu Leid und Auferstehung auf der Brust. Sie war so erleichtert, dass sie ein stilles und inniges Dankgebet zur Heiligen Jungfrau sandte. Er musste ihren Blick gespürt haben, denn er sah sie fragend an. Um ihn nicht zu beleidigen, erklärte sie hastig: »Ich bin Dame Johanna und bekannt als Heilerin der Königin.«

Johanna suchte seinen Blick. Nun musste er sich vorstellen, so verlangte es Sitte und Anstand. Ihr Herz klopfte so heftig, dass es fast wehtat. Sie wünschte so sehr, dass er Konrad wäre. Sicher würde sie enttäuscht werden und er würde einen fremdartig klingenden Namen nennen, einen, den sie noch nicht einmal aussprechen konnte. Die Zeit schien stillzustehen. Der Lärm und die Rufe auf dem Platz waren plötzlich weit weg und alles klang dumpf und unwirklich. Der Wind brachte seinen senffarbenen Mantel in Bewegung und die eingestickten Blätter schimmerten verheißungsvoll.

Der Medicus beugte sich vor und sagte dabei freundlich: »Ich bin Meister Konradus. Ausgebildet in den Künsten des Ostens: Recht und Medizin, Theologie und Philosophie.«

Sie konnte kein Wort hervorbringen. Willenlos ließ sie geschehen, dass er ihre Hände umschloss, sie zu sich emporzog und flüsterte: »Johanna … Johanna erkennst du mich denn nicht?«

Vor Johannas Augen zogen schwarze Nebel auf. Die Schleier verdichteten sich und der blaue Turban vor ihr begann zu verschwimmen. Sie musste blinzeln und tief Luft holen, um nicht ohnmächtig zu werden. Er war ganz nah. Sie atmete seinen verwirrend fremden Geruch ein. Er war würzig und süß, herb und fruchtig zugleich. Seine kräftigen, braunen Hände umschlossen ihre Finger und drückten sie ganz sacht.

»Ich bin Konrad der Fahrende. Der Mann, der dich mit seinen Liedern zum Lachen gebracht hat. Erinnerst du dich: Die Igelfrau will Hochzeit halten, der Pfau legt seinen Schweif in Falten?«

»Ich … wie … o Konrad, wie kann das möglich sein?«
Konrad ließ ihre Hände los und sagte nun plötzlich ernst: »Später, wir reden später. Jetzt ist keine Zeit. Ich muss Meister Jacobus zur Hand gehen. Du ruhst dich besser aus und kommst am Abend zu den Krankenzimmern. Wir reden dann. Hast du mich gehört? Johanna?«
Johanna nickte. Ihr Kopf fühlte sich ganz taub und leer an. Sie kam sich vor, als wäre sie aus einer gewaltigen Höhe in die Tiefe gesprungen. Jeder Knochen tat ihr weh und das Denken war mühsam und anstrengend. So mussten sich die Verwandten von Lazarus gefühlt haben, als er plötzlich wieder zum Leben erweckt worden war. Konrad war nicht tot. Er war niemals tot gewesen. Warum hatte sie etwas anderes geglaubt? Benommen blickte sie ihm nach. Mit erhobenem Kopf und selbstbewusst ausschreitend, suchte er sich seinen Weg zwischen den Gerüstteilen hindurch, bis sein blauer Turban hinter dem Westturm verschwunden war.
»Träumst du wieder von dem Ritter auf dem Schimmel?«, fragte eine hohe Stimme in ihrem Rücken. Johanna wandte sich erschrocken um.
Beatrix, die achtjährige Tochter des Königs, blickte sie aus großen Augen an. Die blonden Haarsträhnen hingen ihr wirr ins Gesicht. Ihr hellblaues Kleid war voller Staub und hatte Schlammspuren am Saum. Johanna schüttelte verwundert den Kopf. Das kleine Mädchen gehörte nicht mitten zwischen umgestürzte Gerüstteile auf eine Baustelle. Sie war eine Prinzessin und sollte um diese Tageszeit bei Dame Gieselberta sitzen und das Sticken lernen. Besorgt musterte Johanna das kleine blasse Gesicht und fragte: »Beatrix, was ist passiert? Wo ist deine Schwester Maria?«
Maria war schon zehn Jahre alt und sie achtete sonst immer streng darauf, dass Beatrix folgsam war. Beatrix schniefte und wischte sich mit dem Ärmel über die Nase.
»Maria hat auch den Lärm gehört. Sie hat mir verboten, herzukommen. Da bin ich fortgelaufen. Ich musste sehen, was passiert ist. Bist du böse, Johanna?«
»Du musst sofort zurück! Sie werden nach dir suchen.«
»O nein. Johanna, bitte.« Das kleine Mädchen griff nach ihrer Hand und sah bittend zu ihr auf. »Nicht wieder zu Dame Gieselberta.

Nicht sticken! Ich kann die Nadel kaum noch halten. Willst du die vielen Einstiche sehen?« Beatrix streckte ihr die Finger entgegen und sah sie Mitleid heischend an. »Nimm mich mit in deine Kemenate, erzähl mir von dem Ritter mit dem Schimmel, bitte Johanna, bitte.«

Johanna seufzte, doch dann gab sie nach und zog Beatrix mit sich. Dieses eine Mal würde es gehen. Sie würde es auf sich nehmen, Dame Gieselberta alles zu erklären. Die dicke Gieselberta konnte wirklich sehr anstrengend sein und Maria kommandierte ihre Schwester ständig herum. Die beiden Töchter des Königs waren wirklich sehr verschieden. Die eine schmal und blond und die andere kräftig und dunkel. Keine von beiden war alt genug, um zu heiraten. Johanna warf Beatrix einen unauffälligen Blick zu. Seit dem Vorfall im letzten Sommer hatte sie sich oft gefragt, an welche Tochter der König gedacht haben mochte, als er dem Pfalzgrafen eine seiner Töchter zur Frau versprochen hatte. Niemand hatte mehr ein Wort über die Angelegenheit verloren. Erst vor wenigen Wochen war König Philipp aufgebrochen, um zu den Truppen vor Köln zu stoßen. Er war auf seinem schwarzen Hengst Saladin geritten. Johanna hatte ihm nachgeblickt und an den Morgen im August zurückgedacht, als der König dem jungen Pfalzgrafen versprochen hatte, seinen arabischen Hengst zu töten. Beatrix' hohe Stimme unterbrach ihre Gedanken: »Johanna, erzähl mir von dem Ritter auf dem Schimmel! Du hast ihn getroffen, nicht wahr? Du hast ihn endlich getroffen!«

Johanna lächelte und hob das Mädchen über einen Holzbalken.

»Ja, vielleicht«, flüsterte sie geheimnisvoll. »Vielleicht habe ich ihn heute endlich getroffen.«

Kurz darauf saß Johanna auf ihrer bevorzugten Fensterbank. Der hellblonde Kopf von Beatrix war in ihren Schoß gebettet. Beatrix hatte den ganzen Weg gebettelt, doch Johanna hatte nicht über den Ritter mit dem Schimmel sprechen wollen. Wie konnte sie sicher sein, dass der gesichtslose Mann ihrer Träume der zurückgekehrte Konrad war? Abwesend streichelte sie über den Kopf des Kindes und begann leise zu singen. Beatrix hörte zuerst nur schweigend zu. Doch schließlich begann sie, Konrads Froschlied von damals leise mitzusummen, und bei der Igelhochzeit lachte sie bereits an den komischen Stellen.

Johanna schloss die Augen und hörte plötzlich wieder die zweijährige Maria über die Verse lachen. Sie erinnerte sich, wie Konrad die Kleine durch die Luft gewirbelt hatte. Es war so lange her. Beatrix war noch nicht einmal auf der Welt gewesen.

»Die Igelfrau will Hochzeit halten, der Pfau legt seinen Schweif in Falten«, sang Johanna mit brüchiger Stimme und die Erinnerungen schwirrten durch ihren Kopf. Sie sah, wie Konrad mit klappernder Laute hinter Walther von der Vogelweide herrannte. Der von allen am Hof gefeierte Sänger winkte lachend ab. Johanna blinzelte und hörte mitten im Satz auf zu singen.

»Nun das Lied von den klugen Mäusen, bitte Johanna!«

Beatrix' glockenhelle Stimme brachte sie wieder in die Gegenwart zurück. Sie öffnete die Augen und versuchte sich an die vor langer Zeit gehörte Melodie zu erinnern. Sie vergriff sich zuerst in der Tonlage und sang dann etwas höher: »Der hustende Hahn und die Katz' so lahm …«

Wieder entglitten ihr ihre Gedanken. Sie musste an die Kranken und Lahmen auf der Krankenstation von Meister Jacobus denken. Sie erinnerte sich auf einmal deutlich daran, wie Konrad an einem heißen Sommertag Jacobus beim Verbandwechsel zugesehen hatte. Er hatte jeden Handgriff gedankenverloren nachvollzogen. In jenen Tagen hatte Konrad das Singen aufgegeben und sein Leben der Heilkunst gewidmet.

»Der Mäuserich, der Mäuserich tanzte bis zum Morgenlicht.«

Während sie das Hochzeitsmahl der Mäuse besang, dachte sie daran, wie Konrad mit leuchtenden Augen über die Chirurgia und Medicina gesprochen hatte. Sie hatte seine Liebeslieder vermisst. Die Lieder hatten ewige Treue beschworen und stanken nicht nach Weinessig und Urin.

Johanna schüttelte sich und versuchte, sich zu erinnern, was sie gerade gesungen hatte. Sie wollte Beatrix danach fragen, doch Beatrix war eingeschlafen.

Johanna berührte zärtlich die Wange des Kindes und fuhr ihm mit dem Finger über die blasse Stirn. Sie musste über sich selbst lächeln.

Sie war wirklich kindisch. Den verliebten Sänger und den emsigen Schüler von Meister Jacobus gab es längst nicht mehr. Stattdessen gab es einen braun gebrannten Mann mit einem blauen Turban. Einen sehr gut aussehenden Mann, einen starken Mann, der Würde und Sicherheit ausstrahlte. Johanna wünschte sich plötzlich nichts sehnlicher, als dass er ihr Ritter auf dem Schimmel wäre. Heute Abend würde sie es herausfinden.

Als die Nacht anbrach, waren die Verletzten so weit versorgt, dass in den Krankenzimmern ein wenig Ruhe einkehrte. Meister Jacobus beobachtete lächelnd seinen ehemaligen Schüler, der genau zum richtigen Zeitpunkt zurückgekehrt war.

Wie in Sodom und Gomorrha war das Gerüst einfach zusammengestürzt und Jehovas gerechter Zorn hatte die Hochmütigen an ihre Fehlbarkeit erinnert. Doch in seinem Zorn hatte er auch Gnade gezeigt und einen fähigen Helfer geschickt.

Der alte Hofarzt spähte in einen Krug, um zu prüfen, ob es noch einen Rest Wundbalsam gab. Seine Augen ließen ihn immer mehr im Stich. Er wurde auch vergesslich. Erst gestern hatte er das Tausendgüldenkraut und das Aarongras verwechselt. Doch nun musste er sich keine Sorgen mehr machen, sondern konnte sich sicherlich schon bald aus diesem anstrengenden Dasein als Hofarzt zurückziehen und in Ruhe alt werden.

Konrad reinigte gerade seine Instrumente mit einem roten Öl, dessen Geruch den alten Jacobus an keine ihm bekannte Pflanze erinnerte. Der Jüngere bemerkte seinen Blick und fragte: »Wusstet Ihr, dass die berühmte Einführungsschrift in die Heilkunst, die Isagoge in medicinam, gar nicht von Johannitius stammt? Sie wurde von einem arabischen Arzt geschrieben.«

»Hmh.«

»Und habt Ihr schon einmal vom arabischen Sirup gehört? Er ist sehr wirksam. Der gekochte Sirup kommt in ein Leinensäckchen, das im kochenden Zuckerwasser hängt und so die Kraft der Kräuter hundertfach aufnimmt.«

»Sehr interessant. Ihr müsst mir noch ausführlich davon berichten. Ich denke, nun ist es an der Zeit, etwas zu essen. Auch ein Medicus besitzt einen sterblichen Körper. Das Fleisch stärke mit Fleisch. Natürlich nur nach den Gesetzen des Mose.«

Dame Johanna stand plötzlich in der Tür. Sie verharrte einen Moment unschlüssig. Doch dann drehte sie sich zu Jacobus und sagte mit gespielter Strenge: »Meister Jacobus, heute ist doch Fastentag! Das bestimmen die Gesetze der heiligen Kirche. Erst morgen wird wieder geschlachtet. Ich gehe und versuche, in der Küche etwas Fisch und Eier zu bekommen.«

Sie war schon wieder halb aus der Tür, da besann sich der Hofarzt und rief sie zurück: »Wartet, ich werde selbst gehen! Ihr beiden könnt euch in mein bescheidenes Gemach zurückziehen. Dort steht ein abgedeckter Krug Wein auf dem Tisch. Langweilt die Dame aber nicht mit der Kunst der Medizin und ihren Nachbarwissenschaften. Ich bin gleich wieder da!«

Meister Jacobus nahm eine kleine Öllampe und trat in die Dunkelheit hinaus.

Bei der Suche nach einer Magd, die ihm in der Küche das Gewünschte beschaffen konnte, würde er sich viel Zeit lassen. Was gab es Besseres, um einen jungen Mann an einen Ort zu binden, als eine schöne Frau? Er summte zufrieden vor sich hin.

Meister Konradus würde an Philipps Hof bleiben, wenn er eine Schar Kinder hätte. Er selbst hätte dann einen Sohn gewonnen, der die Freude seiner alten Tage sein würde. Der alte Hofarzt machte noch einen Umweg durch den herbstlich kühlen Kräutergarten und wünschte fröstelnd, er hätte einen Mantel übergezogen.

Konrad gab den Helfern ein paar letzte Anweisungen. Johanna beobachtete ihn fasziniert. Er bewegte sich in den Krankenzimmern, als wäre er nie fort gewesen. Und doch wirkte er wie ein Reisender, der nur kurz einmal vom Pferd gestiegen war. Er hatte seinen Mantel um die Schulter gelegt und befestigte noch ein paar Instrumente an seinem Gürtel. Nach einem letzten prüfenden Blick führte er Johanna schweigend zu den Räumen des Hofarztes.

Die angesehene Position des Medicus am Hof spiegelte sich in der behaglichen und gut ausgestatteten Kemenate wider. Jemand sorgte dafür, dass das Feuer im Kamin nicht ausging, und hielt Ordnung. Ein Stapel Bücher auf dem Schreibpult wies darauf hin, dass hier ein gelehrter Mann zu Hause war. Das gemusterte Brettspiel auf dem Tisch hätte auch einem Ritter gehören können. Obwohl es warm war, behielten Johanna und Konrad ihre Mäntel an. Johanna kam es so vor, als wären sie zwei Fremde, die sich hier zufällig begegneten. Endlich setzte sich Konrad auf einen der wackeligen Hocker und betrachtete das Brettspiel. Er nahm einen der glänzenden Spielsteine und legte ihn nach kurzem Zögern an anderer Stelle wieder ab. Johanna beugte sich über das Spiel und versuchte sich vorzustellen, welchen Zug Engeltrud empfehlen würde. Dame Engeltrud war eine hervorragende Spielerin und hatte sie schon an manchen Winterabenden geschlagen. Konrad hatte einen dummen Anfängerfehler gemacht und Johanna sagte überrascht: »Das war nicht sehr klug. So kann er leicht übersprungen werden.«

»Hab Nachsicht mit einem müden Mann, der den ganzen Tag Blutungen gestillt und Knochen zusammengefügt hat.«

Er griff nach dem Krug Wein und füllte den hohen Becher, der daneben stand, bis zum Rand. Er roch daran, dann stellte er ihn vorsichtig wieder zurück: »Der Wein belebt den müden Geist, aber zu viel davon benebelt ihn wieder. Er macht aus starken Männern winselnde Säuglinge und verdirbt tugendhafte Frauen. Es ist sehr klug, den Wein zu verbieten.«

»Den Wein verbieten? Davon habe ich noch nie gehört. Du warst weit fort.«

»Ich hatte nicht geplant, so weit zu reisen.«

Er nahm einen schwarzen Spielstein und ließ ihn probeweise über das Brett springen. Dann stellte er ihn kopfschüttelnd wieder zurück.

»Was ist passiert?«, fragte sie leise und setzte sich ihm gegenüber. Der Hocker knarrte und sie wickelte sich ihren Wollmantel um die Beine.

Konrad starrte schweigend auf das Spiel und sagte leise: »Ich habe so viel an dich gedacht. Bis in meine Träume hat dein Gesicht mich verfolgt.«

»Nun bist du zurück!«

»Ich bin nicht mehr der Mann, der dich einst verließ. Es ist viel geschehen. Schreckliche Dinge. Johanna, glaub mir, es ist besser, du erfährst sie nicht.«

»Ich will sie wissen. Ich will alles wissen«, flüsterte sie und starrte ihn an.

»Alles? Von Anfang an? Von der Vernichtung Konstantinopels durch die Kreuzfahrer? Von den Schreien und den Sterbenden?«

Johanna nickte und beugte sich vor.

Konrad dachte einen Moment nach, dann begann er mit leiser Stimme zu erzählen: »Wann bin ich fortgegangen? Im Winter des Jahres 1198. Bereits die Alpenüberquerung stand unter keinem guten Stern. Es war schon zu spät im Jahr und der erste Schnee fiel auf die steilen Pässe. Ich verlor in einer frostigen Nacht fast meine Zehen, doch Gott war gnädig und ließ das Gefühl wieder in die erstarrten Glieder zurückströmen. Danach wurde es nicht besser. Ich versetzte die Laute und das rostige Schwertgehänge. Nur das grobe Holzkreuz, das ich um den Hals trug, behielt ich. Überall waren sie misstrauisch und unfreundlich. Wenn ich das Wenige an Heilkunst anbieten wollte, was ich bei Jacobus gelernt hatte, jagten sie mich davon. Hungrig und abgewetzt kam ich in Salerno an. Salerno beeindruckte mich. Staunend betrachtete ich die Bogenfenster der reichen Bürgerhäuser, spazierte durch bis an die Decke mit Büchern gefüllte Bibliotheken und lauschte dem Stimmengewirr aus Griechisch, Latein, Französisch und Italienisch. In Salerno wurde mir erst richtig bewusst, wie unwissend ich war. Ich war wie berauscht von all den ehrwürdigen Gelehrten. Überall schienen Männer in wichtige medizinische Dispute vertieft zu sein. Bereits wenige Stunden nach meiner Ankunft vergaß ich meinen verwahrlosten Zustand und stellte mich an eine Straßenecke um einem bärtigen Mann auf einer Kiste zuzuhören. Er breitete in wenigen Sätzen die Lehre des Hippokrates aus. Doch dann zitierte er falsch aus dem Corpus Aristotelicum und griff die neue Schule von Toledo an. Ich fiel ihm ins Wort und stammelte in meinem ungelenken Latein eine Art Verteidigungsrede. Mehrere Zuhörer lachten, doch der weißbärtige Gelehrte hob mahnend die Hände und fuhr unbeeindruckt fort, seine Argumente darzulegen. Nachdem er geendet hatte und sich die Zuhörer zerstreut hatten, kam er auf mich zu. Er stellte sich als Meister Baldo vor, begrüßte mich als seinen neuen Schüler und lud mich in sein Haus ein. Dort erfuhr ich am Abend, dass ich genau die Worte gewählt hatte, die sein Freund Jacobus immer im Mund geführt hatte. So hat mich Gott geleitet.«

Johanna flüsterte kaum hörbar: »Er sei gepriesen«, und Konrad fuhr fort: »Nun gab es für mich nur noch die Wissenschaft. Bei Nacht studierte ich die Schriften und bei Tage begleitete ich meinen neuen Meister zu den Patienten. Wir studierten die Leiden der Armen genauso wie die der Reichen. Denn überall kann ein Medicus über das Wesen der Krankheit lernen. Nach und nach verbreitete sich mein Ruf unter den edlen Herrschaften. Besonders zu einem reichen Kaufmann aus Venedig wurde ich häufig gerufen. Bevor ich meine Studien richtig abschließen konnte, bat er mich, ihn auf dem bevorstehenden Kreuzzug zu begleiten. Die Venezianer stellten die Schiffe bei dem geplanten Unternehmen. Der Kaufmann versprach sich einen hohen Gewinn und ich hoffte, auf der Fahrt etwas zu lernen. Mein Meister ließ mich ziehen. Doch der Kreuzzug führte mich nicht ins Land der Heiden. Die Kreuzfahrer konnten die Schiffe nicht bezahlen und der Doge von Venedig verlangte, dass sie Zara vom ungarischen König zurückeroberten. Und so geschah es. Während Zara erobert wurde, half ich dem Heeresmedicus. Nach der Eroberung lenkten sie den Kreuzzug nach Konstantinopel um. Die Profitgier der Venezianer und die Beutegier der Ritter trugen den Sieg über die Mahnungen der besonnenen Männer davon. Die goldene Stadt Konstantinopel, sie wurde völlig zerstört. Wir plünderten eine christliche Stadt! Gott vergebe uns.«

Konrad schwieg und starrte ins Leere, als könne er die Kuppeln und Türme von Konstantinopel vor sich sehen. Johanna erinnerte sich an die unrühmliche Rolle, die König Philipp bei der Eroberung Konstantinopels gespielt hatte. Durch seine Heirat mit der byzantinischen Prinzessin Irene war er zwangsläufig in die Streitigkeiten verwickelt worden, denn Königin Irene war die Tochter des vom Thron gestürzten und geblendeten Isaak Angelos. Dessen Sohn Alexios war ins Reich geflohen und hatte Philipp gebeten, ihm wieder an die Macht zu helfen. Philipp hatte dem Bruder seiner Frau diesen Wunsch nicht abschlagen können und einen Kreuzzug nach Konstantinopel nach Kräften unterstützt. Er hatte Gesandte nach Zara geschickt und sich für Alexios eingesetzt, der den Kreuzfahrern viel Geld, eine Kirchenunion und byzantinische Soldaten versprochen hatte. Alle Pläne waren gescheitert und Konstantinopel war untergegangen. Plötzlich unterbrach eine sanfte Stimme ihre Gedanken: »Woran denkt du gerade?«

Johanna lehnte sich vor. »Was ist in Konstantinopel geschehen?«

In diesem Moment erschien eine Magd und stellte einen dampfenden Topf auf den Tisch. Es roch nach Ei und Pfeffer. Sie knallte ein hartes Dinkelbrot auf den Tisch und erklärte mürrisch, dass der Hofarzt heute Nacht im Krankenzimmer bliebe. Er habe so viel zu tun. Konrad beachtete sie nicht und erklärte leise: »Es war ein furchtbares Gemetzel.«

Die Magd zuckte zusammen und verließ fluchtartig den Raum. Konrad spielte nachdenklich mit einer Schachfigur. Johanna sagte nichts. Nach einer Ewigkeit fing er wieder an zu sprechen.

»Im Frühjahr stieß der um den Thron gebrachte Alexios zu uns und wir segelten ab. Auf Korfu sträubte sich plötzlich die Hälfte des Heeres gegen die Richtungsänderung nach Konstantinopel. Immerhin waren sie nach Jerusalem aufgebrochen. Die Grafen und die Venezianer bewogen sie mit der Aussicht auf Beute zur Weiterfahrt. Doch es dauerte noch ein ganzes Jahr, bis die Stadt endgültig fiel. Bereits nach einem kurzen Versuch, die Stadt zu stürmen, erlangte Alexios die Herrschaft zurück. Obwohl wir vor der Stadt lagerten, konnte er sich nicht an der Macht halten, denn für die Griechen war er ein Lateinerfreund. Während eines Aufstandes wurden er und sein Vater ermordet.«

Johanna dachte daran, wie Königin Irene weinend zusammengebrochen war, als sie von der Ermordung ihres Vaters und ihres Bruders erfahren hatte, und erst Johannas heilende Hände hatten die Bilder aus Irenes Kopf vertrieben. Jeden Tag waren neue Schreckensmeldungen gekommen. Der König hatte dazu geschwiegen und sich zum Beten in die Burgkapelle zurückgezogen. Johanna kannte die Gerüchte über die Gräueltaten. Nun wollte sie die Wahrheit wissen.

»Erzähl weiter. Du musst mich nicht schonen.«

Konrad betrachtete sie schweigend, dann fuhr er fort: »Alle Pläne waren gescheitert und keiner konnte die beutegierigen Soldaten mehr aufhalten. Die Kreuzfahrer stürmten die Stadt. Ich versorgte während des Angriffs die Verletzten auf den Schiffen. Erst am Morgen erreichte mich die Nachricht, dass ich auch in der Stadt gebraucht würde. Der Heeresmedicus war getötet worden und einige Ritter waren verwundet in den geplünderten Palästen zurückgeblieben. Bei Sonnenaufgang stolperte ich müde durch die zerstörten Straßen der brennenden Stadt. Was ich an diesem Morgen sah, werde ich nie vergessen. Die Soldaten hatten wie Tiere gewütet. Ich sah Berge von Toten, die entsetzlich zugerichtet waren. Es roch nach Blut und Kot. Als ich mich der Gegend näherte, wo ich die Paläste vermutete, wurde es noch schlimmer. Prächtige Gebäude säumten einen großen menschenleeren Platz. Jedes einzelne suchte ich nach einem Lebenszeichen ab. Wie betäubt taumelte ich durch die berühmte Bibliothek der Stadt. Berge von verkohlten Büchern lagen herum, manche qualmten noch, andere streckten ihre Seiten nach mir aus wie die Flügel toter Vögel. Ich bückte mich nach einem Buch mit einem goldenen Buchdeckel. Plötzlich hörte ich Schritte, ohne nachzudenken schob ich es unter mein Gewand und lief hinaus. Neben dem verkohlten Eingang der Bibliothek hörte ich eine Klinge durch die Luft surren. Erschrocken drehte ich mich um. Ein blutbeschmierter Kreuzfahrer stand mit erhobenem Schwert genau hinter mir. Während die Knie unter ihm nachgaben, starrte er mich mit einem verblüfften Ausdruck an. In seiner Brust steckte ein Dolchgriff, Blut quoll ihm aus dem Mund und das Schwert fiel scheppernd zu Boden. Mein Angreifer war tot und ein kleiner dunkler Mann mit einem Turban beugte sich über ihn. Ehe ich auch nur einen klaren Gedanken fassen konnte, hatte der Fremde mit einer einzigen Bewegung den Dolch aus der Brust gezogen. Er stellte sich in einer seltsamen Mischung aus Deutsch und Französisch als Ali al-Farādīs vor. Ich konnte keinen Ton herausbringen. Er wies auf den Buchdeckel, der unter meinem Gewand hervorsah, und erklärte, dass er es für eine Verschwendung hielte, einen Arzt zu töten, selbst dann, wenn dieser ein ungebildeter Franke wäre. Er selbst sei ein Gelehrter aus Damaskus und hätte sich während der Plünderungen in der Bibliothek versteckt. Mit einem verschmitzten Lächeln in der Augen fragte er mich, ob ich wirklich der fränkische Arzt sei, dessen schlechter Ruf in der Stadt verbreitet wäre? Ich muss sehr verlegen ausgesehen haben, denn er erklärte freundlich, dass er mir beibringen würde, wie die Araber zu heilen verstünden. Er könne es nicht ertragen, wenn ein Stümper am Werk sei. Auch ein fränkischer Arzt sollte etwas von der Wissenschaft verstehen. Er lud mich ein, mit ihm nach Damaskus zu gehen und dort am berühmten Krankenhaus der Stadt, dem Maristan Nuri, zu studieren. Ich hatte schon viel über die Heilkunst der Sarazenen gehört. Es gab so vieles, was ich noch nicht wusste. Deshalb ging ich mit ihm. In Damaskus wollte ich die Antworten auf all meine Fragen finden.«

Johanna schwirrte der Kopf. Benommen nahm sie ein winziges Stück Brot und rollte es zwischen den Fingern. Das Feuer war fast heruntergebrannt. Im Zimmer war es kühl und dunkel geworden. Der Topf neben dem Schachspiel dampfte schon lange nicht mehr. Sie hatten das Essen nicht angerührt.

Nun griff Konrad nach dem Brot, brach ein großes Stück ab und tauchte es in den Topf. Er biss von dem tropfenden Brotstück ab und ließ Johanna dabei nicht aus den Augen. Das zerkrümelte Brotstück rollte ihr aus der Hand und sie bückten sich beide gleichzeitig danach. Ihre Köpfe berührten sich leicht. Die Seide des Turbans streifte ihre Stirn und für einen verwirrenden Moment war er ihr ganz nah. Sie richtete sich auf und fragte mit belegter Stimme: »Hast du in Damaskus gefunden, was du gesucht hast?«

»Viel mehr noch als das. Ich habe ein Ehrengewand gefunden. Ein Gewand, das einem würdigen Herrscher Macht und Stärke verleiht. Ich bin gekommen, um es König Philipp zu bringen.«

»Du hast ein Ehrengewand aus dem Land der Sarazenen mitgebracht? Was hat das zu bedeuten?«

»Ich muss herausfinden, ob Philipp ein würdiger Herrscher ist. Wenn er es ist, wird der Mantel den Thronstreit beenden. Einem würdigen Herrscher schenkt er ein einiges Reich. Ist er nicht würdig, wird seine Dynastie zerfallen und wir werden alle mit ihm untergehen.«

»Ein Mantel aus dem Morgenland soll all dies bewirken?«, fragte Johanna ungläubig. Sie konnte nicht glauben, was sie da hörte. Reliquien taten Wunder und gereichten Bischöfen und Königen zum Segen. Ein Stück vom Mantel eines heiligen Märtyrers oder ein Splitter vom Kreuz Christi, solche Reliquien kannte sie. Ein Sarazenenmantel sollte etwas Gutes bewirken? Sie fühlte sich unbehaglich und kribbelig. Nachdem sie tief Luft geholt hatte, flüsterte sie: »Zeig mir den Mantel. Meine Hände können mehr spüren als gewöhnliche Hände. Der Teufel springt mir als Drache oder Krötengetier aus wertvollen Gewändern und groben Stoffen entgegen. Ich werde das Sarazenengewand berühren und wissen, ob es wahr ist.«

Konrads Gesicht hatte sich bei ihren Worten verdunkelt. Er sah sie mit einem fast grimmigen Ausdruck an und seine Stimme klang fremd und abweisend.

»Niemand darf den Sternenmantel berühren. Wer seine funkelnden Sterne betrachtet, verfällt ihrem Glanz. Der Wunsch, den Mantel zu besitzen, wird übermächtig. Nur ein würdiger Herrscher kann ihn tragen, ohne seine Seele zu verlieren.«

Johanna fuhr nachdenklich mit dem Finger am Rand des Schachbrettes entlang. Die Figuren schienen ungeduldig darauf zu warten, dass das Spiel endlich fortgesetzt wurde. Ein würdiger Herrscher, immer wieder sprach Konrad von der Würde. War König Philipp ein würdiger Herrscher? Sie dachte daran, dass Philipp sich vor Gott für den Angriff auf Konstantinopel verantworten musste. Sie dachte daran, dass er sein Wort gegenüber dem Pfalzgrafen gebrochen hatte. Philipp hatte versprochen, seinen arabischen Hengst zu töten. Nichts war geschehen. Machte ihn das zu einem unwürdigen Herrscher? Unsicher blickte sie auf und rutschte auf ihrem Hocker herum. Seit Konrad begonnen hatte, von dem geheimnisvollen Sternenmantel zu sprechen, war er verändert. Etwas Bedrohliches und Dunkles umgab ihn. Johanna schlang fröstelnd die Arme um ihren Körper und sagte so unbekümmert wie möglich: »König Philipp ist nicht auf Trifels.«

Konrad wirkte erst enttäuscht, doch dann entspannte er sich. Er biss vom Brotkanten ab, kaute und erklärte: »Ich darf keine Zeit verlieren. Der König braucht mich, ich fühle es. Sein sorgenvoller Blick verfolgt mich bis in meine Träume. Nur ich kann ihm helfen und seit ich im Reich bin, verrinnen die Stunden. Wo kann ich den König finden?«

»König Philipp hält sich irgendwo vor Köln auf. Seine Truppen belagern die Stadt. König Otto ist in Köln eingeschlossen.«

»Ich habe gehört, dass Philipp zu Beginn des Sommers eine Schlacht bei Wasserberg gewonnen hat. Er hat Otto geschlagen. Das ist ein Gottesurteil. Obwohl der Papst unseren König gebannt hat, ist Gott mit Philipp.«

Johanna nickte, doch dann fragte sie unsicher: »Bist du sicher, dass König Philipp den Sarazenenmantel tragen sollte?«

»Du meinst, ob er würdig ist, ihn zu tragen? Ich werde es herausfinden.«

Obwohl sie wusste, dass es sinnlos war, fragte sie leise: »Kannst du nicht ein paar Tage bleiben? Du bist doch erst angekommen.«

Als Konrad aufsprang, fiel der Hocker polternd zu Boden.

»Johanna, ich komme wieder. Ich bringe Philipp den Sternenmantel und dann komme ich zu dir zurück. Bis dahin musst du geduldig sein und über alles schweigen. Kannst du das?«

Sie versuchte, nicht allzu enttäuscht auszusehen, und nickte tapfer.

Er ging ohne Abschied und rief schon in der Tür nach seinem Diener: »Harun, pack alles zusammen. Wir brechen sofort auf.«

Johanna lauschte den sich entfernenden Schritten und starrte auf das Brettspiel. Der schwarze König war umgestürzt und der weiße König wurde vom Springer bedroht. War König Philipp ein würdiger Herrscher? Würde Konrad ihn finden und ihm den Sternenmantel bringen? Wäre der Thronstreit dann endlich zu Ende und Philipp würde in Rom zum Kaiser gekrönt werden? Hatte ein Sarazenenmantel so viel Macht? Johanna dachte an Konrads finstere Miene, als er über den Sternenmantel gesprochen hatte. Irgendetwas Unheimliches verband sich mit diesem Mantel. Sie hätte Konrad nicht gehen lassen sollen.

Ein Schatten fiel in den Raum und Johanna blickte auf. Eine junge dunkelhäutige Frau stand vor ihr. Sie trug ein schlichtes helles Gewand, ihr volles schwarzes Haar wurde von einem gemusterten Band zurückgehalten. Silberne Reifen klirrten, als sie Johanna die Hände entgegenstreckte und ihr eine kleine silberne Dose entgegenhielt. Sie sagte in einem seltsamen Singsang: »Jasmin Duftpa...ste von meine Mei...sterrr.«

Anmutig verbeugte sie sich und reichte ihr das silberne Gefäß. Dann war sie genauso schnell wieder fort, wie sie gekommen war.

Johanna nahm die Dose vorsichtig zwischen die Finger und betrachte den mit Blütenkelchen verzierten Deckel. Sie öffnete die Dose und roch an ihrem ölig glänzenden Inhalt. Der süße, schwere Duft brachte die Erinnerung an den selbstsicheren und freundlichen Konrad zurück. Sie dachte an sein Lächeln und seine herrlichen grünen Augen und bereute, dass sie ihn nicht aufgehalten hatte. Wäre sie doch einfach mit ihm gegangen.
Johanna fuhr mit dem Finger über die weiße Paste und ärgerte sich, dass sie nur dasaß und es geschehen ließ. Ihre Freundin Mechthild hätte sicher nicht gezögert. Noch in dieser Nacht wäre sie mit Konrad aufgebrochen. Niemand hätte sie aufgehalten. Mechthild hätte ihm auch gesagt, was sie über König Philipp wirklich dachte, und wäre mitgegangen, ganz bestimmt. Kein geheimnisvoller Sternenmantel und kein duftendes Geschenk hätte sie davon abbringen können.

November 1206, vor den Toren Kölns

Mechthild legte den Kopf in den Nacken und blickte auf die milchig gelben Schleierwolken, die vor dem Mond hingen. Es war viel zu hell und sicher würden Philipps Soldaten die ganze Nacht vor der Stadt auf und ab marschieren. Das Heerlager lag auf der anderen Seite, doch sie würden kein Tor unbewacht lassen.
Sie kauerte mit Friedrich hinter den kahlen Zweigen einer Gruppe von Büschen und starrte hinaus in die Nacht. Die wenigen Büsche boten keinen Schutz, denn das Laub war längst fort. Mechthild hatte eigentlich vorgehabt, sofort nach ihrer Begegnung mit dem Kreuzritter aufzubrechen, um Anselm und König Otto um Hilfe zu bitten. Doch dann erzählte ihr während eines Besuches in Braunschweig ein Färberlehrling von einem beliebten Kämpfer, der bei einem der Schaukämpfe auf dem Marktplatz schwer verwundet worden sei. Der Färberlehrling schwärmte vom beeindruckenden Kampfstil des Kreuzfahrers und Mechthild hatte sofort an ihren Kreuzfahrer gedacht. Sie hatte sich bemüht, ihre Aufregung zu verbergen. Später hatte Friedrich Erkundigungen eingezogen und erfahren, dass der Mann, der das Lehen forderte, im Sterben lag. Für

den Rest des Sommers hatte sich Mechthild auf dem Lehnshof sicher gefühlt.
Als die ersten Blätter sich zu verfärben begannen, hörte sie auf dem Marktplatz, dass der Kreuzritter noch am Leben wäre. Die Leute auf dem Markt lobten seinen Mut und seine Geschicklichkeit. Sie waren alle erfreut gewesen, dass er wieder kämpfen konnte. Für Mechthild hatte es bedeutet, dass das Lehen wieder in Gefahr war. Sie überredete Friedrich, sie nach Köln zu begleiten. Der Kreuzritter lebte und würde sein Lehen einfordern, sobald er Ottos ansichtig werden konnte. Ihr blieb nur eine Wahl: Sie musste ihm zuvorkommen und so war sie mit Friedrich nach Köln aufgebrochen.
Mechthild löste ihren Blick von den Schleierwolken. Es waren nur noch wenige Tage bis zum vollen Mond und die Nacht alles andere als geeignet, um sich in eine belagerte Stadt zu schleichen. Köln war dem Welfenkönig Otto immer noch treu ergeben, doch die monatelange Belagerung würde die Stadt früher oder später in die Knie zwingen. So lange konnte Mechthild nicht warten. Es half alles nichts. Sie beugte sich vor und sagte drängend zu Friedrich: »Wir müssen in die Stadt. Anselm ist dort.«
Friedrich würde gleich einwenden, dass es unmöglich sei. Niemand könne in die belagerte Stadt gelangen. Er würde sie bitten, umzukehren und ihr verrücktes Vorhaben aufzugeben. Doch er tat nichts dergleichen. Er stand vorsichtig auf. Seine Knie knackten und er war etwas unsicher auf den Beinen, leise sagte er: »Dann kommt.«
Als sie den Rand des offenen Feldes erreichten, suchte Friedrichs kräftige Hand ihre kalten Finger und drückte sie aufmunternd: »Wir haben es gleich geschafft. Seht Ihr die Lichter da vorn? Das ist Köln.«
Mechthild starrte auf die schwarzen Schatten, die in der Ferne aufragten. Das sollte Köln sein? Es sah aus wie ein riesiges Meerungeheuer. Es erhob sich aus den Wellen und funkelte sie mit tausend Augen an. Die Wellen mussten die vom Wind geschüttelten Bäume an der Stadtmauer sein. Die aufragenden Hälse waren die vielen Kirchtürme der Stadt. Die blitzenden Augen konnten nur die warmen Feuer in den Häusern sein. Sie sollten die Bewohner das nasskalte Wetter vergessen lassen. Sie hätte ihren besten Mantel dafür gegeben, jetzt an so einem Feuer sitzen zu können.

Stattdessen zog Friedrichs Hand sie weiter. Das schattenhafte Untier, das angeblich Köln sein sollte, kam immer näher. Eine Eule schrie und ganz nah waren Hufschläge zu hören. Plötzlich hatte sie Zweifel, dass sie es schaffen würden. Friedrich war nur ein Handelsgehilfe und besaß noch nicht einmal ein Schwert. In den Liedern halfen tapfere Ritter den Damen. Da draußen waren ausgebildete Kämpfer.
Sie näherten sich einer kleinen Insel aus Büschen und beschleunigten ihre Schritte.
Plötzlich hörten sie leises Lachen und erstarrten in der Bewegung. Sie hatten sich getäuscht. Das waren keine Büsche, sondern im Feld lagernde Soldaten auf Wache. Fast wären sie in sie hineingestolpert. Friedrich schnappte nach Luft und strauchelte leicht. Mechthild umklammerte seinen Arm und versuchte, nicht zu atmen.
Philipps Männer hockten, in dunkle Umhänge gewickelt, auf dem feuchten Boden. Im fahlen Mondlicht wirkten sie ganz unbeweglich. Doch auf einmal wurde eine Fackel entzündet und alles wurde lebendig. Das Licht spiegelte sich in Schwertgehängen und zuckte über weiße Handrücken und beschlagene Stiefel. Die Wachsoldaten brauchten sich nur umzudrehen, nur eine winzige Bewegung des Kopfes und sie wären entdeckt. Mechthild wünschte, sie wäre ein unsichtbarer Waldgeist. Unhörbar wäre noch besser. Das Rascheln ihrer Schleppe über dem Laub würde wie ein Trommelwirbel klingen.
Friedrich wich in die Dunkelheit zurück und versuchte, sie mit sich zu ziehen. Sie konnte sich nicht rühren. Wie Lots Frau war sie zur Salzsäule erstarrt. Friedrichs Griff wurde drängender und sie befahl ihren Füßen, sich zu bewegen, doch sie wollten nicht. Sie schüttelte seine Hand ab und redete ihren Füßen gut zu. Die Soldaten lachten laut. Sie hatten einen Umhang ausgebreitet und darauf ein Würfelspiel begonnen. Mechthild sah die weißen Würfel über die dunkle Wolle rollen. Die Würfel sprangen und hüpften fröhlich. Als sie ihren Platz gefunden hatten, sprang der Werfer auf und schrie: »Ha, Sechsunddreißig! Das mach mal nach!«
Die Würfel blitzten und einer der Soldaten schnaufte verärgert. Würfelspiele waren von der Kirche mit einem Bann belegt worden. Es war sündhaft, um Land zu spielen. Philipps Männer spielten sicher um Geld. Keiner von ihnen besaß Land.

Der Wurf saß. Mechthild sah es schon, während die Würfel noch rollten. Die Männer grölten und jubelten. Einige sprangen auf und schlugen dem Glückspilz auf die Schulter. Das war die Gelegenheit, wegzukommen.
Hastig raffte sie ihre Röcke und folgte Friedrich in die Dunkelheit. Als sie ein gutes Stück in die Nacht gerannt waren und hinter einem Busch hockten, der diesmal wirklich ein Busch und kein Haufen Soldaten war, keuchte sie atemlos: »Vielleicht sollten wir um den Zutritt zur Stadt würfeln? Sie schienen ganz nett zu sein.«
»Scht. Ihr weckt ja König Philipps gesamtes Heer.«
Friedrich hob beschwörend die Hände. Es sah aus, als ob er einen Vogel einfangen wollte. Mechthild wisperte: »Hast du eine bessere Idee? Es ist noch keinem Eroberer gelungen, diese Mauern zu stürmen.«
»Erinnert Ihr Euch an das Versteck hinter den losen Steinen in der Stadtmauer?«
»Bei der Judasmühle?«
»Habt Ihr je die anderen Steine bewegt? Sie sind locker und verbergen einen kleinen Gang. Geduckt passt gerade ein Mann hinein.«
Mechthild runzelte die Stirn. Wenn er nicht ihr ernsthafter Handelsgehilfe gewesen wäre, der nie scherzte, hätte sie geglaubt, er mache sich über sie lustig. Misstrauisch fragte sie: »Ein geheimer Gang in unserer neuen, starken Stadtmauer? Das ist unmöglich. So etwas spricht sich doch herum. Und selbst wenn … Philipps Spione werden ihn längst entdeckt haben. Jedes Schlupfloch werden sie bewachen.«
»Nein. Nur ich kenne es, denn ich bin ein Bastard.«
Sie wollte verwundert fragen, ob er den Verstand verloren hatte, aber er setzte sich ins feuchte Gras, das vor dem niedrigen Busch einen weichen Teppich bildete, und flüsterte: »Nur ein Bastard konnte ihn entdecken. Denn nur so einer wird von den anderen Jungen mit Spottversen durch die Straßen gehetzt. Auf der Flucht vor ihnen flehte ich Gott um seinen Beistand an und habe mich in unserem Versteck verkrochen. Ihr erinnert Euch doch?«
»Ja, nur mein Bruder Lothar, Ulrich und ich kannten es. Es ist nur eine kleine Höhle hinter losen Steinen.«

»Ihr irrt. Ich habe dort einst Zuflucht gesucht und dabei ein Schlupfloch entdeckt. Ich kroch vorsichtig hinein und hörte meine Verfolger rufen. Ich war so verängstigt, dass ich mich weiter in die Dunkelheit gewagt habe. Geduckt tastete ich mich an der feuchten Wand entlang. Am Ende befanden sich wieder lose Steine, die ich entfernen musste, und wieder gab es einen dornigen Busch, der die Stelle verbarg. Glaubt mir, Gott selbst hat mir den Weg gezeigt.«

Eine Eule schrie und der Mond verschwand hinter grauen Schleierwolken. Mechthild schauderte und glaubte ihm jedes Wort. In so einer Nacht war alles möglich. Als noch ein kräftiger Wind aufkam und die Äste des Busches lebendig knackten, da war sie sich sicher, dass Gott dem kleinen Bastard Friedrich den Gang gezeigt hatte, um sie heute Nacht in die Stadt zu führen.

Friedrich stand auf und Mechthild folgte ihm, ohne zu zögern. Ihr ernster Handelsgehilfe sprach sonst nie über seine Vergangenheit. Eigentlich sprach er sowieso nie viel. Dies war bestimmt die längste Rede gewesen, die er je gehalten hatte.

»Wartet – liegt die Judasmühle nicht im Norden der Stadt?«

»Scht ... scht. Schreit doch nicht so! Ihr wart lange nicht mehr in Köln, wenn Ihr nicht mehr wisst, wo die alte Mühle liegt.«

Sie schwieg beleidigt. Er wusste genau, dass sie die letzten Jahre nicht mehr aus dem Herzogtum Sachsen herausgekommen war. Während Anselm ständig mit den Großen und Mächtigen dieser Welt herumgezogen war, hatte seine brave Frau das Lehen verwaltet. Ihr Leinenhandel in Braunschweig war ihr einziger Trost gewesen. Aber Köln, dachte sie sehnsüchtig, Köln war etwas ganz anderes. Köln war durchtränkt mit dem Geist des Handels, überall schlug er einem wie ein verlockender Duft entgegen. Mechthild zog tief die Luft ein, doch die Kälte schmerzte in der Nase. Friedrich packte sie grob am Arm und zog sie zu Boden. Sie kauerten hinter dem reichlich entlaubten Busch und lauschten.

»Da kommen wieder welche! Wir müssen warten, bis sie ihre Runde auf der anderen Seite machen. Vor der Mauer gibt es keine Deckung. Hoffentlich haben sie keine Hunde dabei«, wisperte er ihr ins Gesicht und sein warmer Atem brachte ihre Nase zum Kribbeln.

Endlose Minuten verstrichen und die Feuchtigkeit kroch unter ihre Kleider. Mechthild traute sich kaum zu atmen. Gleich würde sie niesen. Die Stimmen entfernten sich.

Nach einer weiteren Ewigkeit, während der sie schweigend gelauscht hatten, ließ Friedrich sie endlich los.

»Zieht die Kapuze über – Euer Haar ist zu auffällig. Lauft!«

Während sie noch dabei war, die Wollkapuze über ihr helles Haar zu zerren, war er schon in der Dunkelheit verschwunden. Sie war so durchgefroren, dass ihre Zehen in den dünnen Schuhen sich wie Eisklumpen anfühlten. Sie knetete ihre steifen Finger und bückte sich unter herabhängenden Ästen hindurch. Es gab viel zu viele von Philipps Männern vor der Stadt. Wären sie doch alle mit Würfelspielen beschäftigt!

Überall zuckten Schatten durch die Nacht, doch bis auf ihre raschelnden Kleider war nichts zu hören. Gerade als sie sich sicher war, nun für immer in der Vorhölle herumzuirren, tauchte plötzlich die Stadtmauer vor ihr auf.

Friedrich kauerte vor den dunklen Steinen im Dreck und schob einige dichte Zweige zur Seite.

»Da seid Ihr endlich! Seht, dort ist es ...«

Mechthild hockte sich neben ihn und versuchte, etwas zu erkennen. Dann zischte sie entsetzt:

»Aber er steht ja unter Wasser! Davon habt Ihr nichts gesagt.«

Friedrich knurrte etwas, zog den Kopf ein und ließ sich nach vorn in das Loch fallen. Er versank bis zur Hüfte in der schwarzen Brühe. Auffordernd streckte er ihr seine Hand entgegen.

»O nein, lieber lass ich mich von Philipps Leuten an den Pranger stellen.«

»Sie werden noch ganz andere Sachen mit Euch tun!«

Mechthild hielt prüfend ihren Finger hinein: »Ihh – es ist schlammig und es ist kalt!«

Friedrich sagte nichts, doch sein Schweigen war war mächtiger als ein Vorwurf.

Er hat ja Recht, dachte sie zerknirscht. Schließlich war es ihre Schuld, dass sie hier an Kölns Mauern froren, anstatt sich im Braunschweiger Kontor an einem Feuer zu wärmen. Was blieb ihr übrig? Sie musste unbedingt zu Anselm und sie musste in die Stadt! Und wenn sie dafür in schlammiges, eiskaltes Wasser steigen musste, dann würde sie das eben tun!

Friedrich wollte gerade etwas sagen, da holte sie tief Luft, kauerte sich zusammen und ließ sich in die dunkle Brühe gleiten.

Zuerst merkte Mechthild die Kälte gar nicht, doch langsam drang das Wasser durch ihre Lederschuhe. Ihr schwerer Wollmantel sog sich voll und es war schwierig, so gebückt vorwärts zu gehen. Ihre Schulter stieß gegen Stein und ihre Kapuze rutschte vom Kopf. Ihre Haare blieben an der feuchten Decke kleben und sie stieß sich die Stirn an einem spitzen Vorsprung. Schlammige Schlieren tanzten um sie herum. Blasen stiegen auf und es blubberte, als ob jeden Moment eine dreiköpfige Schlange auftauchen würde. Sie duckte sich, streckte die Arme nach vorn und schleppte sich langsam vorwärts. Ihr Über- und Unterkleid waren schon hüfthoch voll gesogen und klebten wie eine zweite Haut an ihr. Hin und wieder berührten ihre vorgestreckten Fingerspitzen die Steine der Mauer, die von einer schleimigen Masse überzogen waren, die zu pulsieren schien.

Friedrich watete zielstrebig auf ein kleines tanzendes Licht am Ende des dunklen Ganges zu. Sie fühlte sich entsetzlich, alles tat ihr weh. Auf ihrer Stirn hatte sich eine schmerzhafte Beule gebildet und ihre Haare hingen strähnig vor den Augen. Etwas glitschte zwischen ihren Beinen hindurch und sie kreischte. Friedrich drehte sich erschrocken um und kam zu ihr zurück. Er ergriff ihre Hände und half ihr, doch hatte auch er Schwierigkeiten, die feuchten glatten Steine hinaufzuklettern. Als er es endlich geschafft hatte, versuchte er, Mechthild hochzuziehen. Ihre durchnässten Schuhe glitten immer wieder ab und sie rutschte zurück ins Wasser. Er verstärkte den Griff um ihr Handgelenk. Als sie oben stand, war sie so beschäftigt damit, ihr schmerzendes Handgelenk zu reiben und ihr Haar aus der Stirn zu wischen, dass sie den kleinen Mann zuerst gar nicht bemerkte.

Ein zwergenhafter Alter stand ganz ruhig mit einer kleinen Öllampe da und musterte sie abschätzend. Dann glitt sein Blick zu dem breitschultrigen Mann mit dem schwarzen Bart. Seine Augen weiteten sich überrascht und er hüpfte aufgeregt hin und her.

»Oh, Herr Friedrich! Ihr seid zurückgekehrt … nach so vielen Jahren … dem Herr sei Dank, er ist gütig und gerecht. Er jagt die Frevelhaften in ewige Verdammnis und Finsternis.«

Beim Rad der heiligen Katharina, dachte Mechthild erschöpft. Das war nicht der Empfang in Köln, den sie erwartet hatte. Ihre Kleider klebten tropfnass und schwer an ihr, sie zitterte vor Kälte und ihre Zähne schlugen aufeinander. Sie kam sich vor, als wäre sie selbst in der ewigen Finsternis.

Friedrich trat auf das hüpfende Männchen zu und berührte ihn sanft an der Schulter. Sofort hörte der Zwerg mit dem Gezappel auf und sah ehrfürchtig zu ihm auf. Friedrich flüsterte erleichtert: »Alter Müller – dich schickt der Herr. Du musst uns helfen. Wir brauchen einen Wagen, einen Esel und ein paar trockene Kleider.«

Der aufgeregte Alte nickte begeistert mit dem Kopf, sodass seine langen grauen Strähnen auf und ab wippten. Die kleine Flamme in seiner Lampe flackerte bedrohlich nah an seinem grauen Bart hoch.

Sie folgten dem Alten in die Mühle. Dort kramte er unter Stöhnen aus einer muffigen Kiste ein paar Kleidungsstücke. Sie waren anscheinend seit ewigen Zeiten nicht mehr gewaschen worden und die ursprüngliche Form war bei all den Flicken kaum noch zu erkennen.

Mechthild kletterte mit einem Bündel brauner Lumpen unter dem Arm und einer kleinen Lampe in der Hand eine morsche Leiter hinauf. Im oberen Stockwerk der Mühle war es zwar ziemlich dunkel, aber sie konnte sich ungestört umziehen. Vorsichtig faltete sie mit den Fingerspitzen das staubige Zeug auseinander. Nicht damenhaft, aber trocken, dachte sie, während sie Staub und Mehl abklopfte. Die braune Tunika und die löchrigen Beinlinge machten sie zu einem erstklassigen Müllergesellen. Es war nicht gerade der Aufzug, den sie sich gewünscht hatte, um nach langer Zeit wieder in ihr Elternhaus zurückzukehren. Es war sinnlos, in der Nacht zu König Otto gelangen zu wollen, um Anselm zu suchen. Ottos Gefolge würde sicherlich im Palast des Erzbischofs nächtigen und der wurde gut bewacht. Im Kaufmannshaus ihres Vaters am Heumarkt würde sie trockene Kleider und ein warmes Bett vorfinden. Ihr Herz begann zu klopfen, als sie sich vorstellte, wie überrascht ihr Vater sein würde, sie zu sehen.

Kurze Zeit später fuhr sie neben einem in sich gekehrten Friedrich durch die nächtlichen Straßen Kölns. Sie war sich sicher, dass er irgendwelchen Erinnerungen nachhing, die nur ihn etwas angingen. In dem viel zu engen Kittel, der bei jeder Bewegung bedenklich über seiner Schulter spannte, und den Beinlingen, die ihm nur bis unter die Knie reichten, fühlte er sich sichtlich unwohl. Mechthild ging es da nicht besser, denn seit sie sich von dem alten Müller verabschiedet hatten, juckte es am ganzen Körper. Sie wusste gar nicht, wo sie zuerst kratzen sollte. Unruhig rutschte sie auf ihrem Platz hin und her und versuchte nicht an die vielen kleinen Wesen zu denken, die in dem braunen Stoff ihr Zuhause hatten. Warum hatte Gott nur diese lästigen Kreaturen geschaffen? Sie waren jedenfalls munterer in dieser Nacht als die Kölner.
Kölns Straßen wirkten beunruhigend still und verlassen. Das war ungewöhnlich, denn selbst in der Nacht kam eine große Stadt nicht zur Ruhe. Doch es gab keine betrunkenen Heimkehrer, die ihre unflätigen Lieder grölten, und auch keine grell geschminkten Huren auf der Suche nach Kundschaft mit dickem Geldbeutel. Ihr Blick blieb an einem leeren Fass hängen, das jemand einfach an eine Hauswand gerollt hatte. Da begriff sie plötzlich, dass alle Fässer in Köln leer sein mussten. Natürlich, das war der Grund für die bedrückende Stille! Philipps Truppen lagerten schon fast ein halbes Jahr vor Kölns Toren und durch die versperrten Handelswege war die reiche Stadt an ihrem Lebensnerv getroffen. Das hieß, kein Safran aus dem fernen Orient für die Reichen, aber auch kein Salz für die einfachen Leute zum Würzen ihrer täglichen Suppe. Weder Wein aus dem Süden noch Heringe aus dem Norden kamen in die Stadt. Die Wintervorräte gingen zu Ende, bevor der Winter richtig angefangen hatte. All das konnten die wohlhabenden Kölner Kaufleute ertragen, aber nicht, dass ihr Handel gestört wurde. Ein echter Kaufmann verlor lieber sein Seelenheil, als dass er untätig zusah, wie ihm wichtige Geschäfte entgingen. König Philipp musste ein sehr kluger Mann sein: Er hatte darauf verzichtet, die unbezwingbaren Stadtmauern zu stürmen, und blockierte dafür die Straßen rings um Köln und die Schifffahrt auf dem Rhein, was die Kölner noch härter traf. Alle hatten nachgegeben – nur die Kölner nicht! Selbst König Ottos eigener Bruder und der ehemals so

treue Erzbischof Adolf waren auf Philipps Seite übergewechselt. Nur die Kölner Kaufmannschaft allein stand weiterhin treu zu Otto.

Mechthild kratzte sich ausgiebig am Arm und stieß dabei Friedrich versehentlich in die Seite. Der schien aus seiner Grübelei zu erwachen und knurrte etwas, das klang wie: »Ja …, sind gleich da …«

Sie waren der verfallenen Römermauer gefolgt. Der Palast des Erzbischofs, in dem Otto Unterschlupf gefunden hatte, lag auf der anderen Seite der Stadt. Der Papst hatte den untreuen Erzbischof Adolf gebannt und einen neuen Erzbischof ernannt, der Otto herzlich aufgenommen hatte. Ihr Herz schlug heftig bei dem Gedanken, dass sie dort morgen Anselm treffen würde. Gerade hatte sie damit begonnen, ein Bittgebet zur heiligen Margareta zu schicken, da hielt der Wagen mit einem Ruck.

Erstaunt blickte sie zu dem Gebäude hoch, vor dem sie Halt gemacht hatten. Sie hätte ihr Elternhaus fast nicht wiedererkannt. Das Haus der Cleingedank hatte ein neues Stockwerk bekommen und prächtige Säulenbogen am Eingang. Selbst im Dunkeln wurde jedem Betrachter klar, dass es sich um eine mächtige Familie handeln musste. Die Cleingedanks hatten anscheinend seit Lothars Rückkehr aus London gute Geschäfte gemacht. Ihr Bruder Lothar war jahrelang als Lehrling bei einem großen Kaufmann in London gewesen. Viel später hatte er dann in Hamburg Kontakte zu einer wohlhabenden Hamburger Kaufmannsfamilie geknüpft und schließlich eine der Töchter geheiratet. Damit hatte er dem Kölner Geschäft seines Vaters ein Vermögen gesichert. Mechthild war bei seiner Rückkehr bereits mit Anselm im Herzogtum Sachsen. Sie hatte ihre Hamburger Schwägerin und ihre beiden Neffen noch nie gesehen. Sie biss nervös auf ihrer Unterlippe herum.

Friedrich sprang vom Wagen und klopfte laut an das prächtige Tor. Seine fordernden Schläge dröhnten durch die Stille. Er musste lange klopfen, bis sich das Tor einen Spaltbreit öffnete und ein dünner Lichtstrahl auf die Pflastersteine fiel.

Eine mürrische Magd musterte sie misstrauisch.

»Ich bin es. Erkennst du mich nicht?«, wisperte Mechthild leise.

Die Magd sperrte ihren Mund auf, dann schlug sie den schweren Torflügel mit einem Knall wieder zu.

»Kein besonders herzlicher Empfang! Ich kümmere mich um das Maultier«, flüsterte Friedrich und verschwand in der Dunkelheit. Mechthild sprang vom Wagen und blickte erwartungsvoll auf die Tür. Doch erst als er wieder zurück war, wurden die Torflügel plötzlich mit einer einzigen heftigen Bewegung aufgestoßen. Mechthilds Vater breitete die Arme aus und rief: »Der heilige Severin möge all' meine Schiffsladungen holen, du bist zurück! Nun kommt wieder Leben ins Haus. Mein Hildekind, wie bist du in die Stadt gelangt?«

Er drückte ihre Schultern so heftig, als wäre sie wirklich ein Müllergeselle, und zog sie ins Haus. Mechthild lachte verlegen und kam sich vor wie ein kleines Mädchen. Sie war für einen winzigen Augenblick wieder sein Hildekind, das sich heimlich zum Markt geschlichen hatte und von allen gesucht worden war. Heute Nacht sah ihr Vater gar nicht wie ein würdevoller, alter Kaufmann aus. Er hatte sich nur ein Schaffell übergeworfen und seine Haare standen wirr vom Kopf ab. Doch seine sonst so kalten, grauen Augen strahlten und er hatte vor Aufregung rote Flecken im Gesicht. Erstaunt stellte sie fest, dass er sie wirklich vermisst zu haben schien. Ehe sie etwas erklären konnte, gellte ein Aufschrei durch das Haus. Kerzen flackerten und eine Frau stolperte die Treppe hinunter. Sie hatte sich nur eine Decke umgeschlungen und ihr rotbraunes Haar fiel ihr in zwei schweren Zöpfen auf die Schultern. Sie warf sich vor Friedrich zu Boden und jammerte: »Bitte lasst uns am Leben!«

Der alte Kaufmann lachte und zog sie hoch. Während sie noch verwirrt blinzelte, erklärte er: »Es ist kein Überfall. Unter der seltsamen Kleidung verbergen sich meine Tochter Mechthild und ihr Handelsgehilfe Friedrich.«

Mechthild nahm sich die staubige Mütze vom Kopf und lächelte die junge Frau verlegen an.

»Oh«, sagte diese kühl und wickelte sich die Wolldecke noch ein bisschen fester um die Schulter. Sie war sichtlich um Haltung bemüht. Stolz reckte sie ihr spitzes Kinn und erklärte: »Ich bin Elisabeth, älteste Tochter des Hamburger Zweiges der altehrwürdigen Langenbecks. Ich bemühe mich um Ordnung im Haus. Niemand hat mir gesagt, dass Besuch kommt!«

Das war kein guter Anfang gewesen, dachte Mechthild besorgt. Es würde sehr schwer werden, sie davon zu überzeugen, dass ihre Schwägerin aus Sachsen keine verrückte Wilde, sondern eine anständige Frau war. Diese Elisabeth aus Hamburg war ohne Zweifel eine anständige Frau. Mechthild unterdrückte den Drang, sich am Kopf zu kratzen, und beeilte sich zu erklären: »Wir konnten Euch nicht benachrichtigen. Es sind unvorhersehbare Umstände eingetreten und ich muss dringend meinen Mann sprechen!«
Ihr Vater machte ein besorgtes Gesicht, sagte allerdings nichts.
»Es ist noch kalte Getreidesuppe da. Ich kann …«, ereiferte sich Elisabeth. Mechthild fiel ihr ins Wort: »Wir haben keinen Hunger. Zeigt uns nur einen Schlafplatz.«
Friedrich warf ihr einen missmutigen Blick zu, wahrscheinlich hätte er gern die kalte Suppe genommen.

Am nächsten Morgen sah Mechthild als Erstes das grüne Licht durch die Fenster schimmern. Sie war verwirrt. Irgendetwas stimmte nicht mit diesen Fenstern. Sie hatten grüne Butzenscheiben, waren viel höher als sonst und lagen auf der falschen Seite. Sie kniff irritiert die Augen zusammen und versuchte sich zu erinnern, wo sie war. Das Einzige, was ihr vertraut vorkam, war das Jucken auf ihrem Kopf, das war gestern auch schon da gewesen. Als sie eine Zeit lang nichts anderes getan hatte, als sich ausgiebig zu kratzen, kamen ihre Erinnerungen nach und nach wieder.
Natürlich! Dies musste ein neues Schlafzimmer im umgebauten Teil ihres Elternhauses sein. Sie war gestern Nacht mit Friedrich in völlig zerlumpten Kleidern hier angekommen und hatte ihre Schwägerin zu Tode erschreckt. An ihren Füßen klebte noch immer der getrocknete Schlamm und ihr zerknittertes Kleiderbündel lag irgendwo in der Judasmühle.
Gerade als sie die geflickten braunen Fetzen neben ihrem Bett skeptisch musterte, klopfte es. Die mürrische Magd von gestern Nacht steckte ihren Kopf durch die Tür. Mit ihrer großen weißen Haube sah sie noch furchteinflößender aus. Aber immerhin brachte sie einen Krug frisches Wasser und knurrte etwas von einer Truhe aus Mechthilds Mädchenzeit an der Wand. Nachdem sie fluchend eine große

Waschschüssel unter dem Bett hervorgeholt hatte und das Wasser so schwungvoll eingegossen hatte, dass es nur so nach allen Seiten spritzte, verschwand sie wieder.
Mechthild wartete, bis die energischen Schritte verklungen waren, dann traute sie sich aus dem warmen Bett. Im Zimmer war es kalt und so warf sie sich die noch nachtwarme Decke über ihre Gänsehaut und ging barfuss über den knarrenden Holzboden zum Fenster. Der Riegel klemmte etwas, doch dann gab er mit einem jammervollen Quietschen nach. Mit einem heftigen Schwung stieß Mechthild die Fensterflügel auf. Die Scheiben knarrten vorwurfsvoll, doch dann wurde sie mit einem herrlichen Ausblick auf die Stadt belohnt.
Nur ein paar dünne Schleierwolken zierten an diesem Morgen den Himmel über Köln. Es gab nicht viele dreistöckige Häuser und so konnte Mechthild über die grauen Dächer und winkeligen Gassen blicken. Erst nach einiger Zeit nahm sie die Gerüche der großen Stadt wahr. Der Geruch von Verbranntem und Verkochtem mischte sich wie gewohnt mit den täglichen Absonderungen der Bewohner. Und doch war es diesmal anders. Mechthild schnüffelte irritiert, es fehlten die Ausdünstungen der Gerbereien, Tuchbleichen, Brauereien und Backstuben. Nirgends spielten Kinder in den Straßen und kein Hundegebell störte den Morgen, keine Rufe von Botenjungen und kein Lärmen der Straßenhändler. Köln schien sich wie ein verängstigtes Kaninchen zusammenzukauern. Die Stadt wartete darauf, dass König Philipp seiner Hundemeute den Befehl zum Zuschlagen gab.
Mechthild kratzte sich energisch am Kopf. Es musste dort vor Läusen nur so wimmeln. Die grimmige Magd musste ihr unbedingt eine Flasche Essig bringen. Hoffentlich gab es noch Essig im Haus. Was gab es überhaupt noch in einer seit Monaten belagerten Stadt? Die Arbeit ruhte, seit Rohstoffe und Waren knapp wurden. Was aßen die Kölner, wenn es kein Mehl mehr gab? Mechthild merkte, wie sich ihr Magen vor Hunger zusammenzog, und verließ ihren Platz am Fenster. Während sie ihre alte Truhe nach einem passenden Kleid durchsuchte, hoffte sie inständig, dass die Küchengerüche von unten keine Einbildung waren.
Der Geruch nach gebratenen Eiern, Mehlkuchen und Pflaumengrütze war keine Einbildung gewesen. Im Kaufmannshaus schien es

noch reichlich Nahrung zu geben. Auch Essig wurde ihr gebracht und sie verbrauchte einen ganzen Krug, um die Biester loszuwerden. Selbst an Kaminholz herrschte anscheinend kein Mangel. In der Halle brannte ein Feuer und warf ein warmes Licht auf die dort um den großen Tisch versammelte Familie Cleingedank. Zuerst nahm Mechthild nur wahr, dass der Wandteppich mit der fröhlichen Hirschjagd noch an seinem Platz war, die Fußbodenfliesen waren noch die alten und die gebogenen Leuchter waren ihr auch vertraut. Sie war erleichtert, dass sich nicht alles in ihrem Elternhaus verändert hatte. Doch dann bemerkte sie, wie angespannt die Stimmung im Raum war. Alle blickten sie an, als hätten sie seit Stunden auf sie gewartet. Die Eier waren bestimmt längst kalt, auf dem weißen Pudding hatte sich eine dünne Haut gebildet und die Honigmilch dampfte schon lange nicht mehr in den Krügen. Um diese Zeit war jeder ehrbare Kaufmann längst im Kontor, doch an diesem Morgen hatten die Herren eine Ausnahme gemacht, schließlich hatten sich die Geschwister seit vielen Jahren nicht mehr gesehen. Mechthild trat zögernd zum Tisch und sagte verlegen: »Oh, ihr hättet nicht auf mich warten müssen.«
Lothar sprang auf und hätte dabei fast den Tisch umgestoßen. Mechthilds erster Gedanke war, dass er seinem Vater immer ähnlicher wurde: Beide hatten eine scharfe Nase und ernste graue Augen. Doch hatte Lothar lange blonde Wimpern und einen Zug um den Mund, der ihn weicher und milder machte. So musste Rudolf Cleingedank ausgesehen haben, als er noch nicht vollständig ergraut war und das Geschäft ihn noch nicht hart und verbittert gemacht hatte. Mechthild betrachtete ihren großen Bruder liebevoll. In Lothars Gesichtszügen steckte immer noch etwas von dem kleinen Jungen, der sie immer geneckt hatte. London musste es gut mit ihm gemeint haben. Doch anscheinend war er immer noch kein großer Redner, denn er suchte nach Worten.
Sein Vater sagte ungeduldig: »Für Sentimentalitäten ist später noch Zeit. Wir wollen endlich essen.«
Lothar setzte sich wieder und der alte Kaufmann sprach ein Gebet: »Herr, segne diese Speise, segne den Handel und vernichte unsere Feinde vor den Toren der Stadt. Amen.«

Friedrich kratzte sich verstohlen am Kopf und Mechthild rückte möglichst unauffällig ein Stück zur Seite. Beim Ordnen der Falten bemerkte sie entsetzt, dass ihr altes Kleid mit feinen Mottenlöchern übersät war und ausgefranste Ränder hatte. Beim Unterkleid war der halbe Saum aufgetrennt worden und guckte nun unter dem Überkleid hervor. Ihr fiel plötzlich ein, dass es das Kleid sein musste, indem sie vor ein paar Jahren einen Beutel Silber versteckt hatte.
Ihre Erinnerung an die Zeit, in der sie ihre Mitgift im Saum verschwiegen hatte, um nicht den arroganten Ritter Gottfried von der Heide heiraten zu müssen, wurde von ihrer Schwägerin unterbrochen. Elisabeth reichte ihr hochmütig lächelnd eine Schüssel Pudding.
»Ihr müsst das Hamburger Blancmanger probieren. Ich habe lange gebraucht, bis die Küchenmägde es gut machten. Sie vergaßen immer die Mandelmilch.«
Mechthild nahm brav eine große Portion und dachte angestrengt darüber nach, mit welcher Bemerkung sie ihre Schwägerin für sich einnehmen könnte.
Elisabeth war blass und dünn, doch sie hielt sich sehr grade. Das helle Maigrün ihres Kleides machte sie noch blasser und ihr Gebände war so stramm geschnürt, dass kein einziges Haar hervorschaute. Mechthild erinnerte sich an die rotbraunen Zöpfe, die ihr gestern Nacht über die Schulter gehangen hatten. Die beiden kleinen Jungen neben ihr hatten genau dieselbe Haarfarbe. Wilhelm und Heinrich Cleingedank schienen sowieso ihr Ebenbild zu sein. Der einzige Unterschied war, dass der Ältere von beiden Lothars scharfe Nase und seine grauen Augen hatte. Mechthild schätzte, dass er schon zwölf Jahre alt war, in einem Alter, in dem ein Page Knappe wurde und ein Kaufmannssohn in die Lehre kam.
Während die Jungen Unmengen Eier und Pudding in sich hineinschlangen, starrten sie ihre Tante neugierig an. Plötzlich hörte der Jüngere auf zu kauen, schluckte hörbar und fragte vorlaut: »Tante Mechthild, wie hast du die Soldaten vor der Stadt überlistet? Hast du ihnen einen Zaubertrank gegeben oder dich unsichtbar gemacht?«
»Du musst Heinrich sein, nicht wahr? Weißt du, Heinrich, ich brauchte keine Zauberkraft, sondern nur einen klugen Begleiter, der die

dunklen Geheimnisse der Stadtmauer kennt. Es gibt ein winzig kleines Schlupfloch. Siehst du die Beule auf meiner Stirn? Man muss sich mächtig ducken, um hindurchzukommen.«

Sein Bruder Wilhelm sagte: »O heiliger Nikolaus«, und verschluckte sich an seinem Pudding. Mit lautem Husten gab er die weiße Masse tröpfchenweise wieder von sich. Die Spritzer flogen über den ganzen Tisch und trafen das Kleid seiner Mutter. Verärgert wischte Elisabeth an dem grünen Stoff herum und schimpfte: »Wilhelm, hör auf mit diesem Gehuste. Und du, Heinrich, lass die Fragerei.«

Mechthild wollte sagen, dass seine Fragen sie nicht stören würden, da beugte sich Lothar vor und fragte verwundert: »Was für einen Gang meinst du? Ich habe noch nie von einem Durchbruch in der Stadtmauer gehört.«

»Mein Handelsgehilfe Friedrich bekam ihn vor vielen Jahren von Gott gezeigt.«

Alle sahen sie an, als hätte sie den Verstand verloren. Sie hätte auch nicht daran geglaubt, wenn sie ihn nicht selbst benutzt hätte. Etwas unwillig fügte sie hinzu: »Ja wirklich! Es gibt einen kleinen Gang. Er war zugewachsen und voller Schlamm. Ich würde niemandem raten, diesen unbequemen Weg in die Stadt zu wählen.«

Selbstvergessen bohrte sie ein Loch in ihr Blancmanger. Sie hatte das Gefühl, nicht einen Löffel mehr hinunterschlucken zu können, doch sie wollte ihre Schwägerin nicht verärgern und aß weiter.

»Zu unbequem für einen König?«, fragte Rudolf Cleingedank nachdenklich.

Friedrich schnaufte und winkte ab. »König Philipp wird diesen Tunnel nie finden!«

»Ich meine nicht Philipp.«

Alle starrten den alten Kaufmann an.

Otto, dachte Mechthild, er meint König Otto. Seit Monaten saß der welfische König in Köln fest. Sobald er es wagen würde, durch eines der Stadttore zu marschieren, würde Philipp ihn als Geisel nehmen. Es war wirklich schlau von ihrem Vater. König Otto würde sich nachts heimlich durch den versteckten Gang aus der Stadt schleichen. Sicher würde das Philipp dazu bewegen, die Belagerung aufzugeben und seinen Gegner zu verfolgen. Wenn er weiter hartnäckig versuchen würde, die Kölner in die Knie zu zwingen, dann hätten die Kölner wenigstens ihre Treue zu Otto bewiesen. Sie hätten Otto einen geheimen Weg aus der Stadt gezeigt und endlich Bewegung in die festgefahrene Lage gebracht. Wieso war sie nicht selbst auf diesen Gedanken gekommen? Genau wie Friedrich hatte sie nur daran gedacht, dass Philipp das Schlupfloch entdecken könnte, doch nun würde der Gang, den Gott einem Bastard in Not gezeigt hatte, den Kölnern ihre Freiheit zurückgeben. Otto würde nach Braunschweig ziehen und gemeinsam mit seinem klugen Ratgeber Anselm könnte er sich um den Kreuzritter kümmern, der ihr Lehen beanspruchte.

Ihr Vater knallte mit der flachen Hand auf den Tisch: »Das ändert alles! Otto wird aus der Stadt fliehen und ein Heer um sich versammeln können, mit dem er Köln von Philipps Truppen befreit. Die Belagerung hätte endlich ein Ende und die Handelswege wären wieder frei.«

Lothar rieb sich nachdenklich die Nase und erklärte: »Ich werde zum Palast des Erzbischofs reiten. König Otto soll es sofort erfahren.«

»Ich begleite dich!«, rief Mechthild und schob ihre Schüssel zur Seite.

Lothar wollte protestieren, doch sie ließ ihn nicht zu Wort kommen: »Ich bin durch kaltes Dreckwasser gewatet, um Anselm zu sprechen. Und das werde ich tun – selbst wenn er beim Papst persönlich wohnen würde.«

Der alte Kaufmann überlegte einen Moment, dann sagte er leise: »Sie hat Recht. Es ist unauffälliger, wenn ihr nur einen familiären Besuch im Palast macht. Niemand muss erfahren, dass es die Cleingedanks waren, die König Otto einen Fluchtweg aus der Stadt gezeigt haben.«

Leider konnten sie nicht sofort aufbrechen, denn die drei Männer steckten die Köpfe zusammen und verschwanden mit verschwörerischen Mienen im Kontor. Mechthild fand ihr Verhalten etwas kindisch. Sie wirkten wie aufgeregte kleine Jungen, die einen Streich ausheckten. Sie beschloss, die Zeit bis zum Aufbruch zu nutzen, um sich in eine vollkommene Dame zu verwandeln. Nachdem sie ihre alte Truhe noch einmal gründlich durchwühlt hatte, entdeckte sie ein altes Sonntagskleid. Sie klopfte den Staub aus den Falten und trennte eine zerschlissene Borte ab. Ihr Haar kämmte sie so heftig, dass ihre Kopfhaut schmerzte. Eine zierliche Schapel und ein Schleier vervollständigten das Bild eines verliebten Mädchens, das zu seinem Liebsten eilte. Sie grinste spöttisch, als sie sich in ihrem kleinen Handspiegel betrachtete. Sogar die glänzenden Augen und die geröteten Wangen passten.

Mechthild musste sich eingestehen, dass sie heftiges Herzklopfen hatte.

»Du dumme Gans!«, zischte sie ihrem Spiegelbild zu. Doch aus dem Spiegel blickten ungerührt ihre erwartungsvollen braunen Augen.

Sie steckte den Spiegel wieder in den kleinen Minnebeutel, den ihr irgendein Verehrer vor langer Zeit geschenkt hatte. Wie hatte der Kaufmannssohn noch ausgesehen? War es der junge Gir, der Hardevust oder gar Ulrich Lummersbacher gewesen? Ihre Finger strichen vorsichtig über die feinen Stiche aus glänzender Seide. Das Bild zeigte eine zierliche Dame, die einem eleganten Edelmann einen Blütenkranz reichte. Der Kaufmannssohn hatte wohl eher an eine Verbindung ihrer beiden Handelshäuser gedacht. Aber es war ein sehr hübsches Geschenk und sie verstand gar nicht, wieso sie es nicht mit nach Sachsen genommen hatte.

Sie strich noch einmal seufzend über die Stickerei. Ihre Beziehung zu Anselm war nie besonders minniglich gewesen. Anselm schwärmte für Urkundentexte statt für französische Liebeslieder. Trotzdem war etwas Besonderes zwischen ihnen, was sie nicht erklären konnte. Jedes Mal, wenn er wieder lange weg war, wurde sie wütend auf ihn. Sie sammelte Sätze in ihrem Kopf, die sie ihm sagen wollte. Doch wenn er ihr dann leibhaftig gegenüberstand, hatte sie alle vergessen. Dann gab es nur noch seine blauen Augen und sein jungenhaftes Lächeln.

Jeder Streit zwischen ihnen drehte sich um seine Bereitschaft, einem König zu dienen, den Mechthild nicht leiden konnte. Sie hatte Otto als einen rauen und sprunghaften Mann kennen gelernt, der sich mehr für Waffengänge als für die Schachzüge einer komplizierten Reichspolitik interessierte. Er überließ alles seinen Ratgebern, aber hin und wieder kam es über ihn und er warf mit seinen Launen alle sorgfältig ausgearbeiteten Pläne über den Haufen. Und ausgerechnet sie musste einen Mann haben, der die Gabe besaß, sich bei Otto als Ratgeber unentbehrlich zu machen. Vielleicht würde sich das ändern, wenn der Kampf um die Kaiserkrone endlich entschieden wäre. Es war sehr lästig, den Mann mit einem launischen König teilen zu müssen.

Achtlos warf sie den hübschen Beutel in die Truhe und knallte den Deckel zu.

Sie hatte diesen Krieg so satt! Seit acht Jahren gab es zwei gekrönte Könige im Reich. Sie sammelten Heerzüge um sich und zogen durch das Land. Sie belagerten Städte und lieferten sich kleinere Scharmützel und halbherzige Schlachten. Hin und wieder sah es so aus, als ob einer der beiden die Oberhand gewinnen würde. Nach der Schlacht bei Wasserberg hatte es so ausgesehen, als ob König Philipp sich durchsetzen würde. Doch immer noch stellten zwei Könige Urkunden aus und sahen sich als den vor Gott gesalbten König an. Die Reichsfürsten und Bischöfe waren in zwei Lager gespalten und der Papst zögerte. Wenn nicht endlich eine Entscheidung herbeigeführt würde, dann würde das Reich zerfallen und wäre eine leichte Beute für seine französischen Nachbarn.

Durch das offene Fenster konnte Mechthild Lothars aufgeregte Stimme im Hof hören. Pferdehufe knallten auf das Pflaster und ein Pferd wieherte nervös. Mechthild sprang auf. Wenn sie sich nicht beeilte, würden sie ohne sie losreiten!

Zwei Stunden später hatte sie Anselm immer noch nicht gesprochen. Mechthild saß in einem dunklen, muffigen Raum des erzbischöflichen Palastes und wartete. Ein junger Mönch stand ihr gegenüber an einem hohen Tisch und schrieb. Obwohl er genau unter dem schmalen Fensterbogen stand, hatte er kaum Licht. Er kniff die Augen angestrengt zusammen und wirkte sehr emsig. Seine Zungenspitze schaute vor Anspannung zwischen den Zähnen hervor. Es waren gesunde, weiße Zähne in einem gut geschnittenen Gesicht. Hin und wieder warf er der Frau auf der Eckbank einen prüfenden Blick zu.

Mechthild versuchte, ihn zu ignorieren, und ließ den Blick über die unordentlichen Haufen kostbarer Bücher, die vielen Kisten und die in Tücher eingeschlagenen Statuen gleiten – sicher alles Marienfigu-

ren und fromme Stifter. Der neue Erzbischof aus Bonn schien ein gebildeter Mann zu sein, doch offensichtlich war er zu beschäftigt, um seine Schätze im neuen Palast aufzustellen.
Unruhig rutschte Mechthild auf ihrer Eckbank hin und her. Vom ungewohnten Ritt tat ihr Hintern weh. Sie dachte daran, wie betont langsam sie durch Köln geritten waren, um kein Aufsehen zu erregen. Die Gelegenheit war günstig, um Lothar auszufragen, denn ihr Vater war mit Friedrich vorausgeritten. Mechthild hatte Lothar gefragt, warum die Kölner immer noch zu König Otto halten würden, wo sich doch alle anderen von ihm abgewandt hatten. Lothar hatte sich verstohlen umgesehen und leise erklärt, dass sie dies nur scheinbar täten. Es gäbe schon eine Gruppe von Ratsmitgliedern, alles angesehene Kaufleute, die planen würde, eine Abordnung zu König Philipp zu schicken. Sie hatte ihn gefragt, was wohl der König von England davon halten würde? Johann Ohneland hatte immerhin weit reichende Schutzgarantien für die Kölner Handelsinteressen zugesichert, doch nur, wenn sie weiter treu zu Otto hielten. Lothar hatte geantwortet, dass die Handelsinteressen es erfordern würden, dieses Versprechen zu brechen. Mechthild hatte eingewandt: Warum ein Versprechen brechen, wenn es beim Frühstück noch reichlich von allem gab? Ihr Bruder hatte sie tadelnd angesehen. Er hatte gefragt, wie das Geschäft geführt werden sollte, wenn kein Brief mehr aus der Stadt gelangen würde? Wie sollte ein Kaufmann wohl seine Filialen im Ausland leiten, wie seinen Buchhaltern, Kommissionären und Angestellten Anweisungen erteilen? Und hatte sie bedacht, dass nun keiner mehr zu den großen Messen in die Champagne reisen konnte? Mechthild hatte beschämt zugeben müssen, dass sie daran gar nicht gedacht hatte. Lothar hatte verkündet, dass er zuerst seine Pflicht erfüllen und König Otto zur Flucht verhelfen würde – aber dann! Dann würde er zu jener Abordnung der Ratsherren gehören, die mit König Philipp verhandeln. Das sei natürlich alles noch geheim, hatte er wichtigtuerisch hinzugefügt. Sie musste lächeln, wenn sie jetzt daran dachte, wie selbstzufrieden ihr Bruder neben ihr geritten war. Der hübsche Mönch lächelte zurück.
Sie stand auf und begann zwischen den Bücherhaufen, verhüllten Statuen und Kisten im Halbdunkeln herumzuwandern. Dabei bemühte

sie sich, dem Mönch am Fenster immer ihren Rücken zu zeigen. Als sie sicher war, dass er sich wieder seiner Arbeit zugewandt hatte, zupfte sie neugierig an einem der Tücher. Das Tuch schwebte zu Boden und eine lebensgroße geschnitzte Heilige kam zum Vorschein. Ein netter kleiner Drache schmiegte sich zutraulich an ihr Bein. Es war ganz sicher die heilige Margareta, der Drachenkampf sah jedoch eher aus wie ein Liebeswerben. Der Drache grinste und entblößte ein paar schiefe Holzstifte, die wohl seine Zähne darstellen sollten, allerdings ziemlich wackelig aussahen. Mechthild streckte die Hand aus und berührte prüfend einen der Zähne. Der Stift löste sich aus dem Maul des Drachens und rollte über den Boden. Erschrocken bückte sie sich und tastete zu Füßen der Heiligen nach dem kleinen Holzzahn. Sie wünschte, sie hätte eine Kerze gehabt. Plötzlich hockte der junge Mönch neben ihr und suchte ebenfalls den Boden nach dem Zahn ab. Seine Hände berührten wie zufällig ihr Knie und er flüsterte verschwörerisch: »Das ist mir auch schon passiert. Er lässt sich ganz einfach wieder einsetzen.« Gerade als er unter den Stoffbahnen ihres Kleides nachsehen wollte, räusperte sich hinter ihnen jemand und eine spöttische Stimme fragte: »Ist das eine neue Art der Heiligenverehrung? Hab ich was verpasst?«

Mechthild sprang auf. Anselms Gesicht lag zwar im Schatten, doch sie hätte schwören können, dass er sich köstlich amüsierte. Sie kaute auf ihrer Unterlippe und murmelte: »Wir haben den Zahn gesucht. Er hat sich plötzlich gelöst und nun können wir ihn nicht wiederfinden.«

Der junge Mönch eilte mit rotem Kopf zurück an sein Pult und begann, wieder eifrig mit der Feder zu kritzeln. Anselm legte den Kopf schief und besah sich den kleinen Drachen. Mechthild hätte am liebsten wieder das Tuch über die Holzfigur geworfen. Wie sollten sie ernste Dinge verhandeln, wenn dieser kleine Kerl mit der Zahnlücke so frech grinste? Sie zog ihren Mann von der Statue weg und führte ihn zur Eckbank. Doch er setzte sich nicht, sondern legte seine Hand auf ihren Arm und fragte besorgt: »Warum bist du in Köln? Friedrich sagt, es gibt Probleme mit dem Lehnshof?«

»Der Mann, dem unser Lehen einst gehörte, ist zurück. Nicht alle Kreuzritter verlieren im Heiligen Land ihr Leben, manche kommen zurück. Dieser ist ein besonders unangenehmer Kerl. Er wartet in Braunschweig auf Otto und will von ihm das Lehen fordern. Ich habe ihn mit Schaukämpfen auf den Marktplätzen beschäftigen können. Ich dachte, er würde dabei sein Leben verlieren, doch er hält sich wacker. Er wird keine Ruhe geben. Wir müssen ihm zuvorkommen. Du musst mit Otto reden!«

Anselm ließ sie los und sank auf die Eckbank. Er sah sehr besorgt aus. Nach einer Weile sagte er: »Ich kann Otto nicht mit solchen Dingen belästigen! Nicht jetzt!«

»Aber es ist dein Lehen. Otto hat es dir verliehen. Du musst darum kämpfen!«

»Wir reden im Kaufmannshaus weiter. Dort werde ich mir etwas einfallen lassen«, unterbrach er sie und stand auf.

»Wenn Otto dich für einen Tag entbehren kann!«

»Oh, sogar für eine Nacht!«, sagte er und zwinkerte dem kleinen Drachen verschwörerisch zu.

Am nächsten Morgen lag Köln unter einer dicken grauen Wolkendecke. Es nieselte und jeder, der sich nach draußen wagte, bekam nach einiger Zeit tropfnasses Haar und ein feuchtes Gesicht. Das hielt im Kaufmannshaus am Heumarkt niemanden davon ab, schon am frühen Morgen im Hof eifrig seinen Geschäften nachzugehen.

Mechthild sah müde aus einem der neuen, hohen Fenster. Es war schwierig, einen betriebsamen Eindruck zu machen, wenn man die ganze Nacht kein Auge zugemacht hatte. Anselm hatte gar nicht über das Lehen gesprochen. Kein Wort! Zuerst hatte sie sich noch bemüht, seine Gedanken darauf zu lenken, doch dann hatte sie plötzlich in seinen Armen gelegen. Sie bereute keinen Augenblick und der Lehnshof schien weit weg zu sein.

Anselm kam aus dem Stall und führte sein Pferd am Zügel. Das brave Tier hatte anscheinend gar keine Lust, den warmen Stall zu verlassen und in die feuchte Luft zu traben. Sein Besitzer tätschelte ihm aufmunternd den Hals. Sie musste bei dieser Geste sofort daran denken, was diese Hände in der Nacht alles angestellt hatten.

Ihre Schwägerin trat plötzlich aus der Tür und fuchtelte mit einem Lederriemen herum. Anselm schüttelte entschuldigend den Kopf und

schwang sich auf sein Pferd. Lothar machte eine abwehrende Handbewegung und beugte sich über einen Packen Tuch. Elisabeth wirbelte herum und entdeckte Mechthild am Fernster.
Wenige Minuten später stand Elisabeth ihr mit hochrotem Gesicht gegenüber. Mechthild hätte viel lieber Anselm nachgesehen, wie er zum erzbischöflichen Palast ritt. Doch vor der wutentbrannten Schwägerin, die nervös mit ihren Händen über den Riemen strich, gab es kein Entkommen. Das speckglänzende Ding kam Mechthild bekannt vor. Es hing immer neben der Eingangstür, mehr zur Drohung als zum Prügeln der ungehorsamen Lehrjungen. Doch diesmal schien die Herrin des Hauses entschlossen zu sein, den Riemen zu benutzen. Instinktiv wich Mechthild einen Schritt zurück und sagte höflich: »Gibt es zu dieser frühen Stunde etwa schon Grund zur Sorge? Das verhüte Gott, denn er segnet die Friedfertigen und beschenkt die Langmütigen.«
»Er beschenkt nicht die Langschläfer, nur den erwartet reichen Lohn, der sich früh ans Tagwerk macht«, erwiderte Elisabeth eisig und schlug sich mit dem Riemen leicht auf die Hand. Als Mechthild nur verlegen auf ihrer Unterlippe kaute, fuhr sie im selben Tonfall fort: »Gott hat mich mit zwei guten Söhnen beschenkt, doch er plagt mich mit dem Kind meiner Schwester. Der Junge ist schlecht und ich werde es ihm rausprügeln und wenn ich das Balg bis zum Abend suchen muss.«
Elisabeth erwartete keine Antwort darauf, sondern stieg die Treppe hinunter.
Vor dem Vorratskeller blieb sie stehen und lauschte. Mechthild folgte ihr leise und beobachtete sie. Ihre Schwägerin sah aus, als wäre sie auf der Jagd. Vorsichtig öffnete sie die Tür und winkte Mechthild, ihr zu folgen.
Im Vorratskeller war es kühl und dunkel. Es dauerte einen Moment, bis sich ihre Augen daran gewöhnt hatten. Mechthild wäre fast gegen einen großen Schinken gelaufen, der an einem Haken von der Decke hing. Dabei kannte sie sich hier aus. Sie hatte sich als kleines Mädchen unzählige Male zwischen den Heringsfässern und Apfelkisten versteckt. Elisabeth spähte hinter jeden Getreidesack und rollte sogar einen großen runden Käse zur Seite. Dabei schimpfte sie ununter-

brochen: »Alle haben meine Schwester gewarnt. Das dumme Ding konnte nicht von diesem Mann lassen. Ein Gaukler war er, ein Spielmann und ein Herumtreiber! Eine Schande, jawohl eine Schande. Sie hat ihre Strafe bekommen, ja, das hat sie. Starb bei der Geburt des Kindes.« Sie hielt inne und musterte Mechthild scharf: »Was ich schon gestern fragen wollte, warum seid Ihr nicht mit Kindern gesegnet?«

Mechthild spürte einen Stich in der Herzgegend und murmelte etwas von Gottes Willen. Nur um sich abzulenken, schaute sie in ein Fass und fuhr erschrocken zurück.

In dem leeren Fass hockte ein kleiner rothaariger Junge. Er schaute mit ängstlich geweiteten Augen zu ihr hoch. Sein Gesicht war besprenkelt mit Sommersprossen, aber darunter war er furchtbar blass. Seine Tante redete ununterbrochen und seine Lippen zitterten vor Anspannung.

Mechthild lächelte dem Jungen aufmunternd zu und überlegte, wie sie ihm helfen könnte. Wenn er anfangen würde zu weinen, dann würde sicher bald der Riemen zum Einsatz kommen. Elisabeth war jetzt so richtig in Fahrt: »Der Junge ist so schlecht wie sein Vater. Verroht, wild, abartig und er ist erst acht Jahre alt. Er darf mit unseren Jungen bei dem alten Scholaren Latein lernen. Wie dankt er es mir?«

Mechthild entdeckte einen Topf Mehl und stieß ihn mit dem Ellenbogen um. Der Topf fiel und zerbrach. Die Luft war plötzlich voll mit Mehlstaub. Elisabeth hustete und klopfte sich den weißen Staub von den Kleidern.

»Das Mehl war für die Soße heute Abend. Sie hatten es nach dem Brotbacken zurückbehalten. Ich muss in die Küche Bescheid sagen, dass sie eine Ingwersoße machen müssen.«

Sie war plötzlich wieder ganz Hausfrau. Sie legte den Riemen achtlos beiseite, um einen Beutel Ingwer vom Haken zu nehmen.

»Den bringt Ihr in die Küche. Ich muss mit dem Scholar über den Jungen sprechen. Es ist eine Schande«, jammerte Elisabeth und verließ kopfschüttelnd die Kammer.

Mechthild nahm den Ingwer und warf noch einen unauffälligen Blick zum Fass, dann folgte sie ihr widerstrebend hinaus.

In der Küche stand eine vor Feuchtigkeit dampfende Martha, die gerade von draußen hereingekommen war. Anselms Köchin scherzte schon mit den Mägden, die sie neugierig umringten. Die kleine dicke Frau wickelte ihre nasse Haube ab und erzählte, wie sie im Palast des Erzbischofs einen Korb mit Eiern vor der Bibliothek vergessen hatte. Sie führte allen vor, wie sich der Oberbibliothekar mit dem Eiermatsch an den Füßen bewegt hatte. Die Mägde lachten gackernd. Martha lachte am lautesten, doch dann sah sie Mechthild und lief ihr mit weit geöffneten Armen entgegen: »Mein Engelchen! Ich habe gehört, wie tapfer Ihr wart. Bei Nacht und Nebel in die Stadt geschlichen, wie aufregend. Der junge Herr konnte es gar nicht fassen, dass Ihr wirklich in Köln seid. Er hat sofort alle Pergamente und Griffel fallen gelassen und das ist gut so! Der Junge ist auch hier. Ich wollte ihn nicht zu den Pferden stecken, also schläft er bei den Lehrjungen. Das ist doch in Ordnung?«

Mechthild musste einen Moment lang überlegen, wer damit gemeint sein könnte. Dann begriff sie, dass Martha in Anselms ehemaligem Schüler Arno immer noch einen kleinen Jungen sah. Dabei musste Arno fast neunzehn Jahre alt sein.

Sie löste sich aus der Umarmung und sagte herzlich: »Natürlich ist es in Ordnung, aber er hätte auch eine eigene Schlafkammer haben können. Bleibt ihr länger?«

»So Gott will! – Aber Ihr seid ja voller Mehl! Es hängt in Euren Haaren und klebt an Eurer Nase. Wartet, ich werde es abwischen.« Martha nahm den Zipfel ihrer Haube und rieb an ihrem Gesicht herum. Die Mägde kicherten hinter vorgehaltener Hand. Mechthild protestierte verlegen: »Ich mache das selbst, danke. Ich habe in meiner alten Truhe einen kleinen Spiegel gefunden und will mir vorher ansehen, was so komisch aussieht.«

Martha beugte sich vertraulich vor und flüsterte ihr ins Ohr: »Ich habe mir schon Sorgen um den jungen Herrn gemacht. Er arbeitet zu viel! Doch nun strahlen seinen Augen wieder, gut gemacht!«

Mechthild hoffte sehr, dass die alte Köchin Recht hatte. Sie fragte sich plötzlich, wieso Anselm ohne einen Gruß zu Otto geritten war. Was gab es denn so Wichtiges, dass ein Mann seiner Frau nicht guten Morgen wünschen konnte?

Anselm befand sich bereits im Palast des Erzbischofs. Suchend blickte er sich in dem voll gestellten Raum um, in dem Mechthild gestern in der Eckbank gesessen hatte. Der Raum war heute noch dunkler, da der Himmel bedeckt war und nur wenig Licht durch die schmalen Fensterschlitze fiel. Sein Blick wanderte suchend über die vielen verpackten Statuen und Bücher. Zuerst konnte er die Heiligenfigur mit dem Drachen nicht finden, denn jemand hatte sie wieder mit einem Tuch verhüllt. Anselm hätte zu gern das Tuch angehoben und nachgesehen, ob der Drachenzahn wieder da war, doch dafür war keine Zeit.
Auf der Eckbank warteten die fünf wichtigsten Männer Kölns auf Ottos Antwort. Erwartungsvoll sahen die edlen Herren, die in der Richterzeche den Ton angaben, die Bürgermeister bestimmten und Zunfturkunden verliehen, seinem Ratgeber entgegen. Uralt waren ihre Geschlechter und herrschten seit Generationen über die Stadt, trieben erfolgreich Handel, besaßen Grundstücke und führten einen aufwändigen Lebensstil. Als Anselm zu den würdigen Vertreter der Hardevust, Gir, Cusinus, Quattermart und Cleingedanks trat, stand Mechthilds Vater sofort auf und legte seine Hand vertrauensvoll auf den Arm seines Schwiegersohnes: »Nun? Wird König Otto unseren Vorschlag annehmen?«
Anselm suchte nach Worten. Die Kölner hatten Otto angeboten, dass er unbehelligt aus der Stadt fliehen konnte, doch Otto hatte nur bitter gelacht und alle Ratgeber mit vor Wut bebender Stimme hinausgeschickt. Anselm blickte verlegen von einem Mann zum anderen. Über ihnen waren dröhnende Schritte zu hören, der Holzboden vibrierte. Dort lief Otto hin und her, zögerte, stampfte plötzlich mit dem Fuß auf und setzte seine Wanderung fort.
»Seine Füße da oben drücken besser aus, als ich in Worte fassen kann, wie ungehalten er ist. Edle Herren, Ihr wart seine letzte Hoffnung. Wenn Ihr ihm untreu werdet, dann verliert er den Süden. Bei Gott, es gefällt ihm nicht.«
Cusinus knurrte: »Es gefällt mir auch nicht. Wir stellen uns gegen den Papst, wenn wir mit dem gebannten König Philipp verhandeln. Den Unwillen Gottes heraufzubeschwören könnte sich schlecht auf das Geschäft auswirken.«

Matthias Hardevust ergänzte: »Der Papst hat uns den Erzbischof aus Bonn aufgedrängt. Erzbischof Adolf entstammt einem alten Kölner Adelsgeschlecht. Er ist einer von uns! König Philipp hat ihm den Verrat an Otto schlecht gedankt. Nach der Krönung hat er ihn fallen gelassen. Adolf zieht plündernd durch seinen ehemaligen Familienbesitz und bereut. So könnte es uns gehen!«
Der alte Gir schüttelte unwillig den Kopf: »Das wagt Philipp nicht. Köln ist für das Reich unersetzlich. Jeder deutsche König weiß das. Die Macht des Geldes ist größer als die eines Krönungsaktes. Erzbischöfe sind austauschbar – die Kölner Geschlechter sind es nicht. Der Handel muss endlich wieder reibungslos laufen. Das kann nur Philipp ermöglichen, Otto kann es nicht.«
Bei seinen Worten nickten die anderen Männer zustimmend. Anselm verstand, dass seine Worte sie an ihren Stolz erinnerten und ihnen ihr Selbstbewusstsein wiedergaben. Plötzlich fiel ihm auf, dass die Schritte nicht mehr zu hören waren. Die Kaufleute sahen sich fragend an und horchten. Erschrocken fuhr Anselm zusammen, als Otto in der Eingangshalle losbrüllte: »Anselm, you bastard! Wo steckst du und wo stecken diese elenden Krämer, those awful grocers? Sie müssen ihren dirty Handel in Zukunft without England treiben. Ich bete für griechisches Feuer prasselt vom Himmel auf Köln! Yes I will! Sie treiben mich wie einen poor devil aus die Stadt! Ich werde zurück sein – Köln verwüsten, bis kein Haus mehr steht und zu schleifen die Stadtmauer. For God's sake, what are they doing, those grocer bastards?«
Anselm holte tief Luft. Er wusste, dass es schlimm stand, wenn Otto ins Englische verfiel. Dann war er wirklich wütend. Es war besser, ihn in dieser Stimmung nicht warten zu lassen.
Hastig drehte er sich zur Tür, doch sein Schwiegervater hielt ihn am Arm zurück und flüsterte: »Geh nicht, er schlägt dich tot.«
Während Anselm noch nach einer passenden Antwort suchte, hörten sie Otto schnaufen: »Da haben wir ja einen von diese verdammte Krämer! You son of a bitch.«
Ein dumpfer Schlag folgte und dann noch einer. Jemand stürzte zu Boden.
Rudolf Cleingedank stöhnte auf: »Das ist mein Sohn Lothar! Der Himmel sei ihm gnädig. Er wollte später zu uns stoßen.«

Anselm rannte hinaus in den Gang und hastete im Laufschritt zur Eingangshalle.

Er sah zuerst nur Ottos mächtigen Rücken. Otto stand breitbeinig über einer am Boden liegenden Gestalt. Er trug seinen prächtigen, mit goldenen Löwen bestickten Krönungsmantel, als hätte er vorgehabt, die Kölner daran zu erinnern, wer ihr König ist. Unter dem purpurroten Samt zeichnete sich sein Schwertgehänge ab. Anselm rief keuchend: »Mein König, nein! Lasst ab!«

Otto drehte sich langsam um. Sein Gesicht glänzte vor Schweiß, sein volles schwarzes Haar stand in einem wirren Kranz vom Kopf ab und er starrte Anselm aus vor Wut zusammengekniffenen Augen an. Er sieht aus wie ein Löwe, der gerade seine Beute gerissen hat, dachte Anselm entsetzt und legte seinem König eine Hand auf die Schulter. Otto überragte ihn mindestens um eine Kopflänge und zitterte vor Erregung. Gleich faucht er mich an, gleich zeigt er seine Krallen. Anselm suchte nach beruhigenden Worten und sein Blick hastete über den Fliesenboden.

Lothar krümmte sich zwischen Ottos Stiefeln zusammen. Er presste seinen Handrücken über eine Gesichtshälfte und sah flehend zu Anselm auf.

Anselm nahm seinen ganzen Mut zusammen. War er nicht sein bester Ratgeber, der Mann, der Otto am meisten an einen Engländer erinnerte? War er nicht sein Vertrauter, war er nicht unentbehrlich? Anselm dachte an die vielen Male, die er den König schon beruhigt hatte. Oft war dazu nur ein ruhiger, entschlossener Blick nötig gewesen. Er zwang sich, Otto fest in die Augen zu schauen, und flüsterte: »Hört auf, ich bitte Euch!«

Der Löwe zwinkerte. Dann legte er den Kopf in den Nacken und fragte höhnisch: »Why should I? Ich will hören Kölner Knochen krachen.«

Anselm überlegte verzweifelt, womit er den König überzeugen konnte, von seinem Opfer abzulassen. Da fiel ihm ein, dass es Otto immer besänftigte, wenn man ihn an seine Kindheit in England bei seinem Onkel Richard Löwenherz erinnerte. Die englischen Jahre waren Ottos Schwachstelle. Anselm hob bittend seine Hände und rief: »Weil er mein Schwager ist. Er ist gerade aus England zurückgekommen, wo er seine Jugend verbracht hat. Er ist mindestens so sehr Engländer wie Ihr. Um Eurer guten Jahre in England willen – lasst ihn am Leben!«

Anselm ließ Otto nicht aus den Augen. Otto atmete ruhiger, wischte sich den Schweiß vom Gesicht und sagte zögernd: »Also gut – der Fluchtweg. Doch sie werden diese Tag verfluchen«, er seufzte und fügte müde hinzu: »Anselm, zeig mir die Plan von die bloody Stadtmauer.«

Der Löwe war fort. Otto war nur noch ein armer Mann, der aus einer eingeschlossenen Stadt fliehen musste. Langsam stieg er die Treppe nach oben; sein prächtiger roter Krönungsmantel hing schlaff von seinen nach vorn hängenden Schultern.

Anselm zögerte, ihm die Treppe hinauf zu folgen. Er warf einen besorgten Blick auf seinen Schwager. Lothar hatte sich aufgesetzt und die Hand vom Gesicht genommen. Anselm stellte besorgt fest, dass ein Auge zugeschwollen war und schon eine bläulich violette Färbung zeigte. Er beugte sich zu Lothar herab, flüsterte: »Wir werden Eurer Frau erzählen, dass wir in eine Wirtshausschlägerei verwickelt worden sind«, und folgte seinem König die Treppe hinauf.

Währenddessen lief Mechthild durch das Kaufmannshaus und suchte ihren Minnebeutel. Sie fragte jeden, den sie traf, und sah in alle Truhen, Kästen und Körbe. Jahrelang hatte sie nicht mehr an diesen hübschen Beutel gedacht. Doch nun vermisste sie ihn. Sie durchwühlte zum dritten Mal ihre Truhe und schüttelte verwundert den Kopf. Wie konnte etwas einfach verschwinden? Oder hatte sie ihn irgendwo hingelegt und nur den Platz vergessen? Vielleicht als sie Lothar in den Stall gefolgt war, um ihn zu fragen, wohin er reiten wollte? Doch warum sollte sie einen Minnebeutel mit in den Stall genommen haben? Hatte sie Kamm und Spiegel heute Morgen überhaupt benutzt? Hatte nicht die Magd einen Kamm an ihrem Gürtel gehabt und sie damit frisiert? Sie blinzelte verwirrt und versuchte, sich zu erinnern. Am besten sie würde im Stall nachsehen, man konnte ja nie wissen.

Im Stall standen nur ein paar alte Zugpferde. Jeder schien heute Morgen mit einem edlen Prachtpferd ausgeritten zu sein. Auf einem der brüchigen Holzbretter saß der kleine Heinrich, baumelte mit den

Beinen und sah seinem großen Bruder zu, der vor ihm stand und mit einem Holzschwert herumfuchtelte.
Mechthild wunderte sich, dass ihre beiden Neffen nicht über den Lateinbüchern saßen. Sie lehnte sich an einen Holzbalken, beobachtete die Jungen und dachte nicht mehr an ihren Minnebeutel.
Wilhelm hatte sich einen Holzeimer über den Kopf gestülpt, an den er einen alten Ledergürtel genagelt hatte. Es war die ziemlich gelungene Imitation eines angeschmiedeten Nasenbandes. Als Waffenrock hatte er sich eine bunte Pferdedecke umgehängt. Zwei zusammengenagelte Bretter mit einer Lederschlaufe dienten als Schild.
Er machte einen Satz nach vorn und rief: »Quh – Quh«, dabei schlug er mit dem Schwert nach einem unsichtbaren Gegner. Mechthild fand ihn ziemlich beeindruckend, doch sein kleiner Bruder war nicht zufrieden und nörgelte: »Du musst deinen Hals schützen. Zwischen Eisenkapuze und Helm hätte er dich erwischt.«
Sofort hob Wilhelm seinen Schild höher und schnaufte: »Niemand erwischt mich! Ich bin Richard Löwenherz, der stärkste und mutigste unter den Rittern. Seht, mein edles Schwert trägt den Namen Ulfberth in der Blutrinne. Ich bin unbesiegbar!«
Mechthild musste daran denken, wie Richard Löwenherz gestorben war, immerhin hatte ihn ein Pfeil aus dem Hinterhalt erwischt. Sie konnte sich nicht zurückhalten und sagte: »Und was tut Ihr gegen Bogenschützen aus dem Hinterhalt, edler Ritter?«
Der Junge wirbelte herum und hob grimmig sein Schwert, als wäre sie selbst ein Angreifer aus dem Hinterhalt. Verstört hielt er inne und wurde plötzlich wieder ein zehnjähriger Junge.
»Oh, Tante Mechthild! Bitte verrat uns nicht! Wir sind dem Scholaren entwischt, als er beim Übersetzen eingenickt ist. Was tust du denn hier?«
Wahrscheinlich kam seine Mutter nie in den Stall. Das hatte den Vorteil, dass man nicht nach Pferdemist roch und hier nichts verlieren konnte. Mechthild fiel der Minnebeutel wieder ein und sie sah sich suchend um: »Habt ihr einen hübschen bestickten Beutel gesehen, wie ihn Damen tragen? Ich muss ihn irgendwo liegen gelassen haben.«
»Den hat Brian, jede Wette«, murmelte Heinrich. Als seine Tante ihn fragend ansah, fügte er bewundernd hinzu: »Der ist wie ’ne Elster.

Klaut alles, was wertvoll und teuer ist. Er ist wirklich gut darin. Wie von Geisterhand verschwinden silberne Spangen und goldene Medaillons. Weißt du noch, wie er Großvaters Siegelring …«

»Halt den Mund, du Esel! Wenn ich Brian erwische, schlag ich ihn blau und grün, bis er sagt, wo er den Beutel versteckt hat«, knurrte sein großer Bruder.

Mechthild dachte, die beiden könnten unmöglich von ihrem Cousin sprechen, und fragte: »Ist Brian einer der Lehrjungen? Oder ein Botenjunge? Ich kann mich gar nicht an einen Brian erinnern.«

»Brian ist ein Dreckskerl, ein widerlicher kleiner Stinker. Er ist es nicht wert, dass wir über ihn reden. Das tut Mutter schon den ganzen Tag … ich höre sie schon jammern: Eine Schande, eine Schande!« Wilhelm verstellte seine Stimme und klang genau wie seine Mutter.

Mechthild musste an das kleine blasse Gesicht voller Sommersprossen denken, das sie aus dem Fass bittend angeblickt hatte. Er war ihr gar nicht wie ein gemeiner Dieb vorgekommen. Heinrich sprang von seinem Holzbrett und sagte trotzig: »Aber der Kater läuft ihm immer hinterher.«

»Du vergisst Mäuse, Kröten und Ottern. Sie schlafen in seinem Bett wie bei einem Waldkobold. Wenn du nicht aufpasst, verzaubert er dich in einen glitschigen Wurm«, sagte Wilhelm und nahm sich den Helm vom Kopf.

Mechthild nahm das Holzschwert, das er an die Stallwand gelehnt hatte. Die Spitze richtete sich genau auf seine Brust. Drohend sagte sie: »Richard Löwenherz – Ihr scheint die Rittertugenden nicht zu kennen! Ein Ritter schlägt keine jüngeren Blutsverwandten. Er beschützt die Schwachen! Ein Mann von Ehre setzt auch keine Gerüchte in die Welt. Und nun macht, dass ihr wegkommt, bevor euer Scholar aufwacht.«

Die Jungen hatten es plötzlich eilig und rannten los.

Mechthild fuhr nachdenklich mit ihrem Finger über die etwas schief eingeritzten Buchstaben auf dem Schwert und fragte sich, wo der kleine rothaarige Junge steckte.

Einige Wochen später starb König Philipps kleiner Sohn Friedrich. Johanna hatte die Nacht bei der Königin gewacht und Trifels war ihr wie der dunkelste Ort der Welt vorgekommen. Ein Ort, an dem sich alles Leid in einer einzigen stürmischen Nacht zusammenballte. Ein von Gott verlassener Ort, an dem ein erst drei Monate altes Kind viel zu früh seinen letzten Atemzug tun musste. Diese Nacht würde Johanna nie mehr vergessen.

Am nächsten Morgen lag sie wie betäubt auf der gepolsterten Fensterbank. Durch die Ritzen der geschlossenen Fensterläden zog der kalte Wind. Johanna dachte nicht daran, aufzustehen und einer Magd zu befehlen, Feuer zu machen. Ihre Glieder waren schwer und steif und sie konnte sich nicht rühren. Sie wollte sich nie wieder rühren, denn es gab um sie herum nur eine Welt voll Schmerz und Leid. Johanna hätte plötzlich das Gefühl, als ob sie nie wieder froh erwachen, nie wieder unbeschwert eine Mahlzeit zu sich nehmen und nie wieder heiter ausschreiten könnte. Sie hatte in dieser Nacht zusammen mit der Königin geweint, bis ihre Augen keine Tränen mehr hatten. Nun waren ihre brennenden Augen rot und verquollen und Johanna war sich sicher, dass sie nie wieder weinen konnte, da sie alle ihre Tränen in dieser Nacht geweint hatte.

Johanna dachte daran, dass in wenigen Stunden die Messe für den kleinen Friedrich gelesen wurde. Sie sollte aufstehen und sich umziehen. Doch sie konnte sich nicht rühren und wieder fielen ihre Augen zu. Die Eindrücke der Nacht lagen wie eine Last auf ihrer Brust. Sie belagerten ihr Denken, schwirrten als Fetzen von Bildern durch ihren Kopf. Johanna zwang sich die brennenden Augen wieder zu öffnen. Sie durfte nicht mehr an die Bilder der Nacht denken. Sie versuchte, sich zusammenzunehmen, und zählte die gestickten Rauten auf ihrem Ärmel. Doch das Muster begann zu flimmern. Die Rauten zogen sich zusammen und gingen wieder auseinander. Sie wurden zu sich öffnenden Mündern. Es waren die Münder von verzweifelten Müttern, die um ihre Kinder klagten. Johanna schlug ihre Hände vor das Gesicht, um das Rautenmuster nicht mehr sehen zu müssen.

Die Bilder der Nacht kamen wieder. Sie sah, wie die Königin den leblosen Körper ihres Sohnes aus dem Bett nahm und ihn schüttelte. Sein Kopf fiel nach vorn und seine dünnen Ärmchen wackelten. Die Königin schrie und schüttelte ihr totes Kind.

Johanna setzte sich ruckartig auf und holte tief Luft. Erst als sie ruhiger atmen konnte, lehnte sie sich wieder gegen das Polster. Sie hatte getan, was in ihrer Macht stand. Sie hatte mit der Kraft ihrer heilenden Hände die Königin beruhigt und dann die ganze Nacht mit ihr bei dem toten Kind gewacht. Überall waren Kerzen aufgestellt worden. In den endlosen Stunden hatte sie Gott immer wieder gefragt, wieso Friedrich nur so wenige Monate hatte leben dürfen. Er war schon der zweite Thronfolger, der so jung hatte sterben müssen, nur die Töchter überlebten. Friedrich war die Hoffnung der Staufer gewesen. Ein männlicher Erbe hätte Philipps Stellung gestärkt. Johanna überlegte mit klopfendem Herzen, ob dies ein Zeichen war. Wollte Gott die Staufer auslöschen, wegen all der Sünden, die von Staufern begangen worden waren? Lag es an dem Bannspruch des Papstes? Zürnte Gott mit Philipp, weil er die Zerstörung Konstantinopels zugelassen hatte? Oder war der Sarazenenmantel schuld daran? Hatte Konrad nicht vom Untergang der Dynastie gesprochen? Die Staufer wurden vernichtet, wenn Philipp ein unwürdiger Herrscher war und dennoch das orientalische Ehrengewand trug. Johanna versuchte sich den Mantel vorzustellen, den Konrad den Sternenmantel nannte. Doch dann schüttelte sie den Kopf. Ihre Gedanken waren gottlos und vermessen. Säuglinge starben, jeden Tag holte Gott welche zu sich. Er allein kannte den Grund.

Johanna presste die Hände auf die Augen und dachte daran, wie Friedrichs Amme sich die Haare in Büscheln ausgerissen hatte und die langen braunen Strähnen durch die Luft geschwebt waren. Hastig legte sie die Hände in den Schoß. Sie musste an die Messe denken, an das Kleid, das sie anziehen würde, an die Worte des Hofkaplans. Doch sobald sie sich zwang, an etwas anderes zu denken, kamen die Bilder der Nacht zurück.

Dann verwischte alles. Der Schlaf übermannte sie endlich und das Flackern der Kerzen am Bett des Kindes wurde zum Funkeln der Sterne auf dem Sarazenenmantel. Sie flog auf die Sterne zu und ließ

sich fallen. Ihre Glieder entspannten sich. Ihr Arm sackte nach unten und das Rautenmuster schleifte über den staubigen Boden.
Ihr waren nur ein paar Minuten Schlaf vergönnt. Von Ferne drang eine schluchzende Kinderstimme in ihren Traum. Johanna weigerte sich vom strahlenden Sternenhimmel zurückzukommen. Die Stimme wurde immer aufdringlicher: »Johanna, Johanna, hilf mir! Joo – hhannaaa!«
Die Stimme zerrte sie in die helle Wirklichkeit dieses Morgens zurück. Johanna blinzelte unwillig und versuchte, ihre steifen und schweren Arme zu bewegen. Beatrix wusste doch genau, wo sie immer saß. Warum schrie sie nach ihr? Benommen richtete sich Johanna auf und starrte verwirrt auf ihre tauben Hände.
Als sie Beatrix im fahlen Licht stehen sah, erschrak sie und vergaß ihren Ärger über die unsanfte Störung. Beatrix hielt ihren Kopf merkwürdig steif. Über ihrem Ohr war das blonde Haar rot gefärbt. Es war so viel Blut, dass nicht zu erkennen war, wie groß die Wunde eigentlich war. Das Kleid des Mädchens war gesprenkelt mit roten Punkten. Das kleine Mädchen jammerte mit quengeliger Stimme: »Maria hat mich die Treppe hinuntergeschubst. Ich rede nie mehr ein Wort mit ihr!«
Johanna sprang so schnell auf, dass ihr schwindelig wurde. Sie griff nach der blutbeschmierten Hand des Mädchens und zog sie mit sich: »Komm – wir müssen zu Meister Jacobus, es muss verbunden werden.«
Beatrix entzog ihr die Hand und schniefte trotzig: »Ich will nicht zu ihm. Ich will zu dem neuen, dem arabischen Medicus. Der Mann mit dem Turban, der heute Morgen hinter dem Kräutergarten sein buntes Zelt aufgeschlagen hat. Es sind geschwungene Schriftzeichen darauf gemalt und ein Mond schmückt die kleine Fahne.«
Johanna sah sie überrascht an. Konrad war zurückgekehrt und lagerte mit einem arabischen Zelt im Kräutergarten? Was hatte das zu bedeuten? Hatte er König Philipp gefunden und ihm den Sarazenenmantel überreicht? War er endlich zu ihr zurückgekehrt? Bestimmt hatte er sie bei seiner Ankunft gestern gesucht und nicht gefunden. Sie musste sofort zu ihm und sie musste sich beeilen, denn die rote Stelle an Beatrix' Kopf hatte sich beträchtlich vergrößert. Vorsichtig führte sie das

Mädchen die Treppe hinunter nach draußen. Dort schlugen sie den Weg zum Kräutergarten ein.
Der Himmel war dunkelgrau und schien wie eine schwere Decke über dem Burghof zu liegen. Die kalte Luft war feucht und es bildeten sich bei jedem Atemzug weiße Schleier. Johanna rieb sich fröstelnd die Arme und beschleunigte ihre Schritte. Der sonst so bunte, duftende Kräutergarten war im Winter nur ein trostloser Ort. Die leeren Beete sahen aus, als würden sie schlafen. Jemand hatte ein paar Sträucher zusammengebunden, die wie alte, vergessene Besen wirkten. Große schwarze Krähen scharrten grimmig in welken Blättern. Johanna beobachtete die unheimlichen Vögel und hatte das Gefühl, als müsste sie erst durch diese Trostlosigkeit hindurch, um zu dem leuchtend bunten Zelt zu gelangen. Plötzlich wurde Beatrix langsamer und begann erneut zu schluchzen. Um sie abzulenken, fragte Johanna: »Wieso hat Maria das getan? Sie muss doch einen Grund gehabt haben?«
»Sie hat angefangen! Es war wegen der Messe für den kleinen Friedrich. Ich wollte nicht hingehen und sie hat mit Vater Ambrosius gedroht und dann hat sie mich geschubst. Ich werde sicher sterben!«
Bei der Erinnerung an den Streit, begann sie noch heftiger zu schluchzen.
Der Anblick des bunten Zeltes beruhigte Beatrix wieder. Es war wirklich ein ungewöhnliches Zelt. Johanna betrachtete es staunend. Die leuchtenden Farben und die geschwungenen Zeichen ließen es fremdartig und geheimnisvoll erscheinen. Es schien aus einem Zauberreich in die winterlich graue Burg gekommen zu sein.
Kein Wind war zu spüren und dennoch flatterte die kleine Fahne und der Mond blitzte silbern. Johannas Augen fuhren über die geschwungenen Schnörkel, die den Eingang zierten, und glitten über die gezackten Blattranken und grünen Sterne. Beatrix schien von dem Anblick der Zeltbahnen wie berauscht zu sein. Sie vergaß ihre Kopfwunde, lächelte erwartungsvoll und rief: »Schau, ist es nicht wunderschön? Es wohnt eine entführte Prinzessin darin. Sie trägt silberne Armreifen und hat Augen aus Bernstein.«
Die Zeltbahn schlug zurück und Konrads stummer Diener trat heraus. Harun baute sich breitbeinig mit verschränkten Armen vor ih-

nen auf. Seine Miene war ausdruckslos. Er war ein beeindruckender Wächter, der jeden in die Flucht schlagen würde, der seinen Herrn bedrohte. Harun rührte sich nicht. Johanna atmete tief durch und fragte schüchtern: »Ist Meister Konradus zu sprechen? Das Kind blutet und braucht seine Hilfe.«

Harun nickte und hob die Zeltwand.

Im Zelt war es so dämmrig, dass Johanna zuerst nur den Glanz der blauen Glaskrüge, die glitzernden Stoffe und silbernen Schalen sah. Dann bemerkte sie die kleinen Öllampen, die überall verteilt waren. Sie verströmten einen süßlichen Blütenduft. Auf weichen Teppichen lagen prall gefüllte Kissen. Inmitten der vielen Kissen hockte Konrad. Er trug seinen Turban, ein schlichtes Gewand und war barfuss. Ein dickes Buch lag aufgeschlagen vor seinen Knien. Ihm gegenüber saß die junge Frau, die Johanna die kleine Dose gebracht hatte. Sie hatte eine Laute auf den Knien und zupfte leise an den Saiten, so als probiere sie eine neue Melodie. Als sie Johanna und das Kind bemerkte, hörte sie auf zu spielen und blickte auf. Konrad ließ seinen Finger zunächst an der Stelle, wo er gerade gewesen war. Der Anblick von Blut weckte jedoch den Medicus in ihm.

Er stand auf und berührte vorsichtig den Kopf des Mädchens. Beatrix ließ es willig geschehen und blickte sich mit großen Augen im Zelt um. Johanna konnte sie gut verstehen. Sie selbst konnte kaum ihre Augen von den vielen unbekannten Dingen lösen. Sie fragte sich, wie die getrockneten Früchte heißen mochten, die in den runden Schalen lagen, und sie hätte gern den feinen mit Goldfäden durchwirkten Schal berührt, der über einer Truhe lag.

Konrad schob mit einem kleinen Spachtel das blutverklebte Haar zurück und erklärte: »Es hat aufgehört. Ein bisschen Wundbalsam und in wenigen Wochen ist nichts mehr davon zu sehen.« Er begann in einer kleinen Holzkiste zu wühlen.

Plötzlich beugte sich die junge Frau vor und griff nach einem silbernen Teller voller Gebäck. Sie hielt den Teller hoch und sah Beatrix fragend an: »Mein Name Fatma. Du eine Honigmandel?«

Fatma nickte Beatrix aufmunternd zu. Die schmalen Reifen klirrten aneinander, als sie den Teller auffordernd in die Höhe hob. Endlich griff Beatrix nach einem der kleinen glänzenden Mandelkuchen und

erklärte: »Ich heiße Beatrix, das heißt die Glückliche. Heute Morgen bin ich nicht glücklich. Mein kleiner Bruder ist gestorben und meine Schwester hat mich die Treppe hinuntergestoßen.«
Konrad blickte auf.
»Philipps Sohn ist tot? Braucht die Königin ein Beruhigungsmittel?«
Er zog einen Korken aus einer kleinen, grünen Flasche und hielt seine Nase prüfend über die Öffnung. Johanna seufzte, bei der Erinnerung an die Bilder dieser Nacht. In diesem bunten, schillernden Zelt schienen ihr die Gedanken von Leid und Untergang seltsam unwirklich. Leise sagte sie: »Sie hatte schwere Stunden, aber nun schläft sie.«
Konrad tupfte einen scharf riechenden Balsam auf die Kopfwunde und presste ein durchsichtiges Stück Tuch auf die Wunde. Beatrix rief empört: »Autsch! Das brennt wie Feuer.«
Sie hatte den Mund voller Mandelkuchen. In ihrem Gesicht klebten kleine Krümel. Die Glocke der Burgkapelle begann zu läuten. Konrad war fertig und trat ein Schritt zurück, um sein Werk zu begutachten. Beatrix wischte sich die fettigen Finger an ihrem Kleid ab und erklärte kauend: »Die Messe für Friedrich! Ich muss …« Ehe Johanna etwas einwenden konnte, war das Kind aus dem Zelt geschlüpft. Sie ließ Beatrix vorlaufen. Dann blickte sie Konrad unsicher an und fragte leise: »Hast du getan, was du vorhattest? Hast du König Philipp den Sarazenenmantel, ich meine, den Sternenmantel gebracht?«
Konrad biss sich auf die Unterlippe, hockte sich hin und machte sich daran, die blauen und grünen Flaschen zu sortieren. Hatte er sie nicht gehört? Johanna kniete sich neben ihn, streckte die Hand aus und legte behutsam ihre Finger auf sein Handgelenk. Konrad zuckte bei ihrer Berührung zusammen und hielt in der Bewegung inne. Seine grünen Augen schienen irgendetwas in ihrem Gesicht zu suchen und seine Stimme klang gequält.
»Ich konnte es nicht. Gott möge mir vergeben.«
Dann hat der Tod des kleinen Friedrich nichts mit dem Mantel zu tun, dachte Johanna erleichtert. Wie hatte sie so etwas nur glauben können? Ein heidnisches Gewand hatte niemals so viel Macht. Doch warum hatte Konrad es nicht überreicht? Dieser Sarazenenmantel lastete auf seiner Seele. Er verwirrte seine Sinne und schwächte sein Gemüt. Ihr schien es, als ob der geheimnisvolle Mantel zwischen ih-

nen stünde. Wäre der Mantel erst fort, dann wäre Konrad wieder frei. Johanna konnte es ganz deutlich fühlen. Konrad würde erst ganz ihr gehören, wenn er sich von dem Mantel trennte. Sie musste dafür sorgen, dass Konrad zum König ging.

Konrad hatte den Kopf gesenkt und die Schultern waren nach vorn gesackt. Er sah aus, als hätte er Schmerzen. Johanna streichelte behutsam über seinen Handrücken und wisperte: »Warum konntest du es nicht?«

Konrad antwortete nicht, doch zog er seine Hand nicht zurück. Johanna versuchte es noch einmal: »Konrad, du kannst ihn nicht behalten. Bring den Mantel zu König Philipp. Er wird keinen Schaden anrichten. Vertrau auf Gott.«

Fatma begann leise zu klatschen und in einer fremden Sprache zu singen. Ihre Armreifen klimperten und die Öllampen flackerten. Endlich blickte Konrad auf und seufzte: »Wie kann ich sicher sein, dass er ein würdiger Herrscher ist? Ich brauche ein Zeichen dafür, dass König Philipp gütig und gerecht ist.«

»Es gibt bald eine Gelegenheit. Bald kann der König dir seine Güte beweisen. Vor ein paar Tagen ist ein Bote eingetroffen. Die Kölner wollen mit Philipp verhandeln. Der König hat einen Hoftag einberufen, um die Bedingungen festzulegen. Der Hoftag findet im Januar in Sinzig statt. König Philipp empfängt eine Delegation aus Köln. In Sinzig kann Philipp zeigen, dass er ein würdiger Herrscher ist.«

»Du meinst, wenn König Philipp den Kölnern ihre jahrelange Treue zu Otto vergibt und darauf verzichtet, die Stadtmauern schleifen zu lassen? Ein grausamer Herrscher würde die Stadt in Brand stecken und die Edlen Dreck fressen lassen.«

»Ein gerechter Herrscher wird die Stadt schonen. Er wird den Kölnern ihre Untreue vergeben und sie gütig behandeln.«

Konrad packte plötzlich ihre Hand und zog sie zu sich heran. Er hatte rote Flecken auf den Wangen und seine Augen leuchteten, als er flüsterte: »Die kluge Johanna! Sie hat mir den richtigen Weg gezeigt. In Sinzig kann sich König Philipp als würdiger Herrscher beweisen. In Sinzig werde ich ihm den Sternenmantel zu Füßen legen.«

Sein Gesicht war nun so nah, dass ihre Nasenspitze seinen Hals berührte. Johanna holte tief Luft. Herbe Kräuterdüfte und unbekannte

Gewürze hüllten sie ein. Bald würde dieser Mann ganz ihr gehören. Sie würde ihn nicht mehr mit einem Mantel teilen müssen. In Sinzig bekam der Ritter mit dem Schimmel endlich ein Gesicht. Konrad beugte sich vor und küsste sie. Fatmas ferner Gesang, das Knistern des Turbans, seine Lippen und ihr eigener Herzschlag ließen sie alles andere vergessen.

Dezember 1206, in Köln

In Köln hatte es in der Nacht geschneit, doch am Morgen taute es und von den Dachgiebeln tröpfelte es. Die Stadt würde bald nicht mehr unter einer weißen Schneedecke liegen, aber zum Leben erwachen würde sie dann immer noch nicht. Noch ahnten die Kölner nichts von König Philipps Plan, für die Übernahmebedingungen einen Hoftag in Sinzig abzuhalten. Auch Ottos Ratgeber Anselm beschäftigten andere Gedanken, als er an diesem Morgen vom Palast des Erzbischofs zurückkam. Er war erleichtert und froh, dass Otto endlich beschlossen hatte, in der kommenden Nacht aus der Stadt zu fliehen. Wochenlang hatte Otto immer wieder Ausreden gefunden, erst war es das Regenwetter, dann der Vollmond und zuletzt ein kleiner Schnupfen.

Vor dem prächtigen Haus der Cleingedanks sprang Anselm vom Pferd. Der Schneematsch spritzte in alle Richtungen. Bei jedem Schritt zum Kaufmannshaus machte es quartsch. Die nassen Schuhe hinterließen große Wasserflecken auf der Holzdiele.

Nachdem er Mechthild im Kontor nicht gefunden hatte, stand Anselm nun mit nassen Füßen in der Küche. Es war genau der richtige Ort, um sich aufzuwärmen und seine Sorgen zu vergessen. Schmunzelnd bemerkte er, dass es seiner resoluten alten Magd Martha gelungen war, die Küche des Kaufmannshauses zu ihrem Reich zu machen. Die von ihr bevorzugten Kräuter hingen in Bündeln von der Decke und ein vertrauter Duft nach seiner Lieblingssoße erfüllte die Luft. Obwohl Martha langsam alt wurde und über Gelenkschmerzen klagte, begleitete sie ihren Schützling Anselm, wann immer es möglich war. Sie war der gute Geist in seinem Leben, so lange er zurückdenken konnte. Während er noch zufrieden schnupperte, befahl ihm Martha forsch, die Schuhe auszuziehen und die kalten Füße zu wärmen. Gehorsam setzte sich Anselm auf einen Hocker und schob seine nackten Füße ganz nah ans Feuer.

Anselm blickte in die tanzenden Flammen und versuchte, nicht an Otto und die vergangene Nacht zu denken. Nach einiger Zeit kam Arno herein, griff sich einen Apfel von Marthas gut gehüteten Vorräten und hockte sich neben ihn auf den Küchenboden. Ohne ein Wort der Begrüßung biss er herzhaft in den Apfel und kaute zufrieden. Anselm beobachtete ihn verärgert. Arno hätte heute Nacht dabei sein sollen, doch wie immer, wenn es um langweilige Verhandlungen ging, drückte sich sein Schreibergehilfe. Dabei gab es für einen angehenden Ratgeber immer etwas zu lernen. Arno schien sich mehr für den Apfel als für den Ausgang der Verhandlungen zu interessieren.

Anselm sah Arno scharf an und fragte: »Wo hast du den ganzen Morgen gesteckt?«

Arno kaute mit Genuss, schluckte laut und erklärte: »Ich wollte Euch ja begleiten, aber dann musste der alte Kaufmann mit seinem Sohn dringend zum Rhein runter. Angeblich ist es einer Ladung gelungen, durch die Absperrung zu kommen. Ich sollte im Kontor auf den alten Cusinus warten, der ist jedoch gar nicht gekommen. Alles geht heute durcheinander.«

Anselm verzog das Gesicht. Es gefiel ihm gar nicht, dass die Cleingedanks alles und jeden für ihr Geschäft vereinnahmten. Anselm blickte sich um und fragte: »Wo ist Mechthild? Ich muss fort, heute Nacht noch.«

»König Otto verlässt also endlich die Stadt«, erklärte Arno und warf den Apfelstiel ins Feuer.

»Ja, er verlässt Köln und ich werde ihn begleiten. Nur seine engsten Vertrauten werden mitkommen: Sein Marschall natürlich, außerdem Truchsess Gunzelin und Schenk von Schlüpf.«

Anselm erwähnte nicht, dass Otto auf seiner Anwesenheit bestanden hatte, mit der Begründung, dass er ihm Glück bringe. Wer wollte schon ein Glücksbringer sein? Wie eine Kette oder ein hübscher Ring, hatte Anselm erbost gedacht. Arno wischte sich die Lippen und beschwerte sich: »Und Martha und ich bleiben in Köln zurück? Es gibt jeden Tag weniger zu essen und meine Waffenübungen darf ich auch nicht machen. Die Hamburgerin hat es verboten. Sie hat mich erwischt, als ich ihren Söhnen Schwerthiebe gezeigt hab. Es gibt noch nicht einmal gutes Holz zum Bogenschnitzen. Ich werde vor Langeweile sterben!«

»Nun jammere nicht. Es wird schon schwer genug werden, Mechthild vom Bleiben zu überzeugen. Mit einer großen Gruppe fliehen ist einfach zu auffällig und zu gefährlich. Ihr beide kommt später mit Mechthild nach.«

Martha hatte während der letzten Worte mit ernstem Gesicht hinter Anselm gestanden. Nun wischte sie sich die Hände an der Schürze ab und sagte besorgt: »Das wird Eurer Frau nicht gefallen! Sagt es ihr lieber gleich. Sie ist in den Lagerräumen und listet alles auf, was sich noch verkaufen lässt. Aber Ihr solltet ohne Eure Schuhe gehen, die sind noch klatschnass.«

Anselms Füße waren wieder einigermaßen warm. Er ging barfuss zu den Lagerräumen.

Auf dem strohbedeckten Lehmboden waren seine Schritte kaum zu hören. Wie ein Dieb schlich er zwischen den Kisten, Fässern und Säcken herum und musste aufpassen, dass er nicht in einen rostigen Nagel oder eine Tonscherbe trat.

Endlich sah er Mechthild zwischen den Stoffballen knien. Sie hockte zwischen den Resten unverkaufter Tuche. Sie hatten eine Öllampe auf einer der größeren Kisten abgestellt und das Licht tauchte sie in einen gelblichen Schein, in dem die Staubkörner tanzten. Sie hörte Anselm nicht kommen und etwas in ihrer Haltung brachte ihn dazu, regungslos hinter einem Stapel fleckiger Ballen abzuwarten. Mechthild hatte eine Wachstafel auf den Knien und schrieb. Ihr helles, frisch gewaschenes Haar fiel in weichen Wellen über ihre Schulter. Das Kleid war ausnahmsweise nicht zerknittert und die Ärmel ohne Flecken. Wenn sie so konzentriert in eine Arbeit versunken war, war sie besonders hübsch. Gleich würde sie aufblicken und ihn bemerken. Er würde ihr sagen müssen, dass er ohne sie die Stadt verließ. Sie würde versuchen, ihn dazu zu bringen, sie mitzunehmen. Wenn sie einmal stritten, konnte es sich über Stunden hinziehen. Ein Argument gab das andere. Sie war einfach zu klug. Am Ende behielt sie sowieso das letzte

Wort. Er hatte das an ihr immer besonders anziehend gefunden. Ihre Hartnäckigkeit und ihren starken Willen. Doch diesmal hatte er keine Zeit für endlose Diskussionen. Otto erwartete ihn im Palast des Erzbischofs. Wenn sein Ratgeber zu spät käme, hätte Otto wieder eine gute Ausrede, wieso er die Flucht verschieben müsse. Das durfte nicht geschehen!
Anselm entschied, dass das Wohl des Reiches Vorrang hatte. Er würde seiner Frau einen Brief schreiben und alles darlegen.

In der Nacht kam die Kälte zurück. Der Schneematsch verwandelte sich in hart gefrorene Krusten. Über diese kleinen Inseln konnte man im Dunkeln leicht stolpern und auf dem glatten Boden ausrutschen. Doch die Gefahren eines nächtlichen Fußmarsches interessierten im Kaufmannshaus niemanden. Man wunderte sich nur, dass Anselm beim Abendessen gefehlt hatte. Das Essen hatte in sehr gedrückter Stimmung stattgefunden. Mechthild hätte nicht sagen können, ob es an der mageren Restesuppe lag oder an dem trockenen Dinkelbrot. Besonders auffällig war Arnos missmutiges Gesicht gewesen, aber schlechtes Essen verdarb ihm immer die Laune. Alle Mitglieder der Familie waren an diesem Abend besonders schweigsam gewesen. Sogar die Jungen, die sonst ununterbrochen redeten, bis der alte Kaufmann sie anschnauzte, hatten im stillen Einvernehmen ihr Brot in die Suppe getaucht. Ohne Protest gingen sie an ihre Lateinaufgaben und dann ins Bett.
Alle anderen saßen noch in der geheizten Halle, nur Anselm fehlte immer noch. Zwei gepolsterte Stühle mit hohen Lehnen waren vor dem Wandteppich mit der fröhlichen Hirschjagd für die beiden Damen aufgestellt worden. Ihr Vater und Lothar saßen am Tisch und murmelten leise miteinander. Sicher ging es um Schiffsladungen, Waren und Gewinne. Mechthild hätte zu gern gewusst, was sie da so angeregt besprachen, doch sie musste Elisabeth Gesellschaft leisten.
Mit kleinen, müden Augen blinzelte sie zu ihrer Schwägerin hinüber. Die Bibel, aus der sie vorgelesen hatte, rutschte fast von ihrem Schoß. Elisabeth hatte den Kopf gesenkt und stickte an einem bunten Gürtel. Sie schien ihren Blick zu spüren, denn sie sah erwartungsvoll auf. Mechthild seufzte und suchte erneute die Stelle im Text, wo sie ge-

wesen war. Bevor ihre Gedanken auf Wanderschaft gegangen waren, hatte sie vorgelesen, wie Moses dem Pharao die Stechmückenplage schickte. Während sie die lateinischen Worte las, kribbelte ihr Nacken unangenehm und sie zog die Schultern in die Höhe. Die Tür ging auf und sie hatte einen Grund, abzubrechen und hochzusehen.

Anselms junger Schreiberlehrling Arno kam missmutig herein. Mechthild betrachtete Arno mit sorgenvoll gerunzelter Stirn. Immer wenn Arno die Schultern nach vorn zog, hatte er Ärger mit Anselm. Mechthild fragte sich, was es diesmal sein konnte. Hatte er wieder eine wichtige Urkunde verloren? Arno holte eine kleine versiegelte Rolle aus seiner Gürteltasche und reichte sie mit einer angedeuteten Verbeugung dem alten Kaufmann. Der legte die Rolle vor sich auf den Tisch und redete weiter, als sei nichts geschehen. Arno wollte sich schon zur Tür wenden, doch da hielt er inne und zog noch eine Briefrolle hervor. Beim Hinausgehen warf er sie Mechthild in den Schoß. Dann fiel die schwere Tür mit einem endgültigen Knall hinter ihm zu.

Mechthild entrollte den Brief vorsichtig. Verwundert begann sie zu lesen:

Gott sei mein Zeuge, manchmal liegen Weisheit und Torheit nah beieinander. Wenn ich, Anselm der Schreiber, heute scheinbar wie ein Tor handele, dann mögen mir verzeihen, die nach mir darüber urteilen werden. Doch auch die strengsten Richter werden Folgendes anerkennen müssen: Das Leben eines Mannes ist nichts wert, wenn er seinen König verrät. Wenn dieses Wort je galt, dann für die Umstände heute Nacht. Sie zwingen mich, meine geliebte Mechthild schutzlos zurückzulassen und mich heimlich aus der Stadt zu schleichen.

Möge Gott König Philipps Herz erweichen, möge Philipp die mächtige Stadt Köln schonen. In der Hoffnung, dass meine Frau in Köln auf mich wartet, folge ich treu meinem König.

Ich bete heute Nacht um einen bewölkten Himmel, schläfrige Wachen und eine vernünftige Frau.

Mechthild warf der verdutzten Elisabeth die Bibel in den Schoß, rief: »Beim Rad der heiligen Katharina, das wird ihm noch Leid tun!«, und stürmte hinaus. Sie hörte erst auf zu rennen, als sie in ihrer Schlafkammer war. Völlig außer Atem von den vielen Treppenstufen stand sie in der Mitte des Zimmers und keuchte: »Oh, wie konnte er nur ohne mich fortgehen?«

Sie wusste nicht, wohin mit ihrem Zorn, und trat hilflos gegen ihre alte Truhe. Den Brief in ihrer Faust zerdrückte sie zu einem kleinen Ball und schleuderte ihn gegen die Wand. Er prallte gleichgültig zurück und sprang genau in den Spalt zwischen Truhe und Wand.

Mechthild lehnte sich über die Truhe und versuchte, mit den Fingern hineinzukommen, um ihn wieder herauszufischen. Dabei fluchte sie vor sich hin: »Verflucht sei die Tinte, die verschwendet wurde, verflucht die Feder, die dich beschrieb.«

»Warte, ich helfe dir.«

Sie wirbelte herum und wollte auf den Störenfried losgehen. Der rothaarige Junge hob abwehrend die Hände und erklärte: »Meine sind kleiner.«

Der Junge steckte seine Hand hinter die Truhe und tastete herum. Mechthild musterte ihn interessiert. Sie hatte Brian noch nie von nahem gesehen und noch keine Gelegenheit gehabt, mit ihm zu sprechen. Er nahm die Mahlzeiten in der Küche ein und kam nicht mit zur Kirche. Nur wenn er mit Heinrich und Wilhelm beim Scholaren hockte, tauchte sein blasses Gesicht zwischen den Büchern auf.

Er reichte ihr den zerknüllten Brief und sagte: »Du bist Wolfhild. Du hast mich nicht verraten – damals im Vorratskeller.«

»Mechthild. Ich bin deine Tante Mechthild. Ich verrate niemanden an seine Verfolger.«

Brian nickte ernst. Seine grau-grünen Augen wirken sehr aufgeweckt. Es waren nicht die Augen eines achtjährigen Jungen.

»Filicius wohnt in deinem Beutel. Er möchte dich gern kennen lernen.«

Mit diesen Worten zog er ihren Minnebeutel aus seiner Tunika. Der Beutel war fleckig und roch unangenehm. Brian schnürte ihn auf und pfiff dabei lockend. Eine kleine feuchte Nase tastete schnuppernd über den Rand. Eine Ratte! Mechthild musste schlucken, dann holte sie tief Luft und sagte freundlich: »Guten Tag, Filicius! Ich hoffe, du hast es bequem in meinem Beutel? Du kannst ihn gern behalten.«

Den Beutel konnte sie sowieso vergessen. Der Gestank würde sich sicher nie mehr entfernen lassen.
Der Junge setzte die Ratte auf seine Hand und streichelte sie. Hoffentlich kam er nicht auf die Idee, das Tier auf ihren Schoß zu setzen. Die Ratte schnupperte interessiert an dem Briefknäuel in Mechthilds Hand. Diese zwang sich, die Hand nicht fortzuziehen. Brian sagte voller Besitzerstolz: »Filicius kann Unheil riechen. Er warnt mich immer vor Tante Elisabeth. Schau, Felicius, das ist Wolfhild.«
Die Ratte legte den Kopf schief und blinzelte. Brian fuhr zufrieden fort: »Er mag dich und möchte dein Freund sein.«
»Mechthild, ich heiße Mechthild. Es ist wunderbar, Freunde zu haben, besonders wenn sie so klug sind«, sagte Mechthild und berührte vorsichtig das glänzende Fell. Die Ratte zog sich in den Beutel zurück und Brian stand auf.
»Felicius und ich besuchen dich morgen wieder.«
Mechthild blickte ihm nach. Sie fühlte sich seltsam getröstet.
Die beruhigende Wirkung seines Besuchs hielt auch noch an, als Mechthild sich im Bett ausstreckte. Sie war so müde, dass sie sofort einschlief. Doch mitten in der Nacht wachte sie auf und beschloss, in die Küche zu schleichen und sich etwas zu trinken zu holen.
Sie warf sich schnell den Mantel über und zog ihre Schuhe an. Langsam wanderte sie durch das dunkle Haus, in dem alle fest schliefen. Doch plötzlich waren gedämpfte Stimmen zu hören. Sie kamen von der Eingangstür. Neugierig schlich Mechthild näher und lauschte, was die Magd da mitten in der Nacht aufgeregt wisperte: »Nicht zu dieser Stunde!«
»Unbedingt musst du den Kaufmann wecken. Dort schwimmt eine Leiche. Hast du denn nicht verstanden? Ein toter Mann schwimmt da!«
Mechthild erkannte die Stimme und drängte sich an der Magd vorbei.
Dort stand der zwergenhafte Müller der Judasmühle und rang verzweifelt die Hände.
Ihre Gedanken überschlugen sich. Otto war heute Nacht durch den versteckten Gang in der Stadtmauer geflohen und Anselm hatte ihn begleitet! Der Gang lag an der Judasmühle! Einer der Männer musste in dem schlammigen Wasser ertrunken sein. O Herr im Himmel, lass

es nicht Anselm sein! Mechthild sah den verängstigten Alten an und rief: »Hast du deinen Wagen mit? Ist gut, Truda, ich kümmere mich darum, geh wieder zu Bett.«
Die Magd nickte erleichtert und Mechthild schubste den Alten zum Wagen. Er hatte nur das lahme Maultier vorgespannt, doch es blieb keine Zeit, ein Pferd zu holen.
Mechthild trieb das Tier zur Eile und der Wagen rumpelte durch die Nacht zur Judasmühle. Der Weg kam ihr endlos vor und sie betete die ganze Strecke hindurch. Wie immer in höchster Not wandte sie sich an die heilige Margareta. Sie beschwor die Heilige mit allen unsinnigen Versprechen, die ihr einfielen. Erst bot sie ihr an, jeden Tag drei Stunden zu beten, dann versprach sie eine große Summe für St. Martin zu stiften. Wenn es doch nur nicht Anselm war, der da im kalten Wasser trieb! Sie wollte gerade schwören, dass sie ins Kloster gehen würde, wenn er noch leben würde, da überlegte sie es sich doch lieber anders. Wenn Anselm am Leben wäre, dann würde sie kein Wort darüber verlieren, dass er ohne sie fortgegangen war. Als sie die Judasmühle erreichten, hatte sie ihren Handel mit der heiligen Margareta abgeschlossen. Sie sprang vom Wagen und rief: »Besorge eine Lampe und ein Seil.«
Der Müller verschwand in der Mühle und sie lief zu der Stelle, an der sie den kleinen Durchgang vermutete. Sie schob die dornigen Äste zur Seite und beugte sich über das schwarze Loch. Abgebrochene Zweige trieben in der Brühe und Schlammspuren am Stein zeigten, dass hier vor kurzem jemand gewesen sein musste. Mechthild duckte sich noch ein wenig mehr in das Loch hinein, doch sie konnte nichts erkennen. Unruhig hasteten ihre Augen über die schlammige Brühe und der Gestank nahm ihr fast den Atem. Während sie auf die Lampe wartete, flehte sie die heilige Margareta an, dass alles nur ein Irrtum wäre.
Als der Alte mit seiner kleinen Öllampe wiederkam, konnte sie immer noch keine Leiche im Wasser treiben sehen. Vielleicht hatte er sich getäuscht, dachte sie hoffnungsvoll.
Doch dann rief der Müller: »Dort, er hängt dort an den Steinen fest. Sein Mantel muss sich verklemmt haben.«
Jetzt sah Mechthild das braune Bündel. Es schaukelte friedlich auf dem dunklen Wasser und schien wirklich in der Stadtmauer festzuhängen. Da gab es nichts – jemand musste hinein und den Stoff aus

den Steinen befreien. Sie dachte an die Männer, die heute Nacht ebenfalls durch dieses kalte Dreckwasser gemusst hatten, und zog sich die Schuhe aus. Die Erinnerungen daran, wie sie zum ersten Mal durch den niedrigen Gang gekommen war, wurden wieder lebendig, als sie die grausige Kälte an ihren nackten Beinen spürte. So schnell es möglich war, watete sie auf das braune Stoffbündel zu. Es schien eine Art Sack zu sein. Das Ding blähte sich auf wie eine große Luftblase. Sie griff hinein und zog entschlossen.

»Ich schaffe es nicht ohne Hilfe!«

»Ich kann nicht schwimmen«, jammerte das Männlein irgendwo im Dunkeln.

Ich auch nicht, dachte Mechthild. Erbost zerrte sie an dem Bündel. Mit einem Ratsch riss der Stoff und der Sack versank langsam im Wasser. Gleich wird er untergehen, dachte sie panisch und packte zu. Ihre Hände waren vor Kälte fast gefühllos, aber irgendwie schaffte sie es, den schweren Sack mit sich zu ziehen. Der Müller nahm ihr den seltsamen Fang ab und wuchtete ihn hoch. Sie zog sich zitternd und keuchend aus dem Loch. Ohne ihre kalten Füße und den tropfnassen Mantel zu beachten, stürzte sie zu dem Bündel. Ihre fahrigen Hände flogen über den braunen Stoff. Die kleine Öllampe flackerte.

Es war nicht Anselm. Es war überhaupt kein Mann. Es war die heilige Margareta mit dem kleinen Drachen.

Mechthild starrte verblüfft auf die Statue. Der fehlende Drachenzahn war durch einen neuen Holzstift ersetzt worden. Er war heller als die anderen und schimmerte in der Dunkelheit.

Wie war die heilige Margareta aus dem Palast des Erzbischofs hierher gelangt? Otto musste sie als Geschenk erhalten haben und dann hatte einer der Männer sie bei der Flucht verloren. Vielleicht war sie auch gestohlen worden?

Mechthild sah die Heilige fragend an. Wollte sie ihr ein Zeichen geben? Wollte sie ihr mitteilen, dass sie ihre Wut in Zaum halten und sanftmütiger sein musste? War es nötig gewesen, sie deshalb in Angst und Schrecken zu versetzen und durch das nächtliche Köln zu jagen? Es war nicht Anselm gewesen, der im Wasser getrieben hatte. Anselm lebte. Nun musste sie ihren Teil des Handels erfüllen. Ein Handel blieb ein Handel – auch ein Handel mit einer Heiligen.

2. KAPITEL

Ein Mantel verschwindet und Philipp empfängt die Kölner Gesandten

Januar 1207, einige Tagesreisen vor Andernach

Reisen im Winter war immer unbequem. Doch diesmal war Johanna erleichtert gewesen, als der Hof endlich nach Sinzig aufgebrochen war. Fröstelnd wickelte sie sich in ihren Mantel und blickte in das heruntergebrannte Feuer. Es spendete kaum noch Wärme.

Wie gewöhnlich teilte sich Johanna ihr Reisezelt mit den anderen drei Hofdamen. Irgendwo im Dunkeln schnarchte Gieselberta, hin und wieder bewegte sich Richilde und Engeltrud seufzte im Schlaf. Johanna konnte nicht schlafen. Stattdessen kreisten ihre Gedanken um den bevorstehenden Hoftag in Sinzig. Sie fragte sich, wie Philipp die Kölner empfangen würde. Würde er den Treueschwur der Kölner akzeptieren? Wenn er es tat, dann würde Konrad ihm den Sternenmantel bringen.

Während der vergangenen Wochen hatte Johanna sich vorgestellt, wie Konrad ihr anschließend einen Heiratsantrag machen würde. Er würde sie zur Frau nehmen und das Warten auf einen unbekannten Ritter hätte ein Ende. Die letzten milden Tage des Jahres hatten sie zuversichtlich und heiter gestimmt. Doch mit dem neuen Jahr war eine eisige Kälte angebrochen. Innerhalb einer Nacht hatte sich alles verwandelt. Mit dem Kälteeinbruch waren die Zweifel und Ängste gekommen. Was würde geschehen, wenn König Philipp die Stadt Köln hart bestrafte und Konrad an ihm zweifelte? Konrad würde den Sternenmantel behalten und sie niemals heiraten. Johanna befreite umständlich einen Arm aus ihrem Wollmantel und kratzte sich am

Kopf. Sie hatte ihr Haar schon so lange nicht mehr waschen können, dass der ganze Kopf ständig juckte. Während sie noch darüber nachdachte, ob sie in Sinzig endlich Gelegenheit haben würde, wurde die Zeltbahn zurückgeschlagen und ein Page der Königin kam herein. Auf seinem mit Leder geschützten Handgelenk saß ein ungewöhnlich großer Falke mit dunklem Gefieder. Der Vogel fixierte sie und riss den Schnabel auf. Der Page sagte leise: »Die ehrwürdige Königin wünscht, Dame Johanna zu sehen.«

Der Falke schlug mit den Flügeln und Johanna nickte. Während sie dem Pagen durch die Dunkelheit folgte, ließ sie das Tier nicht aus den Augen. Es behagte ihr gar nicht, dass die Königin nach ihr verlangte. Seit Richard Löwenherz tot war, hatte die Königin keine Albträume mehr gehabt. Vielleicht waren die Träume zurückgekehrt und ihre heilenden Hände wurden heute Nacht gebraucht? Vorsichtig bewegte sie ihre eiskalten Finger und bezweifelte, dass sie viel ausrichten konnten.

Im Zelt verschwand der Page hinter einer Stoffbahn und kam nach einiger Zeit ohne den Falken ins Vorzelt zurück. Er nickte ihr auffordernd zu. Sie schlug den Vorhang zur Seite und trat ein. Neben einem gleichmäßig brennenden Feuer stand die Königin und blickte ihr erwartungsvoll entgegen. Johanna fühlte sich unwohl in ihrem alten Wollmantel und musste unweigerlich an ihr ungewaschenes Haar denken. Es war schwierig, im Winter auf Reisen gepflegt auszusehen. Natürlich galt das nicht für die Königin, die ein mit weißen Pelzborten gesäumtes Winterkleid trug und deren schwarzes Haar in komplizierte Flechten gelegt war. Ein breiter Gürtel, dessen Enden bis auf den Boden reichten und mit Perlen geschmückte Handschuhe vervollständigten das Bild. Sie sah nicht aus wie eine Frau, die von Albträumen oder Kopfschmerzen geplagt wurde. Der dunkle Falke hockte auf einer hohen Stange und trug zu Johannas Erleichterung eine Langfessel. Die Königin strich dem Vogel sacht über das Gefieder und sagte lächelnd: »Jemand wünscht Euch zu sprechen.«

Im selben Augenblick bemerkte Johanna die dunkle Gestalt, die sich nun aus dem Schatten löste. Als der hoch gewachsene Mann auf sie zutrat und sie aus schwarzen Augen anblitzte, fuhr sie erschrocken zurück. Die Königin lachte leise und erklärte amüsiert: »Dame Johanna, wie gut, dass Ihr da seid. Dieser junge Mann hat darauf bestanden, dass ich Euch holen lasse. Ihr scheint ihn sehr beeindruckt zu haben. Könnt Ihr Euch an ihn erinnern?«

Die Königin beugte sich über den Falken und schnalzte lockend mit der Zunge. Der Falke blinzelte und ruckte mit dem Kopf. Johanna zwang sich, ihre Augen von dem Vogel zu lösen und den jungen Mann anzublicken. Natürlich konnte sie sich an ihre Begegnung mit ihm erinnern. Es war der junge Pfalzgraf, dessen Mündel im Sommer vom Hengst des Königs getötet worden war. Sie hatte ihn ganz vergessen. Seit Konrads Rückkehr hatte ihre ganze Sorge dem Sternenmantel gegolten. Doch nun stand der Pfalzgraf im Zelt der Königin vor ihr und Johanna erinnerte sich wieder, wie er sich verzweifelt über das tote Mädchen geworfen hatte, wie König Philipp dem Pfalzgrafen an jenem Morgen versprochen hatte, seinen Hengst Saladin zu töten. Ja, mehr noch, wie er ihm angeboten hatte, ihm eine seiner Töchter zur Frau zu geben. Der junge Pfalzgraf schien es nicht vergessen zu haben. Er fuhr sich durch die wirren schwarzen Locken und sagte ernst: »Gott mit Euch, edle Dame Johanna. Ihr habt mit mir die Totenwache gehalten. Die ganze Nacht habt Ihr in der Kapelle neben mir durchwacht. Ihr habt ein reines und mitfühlendes Herz.«

Die Königin winkte ungeduldig mit ihrem weißen Handschuh und der Falke schlug mit den Flügeln. Sie beachtete den Vogel nicht, unterdrückte ein Gähnen und rief: »Herr Pfalzgraf, kommt endlich zur Sache. Ihr habt mich gebeten, ein Treffen zu vermitteln. Da ist sie. Fragt, was Ihr fragen müsst, und beansprucht nicht unnötig meine Zeit.«

Der Pfalzgraf machte plötzlich einen Satz nach vorn, packte Johannas Hände und fiel auf die Knie. Johanna spürte, wie seine warmen Finger ihre eiskalten Hände umschlossen. Ein heißer Blitz zischte durch ihren Körper und sie fühlte seine Trauer am ganzen Körper: dunkle Schatten, abgrundtiefer Schmerz und eine alles verschlingende Hoffnungslosigkeit. Sie begann zu zittern und versuchte, ihre Hände fortzuziehen, mit denen sie immer häufiger in die Seele eines Menschen sehen konnte. Umso weniger sie heilte, umso stärker fühlten ihre Hände Verborgenes. Es stand ihr nicht zu, sein Leid durch ihre Hände zu spüren. Die Trauer gehörte ihm ganz allein. Wieder versuchte sie, ihre Hände von seinen zu lösen, doch er packte ihre Finger noch fester und rief: »Dame Johanna, Ihr könnt bezeugen, dass der König versprochen hat, seinen Hengst zu töten. Ihr könnt bezeugen, dass er mir die Hand seiner Tochter angeboten hat. Ihr wart dabei und habt es gehört. Ich bitte Euch …«

Stoff raschelte und der weiße Handschuh der Königin legte sich auf ihre Hände. Johanna spürte, wie sich die Finger des Pfalzgrafen von den ihren lösten und eine schmerzliche Leere zurückblieb. Die Königin sagte aufgebracht: »Kein Wort mehr. Unter dem Vorwand eines Liebeswerbens kamt Ihr zu mir und nun missbraucht Ihr meine grenzenlose Güte.«

Der Pfalzgraf räusperte sich und wollte etwas einwenden, doch die Königin sagte ärgerlich: »Kein Wort mehr. Alle an jenem unglückseligen Tag anwesenden Ritter und auch ihre Damen haben gestern dem König versichert, dass kein Wort davon wahr ist. Dame Johanna wird dasselbe sagen. Macht Euch keine Hoffnung, niemand bezeugt Euch diesen Unsinn.«

»Es waren die Worte des Königs. Gott ist mein Zeuge. Dame Johanna wird es bestätigen. Sie hat ein reines Herz.«

Die Königin blickte höhnisch auf den immer noch knienden Mann herunter: »Meine Töchter werden mächtige Fürsten und Königssöhne heiraten. Ihr seid nur Pfalzgraf, Otto von Wittelsbach. Jeder weiß von Eurem ungestümen Temperament und dennoch duldet Euch der König an seiner Seite. Ihr solltet dankbar sein. Verschwindet, bevor ich die Geduld verliere und dem König von Eurem Betragen berichte.«

Der Pfalzgraf von Wittelsbach erhob sich und suchte Johannas Blick. »Ihr wart dabei. Ihr habt es gehört!«

Ehe Johanna antworten konnte, packte die Königin sie grob am Arm und fuhr dazwischen:

»Natürlich hat sie nichts dergleichen gehört.«

Die Finger der Königin gruben sich schmerzhaft in Johannas Arm und der Falke stieß einen kurzen hohen Schrei aus. Johanna schluckte, sah zu Boden und flüsterte: »Ich weiß es nicht mehr.«

Als sie aufblickte, sah sie nur noch wie der Vorhang hin und her schwankte. Der Pfalzgraf war fort. Die Königin löste endlich ihren

Griff und erklärte mit einem feinsinnigen Lächeln: »Dame Engeltrud hat mir berichtet, dass ihr häufig im Zelt des Mannes zu finden seid, der kürzlich als Medicus aus dem Morgenland zurückgekehrt ist. Mein Hofarzt Jacobus hält große Stücke auf ihn. Er heißt Meister Konradus, nicht wahr? Seid versichert, wenn er in Sinzig um Eure Hand anhält, so werde ich nicht zögern, sie ihm zu gewähren. Ihr werdet eine reiche Mitgift erhalten. Treue weiß ich zu belohnen.«
Die Königin ging zum Falken hinüber und fuhr ihm zärtlich über das Gefieder. Johanna knickste hastig und verließ das Zelt.
Während sie zum Zelt der Hofdamen zurücklief, hatte sie das Gefühl, jemand würde sie beobachten. Mit heftig klopfendem Herzen rannte sie an den dunklen Schatten vorbei und blickte sich immer wieder um. Sie hatte nicht die Wahrheit gesagt. Sie hatte die Königin gefürchtet und war feige gewesen. Vater Ambrosius' Messe und sein Bibelzitat kamen ihr in den Sinn: Es ist nichts verborgen, was nicht offenbar wird, und nichts geheim, was man nicht wissen wird. Johannas Mund wurde trocken und ihre Hände waren nun so kalt, dass sie schmerzten. Sie hatte nicht die Wahrheit gesagt. Die Königin würde ihr erlauben, zu heiraten, Konrad zu heiraten, doch sie durfte nicht die Wahrheit sagen, niemals. Im Zelt sank sie auf die Knie und weinte.

Januar 1207, in Köln

Die Aussicht auf eine Versöhnung mit Philipp hatte in Köln die Winterabende weniger lang und die frostige Kälte weniger hart erscheinen lassen. Endlich war es Zeit, nach Sinzig aufzubrechen, um mit Philipp über die Stadt zu verhandeln. Eine erwartungsvolle Unruhe ergriff die Mitglieder der Gesandtschaft, zu denen alle großen Kölner Kaufmannsfamilien gehörten, und natürlich auch die Cleingedanks.
Friedrich war schon seit dem frühen Morgen am Packen. Er hatte vor Aufregung rote Flecken im Gesicht und fuhr sich ständig mit der Zunge über die Lippen. Immer wieder sagte er sich, dass ein Handelsgehilfe das Reisen gewöhnt war. Kaufleute reisten ständig und es war nicht verwunderlich, einen umtriebigen Kaufmann erst in Now-

gorod und wenige Monate später in Bordeaux anzutreffen. Doch hier ging es um etwas anderes, um die große Politik. Er würde in Sinzig mächtige Reichsfürsten treffen und sich am Hof eines Königs bewegen. Dabei wollte er unbedingt alles richtig machen. Er legte sorgsam seine Schreibfedern in das Bündel und dachte daran, dass er seine Reise nach Sinzig dem alten Cleingedank zu verdanken hatte, der Friedrich aufgefordert hatte, ihn zu begleiten. Friedrich hatte schon lange gemerkt, dass der alte Mann seine Gesellschaft suchte. Er mochte den klugen Kaufmann und hatte sofort eingewilligt. Zuerst hatte Mechthild darauf bestanden, mitzukommen, doch ihr Vater hatte das entschieden abgelehnt. Für einen Augenblick hatte es so ausgesehen, als ob sie heftig protestieren wollte, dann hatte sie jedoch geschwiegen. Friedrich hatte sich darüber gewundert. Diese folgsame Mechthild gefiel ihm und er bedauerte fast, dass er sie in Köln zurücklassen musste.

Friedrich ging mit dem Bündel unter dem Arm aus der Kammer, stieg die Treppe hinunter und überquerte den Hof. Er hoffte, dass die Lasttiere, die im Stall zum Aufbruch bereitstanden, noch ein weiteres Bündel tragen konnten. Vor dem Stall prügelten sich die Jungen. Friedrich nahm sich vor, sich nicht einzumischen. Jungen prügelten sich eben gern, um ihre Kräfte zu messen. Er versuchte, einen Bogen um das Knäuel aus Kindern zu machen, da sah er genauer hin.

Heinrich trat einem am Boden liegenden rothaarigen Jungen ins Gesicht und keuchte bei jedem Tritt: »Bastard … Bastard … Bastard.« Sein Bruder Wilhelm presste die zu Fäusten geballten Hände des Opfers auf den Boden. Der drangsalierte Junge gab bei jedem Treffer ein Wimmern von sich. Es klang, als würde eine Katze gewürgt werden. Er hatte Dreck im Gesicht und Blut lief ihm aus der Nase. Die Spucke seines Angreifers vermischte sich damit und bildete lange rote Schleimspuren.

Friedrich sah plötzlich sich selbst, er kannte das Gefühl nur zu gut. Immer wenn etwas den Zorn der anderen Jungen erregt hatte, dann hatte er dafür bluten müssen. Es war wie eine endlose Wiederholung von Schmerz und Leid und musste ein Ende haben.

Er packte Heinrich an der Schulter und schleuderte ihn gegen die Stalltür. Der verblüffte Wilhelm bekam einen Schlag in die Seite und ließ sein Opfer los. Der rothaarige Junge setzte sich auf und presste seine Hand auf die blutende Nase. Die Brüder starrten den Unbekannten an und wunderten sich offensichtlich, wo dieser Ritter plötzlich hergekommen war.

Friedrich bereute schon seine unbedachte Tat, denn immerhin waren sie die Enkel von Rudolf Cleingedank. So wählte er bewusst einen einlenkenden Ton, als er sagte: »Entschuldigt, aber zwei gegen einen halte ich für feige.«

»Und wenn der eine es verdient hat?«, fragte Heinrich patzig.

»Womit verdient? Damit, dass er ein Bastard ist?«

»Er ist ein gemeiner Dieb. Die Strafe ist noch viel zu milde. Ihm sollten die Hände abgehackt werden. Seid Ihr ein Ratgeber des Königs? Reist Ihr zusammen mit Vater?«

Friedrich überging seine Fragen und fragte seinerseits: »Was hat er gestohlen? War es wertvoll?«

Heinrich zog ein Holzkästchen mit Metallbeschlägen aus seinem Gewand. Das Kästchen war etwa so lang wie eine Männerhand und sah sehr kostbar aus.

»Was ist das? Gehört es deinem Vater?«, fragte Friedrich interessiert und betrachtete die glänzenden Beschläge, die kunstvoll in Wellen- und Blattmustern gearbeitet waren. Der Kaufmann in ihm versuchte den Wert in Silber einzuschätzen.

»Er hat es aus Vaters Reisegepäck gestohlen. Vater bewahrt alle wichtigen Pergamente darin auf. Er wird Brian totprügeln lassen. Es ist ein altes Familienstück der Cleingedanks und wird vom Vater zum Sohn weitergegeben. Es wird einmal mir gehören«, erklärte Heinrich stolz.

»Nein, mir!«, widersprach sein jüngerer Bruder, »Denn du willst ja Ritter werden und kämpfen. Ich werde Kaufmann wie Vater.«

»Erst einmal gehört es ins Gepäck eures Vaters! Bringt es dorthin zurück, wir brechen bald auf. Euer Vater hat keine Zeit für Streiche.«

Die Brüder verschwanden mit dem Kästchen im Stall und Friedrich beugte sich zu Brian hinunter: »Kannst du laufen?«

Die Frage war durchaus berechtigt. Das Kind sah blass aus und zitterte.

»Filischius nätte lut hinneinjepasst ...«, sagte Brian und nahm die Hand von der Nase. Sofort schoß ein frischer Blutstrahl heraus. Winzige Blutspritzer verteilten sich auf Friedrichs gutem Tuch.
»Nicht reden. Ich bring dich zu Martha, die hat Erfahrung mit blutenden Jungen.«
»Ich will zu Wolfhild!«
Friedrich nahm den Jungen hoch, ohne auf seine Kleidung zu achten, und trug ihn zur Küche. Wer war Wolfhild? Der arme Junge fantasiert schon, dachte Friedrich besorgt.

Wenige Stunden später lief Mechthild durch Kölns verlassene Straßen und war fest entschlossen, für Friedrich einen Ersatz zu finden. Sie hatte sich die letzten Wochen damit beschäftigt, im Geschäft zu helfen, um sich vom Grübeln abzulenken und nicht nur dazusitzen und darüber nachzudenken, wie es Anselm ging und ob er das Lehen retten konnte. Nachrichten aus dem Norden kamen nur spärlich in die Stadt. Es war bekannt, dass König Otto mit seinen Getreuen wieder in Braunschweig war. Manchmal stellte sich Mechthild vor, wie Anselm dem Kreuzritter auf dem Braunschweiger Marktplatz gegenübertrat und ihm eine von Otto beglaubigte Urkunde vor die Nase hielt. Anselm würde den Kreuzritter so lange mit Rechtsbelehrungen einschüchtern, bis dem schwindelig wurde. Darin war Anselm gut. Sie vermisste ihn. Zum Dank dafür, dass er wohlbehalten aus der Stadt gelangt war, hatte sie der heiligen Margareta geschworen, in Zukunft sanftmütiger zu sein, was ihr nicht leicht fiel. Auf alle Fälle war es besser, das Kontor in Ordnung zu halten, als trübsinnig am Fenster zu sitzen und zu warten. Sie würde sich um die Geschäfte kümmern, Kontakte knüpfen, Verträge entwerfen und Pläne schmieden. Sie musste sich einen Lehrling suchen, der ihr den lästigen Schreibkram abnahm.
Der eisige Wind pfiff durch die schmalen Gassen des Färbereiviertels um St. Georg und sie zog die Kapuze noch ein wenig tiefer ins Gesicht. Ihre Nase fühlte sich an wie ein Eisklumpen. Sie nahm den Gestank der Gerbereien kaum wahr. In einigen Färbereien wurde noch gearbeitet, doch die meisten hatten geschlossen. Die Blaufärber waren auf die Waidpflanze angewiesen, die rings um Köln wuchs. Philipps

Belagerung zeigte seine Auswirkungen in jedem Bereich der Stadt. Selbst die Händler, die mit Farbstoff und den vorgefärbten Fäden handelten, waren seit Wochen nicht mehr auf dem angrenzenden Waidmarkt gewesen. Mechthild hoffte sehr, dass es zwischen den vielen Färbern und Gerbern wirklich den einen kleinen Waidhändler gab, dessen Sohn angeblich bereit war, für eine Frau zu arbeiten. So jedenfalls hatte es der Lehrling der Hardevust angedeutet, nachdem sie schon den ganzen Morgen von Kaufmannshaus zu Kaufmannshaus gelaufen war, nur um zu hören, dass eine Frau als Lehrherrin nicht in Frage käme. Ihr Vater war mit den Vorbereitungen für die Reise nach Sinzig beschäftigt und konnte nichts für sie tun. Selbst die kleineren Kaufleute wollten ihre Söhne nicht einer Geschäftsfrau anvertrauen. Einer hatte ziemlich unflätige Bemerkungen gemacht. Nach dieser unerfreulichen Erfahrung war sie entschlossen, den Sohn des Waidhändlers in die Lehre zu nehmen. Auch wenn Lothar spotten und ihr Vater den Kopf schütteln würde.

Mechthild blieb stehen und musterte die Häuser um sich herum. Sie bildete mit ihren kalten Händen eine Schale und blies ihren Atem hinein. Vielleicht das windschiefe Haus neben der Gerberei?

Da ging die Tür eines baufälligen Hauses auf und eine helle Jungenstimme rief: »Und ich werde doch gehen! Alle sehen den Auszug der Gesandtschaft aus der Stadt. Reiter in Festtracht und geschmückte Pferde. Ich will sie sehen, Mutter.«

Ein zerlumpter Junge rannte in Mechthild hinein und sie stolperte. Als sie sich wieder gefangen hatte, fragte sie erschrocken: »Ist es schon so spät? Die Gesandtschaft bricht auf? Schnell, wenn wir uns beeilen, dann können wir den Zug bei St. Georg noch erwischen. Los!«

Mechthild griff seine Hand und zog ihn mit sich.

Wie immer bei solchen Anlässen hatte der Zug Verspätung. Die Kölner säumten die breite Straße, die von St. Georg bis zum Severinstor führte. Sie reckten erwartungsvoll die Hälse und stellten Vermutungen darüber an, was den Aufbruch verzögert haben könnte. Mechthild zog sich die Kapuze noch tiefer ins Gesicht, um sich vor dem einsetzenden Schneeregen zu schützen. Heftige Windböen trieben den Wartenden am Straßenrand eisige Flocken ins Gesicht. Alle bekamen tränende Augen und triefende Nasen. Plötzlich drehte der Wind wieder, wehte Locken durcheinander und lüftete Hüte und Kappen. Ihr junger Begleiter sah die flatternden Fahnen als Erster und rief aufgeregt: »Sie kommen! Sie kommen!«

Die wartende Menge wurde unruhig und alle reckten die Hälse. Wie üblich gingen die Fahnenträger vorweg. Sie passten ihre Schritte dem Rhythmus der Trommeln, Flöten, Drehleiern und Fiedeln an. Die Menschen stießen ihren Nachbarn in die Seite und rieben sich erwartungsvoll die kalten Hände. Mechthild hatte sich bereits am Morgen von den Männern ihrer Familie verabschiedet und konnte Festzüge nicht leiden, denn es gab viel zu viele mit goldenen Ketten behängte Reiter, die huldvoll lächelten. Doch dieser war anders, denn mit ihm entschied sich das Schicksal Kölns.

Mechthild warf einen Seitenblick auf ihren jungen Begleiter, der gespannt die Straße hinaufsah. Er war viel zu jung für einen Lehrjungen. Sicher konnte er noch nicht einmal lesen und schreiben. Sicher würde er jahrelang eine Last sein und wenn er alles gelernt hatte, würde er sich davonmachen. Die Windböen trieben ihm die Haarsträhnen ins Gesicht. Es schien ihn nicht zu stören, so selbstvergessen starrte er auf die nahenden Reiter.

Mechthild dachte daran, dass all die Fahnen, Goldketten und Fiedeln nicht darüber hinwegtäuschen konnten, dass dies eine Niederlage war: Köln kapitulierte vor König Philipp, die monatelange Belagerung hatte die Stadt in die Knie gezwungen.

Die Instrumente klangen seltsam schief, die Fahnen wirkten trostlos und die Pferde ließen die Köpfe hängen. Während die Fahnenträger vorbeizogen, wurden die Kölner von der niedergeschlagenen Stimmung des Zuges ergriffen. Schweigsam und ernst standen sie da und verfolgten den Aufbruch. Die Gesichter der ersten Männer der Stadt wirkten wie versteinert. Es hing nun von Philipps Gnade ab, ob Köln bald hohe Abgaben und Zölle leisten, Handelsbeschränkungen erleiden und seine Stadtmauer schleifen lassen musste.

Plötzlich entdeckte sie ihren Vater auf seinem Schimmel neben Lothar. Sie reckte den Kopf und stellte sich auf die Zehenspitzen. Rudolf Cleingedank hatte seine grauen Augen zusammengekniffen und blickte in eine unbestimmte Ferne, während sein Sohn nervös wirkte. Mechthild blickte ihnen schweigend nach.

Weiter hinten bei den Gefolgsleuten ritten Friedrich und Arno. Friedrichs Haare waren zerzaust und seine Kappe saß schief. Seine Kleider waren mit kleinen dunklen Flecken übersät, die wie Blutspritzer aussahen. Doch er war wie immer ernst und würdevoll. Arno dagegen konnte seine Augen nicht von einem prächtigen Schwertgehänge in den vorderen Reihen losreißen. Keiner von ihnen bemerkte Mechthild in der Menschenmenge. Sie sagte leise: »Wo ist ihr Stolz? Der Stolz der Kölner ist doch im ganzen Reich bekannt! Philipp wird nur mit dem Finger schnippen müssen und sie werden sich ihm zu Füßen werfen.«

Die Übergabe ihrer Stadt ging Mechthild näher, als sie gedacht hatte. Der Junge neben ihr sah bewundernd zu den prächtigen Waffenröcken und den glänzenden Lanzen der jungen Kaufmannssöhne hoch, die gerade vorbeiritten. Die jungen Herren wirkten viel entspannter als ihre Väter. Sie hofften anscheinend, sich in Wettstreiten und Turnierübungen auf dem Hoftag hervorzutun. Nachdem die Wagen und die Fußsoldaten vorüber waren, konnte man nur noch schwach die Trommelschläge hören. Der Wind hatte nachgelassen und die Schneeflocken waren dicker geworden. Die Menschenmenge begann, sich zu zerstreuen. Mechthild hatte das Gefühl, als warteten alle schon jetzt ungeduldig auf den berittenen Boten aus Sinzig, der auf dem Neumarkt die Übergabebedingungen verlesen würde.

Seufzend wandte sie sich zu dem Jungen und fragte: »Bist du der Sohn des Waidhändlers?«

»Nee, der ist heute Nacht zu Philipps Truppen getürmt.«

Der Sohn des Waidhändlers wäre sicher kein guter Lehrjunge geworden. Gerade als sie den anderen Jungen fragen wollte, ob er lesen konnte, war er in der Menge verschwunden. Mechthild seufzte und machte sich auf den Heimweg. Zu ihren vielen Sorgen waren noch welche hinzugekommen. Was würde aus Köln werden? Wie würde König Philipp die Kölner Gesandtschaft empfangen?

Januar 1207, in Sinzig

In Sinzig verschluckte eine feste Schneedecke jedes Geräusch. Die Flocken schwebten auf die schiefen Dächer und die uralten Gemäuer der Pfalz nieder. Im vergangenen Jahr war Otto mit seinen Soldaten durch die kleine Stadt gezogen und hatte Spuren der Verwüstung hinterlassen. Die Pfalzkapelle war abgebrannt, von ihr ragten nur noch die verkohlten Balken aus dem Schnee.

Ein paar Tage nach Philipps festlichem Einzug in die Stadt fand in den eilig wieder hergerichteten Gemächern der Pfalz ein Liederabend statt. Johanna saß zwischen den Damen in der überfüllten Halle und überlegte, ob Walther von der Vogelweide wohl noch kommen würde. Ein Mann aus Passau sollte an diesem Abend das königliche Paar mit dem Nibelungenlied unterhalten. Wo steckte Walther nur? Seit er vom Hof des Landgrafen von Thüringen zurück war, hoffte er, dass mit dem Fall der Stadt Köln auch Philipps Geiz fallen würde. Und nun musste er erfahren, dass ein anderer Mann den Liederabend bestritt. Wenn der König den anderen Sänger reich belohnte, würde Walther bestimmt erzürnt abreisen, obwohl er erst vor wenigen Tagen zu ihnen gestoßen war. Johanna hatte ihn erfreut begrüßt. Walthers Gesellschaft ließ sie vergessen, dass es einen Pfalzgrafen mit flehenden Augen gab, dem sie eine ehrliche Antwort schuldig geblieben war. Nach dem Zusammentreffen mit dem jungen Wittelsbacher hatte sie nächtelang wachgelegen und darüber nachgedacht, was sie tun sollte. Sie hatte sich gefragt, wie sie ihm helfen könnte. Alle, die an jenem Sommermorgen dabei gewesen waren, hatten es anscheinend abgelehnt, seine Worte vor dem König zu bezeugen. Warum sollte gerade sie seine Zeugin sein? Sie war auf das Wohlwollen der Königin angewiesen. Besonders wenn Konrad um ihre Hand anhielt. Warum konnte sie die bittenden Augen des Pfalzgrafen nicht vergessen? Warum dachte sie ständig an die entsetzliche Dunkelheit und die tiefe Trauer, die durch ihre Hände gezogen waren? Johanna schüttelte sich und versuchte, an etwas anderes zu denken.

Suchend blickte sie sich um. Es waren nur wenige Lampen aufgestellt worden. Das gelbgoldene Licht fiel nicht nur auf die glänzenden Stoffe und bestickten Borten der Damen, sondern auch auf die hässlichen Andenken von König Ottos Männern. Ihre Augen wanderten über die Kerben in der Wand, die von heftig hineingetriebenen Schwertern stammten, über die zerschnittenen Wandteppiche und die fleckigen Tierhäute vor den Fenstern. Die aufgeregten Stimmen der festlich gekleideten Menschen erfüllten die Halle. Vorsichtig spähte Johanna über die sorgsam frisierten Köpfe und die schimmernden Schleier. Gerade stellte sie erfreut fest, dass es kleine Tische mit Gebäck gab, da entdeckte sie Walther. Er blickte sich mürrisch um. Sie winkte ihm zu und der dicke kleine Sänger kam missmutig zu ihr herüber.

Ohne ein Wort ließ er sich auf einen Hocker sinken und rückte umständlich eines der einbeinigen Tischchen zu sich heran. Dabei achtete er darauf, dass er ohne Schwierigkeiten an den mit Gebäck gefüllten Teller herankonnte. Johanna ignorierte Walthers grimmiges Gemurmel. Er war der Einzige, der mit muffigem Gesicht darauf wartete, dass der König und seine Gemahlin erschienen. Auch der Vortragende war nirgends zu sehen. Walther knurrte: »Heroische Dichtung, Heldenepik! Alles Kinderkram!« Er nahm sich noch eines von den Gebäckstücken. Johanna erkannte Fatmas klebrige Honigmandelstücke. Anscheinend hatte Beatrix für die Verbreitung von Fatmas morgenländischer Spezialität am Hof gesorgt. Walther schien gar nicht zu bemerken, was er da aß. Er biss in seinen Mandelkuchen, als ginge es darum, einen Feind zu vernichten. Der Dichter vom Hof Bischof Wolfgers tat Johanna fast schon Leid. Es würde ihm nicht viel nützen, dass er ein Landsmann war, wenn Walther seinen berüchtigten Spott gegen ihn einsetzen würde. Sie überlegte, wie sie Walther aufmuntern könnte.

»Macht doch nicht so ein Gesicht! Das Nibelungenlied wird Eure Kunst niemals in den Schatten stellen können. Ihr seid der Beste, niemand bezweifelt das.«

Walther schnaufte abfällig: »Ich kenne die Umstände. Mir macht keiner was vor! War selbst vor ein paar Jahren zu Gast bei Wolfger von Erla. Für meine Dienste wurde ich mit einem Pelz belohnt. Der Bischof wollte mich überreden, das Nibelungenlied für ihn zu schreiben. Ich habe abgelehnt!«

»Natürlich nimmt ein wahrer Dichter keine Auftragsarbeit an.«

Walther nahm sich noch ein Gebäckstück und erwiderte schmatzend: »Unsinn! Philipps Kanzlei gibt mir ständig Aufträge. Vor allem dann, wenn König Philipps Taten in einem Lied gepriesen werden sollen. Sie bezahlen so schlecht, dass ein Dichter nur Gras fressen kann. Aber der Auftrag des Bischofs war unter meiner Würde. Stellt Euch vor: Ein bisschen Brünhildsage hier und eine Prise Burgundensage da, gemischt mit einem kräftigen Schuss Siegfriedlied. Das ergibt eine kräftige Suppe, die noch mit der Strophenform der Kürnberger Weise aufgekocht wird. Diese Strophenform des Sängers von Kürnberg wünschte der Bischof ausdrücklich. Von Kürnberg war natürlich auch Österreicher! Kein schlechter Mann.«

»Wenn das Rezept einen schmackhaften Genuss verspricht, was ist so falsch daran?«

»Ein freier Mann lässt sich zwar das Thema vorgeben, aber nicht die Form und die Ausarbeitung. Doch der Bischof hat ja noch einen Dummen gefunden, der ihm das Süppchen bereitet hat.«

Als Walther fast den ganzen Teller mit Mandelkuchen geleert hatte, war das königliche Paar immer noch nicht erschienen. Stattdessen erschien der Page der Königin und verkündete, dass der König verhindert sei, doch in wenigen Augenblicken die Königin in Begleitung des Vortragenden erscheinen würde. Die Menge murmelte aufgeschreckt und der Page verschwand wieder.

Walther gähnte und nuschelte: »Die verflixten Kölner sind schuld. Alle nehmen sie immer so wichtig.«

Johanna sah ihn an und fragte überrascht: »Ist die Kölner Gesandtschaft eingetroffen?«

»O ja. Ich bin ihnen eben im Hof begegnet. Der König kam heraus und lud sie zu einem Mahl. Der König wohlgemerkt und nicht wie üblich sein Truchsess. Ich ahne, was passieren wird. Während ich hungern muss, empfängt Philipp die Kölner mit gebratenen Hühnerschenkeln und lieblichem Moselwein. Die Dichtkunst ist nichts wert in unserem Land. Der König zieht die prall gefüllten Geldbeutel der Kölner Kaufmannschaft meinen prall gefüllten Versen vor.«

Er steckte sich das letzte Gebäckstück in den Mund und wischte sich die fettigen Finger an seinen gestreiften Beinlingen ab. Johanna brauchte einen Moment, bis sie die Bedeutung seiner Worte begriff.

Als ihr klar wurde, was die Einladung des Königs bedeutete, rutschte sie unruhig auf ihrem Hocker herum und rief: »Ist das wahr? Der König hat die Kölner herzlich empfangen?«
»Sag ich doch. Was ist mit Euch?«
Sie wich Walthers fragendem Blick aus und murmelte: »Ich muss es ihm sofort sagen.«
Ohne eine weitere Erklärung drängte sie sich durch die Wartenden hindurch.
Im Hof der Pfalz empfing sie ein klarer Sternenhimmel. Die frostige Luft biss im Gesicht und sie begann, in ihrem leichten Kleid zu frieren. Es hatte aufgehört zu schneien, doch es war entsetzlich kalt geworden. Sie geriet mit ihren dünnen Sohlen auf der hart gefrorenen Schneedecke ins Rutschen und schlitternd überquerte sie den Platz. In welcher Richtung waren die Zelte aufgeschlagen worden? Sie musste unbedingt das bunte Sarazenenzelt finden und Konrad die gute Nachricht bringen. König Philipp hat die Kölner herzlich empfangen, dachte sie erleichtert und beschleunigte ihre Schritte. Philipp wird ihnen ihre Treue zu Otto vergeben und Köln gut behandeln. Konrad wird zugeben, dass Philipp ein würdiger Herrscher ist. Ohne auf die schneidende Kälte und die seltsamen Schatten um sie herum zu achten, rannte sie durch die Straßen, den Hügel hinunter zum Zeltlager vor der Stadt. Überall brannten Feuer mit vermummten Gestalten davor, jemand lachte und in der Ferne waren Hufschläge zu hören. Johanna stürzte atemlos und ohne nachzudenken die Zeltreihen entlang. Sie hatte keine Angst, denn alles würde gut werden. Seit seiner Rückkehr hatte Konrad von nichts anderem als von der Würde gesprochen. Jede Bewegung des Königs hatte er aufmerksam beobachtet, jedes seiner Worte kommentiert. Johanna hatte so manches Mal in seinem Zelt gesessen und sich gewünscht, er würde sie endlich bemerken. Er hatte sie nicht noch einmal geküsst. Stattdessen hatte er wissen wollen, wie viel Almosen der König am Weihnachtsabend an die Armen verteilen ließ und ob Philipp den ertappten Wilddieb begnadigt hatte.
Endlich konnte sie das bunte Zelt sehen. Wie gewöhnlich stieg eine große Wolke aus dem Abzug in den Nachthimmel. Vor dem Zelt bewegten sich zwei Schatten und als sie näher kam, erkannte sie Konrad

und Harun. Konrad hatte den Kopf in den Nacken gelegt und betrachtete anscheinend die Sterne. Als er ihre Schritte hörte, blickte er sich überrascht um. Nach Atem ringend, kam sie vor ihm zum Stehen und keuchte: »Sie sind da. Die Kölner sind eingetroffen und Philipp hat sie herzlich empfangen. Statt am Liederabend teilzunehmen, sitzt der König in diesem Augenblick mit ihnen zu Tisch und lässt Hähnchen und Wein auftragen. Er hat der Stadt Köln verziehen!«

»Johanna, was tust du hier? Du bist ja völlig durchgefroren.«

Konrad zog sie ins Zelt. Johanna sank neben dem Feuer auf einem der bunten Teppiche nieder und wiederholte atemlos: »Er hat den Kölnern verziehen! Hast du mich gehört?«

Irgendwo aus der Dunkelheit schälte sich eine blasse Fatma aus den Kissen. Sie reckte sich gähnend und Konrad wisperte: »Fatma, warte draußen mit Harun.«

Nach einem verständnisvollen Blick wickelte sich Fatma in einen bunten Schal und verließ das Zelt. Konrad legte Johanna ein Schaffell um die Schulter, hockte sich hin und betrachtete sie ernst. Nachdem er ihr eine Strähne aus dem Gesicht geschoben hatte, wisperte er: »Der Augenblick ist gekommen. Ich werde Philipp den Sternenmantel zu Füßen legen.«

Johanna schlang zitternd die Arme um ihren Körper und presste das Fell an sich. Die Wärme im Zelt ließ ihr Gesicht glühen und ihre Füße begannen zu kribbeln, als würden Nadeln hineinstechen. Konrad blickte abweisend an ihr vorbei ins Feuer. Was war nur mit ihm los? Freute er sich gar nicht über die Nachricht? Ihre Zähne begannen zu klappern und sie stieß mühsam hervor: »Wann? Wann bringst du den Sternenmantel zum König?«

»Sie werden morgen verhandeln. Wenn Philipp ihnen verziehen hat, wird ein Fest stattfinden. Ich werde abwarten. Am Morgen nach den Feierlichkeiten werde ich zum König gehen. Wenn er allein ist. Niemand soll zugegen sein.«

»Darf ich auch nicht mitkommen?«

»Nein!«

Johanna war enttäuscht. Sie hatte so viel an den geheimnisvollen Sternenmantel gedacht. Wenn der Mantel erst beim König war, würde er gut verwahrt werden. Vielleicht würde Konrad ihr den Mantel heute

Abend zeigen? Sie waren allein und er war so nah, dass sie seinen warmen Atem auf ihren Wangen spüren konnte. Bittend sah sie ihn an.
»Bitte zeig mir den Mantel. Konrad, bitte, ich möchte den Sternenmantel nur ein einziges Mal sehen. Ich werde danach nie mehr davon sprechen.«
Sie machte eine unbeholfene Bewegung und das Fell rutschte von ihrer Schulter, doch sie bemerkte es gar nicht. Warum sagte er nichts? Konrad wickelte ihr sorgsam das Fell wieder um und strich nachdenklich mit dem Finger über ihr Kinn. Plötzlich lächelte er verschwörerisch und flüsterte: »Aber zu keinem Menschen ein Wort! Bei deinem Leben musst du es schwören!«
Johanna fühlte, wie ihr eine Gänsehaut über den Rücken kroch. Das Zähneklappern hatte aufgehört, sie schwitzte und kleine Schweißtropfen hatten sich auf ihrer Stirn gebildet. Seine Worte klangen liebevoll und bedrohlich zugleich. Sie schluckte und sagte: »Ich schwöre es. So wie du gesagt hast.«
»Schließ die Augen.«
Johanna holte tief Luft und schloss ihre Augen. Sie konnte hören, wie er im Zelt herumging, eine Truhe öffnete, mit Stoff raschelte und die Truhe wieder zuschlug. Dann spürte sie einen leichten Luftzug und ein feiner blumiger Geruch stieg ihr in die Nase.
»Jetzt kannst du die Augen öffnen!«
Sie schlug die Augen auf und blickte in ein Meer aus glitzernden Sternen. Er hatte den schimmernden Nachthimmel vor ihr ausgebreitet. Ohne nachzudenken, streckte sie die Hände aus und griff in den blauschwarzen Stoff hinein. Sie tauchte in eine fremde Welt aus wispernden Tönen, dumpfen Trommelschlägen und lieblichen Düften. Warmer Wind, säuselnde Blätter, schwerer Blütenduft und das Stampfen von Füßen. Sie war ein Adler und flog über die schneebedeckten Gipfel, glitt durch die Wolken und schwang sich zur Sonne empor. Sie schlängelte sich als Echse durch den heißen Wüstensand, fühlte die stechende Wärme auf dem Rücken und den heißen Sand unter den Krallen brennen. Sie durchstieß die glänzenden Wogen des tiefblauen Meeres, zerteilte mit ihren Flossen das kühle sprudelnde Wasser. Sie war lebendig, sie war stark, sie konnte alles fühlen. Eine überirdische Freude, ein alles umschließender Friede, die Lust zu tan-

zen, sich in die Luft zu erheben und laut zu lachen. Sie konnte die ganze Welt in einem Herzschlag spüren und überall zugleich sein.
»Johanna?«, sagte der Mann mit dem Turban neben ihr. Etwas in ihr sträubte sich. Sie wollte nie mehr aus diesem Rausch aus Bildern, Tönen und Gefühlen auftauchen. Nie zuvor hatte sie sich so wohl gefühlt. Als er noch einmal besorgt ihren Namen aussprach, erinnerte sie sich daran, wo sie war. Sie blinzelte und der Sternenmantel wurde wieder zu einem Stück blauer Seide, das mit goldenen achteckigen Sternen bestickt war. Er sah weder gefährlich noch bedrohlich aus. Nur ein leichter Schimmer, der über dem Stoff flimmerte, erinnerte an seine Macht. Sie löste die Finger von dem glänzenden Stoff, setzte sich auf und sagte leise: »Der Mantel wirft unsere Sehnsüchte zurück. Er wird König Philipps Glanz in die Welt hinausstrahlen.«
»Und der Sternenmantel weckt in dir keine Gier? Spürst du nicht den verzweifelten Wunsch, ihn zu besitzen?«
Johanna schüttelte den Kopf und Konrad sagte leise: »Gut, das ist gut. Ich werde ihn jetzt wieder verstecken. Schließ noch einmal die Augen.«
Johanna schloss gehorsam ihre Augen. Während sie die Seide rascheln hörte, sah sie auf ihren geschlossenen Lidern noch einmal die achteckigen Sterne vorüberwirbeln. Als Konrad sie aufforderte, die Augen wieder zu öffnen, war der Mantel fort. Konrad saß mit verschränkten Armen vor ihr und lächelte sie an. Es war ein unbekümmertes, befreites Lächeln. Sie hatte das Gefühl, als würde er sie zum ersten Mal richtig sehen. Seit seiner Rückkehr aus dem Morgenland hatte er sie nicht so angesehen. Es war ein Blick voller Liebe, offen und ohne Misstrauen. Seine Stimme war ungewöhnlich sanft.
»Ich hätte dir den Sternenmantel schon viel früher zeigen sollen. Was hatte ich eigentlich befürchtet? Natürlich bist du anders. Deine Hände fühlen mehr. Du bist etwas Besonderes.« Seine Augen leuchteten und wie gebannt blickte sie in sein Gesicht. Warum küsste er sie nicht? Er sollte sie nicht bewundernd anblicken, sondern näher kommen. Konrad wandte sich ab.
Während er nach Harun rief und ihm befahl, sie zur Pfalz zurückzubegleiten, fragte sie sich, wann Konrad sie wieder küssen würde. Be-

reute er, dass er es getan hatte? Hatte sie sich getäuscht und da war gar nichts, außer Achtung und Bewunderung?
Johanna ging langsam an Haruns Seite durch die Nacht und betrachtete die Sterne über der Stadt. Beim Anblick des klaren Sternenhimmels wurde ihr wieder ganz leicht ums Herz. Sie hatte den Sternenmantel gesehen. Der Sternenmantel würde bald König Philipp gehören und Konrad würde ihr gehören. Was bedeutete da schon ein verpasster Kuss?

Am nächsten Morgen war die Stadt überfüllt mit Fahrenden und Spielleuten. Akrobaten, Feuerschlucker und Jongleure wollten beim Hoftag ihre Künste vorführen. Die Bürger von Sinzig beobachteten beunruhigt die Fremden, die dem Tross des Königs gefolgt waren. Sinzig war bis zu diesem Winter eine friedliche kleine Stadt gewesen. Nun war sie völlig überfüllt und es herrschte eine gereizte Stimmung.
Vor den Ställen der Pfalz standen ein paar junge Männer und schimpften. Während sie im kalten Morgennebel auf und ab gingen und sich die Hände rieben, wurden ihre Worte immer heftiger. Die jungen Ritter und Knappen warteten ungeduldig auf den Stallmeister. Immer lauter ereiferten sie sich über die Zustände in den überfüllten Ställen. Nicht genug, dass sie für die Kölner ihr Quartier hatten räumen müssen, nun waren auch noch ihre edlen Pferde in den hintersten Teil des Stalls verdrängt worden, nur um den Gäulen der Kölner Platz zu machen. Sie ertrugen es murrend, auf den harten Bänken des Knappensaals zu schlafen. Ging es um ihre stolzen Pferde, dann hatte ihre Geduld ein Ende. Sie hatten den Stallmeister zur Rede stellen wollen, doch der war nirgends zu finden. Der Mann hatte die Lage nicht im Griff. Jeder, der etwas von Pferden verstand, konnte das sehen, denn der Stallmeister hatte einen Haufen unfähiger kleiner Jungen aus der Stadt geholt, die mit der Pflege der Pferde völlig überfordert waren. Es gab nicht genug Wasser, das Futter war faulig und die Bürsten waren schmutzig. Die Pferde der Kölner standen vorn und unterstanden dem Stallmeister. Das war ungeheuerlich. Die jungen Männer redeten sich heiß. Plötzlich entdeckte einer von ihnen zwei Kölner.

Sie stürmten auf die beiden ahnungslosen Männer los und bildeten einen undurchdringlichen Kreis.
Friedrich und Arno hatten nur kurz nach den Pferden sehen wollen, als ihnen plötzlich die geballte Wut von Philipps junger Ritterschaft gegenüberstand. Friedrich zog scharf die kalte Winterluft ein und starrte in hasserfüllte Augen. Den wütenden jungen Männern war die Lust auf eine Prügelei deutlich anzusehen. Ihre Nasenflügel bebten, als könnten sie es nicht abwarten. Arno machte einen Schritt nach vorn. Friedrich legte ihm beruhigend die Hand auf die Schulter: »Lasst Euch nicht provozieren!«
Einer trat einen Schritt vor und grinste höhnisch. Friedrich ahnte, was nun folgen würde. Hunderte Male hatte er diesen Ausdruck in den Gesichtern junger Männer gesehen. Ruhige Worte konnten da nichts auszurichten. Er wollte es trotzdem versuchen. Reden lenkte sie ab.
»Edle Herren, womit haben wir Eure Aufmerksamkeit erregt? Wir wollten Euch nicht beleidigen. Falls dies geschehen sein sollte, bitten wir um Verzeihung.«
»Mir gefällt dein Geruch nicht. Du stinkst nach Wucher und Betrug wie alle schäbigen Krämer!«
»Lasst uns bitte durch. Dann belästigt Euch nichts mehr«, sagte Friedrich ruhig.
Er hatte es gelernt nachzugeben. Zu oft hatte er schwere Wunden davongetragen, nur um seinen Stolz zu retten.
Arno schämte sich für seinen Begleiter. Wie konnte Friedrich schweigen, wenn es um die eigene Ehre ging? Im Gegensatz zu Friedrich war er den Umgang mit hohen Herren gewöhnt. Seit er ein kleiner Junge war, hatte er seinen Herrn im Tross König Ottos begleitet. Er hatte alle Qualitäten eines guten Ministerialen, aber nicht nur das. Er hatte bei einem Waffenmeister trainiert und er war wirklich gut. Diese Sorte adliger Jünglinge kannte er zur Genüge. Sie konnten sich nur auf Kosten anderer stark fühlen. Ihr Heldenmut war keinen Silberling wert. Arno trat einen Schritt vor und sagte kalt: »Wer sich in den Weg stellt, der soll Mann gegen Mann kämpfen. Wer von Euch wagt ein Stechen mit mir?«

»Dir werden wir den Hochmut schon austreiben!«, schrie ein junger Knappe, der bis dahin im Hintergrund gestanden hatte. Ohne Vorwarnung schleuderte er einen Stein.
Arno spürte ein leichtes Ziehen an der Stirn, als ihn das spitze Ding traf.
Ein breitschultriger Mann zog sein Schwert und knurrte den Jungen an: »Schafskopf – mit Steinen werfen ist was für Bauern. Er soll sein Stechen haben. Lernen, wie ein echter Ritter kämpft!«
Ihr Wortführer spottete: »Guter Sigmar, Ihr werdet doch nicht gegen einen Krämer kämpfen. Ihr seid der erste Knappe des Pfalzgrafen von Wittelsbach und wollt gegen diesen Jungen kämpfen?«
Der mit Sigmar angesprochene Mann steckte sein Schwert wieder zurück in die Scheide und sagte: »Ihr habt Recht. Sollen sie doch beweisen, dass ihre Pferde mehr Wert sind als unsere. Bald ist Vollmond, dann treffen wir uns vor der Stadt mit ihnen. Ein Pferderennen um Mitternacht, den steilen Hang hinunter!«
Die jungen Adligen stimmten begeistert zu.
Arno war enttäuscht, denn er hätte sie gern mit seinen Schwertkünsten beeindruckt. Aber reiten konnte er auch! Er hatte sogar Anselms gutes Pferd, denn sein Herr war Otto zu Fuß aus der Stadt gefolgt. Er hielt Sigmar seine flache Hand entgegen: »Schlagt ein, dann soll es gelten! Ein Wettstreit zu Pferde beim nächsten Vollmond.«
Sigmar klatschte seine Hand auf Arnos und sagte feierlich: »Wenn Ihr gewinnt, sollt Ihr mein Freund sein«, er runzelte die Stirn und fuhr leicht besorgt fort: »Ihr blutet! Geht lieber zum Hofarzt oder zu dem Sarazenen. Er hat sein buntes Zelt vor der Stadt.«
Sigmar wandte sich wieder seinen Begleitern zu und sie entfernten sich. Sie besprachen die Vorzüge ihrer Pferde und hatten den Stallmeister anscheinend völlig vergessen.
Friedrich strich Arnos langes Stirnhaar zur Seite und prüfte die Wunde. Arno sagte unwillig: »Es ist nur ein kleiner Kratzer. Es hat schon aufgehört zu bluten.«
Seine Gedanken waren schon bei dem Sarazenen in dem bunten Zelt. Den Mann wollte er sich unbedingt einmal ansehen. Er hatte noch nie einen Sarazenen aus der Nähe gesehen.

»Ich gehe trotzdem. Geht nur schon vor!«
Diesen Langweiler Friedrich wollte er nicht dabeihaben.

Arno rannte fast den gesamten Weg von der Pfalz bis zu den verschneiten Wiesen hinunter. Als er durch die Reihen der Zelte schritt, wusste er sofort, welches Zelt Sigmar gemeint hatte. Es stand dort zwischen den anderen Zelten wie ein bunter Vogel. Es war herrlich mit Mustern verziert und eine bunte Fahne schmückte seine Spitze. Arno war beeindruckt und vergaß völlig den Grund seines Kommens. Er wagte kaum, die Zeltbahn zu berühren. Vorsichtig schlug er sie zurück und sah sich neugierig zwischen den vielen Kissen und gläsernen Gefäßen um.
Jemand kicherte und ein dunkler Kopf tauchte zwischen den Seidenkissen auf. Erstaunt betrachtete Arno die junge Frau. Ihr Haar war schwarz wie die Nacht und ihre Haut schimmerte golden. Sie war mit Sicherheit die schönste Frau, die er je gesehen hatte. Verlegen starrte er sie an. Sie strich sich eine Strähne hinter das Ohr und flüsterte mit angenehm sanfter Stimme: »Wie du gekommen an meine Bruder vorbei in Zelt? Wo ist Harun?«
Als sie den fremden Namen aussprach, schob eine dunkle Hand die Zeltbahn zurück. Ein Mann, der anscheinend Harun genannt wurde, kam herein. Er suchte ihren Blick und deutete mit einer Hand zwischen den Beinen an, dass er nur kurz hinter dem Zelt gewesen war. Die junge Frau kicherte wieder und Arno blickte unsicher von ihr zu dem muskulösen Fremden. In den Augen des Mannes lag etwas Wachsames und Lauerndes. Arno räusperte sich nervös und stotterte: »Ich wollte … wollte zu deinem Meister! Es ist doch sein Zelt? Verstehst du mich?«
Der Mann namens Harun schwieg beharrlich und an seiner Stelle antwortete die schöne Fremde: »Er verstehen, er nicht sprechen. Meister Konradus gleich zurück, viel zu tun in großes Pfalzhaus. Doch ich kann helfen!«
Arno nickte und strich sich das Stirnhaar zur Seite. Er wusste selbst, dass es sich nur um eine lächerlich kleine Wunde handelte. Sie musste ihn für einen jämmerlichen Weichling halten.
Als sie aufstand und ihre Hand nach Arnos Kopf ausstreckte, klirrten ihre Armreifen. Sie roch so gut. Er wünschte, sie würde ihre Finger

für immer auf seiner Stirn lassen. Bedauerlicherweise nahm sie die Hand weg und sagte: »Wird bald besser. Meister nicht nötig. Wenn morgen noch brennen, frag nach Fatma.«
Ihre Augen strahlten und ihr verständnisvolles Lächeln war voller Wärme. Bevor Arno ihr Lächeln erwidern konnte, legte ihm der Bruder auffordernd eine Hand auf die Schulter. Es war Zeit zu gehen. Er warf noch einen bedauernden Blick auf die schöne Fremde. Fatma – das klang wie eine süße Melodie.
Draußen bewunderte er ehrfürchtig Haruns Waffen am Gürtel. Der Krummsäbel hatte einen verzierten Griff und sah sehr eindrucksvoll aus. Arno musterte den leeren Köcher und fragte interessiert: »Was für Pfeile sollen dort hineinpassen? So kleine habe ich noch nie gesehen!«
Harun machte eine Geste, die andeutete, dass er einen Moment warten solle, und verschwand im Zelt. Mit einer Hand voll kleiner Pfeile und einem fremdländischen Bogen kam er wieder. Arno stieß einen verzückten Schrei aus. Waffen waren seine Leidenschaft. Harun fühlte sich offenbar durch seine Begeisterung geehrt, denn er spannte einen Pfeil in den Bogen. Arno versuchte sich jede seiner Bewegungen genau einzuprägen. Harun ließ sich auf ein Knie fallen, fixierte einen Punkt und schoss. Es surrte und der Pfeil blieb zitternd in der Mitte eines Baumes stecken. Arno hatte noch nie einen so eleganten und sicheren Bogenschützen gesehen.
»Du bist ein Meister in dieser Kunst! Darf ich auch mal?«
Harun überließ ihm bereitwillig den Bogen und zeigte ihm, wie er ihn halten musste. Es war ungewohnt und so fiel der Pfeil vor dem Baum ins Gras.
Harun grinste gutmütig und zeigte es ihm noch einmal. Erst als Arno beim fünften Mal den Stamm endlich getroffen hatte und der Pfeil neben Haruns einschlug, beendeten sie diese ungeplante Übungsstunde.
Auf dem Weg zurück zur Pfalz nahm sich Arno vor, niemandem von seinem Besuch im Sarazenenzelt zu erzählen. Von Kaufleuten konnte man sowieso kein Verständnis für einen gelungenen Bogenschuss erwarten. Er würde wiederkommen, um noch einmal Fatmas Hand auf seiner Stirn zu fühlen – und wenn er sich dafür selbst eine Wunde zufügen musste.

Februar 1207, in Köln

Den ganzen Morgen schon konnte Mechthild an nichts anderes denken als an Sinzig. Ihre Gedanken wanderten immer wieder zu der kleinen Stadt, in der sich Kölns Schicksal entscheiden würde. Würde die Gesandtschaft Philipp von Kölns treuer Ergebenheit überzeugen?

Nun war es fast Mittag und um sich abzulenken, hatte sie damit begonnen, Brian in die Grundlagen des Kaufmannswesens einzuweihen. Sie stand im Kontor an ihrem Pult und pochte auf ein aufgeschlagenes Buch: »Ist sich der Geldgeber mit dem reisenden Kaufmann einig geworden, dann werden Risiko und Profit geteilt. Der Geldgeber erhält drei Viertel des Gewinns, aber er muss auch zwei Drittel des eingesetzten Kapitals vorstrecken. Die Verträge der Handelspartner werden im Geheimbuch notiert, schau hier. Also, wie viel erhält der Kaufmann zu Hause, wenn er ... Du hörst mir ja gar nicht zu!«

Brian starrte gedankenverloren ins Leere. Wie konnte man nur gelangweilt gucken, wenn es um so etwas Interessantes wie den Handel ging, fragte sich Mechthild gereizt. Nun, vielleicht hatte sie ein wenig übertrieben und vor lauter Begeisterung die Zeit vergessen. Endlich sah Brian auf und fragte verwirrt: »Wie viel hat er investiert?«

Mechthild seufzte nur und schlug das Buch zu. Brian legte den Minnebeutel auf den Buchdeckel und die Ratte steckte neugierig schnuppernd ihre Nase heraus. Brian erklärte ernst: »Filicius riecht wieder nahendes Unheil. Er ist schon den ganzen Morgen nervös.«

»Was meinst du?«, fragte Mechthild besorgt und sie stellte sich vor, wie der Bote aus Sinzig auf dem Neumarkt stand und verkündete, dass Philipp alle Kölner hatte hinrichten lassen. Sie musste zwinkern, um das Bild von ihrem Vater zu vertreiben, wie er mit einem Seil um den Hals an einem Galgen hing. Sie musterte Brian beunruhigt.

»Der Bote aus Sinzig, nicht wahr? Philipps Urteil über Köln und seine Rache an Kölns Kaufmannschaft.«

»Nein, nicht Sinzig. Hier im Haus.«

Mechthild wollte gerade etwas erwidern, da hörten sie einen Schrei von oben aus den Schlafkammern ins Kontor dringen.

Elisabeth begann laut zu schimpfen: »Wieso liegt die Statue einer Heiligen unter den Leinentüchern? Wo ist Mechthild? Meeecht-hild!«
Mechthild zuckte schuldbewusst zusammen. Elisabeth hatte die heilige Margareta gefunden. Warum musste sie auch überall ihre Nase hineinstecken? Seit die Männer weg waren, war sie kaum zu ertragen. Immerzu fand sie einen Grund, Schande zu rufen. Manchmal genügte ein angebranntes Blancmanger oder eine schlecht gefegte Diele. Hoffentlich kam Lothar bald wieder. Er hatte einen mäßigenden Einfluss auf seine Frau.
»Meeechthild. Meechthild!«
Plötzlich begannen die Kirchenglocken der Stadt zu läuten und übertönten alles. Mechthild runzelte die Stirn: »Warum läuten sie? Es ist um diese Zeit keine Messe. Ein Angriff ist doch nicht zu befürchten, da Philipp ... natürlich der Bote aus Sinzig ist endlich eingetroffen! Sicher steht er auf dem Neumarkt.«
Erleichtert, endlich etwas zu erfahren, rannte sie aus dem Kontor und die Treppe hinunter.
»Wartet! Nehmt mich mit«, rief Brian ihr nach und verstaute hektisch seine Ratte im Minnebeutel.
Auf Kölns Straßen drängelten sich die Menschen, um möglichst schnell zum Neumarkt zu gelangen. Jeder wollte als Erster die Neuigkeiten erfahren. Mechthild und Brian mussten sich beeilen, denn das Geläut war bereits verklungen. Überall schoben sich mühsam die Wagen durch die Menge, Kinder schrien und Hunde bellten. Köln schien endlich aus der Erstarrung erwacht zu sein, die Philipps monatelange Belagerung verursacht hatte. Mechthild wurde geschubst und griff nach Brians kleiner Hand, damit er nicht verloren ging.
Auf dem Neumarkt hatte sich eine riesige Menschenmenge versammelt und in der Mitte des Platzes stand der lang ersehnte Bote aus Sinzig auf einem Wagen.
Er verlas etwas aus einem auseinander gerollten Pergament. Mechthild war zu weit weg, um ihn zu verstehen. Sie reckte sich und stellte sich auf die Zehenspitzen. Es war unmöglich, durch die Menge zu kommen. Die Menschen riefen die Nachrichten nach hinten weiter, doch es kamen nur Bruchstücke an. Jetzt brach ein gewaltiger Jubel aus.

Mechthild hätte zu gern gewusst, was die Ursache war. Vielleicht würde Philipp keine Genugtuung wegen Kölns jahrelanger Treue zu Otto verlangen? Jubelten sie über seine Gnade? Sie würden nicht jubeln, wenn Philipp die Kölner Gesandten aufgehängt hätte. Von diesem Gedanken beruhigt, ließ sie sich auf die Fußsohlen zurückfallen. Doch schon war die Stimmung umgeschlagen. Die Menschen schrien wütend durcheinander: »Adolf soll sich zum Teufel scheren.«

»Nicht Adolf, den Verräter.«

Mechthild sah Brians fragenden Blick und erklärte: »Vermutlich will er Adolf von Köln wieder als Erzbischof einsetzen.«

Dann jubelten die Menschen vorn wieder und riefen: »Er lässt uns die neuen Befestigungen!«

»Die Stadtmauer ist gerettet.«

»Es lebe König Philipp!«

»Ja, bravo! Keine Abgaben auf Salz und Wein. Bravo!«

Es wurde wieder still. Alle lauschten gespannt dem Redner. Dann brach ein wahrer Begeisterungssturm aus und die Menge tobte. Überall waren Philipp-Rufe zu hören.

»Huldigt dem großen Staufer!«

»Erlöser Kölns!«

»Den Treueeid für Philipp!«

»Leistet den Eid für den Beschützer der Stadt.«

Ein paar Männer sprangen auf den Wagen, packten den Boten und hoben ihn in die Höhe. Einer von ihnen schwenkte lachend das Pergament mit dem Urkundentext. Ein paar Frauen begannen zu tanzen und zu klatschen. Mechthild fühlte sich von der fröhlichen Stimmung angesteckt. Sie hob Brian in die Höhe und drehte sich mit ihm im Kreis und rief: »Köln wird wieder groß! Dem Herrn sei Dank! Die Männer werden wiederkommen und sich um das Geschäft kümmern. Ist das kein Grund zum Feiern?«

»Fallen wir jetzt alle unter den Bannspruch des Papstes?«, fragte Brian fast ein wenig begeistert in ihr Ohr. Mechthild hörte auf sich im Kreis zu drehen und dachte über seine kluge Frage nach. Der Papst hatte Otto den Vorzug gegeben und Philipp als Kirchenfeind gebannt. Anscheinend befürchtete Innozenz, dass Philipp die staufische Politik in Italien fortsetzen würde, und hatte seine Hoffnungen darauf gesetzt, dass ein Welfe freundlicher mit der Kirche umging. Doch auch Philipps Bann hatte den Thronstreit nicht entschieden, denn Philipp hatte sich einfach nicht darum gekümmert und all seine Anhänger hatten es genauso gehalten. Köln würde es ebenfalls so halten. Brian sah sie immer noch fragend an und sie erklärte: »Das wird wenig ändern. Die Kleriker aus Philipps Anhang lassen sich davon auch nicht stören. Dann kriegen wir eben einen gebannten Erzbischof für Köln. Seine Messen werden nicht schlechter sein.«

Mechthild setzte Brian ab und griff nach seiner Hand. Sie wollte den Jungen schon mit sich ziehen, hinein in die feiernde Menge, mitten durch die ausgelassenen Menschen, da fragte Brian leise: »Und was wird aus König Otto?«

Die Worte erwischten sie gerade, als sie jemandem zunickte, den sie kannte. Die fröhlichen Worte, die sie dem Kaufmann zurufen wollte, blieben ihr im Halse stecken. Daran hatte sie noch gar nicht gedacht. Sie hatte wie eine Kölnerin empfunden, froh über Philipps Großmut hatte sie in den Jubel eingestimmt. Dabei hatte sie ganz vergessen, dass sie gar keine Kölnerin mehr war. Sie war eine verheiratete Frau und gehörte nach Braunschweig. Anselm war in diesem Augenblick als Ottos Ratgeber auf Burg Dankwarderode und das war Grund genug, sich zu sorgen. Otto würde toben, wenn er von der feierlichen Versöhnung zwischen Philipp und den Kölnern erfuhr. Alle in Ottos Nähe würden seinen Zorn abbekommen, auch der treue und zuverlässige Anselm. Hoffentlich gelang es Anselm, seinen König zur Vernunft zu bringen. Selbst der starrköpfige Otto musste einsehen, dass er den Thronstreit verloren hatte. Wenn Köln abgefallen war, dann war alles verloren. Dann hatte Otto nur noch Braunschweig und ein paar Städte im Norden auf seiner Seite. Mechthild blieb stehen und erklärte: »Nun ist Köln abgefallen. Nun muss Otto abdanken!«

»Aber was wird König Philipp mit dem anderen König machen?«, fragte Brian unzufrieden und ließ ihre Hand los. Mechthild wusste keine Antwort darauf.

Sie starrte in die fröhlichen Gesichter, hörte ihr Lachen und ihre Jauchzer und fühlte sich elend. Was würde mit Otto geschehen? Würde es ein blutiges Spektakel geben, eine öffentliche Hinrichtung oder eine lebenslängliche Kerkerhaft für Otto? Wie würde Philipp dafür sorgen, dass Otto es nie wieder wagen würde, Ansprüche auf die Krone zu erheben? Und seine Ratgeber und Höflinge, überlegte Mechthild mit klopfendem Herzen, was würde aus Anselm werden? Würde Anselm mitgehen, wenn Otto gezwungen wäre, in die Normandie oder nach England zurückzukehren? Und müsste sie als seine Frau ebenfalls das Reich verlassen und ihren Handel in Braunschweig aufgeben? Wehmütig dachte sie an ihr gut gehendes Geschäft. Jemand rammte ihr einen Ellenbogen in den Arm und sie rieb sich die schmerzende Stelle. Brian zupfte an ihrem Ärmel und sagte vorwurfsvoll: »Du weißt es nicht!«

Mechthild sah ihn abwesend an, kaute auf ihrer Unterlippe herum und murmelte: »Ich fürchte, niemand weiß es.«

Oh, das war so ungerecht, da plagte sie sich Tag und Nacht mit Schiffsladungen und Lagerbeständen herum und dann kam die große Politik dazwischen. Was konnte sie dafür, dass sich zwei Männer um die Krone zankten? Musste sie deshalb in die Verbannung gehen?

»Doch, jemand weiß es«, sagte Brian und griff wieder nach ihrer Hand, »König Philipp.«

Mechthild bahnte sich mit ihm an der Hand einen Weg durch die Menschenmenge und dachte darüber nach, was Brian da eben gesagt hatte. Natürlich! König Philipp selbst wusste, was aus Otto werden würde. Nur er allein wusste, ob ihr ein Leben in der Verbannung drohte oder ob sie sich unnötig sorgte. Sie lächelte und beschleunigte ihre Schritte. Nun wusste sie, was sie zu tun hatte. Nach Sinzig war es nicht weit. Nur den Rhein hinunter und sie würde den Antworten auf all ihre Fragen näher kommen. Sie war viel zu ungeduldig, um auf die Rückkehr ihres Vaters zu warten. Wenn in Sinzig die Aussöhnung mit einem großen Fest gefeiert wurde, dann konnte es noch dauern. Vielleicht freute er sich sogar, sie zu sehen. Bestimmt hatte ihn der gute Ausgang der Verhandlungen milde gestimmt. Er würde Verständnis dafür haben, dass sein Hildekind den aufregenden Trubel in Sinzig nicht versäumen wollte. Ein paar Knechte ihres Vaters würden sie begleiten und während der Reise konnte sie den wieder auflebenden Handel auf dem Rhein beobachten und die Anzahl der Schiffe und ihre Ladungen sorgfältig notieren, was für ihren Vater sicher Grund genug war, ihre Reise nach Sinzig zu begrüßen. In Sinzig würde sie er-

fahren, wie Anselms Zukunft an Ottos Seite aussah. Wenn sie auch nicht König Philipp direkt fragen konnte, so konnte sie jemanden bitten, sich umzuhören. Sie hatte da eine ganz bestimmte Person im Sinn. Gut gelaunt drückte sie Brians Hand und rief: »Du hast Recht! König Philipp weiß, was mit Otto geschieht. Und ich werde nach Sinzig reisen und Dame Johanna bitten, ihn danach zu fragen.«
»Wer ist Dame Johanna? Seine Mätresse?«
Mechthild schnalzte empört mit der Zunge. Wie kam der Junge nur auf so etwas? Streng sagte sie: »Dame Johanna ist eine ehrenwerte Hofdame der Königin Irene. Und erwähne vor deiner Tante Elisabeth bloß nicht das Wort Mätresse!«
»Aber sie hat es doch selbst gesagt! Händlerdirne und Kaufmannsmätresse hat sie gesagt«, verteidigte sich Brian lahm und stolperte hinter ihr her. Mechthild seufzte. Sie ahnte nur zu gut, wen die Dame aus Hamburg so genannt hatte.

Februar 1207, in Sinzig

In Sinzig befürchtete Arno, dass der Wettkampf mit den Rittern in Vergessenheit geraten würde. Jeder sprach nur noch von Köln. Doch als die mühsamen Verhandlungen abgeschlossen waren, wandten sich zu Arnos Erleichterung alle wieder anderen Dingen zu.
Das verabredete Pferderennen hatte sich herumgesprochen. Es war zu einem Teil der allgemeinen Feierlichkeiten geworden. Was als Streiterei vor den Ställen angefangen hatte, zog immer weitere Kreise. Es war nicht mehr eine Angelegenheit zwischen dem Knappen Sigmar und dem Schreiber Arno. Plötzlich war es ein Wettkampf zwischen Kaufleuten und Rittern geworden. Jeder wollte zeigen, dass er etwas von Pferden verstand. Der Truchsess des Königs wollte das Startsignal geben und viele angesehene Ritter hatten ihre Teilnahme angekündigt. Sie hatten erst den Vollmond abwarten müssen und als es endlich so weit war, war es sternenklar und so kalt, dass die Pferde mit Decken warm gehalten werden mussten. Arno tätschelte sein Pferd aufmunternd und legte den Kopf in den Nacken. Die Sterne hoben sich strahlend vom schwarzen Nachthimmel ab, die kalte Luft schnitt

ihm ins Gesicht und erwartungsvolles Lachen drang aus der Dunkelheit zu ihm hinüber. Arno fühlte sich wundervoll frei und ihm war, als ob die Sterne in dieser Nacht nur für ihn funkelten. Die langweiligen Urkundentexte und lateinischen Formulierungen, mit denen er sich sonst herumschlagen musste, waren weit weg. Dies hier war das echte Leben, das Leben eines richtigen Mannes, von einem, der etwas riskierte und für seine Ehre kämpfte. Das Pferd neben ihm schnaufte und Arno kam wieder zu sich. Als seine Augen über die neuen Lederkappen und schweren Stiefel der Ritter hasteten, fühlte er sich schon etwas weniger großartig. Er selbst trug nur seine alten Schuhe, die längst löcherig waren, und statt einer Kopfbedeckung hatte er sich einen Lederstreifen um die Stirn gebunden. Sie sehen so wundervoll aus und ich habe Tintenflecken an den Fingern und nur einen geflickten Mantel, dachte er niedergeschlagen. Es kam ihm so vor, als ob ihn die eleganten Sporen und polierten Steigbügel der Ritter aus der Dunkelheit höhnisch anblitzten.

Als die Reiter Aufstellung nahmen, betrachtete Arno sorgenvoll den steilen Abhang. Er durfte nicht wegen einer Wette Anselms Pferd riskieren. Zwar hatte er die letzten Tage viel geübt und das Pferd hatte die Aufgabe hervorragend gemeistert, dennoch war er nervös. Zusammen mit den anderen Knappen stellte er sich in einiger Entfernung von den Rittern am Start auf. Sigmar lächelte ihm aufmunternd zu und sein Rücken erschien Arno heute Nacht noch breiter. Arno bemerkte, dass Sigmars Stiefel mit Pelz gefüttert und mit bronzenen Borten geschmückt waren. Er erinnerte sich, dass Sigmar der Knappe des Pfalzgrafen von Wittelsbach war. Knappe bei einem mächtigen Fürsten zu sein schien sich zu lohnen. Arno schwor sich, eines Tages auch solche Stiefel zu tragen.

Truchsess Heinrich wollte gerade den nervös tänzelnden Pferden das Signal geben, da kam noch ein Reiter im scharfen Galopp angestürmt und forderte offensichtlich, teilnehmen zu dürfen.

Der Truchsess schien es erst nicht gestatten zu wollen, dann erkannte er den Reiter im hellen Mondlicht. Ein Raunen ging durch die Teilnehmer am Start und Arno reckte den Kopf. Ehe er wusste, ob er den Ritter schon einmal gesehen hatte, kam der langsam auf ihn zugeritten.

Als er erkannte, wer seinen Hengst neben ihm zum Stehen brachte, konnte Arno vor Schreck keine Luft kriegen: Es war der König.
Nur eine Armlänge von ihm entfernt leuchtete Philipps ebenmäßiges Gesicht in der Dunkelheit. Er trug keine Lederkappe und das blonde Haar fiel ihm in weichen Wellen bis zur Schulter. Lachend und mit fröhlich blitzenden Augen blickte der König sich um. Er trug nur einen schlichten Mantel, den er sich nachlässig um die Schulter geworfen hatte. Seine Stiefel waren nicht so elegant wie Sigmars und es klebte Pferdemist an ihnen. Ja, so sollte ein König sein, dachte Arno tief beeindruckt. Philipp schaffte es mühelos, alle Herzen zu gewinnen. Arno blickte bewundernd zu ihm auf.
Philipp rief lachend: »Na, wenn ihr eurem König keinen Platz gelassen habt, so kann er auch zwischen den Knappen reiten«, dann fügte er ein wenig leiser hinzu: »Wie könnt ihr den besten Reiter des Reiches ermitteln, ohne mich zu berücksichtigen? Mein Hengst hat heut Nacht Lust auf einen scharfen Ritt. Wie kann ich dem edlen Tier etwas verweigern? Seht, jeder ist jemandes Sklave – selbst ein König!«
Der Truchsess rang verlegen die Hände und rief: »So seid willkommen. Wenn Ihr es wünscht, werden wir keine Rücksicht auf Euren königlichen Rang nehmen. Jeder gebe sein Bestes.«
Der Truchsess hob eine kleine Trompete zum Mund und alle Köpfe wandten sich ihm zu.
Arno wurde ganz schwindelig vor Aufregung. Er hatte das Gefühl, sein Ellbogen würde den Mantel des Königs berühren. Er wagte nicht, sich zu bewegen. Neben ihm waren die ruhigen und gleichmäßigen Atemzüge des Königs zu hören. Der Truchsess blähte die Backen.
Als das Signal ertönte, vergaß Arno alles. Er vergaß, dass er neben dem König ritt. Er vergaß, dass er Sigmars Freundschaft erringen wollte und dass Anselms Pferd nicht zu Schaden kommen durfte. Im Rausch der Geschwindigkeit stürzte er sich, ohne nachzudenken, in die Dunkelheit. Erdbrocken flogen um ihn herum und sein Mantel flatterte. Er ritt so schnell wie noch nie in seinem Leben. Einen Moment war er sich sicher zu fliegen. Doch eine Hand voll Reiter zog an ihm vorbei. Sigmar drehte sich lachend nach ihm um. Mit wehenden Haaren und blitzenden Zähnen verschwand er in der Nacht. Huf-

schläge dröhnten und Staub wirbelte im Mondlicht. Arno befürchtete für einen angstvollen Moment, er würde in einer Wolke aus Schweiß und Staub zurückbleiben. Doch dann tauchte der graue Schweif von Sigmars Pferd aus der Dunkelheit auf. Arno heftete seine Augen ganz fest darauf. Das letzte Stück war etwas steiler und plötzlich kam der helle Schweif näher. Jetzt, dachte Arno und stieß seinem Pferd rücksichtslos die Fersen in die Flanken. Der flatternde Schweif vor ihm verschwand. Die Pferdehufe knallten nun direkt neben ihm auf den harten Boden. Graues Fell hob und senkte sich im selben Rhythmus. Arno hatte es geschafft. Gleichzeitig kamen sie über die Ziellinie.

Er ritt noch bis zu den Bäumen, dann sprang er keuchend ab und tätschelte überglücklich Anselms Pferd. Irgendwo aus den dunklen Schatten der Bäume kam Sigmar und schlug ihm anerkennend auf die Schulter: »Ihr seid ein guter Reiter, Kaufmann. Kommt, wir bringen die Pferde in den Stall. Sie müssen schnell abgerieben werden und haben sich eine Belohnung verdient. Habt Ihr gesehen, wie der König allen davongeritten ist?«

Plötzlich stürzte eine große Gestalt aus den Schatten der Bäume und rief: »Was hast du hier zu suchen? Sigmar, starr mich nicht an. Artus ist mein Hengst und du weißt, dass du mich fragen musst. Verschwinde endlich, ich kümmere mich um Artus. Sieh, wie er schwitzt.«

Arno starrte den aufgebrachten Mann erschrocken an. Der große Mann mit den schwarzen Locken musste der Pfalzgraf von Wittelsbach sein. Sigmar war sein Knappe. Der dunkel gekleidete Mann packte Sigmar am Arm und stieß ihn in die Dunkelheit, dabei zischte er: »Wir reden später, geh, bevor ich mich vergesse. Ich bin kurz davor, dir noch vor Sonnenaufgang eigenhändig dreißig Stockschläge zu verpassen.«

Der Pfalzgraf warf Arno einen wütenden Blick zu und führte seinen Hengst zu den Ställen hinüber. Arno rieb seine Finger an den Zügeln und war erleichtert, dass er keine mit Pelz gefütterten und reich verzierten Stiefel trug. Es war doch besser nur alte Schuhe und einen geflickten Mantel zu besitzen. Er starrte nachdenklich in die Dunkelheit und versuchte, sich vorzustellen, wie Sigmars breiter, nackter Rücken in der morgendlichen Kälte zitterte. Ein Stock würde durch die Luft zischen und rote Striemen zurücklassen. Eine Gänsehaut kroch seinen eigenen Rücken hinauf und er schüttelte sich und zog ungeduldig an den Zügeln.

Dann bemerkte er, dass zwei Männer mit ernsten Gesichtern vor dem Stall warteten. Der eine hatte seine Arme in die Seiten gestemmt und der andere wippte ungeduldig auf den Fußballen. Arno schloss seine Faust um das Leder und schluckte. Dort standen Lothar Cleingedank und der Handelsgehilfe Friedrich und konnten es offensichtlich gar nicht abwarten, ihn wegen Anselms Pferd zur Rede zu stellen. Als Arno das Pferd heranführte, blickte Lothar Cleingedank auf und schnaufte verärgert. Friedrich trat auf das verschwitzte Tier zu und wollte Arno die Zügel abnehmen, dabei raunte er ihm zu: »Seid vorsichtig, er ist stocksauer.«

Der Kaufmann ließ seine grauen Augen über die vor Erschöpfung zitternden Flanken wandern. Arno umklammerte immer noch die Zügel und trat verlegen von einem Bein aufs andere. Schließlich wandte sich der Kaufmann wieder Arno zu und sagte vorwurfsvoll: »Kennst du Nichtsnutz überhaupt den Wert eines guten Reittieres? Wie konntest du es wagen, das Pferd deines Herrn so zuzurichten? Ich werde meinem Schwager berichten, wie unverschämt du bist. Hast du eine Entschuldigung? Kannst du etwas vorbringen, was das rechtfertigt?«

Arno wusste nicht, was er darauf antworten konnte. Sollte er sagen, dass seine Ehre auf dem Spiel gestanden hatte? Sollte er zugeben, dass es um Sigmars Meinung gegangen war? Immerhin hatte der Knappe eines Pfalzgrafen ihm anerkennend auf die Schulter geklopft.

Lothar Cleingedank würde das sowieso nicht verstehen. Für ihn galten die Rittertugenden nicht. Er war ein Kaufmann und sorgte sich nur um den Wert von Dingen. Gut, er würde Anselm berichten, doch was gab es dann schon zu befürchten? Anselm würde ihm einen langen und langweiligen Vortrag über Recht und Besitz, Gehorsam und Treue halten. Vielleicht würde er ihn einen Nichtsnutz schimpfen, genau wie der grauäugige Kaufmann, aber er würde niemals dreißig Stockschläge verabreichen. Von diesem Gedanken ermutigt, sagte Arno trotzig: »Was geht Euch das Pferd meines Herrn an?«

Der Kaufmann ging mit erhobener Hand auf ihn los. Anselms Pferd wieherte erschrocken und Arno machte einen Satz nach hinten. Er bereute seine voreiligen Worte bereits. Doch Friedrichs Eingreifen verhinderte, dass Lothars erhobene Hand wirklich zuschlug. Mechthilds ehemaliger Handelsgehilfe umschloss das Handgelenk des Kaufmanns und sagte mit ruhiger Stimme: »Lothar, er hat es nicht so gemeint! Arno ist verwirrt und erschöpft. Er soll sich um das Pferd kümmern und es so wieder gutmachen.«

Lothar Cleingedank schüttelte Friedrichs Hand ab, senkte den Arm und knurrte: »Er soll die Finger von dem armen Tier lassen. Wir werden es in den Stall bringen und uns beim Fackelschein ansehen, ob es sich verletzt hat. Und du verschwindest hier!«

Arno ließ sich das nicht zweimal sagen. Er überließ Friedrich bereitwillig die Zügel und war in der Nacht verschwunden.

Im Stall standen bereits die anderen Pferde, die in dieser Nacht im Vollmond den Abhang heruntergestürmt waren. Die Ritter und Knappen hatten sie eilig der Pflege der Stalljungen überlassen und hatten es anscheinend nicht abwarten können, auf den Sieg des Königs zu trinken.

Friedrich konnte sie gut verstehen. Der nach fauligem Stroh und Pferdemist stinkende Stall war kein angenehmer Ort. Es wurde noch düsterer, denn eine der in der Halterung steckenden Fackeln erlosch zischend, als sie vorübergingen. Kein Stalljunge ließ sich blicken und außer dem Scharren der Hufe und ab und zu einem leisen Schnaufen war nichts zu hören.

Friedrich verstand nichts von Pferden und er hoffte, Lothar würde sich schnell zufrieden geben. Sollte er doch das Pferd einem der zerlumpten Jungen überlassen, die hier gestern herumgeflitzt waren. Er sah sich suchend um, doch es war kein einziger Junge zu sehen. Lothar machte sich daran, Anselms Pferd abzureiben, und es hatte den Anschein, als wäre er entschlossen, die verbleibenden Nachtstunden im Stall zu verbringen.

Friedrich kam sich nutzlos und überflüssig vor. Um keine kalten Füße zu bekommen, ging er die Reihen der dampfenden und raschelnden Pferde ab. Vor den Reittieren der Kaufleute blieb er stehen. Manch einer der jungen Kölner hatte heute Nacht an dem Wettrennen teilgenommen. Fast alle guten Pferde sahen erschöpft aus, nur ein paar Tiere waren geschont worden. Sein eigenes kräftiges Tier war darunter

und er begrüßte es mit einem liebevollen Schlag auf den Nacken. Es bewegte sich unruhig.
Plötzlich näherten sich Schritte, die Fackeln in den Halterungen flackerten und jemand rief leise: »Pfalzgraf, seid Ihr das? Der Pfalzgraf von Wittelsbach, ist er hier?«
Friedrich duckte sich instinktiv hinter den Pferderücken. Er hätte schwören können, dass es die Stimme des Königs war. Doch was tat der König allein im Stall? Sicher war es ein anderer Mann. Er hatte den König während der Verhandlungen gesehen. Philipp hatte nicht wie ein Mann gewirkt, der sich nachts durch den Stall schlich und seinen Getreuen auflauerte.
Entschlossen, dem Unbekannten entgegenzutreten, verließ Friedrich die dunkle Nische und trat in den Gang. Da fiel sein Blick auf einen schwarzen Lockenkopf, der sich über einen Wassertrog beugte und offensichtlich dabei war, eine Bürste zu reinigen. Friedrich blieb verwundert stehen und beobachtete den Fremden. Es war die Arbeit eines Stalljungen, die hier von einem elegant gekleideten Ritter gemacht wurde. Und zwar mit grimmiger Entschlossenheit. Der junge Mann keuchte vor Anstrengung. Friedrich war so in seinen Anblick vertieft, dass er erschrocken zusammenfuhr, als jemand ganz in der Nähe fragte: »Ist da der Pfalzgraf von Wittelsbach?«
Friedrich wollte schon hervortreten und die Frage verneinen, da richtete sich der Lockenkopf auf, wischte sich den Schweiß von der Stirn und schnaufte: »Der bin ich. Wer seid Ihr? Gebt Euch zu erkennen. Was wollt Ihr, Herr?«
Der andere kam langsam näher. Bei jedem Schritt knisterte das Stroh unter seinen Füßen und ein langer Mantel schleifte über den Boden. Friedrich wich in den Schatten zurück und bemühte sich, keinen Laut zu machen. Mit aufgerissenen Augen starrte er der Gestalt entgegen, die den Gang hinunterkam. Dann blieb der Mann genau unter der Fackel stehen. Dort stand ohne Zweifel der König.
Friedrich erkannte ihn sofort, obwohl Philipp ganz anders aussah, als bei den Verhandlungen vor ein paar Tagen. In der Pfalz, umgeben von seinen Anhängern und angetan mit den Zeichen seiner Würde, hatte er sehr beeindruckend ausgesehen. Doch nun, ohne Siegelring, Goldketten und Stirnreif, wirkte er viel jünger und verletzlicher. Er

trug nur einen schlichten langen Mantel unter dem ein schmuckloses Gewand hervorsah. In seinem hellen Haar hingen Strohhalme und eine Dreckspur zog sich über sein Gesicht, als wäre er sich nachdenklich mit dem Finger über die Wange gefahren. Er schwankte leicht, als er dem verdutzten Pfalzgrafen hastig erklärte: »Schnell, ich brauche ein Pferd und die besten Pferde sind erschöpft. Mein Saladin und sogar Euer flinker Artus haben an dem Rennen teilgenommen. Nur Eure Stute Guinevere ist noch frisch. Sie ist das letzte ausgeruhte Tier in diesem Stall und ihre erstaunliche Ausdauer ist berüchtigt. Sie ist schnell genug, um mich noch heute Nacht in einer dringenden Staatsangelegenheit zur Burg Landskron zu bringen. Leiht mir Guinevere, Pfalzgraf. Ich bitte Euch, bedenkt, das Wohl des Reiches hängt davon ab!«

Der Pfalzgraf schwieg einen langen Moment. Friedrich war sich nicht sicher, ob er den König verstanden hatte. Gerade als der König Luft holte und Friedrich annahm, er würde ein weiteres Mal sein Anliegen vortragen müssen, da sagte der Pfalzgraf leise: »Ihr bittet gerade mich? Schuldet Ihr mir nicht etwas für den Tod meines Mündels?«

Philipp lachte verblüfft und erwiderte: »Pfalzgraf, was verlangt Ihr von mir?«

»Dass Ihr Wort haltet.«

»Ich soll meinen wertvollen Saladin töten? Das kann ich nicht.«

»Ihr habt noch etwas versprochen, hoher Herr. Habt Ihr das vergessen?«

»Die Hand meiner Tochter? Pfalzgraf, Ihr müsst das vergessen. Gott weiß, dass mich Euer Schmerz zu diesem Versprechen bewog. Es war unüberlegt, ich vergaß meine Pflicht. Das Mitleid erfüllte mein Herz und ich ließ außer Acht, dass meine Töchter für die Politik heiraten müssen. Vergebt Eurem König und leiht mir heute Nacht Eure Stute.«

Der Pfalzgraf schwieg und der König sagte flehend: »Bedenkt, es ist zum Wohle des Reiches. Eben kam die Nachricht, dass zwei päpstliche Legaten nach Landskron geritten sind. Ich muss sofort zu ihnen. Gott wird es Euch vergelten.«

Friedrich wünschte sich plötzlich, unsichtbar zu werden. Was würde geschehen, wenn der König ihn hier fand? Das war eine wichtige Neuigkeit und mit Spionen wurde nicht zimperlich verfahren. Wenn der Papst seine Legaten zu Philipp schickte, dann bedeutete das nichts Gutes für Otto in Braunschweig. Der Papst war umgeschwenkt oder er versuchte, die beiden Könige gegeneinander auszuspielen.

Der Pfalzgraf seufzte schwer und der König beeilte sich hinzuzufügen: »Vielleicht die Jüngere, vielleicht kann ich Euch mit Beatrix versöhnen. Ich werde darüber nachdenken. Doch nun rasch Eure Stute, die Männer des Papstes sollen nicht warten.«

»Haltet Ihr diesmal Wort, hoher Herr?«

»Eine Tochter für eine Tochter. So soll es sein. Doch nun muss ich mich beeilen. Morgen habt Ihr Eure Stute wieder.«

Der König verschwand im Dunkeln. Kurze Zeit später waren schnelle Hufschläge zu hören, die sich rasch entfernten.

Friedrich wollte sich davonstehlen und tastete sich rückwärts aus der Nische, aber da hielt ihn die Stimme des Pfalzgrafen zurück: »Wer seid Ihr?«

Er zuckte zusammen und murmelte verlegen: »Ehm … Ich bin niemand. Ganz unbedeutend.«

»Euren Namen oder ich hetze die Wache des Königs auf Euch. Ihr habt alles mit angehört. Ihr habt uns belauscht!«

»Ich bin Friedrich der Bastard. Ein Handelsgehilfe aus Köln.«

Der Pfalzgraf räusperte sich und flüsterte: »Ihr seid ein spionierender Kaufmann.«

»Nein, ich …«

»Wer ist der andere, der mit Euch hereingekommen ist? Ist er auch einer von den Kölnern?«

Ein Mann trat aus der Dunkelheit und sagte scharf: »Der andere bin ich.«

Friedrich blickte erschrocken zu Lothar auf. Es wäre besser gewesen, wenn er geschwiegen hätte. Seine Einmischung machte alles nur noch schlimmer. Der Wittelsbacher fragte drohend: »Und wer seid Ihr?«

»Lothar Cleingedank, Kaufmann aus Köln und ehrwürdiges Mitglied der Gesandtschaft.«

»Habt Ihr den König gehört?«

Lothar schwieg. Der Pfalzgraf ballte die Fäuste und rief: »Zur Hölle, ich habe etwas gefragt.« Friedrich zog ängstlich die Schultern hoch und wollte seine Unschuld beteuern und um Gnade flehen. Doch er kam nicht dazu, denn Lothar sagte gelassen: »Ich habe das Recht, hier mein Pferd zu versorgen. Es war nicht zu überhören, was der König mit Euch sprach.«

Der Lockenkopf nickte und dachte einen Moment nach, dann sagte er leise: »Ihr werdet mir schriftlich bezeugen, was Ihr gehört habt.«

»Die geheimen Legaten des Papstes auf Burg Landskron?«, fragte Lothar erstaunt und Friedrich runzelte die Stirn. Der Pfalzgraf winkte ab und sagte barsch: »Nicht das! Ihr habt mit angehört, dass er mir seine Tochter Beatrix zur Frau geben will. Eine Tochter für eine Tochter. Diesmal wird König Philipp sich nicht herauswinden können. Diesmal werde ich dafür sorgen, dass es Zeugen gibt. Ihr werdet die Worte des Königs vor dem gesamten Hof wiederholen.«

Friedrich spürte neben sich Lothars Zorn. Lothars Atem ging ganz flach und er sagte mit mühsam beherrschter Stimme: »Nein. Wir werden gar nichts bezeugen. Euer Ton gefällt mir nicht, Pfalzgraf. Außerdem müssen wir unverzüglich zurück nach Köln, wichtige Geschäfte warten auf uns.«

»So, mein Ton gefällt Euch nicht? Ich werde die Wachen des Königs rufen lassen, damit sie euch beide wegen Spionierens einsperren. Wie gefällt Euch das, Kölner?«

Er spuckte das letzte Wort fast aus. Friedrich erklärte hastig: »Wir werden es schriftlich bezeugen. Ich habe einen Streifen Pergament und mein Schreibzeug in den Satteltaschen. Wartet, ich hole es schnell.«

Friedrich tastete sich durch die Dunkelheit bis zu seinem Packtier und während seine Hände über die Lederriemen der Tasche flogen, hoffte er inständig, dass Lothar nichts dagegen einzuwenden hatte. Als Friedrich mit dem Pergament und seinem Reiseschreibzeug zurück war, standen die beiden Männer noch genauso da. Bevor einer der beiden etwas sagen konnte, hatte er einen Futtereimer umgedreht und sich mit angewinkelten Knien davorgehockt. Er entrollte den kleinen Pergamentstreifen und legte ihn auf dem Eimerboden zurecht. Vorsichtig strich er ihn glatt, öffnete das kleine Tintenfass und tauchte die Feder hinein. Ohne aufzublicken, fragte er: »Nun, Pfalzgraf?«

Der Wittelsbacher überlegte einen Moment, dann diktierte er: »Hiermit bestätigen wir, der Kaufmann Lothar Cleingedank aus Köln und sein Handelsgehilfe Friedrich, dass König Philipp dem Pfalzgrafen Otto von Wittelsbach … habt Ihr das?«

Friedrich hatte den Kopf tief über das Pergament gebeugt und schrieb, so gut es im Dunkeln ging. Nun hob er den Kopf und nickte.

»Nein. Wir werden das nicht unterzeichnen«, rief Lothar und riss das Pergament an sich. Die Feder machte einen unschönen Kratzer, Tinte spritzte und das Tintenfass flog in einem weiten Bogen ins Stroh. Lothar stopfte hastig das Pergament unter seinen Mantel und erklärte schwer atmend: »Niemals. Sucht Euch andere Zeugen. Wir haben nichts dergleichen gehört. Wir sind Kölner und es ist nicht unsere Sache, wen Ihr heiratet. Komm, Friedrich, er wird Euch nichts tun. Er droht doch nur.«

Lothar bückte sich, packte Friedrich am Arm und zog ihn mit sich. Friedrich hatte noch die Schreibfeder in der Hand und sein Mantel war voller Tinte. Während er hinter Lothar in Richtung Stalltür stolperte, wurde er das Gefühl nicht los, dass er den Pfalzgrafen wiedersehen würde.

Februar 1207, in Braunschweig

In derselben Nacht beriet sich König Otto mit seinen Rittern und Ratgebern auf der Burg Dankwarderode. Die Lage im Reich war hoffnungslos. Jeder andere Mann hätte längst aufgegeben. Doch nicht König Otto. Er marschierte mit entschlossener Miene auf und ab. Sein goldener Stirnreif funkelte im Mondlicht, das durch die schmalen Fenster fiel. Seine Augen blitzen kampflustig und sein Schwertgehänge klapperte. Bei jedem Schritt stampft er auf, als gelte es, einen Gegner zu zertreten.

Anselm beobachtete ihn müde und dachte daran, dass alle den König fallen ließen. Zuerst war der Erzbischof Adolf von Köln übergelaufen, dann Ottos eigener Bruder Heinrich und nun kam noch der Todesstoß durch die Kölner Kaufleute. Wenn die bis dahin immer welfentreue Stadt am Rhein Philipps Drängen nachgegeben hatte, dann war Otto verloren.

Seit Stunden versuchten sie, ihrem König den Ernst der Lage begreiflich zu machen. Otto war störrisch wie ein kleiner Junge, der nicht glauben wollte, dass die anderen ihn nicht mehr mitspielen lassen wollten. Um seine Männer zum Weiterspielen zu bewegen, bot Otto ihnen Ruhm und Ehre, Geld und Grafschaften. Wenn er eine Tochter gehabt hätte, dann hätte er auch diese angeboten. Anselm blickte in die erhitzten Gesichter der Ritter, die sich im Saal versammelt hatten und aus seiner Notlage einen Vorteil zu schlagen versuchten. Die Kerzen in den großen Bronzeleuchtern waren schon fast heruntergebrannt und im Kamin glühte nur noch Asche. Der helle Mond malte Lichtstreifen an die Wände. Es war ziemlich kalt geworden. Keinen der edlen Herren schien dies zu stören. Sie waren in eine lautstarke Debatte verwickelt und hatten die Zeit völlig vergessen.

Anselm wünschte sich nur Ruhe und sein warmes Bett. Er bemerkte gereizt, dass sich die Argumente zu wiederholen begannen. Die Diskussion drehte sich im Kreis. Er unterdrückte ein Gähnen und stützte seinen Kopf in die Hände. Die Sätze der aufgeregten Männer um ihn herum dröhnten unerträglich. Wenn einer der Herren wieder einmal wütend auf den Tisch schlug, zuckte Anselm zusammen.

Nun fing Otto schon wieder damit an, die Dringlichkeit eines Heerzuges zu erläutern. Wie schon zuvor sträubten sich seine Anhänger mit allen möglichen Ausreden. Sie reichten vom Kreuzzugaufruf bis zur verhagelten Ernte im letzten Sommer. Anselm kannte ihre wahren Gründe ganz genau und Otto kannte sie auch. Seit der verheerenden Niederlage bei Wassenberg im letzten Jahr, glaubte niemand mehr an Ottos Schlachtenglück. Die Ritter wollten den Krieg nur fortsetzen, wenn Otto Zugeständnisse machte. Immerhin sollten sie ihre Männer zur Verfügung stellen. Wenn Anselm nicht so müde gewesen wäre, dann hätte ihm sein König Leid getan. Doch so war er nur damit beschäftigt, die Augen offen zu halten. Er wünschte, sie würden endlich zum Ende kommen.

Doch nun kam die Rede wieder auf den Papst und das Gerücht, er würde heimlich mit Philipp verhandeln. Jemand schlug vor, dass eine Delegation nach Rom geschickt werden sollte. Otto erinnerte sie daran, dass der Papst ihn in seinen Briefen stets als seinen lieben Sohn in Christus bezeichnete. Seinen lieben Sohn würde er nicht hintergehen. Die anwesenden Herren sahen skeptisch aus, aber niemand wagte zu widersprechen. Wenn es um Papst Innozenz ging, dann war Otto nicht mehr für vernünftige Vorschläge zugänglich. Ein seltsamer Glanz trat in seine Augen und er träumte von seiner Kaiserkrönung in Rom.

Das Gespräch drehte sich jetzt um Kölns Verrat. Sobald Köln erwähnt wurde, hörte Anselm nicht mehr zu. In seinem übermüdeten Kopf wirbelten die Gedanken durcheinander. Köln war so weit weg, viel zu weit. Ihn überkam plötzlich ein heftiges Verlangen, sich erschöpft in Mechthilds Arme fallen zu lassen. Er war ein Dummkopf gewesen, einfach ohne Abschied zu gehen. Nur ein Dummkopf schrieb einen Brief und hoffte, dass damit alles gesagt war. Vielleicht bei einer anderen Frau, doch nicht bei Mechthild. Sie war sicher wütend auf ihn gewesen und hatte seinen Brief zornig in winzige Stücke zerrissen und die Teile aus dem Kontorfenster geworfen. Wie gern hätte er in dem Augenblick seine Hand in ihren Nacken gelegt. Langsam fuhr er mit dem Finger an der zarten Linie ihres Halses entlang. Er starrte auf den Bronzeleuchter und sah Mechthild, wie sie sich lächelnd zu ihm umwandte. Er würde ihr erzählen, wie er sich für ihr Lehen eingesetzt hatte. Er hatte eine Hand voll gut gerüsteter Männer von Otto bekommen, die den Kreuzritter auf dem Marktplatz gestellt und im Kampf erschlagen hatten. Währenddessen hatte er einen neuen Lehnsbrief aufgesetzt, den Otto noch am selben Abend unterzeichnet hatte. Das Lehen war ihnen für immer sicher. Selbst Mechthild würde einsehen müssen, dass ihnen diesmal seine Nähe zu Otto genützt hatte. Sie wäre sicher stolz auf ihn. Er schloss die Augen und versuchte sie sich vorzustellen. Ihr helles Haar und ihre mandelförmigen braunen Augen. Ihre zarten Lippen …

Anselm merkte, dass es auf einmal ganz still geworden war. Verwirrt öffnete er seine Augen und blickte in Ottos nachdenkliches Gesicht. Der kampflustige Ausdruck war verschwunden und seine kantigen Züge wirkten runder, sogar sein sonst so verbissener Mund hatte etwas Mildes und Entspanntes. Er hatte den Stirnreif abgenommen und die Strähnen fielen ihm in die breite Stirn. Sie waren ganz allein.

Anselm blickte sich verwundert um. Er musste kurz eingenickt sein und von Mechthild geträumt haben. Alle anderen waren schon fort.

Der König schmunzelte und fragte leise: »Na, Engländer, wieder ganz woanders?«
Anselm erschrak. Wenn Otto ihn Engländer nannte, dann stand es ganz schlimm. Dann war der König in sentimentaler Stimmung und die war gefährlicher als seine Wutanfälle. Manchmal überfiel Otto die Sehnsucht nach der Insel, auf der er aufgewachsen war. Anselm erschien ihm dann als der englischste Mann im Reich. Meistens endete das in verrückten Plänen und unüberlegten Entscheidungen. Anselm versuchte, seinen Herrn mit einem ernsten Blick wieder zur Vernunft zu bringen. Doch Otto schlug die Augen nieder und so konnte Anselm nur einwenden: »Oh, ich halte es auch für sinnvoll einen Boten nach Rom zu ...«
»Nein«, sagte Otto bestimmt und fuhr leiser fort: »Eure Frau ist doch in Köln. Ich wünsche, dass Ihr nach Köln geht und Euch unauffällig für mich umhört.«
Anselm holte tief Luft. Das war schlimmer, als er befürchtet hatte. Er sollte für Otto in Köln spionieren!
»Verzeiht, hoher Herr ... ich eigne mich nicht ... nicht für so etwas. Nehmt einen besseren Mann.«
»Ihr seid der Beste! Morgen werdet Ihr aufbrechen.«
Mit diesen Worten verschwand König Otto und ließ seinen Ratgeber allein zurück.
Anselm hatte das Gefühl, in eine Falle geraten zu sein. Er würde wirklich einen schlechten Spitzel abgeben. Vielleicht gab es ja nichts aus Köln zu berichten, dachte er hoffnungsvoll. Eines gab es in Köln, da war er sich sicher. In Köln wartete seine Mechthild.

Februar 1207, in der Nähe von Sinzig

Bereits eine Woche später befand sich Mechthild in einem heruntergekommenen Gasthaus in der Nähe von Sinzig. Zwei Knechte ihres Vaters hatten sie begleitet. Es waren zwei schweigsame Männer, die bis dahin kaum ein Wort gesagt hatten. Umso erstaunter war Mechthild, als beide beim Einbruch der Dämmerung wortreich darauf bestanden hatten, Rast zu machen. Sie hatten düster erklärt, dass diese

Gegend bekannt dafür sei, dass es überall Waldgeister und Räuber gäbe. Es hatte ihr nicht gefallen, in diesem verlorenen Winkel Zuflucht zu suchen. Es war kein einladender Ort, um die Nacht zu verbringen. Das windschiefe Haus lag hinter hohen Tannen verborgen, bewaldete Hänge erhoben sich ringsherum und ein Schleier aus gelblichem Dunst lag über allem. Ein verwildert aussehender Mann, dessen schmutziger Bart bis zum Gürtel reichte, hatte ihnen geöffnet. Er hatte geknurrt, dass er keine Betten hätte, nur ein Dachboden voller Stroh und ein paar Decken.

Die Knechte waren im Stall bei den Pferden geblieben. Mechthild war die Leiter zum Dachboden hinaufgestiegen. Die kleine Öllampe hatte ihr schwaches Licht auf einen Haufen löchriger Decken, einen fleckigen Topf und eine schlafende Katze geworfen. Mechthild hatte die Katze verscheucht, den alten Nachttopf benutzt und sich in die löchrigen Decken gewickelt. Doch auch als sie die Lampe gelöscht hatte, konnte sie nicht schlafen.

Es war kalt, es roch schimmelig und es raschelte in allen Ecken. Unruhig wälzte sie sich auf dem Stroh hin und her und dachte daran, wie schadenfroh Elisabeth nun wäre. Bei ihrem Aufbruch aus Köln hatte sich Mechthild alle nur denkbaren Warnungen und Mahnungen anhören müssen. Es sei unschicklich, allein zu reisen, und viel zu gefährlich. Wenn doch nur der alte Kaufmann und Lothar hier wären, die würden Mechthild schon zur Vernunft bringen. Die vielleicht, du nicht, hatte Mechthild trotzig gedacht und weiter ihre Sachen zusammengesucht. Elisabeth hatte gekeift, dass sicher dieser Friedrich der Grund für den hastigen Aufbruch nach Sinzig sei. Gott würde darüber richten. Mechthild hatte nur den Kopf geschüttelt und den beiden Knechten befohlen, sich zu beeilen. Sollte Elisabeth doch denken, was sie wollte. Sie hatte der Tochter des Hauses nicht verbieten können, mit zwei Knechten ihres Vaters nach Sinzig zu reisen.

Mechthild rieb sich die Augen, um das Bild ihrer zeternden Schwägerin zu verscheuchen. Sie musste endlich versuchen zu schlafen. Doch die Decken kratzten und ihre Füße waren eiskalt. Sicher hatten es die Knechte im Stall bequemer. Mechthild öffnete die Augen und wünschte, die Nacht wäre schon vorüber. Es war eine von den Nächten, in denen die Stunden dahinkrochen, die Dunkelheit

einen anstarrt und unbekannte Geräusche den Schlaf unmöglich machten.
Dabei waren es nur noch ein paar Stunden bis Sinzig und sie hatte gehofft, die Stadt noch vor dem Einsetzen der Dämmerung zu erreichen. Nun würde es noch länger dauern, bis sie erfuhr, ob sie die nächsten Jahre als gebannte Frau auf einer nebeligen Insel verbringen musste. Sie stellte sich vor, wie sie in Lumpenzeug weinend auf einem schaukelnden Schiff stand und Englands Küste langsam näher kam. Neben ihr kauerte Anselm. Die Wellen klatschten gegen den Bug und Otto stieß unentwegt englische Flüche aus. Sie tat sich so unendlich Leid. Dieses elende Gasthaus war sicher nur der Anfang allen Unglücks. Fast wäre der Schlaf doch noch gekommen und hätte sie in einen Nebel der Verzweiflung mitgerissen, doch plötzlich war ihr, als würde sie schon einen gedämpften Lichtstrahl durch die Dachluke dringen sehen. Der Morgen kam und sie verschwendete ihre Zeit mit trüben Gedanken. Lass dich nicht unterkriegen, hörte sie die strenge Stimme ihres Vaters: Und wenn drei Schiffsladungen nacheinander im Rhein versinken, ein guter Kaufmann gibt nicht auf. Eine gute Kaufmannsfrau schon gar nicht, flüsterte sie und tastete nach ihren Schuhen.
Sie kletterte leise die Leiter hinunter in den düsteren Gastraum. Das Feuer war längst kalt und es gab nur einen einzigen langen Tisch. Davor hatte sich der Wirt auf einer niedrigen Bank ausgestreckt und schnarchte, dass die ganze Tischplatte wackelte.
Mechthild versuchte, ihn zu wecken, und zupfte an seinem langen Bart. Er gab nur ein paar unverständliche Laute von sich und wollte sich wegdrehen, da klopfte sie ihm auf die faltige Wange und er schlug die Augen auf. Mechthild erklärte ihm ungeduldig, dass sie vorausreiten würde. Er zwinkerte verschlafen und sie bat ihn, es den beiden Männern im Stall auszurichten.
Er murmelte: »Is' schon Morgen?«, und wälzte sich auf die Seite.
Mechthild schüttelte sich das Stroh aus dem Mantel und öffnete die knarrende Tür. Es war noch lange nicht Morgen. Prüfend schweiften ihre Augen über den schwarzen Himmel. Sie musste sich getäuscht haben, doch da sie schon einmal aufgestanden war, konnte sie genauso gut aufbrechen. Zum Frühstück war hier sowieso nichts Gutes zu erwarten.

Ganz vorsichtig schlich sie in den Stall und sattelte leise ihr Pferd. Irgendwo in der Dunkelheit lagen die beiden Knechte und schliefen fest. Sollten sie doch. Sie würde bei ihrem Erwachen schon in Sinzig sein und sich im Gasthaus, in dem ihre Familie untergekommen war, ein geröstetes Brot schmecken lassen. Als sie das Pferd hinausführte und aufstieg, war sie sich ganz sicher, einen milchigen Schimmer am Horizont hinter den Tannen leuchten zu sehen.

Eine freudige Erregung erfüllte sie, als sie durch die frische Morgenluft auf das Licht zuritt. Es war eine wundervolle Tageszeit, zwischen Wachen und Träumen, Bangen und Hoffen. Die Welt war kurz davor, zu sich zu kommen, doch noch lag alles im Schatten verborgen. Um diese Zeit rührten sich selbst die Waldkobolde nicht vom Fleck und die Räuber schliefen ihren Rausch aus. Mechthild bog auf die breite Straße ein, die zur Stadt führte. Die Hufe schlugen auf den bröckeligen Steinen auf, die noch aus der Römerzeit zu stammen schienen. Ein leichter Wind fuhr ihr durch die Haare und sie begann, ein altes Lied zu summen. Sie konnte sich nicht mehr an den Text erinnern, doch es flößte ihr Mut ein. Die Zeit flog dahin. Und als sie die Türme und Dächer der Stadt im Morgendunst vor sich aufragen sah, da war sie sich ganz sicher, dass sie das Richtige getan hatte.

Vor der Stadt war ein großes Zeltlager aufgeschlagen worden und sie brachte das Pferd dazu, langsamer zu werden.

Ihre Augen schweiften unruhig über die bunten Fahnen, weißen Planen und vielen herumstehenden Wagen. Plötzlich kamen Zweifel. Was war, wenn ihre Familie gar nicht in einem der Gasthäuser untergekommen war, sondern in Reisezelten nächtigen musste? Sie hatte gar nicht daran gedacht, dass ein Hoftag stattfand und die Stadt mit Menschen überfüllt war. Wo sollte sie in diesem Gewirr ihren Vater und ihren Bruder finden?

Sie stieg vom Pferd und führte es über die matschige Wiese. Ihre Schuhe blieben im Schlamm stecken und das Tier zog störrisch in die andere Richtung. Sie wollte es schon wieder auf die Straße zurückführen, da entdeckte sie Friedrichs Zelt am Rande des Lagers. Es war eindeutig sein schäbiges Reisezelt. Sie würde es überall wiedererkennen. Es hatte von einer Schiffsreise einen Teerfleck zurückbehalten,

der an einen Vogel mit ausgebreiteten Flügeln erinnerte. Friedrich hatte sich geweigert, den schwarzen Fleck zu entfernen, und sie hatte gespottet, dass es sein Wappentier sei.
Nun ging sie erleichtert auf dieses unverwechselbare Zeichen zu. Vor dem Zelt band sie die Zügel um einen Pflock und rief leise seinen Namen. Doch aus dem Zelt kam keine Antwort. Sie lauschte und strich sacht über den Teervogel am Zelteingang. Ein unbehagliches Gefühl beschlich sie. Etwas schien nicht in Ordnung zu sein. Es war zu still. Kein Laut drang aus dem Zelt, nicht einmal ein Knistern oder Räuspern. Es herrschte angespannte Stille. Als hielte jemand die Luft an. Sogar der Qualm, der aus dem schmalen Abzug kam, schien nur sehr zögerlich seinen Weg ins Freie zu suchen.
Misstrauisch hob sie die Zeltbahn, bückte sich und schlüpfte hinein.
Im Inneren des Zeltes war es überraschend hell und warm. In der Feuerstelle brannte ein Feuer, auf das jemand bereits frisches Holz nachgelegt hatte. Doch vor dem tröstlichen, vertrauten Anblick kauerten zwei Gestalten. Sie machten den Eindruck, als ob sie auf etwas warteten. Die Anspannung stand in ihren Gesichtern, ihre Augen waren weit aufgerissen, ihre Knie beugten sich sprungbereit. Erschrocken fuhr Mechthild zurück. Weg hier, dachte sie panisch. Während sie nach der Zeltbahn tastete, durch die sie eben hereingekommen war, ließ eine eisige Stimme sie zusammenfahren: »Keine Bewegung oder er stirbt.«
Sie hielt inne und starrte den Mann an. Erst jetzt bemerkte sie, dass er seinen Nierendolch an den schutzlos vorgestreckten Hals eines anderen presste. Die Klinge drückte in die Haut und hinterließ eine tiefe Kerbe. Entsetzt erkannte sie, dass der Hals Friedrich gehörte, der unsicher zu ihr aufsah. O heilige Margareta, was ging hier vor? Warum schaute Friedrich sie so angstvoll an? Was erwartete er von ihr? Sollte sie weglaufen oder schreien? Der Angreifer gab Friedrich einen heftigen Stoß. Friedrich fiel rücklings neben das Feuer und stöhnte. Sogleich erhob sich der Fremde, setzte die Spitze des Dolchs wieder an Friedrichs Hals und fragte drohend: »Wer ist das?«
Friedrich presste die Lippen aufeinander, suchte Mechthilds Blick und krächzte: »Ich kenne die Frau nicht. Lass sie gehen. Sie hat nichts damit zu tun.«

»So? Und wieso hat sie deinen Namen gerufen?«, er versetzte Friedrich einen Tritt und zischte: »Sie ist dein Weib, das ist sie doch?«
Friedrich versuchte den Kopf zu schütteln, doch die Spitze des Dolchs bohrte sich noch tiefer in seinen Hals. Mechthild konnte keinen Ton hervorbringen. Wer war dieser Mann und wieso war er am frühen Morgen in Friedrichs Zelt eingedrungen? War er ein Dieb, den sie bei einem Überfall überrascht hatte? Er war gekleidet wie ein gewöhnlicher Soldat, mit Lederweste, breitem Gürtel und hohen Stiefeln. Er trug auch die Narben eines langen Soldatenlebens im Gesicht und hatte diesen hungrigen Blick, den Soldaten nach vielen Dienstjahren bekamen. Sie biss auf ihre Unterlippe und überlegte, dass es leicht sein müsste, ihn mit Geld oder Schmuck zu besänftigen.
Mechthild nahm ihre silberne Mantelspange ab, trat einen Schritt näher und hielt sie dem Soldaten vor das Gesicht: »Reicht das?«
Der Soldat lachte trocken und sagte: »Nein, mein Täubchen, das reicht nicht. Wir sollen den Krämer hier holen. So lautet der Befehl vom Pfalzgrafen und da du nun schon einmal hier bist – nehmen wir dich mit.«
»Wohin mit? Welcher Pfalzgraf?«, fragte sie verwundert, doch der Soldat trieb seinen Nierendolch noch ein bisschen tiefer in Friedrichs Haut und knurrte: »Gero, bring das Weib zum Wagen.«
Aus der Dunkelheit taucht plötzlich ein Junge auf. Er war vielleicht vierzehn Jahre alt und ebenfalls wie ein Soldat gekleidet. Eine Kruste aus Eiter und Schorf bedeckte seine Hand. Als er die Hand ausstreckte, wich sie instinktiv zurück. Seine nässende Hand legte sich auf ihren Arm und er starrte sie herausfordernd an. Seine andere Hand war ebenfalls mit eitrigem Ausschlag bedeckt. Die schorfigen Blasen zogen sich bis zu seinen Schultern hinauf und als er sich abwandte, konnte sie sehen, dass auch sein Nacken bedeckt war.
Der alte Soldat zerrte Friedrich hoch, der strauchelnd nach seinem Mantel griff. Er presste das Bündel an sich und seine Augen hasteten über die Reisetruhe. Während er sich nach seinem Schreibzeug bückte, wurde ihm der Nierendolch wieder in den Rücken gebohrt. Der Soldat schnalzte mit der Zunge und bedeckte die Klinge sorgfältig mit seinem Mantel. Dann sah er auf und erklärte niemandem Be-

stimmtes: »Wenn das Weib schreit, stech ich ihn ab. Los, wir müssen uns beeilen und fort sein, bevor das ganze Lager erwacht.«

Draußen stand Mechthilds Pferd und graste. Es blickte noch nicht einmal auf, als sie vorbeigeführt wurden. Etwas abseits bei den anderen Planwagen stand ein altes Maultier vor einem schmutzigen Reisewagen. Mechthild wurde von dem Jungen hineingeschoben und Friedrich erhielt einen unsanften Schubs ins Innere des Wagens.

Als der Wagen anfuhr, kauerten sie auf den hin und her rüttelnden Brettern und Mechthild wisperte: »Muss ich deine neuen Freunde kennen?«

Friedrich schnaufte und sagte vorwurfsvoll: »Dame Mechthild, wieso seid Ihr hier? Warum müsst Ihr immer zum unpassendsten Moment auftauchen?«

»Entschuldige, das nächste Mal warte ich, bis das Diebsgesindel mit dir fertig ist.«

»Ich befürchte, es sind keine gewöhnlichen Diebe.«

»Was sind sie dann? Wer ist dieser Pfalzgraf? Bringen sie uns zu ihm?«, fragte sie neugierig und rückte ein Stück näher zu ihm heran. Doch er seufzte nur schwer, starrte auf die schwankende Plane und schwieg.

Februar 1207, in Sinzig

Niemand vermisste Friedrich und Mechthild an diesem Tag. Alle in Sinzig waren mit den Vorbereitungen für das große Abschlussfest beschäftigt. Es sollte ein Festmahl mit anschließenden Darbietungen der besten Musiker, Sänger und Akrobaten stattfinden. Der alte Cleingedank und sein Sohn verbrachten den Tag damit, eine Dankesrede an Philipp zu entwerfen. Die Rede sollte voll des Lobes für den König sein und dazu hätte Friedrich sowieso nichts Erhebendes beizutragen gehabt. Sie nahmen an, dass er den Kopf in den Geschäftsbüchern vergraben hatte.

Dame Johanna hätte sich auch dann nicht um Mechthild gesorgt, wenn sie von deren Ankunft in Sinzig etwas geahnt hätte. Von dem Trubel um sich herum fasziniert, spazierte sie den ganzen Vormittag durch die Pfalz.

Im Küchentrakt rupften die Mägde Gefieder, rührten Soßen und garnierten unzählige Braten. In der großen Halle stritt der Truchsess lautstark mit dem Kämmerer über die Sitzordnung und bemängelte die zu langen Schuhspitzen der Pagen. Im Knappensaal lief Walther auf und ab und reimte wild gestikulierend. Immer wieder stieß er mit Rittern zusammen, die offensichtlich ihre Festtagsgewänder und ihre Schwertgehänge suchten. Johanna beobachtete das Durcheinander eine Zeit lang amüsiert, dann stieg sie zur Kemenate hinauf.

In der großen beheizten Kammer waren die Hofdamen damit beschäftigt, ihre Kleider auszubessern. Sie nähten Perlen und Edelsteine an Borten, flickten Schleier und putzten Spangen.

Johanna setzte sich auf einen Hocker und begann, ihre langen Zöpfe zu lösen. Sie war entschlossen, heute Abend Konrad mit einer neuen Frisur zu überraschen. Dame Engeltrud reichte ihr einen kleinen Handspiegel und half ihr, die Flechten zu lösen. Nach einer Weile war Johannas Haar eine parfümierte Wolke, in der Stoffblumen steckten und Perlen glänzten. Johanna blickte zweifelnd in den Spiegel. Die Damen klatschten begeistert in die Hände und beteuerten, sie sei wunderschön. Johanna selbst war immer noch skeptisch. Richilde schlug kichernd vor, sie solle Konrad um seine Meinung bitten. Der neue Medicus halte sich in den Krankenzimmern bei Meister Jacobus auf und gehe dem Alten zur Hand. Sofort versicherten alle, dass ihm der Anblick die Sprache verschlagen würde. Dame Engeltrud begleitete Johanna die Treppe hinunter und schob sie zur Tür hinaus in die grelle Wintersonne.

Auf dem Weg zum Krankenzimmer folgten ihr viele bewundernde Blicke. Verlegen blickte sie auf den sandigen Boden und versuchte, die anerkennenden Pfiffe zu überhören. Aus den Augenwinkeln sah sie, wie einem Bäckerjungen bei ihrem Anblick die Brote vom Brett rutschten und wie ein junger Ritter über seine eigenen Füße stolperte.

Als sie im Krankenzimmer stand, klopfte ihr Herz heftig und sie presste ihre Hand auf ihre Brust. Unruhig blickte sie sich um. Beim Anblick der blutigen Verbände, nassen Instrumente und blassen Kranken, die sie aus dunklen Decken anstarrten, kam sie wieder zu sich. Hier würde niemand am Fest teilnehmen. Hier herrschten

Schmerz und Leid. Der Tod war hier näher als der Festgesang. Sie konnte ihn sogar riechen. Es war ein strenger Geruch nach Kot und Eiter, durchmischt mit Kampfer und Urin. Sie beeilte sich, in den Behandlungsraum zu kommen, in dem ein Feuer brannte und die Luft weniger sauer und faulig war.

Konrad stand neben einem Patienten und war so in seine Arbeit vertieft, dass er nicht aufsah. Er entfernte offensichtlich ein eitriges Geschwür aus einem angeschwollenen Bein. Johanna wurde ganz flau im Magen. Sie holte tief Luft und beugte sich vor. Konrad blickte kurz auf und lächelte, dann arbeitete er ruhig weiter und schabte sorgsam die letzten Reste aus der Wunde.

Er benutzte ein seltsam aussehendes gebogenes Instrument, das sie noch nie gesehen hatte, und Branntwein zum Reinigen. Der Geruch war unverkennbar. Der Patient bäumte sich auf und Konrad erklärte leise: »Mandragorawurzel und Bilsenkraut verlieren ihre Wirkung. Dabei habe ich reichlich Opium zugemischt. Gleich wird er erwachen. Ich muss mich mit dem Verband beeilen. Die Tücher und den Tiegel.«

Johanna beeilte sich, der Aufforderung nachzukommen. Als sie ihm das Gewünschte reichte, schlug der Patient die Augen auf und flüsterte ergriffen: »… ein Engel … ein Engel …«

Konrads Augen folgten dem verklärten Blick des Mannes. Als er Johannas Haarschmuck sah, runzelte er irritiert die Stirn. Johanna schämte sich, dass sie angesichts von Blut und Leid mit einem eitlen Tand auf dem Kopf herumlief. Hektisch zerrte sie an den Blumen und versuchte, die Perlen aus dem Haar zu ziehen.

»Nein, lass, es sieht sehr hübsch aus. Ich war nur überrascht. Es ist für das Fest heute Abend nicht wahr?«, fragte Konrad.

»Es gefällt dir? Es ist nicht zu übertrieben?«

»Ich werde nicht dort sein. Es war gut, dass du es mir gezeigt hast. Nun kann ich mir vorstellen, wie du aussehen wirst.«

Er beugte sich über das geschwollene Bein, als wäre damit alles gesagt. Johanna hatte damit gerechnet, dass sie den Abend zusammen verbringen würden. Für wen sollte sie sich sonst diese Mühe machen?

»Warum wirst du nicht da sein?« Eigentlich kannte sie die Antwort bereits. Es war immer das Gleiche: Er musste arbeiten.

»Bei einem Fest gibt es immer haufenweise Unfälle und viele blutige Auseinandersetzungen zwischen den Rittern. Zu viel Arbeit für einen einzelnen Mann. Ich werde Meister Jacobus zur Hand gehen müssen.«
Johanna versuchte ihre Enttäuschung zu verbergen. Sie zog eine rote Blume aus ihren Haaren und warf sie beim Hinausgehen in einen Topf mit einer dunklen Flüssigkeit.
Am Abend saß Johanna ohne den aufwändigen Kopfschmuck in der Halle. Da sie sich einsam und verlassen fühlte, kam ihr alles trostlos und schäbig vor. Der andere König saß in Braunschweig auf seiner Burg und brütete Pläne aus. Niemand wusste, was er vorhatte. Es gab Gerüchte, er würde ein großes Heer versammeln. Johanna ließ ihre Finger über das Tuch fahren und ihr schien es, als könne sie Ottos Zorn dahinter spüren. Warum sorgte sich niemand um den Welfen? Warum nahm jeder an, dass mit Köln das Reich gewonnen sei? Sie dachte an Konrads blutige Instrumente und seine zerlesenen Medizinbücher, an Ottos Heer in Braunschweig, an welfentreue Soldaten und brennende Städte. Ihre düsteren Gedanken waren ihr anscheinend ins Gesicht geschrieben, denn Walther tat sein Bestes, um sie aufzuheitern. Er kam zu ihr herübergeschlendert und erzählte witzige Begebenheiten. Er verstellte dabei seine Stimme und machte zierliche Gesten. Bald hatte er eine Menge Zuhörer um sich versammelt. Johanna lächelte über einen besonders komischen Einfall und vergaß Konrads Bücher und Ottos Soldaten. Jemand beugte sich von hinten über ihre Schulter und flüsterte: »Hier sitzt die schönste Dame – auch wenn sie keine Blumen im Haar trägt. Hat sie der Mut verlassen?«, als Konrad ihren überraschten Blick sah, fügte er erklärend hinzu: »Es ist nicht viel los. Meister Jacobus gestattet einen Tanz – dann muss ich zurück.«
Er nahm ihre Hand und führte sie in den angrenzenden Raum.
Sie reihten sich zwischen die Tanzenden ein. Harfen, Fiedeln und Flöten spielten eine fröhliche Melodie und alle bewegten sich mit höfischer Eleganz.
Johanna bemerkte, dass Konrad Blutflecken auf dem Gewand hatte. Hunderte von kleinen roten Spritzern. Doch es war ganz unwichtig. Er war gekommen, um mit ihr zu tanzen! Ich bedeute ihm etwas,

dachte sie glücklich. Lächelnd knickste sie und wandte ihm im Tanz neckisch den Rücken zu. Nach einer kleinen Drehung stand sie wieder vor ihm und er blinzelte ihr zu. Kein Mann im Raum sah so gut aus wie er. Seine leuchtenden grünen Augen waren voller Versprechungen. Etwas Besonderes würde geschehen. Etwas, das sie nie vergessen würden. Etwas, was sie für immer miteinander verbinden würde. Johanna fühlte sich ganz kribbelig. Sie wünschte alle anderen weit fort. Sie wollte nur noch ihn sehen und in seinem geheimnisvollen Blick versinken.

Plötzlich stand ein kleiner Junge neben ihnen und zupfte an Konrads Ärmel.

»Meister Konradus, Meister Konradus! Ihr sollt zurückkommen. Es ist dringend!«

Konrad ließ sofort ihre Hand los, nickte ihr höflich zu und folgte dem Jungen hinaus.

Jemand packte Johannas nun frei in der Luft schwebende Hand und zog sie weiter. Ihre Füße folgten den Tanzschritten. Sie wandte den Kopf und sah, wie der blaue Turban verschwand.

Arno genoss diesen Abend in vollen Zügen. Er saß zwischen den jungen Rittern und Knappen, als wäre er einer von ihnen. Sie hatten die überfüllten stickigen Räume der Pfalz längst verlassen und die frische Nachtluft vorgezogen. Zwischen dem Küchentrakt und den Ställen hatten sie ein ziemlich wüstes Lager aufgeschlagen. Sie hatten sich in Felle gewickelt, die Waffen zu einem Haufen zusammengetragen und Öllampen aufgestellt. Weinkrüge und Schüsseln mit abgenagten Schweinerippen standen herum. Arno lehnte mit angewinkelten Knien an einem zerbrochenen Wagenrad. Sigmar hatte ihm vertraulich einen Arm um die Schulter gelegt. Er versicherte reichlich angetrunken, dass Arno sein bester Freund wäre. Die jungen Männer gaben lautstark mit ihren Heldentaten an. Ihre Berichte strotzten nur so von Waffenkünsten und Tapferkeit. Nach jedem weiteren ruhmreichen Sieg ließen sie wieder den Becher kreisen. Arno war den vielen Wein nicht gewöhnt. Er war schon nach kurzer Zeit betrunken genug, um alles zu glauben. Bewundernd betrachtete er seine fröhlichen neuen Freunde. Endlich war er nicht nur der Junge des Ministerialen,

der neidisch die Knappen der edlen Ritter beobachtete. Endlich war er einer von ihnen. Der große Becher kreiste erneut. Arno nahm einen kräftigen Zug.
Ein pickeliger Knappe erzählte nun, wie er seinem Herrn das Leben gerettet hatte. Er schilderte in bunten Farben die blutigsten Schlachten und die erbarmungslosesten Feinde. Arno fragte sich in einem seiner nüchterneren Momente, warum der Kerl noch nicht seine Schwertleite empfangen hatte. Bei dem Heldenmut! Doch vielleicht war er eher ein guter Erzähler als ein guter Kämpfer. Die anderen schien dies nicht zu bekümmern. Sie grölten anerkennend und füllten den Becher für eine neue Runde.
Die Stunden flogen in einem angenehmen Rausch dahin. Arno war eingelullt in Weinseligkeit und Prahlerei. Er fühlte sich stark und männlich. Seine Gedanken waren mit stolzen Waffengängen und strahlenden Siegen beschäftigt. So bemerkte er zuerst gar nicht, dass Sigmar neben ihm zusammengesackt war und mit offenem Mund schnarchte. Die jungen Helden lagen betrunken herum und schliefen. Arno blickte sich verwundert um. Erst als er versuchte aufzustehen, merkte er, wie schwindelig ihm war. Dabei waren seine Gedanken so klar wie nie. Nur mit seinen Augen stimmte irgendetwas nicht. Alle Dinge hatten seltsame Ränder und manchmal gingen sie auseinander und verdoppelten sich. Er zwinkerte, um wieder normal sehen zu können. Ein starker Mann wurde doch von so ein bisschen Wein nicht betrunken. Lächerlich! Er würde den Rest der Nacht einfach allein weiterfeiern. Der Becher stand noch halb gefüllt zwischen den Schlafenden. Arno prostete seinen neuen Freunden zu und trank ihn in einem Zug leer. Als der Becher scheppernd zu Boden fiel, wusste er, was zu tun war. Sollten die anderen ruhig schlafen, er würde die schöne Sarazenin im bunten Zelt besuchen. Etwas unsicher taumelte er durch die nächtlichen Straßen. Sinzig besaß noch keine Stadtmauer und so konnte er ohne Schwierigkeiten zum Lager vor der Stadt gelangen.
Obwohl in dieser Nacht alles seltsam wackelig war, fand Arno das Zelt sofort. Der Wind ließ die Fahne flattern und öffnete wie von Zauberhand die Zeltbahn. Arno glaubte einen lieblichen Gesang zu hören. Gefangen in einem Traum aus Liebesrausch und Sinnesfreu-

den, trat er in das Zelt. Diesmal sah er sie sofort. Schwer atmend betrachtete er die schöne Frau, die zwischen den bunten Tüchern schlief. Sie waren allein. Arno musste die Augen schließen, um ein wildes Verlangen niederzukämpfen. Doch das war ein Fehler. Sobald seine Lider geschlossen waren, drehte sich alles und ihm wurde schlecht. Er musste sich hinhocken und die Hände vor den Mund pressen. In diesem Augenblick erwachte Fatma. Anscheinend nahm sie an, ein Kranker suchte im Zelt des Medicus Hilfe. Arno war sich nicht sicher, ob sie ihn wiedererkannte. Obwohl er dagegen ankämpfte, konnte er es nicht zurückhalten. Ein stinkendes Gemisch aus Essen und Wein brach aus ihm heraus. Er fing es mit der hohlen Hand auf, verspritzte es auf dem Teppich und hustete. Fatma wollte aufspringen, doch er winkte ab und nuschelte: »Ich … ischt der Medikuss in den Kra Krankken … schimmmern? Muss irrgndwas aufm Fest gegessn habn. Ich geh schschon.«

Schwankend erhob er sich und wich zurück. Sie nickte müde und wickelte sich wieder in die Tücher. Arno seufzte. So hatte er sich sein Liebesabenteuer nicht vorgestellt.

Als Fatmas ruhige und gleichmäßige Atemzüge zu hören waren, sah Arno sich im Zelt um. Es ging ihm schon viel besser. Nur ab und zu verschwamm wieder alles vor seinen Augen. Er hatte einen schlechten Geschmack im Mund und wünschte, er hätte etwas zu trinken. Wenigstens ein sauberes Tuch, um sich den klebrigen Mund abzutrocknen, musste es doch geben. Suchend blickte er sich um. Sein Blick fiel auf die große Truhe und er stolperte darauf zu. Keuchend sank er neben dem verzierten Deckel nieder und schlug ihn zurück. Es knartschte, doch Fatma rührte sich nicht. Ohne nachzudenken, griff Arno in die Truhe hinein und zog ein großes schwarzes Bündel hervor. Er legte es sich in den Schoß und begann, ohne zu wissen, was er tat, die Knoten zu lösen. Plötzlich war ihm, als wären alle Schätze der Welt darin verborgen. So wunderte er sich nicht, als er es im letzten schwachen Licht der Glut ein goldenes Schimmern sah. Sterne, unzählige glitzernde Sterne, tiefdunkle Seide und eine Pracht, wie er sie noch nie gesehen hatte. Sein vom Wein benebeltes Gehirn weigerte sich zu arbeiten. Er wollte nicht denken. Dieser Mantel war sein Schatz und schwer atmend wickelte er den knisternden Stoff um sich.

Ein rasendes Hochgefühl überkam ihn. Die Übelkeit war verflogen und sein Herz schlug heftig. Er konnte wieder scharf sehen, sogar viel schärfer als vorher. Er war ein mächtiger Mann, er war Sultan Saladin und befehligte riesige Heere. Der Gedanke raubte ihm den Atem und er sprang hastig auf. Ein gläserner Krug fiel um und Fatma seufzte im Schlaf. Arno hatte das Gefühl, als würde der Mantel immer schwerer werden und ihn niederdrücken. Er stand mit hängenden Schultern da und meinte zu ersticken. Wehmütiger Gesang senkte sich auf ihn. Es fühlte sich an, als ob der Schmerz eines ganzen Volkes auf ihm lastete. Luft, er brauchte dringend Luft. Taumelnd und mit dem Sternenmantel über den Schultern verließ er das Zelt und ließ sich ächzend im Gras nieder.

Die Nacht war ungewöhnlich mild und warm. Es roch seltsam und mit geschärften Sinnen nahm er die Geräusche der Nacht wahr. Das Flattern der Fahne auf dem Zelt wurde plötzlich zum Flattern großer Segel. Arno sah Schiffe, die auf einem glitzernden Meer fuhren. Der Schrei einer Eule wurde zum Schrei eines Ungeheuers, das majestätisch durch die Lüfte schwebte. Knackende Äste wurden zu einem herannahenden Reitervolk mit glänzenden Helmen. Er brauchte eine Waffe, ein Schwert, einen Stock, einen großen Stein, irgendetwas. Arno tastet in der Dunkelheit herum und stieß auf einen Leinensack. Überzeugt, der Sack läge nur für ihn bereit, öffnete er ihn. Darin befand sich Haruns Bogen und sein mit Pfeilen gefüllter Köcher. Arno berührte die gespannte Sehne und strich über die Pfeilenden. Die Geräusche einer fröhlichen Jagdgesellschaft drängten sich ihm auf. Pferde galoppierten durchs Unterholz und ein Jagdhorn erklang. Er konnte das Wild wittern und sah das glänzende Fell eines flüchtenden Tieres. Gleich war er nah genug, um es zu erlegen.

Der Jäger hockte sich ins feuchte Gras und spannte den Bogen. Der Pfeil surrte durch die schwarze Nacht.

Ein Mann schrie.

Arno kam wieder zu sich. Er sprang auf, warf den Bogen weg und rannte los. Der Sternenmantel glitt ihm von der Schulter, doch er bemerkte es gar nicht. Er hatte geschossen, Herr im Himmel sei gnädig. Er hatte wirklich geschossen und es hatte nicht wie ein Tier geklungen.

Fast wäre er im Dunkeln über sein Opfer gestolpert. Jemand lag mit ausgebreiteten Armen auf dem Bauch und rührte sich nicht. Arno tastete an dem breiten Rücken entlang bis er den Pfeilschaft zwischen den Fingern spürte. Der kleine Pfeil war ziemlich tief in die Schulter des Mannes gedrungen. Während in Arnos Kopf alles durcheinander ging und er überlegte, ob er den Pfeil herausziehen oder lieber Hilfe holen sollte, raschelte es hinter ihm.

Erschrocken fuhr Arno herum. Er war überzeugt, dass er nun sterben musste. Mit weit aufgerissenen Augen starrte er den Diener des Medicus an. Der dunkle Mann beachtete ihn nicht, sondern ging in die Knie und hielt eine brennende Fackel hoch. Arno sah blutige Zweige wie anklagende Finger in die Nacht ragen. Vom Pfeil getroffen, war sein Opfer in den Dornenbusch gestürzt. Arno wollte weglaufen, weit fort von den Zweigen, an denen Blutstropfen hingen. Er konnte sich nicht von der Stelle rühren. Harun stützte den Körper und drehte sacht den schlaff herunterhängenden Kopf zu sich herum. Es war der Medicus.

Im Gesicht des Medicus steckten unzählige Dornen. Wie Krallen hatten sie sich in sein Fleisch gebohrt. Die Dornen steckten in seinen Wangen, hatten seine Lippen blutig gestochen und seine Nase zerkratzt. Harun hob die Fackel ein Stück höher und der Anblick der blutigen Augenhöhlen nahm Arno den Atem. Die Dornen hatten die Lider zerstochen und das Blut rann an den Wimpern entlang und sickerte an den Schläfen hinunter in den blauen Turban.

Arno fühlte sich, als ob er vom Boden abheben und schweben würde. Er hatte kein Gefühl mehr in den Füßen. Seine Gedanken waren seltsam klar. Mein Pfeil hat den Sturz in den Dornenbusch verursacht. Mein wahnsinniger Schuss aus der Dunkelheit. O mein Gott, er ist tot, ich habe ihn getötet. Ich habe ohne Grund einen Mann getötet. Ihm schwindelte. Er ging hilflos in die Knie und erbrach sich wimmernd. Die Fackel flog zischend in die Nacht, eine kräftige Hand griff in sein Haar und zerrte seinen Kopf hoch. Er blickte in tiefschwarze hasserfüllte Augen. Harun spuckte aus und schlug zu.

Meister Jacobus kämpfte die ganze Nacht um Konrads schwindendes Leben. Er kämpfte mit allen Mitteln und gab sein Bestes. Verzweifelt

wandte er die absurdesten Theorien an, um seinen jungen Nachfolger zu retten. Er entfernte die Dornen und den Pfeil, verband die Wunden und murmelte Gebete. Gegen Morgen haderte er mit Gott.
Der Tod stand Konrad deutlich ins Gesicht geschrieben. Der Hofarzt hatte schon viele Sterbende gesehen. Er kannte die Zeichen zu genau, um sich täuschen zu lassen. Erschöpft betrachtete er das blasse Gesicht. Immer hatte er Gottes Willen akzeptiert. Ohne Murren den Tod von Säuglingen und jungen Müttern hingenommen. Doch nun rebellierte alles in ihm. Warum Konrad, fragte er den Gott seiner Vorväter, während er den Verband erneuerte. Warum dieser junge begabte Mann, der noch so viele Leben hätte retten können? Was für eine Verschwendung! All das mühsam erworbene Wissen, all die über Jahre eingeübten Fähigkeiten, alles wurde ausgelöscht. Warum, warum? Meister Jacobus hob die Faust zum Himmel. Der Gott der Juden war ein strenger und gerechter Gott. Wo war Gottes Gerechtigkeit nun? Wieso sollte ein fähiger Arzt sterben, weil ein dummer Junge zu viel getrunken und mit Waffen herumgespielt hatte? Harun hatte zuerst seinen Herrn ins Krankenzimmer getragen. Wenig später war er noch einmal gekommen und hatte einen bewusstlosen Jungen auf den Boden geworfen. Mit viel sagendem Blick hatte er einen Bogen und einen Köcher neben den Gefesselten gelegt. Der dumme Junge lag bewusstlos da und rührte sich nicht.
Jacobus beugte sich über das gefesselte Bündel und sah in das verquollene Gesicht. Der Mörder würde dafür büßen. Er würde dafür sorgen, dass Konrad gerächt werden würde. Die Wache würde den Mörder einsperren und der König über ihn richten. Es gab nur den Tod für den Tod. Auge um Auge und Zahn um Zahn, wie Gott es bestimmt hatte.
Der alte Mann seufzte. Die Hoffnung seines Alters, die Freude seiner letzten Jahre starb und er war hilflos. Nach ihm würde irgendein Scharlatan seinen Platz einnehmen. Ein Pfuscher, der die hohe Wissenschaft mit Füßen trat.
Plötzlich fiel ihm Dame Johanna ein. Jemand musste sie holen, vielleicht kam Konrad noch einmal zu sich. Er trat vor die Tür des Krankenzimmers und rüttelte seinen kleinen Helfer wach.
»Los, lauf! Hol Dame Johanna. Rasch!«

Als der Junge fort war, fühlte der Hofarzt sich keineswegs erleichtert. Besorgt dachte er an all die weinenden und schreienden Mütter, Schwestern und Ehefrauen, die er schon am Lager Sterbender gesehen hatte.

Als Johanna kam, wusste er sofort, dass sie zu der ruhigen und gefassten Sorte gehörte. Sie stand ernst und still bei Konrad und versuchte, die Lage einzuschätzen. Dann tat sie das, was sie immer in solchen Fällen tat: Sie legte ihm die Hände auf. Meister Jacobus beobachtete ihr angespanntes und konzentriertes Gesicht. Zum ersten Mal verstand er, dass es ihre Art war, Gott zu begegnen. Nach endlosen Minuten nahm sie die Hände wieder weg, hob den Blick und sah den alten Hofarzt an.

»Die Dornen! Die Dornen haben seinen Lebenswillen durchstochen. Der Faden ist ganz dünn. Ich spüre ihn kaum.«

Meister Jacobus nickte ernst und fügte leise hinzu: »Er wird sterben oder das Augenlicht verlieren, was für einen Medicus dasselbe ist.«

Sie ging zu dem gefesselten Jungen am Boden und betrachtete ihn lange. Dann sagte sie leise: »Warum hat er das getan?«

»Er war betrunken. Wusste nicht, was er tat. Doch das wird ihn nicht retten.«

»Er ist noch sehr jung.«

»Konrad ist auch jung und nun wird er sterben«, sagte Jacobus vorwurfsvoll. Er ärgerte sich, dass sie Mitleid mit dem Jungen zu haben schien.

Johanna sackte in sich zusammen und schlug die Hände vor das Gesicht. Der Alte bereute sofort seine herzlosen Worte und sagte rasch: »Ihr könnt hier bleiben. Ich werde mich um alles kümmern.«

Sie richtete sich auf und schüttelte den Kopf.

»Ich muss in die Kapelle. Beten … beten, bis Gott mich erhört.«

Jakobus dachte an seine zornige Anklage. Er grollte immer noch mit dem Gott seiner Vorväter. Als sie ging, wünschte er, sie würde ihren Gott erweichen können.

Konrad klammerte sich verbissen an das Leben. Meister Jacobus war sich sicher, dass jeder andere Mann schon längst aufgeben hätte. Den ganzen Tag beobachtete er erstaunt, wie immer noch ein Funken Leben in dem Sterbenden war. Draußen zogen dunkle Wolken auf, ein

eisiger Wind heulte um die alte Pfalz und brachte die Holzbalken zum Knarren.
Als Dame Johanna zum dritten Mal an diesem Tag aus der Kapelle ins Krankenzimmer zurückkehrte, war ihr Mantel mit Schnee bedeckt.
Jacobus hatte den Wetterwechsel gar nicht bemerkt, aber er hatte ihr den Kräutertee warm gehalten. Er wusste, dass die Kapelle ein unfreundlicher Ort war. Sie war nach der Zerstörung nur provisorisch wieder hergerichtet worden. Obwohl es dort entsetzlich kalt war, zog es Johanna immer wieder dorthin zurück.
Als die Abenddämmerung einsetzte, schneite es so heftig, dass Johanna dicke Schneeklumpen an den Schuhen hängen hatte. Müde kam sie aus der Kapelle zurück. Jacobus hatte ihre Rückkehr ängstlich erwartet. Der dumme Junge war aufgewacht und starrte ihn schon eine ganze Weile vom Boden aus an.
Johanna überzeugte sich erst davon, ob Konrad noch atmete. Dazu legte sie ihm sacht eine Hand auf die Brust und schloss erleichtert die Augen. Dann drehte sie sich um und suchte den Blick des Jungen.
»Wie, wie ist es passiert?«
Als der Junge schwieg und die Augen abwandte, hockte sie sich neben ihn und schüttelte ihn: »Du musst reden! Wenn du es nicht erklären kannst, werden sie dich dafür hängen!«
Plötzlich stöhnte Konrad in ihrem Rücken auf und sie wandte sich überrascht um. Konrad hatte den Kopf leicht gehoben und flüsterte: »Es … es ist nicht seine Schuld. Ich … o, wo? Ach ja … auf dem Rückweg zu meinem Zelt. Ich denke, der Junge hat, er hat mich irrtümlich für einen Dieb gehalten. So muss es gewesen sein, war dunkel, so dunkel, ja. Vor dem Schuss hat er eine Warnung gerufen. Jedenfalls war mir so. Was war es noch? Ja, ich denke, er rief: Der Dieb solle seinen Namen nennen, sonst würde er schießen. Gott strafe mich, aber … aber ich habe nicht schnell genug auf die Warnung reagiert.«
Meister Jacobus schnauft verächtlich und brummte: »Das wird ihn auch nicht retten, nicht vor den Menschen, nicht vor dem König und nicht vor Gott.«
Das klang gar nicht freundlich. Johanna blickte den alten Arzt erstaunt an.

Sie wunderte sich, dass Meister Jacobus so voller Zorn war. Der alte Meister schüttelte seine Bartzöpfe und schnaufte wieder. Seine Empörung nahm ihn so in Anspruch, dass er seinen Patienten vergaß.
Konrad ließ den Kopf wieder zurückfallen und tastete nach dem Verband vor seinen Augen. Leise fügte er hinzu: »Ich … ich wusste von dem Dornbusch. Jeden Tag bin ich daran vorbeigekommen. Ja wirklich. Die Dornen haben Löcher in meinen Mantel gerissen und mir die Hände zerkratzt. Sie haben mich verspottet, auf mich gewartet und mich auf ihre Art in die Arme geschlossen. Ich spüre sie überall! Sie zerschneiden mir die Haut, bohren sich in mein Herz, stechen mich, quälen mich. O Gott, entfernt sie doch endlich!«
Johanna sprang auf und lief zu ihm herüber. Sie versuchte seine hin und her schlagenden Hände zu packen und rief: »Beruhige dich. Sie sind alle entfernt. Es gibt keinen einzigen Dorn mehr, der dich noch stechen könnte. Meine Hände werden den Schmerz lindern.«
Konrad entzog ihr seine Hände und fuhr mit ihnen über den strammen Verband. Er versuchte, das Leinen herunterzureißen, und wimmerte: »Nein, nicht anfassen, nicht anfassen. Sie bohren sich dann noch tiefer hinein. Sie stecken überall. Nicht berühren!«
Jacobus presste Konrads Hände auf die Decke zurück und sagte streng: »Er braucht einen Beruhigungstrunk. Etwas, das die Schmerzen lindert und ihn alles vergessen lässt. Ich war fast fertig. Johanna, rührt den dampfenden Becher um und bringt ihn mir.«
Während Konrad trank, bemerkte sie, dass Blut aus dem Augenverband trat. Die Wunden waren wieder aufgegangen. Jacobus nahm den Becher von Konrads Lippen. Sein Kopf fiel zurück und er flüsterte: »Johanna? Lass nicht zu, dass sie den Jungen hängen. Und kümmere dich um meine Leute. Sorge dafür, dass der Sternenmantel zum König gelangt, so wie wir es geplant hatten. Der Sternenmantel … er ist in ein schwarzes Tuch gewickelt und in der großen Reisetruhe unter den Tüchern versteckt. Nimm ihn an dich, bringe ihn König Philipp, heute noch.«
»Hör auf damit! Du wirst gesund werden und ihn selbst zum König bringen.«
»Nein, Johanna, ich werde sterben. Geh, hol den Sternenmantel. Allah beschütze dich.«

Jacobus warf Johanna einen beunruhigten Blick zu. Sie hoffte, der alte Mann würde Konrads letzten Worten nicht zu viel Bedeutung beimessen, und sagte schnell: »Der Schmerz verwirrt seine Sinne. Ich komme bald wieder.«

Jacobus nickte ernst und begann, den Augenverband abzuwickeln. Johanna wandte sich zur Tür, um die Wunden nicht sehen zu müssen. Als sie an dem gefesselten Jungen vorbeikam, war sein verquollenes Gesicht nass von Tränen und er presste die Lippen aufeinander.

Sie verließ die Krankenzimmer und lief den Hügel hinunter zu den Zelten. In Konrads Zelt brannte kein Feuer und die Fahne hing schlapp herunter. Es wirkte seltsam verlassen und trostlos. Johanna rief leise nach Fatma, doch es kam keine Antwort. Wo steckten Fatma und Harun? Wieso bewachte niemand das Zelt? Es sah unordentlich aus und roch säuerlich. Erbrochenes hatte den Teppich beschmutzt und ein gläserner Krug lag umgestürzt neben der Truhe. Beunruhigt ging Johanna zu der Reisetruhe herüber und klappte den schweren geschnitzten Deckel zurück. Es knarrte, als wolle die Truhe protestieren. Mit zitternden Händen griff sie in die zerwühlten Tücher, schob Leinenbänder und Verbandszeug zur Seite. Nichts, dachte sie und ihr Herz begann, heftig zu klopfen. Nichts, es gab kein großes schwarzes Bündel mit einem Sternenmantel darin. Sie faltete grobe Gewänder auseinander und stapelte sie neben sich. Sie leerte die ganze Truhe, bis sie auf den gemaserten Holzboden blicken konnte, und fragte sich, was geschehen war. Hatte der Junge, der auf Konrad geschossen hatte, den Mantel in der Nacht gestohlen? Hatte er Konrad töten wollen, um den kostbaren Mantel an sich zu bringen? Doch wie hatte er von dem Sternenmantel etwas wissen können und wo war der Mantel jetzt? Johanna blickte seufzend um sich. Konrad hatte davon gesprochen, dass der Junge ihn für einen Dieb gehalten hatte. Konrad war davon ausgegangen, dass sich der Sternenmantel noch in der Truhe befinden würde. Sonst hätte er sie doch nicht losgeschickt, um den Mantel an sich zu nehmen und zum König zu bringen. Oh, sie konnte Konrad nicht erklären, dass der Sternenmantel verschwunden war. Es würde ihm die letzte Kraft rauben. Sie würde es für sich behalten und es nicht erwähnen. Erst wenn es Konrad besser ginge, könnte sie ihm sagen, dass die Truhe leer war. Würde es Konrad jemals wieder

besser gehen? Würde er die Nacht überleben? Johanna presste ihre Hände vor den Mund, um nicht zu weinen.
In diesem Augenblick kam Fatma ins Zelt gestolpert. Mit beiden Händen schleppte sie einen bis oben gefüllten Eimer mit sich und goss mit Schwung Wasser in eine Schüssel. Sie tauchte ein Tuch in eine Schale mit Olivenölseife. Hektisch begann sie, an den getrockneten Resten von Erbrochenem auf dem Teppich herumzureiben. Der säuerliche Geruch wurde stärker. Fatma blickte nicht auf, sondern flüsterte mit gesenktem Kopf: »Was Ihr sucht? Wo ist Meister?«
Johanna begann schweigend, die Tücher, das Verbandszeug und die Leinenbänder in die Truhe zurückzulegen. Als sie fertig war, warf sie der emsig am Teppich herumreibenden Fatma einen Blick zu. Fatma benahm sich merkwürdig. Johanna fragte sich, ob sie irgendetwas über den verschwundenen Sternenmantel wusste. Misstrauisch beobachtete sie die junge Frau und sagte schließlich: »Woher kommen diese stinkenden Flecken? War heute Nacht jemand im Zelt? Hat er etwas aus der Truhe entwendet?«
»Ich nicht wissen. Ich geschlafen.«
Fatma blickte auf und sah sie aus großen unschuldigen Augen an. Es waren die Augen eines ahnungslosen Kindes. Johanna hatte plötzlich Mitleid mit ihr. Was würde Fatma tun, wenn sie erfuhr, was heute Nacht geschehen war? Sie entschied, ihr nichts von Konrad zu erzählen. Fatma würde es noch früh genug erfahren. Vielleicht war es noch nicht zu spät, vielleicht würde Konrad überleben. Johanna beschloss, die Nacht in der Kapelle zu verbringen und zu beten. Sie würde sich später darum kümmern, ob der Junge mit dem Pfeil etwas mit dem Verschwinden des Sternenmantels zu tun hatte.

Johanna betete die ganze Nacht für Konrad. Als sie am Morgen die Kapelle verließ, brannten ihre Augen vor Müdigkeit. Erschrocken bemerkte sie, dass jemand draußen im Schnee wartete. Harun starrte mit leerem Blick in das Schneegestöber. Er musste schon eine ganze Weile dort gestanden haben, denn sogar an seinen langen Wimpern klebte Schnee. Jemand musste sich um ihn kümmern. Johanna schluckte und holte tief Luft: »Dein Herr ist bei Bewusstsein. Geh, geh zu ihm. Meister Jacobus wird nichts dagegen haben.«

Haruns Gesicht blieb völlig ausdruckslos, aber nach kurzem Zögern verschwand er in Richtung der Krankenzimmer.
Johanna ging ihm langsam nach. Sie fürchtete sich davor, dass ihre Gebete ungehört geblieben waren. Was, wenn sich Konrads Zustand in der Nacht verschlechtert hatte? Wenn er hohes Fieber bekommen hatte und Jacobus nichts hatte tun können? Sie traute sich nicht, die Tür zu den Krankenzimmern aufzustoßen. Frierend stand sie im Schnee und stellte sich vor, dass Konrad tot war. Wie sollte sie das ertragen? Sie dachte daran, wie er sie geküsst hatte. Sie fühlte seine warme Hand beim Tanzreigen und sah die Blutflecken auf seinem Gewand. Die Fiedeln hatten gespielt und sie war glücklich gewesen. Der Türflügel schlug zurück und sie wich zurück. Harun trat in den Schnee hinaus. Er hielt den Türflügel auf und nickte ihr zu. Als sie sich immer noch nicht rühren konnte, deutete er ein winziges Lächeln an. Er würde nicht lächeln, wenn sein Herr tot war. Erleichtert und dankbar griff sie nach dem Türflügel und ging hinein.
Hastig durchquerte sie den düsteren Vorraum, schob den Vorhang zur Seite und blieb atemlos an Konrads Krankenlager stehen. Er lag ganz ruhig da und seine Brust unter der Decke bewegte sich gleichmäßig auf und ab.
Meister Jacobus stand plötzlich hinter ihr und legte ihr seine Hand auf die Schulter. Bevor sie etwas sagen konnte, hatte er sich vorgebeugt und flüsterte: »Ich habe ihn die ganze Nacht ruhig gestellt. Mit starkem Kraut gegen den Schmerz und bewährtem Kraut für heilsamen Schlaf. Er schlief so tief, dass er noch nicht einmal aufgewacht ist, als die Wache des Königs hier war.«
»Was wollten sie?«
»Sie haben den dummen Jungen geholt. Ich vermute, sie werden ihn noch heute hängen.«
Johanna drehte sich um. Die Stelle an der Wand, an der gestern der gefesselte Junge gelegen hatte, war nun leer. Sie starrte auf die fleckige Wand und dachte an sein tränennasses Gesicht. Er war noch so jung. Konrad würde nicht wollen, dass der Junge für den Schuss in die Dunkelheit mit dem Leben bezahlte. Der Junge hatte nichts mit dem Verschwinden des Sternenmantels zu tun. Doch vielleicht hatte er etwas beobachtet? Sie würde sich später um den verschwundenen Ster-

nenmantel kümmern, jetzt musste sie erst einmal den Jungen retten. Sie warf Jacobus einen Hilfe suchenden Blick zu. Er rieb sehr sorgsam einen Schaber mit Öl ab. Offensichtlich verstand er nur zu gut, was sie von ihm wollte. Seufzend legte er den Schaber beiseite und knurrte: »Dem Zorn des Allmächtigen kann keiner entfliehen. Auge um Auge, wie es geschrieben steht. – Nun seht mich nicht so an. Ich weiß doch, dass Ihr Euch um ihn sorgt. Lauft schon! Sie haben ihn zum Turm gebracht.«

Sie lief den Weg wieder zurück und fragte die Wache am Haupttor nach dem Gefangenen. Der mürrische Mann begleitete sie zum nächsten Wachsoldaten. Der pulte verlegen in seiner Nase und erklärte betreten, dass der Gefangene auf dem Weg zum Turm geflohen sei. Der Schneesturm hätte die Verfolgung verhindert. Doch sobald die Sicht besser wäre, würden sie einen Suchtrupp losschicken. Der Kerl würde bei diesem Wetter zu Fuß sowieso nicht weit kommen. Er wäre ja in einem erbärmlichen Zustand. Wahrscheinlich würden sie morgen seine Leiche im Schnee finden. Wozu sich also die Mühe machen und ihn suchen?

Johanna ging verstört über den Platz. Harun stand wartend neben dem Tor. Erleichtert, ihn zu sehen, ging sie zu ihm und erklärte: »Der Junge ist verschwunden. Der Junge, der auf Meister Konradus geschossen hat. Er ist irgendwo da draußen im Schnee. Sie wollen ihn erst suchen, wenn der Sturm nachlässt. Er wird sterben, wenn wir ihn nicht finden!«

Harun zog die Augenbrauen zusammen und sah sie finster an. Ihr fiel ein, dass Harun den Jungen überwältigt und ins Krankenzimmer gebracht hatte. Sicher sann er genau wie Jacobus auf Rache. Wo konnte der Junge sein? Er war verwirrt und geschwächt. Plötzlich kam ihr ein Gedanke. Es war mehr eine unbestimmte Ahnung. Der Dornbusch! Vielleicht war er an die Stelle zurückgekehrt, wo es geschehen war. Sie suchte Haruns Blick und sagte ernst: »Begleite mich. Vielleicht brauche ich deine Hilfe. Vor allem, wenn der Junge verletzt oder störrisch ist. Wer weiß, in welcher Verfassung er sich befindet.«

Harun zwinkerte ungläubig, dann drehte er sich um und ging mit großen Schritten voran.

Sie liefen durch die menschenleeren Straßen und mussten sich mit ihrem ganzen Gewicht gegen den Wind legen. Johanna hatte Mühe, dem großen Mann zu folgen. Die Flocken wirbelten vor ihren Augen, gerieten in die Nasenlöcher und zerschmolzen auf ihren Lippen. Jeder Schritt durch den frischen Schnee kostete Kraft und so war sie völlig außer Atem, als aus dem Schneetreiben endlich die bunten Zelte auftauchten.

Harun streckte die Hand aus und wies auf niedriges Buschwerk, das sich auf einer kleinen Hügelkuppe zwischen alten Bäumen wand. Johanna kniff die Augen zusammen und versuchte, etwas zu erkennen. Vor ihren Füßen lag nur eine unversehrte Schneedecke. In den Dornenzweigen hingen dicke Schneeklumpen und die Äste der Bäume bogen sich im Wind. Der Schnee hatte alle Spuren verwischt. Doch dann bemerkte sie ein dunkles Bündel unter den Zweigen und rannte los. Ihr Herz schlug ihr bis zum Hals und der Schnee wirbelte um ihre Füße.

Der Junge war wirklich zurückgekehrt. Was glaubte er zu finden? Eine Antwort darauf, wieso er geschossen hatte? Johanna sank vor dem Bündel auf die Knie. Über das grüne Wolltuch hatte sich bereits eine Schneedecke gelegt. Er musste schon sehr lange hier liegen.

Sie griff mit ihren zitternden Händen in das Wolltuch und zerrte daran. Das starre bleiche Gesicht des Jungen kam zum Vorschein. Ängstlich betrachtete sie die blau gefrorenen Lippen und die grauen Ringe unter den Augen. Sie befürchtete, die Wachsoldaten würden Recht behalten. Er war erfroren. Meister Jacobus hatte seine Genugtuung, Konrad war gerächt und Harun war zufrieden. Johanna knetete ihre eiskalten Finger und wusste, dass sie sich kein bisschen besser fühlen würde, wenn der Junge tot war.

Als sie ihre Finger wieder spüren konnte, tastete sie an dem grünen Wolltuch entlang und prüfte, ob noch Wärme da war. Der Körper fühlte sich kalt und steif an. Entschlossen schob sie den Umhang beiseite und legte ihre heilenden Hände auf die Brust des Jungen. Ein Lebenszeichen, o Herr, flehte sie verzweifelt. Sie schloss die Augen und versuchte, all ihre Gedanken nur darauf zu richten. Er sollte leben und die verhängnisvolle Nacht sollte in Vergessenheit geraten. Er war noch so jung. Schenke ein Lebenszeichen, du gütiger Gott, der du die Vergebung selbst bist. Johanna wiederholte all die Worte, die sie in der Kapelle für Konrad gesprochen hatte und ganz langsam konnte sie einen warmen Strom fühlen. Er floss sacht durch ihre Hände. Es war nur ein Flimmern, aber es war noch Leben in seinem Körper. Seine Augenlider begannen zu flackern. Unendlich erleichtert erhob sie sich. Sie hatte genug vom Leid und vom Sterben. Leben war in ihm. Leben war kostbar und unersetzlich. Wer wusste das besser als ein Medicus? Konrad würde es wissen.

Harun sah sie fragend an. Er schien sich unsicher zu sein, ob sie dem Jungen im Schnee helfen sollten. Als sie nickte, nahm er den schlaffen Körper auf den Arm und trug ihn zu Konrads Zelt.

Im Zelt wartete Fatma mit großen ängstlichen Augen auf Nachricht. Sie erhob sich erleichtert, als sie den Bewusstlosen in Haruns Armen bemerkte. Offenbar nahm sie an, dass es Konrad wäre. Als sie ihren Irrtum bemerkte, sah sie verwirrt von Johanna zu Harun. Johanna hatte keine Zeit für Erklärungen. Sie mussten den jungen Mann aufwärmen. Schnell zog sie ihm die klammen Stiefel aus. Seine Zehen waren tiefblau. Fatma schüttelte den Kopf und sagte: »Arme Mann! Werden abfallen wie Pflaumen.«

Johanna verlor beim Anblick der erfrorenen Zehen die Fassung. Alles hatte sie geduldig ertragen, doch das war zu viel. Die Sorge, ob Konrad die Nacht überstehen würde und seine schmerzgepeinigten Worte, die leere Truhe und der verschwundene Sternenmantel, die schlaflose Nacht in der kalten Kapelle und der blasse Junge im Schnee. Müdigkeit und Erschöpfung schlugen plötzlich über ihr zusammen. Sie sank schluchzend auf die Knie und stammelte: »Ich bin zu spät gekommen. Seine Zehen, er wird sie verlieren. Es … es war alles vergebens.«

Fatma sprang erschrocken auf. Doch Harun wies anklagend auf den bewusstlosen Mann. Fatma machte sich eilig daran, warme Felle zusammenzusuchen und einen Topf Wasser zu erhitzen. Harun hockte sich mit übereinander geschlagenen Beinen neben Johanna. Durch den Tränenschleier nahm sie wahr, wie er sie beobachtete. Sie wischte sich mit dem Ärmel den Rotz von der Nase und schniefte. Als sie sich beruhigt hatte, stand er leise auf und legte ihr ein Fell über. Die fürsorgliche Geste tat unendlich gut. Sie wickelte sich fest in das

Fell, schniefte noch ein paar Mal und nach einiger Zeit war sie eingeschlafen.
So bekam sie nicht mit, wie der junge Mann stöhnend erwachte. Sie merkte auch nicht, wie die beiden Kölner kamen. Erst als es nach Gewürztee duftete, erwachte sie.
Fatma reichte ihr einen dampfenden Becher und ein Stück Brot. Johanna biss gierig hinein und musterte die beiden Kölner erstaunt. Der Ältere beugte sich vor und erklärte: »Entschuldigt bitte unser Eindringen. Wir sind Mitglieder der Kölner Gesandtschaft und haben den ganzen Morgen nach Arno, unserem jüngsten Mitglied, gesucht. Von der Wache haben wir erfahren, was passiert ist. Wir bedauern das alles sehr und erwarten von Arno, dass er die volle Verantwortung für seine Tat übernimmt.«
Johanna stellte ihren Becher ab und sagte hastig: »Meister Konradus hat ihm vergeben. Er besteht nicht darauf, dass er gehängt wird.«
Der grauhaarige Kölner nickte ernst und fügte hinzu: »Das wissen wir bereits und der König weiß es auch. Euer Medicus ist ein weiser Mann. Gott schütze unseren König. Arno ist von aller Schuld frei gesprochen und muss nun mit uns zurück nach Köln reisen. Wir brechen noch heute auf.«
Johanna betrachtete den blassen Jungen. Seine Füße waren in Tücher gewickelt und er umklammerte einen dampfenden Becher. Er schien leicht abwesend zu sein und nicht zu begreifen, was um ihn herum geschah. Sie wandte den Blick ab und sagte leicht entrüstet:
»Er kann unmöglich reisen. Wir haben ihn im Schnee gefunden. Er hat dort stundenlang gelegen und wird ein paar Zehen verlieren, vielleicht alle. Es wird sich entzünden!«
Der alte Kölner warf einen prüfenden Blick auf den Jungen, den er Arno genannt hatte. Selbst ein unerfahrener Mann konnte sehen, dass es nicht gut um Arno stand. Er hatte immer noch blaue Lippen und konnte kaum trinken.
Der andere Kölner lehnte sich vor und fragte zögernd: »Aber was soll mit Arno geschehen?«
Johanna dachte daran, dass Konrad sich um den Jungen gesorgt hatte. Er würde nicht wollen, dass sie sich von Rachegedanken leiten ließ. Das Einfachste war, wenn Arno hier bliebe. Dann könnte sie ihn auch

fragen, was in jener Nacht geschehen war, als der Sternenmantel verschwand. Sie nickte den Kölnern beruhigend zu und erklärte: »Arno kann bleiben. Fatma kann sich um Arnos Füße kümmern.«
Bei ihren letzten Worten war Harun aufgestanden. Nun stampft er empört mit dem Fuß auf. Er ballte eine Faust und schleuderte sie in Arnos Richtung. Allen war klar, dass Konrads Diener keineswegs einverstanden war. Hätte er sprechen können, hätte er lautstark protestiert. Seine dunklen Augen blitzten und er zeigte die Zähne. Der Junge drehte den Kopf zur Zeltwand und umklammerte seinen Becher, bis seine Fingerknöchel weiß hervortraten. Fatma sah beunruhigt von einem zum anderen. Johanna blickte in Haruns zorniges Gesicht und sagte leise: »Er wird sich unterordnen und sich in alles fügen«, sie drehte sich zu Arno und sagte lauter: »Du darfst keine Waffe tragen, keine Waffe berühren, ja noch nicht einmal an Waffen denken. Wenn du das befolgst, kannst du bleiben.«
Arno ließ den Kopf hängen.
Der jüngere Kölner sah Johanna dankbar an. Erleichtert sagte er: »Es wird meine Schwester Mechthild freuen zu hören, dass der Schreiber ihres Mannes gut versorgt wird. Ihr seid doch Dame Johanna mit den heilenden Händen?«
Sie sah ihn verwirrt an. Dieser junge Mann war Mechthilds Bruder? Er sah ihrer Freundin so gar nicht ähnlich, außerdem waren seine Augen grau. Johanna konnte sich noch gut daran erinnern, wie Mechthilds braune Augen bei ihrer ersten Begegnung streitlustig gefunkelt hatten. Das war im Wald vor Köln gewesen. Mechthild hatte Königin Irenes Hofdame zuerst für eingebildet und überheblich gehalten. Johanna ihrerseits hatte die junge Kaufmannstochter aus Köln vorlaut gefunden. Es hatte viele schnippische Bemerkungen gegeben, bis sie schließlich Freundinnen geworden waren. Johanna musterte Mechthilds Bruder. Im Gegensatz zu seiner Schwester wirkte er ruhig und umgänglich. Sie nickte ihm zu und erklärte erfreut: »Ihr seid Mechthilds Bruder Lothar! Sie hat viel von Euch gesprochen. Das ist lange her. Wenn der Junge zu Euch gehört, dann hat Gott ihn hierher geführt. Nun ist Arno in meiner Obhut und ihm wird nichts geschehen.« Sie richtete ihre Augen auf den anderen Kölner: »Und Ihr

müsst Mechthilds Vater sein. Ich freue mich, Euch endlich kennen zu lernen. Sie hat mir schon viel über den klugen und umsichtigen Rudolf Cleingedank erzählt.«

Der alte Kaufmann lächelte zurückhaltend, dann wandte er sich zu Arno, der immer noch mit hängendem Kopf dasaß.

»Arno, du kannst bleiben, aber mach keine Dummheiten! Sie ist nun deine Herrin. König Philipp wird bald mit seinem Tross in Köln einziehen. Bis dahin ist Anselm aus Braunschweig zurück. Er wird sehr verärgert sein. Ich an seiner Stelle würde dich hart bestrafen. Richte nicht noch mehr an. Halt dich von den Rittern und Knappen fern, besonders von Sigmar. Der Knappe des Wittelsbachers ist schlechter Umgang für einen Schreiber.«

Arno murmelte etwas, das wie ›Ja, Herr‹ klang und wagte es immer noch nicht aufzublicken.

Als die Kölner fort waren, beugte sich Fatma über Arnos Füße und begann, die Verbände abzuwickeln. Harun hockte sich vor Arno und ließ ihn nicht aus den Augen.

Johanna schob ihn zur Seite und nahm seinen Platz ein. Nun würde sie endlich erfahren, ob der Junge etwas über den Sternenmantel wusste. Sie suchte Arnos Blick, beugte sich leicht vor und flüsterte: »Erzähl mir, was in jener Nacht geschah. Von Anfang an. Bist du in diesem Zelt gewesen? Stammen die Flecken von Erbrochenem von dir? Antworte ehrlich, es wird dir nichts geschehen.«

Arno hob den Kopf und sah sie erstaunt an. Seine Verwirrung schien echt zu sein. Er räusperte sich und sagte heiser: »Ich kann mich an nichts erinnern. Sie sagen, dass ich auf den Medicus geschossen habe. Doch ich kann mich nicht daran erinnern, an gar nichts. Ich hatte in der Nacht zu viel getrunken. Ich weiß noch, dass ich mit dem Knappen des Wittelsbachers zusammen war, weiß noch, dass er neben mir eingeschlafen ist und ich den Becher in einem Zug geleert habe. Dann ist da nichts mehr. Als Nächstes bin ich gefesselt und mit schmerzendem Kopf im Krankenzimmer auf dem Boden aufgewacht. Glaubt Ihr mir?«

Johanna nickte. Ihre Hoffnung, etwas über den Sternenmantel zu erfahren, schwand dahin. Hätte Konrad ihr den Mantel nicht gezeigt und sie hätte ihn nicht mit ihren eigenen Händen berührt, dann hätte sie geglaubt, er würde gar nicht existieren. Bald würde sie Konrad erzählen müssen, dass der Sternenmantel nicht in der Truhe war. Sie seufzte und ihr Blick wanderte über die vielen Tiegel, bronzenen Krüge und Kräuterbündel. Schließlich blieb er an einem dicken aufgeschlagenen Buch hängen. Es lag auf einem tiefroten Kissen und machte ganz den Eindruck, als würde sein Besitzer gleich wiederkommen, um in ihm zu lesen. Sie dachte an die Dornen, die in Konrads Augen gesteckt hatten. Sie hatten sich tief in die Augäpfel gebohrt und er würde für eine lange Zeit nicht mehr in seinen medizinischen Büchern lesen können. Vielleicht nie mehr. Sie bückte sich nach dem Buch und schlug es mit einer heftigen Bewegung zu.

März 1207, in Köln

Ein paar Wochen später traf Anselm in Köln ein. Es war ein anstrengender Ritt durch eine graue freudlose Landschaft gewesen. Die Aussicht auf seine neue Aufgabe hatte es auch nicht besser gemacht. Was erhoffte sich Otto davon, wenn sein Ratgeber in Köln die Ohren spitzte? Wollte er erfahren, ob Philipp ebenfalls ein Heer versammelte, um nach Braunschweig zu marschieren? In Braunschweig gab es nur Ritter, die sich sträubten für ihren König in einen aussichtslosen Kampf zu ziehen.
Anselm wählte das Hahnentor, auch wenn es ein Umweg war. Er verharrte einen Augenblick vor den beiden mächtigen Türmen und ließ seinen Blick über die bemooste Mauer schweifen. Hier hatte Mechthild vor vielen Jahren gestanden. Mechthild, die kurze Zeit später seine Frau geworden war. Sie hatten stürmische Jahre, leidenschaftliche Jahre, gute Jahre und Jahre, in denen sie immer wieder heftig aneinander geraten waren. Doch diesmal würde er es nicht dazu kommen lassen. Bevor sie streiten konnte, würde er seine Lippen auf die ihren drücken. All die Sehnsucht und das Verlangen der letzten Wochen würde er in diesen Kuss legen. Er hatte geduldig Ottos Launen ertragen und allen Plänen zugestimmt, weil er wusste, dass am Ende Mechthild in Köln wartete, seine wundervolle, starrsinnige und einzigartige Mechthild.

Anselm trieb sein Pferd an und ließ das Stadttor hinter sich. Während er durch Kölns Straßen ritt, versuchte er sich vorzustellen, wie Mechthild die Treppe heruntergestürmt kam und in seine Arme fiel. Seine Sorge um Ottos Pläne und Philipps Politik schien ihm plötzlich ganz unbedeutend zu sein. Wichtig war, dass Mechthild ihm seinen hastigen Aufbruch verzieh. Wichtig war, dass sie wieder zusammen waren.
Auf dem Heumarkt drängten sich die Menschen. Jeder schien ein dringendes Geschäft zu haben. Wagen voller Fässer und fremdländisch wirkende Kaufleute, Handwerker mit schmutzigen Gesichtern und Händler mit Körben voller klappernder Waren hasteten vorbei. Anselm blickte sich erstaunt um. Köln war ihm immer schon laut und geschäftig vorgekommen. Doch heute schienen die Menschen noch eifriger bei der Sache zu sein als sonst. Ein pockennarbiger Händler kam auf ihn zu. Er war in Felle gewickelt und hatte einen großen Korb vor die Brust geschnallt. Wortreich bot er Anselm Reliquien aus aller Welt, wahrhafte Stammbäume, schön gemalte staufische Wappen und Strähnen von Philipps Haar an. Anselm winkte höflich ab und ritt vorbei. Der Händler rief ihm hinterher, dass er sich eine günstige Gelegenheit entgehen ließe. Alle Welt schmücke sich nun mit König Philipp, auch ein Fremder würde noch dahinterkommen. Als der Mann nicht mehr zu hören war, sprang Anselm vom Pferd, nahm die Zügel in die Hand und führte es über den Platz. Während er auf das Kaufmannshaus mit dem bunten Giebel zuging, dachte er darüber nach, wieso er wie ein Fremder wirkte. Sah man ihm die Treue zu Otto an? Gab es irgendetwas, das ihn verriet? Roch er nach König Otto, strahlte er etwas Welfisches, Braunschweigisches aus? Vielleicht hätte er doch ein staufisches Wappen auf Pergament kaufen sollen? Er blickte sich um, aber der Händler war längst in der Menge verschwunden. Da entdeckte Anselm Mechthilds Bruder, der auf einem voll beladenen Wagen aus dem Torbogen kam.
Lothar hatte den angestrengten Ausdruck von jemandem, dessen Aufmerksamkeit nicht abgelenkt werden wollte. Er hatte eine Wachstafel auf den Knien und versuchte, trotz der Erschütterungen des Wagens zu schreiben. Erst als Anselm direkt neben seinem Wagen stand, blickte er auf und sagte erfreut: »Schwager Anselm! Endlich. Wir hat-

ten Euch schon vor Wochen erwartet. Wo steckt Mechthild? Habt Ihr sie nicht mitgebracht?«

Anselm brauchte einen Moment, um zu begreifen, dass Lothar annahm, dass Mechthild bei ihm wäre. Aber wieso? Verwirrt wischte er sich eine Strähne aus der Stirn. Als er Lothars erwartungsvolles Gesicht sah, musste er einsehen, dass dem nicht so war. Beunruhigt fuhr er mit den Fingern an den Zügeln auf und ab. Seine Stimme klang ganz unnatürlich, als er ausrief: »Es war doch ausgemacht, dass Mechthild wartet. Sie sollte warten, bis ich sie nach Braunschweig holen käme. Sie sollte in Köln auf mich warten!«

Noch während er die letzten Worte aussprach, wurde ihm bewusst, dass geduldiges Warten nicht zu Mechthilds Tugenden zählte. Immer wenn es galt, nur zu warten, hatte sie sich aufgemacht und die Dinge selbst in die Hand genommen. Ob es sich nun um eine verspätete Ladung oder einen vermissten Stalljungen handelte: Mechthild hatte es nie im Haus gehalten. Anselm seufzte und fragte müde: »Sie ist aufgebrochen, um mir entgegenzureiten, nicht wahr?«

Er musste sie verfehlt haben. Irgendwo auf einer der vielen Straßen den Rhein hinauf. Sie würde bald umkehren, wenn sie ihn nicht traf. Es gab keinen Grund, beunruhigt zu sein.

Eine Böe brachte die Wagenplane in Bewegung. Lothar hinderte die Wachstafel daran, von seinem Knie zu rutschen, und erklärte verlegen: »Nein. Sie ist schon vor Wochen aus Köln fort. Zwei Knechte haben sie begleitet. Sie hat gesagt, dass sie nach Sinzig wollte, sie ist jedoch nie dort eingetroffen. Wir haben angenommen, dass sie es sich unterwegs anders überlegt hat. Ganz wie es ihre Art ist. Mein Vater war überzeugt davon, dass Mechthild die Richtung geändert hat und zu Euch nach Braunschweig gereist ist. Niemand hat sich gesorgt, weil … ähm, ja.«

Lothar runzelte plötzlich die Stirn und sah aus, als würde er etwas herunterschlucken, was besser ungesagt bliebe. Anselm kam es so vor, als ob Lothar ihn fast mitleidig ansehen würde. Misstrauisch fragte er: »Weil was?«

»Na, weil, weil ihr Handelsgehilfe Friedrich auch verschwunden ist. Wir vermuteten, dass er sie zu Euch begleiten wollte. Alle dachten es, nur meine Frau Elisabeth dachte etwas anderes.«

3. KAPITEL

Ein Fremder taucht auf und Philipp versöhnt sich mit Köln

März 1207, in der Nähe von Sinzig

Heute klangen ihre Stimmen besorgter und ihre Schritte verhaltener. Mechthild hätte zu gern gewusst, was da unten vorging. Vorsichtig erhob sie sich und kroch auf allen vieren zur Bodenöffnung. Es gab keine Klappe und noch nicht einmal ein Brett. Von unten huschten Schatten über die Sprossen der angelehnten Leiter. Sie mussten Holz nachgelegt haben, denn ab und zu knackte ein Zweig. Niemand machte ohne Grund mitten in der Nacht Feuer. Mechthild befand sich in dem heruntergekommenen Gasthaus, aus dem sie sich am Morgen ihrer Entführung fortgeschlichen hatte. Sicher kein Ort, den sie freiwillig wieder aufgesucht hätte.

Friedrich lag schlafend unter der Dachluke. Ein matter Lichtschein hüllte seinen Körper in ein diffuses Licht und es sah schutzlos aus, wie er sich gegen die Kälte zusammengekauert hatte. Einen Arm hatte er ausgestreckt und seine Hand hing schlaff über dem feuchten Stroh.

Die Soldaten hatten es nicht für nötig gehalten, sie zu fesseln. Sie kümmerten sich kaum um ihre Gefangenen. Nachdem sie dem bärtigen Wirt ein paar Münzen zugesteckt hatten, waren sie nur gekommen, um einen Krug Wasser und altes Brot zu bringen. Sie schienen Stunden damit verbracht zu haben, mit dem alten Wirt zu trinken und zu würfeln.

Doch nun klangen die Geräusche anders.

Mechthild legte sich flach auf den Boden, umklammerte den Rand der Öffnung mit beiden Händen und zog vorsichtig ihren Kopf in den tanzenden Feuerschein.

Hinter ihr raschelte es und Friedrich flüsterte: »Was tut Ihr da?«
Die Katze räkelte sich unruhig und jemand lachte unfreundlich.
Mechthild antwortete nicht und blinzelte in das Licht hinunter. Dort unten standen zwei Neuankömmlinge und sie boten einen seltsamen Anblick. Sie trugen kostbare Mäntel mit breiten Goldborten am Saum. Ihre Füße steckten in feinen Stiefeln, die mit Pelz gefüttert waren. Der eine Mann war dunkel gekleidet, schlank und groß. Der andere Mann war glatzköpfig und klein und dick. Der alte Wirt und die beiden Soldaten waren nirgends zu sehen. Der Glatzkopf begann, langsam auf und ab zu gehen. Er hatte die Arme auf dem Rücken verschränkt und ging leicht vorgebeugt. Der große Dunkle stand ganz ruhig da und schien ihn zu beobachten.
Plötzlich war Friedrich neben ihr. Er drückte seinen Bauch flach auf den Boden und schob seinen Kopf über die Öffnung. Stroh rieselte herunter und feine Halme schwebten auf die Mäntel herab. Mechthild hielt erschrocken die Luft an und hoffte inständig, dass die beiden Männer nicht hochblickten. Heilige Margareta, flehte Mechthild, lass sie nicht den Kopf heben. Der große Mann machte eine unwillige Bewegung, blickte jedoch nicht auf. Mechthild atmete erleichtert aus.
Friedrich zog seinen Kopf zurück, beugte sich über ihr Ohr und wisperte kaum hörbar: »Der Große ist der Pfalzgraf von Wittelsbach.«
Mechthild wandte sich um und wisperte zurück: »Und der andere?«
»Muss der Leibhaftige sein. Riecht Ihr das auch?«
Mechthild hatte angenommen, dass der verbrannte Geruch von dem knisternden Feuer käme, doch der sonst so vernünftige Friedrich glaubte tatsächlich, da unten stünde der Teufel persönlich und verhandele mit dem Pfalzgrafen. Das war mehr als beunruhigend. Sie beugte den Kopf wieder vor und blinzelte nach unten. Von dem kleinen dicken Mann ging wirklich etwas Bedrohliches aus. Oder war es nur der Ruß aus dem Kamin? Mechthild schickte vorsichtshalber noch ein Schutzgebet an die Heilige Jungfrau.
Endlich hatte der Glatzköpfige seine Runde beendet und schien zu einem Entschluss gekommen zu sein. Er stellte sich breitbeinig vor dem Wittelsbacher auf, nahm die Arme nach vorn und erklärte: »Warum zögert Ihr? Was habt Ihr zu erwarten? Euer Zorn auf den König hat

sich herumgesprochen. Wir sind für Euch da. Schließt Euch uns an. Mit dem Herzog von Brabant und dem Bischof von Bamberg sind wir schon vier.«

Mechthild hörte, wie Friedrich scharf Luft holte und sich sein Körper neben ihr versteifte. Es schien, als hielte er den Herzog von Brabant für weitaus gefährlicher als den leibhaftigen Teufel. Der Pfalzgraf unten im Schankraum schien ebenfalls großen Respekt vor dem Herzog zu haben. Er wich zurück und fragte misstrauisch: »Der Herzog von Brabant unterstützt Euch?«

»Mehr noch, er wünscht es ausdrücklich und verspricht sich viele Vorteile davon.«

»Markgraf, Ihr plant einen Königsmord!«

Der Glatzkopf sagte nichts. Das Wort Königsmord weckte in Mechthilds Kopf blutige Bilder. Ein erstickter Aufschrei, ein Dolch, eine fallende Krone. Die beiden Männer da unten waren König Philipps Gefolgsleute. Sie konnten nur König Otto meinen. König Otto, der in Braunschweig von all seinen Ratgebern umgeben war. Heilige Jungfrau hilf, Philipps Männer wollten Otto töten und Anselm war in Gefahr. Sie würden ein Blutbad anrichten und Ottos Anhänger erschlagen. Mechthild fühlte, wie ihr der Schweiß auf die Stirn trat. Sie tastete nach Friedrichs Hand und wisperte: »Sie wollen König Otto ermorden!«

Friedrich legte seine Hand auf ihre Finger und zischte: »Sie sprechen von König Philipp.«

Mechthild schüttelte ungläubig den Kopf und entzog ihm ihre Finger. Friedrich musste sich irren. Das konnte nicht sein. Unten lachte der Markgraf freudlos und versprühte einen feinen Spuckenebel.

»Einen Königsmord? Wer spricht von einem Mord? Philipp wird einen Unfall haben. Vielleicht einen Reitunfall mit einem aufgeschreckten Pferd? So ist doch Euer Mündel getötet worden, nicht wahr?«

»Dem König tut es Leid und er will mir seine Tochter Beatrix zur Frau geben. Sie ist noch sehr jung. Ich muss mich gedulden, doch der König wird Wort halten. »

Der Markgraf lachte erneut und diesmal klang es ehrlich amüsiert: »Seid Ihr von Sinnen? Der Staufer wird Euch nie seine Tochter geben.

Wacht auf, Pfalzgraf, und schließt Euch unserer Sache an. Ihr werdet Euren Verlust rächen und so Genugtuung erhalten.«
»Der König hat versprochen, mir auf seine Weise Genugtuung zu verschaffen.«
»Pah, der König wird niemals Wort halten. Die große Politik wird seine Entscheidungen lenken und nicht ein wertloses Versprechen, für das Ihr keine Zeugen habt.«
»Ich habe einen Zeugen.«
Der Pfalzgraf blickte plötzlich nach oben und Mechthild und Friedrich wichen erschrocken in die Dunkelheit zurück. Während sie sich rückwärts kriechend von der Bodenöffnung entfernten, konnten sie hören, wie der Pfalzgraf nach seinen Soldaten brüllte.
Mechthild kauerte sich zusammen und wagte kaum zu atmen. Was, wenn die Männer sie an der Luke gesehen hatten? Sie starrte auf die erleuchtete Öffnung, aus der die angelehnte Leiter ragte. Eine Ewigkeit schien zu vergehen, in der Mechthilds Füße anfingen zu kribbeln und das Stroh sie im Nacken piekte. Endlich polterte es und das gerötete Gesicht des jungen Soldaten erschien in der Öffnung. Er blickte sich suchend um. Als er sie im Schatten an der Wand entdeckte, beugte er sich vor und rief: »Ihr sollt nach unten kommen. Der Pfalzgraf will euch sehen. Macht schon.«
Mechthild erhob sich mühsam. Wortlos stieß der Soldat sie zur Leiter und während sie mit ihren tauben Füßen unsicher nach den Sprossen tastete, konnte sie Friedrichs besorgtes Gesicht über ihr im Halbdunkel ausmachen. Er war ihr nie wie ein ängstlicher Mann vorgekommen, nur vorsichtig und zurückhaltend. Was befürchtete er von denen da unten, das ihm solche Angst machte? Mechthild sprang von der letzten Sprosse und sagte sich, dass der Glatzkopf ganz bestimmt nicht der Leibhaftige war. Entschlossen, sich nicht einschüchtern zu lassen, drehte sie sich um.
»Eine Frau?«, fragte der Markgraf ungläubig.
Es lag so viel Verachtung in seinen Worten, dass Mechthild zusammenzuckte. Seine fleischigen Lippen verzogen sich und er musterte sie. Sie wusste, was er sah. Ihr Haar hing ungewaschen vor den Augen, ihr zerknitterter Mantel war voller Stroh und sie roch klebrig und verschwitzt. Die Gefangenschaft auf dem Dachboden hatte Spu-

ren hinterlassen. Es war sehr schwierig, stolz und aufrecht zu stehen, wenn man so schmutzig war. Mechthild versuchte, wie eine wohlhabende Kaufmannsfrau auszusehen, doch es wollte ihr nicht recht gelingen.
Hinter ihr kam Friedrich die Leiter heruntergestiegen und die Aufmerksamkeit des Markgrafen wandte sich nun ihm zu. Der Pfalzgraf bedeutete dem jungen Soldaten zu verschwinden, der eilig durch die Tür schlüpfte. Als er fort war, wies der Pfalzgraf auf Friedrich und sagte: »Dieser Mann kann bezeugen, dass mir König Philipp ein Eheversprechen gab. Dieser Kölner Kaufmann war dabei und wird vor den König treten, wenn der versucht, es zu leugnen. Vor dem ganzen Hof wird er es bezeugen. Das wirst du doch?«
Mechthild blickte sich verblüfft um. Wovon sprach der Mann? Friedrich stand mit hängenden Schultern da und blickte zu Boden. Endlich nickte er, doch es war kaum wahrnehmbar. Mechthild bezweifelte, dass sich der Pfalzgraf damit zufrieden geben würde.
Der Markgraf schien über diese neue Wendung genauso verwundert zu sein. Er schüttelte ungläubig den Kopf und flüsterte: »Na gut, hofft nur weiter auf Philipp. Er wird Euch und Euren albernen Kölner auslachen. Wenn Ihr eingesehen habt, dass Ihr für den König nichts weiter seid als eine störende Kopflaus, dann werden wir uns wieder sprechen! Ehe das Jahr um ist, werdet Ihr zu unserer Gemeinschaft stoßen und dem König zu einem kleinen tödlichen Unfall verhelfen wollen.«
Der Pfalzgraf blickte mit zusammengekniffenen Augen auf ihn herab und knurrte: »Richtet dem Erzbischof von Bamberg meine Grüße aus.«
»Das werde ich, Pfalzgraf. Gott mit Euch!«
Der Markgraf drehte sich so rasch um, dass sich sein Mantel bauschte. Ohne ein weiteres Wort riss er die Tür auf und brüllte etwas in die Dunkelheit. Männerstimmen waren zu hören, ein Pferd wieherte und dann verschluckte die Nacht den kleinen dicken Mann.
Mechthild starrte auf die hin und her schwankende Tür und fragte sich, ob er nicht doch ein Teufel war, der sich gleich in die Lüfte erhob, anstatt auf ein gewöhnliches Pferd zu steigen. Der Pfalzgraf rannte zur Tür und schlug sie so heftig zu, dass die Spinnenweben an

der Decke zu tanzen begannen. Er trat gegen das Holz und schrie: »Höllenbrut, verdammte. Niemand lacht mich aus!«
Mit vor Zorn rotem Gesicht stapfte er auf Friedrich zu und packte ihn an den Schultern. Friedrich starrte den wütenden Pfalzgrafen erschrocken an. Der Wittelsbacher fing an ihn zu schütteln und zu brüllen: »Hast du eben gelacht?«
Seine Finger legten sich um Friedrichs Hals und mit einem Ruck knallte er Friedrichs Kopf gegen die Wand. Mechthild zuckte zusammen, als wäre es ihr Kopf gewesen, und rief: »Natürlich lacht er nicht über Euch. Er ist ein zuverlässiger Mann. Lasst uns noch heute Nacht frei und er wird schwören, dass er zur Stelle ist, wenn Ihr es wünscht. Wir werden mit Euch vor den König treten, aber lasst uns gehen!«
Der Pfalzgraf ließ von Friedrich ab und schüttelte den Kopf: »Ihr habt viel zu viel gehört. Ich werde euch beide auf meine Burg Wittelsbach bringen lassen. Ich lasse euch holen, wenn ich euch benötige.«
Ehe Mechthild protestieren konnte, war er bei der Tür, riss sie mit einer heftigen Bewegung auf und brüllte: »Gero? Ramwold? Wo steckt Ihr? Schnürt die beiden Kölner zusammen und bringt sie nach Süden.«
Mechthild wollte zur Tür, doch Friedrich hielt sie zurück. Er umklammerte ihre Schulter und flüsterte heiser: »Das ist sinnlos.«
»Sie werden uns weit fortschaffen und in irgendeinen stinkenden Kerker werfen. Niemand wird uns auf der Burg Wittelsbach vermuten. Sie werden denken, wir …«, verwirrt hielt sie inne. Was würden sie denken? Was würde geschehen, wenn Anselm in Köln eintraf und sie und Friedrich wären verschwunden? Sie hatte doch nur nach Sinzig gewollt, um herauszubekommen, was Philipp mit Otto vorhatte. Wie hatte sie ahnen können, dass sie in die Hände eines Irren geraten würde? Sie schüttelte Friedrichs Hand ab und rief: »Ich werde mich nicht nach Wittelsbach schleppen lassen! Ich muss zurück nach Köln. Anselm wartet dort.«
In Friedrichs Gesicht ging plötzlich eine Wandlung vor. Er kam ganz nah heran und seufzte: »Dame Mechthild, Ihr denkt immer nur an Euch selbst. Habt Ihr vergessen, was wir da oben an der Leiter gehört haben? Sie planen einen Verrat und wollen König Philipp ermorden!

Der Markgraf und seine Verschwörer wünschen weder König Philipp noch König Otto auf dem Thron. Sie wollen Heinrich den Ersten von Brabant zum König machen!«

An der Tür brüllte der Pfalzgraf erneut nach Gero und Ramwold. Die beiden schienen im Stall zu schlafen und der Wittelsbacher wurde langsam ungeduldig.

Friedrich sah Mechthild vorwurfsvoll an. Sie wusste nicht, was sie sagen sollte. Natürlich hatte er Recht. Drei Verräter planten den Mord an König Philipp und sie dachte nur an sich. Doch was erwartete er von ihr? Sollten sie zu König Philipp aufbrechen und ihn warnen? Sie blickte hoch und bemerkte, dass Friedrich sie immer noch eindringlich ansah. Plötzlich begriff sie, dass er genau das vorhatte. Sie holte tief Luft und flüsterte: »Aber König Philipp wird uns niemals glauben. Wer sind wir denn schon? Kaufleute aus Köln, die seine Gefolgsleute des Verrats beschuldigen! Den Namen des Markgrafen kennen wir nicht einmal. Niemand wird uns glauben. Außerdem steht einer Krönung des Herzogs von Brabant noch König Otto im Weg.«

»Ottos Krone ist wertlos. Alle sind von ihm abgefallen und der Papst wird es auch bald tun. Innozenz hat bereits seine Gesandten aus Rom geschickt. Ich weiß, dass sie sich mit Philipp auf Burg Landskron getroffen haben. Otto hat den Kampf um die Krone längst verloren. Er weiß es nur noch nicht.«

Draußen waren Stimmen zu hören und Friedrich wich endlich zurück. Die Soldaten des Pfalzgrafen erschienen in der Tür. Der Wittelsbacher trat zur Seite und Gero und Ramwold stürmten in die Schankstube. Ihre Stiefel dröhnten und in ihren Gürteln klapperten die Nierendolche. Mechthild hob abwehrend die Arme. Geros bepustelte Hände griffen nach ihr und Ramwold stieß Friedrich vor sich her. Mechthild versuchte, Gero mit Blicken zu töten. Als das nichts bewirkte, richtete sie die Augen zum Himmel. Heilige Margareta, betete sie lautlos, gib mir Kraft. Wenn es sein musste, dann würde sie König Philipp warnen. Alles würde sie tun. Sie wollte nicht auf einer Burg vergraben werden, sondern zu Anselm. Verzweifelt versuchte sie, sich aus dem eisernen Griff zu winden. Geros Finger schlossen sich noch fester um ihre Handgelenke. Er tat ihr weh und sie fluchte genauso, wie es der Wittelsbacher getan hatte: »Höllenbrut, verdammte«, doch Gero grinste nur.

März 1207, in Sinzig

Am nächsten Morgen wollte Johanna wie jeden Morgen Konrad in den Krankenzimmern aufsuchen. Während sie den windigen Platz vor der Pfalz überquerte, machte sie sich Sorgen, denn sie hatte Konrad vor ein paar Tagen gebeichtet, dass der Sternenmantel verschwunden war, nachdem sein Zustand sich gebessert hatte und das Fieber gesunken war. Es war Johanna sehr schwer gefallen, ihm die leere Truhe zu beschreiben und Konrad hatte immer wieder nachgefragt, ob sie auch überall nachgesehen habe und ob sie ganz sicher wäre. Nachdem sie es ihm immer wieder beteuert hatte, hatte er die Hände vor das Gesicht geschlagen, etwas gewispert, das sie nicht verstanden hatte, und sie war leise hinausgegangen. Den ganzen Tag hatte sie sein Anblick verfolgt.

Nun hatte sie zumindest heute Morgen eine gute Neuigkeit für Konrad: Der Hof bereitete den Aufbruch nach Köln vor. Philipp würde vergessen, dass die Kölner einst Otto treu waren. Wenn der Hof reiste, dann würde auch Konrad in einem abgedunkelten Wagen mitreisen müssen. Johanna hatte gehofft, mit Jacobus darüber sprechen zu können, denn nur er konnte entscheiden, ob Konrad reisefähig war. Doch heute Morgen war die Miene von Meister Jacobus so seltsam, dass Johanna ihr Anliegen vergaß und ihn besorgt ansah.

Der alte Hofarzt hatte sich vor den Krankenzimmern niedergelassen. Der Vorhang, der den Vorraum abtrennte, hing wie eine graue Wand hinter seinem Rücken. Er kniff den Mund zusammen und schüttelte den Kopf. Seine Bartzöpfe schaukelten und der spitze Hut wippte über seinen buschigen grauen Augenbrauen. Johanna versuchte, einen Blick durch den Spalt des Vorhangs zu werfen. Sogleich verlagerte Jacobus sein Gewicht und versperrte ihr die Sicht. Er sah sehr besorgt aus. Sie beugte sich zu ihm und fragte höflich: »Meister Jacobus, was bedrückt Euch?«

»Nicht mich bedrückt etwas. Konrad scheint den Verstand verloren zu haben. Gestern Abend wünschte ihn ein Fremder zu sprechen. Der

Mann behauptete, er hätte eine Nachricht für Konrad, und so ließ ich ihn durch. Ich bemerkte nichts Verdächtiges an ihm. Er sprach zwar gebrochen Deutsch, war noch sehr jung und blond wie ein Nordmann, doch er schien mir gebildet und gesittet. Seit er jedoch mit Konrad gesprochen hat, ist alles verändert. Geht hinein, überzeugt Euch selbst.«

Er zog den grauen Stoff zur Seite und ließ Johanna vorbei. Im Krankenzimmer lehnte Konrad aufrecht an der Wand. Mit dem Verband vor den Augen wirkte er wie ein Gefangener. Er hatte seine Hände zu Fäusten geballt, die er gegeneinander schlug. Es gab ein unangenehm hohles Geräusch, das sich im gleichmäßigen Rhythmus wiederholte. Johanna kam leise näher und ließ sich zu seinen Füßen nieder. Als er endlich aufhörte, seine Fingerknochen gegeneinander zu schlagen, flüsterte sie: »Wer war der Besucher gestern? Was wollte er von dir?«

»Das war Abū. Er ist der Sklave meines Freundes Kamāl aus Damaskus. Er ist mir aus dem Orient ins Reich gefolgt. Er wollte den Sternenmantel holen.«

»Den Sternenmantel holen? Aber wieso?«

»Abū weiß, dass ich den Mantel von Kamāl gestohlen habe. Er hat geschworen, dass er mich verfolgen und finden würde, und es ist ihm gelungen. Er hat mich gefunden.«

Johanna war verwirrt. Hatte Konrad nicht gesagt, dass er den Sternenmantel gefunden hatte? Sie hatte sich nie Gedanken darüber gemacht, woher der Mantel eigentlich kam. Der Mantel war gestohlen und Konrad wurde deshalb verfolgt? Unruhig blickte sie sich um und flüsterte: »Du hattest kein Recht, den Mantel zu nehmen, und wolltest ihn König Philipp schenken? Wie konntest du so etwas tun?«

Konrad tastete nach ihren Fingern und umklammerte sie so heftig, dass es wehtat.

»Ich war machtlos dagegen, glaub mir. Kamāl erzählte mir vom Sternenmantel und eine unerklärliche Sehnsucht packte mich. Ich musste den Mantel nehmen und nach Hause ins Reich bringen. Doch nun verlangt Abū den Mantel zurück und ich habe ihn nicht mehr. Was soll ich nur tun? Abū wird mich töten.«

»Vielleicht hat er den Sternenmantel in jener Nacht aus der Truhe genommen. Fatma hat tief geschlafen und niemand sonst war im Zelt.«
»Das glaube ich nicht. Als Abū von dem Verlust des Mantels erfuhr, wurde er sehr zornig. Seine Erregung wirkte echt. Er ist seinem Herrn treu ergeben und ich habe mit Kamāl gestritten und ihn blutend im Badehaus zurückgelassen.«
»Gestritten?«
»Wir stritten uns um den Sternenmantel. Kamāl war wie von Sinnen. Ich habe mich nur gewehrt und sein Kopf schlug gegen die Wand. Ich wollte ihn nicht ... ich meine ... ich habe es nicht gewollt. Ich hätte nichts tun können. Ich nahm den Sternenmantel an mich und floh.«
Johanna fiel es schwer zu glauben, dass Konrad all diese schrecklichen Dinge getan haben sollte. Das alles schien ihr weit weg zu sein. Ungläubig fragte sie: »Er hat geblutet und du bist mit dem Sternenmantel geflohen? Du hast deinen Freund im Stich gelassen?«
»Ich hätte ihn auch getötet und Abū weiß das. Er wird keine Ruhe geben und mich verfolgen. Ich musste ihm schwören, ihm den Sternenmantel zu bringen. Sobald mein Augenlicht zurückgekehrt ist, muss ich den Mantel finden.«
»König Philipp wird den Sternenmantel niemals tragen, nicht wahr?«
Konrad ließ ihre Finger los und seufzte. Meister Jacobus kam herein und hockte sich an sein Lager. Verärgert sagte er: »Dame Johanna, sorgt dafür, dass er sich niederlegt und ruhig atmet. Weitere Besucher, die meinen Patienten unnötig erregen, kann ich nicht brauchen. Wenn sein Blut in Wallung ist, dann wird die Heilung behindert. Kommt heute Abend wieder, dann hat er sich beruhigt und wir wissen mehr über sein zurückkehrendes Augenlicht.«
»Es kehrt nicht zurück«, sagte Konrad störrisch, steckte sich aber auf dem Lager aus.
Jacobus knurrte: »Natürlich wird es!«
Als Johanna aufstand, fiel ihr ein, wieso sie überhaupt gekommen war. Hastig sagte sie:
»Ehrwürdiger Meister, der Hof bricht in wenigen Tagen nach Köln auf. Wird Konrad reisen können?«

Jacobus hatte bereits damit begonnen, den Verband zu entfernen. Unwillig sah er auf: »Heute Abend, junge Dame, wir reden heute Abend.«
Bevor sie ging, warf sie noch einen letzten Blick auf Konrad. Er presste seinen Handrücken vor die Augen und zog die Schultern hoch, als wollte er einen Angriff abwehren.

Johanna verbrachte den Vormittag in der geheizten Kemenate der Frauengemächer. Sie war nicht allein, doch die Stimmen der Hofdamen prallten an ihr ab. Weder Gieselbertas Bericht über die Falkenjagd, bei der die kleine Beatrix ohnmächtig geworden war, noch Engeltruds Beschwerden über den Aufenthalt auf der verfallenen Pfalz konnten zu ihr durchdringen.
Johanna saß an das zerschlissene Polster der schmalen Fensterbank gelehnt und fuhr mit der Fingerspitze über das Rautenmuster an ihrem Ärmel. Sie dachte daran, wie Konrad ihre Finger umklammert hatte. Sie schloss die Augen und versuchte sich vorzustellen, wie Konrad im Badehaus gekämpft hatte. Sie versuchte, ihn als Dieb und Mörder zu sehen. Es gelang ihr nicht. Sie liebte diesen Mann. Was auch immer er getan hatte, er wird seine Gründe gehabt haben.
Johanna hörte Richildes hohes falsches Lachen und öffnete wieder die Augen. Die Damen schienen sich über etwas zu amüsieren. Sie wollte gar nicht wissen, worüber. Nachdenklich betrachtete sie ihre Fingerspitzen. Sie dachte daran, wie Konrad seinen Handrücken auf die Augen gepresst hatte. Wie sah es darunter aus? Waren seine Augenlider zugeschwollen, lief ihm eitriger Saft aus den Augenwinkeln, zogen sich blaue Adern über die dünne mit Blut verkrustete Haut? Sie erschauderte und Engeltrud schnalzte mit der Zunge und sah missbilligend zu ihr herüber. Johanna hatte ihre Worte nicht verstanden, doch sie war sich sicher, dass die Dame etwas Tadelndes gesagt hatte.
Seit Konrads Unfall behandelten sie die Hofdamen mit mitleidigem Respekt. Wie eine Genesende, die noch zu schwach für die Wahrheit war. Johanna wusste, was sie dachten. Irenes Hofdamen flüsterten und senkten die Stimme, wenn sie in ihre Nähe kam. Sie hatten seit Monaten über nichts anderes als über Konrad und Johanna getu-

schelt. Die Damen hielten jedoch seit jener verhängnisvollen Nacht in Sinzig eine Verlobung für ausgeschlossen.

Johanna lehnte sich zurück. Selbst wenn sein Augenlicht zurückkehrte, würde er ihr immer fremd bleiben. Wie konnte sie auch mit ihm teilen, was er erlebt und durchgemacht hatte? Der heutige Morgen hatte gezeigt, wie wenig sie ihn kannte. Was wusste sie schon über ihn? Es gab so vieles, das sie nicht verstand. Auf einmal verspürte sie den Drang, das arabische Zelt aufzusuchen und die Dinge zu betrachten, die Konrad mitgebracht hatte. Vielleicht würde sie in seinem Zelt eine Antwort auf ihre Fragen finden. Sie musste sowieso nach Arno sehen.

Die Heilung seiner Füße hatte sie Fatma anvertraut. Jedes Mal wenn sie im Zelt nach Arno sah, gab ihr Harun durch Gesten zu verstehen, dass er dessen Anwesenheit nur schwer ertrug. Doch Fatma schien sich nicht davon beeindrucken zu lassen. Im Gegenteil, sie wirkte plötzlich viel aufgeweckter und gesprächiger. Sicher würde sie mit Johanna sprechen. Wenn jemand etwas über Konrads Erlebnisse in Damaskus wusste, dann war es Fatma.

Entschlossen setzte sich Johanna auf und strich sich über das zerzauste Haar. Alle Köpfe wandten sich ihr neugierig zu. Sie überlegte, ob sie ihnen eine Erklärung schuldete. Es würde ihnen nicht gefallen, wenn Dame Johanna wieder zum Sarazenenzelt lief.

In diesem Moment kam Beatrix hereingestürzt. Sie blieb atemlos vor ihr stehen und brauchte eine Weile, bis sie etwas sagen konnte. Ihre Augen waren schreckgeweitet und ihre Lippen zitterten, als sie schluchzte: »Maria hat gesagt, dass sie in Köln alle untreuen Kaufleute auf dem Marktplatz verbrennen werden. Sie hat gesagt, Vater hat befohlen, dass ich zusehen muss. Es soll mir eine Lehre sein, da ich so ungehorsam bin. Ist das wahr?«

Während sie aufstand und das weinende Kind an sich drückte, murmelte Johanna: »Aber nein. Dein Vater würde das niemals zulassen. Er ist ein gütiger und gerechter Mann. Die Kaufleute in Köln haben nichts zu befürchten und seine Tochter ebenso wenig.«

Beatrix machte sich los und fragte schniefend: »Ganz bestimmt?«

»Ganz bestimmt«, erklärte Johanna fest und blickte in die neugierigen Gesichter der anderen Damen, die einen Kreis um sie gebildet hatten.

Während sie dem kleinen Mädchen über den Kopf streichelte, entschied sie, dass Konrads Zelt warten musste.
Am Abend brachte Johanna ein müdes, aber zufriedenes Mädchen ins Bett. Nach dem Gebet zog sie Beatrix die Schaffelldecke bis unter das Kinn und summte: »Beatrix ist so müde, Beatrix schläft jetzt ein. Ihre Ohren sind so müde, ihre Ohren schlafen jetzt ein. Sie wollen gar nichts mehr hören. Ihre Ohren schlafen jetzt ein.«
»Nun meine Füße …«
»Ihre Füße sind so müde, ihre Füße schlafen jetzt ein.«
Ehe Johanna singen konnte, dass die Füße zu müde zum Laufen und Springen waren, hörte sie die ruhigen Atemzüge des Kindes. An anderen Abenden wurde sie aufgefordert, die Müdigkeit sämtlicher Körperteile zu besingen, bevor das Mädchen einschlief. Erleichtert, dass sie diesmal auf die müde Nase und die müden Hände verzichten konnte, schlich sie sich aus der Kammer. Sie wickelte sich in ihren Mantel und rannte über den dunklen Platz zu den Krankenzimmern, weil sie unbedingt sehen wollte, wie es Konrad ging.
Der graue Vorhang war diesmal ganz zurückgezogen und der Raum dahinter hell erleuchtet. Der spitze Hut von Meister Jacobus tanzte als großer Schatten an der Wand und seine Bartzöpfe wirkten wie Schlangen, die sich darunter ringelten. Ein Geruch nach verkohltem Leinkraut, Essig und Branntwein hing in der Luft.
Johanna rümpfte die Nase und trat in den zuckenden Feuerschein. Vor der Feuerstelle lag ein großes aufgeschlagenes Buch, in dem Jacobus gerade las. Er hockte mit konzentrierter Miene davor, sein Kopf wiegte sich im Rhythmus der gemurmelten Worte: »Shar Hashamain … Sefer Refouoth … wo ist es? Schon der Talmud lehrt, die Pupille ist die Tochter des Auges. Exzision der gebrochenen Iris, Extraktion der Linse, Operation der Tränenfisteln und Trichiasis.«
Aus der Dunkelheit an der gegenüberliegenden Wand kam eine spöttische Stimme: »Jeder weiß, dass sich Isaak der Hebräer mit der Behandlung von Infektionskrankheiten hervorgetan hat. Warum versucht Ihr es nicht mit Isa Ben Ali? Er war ein Spezialist für Augenheilkunde. Oder mit Avicennas Canon medicinae? Avicenna ist immer gut für alles.«

Johanna wandte sich um und bemerkte, dass Konrad mit übereinander geschlagenen Beinen auf seinen Decken saß. Er hatte die Arme vor die Brust geschlagen und den Kopf in den Nacken gelegt. Er kam ihr ganz verändert vor. Vielleicht lag es daran, dass er keinen dicken weißen Verband mehr vor den Augen hatte, sondern nur noch einen schmalen, dunklen Leinenstreifen. Er bildete über der Nase einen schwarzes Band. Während Johanna unverwandt in die dunkle Ecke blickte, rief Jacobus hinter ihr aufgebracht: »Dame Johanna, endlich! Ich warte schon seit Stunden auf Euch. Achtet nicht auf ihn. Er hat einen starken Trunk bekommen und seitdem redet er wirr. Er macht sich sogar über Aristoteles, Galen und Hippokrates lustig.«
Sofort kam aus der Dunkelheit die Antwort: »Das würde ich niemals wagen. Ich spotte nur über alte Narren, die Bücher befragen. Schon Rhazes schrieb vor über zweihundert Jahren: Alles, was man in Büchern liest, hat wesentlich weniger Wert als die Erfahrung eines vernünftig denkenden Arztes. Experimenta rerum magistra. Die Erfahrung allein ist die Herrin der Wahrheit.«
Jacobus schnaufte, blickte von seinem Buch auf und erklärte empört: »Da hört Ihr ihn! Meine Erfahrung sagt mir, dass sein Augenlicht keinen Schaden genommen hat. Ich finde keinen Grund, wieso er nicht sehen sollte. Die Untersuchung hat ergeben, dass die Heilung vorangeht. Konrad muss sich schonen, doch in einem Wagen liegend kann er den Tross nach Köln begleiten. Was nützen mir meine Erfahrungen, wenn er sagt, er sieht nur Schatten? Ich kann es mir nicht erklären. Ich kann mir auch nicht erklären, wie er darauf kommt, dass der Arzt Baht Jisu von Al Mansur als Honorar fünftausend Golddīnāre erhalten hat!«
»Zehntausend Golddīnāre!«
»Da seht Ihr es! Was kann man von so einem Mann schon erwarten? Da befrage ich lieber die Bücher. Zehntausend Golddīnāre, pah!«
Jacobus beugte sich wieder über das dicke Buch und blätterte geräuschvoll die Seite um. Anscheinend hielt er das Gespräch nun für beendet.
Johanna sah verwirrt auf die Spitze seines Huts herab. Die Enden der Bartzöpfe streiften das Pergament. Die grauen Strähnen fuhren über die schwarzen Schriftzeichen und Jacobus murmelte wieder vor sich

hin. Was ging hier vor sich? Was war geschehen, seit sie heute Morgen das Krankenzimmer verlassen hatte? Hatte Jacobus sich vertan und Konrad einen zu starken Trunk gemischt?

Vorsichtig näherte sie sich Konrads Lager und als er die Schultern nach vorn nahm und angespannt zu lauschen schien, beeilte sie sich zu erklären: »Ich bin es, Johanna!«

Konrad nickte, beugte sich leicht vor und flüsterte: »Ist er beschäftigt?«

Konrads Stimme klang plötzlich ernst und nüchtern. Johanna sah, dass der alte Hofarzt in seinen Text vertieft war, und wisperte: »Ja, er sorgt sich um dich und ich sorge mich auch.«

Konrads Gesichtszüge verdüsterten sich und sein Mund bewegte sich kaum, als er erwiderte: »Es gibt auch Grund zur Sorge. Die Schuld hat mich eingeholt. Ich bin verloren. Ich habe ihn verraten und sein Vertrauen missbraucht.«

Er klang nun, als wäre er ganz woanders und würde mit jemanden sprechen, der nur in seinem Kopf existierte. Johanna wollte ihn schütteln und ihn auf irgendeine Weise aus diesem Zustand wecken, stattdessen fragte sie hilflos: »Deinen Freund Kamāl?«

»Kamāl lebt. Es war sehr schlau von Kamāl, den blonden Abū ins Reich zu schicken. Jacobus meint, dass Abū wie ein Skandinavier gekleidet war. Mit Pelzen und Fellen sieht er aus wie ein Däne und nicht wie ein Sklave aus Damaskus. Niemand wird ihn bemerken.«

Jacobus stand auf, breitete ein Tuch aus und begann mürrisch, seine Instrumente darauf auszubreiten. Er legte mehrere Scheren, verschieden große Skalpelle, einige Pinzetten und einen Schädelmeißel nebeneinander. Nachdenklich betrachtete er sein Werkzeug. Er machte eine segnende Geste über dem Tuch, schloss die Augen und schien auf eine Inspiration zu warten. Johanna beugte sich zu Konrad und wisperte: »Meister Jacobus scheint an eine Operation zu denken. Warum lässt du nicht zu, dass ich meine Hände auflege? Es würde dir das Skalpell ersparen.«

»Kein Skalpell und keine heilenden Hände. Die Blindheit ist ein Geschenk Gottes.«

Johanna schüttelte entgeistert den Kopf. Was redete er da? Wie konnte er so etwas behaupten? Konrad schien zu spüren, wie seine Worte

sie erschreckten. Er strich sich über die Stirn und sagte: »Wie kann ich den Sternenmantel ohne Augenlicht für Abū beschaffen?«
Sie vergaß, dass er sie nicht sehen konnte, und nickte nachdenklich. Es war alles nur eine Täuschung! Sie verstand auf einmal, wieso Jacobus so verärgert und ratlos war. Seine Untersuchung hatte ergeben, dass Konrad sehen konnte. Wenn ein Kranker nicht aufrichtig war, dann half der erfahrenste Arzt und alles Bücherwissen nichts. Jacobus hatte Recht, Konrad würde wieder sehen können, wenn er nur wollte. Johanna streckte ihre Hand aus und wollte den schwarzen Verband berühren. Doch dann zog sie die Hand wieder zurück und flüsterte vorwurfsvoll: »Du kränkst deinen alten Meister. Du siehst mehr als nur Schatten, nicht wahr?«
»Solange Abū mich bedrängt, werde ich nur Schatten sehen.«
Johanna nahm ihre Hand herunter und rief verzweifelt: »Aber vielleicht wird er niemals Ruhe geben? Vielleicht verfolgt er dich und stellt dir nach, so lange du lebst?«
»Dann werde ich immer Schatten sehen.«
Ihre Stimmen waren so laut geworden, dass Jacobus beunruhigt zu ihnen herübersah. Johanna senkte die Stimme: »Aber du bist Arzt! Du brauchst deine Augen, um zu heilen. Geh zum König, erzähle ihm von dem Sternenmantel. Philipp wird dir helfen.«
»Abū wird mich töten, wenn ich das tue. Johanna, du wirst schweigen!«
»Aber …«
»Du wirst mich zu meinem Zelt begleiten. Ich halte es nicht einen Moment länger in den Krankenzimmern aus. Der alte Jacobus wird keine Ruhe geben, bis er Recht behalten hat. Er ist ein kluger Mann und er wird dahinterkommen. Im Zelt bei Fatma und Harun ist mein Geheimnis besser aufgehoben. Reich mir meinen Mantel. Er muss dort irgendwo liegen.«
Konrad hob den Arm und machte eine unbestimmte Geste. Johanna stand auf und suchte zwischen den Tüchern und Decken nach seinem schweren Wollmantel. Konrad erhob sich und erklärte in die Richtung, in der er Jacobus vermutete: »Ihr habt meinen Dank für all Eure Mühe. Ich überlasse nun die Heilung meinen bescheidenen Kenntnissen und Gottes Allmacht.«

Jacobus hob seine buschigen Augenbrauen und schnaufte: »Ihr seid ein Narr. Zu eigensinnig und störrisch, um den Rat eines alten Mannes anzunehmen. Ihr werdet wiederkommen und mich um die Weisheit aus den Büchern bitten.«
Konrad breitete die Arme aus und Johanna legte ihm seinen Wintermantel um. Sie blickte in sein blasses Gesicht und überlegte, wann das Unglück begonnen hatte. Irgendwann in den letzten Monaten hatte sie Konrads Liebe verloren. Es war nicht der Sklave aus Damaskus, der das Unheil brachte, es hatte schon viel früher angefangen. Der Sternenmantel hatte wie ein Schatten über ihrem Glück gelegen. Der Schuss aus der Dunkelheit und der Sturz in den Dornbusch hatten Abū angekündigt. Arno und Abū waren nur Werkzeuge der dunklen Mächte, die nach Konrad griffen. Der Sternenmantel war die Ursache für alles, was geschehen war. Sie dachte an das bunte Zelt und Arno mit den abgefrorenen Zehen. Sie dachte an Haruns Zorn und Fatmas Fürsorge. Sie dachte an Kamāl, der blutend in Damaskus zurückgeblieben war, und an den blonden Abū, der seinen Herrn rächen wollte. Sie griff nach Konrads Arm und führte ihn aus dem Raum, dabei nickte sie Jacobus höflich zu. Sie führte einen Blinden, der sehen konnte, aber nicht sehen wollte.

März 1207, im Herzogtum Franken

Mechthild spähte unter der Wagenplane hervor. Wütend starrte sie auf die gerötete Hand des jungen Soldaten, der die Zügel hielt. Bis in die Abendstunden war die Hand mit dem roten Ausschlag das Einzige, was sie sehen konnte. Sobald sie die Plane anhob, war wieder die hässliche Hand da. Die Pusteln kamen ihr immer größer und entzündeter vor. Die Hand umklammerte die Zügel und wippte im Rhythmus der Schritte auf und ab.
Die Landschaft dahinter veränderte sich kaum. Mal führte sie die Hand durch offenes Feld, dann wieder durch dichtere Bewaldung. Es waren keine Häuser oder Hütten zu sehen, nur der Stand der Sonne veränderte sich mit den Stunden. Mal lag ein dunkler Schatten unter dem Handballen und mal wanderte er die Knöchel hinauf bis zu den

Fingern. Nun stand die Sonne schon so tief, dass die Hand des Soldaten ganz im Schatten des Wagens lag.
Mechthild starrte auf die Pusteln und wünschte, die Hand würde abfallen. Mit jedem Schritt führte der Soldat sie weiter nach Süden und alle Orte entfernten sich, in denen sie jetzt lieber gewesen wäre.
Sie stellte sich vor, wie Sinzig immer kleiner wurde, wie Köln im Nebel verschwand und Braunschweig in eine unerreichbare Ferne rückte. Ein Kloß bildete sich in ihrem Hals, wenn sie daran dachte. Die Hand führte sie von Anselm weg. Sie würde nun nicht erfahren, ob er den Lehnshof vor den Ansprüchen des unhöflichen Kreuzfahrers gerettet hatte. Doch der elende Lehnshof schien ihr plötzlich ganz unbedeutend zu sein. Wichtiger war, dass König Philipp von dem geplanten Verrat erfuhr, doch auch dies vereitelte die Hand am Zügel. Die Hand war schuld daran, wenn ein gesalbter König hinterrücks von seinen eigenen Rittern ermordet wurde. Die Pusteln sollten so groß werden, dass die Hand sich aufblähte wie ein Schweinemagen.
Gerade als sie vor sich hin murmelte, die Hand möge sich in den ewigen Qualen des Höllenfeuers winden, da wurden die Zügel straffer gefasst und der Wagen kam zum Stehen. Die hässliche Hand streckte sich ihr entgegen. Als Mechthild aus dem Wagen klettern wollte, krallte sich die Hand in den dunklen Stoff ihres Mantels. Sie blickte voller Abscheu darauf und sprang vom Wagen.
Die Soldaten hatten eine kleine Lichtung zum Rasten gewählt. Dunkle Tannen umgaben eine felsige Anhöhe, auf der sich rote Lichtnelken emporrankten und das Moos bunt blühte. Die gelben und grünen Polster wirkten, als hätte noch nie ein Mensch zuvor seinen Fuß darauf gesetzt. Sie bildeten kleine Inseln zwischen den hohen Gräsern und die tief hängenden Tannenzweige neigten sich wie ein schwerer Vorhang zu Boden.
Mechthild sah sich um und kam zu dem Schluss, dass es wunderschön sein musste, sich hier mit einem Liebsten in einer lauen Nacht zu treffen. Doch es war nicht besonders verlockend, die Nacht zwischen den bemoosten Felsen zu verbringen, wenn man von zwei mürrischen Soldaten bewacht wurde. Seufzend setzte sie sich auf einen kleinen Vorsprung und beobachtete die Männer. Sie entluden den Wagen für die Nacht. Friedrich machte sich daran, Bündel und De-

cken aufzuhäufen und Zeltstangen zusammenzubinden. Er hatte ihr erzählt, was sich in jener Nacht in Sinzig im Stall zugetragen hatte und Mechthild hatte sich an den jähzornigen jungen Wittelsbacher im Schankraum des Gasthauses erinnert. Diesen Mann musste man ernst nehmen.

Mechthild ließ Friedrich nicht aus den Augen und ärgerte sich über seine Hilfsbereitschaft. Wie konnte er nur? Die Soldaten behandelten sie wie wertlose Leibeigene. Schlimmer noch, sie fesselten ihre Gefangenen jede Nacht, um keine Wache halten zu müssen. Wer konnte schon fliehen, wenn er mit dem Rücken an einen Baumstamm gefesselt war? Um ganz sicher zu gehen, banden die Soldaten ihre Handgelenke aneinander und wanden ein straffes Seil um ihre Füße. So verbrachte Mechthild Nacht für Nacht mit ihrem Handelsgehilfen Friedrich. Sie saßen beide mit dem Rücken an einen Stamm gefesselt in der Dunkelheit. Zuerst hatte sie stocksteif dagesessen, doch dann war ihr Kopf halb im Schlaf zur Seite gerutscht und auf Friedrichs Schulter zu liegen gekommen. Es war eine beruhigend breite Schulter. Friedrichs Atemzüge klangen gleichmäßig durch die Nacht. Er war so nah, so warm und lebendig. Sie konnte das Klopfen in seinen Handgelenken spüren. Manchmal zuckte sein Bein und er warf den Kopf im Schlaf herum. Mechthild war dann stundenlang wach und konnte nicht wieder einschlafen. Seine Nähe brachte sie durcheinander. Sie sprachen nie miteinander. Sobald sie das Wort an ihn richtete, gab er vor, tief und fest zu schlafen. Irgendwann gegen Morgen fielen ihr dann die Augen zu. Es war immer nur ein leichter Schlaf, voller wirrer Träume, aus dem sie mit Kopfschmerzen erwachte.

Mechthild saß auf dem weichen Moos und spürte jeden Knochen. Ihre Gelenke waren steif und ihr Nacken verspannt. Sie war übermüdet und ohne dass sie etwas dagegen tun konnte, sackte ihr Kinn plötzlich nach vorn. Hastig riss sie den Kopf hoch und veränderte ihre Position. Das Moos fühlte sich weich und einladend an. Wie gern hätte sie sich darauf ausgestreckt und wäre eingeschlafen. Sie unterdrückte ein Gähnen und sah aus zusammengekniffenen, müden Augen, wie Friedrich die Zeltstange fortlegte und zu ihr herüberkam.

Er setzte sich auf einen kleineren Felsen, der weit weniger bemoost war und ziemlich unbequem aussah. Sie bemerkte, wie er sich mit seiner Hand abstützen musste, um nicht das Gleichgewicht zu verlieren. Die nächtlichen Fesseln hatten Schürfstellen am Handgelenk hinterlassen. Die Haut war leicht gebräunt und am Zeigefinger hatte er vom Schreiben eine raue Stelle, die von Tinte verfärbt war. Genau so eine Stelle hatte Anselm auch. Friedrichs Finger griffen zwischen die Felsspalten und die Knöchel traten weiß hervor. Seine breite Hand kam ihr vertraut und zuverlässig vor. Sie dachte daran, wie sie es jede Nacht in seinem Handgelenk klopfen spürte, und wandte den Blick ab. Um das Schweigen zu brechen, sagte sie hastig: »Wir müssen fliehen und König Philipp suchen. Wir müssen ihn unbedingt warnen.«

»Mhm.«

»Glaubt Ihr, dass dieser Markgraf es ernst meint? Will er wirklich Philipp stürzen und dem Herzog von Brabant zur Macht verhelfen?«

Friedrich wiegte den Kopf, als wolle er sagen, dass es durchaus so sein könne, er sich jedoch kein Urteil erlauben dürfe. Mechthild runzelte verärgert die Stirn. Wie konnte Friedrich plötzlich so gleichgültig sein? Er wiegte den Kopf, als ginge es darum, sich zum Geschmack einer Soße zu äußern! Wie konnte er so tun, als ob sie das alles nichts anginge? Sie steckten doch schon mittendrin. Sie spürte plötzlich Friedrichs warmen Atem in ihrem Nacken. Er hatte sich vorgebeugt und sah zu dem jungen Soldaten hinüber, der sich langsam näherte. Die roten Blüten der Lichtnelken streiften die verunstaltete Hand und er kratzte sich abwechselnd über die entzündeten Handrücken.

Mechthild betrachtete nachdenklich die zusammengepressten Lippen des Soldaten und fasste einen Entschluss. Diese Hände, die sie den ganzen Tag in die falsche Richtung geführt hatten, diese verhassten Hände würde sie sich zu Nutze machen. Sie würde genau das tun, was Lothar und ihr Vater tun würden: Ein guter Kaufmann konnte immer für sich einen Vorteil herausschlagen. Sie wäre keine Cleingedank, wenn es ihr nicht ebenfalls gelänge. Sie würde die Schwäche ihres Gegners ausnutzen und einen Vorteil daraus ziehen. Freundlich lächelte sie den jungen Soldaten an und fragte: »Hast du es schon einmal mit Gundelrebe versucht? Sie wächst in dieser Jahreszeit in den Wäldern. Ein Sud aus ihrer Wurzel soll den Juckreiz stillen.«

Sie hatte keine Ahnung, ob dem so war. Als sie seinen hoffnungsvollen Blick sah, wusste sie, dass das völlig unwichtig war. Einem Kranken war jedes Mittel recht.

»Gundelrebe?«, fragte der junge Soldat. »Wächst das Zeug in dieser Gegend?«

»Morgen früh, wenn die Sonne aufgeht, kann ich welche suchen. Dann kann ich die Wurzeln zerkochen und den warmen Sud über die Stellen streichen. Bevor wir weiterziehen, wird es besser sein, Gero. So heißt du doch?«

Gero nickte und drehte seine Hände in den letzten Strahlen der untergehenden Sonne. Sie kamen Mechthild schon viel weniger abstoßend vor. Diese Hände würden ihr zur Flucht verhelfen. Gero wandte sich ab und ihr war, als könne sie ihren Vater zufrieden sagen hören: »Gut gemacht, Hildekind!«

Die Soldaten fanden im Gepäck unvermutet noch einen vollen Krug Wein und tranken an diesem Abend zu viel. Als es an der Zeit war, die Gefangenen aneinander zu fesseln, hatte der alte Soldat schon einen schwankenden Gang. Seine Hände tasteten in der Dunkelheit herum und das Seil fiel ins Moos. Er bückte sich kichernd danach und begann summend, ihre Handgelenke zusammenzubinden. Diesmal führte er das Seil mit zitternden Fingern bis zu ihren Ellenbogen hinauf. Nachlässig und unkonzentriert wickelte er es um den Baum.

Als er davonschlurfte, konnte Mechthild ihn immer noch in der Dunkelheit kichern hören. Bald darauf hatte er sich am Feuer niedergelassen und stimmte laut und falsch ein Trinklied an. Geros ausgelassenes Lachen klang zu ihnen herüber.

Friedrich saß schweigend da und starrte in die Dunkelheit. Mechthild bewegte vorsichtig die Finger und das lose gebundene Seil gab sofort nach. Sie zog versuchsweise daran und hinter ihr am Baum gab es ein knirschendes Geräusch, als das Seil in die Rinde schnitt. Friedrich presste ihren Handrücken auf den feuchten Waldboden zurück und flüsterte: »Hört auf damit. Sie werden uns hören und herüberkommen. Betrunkene sind unberechenbar und gefährlich.«

»Sie klingen doch ganz vergnügt? Sie werden bald so tief schlafen, dass sie gar nichts mitbekommen werden. Das ist unsere Gelegenheit zu fliehen. Die Fesseln waren noch nie so locker. Ein kräftiger Ruck und der Knoten löst sich. Versuch es mal.«

Der alte Soldat grölte und warf einen Ast ins Feuer. Funken sprühten in die Nacht und Vögel flatterten auf. Friedrich sah besorgt zum Feuer hinüber und erklärte leise: »Wir können nicht fliehen. Die Gegend ist uns unbekannt und wir haben keine Nahrung, keine Decken, ja noch nicht einmal ein Messer. Sie würden uns verfolgen und sofort finden.«

Mechthild wollte empört ihre Hand heben, doch er drückte sie wieder zu Boden. Sie konnte es nicht glauben. Gott fügte es so, dass sie entfliehen konnten, und Friedrich sträubte sich. Was erwartete der Mann denn noch? Dass der heilige Georg angeritten kam und mit seinem leuchtenden Schwert die Fesseln durchtrennte? Mechthild biss auf ihre Unterlippe und bat die heilige Margareta um Geduld. Sie wollte an dem Seil zerren, bis es riss, und Friedrich schütteln, bis die Feigheit von ihm abfiel. Was war er für ein Mann, dass er nichts riskierte und an Decken dachte, anstatt an seine Freiheit? Hatte er all die Jahre bei ihr nicht gelernt, dass ein Kaufmann etwas riskieren musste, wenn er erfolgreich sein wollte? Wütend überlegte sie, wie sie ihn überzeugen konnte. Ein kleines Tier huschte auf dem weichen Waldboden umher und Blätter raschelten. Ein leichter Wind brachte die tief hängenden Zweige der Tannen zum Schwanken. Es war eine ungewöhnlich dunkle Nacht und die feuchte Kälte kroch ihnen zwischen die Kleider. Doch es war ihre Nacht, um zu fliehen. Sie wären Dummköpfe, die Gelegenheit verstreichen zu lassen. Sie schluckte ihren Zorn hinunter und kam mit ihrem Gesicht ganz nah heran. Sein nachgewachsener Bart kratzte an ihrer Wange und sein warmer Atem streifte sie. So schmeichelnd wie möglich flüsterte sie: »Friedrich?«

»Mhm?«

»Weißt du noch, wie wir den Augsburger mit dem Commenda-Vertrag gelockt haben? Wir mussten schnell handeln und eine Menge Geld einsetzen. Doch am Ende gehörte die Ladung Leinen uns. Und erinnerst du dich an den flämischen Tuchexporteur und die Kreditoperation und den Geldwechsel? Wir haben so vieles zusammen durchgestanden.«

»Es ist nicht dasselbe. Es geht nicht um Wechselgeschäfte und um eine Ladung Leinen. Es geht um unsere Leben. Glaubt mir, als Bastard habe ich gelernt, dass es manchmal besser ist, abzuwarten.« Er schwieg eine Weile und sagte plötzlich mit einer viel sanfteren Stimme: »Ihr habt Recht, es waren gute Jahre. Ich werde nicht zulassen, dass Euch ein Leid zugefügt wird. Gott helfe mir, ich werde Euch beschützen.«

Er beugte sich zu ihr herab und sie wandte den Kopf. Sie wollte nicht beschützt werden! Das heruntergebrannte Feuer der Soldaten lag nun in ihrem Blickfeld. Die beiden hatten sich in ihre Decken gewickelt. In der Stille schien es, als ob das Schnarchen der Soldaten den Waldboden erzittern ließ.

Mechthild lauschte angespannt. Konnte es einen besseren Augenblick geben, um die Fessel zu lösen? Doch Friedrich dachte nicht daran. Er sprach von Peinigern und seiner Vergangenheit als Bastard. Konnte er den Bastard nicht einmal vergessen? Seufzend sagte sie in die Dunkelheit: »Hast du in Braunschweig nicht gelernt, dass ein Kaufmann wagemutig sein muss? Gott segnet den risikofreudigen Kaufmann. Es gibt keine kleinen Jungen mehr, die dich durch Kölns Gassen jagen.«

Als er anhob, um darauf zu antworten, klang seine Stimme wieder so ernst und zurückhaltend wie immer: »Es ist viel schlimmer. Zwischen politischen Ränkespielen wird ein Bastard aus Köln einfach zerrieben!«

»Doch ein Kaufmann aus Braunschweig, der wehrt sich! Der flieht und warnt König Philipp vor den Verrätern.«

»Nein, Mechthild, seid vernünftig.«

Wütend biss sie auf ihrer Unterlippe herum und schluckte alle Einwände hinunter. Vernünftig, von wegen, feige war es, dachte sie missmutig. Also doch die Gundelrebe. Sie würde diese günstige Gelegenheit, mit Friedrich in die Nacht zu fliehen, verstreichen lassen müssen. Sie musste darauf vertrauen, dass es die kleine Pflanze mit den runden Blättern und den winzigen violetten Blüten in dieser Gegend gab. Wenn es so war, dann musste sie darauf hoffen, dass Gero Vertrauen zu ihr und ihren Fähigkeiten als Heilerin fasste. Irgendwann würde sich eine Gelegenheit ergeben und Geros Aufmerksamkeit nachlassen. Und Gott helfe ihr, diese Gelegenheit würde sie nicht ungenutzt verstreichen lassen.

April 1207, vor den Toren Kölns

Einige Tage später bewegte sich König Philipps Tross bei strahlendem Sonnenschein auf Köln zu. Die Fahnen seiner treuen Anhänger wurden von deren Knappen vorangetragen. Dann kam die Reiterei, die Ritter umgaben den König zu Pferd. Es folgten die Männer des Hofes, der Kämmerer, der Truchsess und der Hofkaplan. Die Königin ritt auf einem weißen Hengst und war von weiß gekleideten Hofdamen mit Zweigen in den Händen umgeben. Irgendwo in der Mitte ritten die weniger wichtigen Männer zwischen den übrigen Hofdamen.

Zu den weniger wichtigen Männern zählten Walther von der Vogelweide und der Hofarzt Meister Jacobus. Meister Konradus hätte sicherlich auch dazugehört, wenn er nicht mit einer schwarzen Binde vor den Augen in einem der hinteren Wagen gelegen hätte. Der Schreiberling Arno hatte eigentlich nichts in Philipps feierlichem Tross zu suchen. Er gehörte zu König Otto und sollte längst wieder bei Anselm sein und sich Urkunden diktieren lassen. Doch die vergangenen Wochen unter Fatmas Pflege hatten ihn das fast vergessen lassen. Er benahm sich an diesem Morgen ganz wie die ungeduldigen Jungen aus Philipps Tross. Genau wie die kleinen Pagen spähte er voller Neid auf die Knappen und Ritter in den vorderen Reihen und murrte: »Warum können wir nicht weiter vorn reiten?«

Walther wandte sich zu ihm und sagte tadelnd: »Sei froh, dass du nicht mit den Knappen vorweg marschieren musst. Sie tragen die Fahnen der Edlen voran und die sind ziemlich schwer.«

Dame Johanna runzelte die Stirn. Sie ritt zwischen Arno und Walther. Der Marschall hatte angeordnet, dass immer ein Herr neben einer Dame reiten müsse, um die Dame mit fröhlichen Geschichten aufzuheitern. In ihrem Fall ging der Plan leider nicht auf, denn Johanna ließ sich nicht aufheitern. Ihre Gedanken waren bei Konrad. Sie sorgte sich um ihn. Er schien an nichts anderes zu denken, als an Abū und den Sternenmantel. Seine Furcht vor dem jungen Sklaven aus Damaskus war so groß, dass er nicht wagte, dessen Namen auszusprechen. Er bat Johanna, während ihrer Reise nach Köln auf den blonden Abū zu achten. Doch sosehr sie sich auch im Gefolge umblickte, konnte sie zwischen den Händlern und dem fahrenden Volk keinen Mann entdecken, der ihr irgendwie verdächtig schien. Sie sah zu Kölns Kirchtürmen auf und wünschte sich, ihre Freundin Mechthild würde sich hinter der hohen Stadtmauer befinden. Mechthild wusste immer Rat.

Walther lachte anzüglich. Er war schon die ganze Zeit dabei, sich über Arno lustig zu machen. Johanna hatte Mitleid mit Arno, der sich gegen den wortgewandten Sänger nicht wehren konnte. Der Spott zielte auf Arnos verkrüppelte Füße. Die Stümpfe an seinen abgefrorenen Zehen hatte Fatma sorgfältig mit Leinen verbunden. Arno würde für den Rest seines Lebens langsamer und ungeschickter als seine Altersgenossen sein.

Im Gegensatz zu Arno war Johanna froh darüber, dass sie beim feierlichen Einzug in die Stadt nicht vorn reiten musste. Dort folgten die Hofdamen der Königin in weißen Gewändern und hielten blühende Zweige in den Händen. In letzter Zeit war ihr Engeltruds und Richildes Benehmen lästig gewesen, denn die Damen hatten jeden Besuch in Konrads Zelt kommentiert. Nun, da sie Johanna nicht mehr als seine zukünftige Verlobte betrachteten, hielten sie die Besuche für unschicklich und waren um Johannas Ruf besorgt. Johanna hatte versucht, die Damen gnädig zu stimmen und sie in Konrads Zelt eingeladen. Doch es hatte alles nur noch schlimmer gemacht. Konrad hatte dagesessen und kein Wort gesagt. Engeltrud hatte alles abschätzig gemustert. Richilde hatte abfällige Bemerkungen über die Krüge und Teppiche gemacht und Gieselberta hatte sich mit Fatmas Honigmandelkuchen voll gestopft.

Plötzlich schlugen sämtliche Kirchenglocken der Stadt und übertönten alles. Der Zug wurde langsamer und hielt schließlich ganz.

»Was geschieht nun?«, fragte Arno gespannt. Er hatte vor Aufregung rote Wangen und Anselms Pferd tänzelte nervös.

Walther lächelte amüsiert und erklärte etwas gönnerhaft: »Die ersten Männer der Stadt ziehen dem König in einer feierlichen Prozession entgegen. Sie tragen vermutlich Palmzweige und brennende Kerzen in den Händen. Sie werden nun an jeder Straßenecke den König mit Liedern und Reden preisen.«

Walthers gelangweilter Gesichtsausdruck machte deutlich, dass er dies schon viele Male erlebt hatte. Die Lobgesänge schienen diesmal besonders lange zu dauern. Arno nutzte die Pause, um sich zu seiner Begleiterin auf der anderen Seite hinüberzulehnen. Fatma saß auf Konrads Pferd und blickte sich beunruhigt um. Walther beugte sich zu Johanna und flüsterte: »Jetzt wird's interessant. Ich beobachte die beiden schon eine ganze Weile. Seht Ihr, wie sie die Augen niederschlägt und errötet? Es ist ungemein schwierig, dies in einem Vers zu beschreiben.«

»Er ist nur höflich!«, protestierte Johanna verärgert.

»O nein! Es ist Liebeswerben, schöner als ein Dichter es je beschreiben könnte. Seht, wie seine Hand in die Mähne des Pferdes greift, als würde er wünschen, in ihren glänzenden schwarzen Haaren zu wühlen.«

Johanna schwieg verstört. Sie musste zugeben, dass er Recht hatte. Wie hatte sie es nur übersehen können? Arno und Fatma verhielten sich wirklich seltsam. Der Zug setzte sich wieder in Bewegung und nach einer Weile befanden sie sich vor den mächtigen Türmen des Stadttores. Arnos Aufmerksamkeit wandte sich wieder dem feierlichen Einzug zu. Walther lehnte sich zurück und fragte Johanna nachdenklich: »Warum habt Ihr Vater Ambrosius fortgeschickt? Sorgt Ihr Euch nicht um ihr Seelenheil?«

»Woher wisst Ihr von Vater Ambrosius?«

Nachdem die Hofdamen zu Besuch in Konrads Zelt gewesen waren, hatten sie Vater Ambrosius auf die beiden Ungläubigen aufmerksam gemacht. Johanna hatte dem verdutzten Hofkaplan erklärt, dass Konrad sich selbst um das Seelenheil seiner Leute kümmern würde. Vater Ambrosius hatte unwillig die Augenbrauen gerunzelt, war aber wieder gegangen.

»Warum habt Ihr ihn fortgeschickt?« Walther konnte sehr hartnäckig sein.

»Konrad bat mich darum. Wie kann ich ihm etwas verwehren? Er hat genug Kummer.«

»Euer Konrad ist ein kluger Mann. Er ist in der Welt herumgekommen und hat viel gesehen. War er dabei, als die Kreuzfahrer Konstantinopel erstürmten? Ein schwarzer Tag für die Christenheit. War Konrad dabei?« Walther sah sie fragend an, doch als sie nichts erwiderte, fuhr er fort: »Gegen die Kreuzfahrer will ich nichts sagen, Gott schütze sie. Als Dichter preise ich in meinen Liedern den Kreuzzug. Der kommende Kaiser muss das Heilige Land unter seinen Schutz stellen. Wer kann dagegen sprechen? Doch unter allen Menschen gibt es ritterliche und teuflische. Der Angriff auf Konstantinopel war eher teuflisch. Möge Philipps Seele keinen Schaden genommen haben.«

Johanna musste daran denken, wie ihr Konrad das brennende Konstantinopel beschrieben hatte, und schwieg bedrückt. Langsam ritten sie durch das Tor in die Stadt. Die Kölner hatten ihre Häuser mit Tüchern und Blumenkränzen geschmückt, überall standen jubelnde und winkende Menschen. Johanna flüsterte: »Philipps Kreuzzugspolitik scheint die Kölner nicht zu stören.«

Walther griff in seine Zügel und schnaubte verächtlich: »Die Kölner sind anpassungsfähig, besonders wenn ihre finanziellen Interessen bedroht sind.«

Johanna wusste, dass Walther in seinen Liedern nicht gerade rücksichtsvoll mit den Kaufleuten umging. Und er würde mit Sicherheit erfahren, wenn sie gleich morgen früh zum Haus der Cleingedanks ritt, um Arno zurückzubringen. Verlegen sagte sie deshalb: »Ich kenne hier jemanden aus der Kaufmannschaft.«

Walther machte ein erstauntes Gesicht und fragte: »Eine Romanze mit einem Kaufmann?«

»Nein. Es ist eine Dame«, protestierte sie. Doch dann dachte sie an Mechthilds undamenhaftes Verhalten und war sich da gar nicht mehr so sicher.

April 1207, in Köln

Am nächsten Morgen hatte sich Philipps Gefolge im Palast des Erzbischofs breit gemacht. Seine Höflinge und Ritter füllten die Räume mit Stimmengewirr und Fußgetrappel. Die Königin war mit ihren Damen etwas abseits im Besuchertrakt untergekommen. Walther,

Ambrosius und Jacobus mussten mit den Räumen über dem Küchentrakt vorlieb nehmen. Vater Ambrosius war gar nicht zufrieden mit seiner Unterkunft. Er lief mit mürrischer Miene herum und schimpfte auf den Erzbischof von Köln.
Harun hatte Konrads Zelt neben den Zelten der Fahrenden im schmalen Küchengarten aufgeschlagen. Hier fand Johanna Arno, als sie ihn am frühen Morgen abholen wollte. Er saß vor dem Zelt und ließ sich von der Frühlingssonne wärmen. Das Zelt stand zwischen den verwilderten Beeten, in denen alles ungehemmt grünte und wuchs. Sie hatte noch nie so einen ungepflegten Kräutergarten gesehen, wie hier zwischen den Mauern des erzbischöflichen Palastes. Die helle Morgensonne schien zwischen den hohen Mauern hindurch auf Knospen und Triebe. Wertvolle Heilkräuter, wie Hornklee und Wegwarte, wurden von Unkraut überwuchert.
Verschwendung war ihr verhasst und so forderte sie Arno ziemlich barsch auf, sie zum Haus der Cleingedanks zu begleiten. Dort würde er bleiben, bis sein Herr aus Braunschweig eintreffen würde. So war es ausgemacht worden.
Arno hockte im feuchten Gras und blickte zu ihr auf. Sein bedrücktes Gesicht schien ihr vor der bunten Zeltbahn sehr blass. Sie konnte gut verstehen, dass es für ihn kein angenehmes Gefühl war zurückzukehren. Schließlich war es nicht sehr heldenhaft, einen Mann schwer verletzt und obendrein noch einige Zehen eingebüßt zu haben. Als er sich immer noch nicht rührte, erklärte sie verärgert, dass der Wagen im Hof wartete. Arno zwinkerte bei der Erwähnung des Wagens, rührte sich allerdings immer noch nicht. In diesem Moment steckte Fatma ihren dunklen Kopf durch das Zelt. Mit großen schwarzen Augen blickte sie zu Johanna auf und fragte schüchtern, ob sie Dame Johanna begleiten dürfe. Johanna nickte seufzend und endlich setzte sich Arno in Bewegung.
Es war nicht schwierig, das Haus mit dem bunten Giebel am Heumarkt zu finden. Als der Wagen in den Hof der Cleingedanks fuhr, stürmte ein blonder Mann aus dem Haus. Er packte Arno und riss ihn vom Wagen. Fatma schrie auf. Johanna bemühte sich, das Maultier zu beruhigen. Arno lag mit vor Schreck geweiteten Augen im Dreck, doch er versuchte nicht, sich zu wehren. Der Angrei-

fer zerrte ihn hoch und schüttelte ihn, bis die Zähne zusammenschlugen.

»Kann man dich denn keinen Moment aus den Augen lassen? Da siehst du, wohin dich die Waffennarrheit führt.«

Der wütende Mann verteilte zwei so kräftige Ohrfeigen, dass Arnos Kopf erst in die eine und dann in die andere Richtung flog. Arno keuchte und hatte Tränen in den Augen.

In diesem Augenblick kam ein kleiner rothaariger Junge aus dem Haus gerannt. Er griff in die Zügel des unruhigen Maultieres und rief: »Herr Anselm, Ihr ängstigt das arme Tier!«

Johanna blickte erstaunt auf den zornigen Mann, der Arno immer noch mit Schlägen bearbeitete. Sie hatte Mechthilds Mann vor vielen Jahren vor Köln im Wald getroffen, doch da war er bewusstlos gewesen und sie konnte sich kaum an ihn erinnern. Mechthild hatte Anselm immer als ruhigen Mann geschildert und betont, dass er mit Vorliebe elegante Sätze formulierte und über Rechtsfragen diskutierte. Johanna konnte nicht glauben, dass dieser Mann, dessen Ohrfeigen ziemlich kräftig zu sein schienen, Anselm war.

Arno sackte zusammen und hielt sich abwehrend die Hände vor das Gesicht. Diese Geste genügte, um Anselm zur Vernunft zu bringen. Er schien wie aus einem Traum zu erwachen und blickte sich um. Johanna sah, dass Fatma ihn anstarrte, und legte ihr beruhigend die Hand auf den Arm: »Deinem Arno ist nichts geschehen!«

Anselm reichte Johanna höflich die Hand, um ihr aus dem Wagen zu helfen. Seine Hand war noch rot von den Schlägen und seine Fingerspitzen waren voller Tintenflecke. Atemlos sagte er: »Ihr müsst Dame Johanna sein. Mechthild hat mir viel von Euch erzählt. Entschuldigt mein Auftreten. Es war keine ritterliche Art, eine Dame willkommen zu heißen.«

Johanna musterte ihn verwirrt und er fügte erklärend hinzu: »Arnos Anblick hat mich aus der Fassung gebracht. Lothar hat mir alles berichtet. Wie konnte Arno nur so etwas Dummes tun! Schießt wie ein Narr in die Dunkelheit«, kopfschüttelnd wandte er sich zu dem Jungen, der immer noch das Pferd streichelte: »Brian, kümmere dich um das Tier!«

Johanna war immer noch durcheinander.

»Ihr seid Mechthilds Ehemann? Es war mit den Kölnern ausgemacht worden, dass Arno nach seiner Genesung nach Köln gebracht wird.«
»Sicher. Es ist alles, wie es sein soll. Seht, die Sorge um Mechthild bringt mich noch um den Verstand. Seit Wochen habe ich keine Nachricht von ihr. Sie ist spurlos verschwunden.«
»Mechthild ist verschwunden? Sie ist seit Wochen fort und Ihr wisst nichts?«
Anselm strich sich eine Strähne aus der Stirn und sagte leise: »Wir sprechen drinnen weiter. Kommt, der alte Kaufmann wäre sicher enttäuscht, wenn Ihr ihn nicht begrüßt.«
Fatma weigerte sich, Anselms helfende Hand zu ergreifen, und sprang allein vom Wagen.
Johanna sah zu Arno hinüber, der immer noch auf dem Boden saß. Während sie Anselm ins Haus folgte, fragte sie sich, ob sie ihm trauen konnte. Sein Verhalten erschien ihr sehr sonderbar und sie hätte gern gewusst, was im Haus der Cleingedanks vorging.
Kurze Zeit später kümmerte sich eine kleine runde Frau in der Küche um den zitternden Arno und die blasse Fatma. Anselm führte Johanna in die Halle und ließ Kuchen und Wein kommen. Es war ein behaglicher Raum, der durch die braunen und grünen Butzenscheiben in ein warmes Licht getaucht war. Johanna stellte sich vor den großen Wandteppich und betrachtete die fröhliche Hirschjagd nachdenklich. Hatte Mechthild nicht erwähnt, dass der blonde Jäger mit dem gespannten Bogen Ähnlichkeit mit Anselm hätte? Prüfend legte sie den Kopf schräg und kniff die Augen zusammen. Hinter ihr fragte Anselm höflich: »Ist Euch kühl? Ich kann Holz nachlegen lassen?«
Sie drehte sich zu ihm um und sagte verwundert: »Und Ihr habt keine Ahnung, wo sie sein könnte?«
»Sie wollte anscheinend nicht länger warten und ist nach Braunschweig aufgebrochen. Ihr Bruder Lothar glaubt, dass sie mich auf dem Weg verpasst hat. Wir sind tagelang die Straßen rund um Köln abgeritten. Schließlich haben wir einen Boten nach Braunschweig geschickt. Er brachte heute Morgen die Nachricht, dass keine Dame Mechthild dort sei. Weder in ihrem Braunschweiger Stadthaus noch auf unserem Lehnshof.«

Anselm begann in der Halle auf und ab zu gehen, plötzlich rief er: »Braunschweig war meine letzte Hoffnung. Ich war mit Lothar in Sinzig, um Mechthilds ehemaligen Handelsgehilfen Friedrich zu suchen. Ich hatte gehofft, er wüsste etwas, doch er ist ebenfalls verschwunden!«
»Warum glaubt Ihr, dass sein Verschwinden etwas mit Mechthilds zu tun hat?«
Anselm blieb stehen und strich sich das Haar aus der Stirn.
»Ich glaube das nicht! Gott ist mein Zeuge, ich teile nicht den Verdacht meiner Schwägerin. Mechthild würde so etwas nie tun!«
Johanna brauchte einen Moment, bis sie verstand, wieso er so aufgebracht war. Als sie begriff, dass man Mechthild des Ehebruchs mit ihrem Handelsgehilfen verdächtigte, flüsterte sie empört: »Nein, Mechthild würde so etwas nie tun!«
Anselm nickte und lächelte ihr dankbar zu. Johanna betrachtete sein blasses, müdes Gesicht und entschied erleichtert, dass sie ihn mochte und ihm vertrauen konnte.
Bedauerlicherweise hatten sie keine Gelegenheit, sich weiter zu unterhalten. Die Tür ging auf und nach und nach kamen die Mitglieder der Familie Cleingedank herein. Sie betrachteten die fremde Dame interessiert und stellten neugierige Fragen.
Anselm saß ungeduldig auf der gepolsterten Bank und beobachtete die Cleingedanks. Er hatte sie noch nie so erlebt. Ein Mitglied von Philipps Hof schien sie ihr stolzes Kaufmannsgehabe vergessen zu lassen. Sie umschwirrten die fremde Dame und fragten sie nach König Philipp und seinem Hof aus. Johanna ließ sich nicht aus der Ruhe bringen. Sie lächelte zurückhaltend und blickte verständnisvoll mit ihren großen braunen Augen in die Runde. Anselm bewunderte ihre Geduld. Mechthild wäre schon längst aufgesprungen und davongestürmt.
Heinrich und Wilhelm wollten alles über König Philipp wissen. Ob er wirklich so stark und mutig wäre, wie groß sein Schwert sei und ob sein Pferd aus dem Morgenland fliegen könne.
Rudolf Cleingedank erkundigte sich, ob sie auf dem Weg nach Köln irgendetwas Auffälliges bemerkt hätte. Nur Brian war ganz still. Er hockte vor Anselms Füßen und beobachtete die fremde Dame. Lo-

thars Frau Elisabeth war tief beeindruckt vom höfischen Glanz, der Johanna umgab. Elisabeth bemühte sich, besonders damenhaft und gebildet zu erscheinen. Kokett schlug sie die Augen auf und reichte Johanna ein weiteres Stück Früchtekuchen, natürlich nach Hamburger Rezept.

Anselm wünschte, sie würde endlich gehen. Er wollte allein mit Johanna sprechen. Johannas Verbindung zu König Philipps Hof war genau das, worauf er gewartet hatte. Otto erwartete von ihm, dass er sich über Philipps Pläne informierte. Hier bot sich die Gelegenheit. Auf irgendeine Weise würde Dame Johanna ihm Zugang zu Philipps Hof verschaffen. Nur ein Narr würde sie wieder gehen lassen, ohne um ein Wiedersehen zu bitten. Anselm seufzte. Dieser lästige Auftrag von Otto. Was ging ihn König Philipps Politik an? Er hatte ganz andere Sorgen.

Elisabeth blieb auch noch, als der alte Kaufmann und die beiden Jungen längst gegangen waren. Anselm warf Johanna einen viel sagenden Blick zu. Johanna verstand anscheinend sofort, was er wollte, und spielte nun die große Dame von Welt. Anmutig lehnte sie den Kopf nach vorn und wisperte verschwörerisch: »Dame Elisabeth, würdet Ihr wohl so freundlich sein und in der Küche ein wenig von diesem wundervollen Früchtekuchen einpacken lassen? Die Königin wird sich freuen.«

Als sie fort war, lachte Johanna und flüsterte verschwörerisch: »Die Königin isst nie Süßes. Doch die Prinzessinnen werden sich über den Kuchen sicher freuen.« Sie hatte anscheinend genau das Richtige gesagt. Brian entspannte sich sichtlich. Er lehnte sich zurück und nahm die Katze auf den Schoß. Anselm beobachtete ihn verwundert. Brian war ein seltsamer Junge. Seit seiner Ankunft im Kaufmannshaus wich Brian ihm nicht mehr von der Seite. Anselm mochte ihn, obwohl er es selbst nicht ganz verstand. Er nahm den Jungen in Schutz, wann immer es nötig war. Brian hielt ihn über die Gerüchte in der Stadt auf dem Laufenden. Er unterrichtete ihn, wenn die Leiche einer Frau aus dem Rhein gezogen wurde, und begleitete ihn zum Rheinufer, um sicherzugehen, dass es nicht Mechthild war. Brian wusste alles über entflohene Leibeigene, die in der Stadt Zuflucht gesucht hatten, reisende Kaufleute und mordende Räuberbanden. Er rannte durch

Kölns Gassen und hörte sich um, ob jemand etwas über eine blonde Frau wusste, die sich im Kaufmannswesen auskannte. Anselm hatte ihm viel von Mechthild erzählt. Er hatte ihm beschrieben, wie sie einst einen Verräter in der Bärenfalle gefangen gehalten hatte. Erzählt, wie sie sich mutig den Braunschweiger Kaufleuten entgegengestellt hatte, die ihr den Handel untersagen wollten. Erwähnt, wie sie wegen einer kranken Leibeigenen zu Fuß durch den Schnee gelaufen war, um Hilfe zu holen. Während Anselm an Mechthild dachte, überfiel ihn eine heftige Sehnsucht und er glaubte, ihr Lachen durchs Kaufmannshaus klingen zu hören.

Johanna hatte Anselm die ganze Zeit angesehen. Sie hätte zu gern gewusst, was in seinem Kopf vorging. Er hatte den Jungen mit so viel Liebe betrachtet, als wäre es sein eigenes Kind. Sie runzelte die Stirn und fragte zögernd: »Ist er Euer Sohn?«

»Ob Brian mein Sohn ist? O nein, nein. Gott hat uns keine Kinder geschenkt.«

Anselm wirkte verlegen und räusperte sich. Es schien ihm wichtig, Brians Anwesenheit zu erklären: »Brian hilft mir, Mechthild zu suchen. Er ist ein guter Junge. Er kennt sich in Kölns Gassen aus und hält seine Ohren und Augen offen.«

Johanna stand auf und raffte ihren Mantel über der Brust. Anselm erhob sich ebenfalls und fragte: »Kann ich morgen zu Euch zum Palast kommen und mich dort umhören? Vielleicht weiß jemand etwas über Mechthild? Kennt Ihr einflussreiche Ritter? Könnt Ihr mich ihnen vorstellen?«

»Oh, ich denke, keiner von Philipps Männern wird etwas über Mechthild wissen. Es tut mir Leid.«

Anselm stand mit hängenden Schultern und sorgenvollem Gesicht vor ihr. Deshalb sagte sie so zuversichtlich wie möglich: »Mechthild wird wiederkommen, ganz bestimmt.«

»Alles liegt in der Hand des Allmächtigen. Sein Wille geschehe.«

Als Johanna das Haus verließ, gingen ihr immer noch Anselms Abschiedsworte durch den Sinn. Er hatte genau wie Konrad geklungen.

April 1207, im Herzogtum Franken

Dieser Morgen war Mechthilds Morgen. Sie war fest entschlossen, ihn zu nutzen.

Seit Tagen wartete sie schon auf eine Gelegenheit zur Flucht. Doch es hatte nie gepasst. Zwar hatte der junge Soldat ihr noch am selben Morgen erlaubt, die Gegend um den Lagerplatz nach Gundelrebe abzusuchen, doch er war ihr dicht gefolgt und hatte sie nicht aus den Augen gelassen. Mechthild hatte mit großer Sorgfalt die Pflanzen der Umgebung untersucht. Sie hatte viel sagend vor sich hin gemurmelt und immer wieder wissend genickt. Gero schien tief beeindruckt zu sein. Dabei murmelte sie nur, was ihr in den Sinn kam, und grub hier und da eine Wurzel aus oder roch an einem Blatt.

Sie hatte die Zubereitung von Heiltrünken und Umschlägen in Braunschweig stets einer Magd überlassen. Selbst als sie sich darum bemüht hatte, mit Hilfe von Kräutern und Salben ein Kind zu empfangen. Tante Herrad hatte sie immer vor den alten Kräften und dem dunklen Zauber der Wälder gewarnt: Eine Dame erträgt ihr Leid und hofft auf Gott. Die gute alte Tante musste nie vortäuschen, etwas über die Wirkung von Ehrenpreis und Taubnessel zu wissen. Mechthild war schließlich mit einem andächtig hinter ihr schreitenden Gero und einem Korb voller Kräuter und Wurzeln zum Lagerplatz zurückgekehrt. Bevor sie aufgebrochen waren, hatte Mechthild einen stinkenden braunen Sud zubereitet. Der Brei hatte über dem Feuer gebrodelt. Ein Geruch nach Pferdemist und fauligen Zwiebeln war über den Platz gezogen. Fliegen hatten das blubbernde Gemisch umschwirrt und sich auf den Rand des dreibeinigen Topfes niedergelassen. Emsig hatte sie darin gerührt und dabei Beschwörungen und bedeutend klingenden Worte geflüstert. Sie hatte ihr Kaufmannslatein benutzt und gehofft, dass es niemandem auffiel. Unter vielen ›mercatores‹ und ›negociatores‹ war der dunkle Sud aus Blättern und Wurzeln zu einem Heilmittel geworden, welches sie dampfend auf Geros Handrücken gestrichen hatte.

Friedrich hatte sie amüsiert beobachtet und der alte Soldat ungeduldig zum Aufbruch gedrängt.

Jeden Morgen wiederholte sich diese seltsame Prozedur. Erstaunlicherweise zeigte die selbst erdachte Behandlung erste Erfolge. Wenn

sie abends die Leinentücher abwickelte, sah der Ausschlag schon viel weniger rot und entzündet aus. Mechthild betete inständig zur heiligen Margareta, dass dieses Wunder dauern würde, bis sich eine Gelegenheit zur Flucht ergab.
An diesem Morgen schien es so weit zu sein, denn der alte Soldat lag seit gestern Nachmittag fiebernd im Wagen und musste Gero nun auch das Lager überlassen. Gero machte sich mit Friedrich daran, die Zelte abzubauen und die Decken zusammenzusuchen. Als Mechthild fragte, ob sie allein auf Kräutersuche gehen sollte, nickte er zerstreut und rollte ein Seil zusammen.
Sie ging so unbeschwert wie möglich zum Wagen hinüber und griff nach dem Korb, in dem sie gestern Abend ein paar Brotkanten unter einem fleckigen Tuch versteckt hatte. Summend und den Korb schwenkend ging sie an Friedrich vorbei. Er steckte die Zeltstange in den Boden zurück und sah sie fragend an. Als sie ihn verschwörerisch anlächelte, griff er nach ihrem Arm und zog sie zu sich heran: »Was habt Ihr vor?«
»Nachsehen, ob Gundelrebe auch vor den Toren Kölns zu finden ist. Dort ist sie sicher am kräftigsten.«
Sie unterdrückte ein Lächeln und schüttelte seine Hand ab. Friedrich wurde ganz blass und er wisperte: »Ihr kommt niemals bis nach Köln. Die Wolken hinter den Hügeln sehen sehr bedrohlich aus. Sie kündigen einen Frühjahrssturm an, der in wenigen Stunden losbrechen wird. Ich hoffe, wir werden bis dahin einen Lehnshof oder einen Gasthof finden.«
Gero warf das Seil in den Wagen und rief misstrauisch: »Was ist los?«
Friedrich zerrte an der Zeltstange und brüllte zu ihm herüber: »Wir überlegen, ob es im Wald unten Kräuter gegen Ramwolds Fieber gibt.«
»Sie soll sich beeilen. Ein Sturm zieht auf.«
Mechthild blickte sich nach den Wolkentürmen um, die ihre grauen, zerfledderten Finger hinter dem Hügel hervorstreckten. Wütend biss sie auf ihrer Unterlippe herum. Sie würde sich doch nicht von so ein paar Wolken abhalten lassen. Vielleicht irrten die beiden Männer sich? Es war nicht das leiseste Lüftchen zu spüren. Die Tannenzweige

schwankten nur ganz leicht und die Plane des Wagens wurde kaum bewegt. Friedrich war immer viel zu besorgt. Ein bisschen Wind würde nicht schaden. Außerdem hatte sie es gestern geschafft, eine Decke im Gebüsch hinter der Quelle zu verstecken.

Bei ihrer Ankunft gestern Abend hatte sie mit Gero dort Wasser geholt. Der Ort schien ein verwunschener Zufluchtsort zu sein. Eine kleine Quelle entsprang den zerklüfteten Felsen. Das Wasser rann über schlammigen Boden, brachte lange Algenfahnen zum Schlingern und hüpfte über Steine und Moospolster. Buschwindröschen wuchsen unter blühenden Büschen und üppiger Bachnelkenwurz folgte dem schmalen Bachlauf. Gero hatte seine Verbände abgewickelt und die Hände in dem klaren Wasser gekühlt. So war Zeit genug, eine Decke unter dem Mantel hervorzuziehen und unter den Zweigen verschwinden zu lassen. Brotkanten und eine Decke waren für den langen Weg nach Köln zurück nicht viel, aber es musste genügen. Trotzig drehte sie sich zu Friedrich und zischte: »Keinen Tag länger nach Süden! Gott helfe mir, aber Geros Hände müssen nun ohne meine Gundelrebe auskommen.«

Sie klemmte sich den Korb unter den Arm und ging über den Platz.

»Nein, Dame Mechthild, kommt zurück!«

Friedrichs Stimme klang leicht hysterisch. Sie beschleunigte ihre Schritte und hoffte, dass Gero annahm, sie hätten eine Meinungsverschiedenheit über fiebersenkende Kräuter. Hastig wandte sie sich um und schrie über den ganzen Lagerplatz: »Natürlich wächst es an Bachläufen!«

Mechthild wusste nicht, wie viel Zeit ihr blieb. Gero würde sicher bald nach ihr suchen. Sobald sie außer Sicht war, rannte sie los. Sie lief gebückt unter dichten Zweigen hindurch, sprang über Baumstämme und kletterte keuchend den Abhang zum Wald hinunter. Ihr Mantel verfing sich im dichten Unterholz und Haarsträhnen tanzten vor ihren Augen.

Sie hielt kurz inne, um Atem zu schöpfen. Mit dem Korb vor der Brust lehnte sie an einem Baum und strich sich mit der freien Hand eine Strähne hinters Ohr. Ihr Blick fiel auf die dunklen Wolken, die nun den ganzen Himmel bedeckten. Eine Böe fuhr zwischen die Bäume und Äste krachten im Unterholz. Der Wind pfiff durch die Zweige und zerrte an ihrem Mantel. Als sie weiterlief, wurden ihr die Haare ins Gesicht geweht und nahmen ihr die Sicht. Sie presste den Korb an sich und stolperte vorwärts. Irgendwie erreichte sie die Stelle, an der die Quelle entsprang. Ungeschickt zwängte sie sich durch die Büsche, zertrat Buschwindröschen und rutschte auf dem schlammigen Boden aus. Der Korb flog ihr aus der Hand und rollte davon. Kaltes Wasser traf ihr Gesicht und Algen griffen nach ihren Fußknöcheln. Der Sturm wurde immer heftiger. Es rauschte und heulte. Ein Frosch flüchtete mit großen Sprüngen und eine Libelle taumelte vor ihren Augen. Die glockenförmigen Blüten des Bachnelkenwurz wurden hin und her geschüttelt. Rosa und weiße Blütenblätter lösten sich und wirbelten durcheinander.

Mechthild wrang den Saum des durchnässten Mantels aus und wollte aufstehen, da hörte sie durch das Brausen und Plätschern hindurch menschliche Stimmen. Sie hielt in der Bewegung inne und lauschte. Abgerissene Wortfetzen und Rufe drangen aus dem Wald. Das konnten nur Gero und Friedrich sein, die nach ihr suchten. Schnell ließ sie den Mantelsaum fallen und krabbelte auf allen vieren durch den Bach zu der Stelle, an der sie die Decke versteckt hatte. In ihrem Rücken brüllte Gero: »Die Quelle! Sie muss zur Quelle hinuntergegangen sein.«

Ohne nachzudenken, rettete sie sich mit einem Sprung zwischen die dichten Zweige. Ihre Wangen wurden zerkratzt und Dornen streiften ihre zitternden Hände, als sie nach der Decke tastete. Atemlos presste sie die Decke an ihr feuchtes Gesicht und kauerte sich zusammen. Mit geschlossenen Augen wartete Mechthild darauf, dass die Männer sie zwischen den Zweigen finden würden. Sie spürte jeden Herzschlag und versuchte ruhiger zu atmen. Die Decke roch streng und kitzelte in ihren Nasenlöchern. Der Wind rüttelte an den Zweigen und rauschte in den Blättern. Friedrichs Stimme klang verzerrt und unwirklich: »Sie kann nicht weit sein. Ich habe den Korb gefunden.«

Verräter, dachte Mechthild und biss in die kratzige Wolle, denn fast hätte sie es laut gesagt. Mit dem Mund voller Fusseln wartete sie, was nun geschehen würde. Lange Zeit passierte gar nichts. Sie spuckte erleichtert die Decke aus. Friedrich musste Gero von der Quelle fortgeführt haben. Er war doch kein Verräter. Auch wenn er nicht glaubte, dass sie es bis nach Köln schaffen würde, so hatte er sie doch nicht verraten. Er würde sie gehen lassen. Sie würde es auch ohne ihn nach Köln schaffen. Mechthild ließ die Decke zu Boden sinken und dachte daran, dass eine Hand voll Männer ihre eigenen Pläne verfolgte und den Frieden bedrohte. Der Markgraf sammelte Männer um sich, die bereit waren, König Philipp zu töten. Damit würde der Kampf um die Krone weitergehen. Es würden weitere Städte brennen und Heerzüge die Ernten vernichten. Das durfte nicht geschehen! Sie musste so schnell wie möglich zu König Philipp und ihn warnen. Sie wünschte, Friedrich würde sie begleiten und sie könnten beide vor Philipp treten und den Verrat bezeugen. Einem Mann würde der König eher sein Gehör schenken. Doch Friedrich würde von den Soldaten des Wittelsbachers in den Süden gebracht werden und dort in das Verlies einer Burg gesperrt, nur um einen dummen Zwischenfall im Stall zu bezeugen.

Es war schon so lange still, dass sie es wagte, ein paar Zweige niederzudrücken und hinauszuspähen. Das Unwetter schien näher zu kommen. In den Ästen rauschte es nun gewaltig und ein morscher Baum krachte zu Boden. Gerade als sie flehte, Gero und Friedrich würden die Suche endlich abbrechen und ohne sie nach Süden ziehen, hörte sie Friedrich brüllen: »Sie ist dort hinaufgeklettert. Wie ein Eichhörnchen so flink. Du musst noch höher! Höher!«

Es krachte und jemand schrie. Der Sturm heulte durch die Zweige. Plötzlich war jemand neben ihr und bog die Äste des Busches zur Seite. Friedrich beugte sich zu ihr herab und keuchte: »Schnell, Geros Kletteräste sind abgebrochen. Gleich wird er merken, dass Ihr nicht auf der Eiche sitzt. Wenn er seinen Mut wiedergefunden hat, wagt er vielleicht den Sprung in die Tiefe. Los, lauft.«

Mechthild warf sich die Decke über die Schultern, kämpfte sich aus ihrem Versteck und griff nach seiner Hand. Friedrich bückte sich hastig nach dem Korb und rannte mit ihr in den dichteren Wald hinein. Sie kämpften sich geduckt unter herabhängenden Zweigen hindurch, rutschten auf dem feuchten Moos aus und stolperten über umgestürzte Baumstämme. Mechthild japste nach Luft. Sie umklammerte mit einer Hand ihre Wolldecke und mit der anderen Friedrichs Hand. Sie wollte ihn nie mehr loslassen. Er hatte sie nicht verraten!

Er war kein Dummkopf. Natürlich war er das nicht. Er war klug und gerissen, genau wie ein guter Kaufmann sein sollte.

Als sie aus dem dichten Wald auf eine Lichtung kamen, schlug ihnen ein kräftiger Wind entgegen. Mechthilds Herz klopfte heftig, doch sie fühlte sich unendlich erleichtert: Die Soldaten würden Friedrich nicht in ein finsteres Verlies sperren und sie würde nicht allein zum König müssen. Alles würde gut werden. Friedrich blieb plötzlich stehen und ließ sich unvermutet ins Gras fallen. Der Korb rollte über das Moos, Friedrich breitete seufzend die Arme aus. Sein Brustkorb hob und senkte sich unablässig. Er blickte keuchend zu ihr auf und in seinem ungewohnt verschmitzten Blick lag etwas Lauerndes. Der Wind wirbelte ihr die Haare ins Gesicht und die Decke rutschte von ihrer Schulter. Sie ließ sich neben ihn ins Gras fallen und begann übermütig zu lachen. Sie waren frei, frei. Sie drehte sich zu ihm und prustete lachend in sein erhitztes Gesicht: »Ihr wart großartig, Friedrich. Einfach wundervoll.«

Er richtete sich auf und zog sie mit einer ungestümen Bewegung zu sich heran. Ehe sie sich darüber wundern konnte, begann er, sie heftig zu küssen. Ihre Erleichterung ließ sie alles andere vergessen. Sie vergaß für einen Moment, wer er war. Sie vergaß den Wald um sich herum und das Rauschen in den Bäumen war weit weg. Seine Hände fuhren an ihrem Nacken entlang und umfassten grob ihren Hals. Die Besitz ergreifende Geste weckte sie. Mechthild stieß ihn wütend weg: »Friedrich! Was soll das?«

Friedrich setzte sich auf und fuhr sich mit einer fahrigen Geste durchs Haar. Anscheinend fehlten ihm die Worte. Mechthild wollte gar keine Erklärungen und Entschuldigungen hören. Gut, er hatte sich vergessen. Das kam vor. Schließlich war er ein Mann. Doch nun wollte sie, dass er sich wieder vernünftig benahm. Sie rappelte sich hoch, bückte sich nach der Decke und legte sie schützend um ihre Schultern. Entschlossen sagte sie: »Steht auf. Gero ist sicher längst vom Baum gekommen und auf der Suche nach uns. Wir müssen weiter.«

Friedrich nickte und erhob sich unsicher. Während er dicht hinter ihr herstolperte, versuchte Mechthild, nicht mehr an den Kuss zu denken.

April 1207, in Köln

In Köln war es am nächsten Morgen windstill und frühlingshaft mild, als Anselm mit Brian durch die Straßen zum Palast des Erzbischofs lief. Anselm war viel zu wütend, um den Frühling zu bemerken. Dabei kündigte ein hellblauer Himmel mit zarten weißen Schleiern einen herrlichen Tag an. Die Vögel bemühten sich redlich und zwitscherten, doch Anselm hörte sie gar nicht. Brian hatte wieder gestohlen und das war Grund genug, den Frühling zu ignorieren.

Dabei sollte er froh sein, denn Brians Diebstahl war ein guter Vorwand, um zum Palast des Erzbischofs zu gehen und sich unter Philipps Männern umzuhören. Doch seltsamerweise überwog die Sorge um den Jungen. Er hatte es wieder getan. Er hatte wieder gestohlen. Diesmal war es eine kleine silberne Dose. Sie schien aus dem Morgenland zu kommen, denn fremdartig anmutende Blütenkelche zierten ihren Deckel und ein süßlicher Duft entströmte ihr. Brian behauptete, sie wäre Dame Johanna auf der Treppe aus dem Mantel gerutscht. Wenn der Junge anfing, Fremde zu bestehlen, würde sein Leben als Dieb vor dem Zorn des Gesetzes enden. Anselm wollte sich dieses Ende lieber nicht genauer ausmalen. Es wäre auf jeden Fall blutig.

Als sie vor dem Palast standen, blieb Anselm endlich stehen und ließ Brians Arm los. Der Junge rieb sich die schmerzende Stelle und blickte zu ihm auf. Anselm hockte sich vor ihn und sah ihn streng an.

»Wir suchen jetzt die Dame und du gibst ihr die silberne Dose zurück. Und du entschuldigst dich, hast du mich verstanden? Wenn du so etwas noch einmal machst, dann muss ich dich hart bestrafen.«

Anselm fragte sich zu den Hofdamen durch. Sie waren etwas abseits im Besuchertrakt untergebracht. Anselm und Brian mussten den schmalen Kräutergarten hinter sich lassen, in dem sich die Zelte drängten, und Brian starrte bewundernd zu einem fremdländisch wirkendem Zelt auf, das etwas abseits stand. Die Räume der Königin und ihrer Damen waren im Gegensatz dazu düster und kalt. Eine hochnäsige Dame rauschte an ihnen vorbei und irgendwo klimperte jemand lustlos auf einer Laute.

Anselm und Brian stiegen eine schmale Treppe hinauf und betraten einen kleinen Raum, der mit Stickrahmen und Truhen voll gestellt

war. Mittendrin stand Dame Johanna und beugte sich über eine geöffnete Truhe. Sie trug ihr Haar offen und hatte den Arm voller Leinen. Gürtel lagen verstreut herum, ein Tiegel war umgekippt und sein Inhalt ergoss sich süßlich duftend. Es brannte kein Feuer und nur eine einzige Öllampe beleuchtete das Durcheinander.
Johanna blickte erstaunt auf, als Anselm mit Brian hereinkam. Der Junge hielt ihr eine kleine silberne Dose entgegen und nuschelte: »Es gehört Euch.«
Johanna nahm ihm die Dose aus der Hand und rief: »Oh, meine Jasmin Duftpaste – ich habe sie also gestern im Kaufmannshaus verloren! Sie ist ein Geschenk aus dem Morgenland und ich trage sie immer bei mir. Ich konnte sie nirgends finden und hatte schon befürchtet, ohne sie abreisen zu müssen.«
Sie legte die Dose in die Truhe und häufte das Leinen darüber, als ob sie dafür sorgen müsste, dass die Duftpaste nicht auskühlte.
Anselm dachte darüber nach, was ihre Worte bedeuteten. König Philipp zog weiter und er würde nichts erfahren. Johanna schien sich über sein nachdenkliches Gesicht zu wundern. Sie blickte auf und erklärte: »So ist es immer. Wir reisen und reisen. Der König muss in seinem Reich überall zur selben Zeit sein. Er muss Rechtsstreitereien schlichten, Stadtmauern genehmigen und Lehensverhältnisse klären. Wir brechen in wenigen Stunden auf.«
»Ich hatte gehofft, bei Philipps Gefolge doch einen Hinweis auf Mechthild zu finden.«
»Ihr gebt wohl niemals auf? Ich hatte Euch doch schon im Kaufmannhaus gesagt, dass es unwahrscheinlich ist, dass ausgerechnet jemand von Philipps Männern etwas über Mechthild weiß!«
Dieser Hinweis brachte Anselm in Verlegenheit. Natürlich hatte sie Recht. Er konnte ihr schlecht seine wahren Beweggründe erklären. So sagte er schließlich: »Ehm, na ja, Mechthild hat doch immer und überall ihre Finger drin.«
Johanna lächelte und ergänzte: »Ihr meint, weil sie immer dort ist, wo sie ein gutes Geschäft vermutet?«
»So ungefähr.«
Er sah sie unsicher an und keiner von beiden bemerkte, wie sich Brian davonstahl. Er huschte unbemerkt durch die offen stehende Tür.

Johanna brach als Erste das Schweigen und rief: »Ihr denkt, dass jemand von Philipps Männern in Sinzig beobachtet hat, wie sie mit Friedrich verschwunden ist? Nein, sie ist niemals mit einem anderen Mann fortgelaufen, niemals! Eher wurde sie geraubt und wird gegen ihren Willen gefangen gehalten.«

»Warum gibt es keine Lösegeldforderung? Sie hätte längst im Kaufmannshaus eintreffen müssen. Aber wir haben keine Spur, keinen Brief, keinen Hinweis, nichts.«

Plötzlich hielt er inne und blickte um sich: »Wo ist der Junge? Eben war er doch noch da.«

Anselm hastete ohne ein weiteres Wort hinaus. Er rannte die Treppe hinunter in den Hof, stürzte an den Zelten im Kräutergarten vorbei, streifte ein buntes Zelt mit dem Arm, bog um die Ställe herum und blieb schwer atmend neben einer Schar Soldaten stehen, die ihn erstaunt ansahen. Er versuchte ein freundliches Gesicht zu machen und fragte die Männer, ob sie einen kleinen rothaarigen Jungen gesehen hätten. Als sie die Köpfe schüttelten, fluchte Anselm leise vor sich hin. Dann blickte er auf und erkannte, dass sich hier genau die Gelegenheit bot, auf die er gehofft hatte.

Fatma stand an der Tür des Küchentrakts und starrte missmutig zu den Männern vor dem Stall hinüber. Zwischen den Händen hielt sie ein fettiges Bündel, eine gebratene Keule, die sie in der Küche gefunden hatte, ohne dass es jemand bemerkt hatte. Fatma wollte schnell zum Kräutergarten und die Keule Harun bringen und dann wieder unauffällig zurückkehren. Erst danach wollte sie mit dem Tablett voller Mandelkuchen zu Johanna zurück. Doch daraus wurde nun nichts. Die Männer vor dem Stall würden sie bemerken.

Auf ihrem Weg zum Kräutergarten musste sie auch an dem aufbrausenden Mann vorbei, der Arno gestern geschlagen hatte. Arnos Herrn wollte sie auf keinen Fall in die Arme laufen. Er würde sie bestimmt wiedererkennen und fragen, was sie da bei sich trug. Er hatte sie bis jetzt noch nicht bemerkt, da er sich mit den anderen Männern unterhielt, einfachen Soldaten, unter denen auch ein Schreiber war, der Griffel und Wachstäfelchen am Gürtel trug. Jetzt lachten die Männer laut. Der Schreiber schlug Arnos Herrn freundschaftlich auf die Schulter.

Fatma wurde ärgerlich. Diese Männer verhinderten, dass Harun seine Keule bekam und deshalb hungern musste. Es war gut, dass der Hof bald weiterreisen würde. Auf der Reise konnten sie ihr Zelt etwas abseits von den anderen aufschlagen. Harun konnte dann unbehelligt seine Gebete verrichten und niemand störte sich daran. Hier wurde er jedes Mal von spottenden Kindern umlagert, wenn er sich auf seinem Gebetsteppich Richtung Mekka verneigte. Ihr kranker Herr hörte den Lärm im Zelt, doch er tat nichts, um Harun zu schützen. Wenn Harun mit seinem Essen vor dem Zelt hockte, wie er es gewohnt war, kamen die Pagen und stahlen ihm kichernd das Brot und stießen den Topf um. Fatma hatte es mehrmals beobachtet. Seitdem versuchte sie, ihm etwas nebenbei zuzustecken.
Ihr Herr hatte sich sehr verändert. Früher war das anders gewesen, doch seit sie den Sternenmantel an sich genommen hatte, war er verändert. Dabei hatte sie den Sternenmantel versteckt, um ihm zu helfen. Sie wusste, dass er den Sternenmantel in Damaskus gestohlen haben musste. Sein hektischer Aufbruch und das schwarze auffällige Bündel, um das er auf der Reise so besorgt gewesen war, hatten ihn verraten. Als der Meister in Sidon zu einem Kranken unterwegs war, hatte sie das Bündel untersucht und den Sternenmantel entdeckt. Sie hatte sofort die vernichtende Kraft des Mantels gespürt und sich geschworen, ihren Herrn davor zu beschützen. Sie hatte nur auf eine Gelegenheit gewartet. In jener Nacht in Sinzig war sie aus dem Zelt gestürzt und hatte gesehen, wie Arno in der Dunkelheit verschwunden war. Da hatte der Sternenmantel im Mondlicht gelegen. Er hatte nicht prächtig ausgesehen, sondern zerknittert und nachlässig im Schnee gelegen, so wie Arno ihn zurückgelassen haben musste. Fatma hatte nicht widerstehen können. Sie hatte den Mantel aufgehoben und ihr Gesicht darin vergraben. Gerüche aus der Heimat hatten ihre Sinne verwirrt. Sie stand plötzlich nicht mehr vor dem Zelt. Sie stand mitten auf dem Gewürzmarkt von Damaskus und hörte die Rufe der Händler und die Schreie der Esel. Sie roch Safran, Muskatnuss und Gewürznelke, tauchte in das helle, warme Sonnenlicht ein und wünschte sich so sehr, dort zu sein, dass jeder Atemzug wehtat. In diesem Augenblick hatte sie verstanden, dass der Sternenmantel genauso fühlte wie sie. Er wollte nach Hause. Er fürchtete und hasste dieses

kalte, dunkle Land genau wie sie. Er verachtete die Morgennebel und die blassen Menschen. Er sehnte sich nach den Gerüchen und den Geräuschen von Damaskus. Fatma hatte den Sternenmantel in ihre Obhut genommen und ihm geschworen, dass sie ihn zurückbringen würde. Nach Hause, nach Damaskus, in die bunten Farben und ins strahlende Licht der heißen Sonne. Eines Tages würde sie heimkehren und der Sternenmantel mit ihr. Fatma hatte den Sternenmantel gut versteckt und selbst Harun ahnte nicht, wo er sich befand.

Ihr Herr schien seit dem Verlust des Mantels kaum etwas von seiner Umgebung mitzubekommen. Mit dem Sternenmantel schien alle Kraft und aller Lebenswillen von ihm gewichen zu sein. Fatma befürchtete, dass sie zu lange gezögert hatte. Die Macht des Mantels hatte offensichtlich bereits begonnen, ihren Meister zu zerstören. Er saß stundenlang da und grübelte über Schuld und Verstrickung, Verrat und Verantwortung. Sobald ihn jemand ansprach, drehte er sich weg. Manchmal murmelte er Koranverse oder Sprüche großer Gelehrter vor sich hin. Er sprach mal Arabisch, mal klang es wie Hebräisch, dann wieder waren es Brocken von Latein durchmischt mit Griechisch. Zumindest behauptete das Dame Johanna. Sie kam ziemlich oft und hockte dann neben dem Meister auf den Kissen und lauschte seinen nicht enden wollenden Monologen. Auch sie schaffte es nicht, den Meister aus seiner Schwermut zu wecken. Oft weinte sie, wenn sie das Zelt wieder verließ.

Fatma mochte Dame Johanna. Sie war eine gute Herrin. Obwohl sie so klein und zierlich war, hatte sie sich gegen den geistlichen Mann durchgesetzt, der Fatma und Harun taufen wollte. Fatma bewunderte Dame Johanna sehr, denn sie wusste ihre Stellung als Hofdame vornehm und weltgewandt zu nutzen. So eine wundervolle Frau fand man nur im Harem eines großen und mächtigen Herrschers.

Nun begann Arnos Herr vor dem Stall auf und ab zu laufen. Er redete die ganze Zeit und sah sehr besorgt aus.

Armer Arno, dachte Fatma, während sie das fettige Bündel in ihren Händen drehte. Es war furchtbar, einem grausamen Herrn zu dienen. Bevor er sein Augenlicht verloren hatte, war Meister Konradus zwar manchmal etwas ungeduldig gewesen, doch er hatte sie nie geschlagen. Er hatte sie immer gut behandelt und sie hatte viel von ihm gelernt. Sie würde sich dankbar erweisen und ihn vor der zerstörerischen Kraft des Sternenmantels bewahren. Irgendwann würde ihr Meister einsehen, dass der Mantel für immer verloren war, irgendwann würde seine Sehnsucht nach Damaskus so stark werden, dass er zurückkehren würde. Dann würde der Sternenmantel mit ihnen reisen, ohne dass jemand davon wusste. Doch bis dahin musste Fatma geduldig alles ertragen, was dieses dunkle, kalte Land für sie bereithielt. Fatma seufzte und bat Allah um Vergebung. Sie klagte zu viel über ihr Los. Sie sollte viel geduldiger sein, so wie es der Koran lehrte. Harun hatte es viel schlechter getroffen und – Arno!

Eigentlich hätte sie Arno hassen müssen, da er ihren Herrn zu dem gemacht hatte, was er jetzt war. Anfangs hatte sie es noch versucht, doch es war ihr einfach nicht gelungen. Er war nicht so, wie sie sich einen bösen Ungläubigen vorstellte. Nichts Verdorbenes oder Grausames war an ihm. Es war so leicht, jeden seiner Gedanken in seinen Augen zu lesen. In diesen unschuldigen Kinderaugen, die immer noch nicht fassen konnten, was geschehen war. Er hatte zuerst tagelang nicht gesprochen und nichts gegessen. Ihre Sorge um seine Zehen hatte ihn nach und nach aus seiner Erstarrung erwachen lassen und Arno hatte ihr jeden Tag die Zeit beim Kochen verkürzt und ihr Soldatenlieder beigebracht. Sie hatte sich an seine Aufmerksamkeiten gewöhnt, doch nun musste er bei seinem strengen Herrn in Köln bleiben. Sie fühlte, dass sie Arno sehr vermissen würde.

Arnos Herr blockierte immer noch ihren Weg zu Harun. Alle Soldaten waren schon fort. Nun unterhielt er sich nur noch sehr ernst und eindringlich mit dem Schreiber, der die Finger in die Höhe hielt, als würde er etwas abzählen. Das Gespräch würde wohl noch länger dauern. Sie drehte sich um und beschloss, später noch einmal wiederzukommen.

Kurze Zeit später kam Fatma mit einem Tablett Mandelhonigkuchen aus dem Küchentrakt und hastete mit sittsam gesenkten Augen an den beiden Männern vorbei. Sie hatte schon viel zu viel Zeit vertrödelt. Dame Johanna würde sich wundern, wo sie steckte. Fatma beschleunigte ihre Schritte. Sie lief die Treppe hinauf und an den Räumen der Königin vorbei. Daneben lagen die Schlafräume der kleinen

Mädchen. Sie überlegte, ob sie es wagen konnte, Beatrix von dem Gebäck kosten zu lassen. Kurzentschlossen wandte sie sich zur Tür.
Erst im letzten Moment sah sie den kleinen rothaarigen Jungen, der davor hockte. Er ließ seine Finger über seine Knie galoppieren, als wären es kleine Pferdchen, und schnalzte dazu. Erschrocken sah er auf. Sein Blick blieb an dem Kuchen hängen. Fatma kannte diesen Blick nur zu gut von hungrigen Katzen und bettelnden Hunden.
»Du kannst nehmen, sind so viele.«
»Da drinnen jault ein Hund. Ich höre ihm schon eine Weile zu. Er braucht mich, darf ich hinein?«
Fatma sah ihn erstaunt an, dann hörte sie das Wimmern und Fiepen. Sie schob vorsichtig die Tür auf und spähte in einen kleinen, von einem prasselnden Feuer hell erleuchteten Raum.
»Beatrix? Ich bringe Gast! Darf kommen?«
Vor einem schmutzigen Kamin kniete ein blondes Mädchen und hatte ein weißes Bündel auf dem Schoß. Ein feucht und verklebt aussehender Welpe kämpfte mit einem roten Band, das um seinen Hals gewunden war. Das Mädchen hörte auf, das winselnde Tier zu streicheln, und rief mit hoher, zarter Stimme: »Mandelhonigstücke, oh! Ich bin gar nicht zum Essen gelaufen. Kann ihn doch nicht allein lassen. Schau, er ist schon ganz zutraulich.«
Der König hatte den Wurf seines Lieblingshundes heute Morgen unter seinen Anhängern verteilt. Beatrix hatte so lange gebettelt, bis sie sich einen hatte aussuchen dürfen. Nun saß sie schon seit Stunden hier und hielt das kleine Bündel umschlungen.
Als der rothaarige Junge den jungen Hund sah, verlor er jede Scheu. Ohne Zögern kam er näher und nahm Beatrix den Hund aus den Armen. Der begann, ihm gleich zutraulich das Gesicht zu lecken. Der Junge sah die kleine Prinzessin streng an und sagte: »Er ist noch zu jung, um von seiner Mutter getrennt zu werden. Das rote Halsband macht ihm Angst und du solltest ihn nicht parfümieren.«
»Er darf nicht bei den großen Hunden bleiben. Das Rosenwasser und die rote Schleife waren doch nur Spaß. Warte, ich nehme sie ab.«
Der kleine Junge setzte sich neben Beatrix auf die gepolsterte Bank. Gemeinsam beugten sie sich über den kleinen Hund.

Fatma beobachtete sie zufrieden. Beatrix war zu viel allein und die beiden schienen sich recht gut zu verstehen. Solche zarten und zerbrechlichen Kinder gab es in ihrer Heimat nicht. Dort waren die Kinder braun und kräftig. Nur christliche Sklaven sahen so aus. Fatma dachte an den Sklaven von Kamāl, einem jungen Arzt aus dem Maristan Nuri. Der Sklave war Abū genannt worden und war genauso blond gewesen wie die kleine Prinzessin. Erst vor wenigen Tagen hatte sie geglaubt, Abū in einer Menschenmenge zu sehen. Ihr Heimweh gaukelte ihr immer häufiger Bilder aus der Heimat vor. Gestern Nacht hatte sie gemeint, Konrads Freund Kamāl vor dem Zelt stehen zu sehen, ganz deutlich hatte sie seinen Turban im Mondlicht leuchten sehen. Es wurde Zeit, dass sie nach Hause aufbrachen.
Der kleine Junge hob selbstbewusst sein Kinn. Fatma lächelte. Das Herz des kleinen Mädchens hatte er gewonnen. Beatrix sah bewundernd zu ihm auf und lauschte beeindruckt jedem seiner Worte. Fatma stellte leise das Tablett mit dem Mandelkuchen neben die Kinder und zog sich zurück.

In selben Augenblick stand Johanna vor ihrer Truhe und blickte sich ratlos um. Wo steckte der Junge bloß? Ein kleiner Junge verschwand doch nicht einfach. Anselm war ohne Abschied davongestürzt, als ob Brian sich in Lebensgefahr befinden würde. Gerade als sie dachte, dass sich Mechthilds Mann manchmal seltsam verhielt, kam Fatma herein. Sie stotterte etwas von einem Tablett mit Mandelhonigkuchen, einem Welpen und einem rothaarigen Jungen. Dann holte sie tief Luft und rief: »Böser Mann, er Arno geschlagen, ist in Hof.«
Johanna sah sie verwundert an und fragte: »Fatma, was ist los? Du bist ja völlig durcheinander. Welcher Junge? Ist es das rothaarige Kind, das wir gestern im Kaufmannshaus getroffen haben?«
Fatma nickte und flüsterte: »Das rothaarige Kind ist sicher. Der Mann plant Böses. Fatma sieht das!«
Johanna runzelte irritiert die Stirn. Wovon redete sie? Anselm musste Fatma gestern sehr erschreckt haben, wenn sie solche Angst vor ihm hatte. Seit Konrads vorgeblicher Erblindung und seiner Schwermut schien Fatma unsicher und leicht erregbar zu sein. Johanna lächelte

ihr beruhigend zu und sagte so sanft, als spräche sie zu einer Kranken: »Alles ist gut. Führ mich zu ihm.«

Fatma nickte und stolperte vor ihr die Treppe hinunter. Sie führte Johanna durch den Kräutergarten zum Küchentrakt hinüber. Im Kräutergarten spielten Kinder fangen und rannten kreischend zwischen den Zelten hindurch. Vor dem arabischen Zelt war niemand zu sehen. Ein verdreckter Junge blieb vor Johanna stehen und hielt ihr bittend seine offene Hand entgegen. Er schien hungrig zu sein.

Natürlich, dachte Johanna erleichtert, Brian war in die Küche gelaufen, um etwas von den Mägden zu erbetteln. Jungen wie Brian waren immer auf der Suche nach süßem Honigzeug. Doch anstatt in die Küche zu gehen, hielt Fatma Johanna zurück und wies auf die offene Stalltür. Die Sonne beschien den leeren Platz, auf dem frische Pferdeäpfel dampften, die von Fliegen umschwirrt wurden. Niemand war zu sehen. Johanna wollte sich umdrehen und Fatma fragen, warum sie nicht in die Küche hineingingen, da kam Anselm aus der Stalltür.

Irgendetwas an Anselms Gesichtsausdruck führte dazu, dass ihr die Worte im Hals stecken blieben. Vielleicht lag es auch an dem wichtig dreinblickenden Mann, der ihn zu Pferd begleitete. Anselm steckte dem Fremden etwas zu, das dieser hastig in seiner Satteltasche verschwinden ließ. Beide blickten sich verstohlen um, bemerkten Johanna und Fatma am Küchentrakt jedoch nicht. Die Frauen hatten die Sonne im Rücken und Anselm blinzelte nur kurz in ihre Richtung, dann trat er mit seinem Stiefel in einen Pferdeapfel. Während er dabei war, seine Sohlen abzuwischen, und die Fliegen ihn umkreisten, wisperte Fatma: »Böse Männer mit dunkle Geheimnis.«

Johanna wollte ihr widersprechen und erklären, dass es nur Anselm sei, der den kleinen Brian suchte, doch hielt sie nachdenklich inne und blickte zu den beiden Männern vor dem Stall hinüber. Der Mann zu Pferd hatte sich nun vorgebeugt und flüsterte mit Anselm. Ihre Gesichtszüge waren angespannt und ihre Schultern vorgezogen, als wollten sie sich dahinter verstecken. Johanna kam plötzlich in den Sinn, dass Anselm vielleicht keineswegs so königstreu war wie das zu Philipp übergelaufene Köln. Er war immer noch Ottos Mann. War er heute Morgen hier, um die kleine Dose zurückzubringen, oder hatte ihn etwas anderes hergeführt? War alles nur ein Vorwand gewesen?

Anselm hatte sie nun entdeckt und kam zu ihnen herüber. Fatma wich zur Wand zurück. Ehe Anselm sie erreicht hatte, kam Brian über den Hof gerannt. Er lachte und schwenkte ein kleines goldenes Gefäß, das sehr flach war und in der Sonne funkelte. Anselm packte Brians Handgelenk und schüttelte es, dabei rief er: »Du hast wieder gestohlen! Ich habe dich gewarnt, Brian!«
Brian ließ das Gefäß los, das klappernd davonrollte, und schrie: »Sie hat es mir geschenkt, Herr! Sie hat es mir geschenkt!«
Anselm schüttelte den Jungen nur noch mehr und Fatma löste sich plötzlich von der Wand. Als sie die beiden erreicht hatte, warf sie sich vor Anselm in den Staub und rief mit erhobenen Händen: »Ihn nicht schlagen! Er war bei Beatrix, sie Philipps Tochter und immer großzügig.«
Johanna half Fatma wieder auf die Beine. Anselm ließ den Jungen los, der sich hastig nach dem goldenen Gefäß bückte und es in seinen Gürtel steckte. Brian wagte nicht aufzublicken und erklärte kleinlaut: »Sie hat den kleinen Hund völlig falsch behandelt. Ich musste ihr alles über Welpen erklären. Morgen soll ich wiederkommen, hat sie gesagt!«
Johanna suchte Anselms Blick und erklärte leise: »Bei Hof wird ein Dienst üblicherweise durch ein Geschenk belohnt.«
Anselm nickte. Er schien immer noch verärgert zu sein, doch er griff nach Brians Hand und sagte versöhnlich: »Ist schon in Ordnung. Komm mit nach Haus. Hast du Hunger?«
Johanna blickte ihnen nach, als sie Hand in Hand über den Hof gingen. Es wirkte sehr friedlich und sie sagte sich, dass sie sich von Fatmas Abneigung vor Anselm hatte anstecken lassen. Anselm war kein böser Mann, wie Fatma ihn nannte. Er war vielleicht etwas aufbrausend. Und das war mehr als verständlich bei einem Mann, der sich um seine verschwundene Frau sorgte.

Anselm ließ sich auf dem Rückweg viel Zeit. Mit jedem Schritt beruhigte er sich etwas. Er hatte keinen Grund, verzweifelt zu sein. Er hatte jemanden gefunden, der gegen guten Lohn bereit war, zu Otto zu reiten und ihm die Neuigkeiten, die er von den Soldaten erhalten hatte, nach Braunschweig zu überbringen. Zuerst waren die Soldaten misstrauisch gewesen, doch nach und nach hatte er ihr Vertrauen gewonnen. Anselm war zufrieden mit diesem Vormittag. Es gab zwar immer noch keine Spur von Mechthild, aber er wusste nun, dass Philipp sich um die Gunst des Papstes bemühte. Die Verhandlungen mit Innozenz schienen schon weit fortgeschritten zu sein. Es war an der Zeit, dass Otto gewarnt wurde. Anselm hatte alles getan, um Otto ein treuer Ratgeber zu sein, und dem Reiter geraten, sich zu beeilen. Wenn Philipp und der Papst heimlich verhandelten, konnte das nur bedeuten, dass sich der Papst von Otto abgewandt hatte.

Brians blieb vor einem Gebäckstand stehen und blickte sehnsüchtig auf die vielen verschiedenen fettglänzenden Kringel. Anselm spürte, dass er ebenfalls hungrig war, und kaufte zwei der Kringel. Vorsichtig gab er Brian eines der vor Fett tropfenden Gebäckstücke. Brian biss so gierig hinein, dass ein Teil des Teiges zu Boden fiel. Er leckte sich genüsslich die Finger ab und seufzte erleichtert: »Ihr seid nicht mehr böse!«

Anselm wollte nicht zu schnell einlenken und so sagte er streng: »Nur wenn du mir alles zeigst, was du gestohlen hast. Zeig es mir lieber gleich, wenn wir im Kaufmannshaus sind. Ich werde es sowieso herausfinden.«

Er wischte sich den Mund mit dem Handrücken ab. Das Gebäck hinterließ einen klebrigen Geschmack auf der Zunge.

Brian blieb plötzlich stehen und holte tief Luft, dann sagte er zögernd: »Ich habe so eine kleine Truhe. Sie … sie ist im Stall versteckt.«

Das Geständnis war ihm offensichtlich sehr schwer gefallen. Er kaute an einem Fingernagel und sah unsicher auf. Anselm nahm wieder seine Hand und zog ihn weiter.

»Was ist in der Truhe? Etwas, was du gestohlen hast?«

»Ochh, so allerlei …«

»Brian!«, Anselm blieb stehen und beugte sich zu ihm hinunter.

»Ich … ähm … niemand hat die Dinge vermisst. Es ist wertloses Zeugs wirklich. Zum Beispiel ist ein seltsames Stück Pergament darunter. Die Kleckse darauf sehen lustig aus. Ich habe es unauffällig aus Onkel Lothars Dokumentenkasten gezogen.«

»Aus seinem Dokumentenkasten? Vermisst er es nicht?«

»Ähh, weiß nicht. Ich denke nicht. Es ist nur ein abgebrochener Brief oder so. Jemand hat Tinte darauf verspritzt und ein Klecks hat die Form eines springenden Pferdes.«

Plötzlich hatte Anselm es eilig, nach Hause zu kommen.

Als die Truhe geöffnet vor ihnen stand, schob Brian verlegen einen bronzenen Zierknopf zur Seite, legte hastig seine schmale Hand auf einen silbernen Löffel, der Anselm irgendwie bekannt vorkam, und zog ein fleckiges Pergament hervor. Anselm griff danach und glättete es auf seinem Schoß. Friedrich, dachte Anselm sofort, als er die Schrift genauer betrachtete. Es war ohne Zweifel Friedrichs Handschrift. Anselm hatte sie schon viele Male auf Wachstäfelchen und Warenlisten im Braunschweiger Kontor gesehen. Dort stand in Friedrichs Handschrift: Hiermit bestätigen wir, der Kaufmann Lothar Cleingedank aus Köln und sein Handelsgehilfe Friedrich, dass König Philipp dem Pfalzgrafen Otto von Wittelsbach … Hier endete der Satz und die Feder war offensichtlich mit Schwung über das Pergament gezogen worden. Sie hatte eine Spur quer über das Schriftstück gezogen und überall waren Tintenkleckse verspritzt. Einer hatte wirklich die Form eines springenden Pferdes. Anselm blickte auf und starrte auf den Holzbalken vor sich, über den Pferdedecken zum Trocknen aufgehängt waren. Zügel und Geschirr waren achtlos über den Balken geworfen worden. Irgendwo scharrte ein Pferd mit den Hufen und wieherte leise.

Brian rutschte unruhig auf seinen Knien herum. Offensichtlich erwartete er, dass Anselm ihn tadeln würde. Doch Anselm hatte ganz andere Sorgen. Seine Gedanken beschäftigten sich mit seinem Schwager Lothar und dem rätselhaften Dokument. Es sah so aus, als hätte jemand Friedrich daran gehindert, weiterzuschreiben. Jemand musste ihn am Arm zurückgerissen haben und die Feder war über das Pergament gerutscht. Lothar und Friedrich waren offenbar daran gehindert worden, dem Pfalzgrafen von Wittelsbach etwas zu bestätigen. Anselm kannte sich mit Urkunden und Dokumenten aus. Es gab viele Vereinbarungen, die schriftlich festgehalten werden mussten. Sicher war die Formulierung ungenau gewesen oder jemand irrtümlich nicht genannt worden. Sicher gab es noch eine vollständige Fassung … Etwas schien ihm seltsam. Es kam nicht alle Tage vor, dass

Handelsgehilfen in Urkundentexten als Zeugen genannt wurden und kurz darauf verschwanden. Es musste einen Zusammenhang zwischen beiden Ereignissen geben und er würde es herausfinden.
Anselm beschloss, mit dem Schriftstück zu Lothar zu gehen. Wenn er ihm das gefundene Dokument zeigte, dann würde Lothar erklären müssen, wie es dazu gekommen war. Das Schriftstück rutschte von seinen Knien. Er fing es auf und rollte es zusammen. Brian fragte unsicher in die Stille: »War es wichtig?«
»Ich muss zu deinem Onkel Lothar ins Kontor. Das Dokument nehme ich mit. Lass das andere Zeug wieder unter dem Stroh verschwinden. Und Brian?«
»Ja, Herr?«
»Du hast Glück. Ich bin in Eile und wir reden später darüber.«
Anselm versteckte das zusammengerollte Dokument unter seinem Mantel und ging zur Stalltür. Er überquerte den leeren, staubigen Platz und hoffte, dass er Lothar noch im Kontor antreffen würde. Es wäre lästig, zum Rhein hinunterlaufen zu müssen und dort an den Landestellen der Rheinschiffer nach ihm zu fragen. Die Vorstellung, Lothar in einem der Lagerräume zwischen Stoffballen und Fässern suchen zu müssen, behagte Anselm noch viel weniger. Während er das Haus durch die schmale Hintertür betrat, malte er sich aus, wie er Lothar das Schriftstück zeigen würde. Er könnte das Dokument hervorholen und so tun, als ob er es zufällig im Stroh gefunden hätte. Wenn er von Brians Diebstahl erzählte, würde es dem Jungen schlecht ergehen. Sie würden ihn ganz sicher fortjagen. Ehe das geschah, würde er den Jungen als Schreibergehilfen zu sich nehmen. Brian besaß eine rasche Auffassungsgabe. Er brauchte nur jemanden, der sich um ihn kümmerte.
Anselm stand nun vor der Tür zum Kontor. Er war so von der Vorstellung gefangen genommen, dass Brian sein Schreiberjunge werden würde, dass er einen Moment brauchte, um sich zu sammeln. Er entschied, nicht zu erwähnen, dass Brian das Schriftstück gestohlen hatte. Es war nicht wichtig, wie er an das unvollendete Pergament gekommen war. Er straffte die Schultern und stieß die Tür zum Kontor auf.
Lothar stand am Pult und es sah so aus, als wäre er damit beschäftigt, eine Warenliste zu vervollständigen. Anscheinend hatte er vor, noch

einmal zum Rhein hinunterzureiten, denn er trug seinen langen Mantel und hatte einen braunen Hut tief in die Stirn gezogen. Die Pulte der Lehrlinge waren leer und das Licht fiel schräg über die fleckige Oberfläche der Tische. Es war kühl und still, nur das Kratzen von Lothars Feder war zu hören. Anselm räusperte sich und Lothar blickte auf. Sein fragender Blick wirkte unter dem dunklem Hut mit den Fasanenfedern finster und abweisend. Als er Anselm erkannte, runzelte er beunruhigt die Stirn. Er beugte sich vor, schrieb noch ein paar Worte hinzu, legte die Feder auf das Pult und fragte misstrauisch: »Anselm? Was wollt Ihr? Ihr seht besorgt aus. Gibt es schlechte Nachrichten? Etwas Neues von Mechthild?«
Anselm trat ans Pult und zog die Pergamentrolle unter seinem Mantel hervor. Er legte sie mitten auf die eben vervollständigte Warenliste und klopfte mit dem Fingerknöchel darauf.
»Ist das Euer Dokument? Ich fand es im Stall unter dem Stroh und war mir nicht sicher. Ich habe es deshalb gelesen, um die Handschrift zu prüfen. Es trägt eine Handschrift, die mir aus Braunschweig vertraut ist. Ich habe mich darüber gewundert und es genauer betrachtet. Mechthilds ehemaliger Handelsgehilfe Friedrich setzte das Dokument auf, doch schien er unterbrochen worden zu sein. Hier, seht selbst.«
Lothar wollte nach dem Schriftstück greifen, doch Anselm entzog ihm das Pergament und begann, es mit lauter Stimme vorzulesen: »Hiermit bestätigen wir, der Kaufmann Lothar Cleingedank und sein Handelsgehilfe Friedrich, dass König Philipp dem Pfalzgrafen Otto von Wittelsbach … hier bricht es ab. Was hat das zu bedeuten?«
Lothar war blass geworden und biss sich nun auf die Unterlippe. Er schien unsicher zu sein, ob er eine Antwort schuldig war. Anselm nahm an, dass er nach einem Weg suchte, die Angelegenheit abzutun. Um ihm keine Möglichkeit zu Ausflüchten zu geben, hielt er das Pergament in die Höhe und fragte: »Was hat das zu bedeuten?«
Lothar sah unruhig zur halb geöffneten Kontortür. Er strich mit der flachen Hand über seine Warenliste und erklärte hastig: »Es hat gar nichts zu bedeuten. Ich hatte es längst vergessen. Der Pfalzgraf muss betrunken gewesen sein, als er Friedrich zwang, die Worte niederzuschreiben. Ich habe Friedrich daran gehindert, weiterzuschreiben, und ihm das Pergament weggenommen. Es war das einzig Vernünftige.

Der Pfalzgraf hat noch ein paar wüste Drohungen ausgestoßen, aber ich habe das nicht ernst genommen.«

»Was hattet Ihr mit dem Pfalzgrafen zu schaffen?«

»Wir waren unfreiwillig in eine Auseinandersetzung zwischen dem König und dem Pfalzgrafen geraten. Doch was geht Euch das an?«

»Wann war das?«

Lothar seufzte und hob die Schultern, als wolle er sagen: Ihr gebt ja sowieso keine Ruhe. »Es war vor ein paar Wochen, in Sinzig, im Stall. Alle schnellen Pferde waren von einem Wettrennen ermüdet und nur die Stute des Pfalzgrafen war ausgeruht. Er besitzt ein besonders flinkes und ausdauerndes Tier, dessen hervorragende Eigenschaften in aller Munde sind. Der König bat ihn um die Stute, da er dringende Geschäfte auf Burg Landskron hatte. Der Pfalzgraf schien wie besessen. Er war entschlossen, dem König erst die Zusicherung einer Heirat mit seiner Tochter abzuringen. Was weiß ich, weshalb. Schließlich hat der König sogar zugestimmt. Eine Tochter für eine Tochter oder so ähnlich. Fragt nicht. Als der Pfalzgraf verlangte, dass Friedrich und ich ihm schriftlich das Gehörte bezeugen sollten, hinderte ich Friedrich daran. Der Pfalzgraf grüßte mich am nächsten Tag freundlich und ich war sicher, alles wäre die Folge eines übermäßigen Weingenusses gewesen.«

»Der Pfalzgraf könnte Friedrich als Geisel genommen haben.«

»Was?«, Lothar lachte ungläubig und rief kopfschüttelnd: »Entführt? Was redet Ihr da für einen Unsinn?«

Anselm dachte daran, dass Elisabeth immer noch behauptete, Friedrich sei mit Mechthild fortgelaufen. Alle im Cleingedank'schen Hause schienen diese Ansicht stillschweigend zu teilen. Doch er würde Friedrich finden und allen beweisen, dass es nicht so war. Wo immer Mechthild war, sie hatte nichts mit einem zu bezeugenden Eheversprechen und einem Wittelsbacher zu tun. Jeder würde das zugeben müssen, wenn Friedrich wieder da war.

»Wir müssen den Pfalzgrafen finden und ihn zur Rede stellen. Dann hört endlich das Gerede über Friedrich und Mechthild auf.«

Lothar sperrte den Mund auf. Anscheinend hatte er Schwierigkeiten, Anselm zu folgen. Verwirrt fragte er: »Mechthild? Was hat sie damit zu tun?«

»Nichts! Und ich werde nach Wittelsbach reiten und es beweisen.«
»Zur Burg Wittelsbach? Das müsst Ihr gar nicht. Der Wittelsbacher wird am Hof des Königs sein. Er folgt König Philipp wie ein treuer Hund. Das war in Sinzig so und wird auch heute so sein. Er gehört zu denen, die sich um den König scharen und ihm nicht von der Seite weichen; immer hoffend, dass etwas für sie abfällt. Und wenn es die Hand einer Königstochter ist.«
Lothar lachte kurz und trocken. Offensichtlich war er überrascht über seine eigene scharfsinnige Bemerkung. Er stülpte sich den Hut mit einer schwungvollen Bewegung über und erklärte verärgert: »Wenn Ihr Eure Zeit mit der Suche vertun wollt, dann kann Euch niemand aufhalten. Wer bin ich, um Anselm den Schreiber daran zu hindern, einem Handelsgehilfen hinterherzujagen? Rechnet allerdings nicht mit mir! Ich habe Wichtigeres zu tun.«
Anselm nickte und rollte die unvollendete Urkunde zusammen. Er steckte sie sorgsam zwischen die Griffel und Wachstäfelchen in seinen Gürtel und fragte möglichst unbekümmert: »Darf ich Brian mitnehmen? Er kann mir bei der Suche von Nutzen sein.«
»Der?«, fragte Lothar ungläubig, fügte aber, ohne auf eine Erklärung zu warten, hinzu: »Ihr müsst meinen Vater fragen, er allein kann das entscheiden.«
»Das werde ich tun.«
Als Anselm sich zur Tür umwandte und gehen wollte, rief ihm Lothar nach: »Euer Junge mit den fehlenden Zehen scheint den Knappen des Wittelsbachers gut zu kennen! Fragt ihn!«

Am Abend waren alle in der Halle versammelt. Die Familie Cleingedank saß um den Tisch, auf dem Brotkrümel, Apfelkerne und Eierschalen verstreut lagen. In Wilhelms und Heinrichs Gesicht klebte braune Soße und der alte Kaufmann pulte sich mit einem kleinen Messer die Reste des Abendessens aus den Zähnen.
Anselm tastete nach der Pergamentrolle an seinem Gürtel und überlegte, ob jetzt eine günstige Gelegenheit war. Er musste sich beeilen, denn gleich würden Arno und Brian mit Martha in der Küche verschwinden und sich dort über den halb gegessenen Braten hermachen. Doch alle drei sollten ihn nach Süden begleiten und

was er zu sagen hatte, war auch für sie bestimmt. Wie Perlen an einer Kette standen Martha, Arno und Brian am Wandteppich aufgereiht. Martha hielt ein Tablett mit den soeben vom Tisch geräumten Bratenstücken und Brotkanten in den Händen und wartete auf das Zeichen, sich entfernen zu dürfen. Arno versuchte unauffällig auf den Fußballen zu balancieren und Brians Hand lag schützend über einem an seinem Gürtel befestigten Minnebeutel. Als Anselm aufstand, das Pergament aus seinem Gürtel zog und es entrollte, senkte Rudolf Cleingedank das Messer, Arno stand plötzlich ganz still und Elisabeth zog überrascht die Augenbrauen in die Höhe.

Ohne Vorrede verlas er den Anfang der Urkunde. Er betonte jedes einzelne Wort und beschrieb ausführlich die Tintenspuren. Er hielt das Pergament in die Höhe, wies auf die Kleckse und wiederholte, was Lothar ihm über den Vorfall in Sinzig berichtet hatte.

Währenddessen rutschte Lothar unruhig auf seinem Platz hin und her und warf seinem Vater prüfende Blicke zu. Der alte Kaufmann verfolgte alles mit ernster Miene und ließ sich auch vom Gekicher und Gegrunze seiner beiden Enkel nicht aus der Ruhe bringen. Elisabeth dagegen wirkte empört, dass niemand es für nötig gehalten hatte, ihr etwas mitzuteilen.

Anselm beachtete sie nicht, sondern erklärte: »Ich werde aufbrechen und Philipps Tross suchen. Ich werde den Pfalzgrafen von Wittelsbach zur Rede stellen. Vielleicht kann ich Friedrich gegen ein Lösegeld freikaufen. Wenn nötig, werde ich den König um Hilfe bitten. Ich halte es für meine von Gott auferlegte Pflicht, für meine geliebte Frau, wenn nötig, auch für ihren Handelsgehilfen Friedrich, alles zu tun, was in meiner Macht steht.«

Nach diesen, wie er meinte, gelassen und dennoch entschieden vorgetragenen Worten rollte er das Pergament zusammen und setzte sich wieder.

Zuerst herrschte Stille. Der alte Kaufmann betrachtete Anselm nachdenklich. Dann schnipste er einen Apfelkern vom Tisch und fragte leise: »Und immer noch keine Nachricht von meiner Tochter?«

»Nein, es tut mir Leid«, sagte Anselm und klopfe mit der Urkundenrolle hilflos auf seinen Handrücken.

»Aber Ihr glaubt, dass dieser Friedrich uns sagen kann, wo sie steckt?«, hakte Rudolf Cleingedank hoffnungsvoll nach.
»Wenn wir Glück haben, kennt er ihre Pläne.«
Friedrich würde wissen, welche Messe in der Campagne Mechthilds Interesse geweckt, welche Handelsroute sie gelockt und welche Gewürzmärkte sie zu einem hastigen Aufbruch bewogen haben könnten. Anselm hatte es satt, bei jeder angeschwemmten Frauenleiche zum Rhein hinunterzustürzen und zu hoffen, dass es nicht seine Mechthild wäre.
Elisabeth schnaufte verächtlich und hob an, eine ihrer längeren Schandereden zu halten. Sie kam nur bis: »O diese Schande …«, dann unterbrach Anselm sie: »Friedrich wird mir sagen können, welche Waren und Messen Mechthild gerade bevorzugt. Dann wissen wir, wo wir sie suchen müssen. Das Lösegeld für Friedrichs Freilassung …«
Plötzlich schlug der alte Kaufmann mit der Faust auf den Tisch. Das kleine Messer sprang in die Höhe und die Eierschalen tanzten. Grimmig sagte er: »Geld ist kein Problem. Aber wie könnt Ihr als Ottos Ratgeber an Philipps Hof erscheinen und einen von Philipps Anhängern herausfordern? König Philipp wird sich schützend vor seinen Pfalzgrafen stellen und Euch fortjagen! Habt Ihr das bedacht? Wie wollt Ihr dem Wittelsbacher gegenübertreten?«
Lothar nickte und sein Sohn Heinrich pustete einen Fetzen Eierschale quer über den Tisch. Er blieb zitternd an der Tischkante hängen und schien Anselm zu verhöhnen. Unwillig wischte er ihn fort und überlegte, was er dem Kaufmann antworten sollte.
Wie sollte er dem Wittelsbacher gegenübertreten? Er hatte während der Mahlzeit an nichts anderes gedacht und plötzlich kam ihm die Idee für eine unauffällige Tarnung. Er konnte nur als ein Mitglied der Cleingedanks reisen. Er schmunzelte bei der Vorstellung, wie er in der Kleidung eines wohlhabenden Kaufmanns mit einem schweren Geldbeutel um die Hüften aus Köln aufbrach. Es würde Mechthild sehr gefallen.
Er suchte Rudolf Cleingedanks Blick und beugte sich vor. Verschwörerisch flüsterte er: »Geschäfte. Im Tross des Königs lassen sich gute Geschäfte machen, mit allerlei Waren, Stoffen, Gewürzen, Leckerei-

en. Der Hof verbraucht täglich Unmengen davon. Und ich werde es ihnen liefern. Ich brauche nur einen Kaufmannsmantel, einen breitkrempigen Reisehut und einen großen Geldbeutel.«
»Und aus Anselm dem Schreiber wird Anselm der Kaufmann.«
Der alte Cleingedank lächelte verstehend und stand auf. Er streckte den Arm aus und bot Anselm seine Hand an: »Schlagt ein und Ihr seid mein Mann. Ich habe gerade einige Fässer mit gutem Wein aus der Lombardei lagern. Genau das Richtige für den königlichen Hof. Dazu bekommt Ihr meinen alten Mantel und den speckigen Geldbeutel aus meinen Jugendtagen für Euren Gürtel. Schon steht ein Vertreter des Kaufmannshauses Cleingedank vor uns.«
Anselm stand auf, schlug in die angebotene Hand ein und sagte: »Anselm der Kaufmann.«
In Gedanken ergänzte er: Anselm der Spitzel. Und sah sich mit dem alten Geldbeutel an der Hüfte klappernd durch Philipps Zeltlager wandern und Informationen sammeln. Der Alte lächelte zufrieden und erklärte: »Morgen früh könnt Ihr aufbrechen. Wir beginnen sogleich mit dem Aufladen der Fässer.«
Anselm drückte die kühle Hand des alten Kaufmanns und versprach feierlich: »Ihr könnt mir vertrauen. Ich werde Eure Tochter finden. Der Wein wird gut angelegt sein.«
Dann ließ er die Hand los und setzte sich wieder. Der Alte musterte ihn, als ob er genau wüsste, dass nicht alles gesagt worden war. Anselm fühlte sich unbehaglich. Ehe der Kaufmann es sich anders überlegen konnte, erklärte er: »Martha und Arno werden mich begleiten. Arno wird als mein Handelsgehilfe reisen, aber ich benötige noch einen Lehrjungen. Könnt Ihr Brian entbehren?«
Brian hob ruckartig den Kopf und starrte verblüfft zu ihm auf. Als Anselm ihm zublinzelte, machte er einen ausgelassenen Hüpfer.
»Das ist unmöglich!«, protestierte Elisabeth sofort.
Rudolf Cleingedank hob beschwichtigend die Hände.
»Lass den Jungen mitgehen. Er wird viel auf dieser Reise lernen.«
Sofort sprangen seine beiden Enkel auf und riefen durcheinander: »Wir wollen auch mit.«
»Wenn der Bastard darf, dürfen wir auch. Das ist sonst ungerecht!«

Ihre quengelnden Stimmen untermalten sie mit dem wütenden Getrampel ihrer Füße.

Rudolf Cleingedanks Miene verfinsterte sich, als er leise drohte: »O nein, ihr bleibt schön hier und lernt, was ein angehender Kaufmann wissen muss. Das seid ihr eurem Vater schuldig. Das ist das Privileg der Erben der Cleingedanks. Brian ist kein Cleingedank. Der Junge muss sich seinen Platz in dieser Welt erst erkämpfen. Als Spielmann, Akrobat, Fahnenträger oder Laufjunge – was auch immer. Er hat lange genug an den Töpfen der Cleingedanks gesessen. Er soll sehen, wie es in der Welt zugeht.«

Heinrich und Wilhelm verzogen ihre Gesichter, setzten sich jedoch wieder hin. Elisabeth lächelte und tätschelte Besitz ergreifend Wilhelms Hand.

Brian war blass geworden und starrte vor sich hin. Anselm sah zu ihm hinüber und wünschte, der alte Cleingedank hätte es anders ausgedrückt. Brian hatte in den acht Jahren seines Leben zur Genüge gelernt, dass er nur der unerwünschte Bastard war. Es war hart, ihn auf diese Weise aus dem Haus zu jagen. Anselm erhob sich von seinem Platz und war mit wenigen Schritten beim Wandteppich: »Komm, Brian, wir beaufsichtigen das Beladen der Wagen mit den Weinfässern. Nicht dass sie uns eine Lieferung Hering aus Hamburg aufladen.«

Brian griff dankbar nach seiner Hand. Martha marschierte mit dem Tablett vorweg, Arno humpelte hinterher und so verließen sie die Halle. Die Cleingedanks blieben zurück und Anselm hoffte, dass sein Schwiegervater seinen Entschluss bis zum Morgen nicht bereute.

Mai 1207, im Herzogtum Franken

Rudolf Cleingedank hielt Wort. Er hatte noch am selben Abend den versprochenen Mantel, einen breiten Hut und einen prall gefüllten, fleckigen Geldbeutel gebracht. Am Morgen waren sie mit Fässern, die nicht mit Hering aus Hamburg, sondern mit gutem lombardischem Wein gefüllt waren, durch das Stadttor gefahren. Obwohl es in Strömen regnete, hatte Brian vergnügt mit dem Minnebeutel an seinem Gürtel geplappert und Martha hatte vor sich hin gesummt.

Das unvollendete Beweisstück klemmte an Anselms Gürtel. Den ganzen Weg über malte sich Anselm aus, wie er dem Wittelsbacher gegenübertreten und ihn zur Rede stellen würde. Während sie die schlammigen, vom Regen durchweichten Straßen entlangzogen und das Regenwasser an Anselms Hut heruntertropfte, nahm er sich vor, Arno vorzuschicken, um den Knappen des Wittelsbachers auszuhorchen. Anselm führte sein Pferd an den Wagen heran, auf dem Arno mit mürrischem Gesicht hockte und vor sich hin starrte. Arno sah nicht aus, als wäre er zum Sprechen aufgelegt, und Anselm entschied, ihn in Ruhe zu lassen.

Einige Tage später erreichte die Gruppe aus Köln den lagernden Tross. Die Zelte waren auf einem sanft ansteigenden Hügel errichtet worden. Nach dem vielen Regen, der das Reisen erschwert hatte, war es ein ungewöhnlich milder Abend. Philipps Soldaten saßen scherzend und würfelnd vor ihren Zelten.

Als die Männer die Fässer auf dem Wagen bemerkten, sprang einer von ihnen auf und rief: »Willkommen, wenn in euren Fässern Wein sein sollte! Und fahrt zur Hölle, wenn er wieder nur für die Edlen bestimmt ist.«

Ein scherzhaftes Gespräch mit durstigen Männern war genau das, was Anselm brauchte. Zufrieden schob er sich den noch feuchten Hut in den Nacken und suchte nach einer zuvorkommenden Antwort, die ihm einen Platz zwischen Philipps Männern am Feuer bescheren würde. Doch Arno kam ihm zuvor und brüllte zu den Soldaten hinüber: »Den könnt ihr euch bestimmt nicht leisten.«

Anselm blickte sich verwundert nach Arno um.

Arno wich seinem Blick aus und wandte den Kopf zur Seite. Er hatte schlechte Laune, denn er hatte den ganzen Weg neben Martha und Brian auf dem Wagen sitzen müssen. Arno fand es demütigend, kein eigenes Pferd zu besitzen. Doch er war in Ungnade gefallen und sein Herr war selbst zu dem rothaarigen Jungen freundlicher als zu ihm. All die Jahre, die Arno ein folgsamer Schüler gewesen war, schienen nichts mehr zu bedeuten, seit er diesen Pfeil in die Dunkelheit geschossen hatte. Er warf seinem Herrn einen wütendem Blick zu, der den Soldaten in einem versöhnlichen Ton zurief: »Vielleicht gibt es bald einen Sieg zu feiern und der König ist spendabel.«

Der Soldat lachte und schrie zurück: »Der Welfe hat schon seine Abreibung bekommen. Bei Wassenberg waren wir gut drauf. Wenn der Feigling sich nicht verstecken würde …«
»Wo können wir unsere Zelte aufschlagen? Können wir die Wagen dort hinstellen?«, unterbrach ihn Anselm und wies auf eine Stelle am Rande des Hügels. Der Soldat brüllte: »Tut das und kommt danach vorbei, Kaufmann. Wir wollen zusammen würfeln. Hört von der ruhmreichen Schlacht bei Wassenberg. Bringt einen Krug Wein mit. Habt ja genug davon!«
Seine Kameraden grölten zustimmend.
Arno verzog das Gesicht. Sein Herr war wirklich nicht überzeugend als reisender Kaufmann. Eigentlich musste ihm doch jeder ansehen, dass er nur seinen guten Mantel gegen einen alten Reisemantel getauscht hatte. Er hatte Griffel und Wachstäfelchen vom Gürtel genommen und durch einen großen Geldbeutel ersetzt, so wie ihn die Kaufleute trugen. Und dann dieser übergroße Hut gegen die Sonne und die praktischen Reisestiefel! Normalerweise hätte er seinen Herrn mit Scherzen über seinen neuen Stand verspottet. Doch seit dem Vorfall mit dem verunglückten Medicus in Sinzig waren sie sich fremd geworden. Früher wäre er sofort vom Wagen gesprungen und hätte Anselm geholfen, die Reisezelte aufzubauen. Nun saß er nur da und wartete, bis Anselm ihn dazu aufforderte. Er würde besonders eindrucksvoll hinken, um an seine fehlenden Zehen zu erinnern. Wie er erwartet hatte, richtete Anselm das Wort an ihn. Doch sein Ton war gar nicht tadelnd, sondern eher bittend: »Arno, wir dürfen keine Zeit verlieren. Kennst du den Knappen des Wittelsbachers?«
Arno nickte verwundert.
»Dann lauf und such ihn. Frage ihn unauffällig über seinen Herrn aus. Welche Gewohnheiten und Vorlieben er hat. Wo er sich am liebsten aufhält, mit wem er verkehrt. Merk dir alles gut! Los, beeil dich.«
Arno sprang viel schneller auf, als er eigentlich vorgehabt hatte. Er vergaß auch seine kaputten Füße und wäre fast hingefallen. Ohne sich darum zu kümmern, hinkte er davon. Seine Laune hatte sich schlagartig gebessert. Endlich war er wieder zu etwas nutze. Endlich konnte er seinem Herrn beweisen, dass er in der Lage war, ihm zu die-

nen. Er würde sein Bestes geben, damit Anselm ihm vergab. Plötzlich war er bereit, alles für ein anerkennendes Wort zu tun. Er wollte den schrecklichen Schuss in der Nacht wieder gutmachen. So schwierig konnte es doch nicht sein. Er musste nur seine Beziehungen zu Sigmar wieder auffrischen. Sein Herr würde ihm dankbar sein und alles wäre wieder so wie früher. Arno pfiff übermütig eine kleine Melodie und machte sich auf zu den Zelten des Gefolges. Erst nachdem er die langen Reihen der wie ein schützender Ring um das Zelt des Königs aufgebauten Soldatenzelte hinter sich gelassen hatte, erblickte er die Zelte der Knappen. Sie waren in schlichten Tönen gehalten und umgaben wiederum wie ein Kranz die bunten Zelte der Ritter.
Sigmar vertrieb sich die Zeit genauso wie die einfachen Soldaten. Er saß mit seinen Freunden in den letzten Strahlen der untergehenden Abendsonne und würfelte. Als er Arno kommen sah, sprang er erfreut auf und rief: »Arno, du Verrückter – was machst du denn hier? Du traust dich unter Philipps Leute? Hast Glück gehabt, dass du nicht hängen musstest. Hättest dir eine bessere Zeit für deine Bogenübungen aussuchen müssen. Hattest du gehofft, einen Wolf zu erlegen?«
Das kam der Wahrheit ziemlich nah. Arno wurde rot. Er wusste nicht, was er darauf antworten sollte. Sigmar schlug ihm aufmunternd auf die Schulter: »Kopf hoch, solche Dinge passieren eben. Komm, setz dich zu uns und trink was mit uns. Wir haben jedoch nur Kräuterbier. Scheußliches Zeug.«
Arno traute sich nicht abzulehnen und nippte an dem lauwarmen Bier. Die anderen Männer setzten ihr Würfelspiel fort. Sigmar hatte anscheinend schon zu viel verloren. Er wollte lieber reden und lehnte sich vertraulich zu ihm rüber.
»Na, erzähl schon! Hat dein Herr dich ordentlich verprügelt? Meiner hätte so zugeschlagen, dass mein Gesicht nie wieder eine Dame entzückt hätte.«
»Braucht dein Herr dich heute Abend nicht?«, fragte Arno möglichst unbefangen und nahm noch einen winzigen Schluck, dann gab er Sigmar den Krug zurück.
»Der Pfalzgraf erledigt dringende Geschäfte – irgendwo im Reich. Ich erwarte ihn aber jeden Tag zurück. Jeden Abend muss ich das Badewasser erhitzen. Nur für den Fall, dass er zurückkommt. Wehe, ich

würde es vergessen. Ich wäre mein Lebtag nicht mehr froh. Ist dein Herr auch so launisch?«
»Mhm, es geht so.« Arno stocherte verlegen mit einem Stock in der Erde herum.
»Meiner ist kaum zu ertragen. Er prügelt schon los, wenn ich einen lockeren Ring in seinem Kettenhemd übersehe oder noch ein Dreckklumpen an den Sporen klebt. Aber bald hat das ein Ende!«
»Ein Ende? Warum? Verlässt du ihn?«
»Besser, viel besser. Mein Herr will sich verheiraten und ich werde die Schwertleite empfangen. Ich werde unter die Ritter des Reiches aufgenommen. Ich such mir dann einen anderen Herrn. Einen, der mir ein edles Pferd und eine gute Ausrüstung bietet.« Sigmars Augen strahlten bei seinen letzten Worten.
Arno war tief beeindruckt. Er stellte sich vor, wie Sigmar als Ritter in einem Turnier kämpfte. Doch dann wurde ihm bewusst, was Sigmar da gesagt hatte. Der Wittelsbacher wollte sich verheiraten. Das konnte eine wichtige Neuigkeit sein, eine, die er Anselm berichten konnte. Vorsichtig fragte er deshalb nach: »Heiraten? Wen will der Pfalzgraf heiraten?«
»Och, keine Ahnung. Es wird verhandelt, alles streng geheim. Sicher eine edle Dame mit großem Stammbaum und vielen Burgen als Mitgift.«
Arno fragte ungläubig: »Du weißt es nicht? Du bist Edelknappe und weißt nicht, mit wem dein Herr verlobt ist?«
Sigmar verzog beleidigt das Gesicht und sagte ärgerlich: »Warum regst du dich auf? Für mich zählt nur, dass die Hochzeit möglichst bald stattfindet.«
Arno beeilte sich, das Thema zu wechseln, ehe Sigmar misstrauisch werden würde.
»Erzähl mir von der Schwertleite. Was geschieht da?«
Sigmar goss den Rest Kräuterbier weg und wischte sich angewidert den Mund ab.
»Du weißt aber auch gar nichts. Was bist du doch für ein Dummkopf! Also gut, ich erklär's dir. Es sind immer mehrere Männer, die während eines Festes die Schwertleite empfangen. Sie wachen die ganze Nacht im Gebet, dann nehmen sie ein Bad und kleiden sich

prächtig. Der Herr muss jedem die Sporen anlegen und das Schwert umgürten. Er küsst den Mann, macht das Kreuzzeichen über ihm und sagt: Lieber Bruder, Gott segne Euch! Geht mit Gott. – Oder er sagt etwas Ähnliches, ich habe es vergessen.«

»Es ist wundervoll. Ich wünschte, ich könnte dabei sein!«

»Es ist der wichtigste Moment im Leben eines Mannes von Rang. Ich kann es kaum erwarten.«

»Denkst du, es geschieht noch in diesem Sommer? Wird der König anwesend sein?«

»Ich hoffe es«, seufzte Sigmar sehnsüchtig.

Arno war überzeugt davon, dass er es wirklich nicht wusste, denn wie er Sigmar kannte, hätte der sofort damit geprahlt. Es würde seiner Schwertleite noch mehr Glanz verleihen, wenn der König anwesend wäre.

Arno stand auf und wünschte allen eine gute Nacht. Während er davonhinkte, bemerkte er, dass er einen bitteren Geschmack im Mund hatte. Er musste von dem schlechten Kräuterbier stammen. Den Wein aus Köln konnten sie hier wirklich gut gebrauchen. Die Sonne stand tief und schickte ihre letzten funkelnden Strahlen über die Kuppe des Hügels. Es war kühl geworden und Arno zog fröstelnd die Schultern hoch.

Als er sich dem Lagerplatz näherte, kamen ihm die Feuer ringsherum warm und einladend vor. Anselm saß noch zwischen den Soldaten, lachte und trank mit ihnen. Er machte gar keinen guten Eindruck, sein Haar hing ihm wirr in die Stirn und sein Lachen klang viel zu laut. Jeder konnte sehen, wie betrunken er war. Die Neuigkeiten hatten bis morgen Zeit. Er hatte sowieso nicht viel von Sigmar erfahren. Von einer geplanten Hochzeit hatte Anselm bereits gewusst und dass der Wittelsbacher verschwunden war, würde ihm nicht besonders gefallen. Arno warf noch einen letzten Blick auf seinen Herrn, dann beeilte er sich, im Zelt zu verschwinden.

Anselm war ganz und gar nicht betrunken. Im Gegenteil, er war so nüchtern, wie man nur sein konnte, wenn man Soldaten über ihre Befehle aushorchen wollte. Ein Spitzel, der sich unter Feinden bewegte, musste einen klaren Kopf behalten. Vorsorglich hatte er zwei Krüge

mitgebracht. Der eine Krug, den er unter großem Gejohle den Soldaten gereicht hatte, war bis oben hin mit Wein gefüllt. Doch der andere, kleinere, der nun hinter seinem Rücken im hohen Gras stand und von dem er ab und zu einen Schluck trank, enthielt reinstes Wasser.
Während die Sonne hinter dem Hügel versank, hatte er Runde um Runde mit ihnen gewürfelt. Um sie bei Laune zu halten, hatte er sie gewinnen lassen und bereitwillig die Münzen aus seinem Geldbeutel gefischt. Während sie darüber stritten, welcher Wurf gelten sollte, ging er mehrmals zum Wagen, um den Krug zu füllen. Die kleinen Münzen verschwanden aus seinem Geldbeutel, dann die größeren, doch er lachte nur. Der große Weinkrug leerte sich immer schneller, während die Würfel rollten und die Männer die Münzen vor sich zu kleinen schiefen Türmen häuften.
Bevor sie zu betrunken wurden, um vernünftig zu antworten, fragte er sie nach ihrem Sold und nach der Verpflegung. Obwohl Soldaten sich gern über schlechtes Essen und zu kleine Portionen beklagten, schienen diese ganz zufrieden zu sein. Er erkundigte sich auch nach ihren Schwertübungen, der Stimmung unter ihren Anführern und nach dem Zustand ihrer Rüstungen. Stolz zeigten sie ihm ihre beschlagenen Lederkappen, schimpften auf einen Waffenmeister, der sie zu hart rannahm, und vollführten ein paar Scheinangriffe, bei denen ihre Schwerter dumpf aneinander klirrten. Am Horizont ging der Himmel von einem hellen Blau zu einem sanften Türkis über und glühte schließlich in einem mit tiefblauen Streifen durchsetzten Orange.
Anselm versuchte sich an die Nächte zu erinnern, in denen er mit Otto getrunken hatte, bis sie beide unter dem Tisch zusammengesackt waren. Sein Kopf hatte sich leicht angefühlt und das Blut hatte in seinen Schläfen gerauscht. Er dachte daran, wie ihre Bewegungen fahriger geworden waren und die Pausen zwischen den Sätzen länger. Vor diesem Zustand aus matter Taubheit gab es einen Taumel ausgelassener Erregung. Diesen Augenblick, in dem jeder jedermanns Freund war und sich alle für unbesiegbar hielten, musste er nutzen. Bevor der Wein die Soldaten erschlaffen und ihren Geist träge werden ließ, musste er alles über Philipps Heer erfahren.
Anselm nahm einen weiteren Schluck Wasser aus dem kleinen Krug in seinem Rücken. Sein Lachen ließ er immer lauter und seinen Ton

immer vertraulicher klingen. Er rülpste und hörte mit Besorgnis, dass täglich mehr Soldaten zu Philipps Heer strömten. Bei der Aufzählung der unzähligen kampferprobten Ritter, die sich Philipps Sache angeschlossen hatten, stimmte er in die Hochrufe ein. Während er in die glänzenden roten Gesichter der Männer blickte, dachte er daran, dass dies Otto gar nicht gefallen würde, denn Ottos Ritter weigerten sich noch immer, ein Heer zusammenzustellen. Anselm dachte an ihre Ausflüchte, an das Gerede über schlechte Ernten und hohe Abgaben. Er dachte an Ottos Gesicht in jener Nacht auf Burg Dankwarderode, an seine harten, blitzenden Augen. Wenn Otto von Philipps wachsendem Heer erfuhr, würde er brüllen und toben.
Anselm fühlte eine überwältigende Wut in sich aufsteigen. Er fühlte einen noch nie da gewesenen Zorn gegen seinen König. Einen König, der nicht geschickt genug war, um seine Ritter für sich einzunehmen, der tobte, statt zu argumentieren, und der seinen treuen Ratgeber Anselm fortgeschickt hatte, obwohl er ihm an seiner Seite besser dienen könnte. Otto war ein Dummkopf.
Anselm holte tief Luft und stieß einen gewaltigen Fluch gegen König Otto und das Geschlecht der Welfen aus. Da er gerade dabei war, verwünschte er in einem Atemzug die Engländer, die Nachkommen Saladins und alle Ungläubigen. Die Soldaten lachten und riefen sämtliche Heiligen zum Schutz der Staufer an.
Plötzlich verstummten sie und saßen wie versteinert da. Alle starrten regungslos auf einen Punkt in Anselms Rücken. Langsam drehte Anselm den Kopf und blickte über seine Schulter. Eine hoch gewachsene, schlanke Gestalt näherte sich dem Lagerfeuer. Sie war fest in einen Mantel gewickelt und bewegte sich unsicher tastend durch die Dunkelheit. Ihr Haar quoll wie ein heller Kranz unter der Kapuze hervor und rahmte das weiße Gesicht ein. Als sie in den Lichtkreis des Feuers eintauchte, konnte Anselm erkennen, dass sich Blätter, Zweige und Moosflechten in den Haaren und in der Wolle des Mantels verfangen hatten. Über ihre bleichen Wangen zogen sich feine Kratzer und Dreckspuren. Ihre Lippen waren aufgesprungen und blutig gebissen. Sie blieb ruckartig stehen und schwankte leicht vor und zurück. Die Augen, die ihn nun unverwandt ansahen, waren von dunklen Schatten umgeben und wirkten seltsam entrückt.

»Mechthild?«, flüsterte er fassungslos und machte einen unbeholfenen Versuch aufzustehen. Ungeschickt fiel er wieder auf seine Knie. Ihm war, als bliebe die Zeit stehen, als bewege er sich unter Wasser und alle Geräusche klangen dumpf und fern. Er kniff die Augen zusammen und öffnete sie langsam wieder. Er packte sein Handgelenk und drückte es heftig.

Erleichtert fühlte er den Schmerz. Er träumte nicht. Die Frau, die aussah wie Mechthild, war kein wirres Traumbild. Auch die anderen schienen von der schwankenden Frau mit dem Blättermantel und den leuchtenden Haaren in den Bann gezogen zu sein. Niemand beachtete die Augenzahl des letzten Wurfs und die gewonnenen Münzen lagen verstreut auf der Decke. Der Soldat neben ihm sagte mit tonloser Stimme: »Es ist ein Nebelwesen. Es kommt, um uns zu holen.«

Anselm blickte auf. Keine Waldgöttin, kein Zauberwesen und keine Nebelhexe würde sich auf diese Weise auf die Unterlippe beißen. Die Frau, die aus der Dunkelheit gekommen war, sah genauso aus wie seine Mechthild. Nur hatte er sie noch nie so zerzaust und müde gesehen. Sie machte eine hilflose Bewegung mit der Hand, schwankte bedenklich und schien sich kaum auf den Beinen halten zu können. Sie musste seit Tagen durch den Wald gelaufen sein. Sie wirkte völlig erschöpft und am Ende ihrer Kraft.

Anselm stützte seine Hände auf dem Boden ab und zog sich hoch. Dabei ließ er die Augen über die Männer gleiten, von denen sich einige bekreuzigten und andere hastig Zeichen gegen das Böse machten. Der große Kerl ihm gegenüber hatte seinen Schwertknauf umklammert. Die Sehnen unter seinen Beinlingen spannten sich, als wäre er jeden Augenblick bereit, aufzuspringen und sein Schwert zu ziehen. Anselm machte eine beschwichtigende Bewegung mit der Hand und sagte: »Ruhig bleiben. Sie ist meine Frau.«

Er trat auf sie zu und flüsterte: »Wo um alles in der Welt kommst du jetzt her?«

Wortlos ließ Mechthild sich in seine weit geöffneten Arme sinken.

4. KAPITEL

Ein Mantel wechselt den Besitzer und Philipp versöhnt sich mit dem Papst

Mai 1207, im Herzogtum Franken

Mechthild vergrub ihr Gesicht in Anselms staubigem Mantel. Er fuhr mit den Fingern durch ihr Haar, verfing sich in den Strähnen und flüsterte: »Wo kommst du her, mitten in der Nacht und ohne Begleitung?«

Sie konnte nicht antworten. Sie wollte nur dastehen und seinen vertrauten Geruch, die Wärme seines Körpers und seine Stimme in sich aufnehmen. Nie wieder würde sie ihren Kopf von seiner Schulter nehmen. Nun würde alles gut werden. Das Herumirren, der bohrende Hunger, die schmerzenden Füße, alles hatte ein Ende. Er war da, Gott sei gepriesen. Sie schloss die Augen und wollte nicht mehr denken. Doch sein aufgeregtes Geflüster hinderte sie daran: »Wo ist Friedrich? Was ist mit deinem Haar passiert? Komm, kannst du laufen? Bis zu Marthas Küchenzelt ist es nicht weit.«

An seine Schulter gelehnt und mit seinem Arm um ihre Hüfte, ließ sie sich von ihm wegführen. Die Soldaten riefen ihnen halb scherzhaft und halb misstrauisch klingende Fragen nach: »Kaufmann, ist das etwa Euer Weib? Hat sie Euch ein Ungläubiger verkauft?«

»Hab ich zu viel Wein getrunken oder hat der wirklich eine Waldhexe im Arm?«

»Du Krämer, kann dein Weib meine Würfel verzaubern? Mischt sie etwas in den Wein? Der Kopf schwirrt mir!«

»Versteht dein Weib etwas von Zauberei?«

Anselm blieb stehen, wandte den Kopf und rief in die Nacht: »Seid ohne Sorge! Der Wein war von hervorragender Qualität und meinem tüchtigen Weib sind Zahlenreihen vertrauter als die Wirkungsweise von Pflanzen. Sie kann Taubnessel nicht von Ehrenpreis unterschieden.«

Er wartete die Antwort der Soldaten nicht ab, sondern beeilte sich, die Reihe hell erleuchteter Zelte zu erreichen. Mechthild stolperte an seiner Seite durch die Nacht und während sie mit ihrem ganzen Gewicht an seinem Arm hing, murmelte sie empört: »Das ist nicht wahr. Ich kenne Gundelrebe und weiß sie zu gebrauchen.«

Zwischen den Zelten bewegte sich ein Schatten und Anselm blieb stehen. Friedrichs große Gestalt kam auf sie zu. Die erleuchteten Zelte um ihn herum tauchten ihn in ein unwirkliches Licht. Sein Mantel hing ihm in Fetzen von der Schulter und Blut tropfte von seiner Stirn. Als er Anselm erkannte, weiteten sich seine Augen überrascht. Er rannte los und rief noch im Laufen: »Ihr müsst mir helfen! Wo liegt das Zelt des Königs? Ich kann es nicht finden. Sind die Zelte der Edlen auf der linken Seite?« Er blieb vor ihnen stehen und rieb sich das Kinn.

Mechthild konnte fühlen, wie sich Anselm neben ihr versteifte. Er schüttelte ihren Arm ab, sodass sie ins Wanken geriet und sich nur mit Mühe auffangen konnte, und rief: »Friedrich, wo kommt Ihr her? Was wollt Ihr beim König? Habt Ihr den Verstand verloren?«

Mechthild machte einen ungeschickten Versuch, Anselms Arm zu greifen, und rief: »Ich kann es erklären. Anselm, ich kann dir alles erklären.«

Friedrich schüttelte den Kopf und erklärte ruhig: »Ich muss sofort zum König. Ich muss ihn vor einem Verrat warnen. Einer seiner Markgrafen plant, ihn durch den Herzog von Brabant zu ersetzen. Der Pfalzgraf von Wittelsbach gehört auch dazu. Er wollte mich auf seine Burg verschleppen. Ich sollte bezeugen, dass Philipp ihm seine Tochter …«

»Ich weiß davon«, fiel Anselm ihm hastig ins Wort.

»Dame Mechthild ist nur zufällig darin verwickelt worden. Es ist nicht ihre Schuld. Seine Soldaten wollten mich und hielten sie für meine Frau. Ohne sie hätten wir nie geschafft, uns zu befreien. Sie, ich …«

Seine Stimme versagte und Mechthild erklärte: »Wir haben zufällig belauscht, was der Pfalzgraf mit einem Fremden besprach. Es ging um den Herzog von Brabant und den Plan, Philipp vom Thron zu

stürzen. Sie schrecken auch vor Königsmord nicht zurück. Wir müssen König Philipp warnen. Ich werde Friedrich begleiten.«
Anselm seufzte und betrachtete Friedrichs dreckverklebten Mantel und die blutende Stirnwunde. Er seufzte noch einmal und erklärte bestimmt: »So, wie der aussieht, wird niemand zum König vorgelassen. Friedrich braucht einen Verband.«
»Ist Martha bei dir? Sie kann ihn verbinden. Martha hat immer etwas in der Truhe, was eine Dame kleidet, und du kannst Friedrich etwas Sauberes zum Anziehen leihen. Bitte, Anselm!«
Anselm schien nachzudenken. Nach einer Weile räusperte er sich und sagte: »Gut, Friedrich kann mich zu meinem Zelt begleiten und ich werde ihm etwas Sauberes zum Anziehen suchen. Dort findet sich auch Verbandszeug. Wie ist das passiert?«
»Ein Ast streifte mich in der Dunkelheit. Ich hatte es sehr eilig. Es ist nichts. Ich spüre es kaum.« Anselm fuhr freundlicher fort: »Es sieht nicht schlimm aus. Ich kann das verbinden. Vielleicht leihe ich Euch mein Schwertgehänge und das prächtige Schwert mit dem Rubin im Griff. Es wird den Kämmerer davon überzeugen, dass Ihr ein Edler seid, und er wird Euch durchlassen. Aber dich«, wandte er sich an Mechthild und fuhr fort, »dich bringe ich zu Martha ins Küchenzelt. Sie soll sich um dich kümmern, du musst etwas essen und dich ausruhen. Friedrich wird allein zum König gehen. Ich lasse es nicht zu, dass meine Frau vor dem König erscheint. Immerhin bin ich als Kölner Kaufmann hier und ich will kein Aufsehen erregen.«
»Aber …«, versuchte Mechthild zu protestieren, doch er griff nach ihrem Arm und rief Friedrich zu: »Wartet auf mich. Ich bin gleich zurück. Rührt Euch nicht von der Stelle!«
Friedrich nickte gehorsam und Anselm zog Mechthild mit sich.
Als sie ins Küchenzelt traten, schlug Martha die Hände vor den Mund und unterdrückte einen Aufschrei. Anselm drängte sie zur Seite und rief: »Schnell, steh nicht herum. Dame Mechthild braucht etwas Warmes zu essen und einen Platz am Feuer. Hast du Decken, heißes Wasser und noch von dem Dinkelbrei?«
Irgendwo aus dem Zelt kam Arnos kleinlaute Stimme: »Herr, den Rest im Topf habe ich ausgekratzt. Ich konnte doch nicht wissen, dass … Dame Mechthild? Sie ist es wirklich! Heiliger Josef!«

Anselm beachtete ihn nicht, sondern fragte Martha: »Ist noch Wasser zum Waschen in meinem Zelt, gibt es Verbandszeug und hast du den guten Festmantel eingepackt? Du packst doch immer alles ein und nun erweist es sich als nützlich. Ich meine nicht den Mantel mit den springenden Löwen darauf, der ist zu auffällig. Den dunkelgrünen mit den silbernen Ranken am Saum?«
Martha runzelte verwirrt die Stirn: »Der Festmantel? Ich denke, er liegt unter den Gewändern. Frisches Wasser müsste auch noch dort sein. Wozu braucht Ihr Verbandszeug? Ist jemand verletzt?«
Anselm nahm sich nicht die Zeit zu antworten, sondern verließ ohne ein weiteres Wort das Küchenzelt.
Mechthild wurde zum Feuer geschoben, eine Decke um ihre Schulter gelegt und ein Becher in ihre Hand gedrückt. Ergeben ließ sie sich auf einer kleinen Bank neben dem Feuer nieder, das nun von Arno wieder in Gang gebracht wurde. Während die Flammen nach dem Holz leckten, rannte Martha aufgeregt im Zelt umher. Mechthild trank langsam aus dem Becher. Jeder Wassertropfen brannte auf ihrer Zunge und rann ihre trockene Kehle hinunter. Sie konnte spüren, wie sich die Flüssigkeit kalt in ihrem Körper ausbreitete. Noch nie hatte ihr Wasser so gut geschmeckt. Erst jetzt fühlte sie die Erschöpfung und war dankbar, endlich sitzen zu dürfen. Friedrich und Anselm würden sich um alles kümmern.
Martha nahm ihr den Becher ab und während sie ihn wieder füllte, redete sie unentwegt. Die Worte zogen vorbei. Mechthild trank und Marthas besorgt klingende Stimme begleitete jeden Schluck. Sie sprach über Eiersuppe und Würzwein, über die würfelnden Soldaten draußen und darüber, wie glücklich sie war, Mechthild gesund wiederzusehen. Mechthild hörte kaum hin. Alles um sie herum wirkte einschläfernd. Das Feuer qualmte und Martha klapperte leise mit den Töpfen, während sie Gott pries, dass ihre Herrin wieder da war. Mechthild rieb sich die Stirn und versuchte, sich zu entsinnen, woher sie den Mantel kannte, den Anselm getragen hatte, doch ihre Gedanken gerieten durcheinander. Hatte Anselm nicht gesagt, er wäre als Kölner Kaufmann hier? Was tat er in Philipps Tross? Unglücklicherweise konnte sie sich nicht konzentrieren. Es war einfach zu anstrengend. Sie schloss die Augen und sah eine Hand, die mit rot geränder-

ten verkrusteten Pusteln bedeckt war. Sie sah den Kräutersud im Topf brodeln und die zerpflückte Gundelrebe am Boden liegen. Hastig öffnete sie die Augen wieder. Sie hörte plötzlich wieder Friedrichs Stimme im Sturmgeheul, sprang über umgestürzte Bäume und spürte den Korb an ihrem Arm. Laufen, laufen, immer nur laufen, Friedrich neben ihr im feuchten Gras. Sie hatte gelacht und plötzlich seine Lippen auf ihren gespürt. Sie setzte sich aufrecht hin und zwang sich, die Bilder aus ihrem Kopf zu verdrängen. Doch das war schwierig. Alles wirbelte durcheinander. Die knisternden Flammen, Arnos Stimme und Marthas raschelnde Röcke klangen wie eine beruhigende Melodie. Müde Gleichgültigkeit griff nach ihren Gedanken. Wärme breitete sich in ihrer Brust aus und ihre Glieder wurden schwer. Ich muss Anselm fragen, warum er bei Philipp ist, dachte Mechthild beunruhigt. Es geht um König Otto, bestimmt. Es ging immer um König Otto! Ach morgen, morgen ist auch noch Zeit. Eine Hand rutschte vom Schoß und der Becher rollte zu Boden.

Die Flucht mit Friedrich hatte sie erschöpft. Sie waren gelaufen, bis ihre Füße bluteten, und hatten zusammengerollt unter Büschen geschlafen. Friedrich hatte sie nie wieder berührt, noch nicht einmal um ihr über eine unebene Stelle hinwegzuhelfen. Er war schweigsam und nachdenklich gewesen und dennoch hatte sich etwas zwischen ihnen verändert: Sie könnten nie wieder einfach nur Freunde sein, sie könnte ihm nie wieder vorbehaltlos vertrauen. Er würde fortgehen müssen. Sie spürte, wie ihr Herz bei dem Gedanken schwer wurde. Sie hatten so viel zusammen durchgemacht. Er würde ihr fehlen.

Mechthild schloss die Augen und dachte daran, wie sie nebeneinander im Dreck gehockt hatten und Wurzeln ausgegraben hatten, wie der rote Saft der winzigen Walderdbeeren von Friedrichs Kinn getropft war und wie er gegrinst hatte, als er mit einer Steinschleuder ein Wiesel erlegt hatte. Als sie dann Philipps Lager endlich gefunden hatten, war Friedrich sofort losgelaufen. Er schien keine Stunde länger mehr warten wollen, nachdem sie so lange nach dem Tross gesucht hatten. Mechthild hatte ihm hinterhergerufen, dass er warten solle. Doch er hatte sich noch nicht einmal umgeblickt. Ein Geräusch brachte sie dazu, aufzublicken.

Anselm hatte die Zeltbahn zurückgeschlagen und blickte sich suchend um. Als er sie am Feuer entdeckt hatte, kam er zu ihr herüber. Ein zurückhaltendes Lächeln lag auf seinem Gesicht, als er leise erklärte: »Ich habe ihm, so gut es ging, ein Tuch als Verband um den Kopf gewickelt. Friedrich sieht nun aus wie ein Sarazene. Allerdings wie ein wohlhabender Sarazene. Der König wird ihn anhören, aber ich bezweifle, dass er ihm glauben wird.«
»Ich hätte mit ihm gehen und seine Worte bezeugen sollen!«
Er zog einen Hocker heran und setzte sich so nahe, dass sich ihre Knie berührten.
»Gott bewahre, ich will auf keinen Fall auffallen. Ich würde jedoch auffallen, wenn meine Frau in einen Verrat verwickelt wäre. Überlass es Friedrich. Ihn kennt hier niemand und er wird unbehelligt zurück nach Köln gehen.«
»Warum willst du nicht auffallen? Es ist der alte Mantel meines Vaters, nicht wahr? Und der fleckige Geldbeutel an deinem Gürtel gehört ihm auch. Er hat dir die Sachen überlassen, damit du als Kaufmann bei Philipp untertauchen kannst. Ist es so?«
Anselm hatte seine Ellbogen auf die Knie gestützt und seine Handflächen aufeinander gepresst. Er sprach so leise, dass er kaum zu verstehen war: »Wir haben in Köln einen Hinweis gefunden, dass der Pfalzgraf von Wittelsbach etwas mit Friedrichs Verschwinden zu tun haben könnte. Ich nahm an, wenn ich Friedrich fände, dann erführe ich auch etwas über dich. Das habe ich deinem Vater erklärt und er war bereit, mich mit Weinfässern zu Philipps Tross zu schicken.«
Sie sah ihn misstrauisch an und fragte leise: »Und was hast du bei den Soldaten getrieben? Du sahst aus, als ob du einer von ihnen wärst. Bevor du dich umgewandt hast, hielt ich dich für einen dieser angetrunkenen Kerle. Doch dann warst du so nüchtern wie immer. So verhält sich kein Kaufmann, der seine verschwundene Frau sucht!«
Anselm seufzte und erklärte müde: »Du weißt es doch längst. Sieh mich nicht so an.«
Ihre Vermutung war also wahr. Er war hier, um für König Otto zu spionieren.
»König Otto, du bist hier für König Otto!«
»Scht, nicht so laut.«

Martha sah zu ihnen herüber, doch dann fuhr sie leise fort mit Arno zu schimpfen, der missmutig vor sich hin starrte. Mechthild beugte sich zu Anselm und wisperte: »Du hast meinem Vater etwas vorgemacht!«

»Er hat es geahnt. Niemand macht ihm etwas vor. Er ist genauso klug wie seine Tochter.«

Mechthild wollte etwas erwidern, doch er ließ sie nicht zu Wort kommen: »Jetzt bin ich dran. Jetzt beantwortest du ein paar Fragen. Was hast du in Sinzig von Friedrich gewollt?«

»Ich wollte herausfinden, was Philipp vorhat.«

»Herumspionieren an Philipps Hof? Etwa für König Otto?«

»Nein, für uns! Ich habe mich um unsere Zukunft gesorgt. Ich wollte herausfinden, was nach Philipps Sieg mit Ottos Ratgebern geschieht. Bei meiner Ankunft wollte ich Friedrich nur in seinem Zelt begrüßen. Da haben uns die Männer des Pfalzgrafen überfallen. Genau so war es, du musst mir glauben!«

Er sah sie nachdenklich an, dann seufzte er: »Ich glaube dir.«

»Was hast du von den Soldaten erfahren?«

»Nichts Bedeutendes. Doch sie haben sich den ganzen Abend darüber lustig gemacht, dass in Philipps Lager der Weinvorrat geschont werden muss. Selbst die edlen Herren und ihr Gefolge bekommen nur stinkiges Kräuterbier. Dein Kaufmannsherz müsste höher schlagen. Wir können den Preis für unseren Wein heraufsetzen – nach all dem Kräuterbier.«

»Warum darf keiner an den Weinvorrat?«

»Sie erwarten den Gesandten des Papstes. Wolfger von Aquileja war schon als Wolfger von Passau bekannt dafür, dass er Unmengen Wein vertrug. Sie wollen ihn nicht durch knappe Rationen verärgern. Immerhin ist Philipp auf das Wohlwollen des Papstes angewiesen.«

Sie musste schmunzeln und wisperte: »Ein Mann Gottes, der den Wein liebt! Wahrscheinlich nur aus gesundheitlichen Gründen, wie schon Paulus es empfohlen hat.« Dann wurde sie wieder ernst und fragte etwas vorwurfsvoll: »Hast du etwas über den Wittelsbacher erfahren? Angeblich hast du Köln doch verlassen, um nach ihm zu suchen! Zumindest hast du das meinem alten Vater vorgemacht und immerhin hat er dir seinen alten Geldbeutel geliehen und seinen guten Wein überlassen.«

»Ich habe Arno zum Knappen des Wittelsbachers geschickt. Doch der Wittelsbacher ist nun nicht mehr wichtig. Meine Frau ist zurück.«
»Er ist wichtig. Er steht mit Verrätern in Kontakt.«
»Das sollte uns nicht mehr interessieren. Friedrich wird sagen, was er zu sagen hat. Mehr können wir nicht tun.«
»Wenn sie ihn überhaupt zum König vorlassen.«
»Das werden sie. Er trägt meinen dunkelgrünen Festtagsmantel und ich habe ihm mein prächtiges Schwertgehänge geliehen. Niemand wird es wagen, ihn wegzuschicken.«
Mechthild blickte auf die unruhig zuckenden Flammen und hoffte, dass Anselm Recht behielt. Hoffentlich machte Friedrich seine Sache gut. Wie würde er sich vorstellen? Als wohlhabender Kölner Kaufmann, der zufällig alles mit angehört hatte?
Anselm zupfte vorsichtig ein paar welke Blätter aus ihren Haaren.
»Mechthild? Das Lehen ist uns sicher. König Ottos Männer haben den Kerl erwischt. Wir sind Otto zu Dank verpflichtet. Deshalb werden wir beim Tross bleiben, wir beide zusammen.«
Sie strich sich eine Haarsträhne aus dem Gesicht und konnte nicht glauben, was sie da sah. Anselm blinzelte ihr zu. Er hatte sie nie in seine Geschäfte mit Otto eingeweiht. Sie hatte damit gerechnet, dass er sie zu ihrem Vater nach Köln schicken würde. Als hätte er ihre Gedanken erraten, erklärte er leise: »Wir werden deinen Vater benachrichtigen. Ich werde ihm schreiben, dass du gefunden worden bist und beim Tross bleibst. Jemand muss mir doch helfen, den guten Wein an den Gesandten des Papstes zu verkaufen, nicht wahr?«
Also doch nicht Ottos Geschäfte, aber immerhin Geschäfte. Sie lächelte verschwörerisch: »Wir werden den alten Geldbeutel meines Vaters mit Silberstücken gefüllt zurückbringen.«
Anselm nickte und kam zu ihr herüber. Er brauchte sich ihr nur ein wenig zuzuwenden, mehr war gar nicht nötig. Mechthild ließ sofort ihren müden Kopf gegen seine Brust fallen und schloss erschöpft die Augen. Er roch so vertraut. Keiner roch wie er. Sie lächelte zufrieden, holte noch einmal tief Luft und schlief ein.

Ein paar Zeltreihen entfernt und etwas abseits hinter den Büschen versteckt, stand das arabische Zelt. Von außen wirkte es ganz friedlich. Das Mondlicht warf helle Muster auf die bunten Zeltbahnen. Hin und wieder kräuselte der laue Wind den Stoff zu sanften Wellen. Im Inneren des Zeltes war es weniger friedlich. Ein aufgewühlter Mann lag zwischen den Kissen und versuchte, seine Unruhe niederzukämpfen.

Konrad fand keinen Schlaf. Seit Fatma und Harun flüsternd in der Nacht verschwunden waren, hatte ihn eine dunkle Ahnung ergriffen. Sie hatten Geheimnisse vor ihm. Sie sprachen seit Tagen mit gedämpften Stimmen über Damaskus und über Allahs Gerechtigkeit. Irgendetwas ging hier vor. Fatma und Harun wussten etwas. Sie wussten etwas über den Sternenmantel und über Abū. Fatma und Harun waren Verräter. So musste es sein. Sie hatten sich leise davongeschlichen, als sie dachten, er schliefe schon, um sich mit Abū zu treffen. Sie hatten ihn, ihren kranken Herrn und Meister, schutzlos zurückgelassen. Hatte Fatma beim Aufbruch nicht Kamāls Namen geflüstert? Plötzlich war Konrad sich ganz sicher. Sein Mund fühlte sich ganz trocken an und er musste schlucken. Kamāl war heute Nacht im Zeltlager und er war gekommen, um sich zu rächen. Rache für den gestohlenen Sternenmantel. Rache für den Verrat im Badehaus. Kamāl war hier und er hielt einen Krummsäbel bereit, von dem bald Blut tropfen würde.

Konrad setzte sich mit einem Ruck auf und streifte sich die schwarze Augenbinde ab. Im Zelt war es dunkel, doch gab es noch eine Restglut im Feuer. Er erhob sich unsicher und stolperte darauf zu. Er konnte immer noch nicht gut sehen. Er sah alles, als läge Nebel über den Dingen und verwischte die Konturen. Im hellen Sonnenlicht war es besser, doch auch dann lagen Schleier über allem und verzerrten die Wirklichkeit zu einem undeutlichen Gewirr aus Formen und Farben. Die Glut vor ihm war ein tanzendes Etwas aus orangeroten Wirbeln. Erst als er eine Zeit lang davor stand, rutschte das Bild zu einem rot glühenden Berg aus Holzscheiten zusammen, aus dem Konrad vorsichtig einen brennenden Span zog. Irgendwo hinter ihm mussten die Öllampen stehen. Konrad tastete über den Boden, bis seine Finger an das kühle Metall des Lampenständers stießen und er den eingefetteten Dolch gefunden hatte. Als er den Span darüber hielt, flackerte es und goldgelbes Licht durchdrang die Nebelschleier. Mit

der Öllampe in der Hand wandte er sich dorthin, wo er Harun und Fatmas Sachen vermutete. Sicher waren sie für ihren Verrat bestochen worden. In der schlichten Reisetruhe seiner Sklaven würde er Dīnāre aus Damaskus finden. Dann hatte er den Beweis.
Konrad hockte sich vor die Truhe und fuhr mit den Handflächen über das spröde Holz. Plötzlich spürte er ein unerklärliches Kribbeln unter der Haut. Schnell schlug er den Deckel zurück und fuhr mit den Händen zwischen das Leinen. Nichts, kein speckiger Lederbeutel, gefüllt mit Bestechungsgeld, kein Hinweis auf ihren Verrat. Konrad schloss die Augen, um sich ganz auf seine Hände zu konzentrieren. Seine Fingerspitzen brannten, als würde er in heißer Asche wühlen. Er zuckte zurück und seine Fingerknöchel schlugen auf den Boden der Truhe. Es klang seltsam hohl. Konrad öffnete erstaunt die Augen und klopfte immer wieder prüfend über den Holzboden. Mal klang es hohl, dann wieder gedämpft. Ein doppelter Boden, die Truhe hatte einen Hohlraum, dachte er verblüfft, dann erfüllte ihn Empörung. Dort war der Beweis für ihren Verrat versteckt, dort lag das Bestechungsgeld. In seiner Aufregung machte Konrad sich nicht die Mühe, nach einer Vorrichtung zum Öffnen zu suchen. Er brauchte ein Werkzeug und so kroch er auf Knien zu seiner Arzttasche. Mit sicherem Griff zog er das gebogene Instrument zum Ausschaben von Wunden hervor und kroch damit zurück. Nach ein paar gezielten Schlägen mit der scharfen Kante zersplitterte der Boden der Truhe. Als Konrad es unter dem Holz funkeln und glitzern sah, stockte ihm der Atem. Er hielt einen Moment inne, dann holte er tief Luft und verstärkte seine Anstrengungen. Er konnte plötzlich etwas sehen. Es waren keine Dīnāre, es waren gestickte Sterne.
Er trieb die scharfe Kante in das Holz, riss mit den Fingern die langen Splitter fort und achtete nicht auf den Schmerz, als sie ihm die Haut aufrissen. Er hatte den Sternenmantel gefunden! Der Mantel war die ganze Zeit bei ihm im Zelt gewesen und er hatte es nicht gewusst. Konrad zog mit zitternden Fingern den Sternenmantel aus seinem Versteck ins goldene Licht der Öllampe. Der Sternenmantel war zu ihm zurückgekehrt. Allah sei gepriesen. Liebevoll legte Konrad das zusammengefaltete Bündel vor sich auf den Teppich und betrachtete es. Beim Anblick der flimmernden Sterne, der vertrauten Schriftzüge

und der anmutigen Ranken erfüllte ihn ein trunkenes Glücksgefühl. Alles andere hatte er hinter einem Nebel gesehen, den Mantel sah er nun ganz deutlich. Eine Veränderung ging vor sich. Er spürte es. Es pochte und zog in seinen Augen, als ob Seile darin aufgespannt wären. Jeden Goldfaden, jede Krümmung, jede Einzelheit konnte er erkennen. Seine Sehkraft kam zurück. Es war ein Wunder. Konrad schloss die Augen und immer noch sah er die herrlichen Sterne. Er lachte leise, vergrub sein Gesicht in dem glänzenden Stoff und begann zu weinen.

Friedrich ging an den weißen Zeltbahnen entlang und suchte die Zelte der Edlen. Noch nie zuvor hatte er sich in einem königlichen Lager befunden. Nun konnte er nur hoffen, früher oder später auf das Zelt des Königs zu stoßen. Es blieb ihm nichts anderes übrig, als die langen Reihen der Zelte abzugehen.
Bei jedem Schritt pochte seine Stirnwunde. Es juckte unter dem turbanähnlichen Verband. Anselms Schwertgehänge klapperte leise, der lange Mantel schlug ihm gegen die Beine und der Kragen des frischen Gewandes kratzte ungewohnt im Nacken. Er trug Anselms beste Sachen und er fühlte sich unwohl. Er dachte daran, wie Besitz ergreifend Anselm Mechthilds Arm gepackt hatte, und sein Magen zog sich zusammen. Friedrich hätte sie gern dabeigehabt. Es war immer überzeugender, wenn zwei dasselbe berichten konnten. Anselm hatte es gar nicht abwarten können, zu seiner Frau zurückzukehren. Wieder zog sich sein Magen auf diese schmerzhafte Weise zusammen. Mechthild war ihm die letzten Wochen so nah gewesen und nun sollte er sie für immer verlieren. Er betrachtete prüfend die Zelte und dachte daran, wie er sie geküsst hatte. Hätte nicht die gelungene Flucht ihn ermutigt, er hätte es nie gewagt, obwohl er Mechthild schon immer liebte. Dabei war sie einst das kleine herzlose Mädchen gewesen, das ihn mit den anderen Kindern durch Kölns Straßen gejagt hatte. Sie war das junge Mädchen gewesen, das seinen Halbbruder Ulrich nicht heiraten wollte, da diese Heirat den Interessen der Cleingedanks geschadet hätte. Doch später dann in Braunschweig hatte er begonnen, sie zu bewundern. Ihre Entschlossenheit, ihren Scharfsinn und ihren Mut. Wenn Anselm mal wieder für Otto unterwegs war, hatten sie

sich gemeinsam um den Leinenhandel und um das Lehen gekümmert. All die Jahre war sie ihm so nah gewesen und doch unerreichbar.

Das Bild von Anselms Besitz ergreifenden Fingern an ihrem Arm kam ihm wieder in den Sinn. Er musste tief durchatmen, um sich daran zu erinnern, was vor ihm lag. Er war auf dem Weg zum König. Mechthild erwartete, dass er seine Sache gut machte. Er musste den König vor den Verrätern warnen und durfte sich nicht ablenken lassen. Er durfte sie nicht enttäuschen.

Friedrichs Schritte wurden langsamer, das Schwertgehänge klirrte leise und er bog um eine Ecke. Immer noch war nichts von den Zelten der Ritter zu sehen. Ein Soldatenzelt stand neben dem anderem. Friedrich beschloss, sich etwas abseits aufs offene Feld zu begeben, damit er einen Überblick über das Lager bekam.

Er ließ die weißen Zelte hinter sich und ging an einer Buschreihe entlang, die sich den Hügel hinaufschlängelte. Plötzlich bemerkte er, dass etwas Buntes zwischen den Zweigen leuchtete. Das Zelt des Königs! Sie hatten es etwas abseits von den anderen hinter den Büschen versteckt. Sicher sollten Angreifer so getäuscht werden. Erleichtert, dass die Suche endlich vorbei war, zwängte er sich zwischen den Büschen hindurch und lief auf das Zelt zu. Es musste sich um das Zelt des Königs handeln, denn es war außerordentlich schön. Es war über und über mit Mustern bedeckt, mit Ranken und Blättern und Monden, deren kräftige Farben strahlten. Ein flackerndes Licht im Inneren des Zeltes durchdrang dunkel schimmerndes Rot, strahlendes Blau und flimmerndes Gelborange. Eine Fahne flatterte sacht im Wind und ein süßlicher Geruch entströmte einem funkelnden Krug, der vor dem Eingang stand. Das Zelt schien aus einer anderen Welt zu kommen. So musste ein königliches Zelt aussehen. Als Friedrich es endlich wagte, die Zeltbahn zurückzuschlagen, zitterten seine Finger.

Er hatte erwartet, hinter der Zeltbahn einen Edelknappen vorzufinden, der ihn zum König führen konnte. Doch es gab keine Knappen oder Pagen und es war sehr dunkel. Verstört glitten seine Augen über die einzige Öllampe, Kissenberge und Gefäße. Schließlich blieben sie an einem glitzernden Seidenbündel am Boden hängen. Das sonderbare Bündel schien von innen zu leuchten. Ehe er einen klaren Ge-

danken fassen konnte, erhob sich ein Mann neben der glitzernden Seide und rief mit tiefem Entsetzen in der Stimme: »Kamāl!«
Wer oder was ist Kamāl, dachte Friedrich und wich zurück. Es klang arabisch. Sicher verwechselte ihn der Mann mit einem Sarazenen. Der turbanähnliche Kopfverband musste ihn getäuscht haben. Friedrich wollte erklären, dass es sich um ein Missverständnis handelte. Er suchte nach Worten und blickte in das dunkle Gesicht des Fremden. Der Mann trug einen blauen Turban und blickte ihn aus tränennassen Augen an. Seine leuchtend grünen Augen waren von hässlichen rotvioletten Narbenschwülsten umgeben. Friedrich wusste nicht, was er sagen sollte. Hilflos machte er einen Schritt nach vorn und plötzlich bückte sich der Mann und hob etwas Glänzendes vom Boden auf. Er hat ein Messer, dachte Friedrich erschrocken und wich zurück. Im nächsten Augenblick fühlte er, wie etwas Scharfes seine Wange zerschnitt. Kaltes Metall traf seine Haut und er riss schützend die Arme hoch. Der unerwartete Schmerz pochte in seinen Wangen und das Blut rann ihm am Kinn hinunter. Nach Luft ringend, stolperte er rückwärts. Die scharfe Klinge folgte, zielte auf seine erhobenen Arme, zerschnitt den Stoff des Mantels und zerriss seine Haut. Fremde, kehlige Laute drangen in sein Ohr. Eine fremde Sprache, die er nicht verstand und die ihn verwirrte. Eines der Worte klang wie Bastard. Es hallte in seinem Kopf wieder. Bastard, Bastard, Bastard. Das Wort fuhr ihm in die Glieder und krallte sich fest. Bastard, zischte die Klinge. Bastard, klopfte der Schmerz. Bastard, vibrierte die Luft. Niemand nannte ihn ungestraft einen Bastard! Er nutzte nur noch einen Arm, um die Angriffe abzuwehren und tastete nach Anselms Schwertgehänge. Als seine Finger den Griff des Schwertes gefunden hatten, zog er es heraus. Der Mann hackte mit der Klinge auf die Finger am Schwertgriff ein. Friedrich zwinkerte und stieß mit der Klinge zu. Der Fremde schrie auf und sackte zusammen.

Kurz zuvor hatte Johanna das Zelt der Königin verlassen und war in die Nacht hinausgetreten. Sie war erleichtert, dass die lärmenden Männer vor den Soldatenzelten verstummt waren. Es schien eine unruhige Nacht zu sein. Während sie bei der Königin gesessen hatte, hatten die betrunkenen Stimmen sie immer wieder gestört. Zum Hei-

len brauchte sie unbedingt Ruhe und so war sie bei jedem Laut erschrocken zusammengefahren.
Es waren schwere Stunden gewesen und Johanna war müde und erschöpft. Sie hatte der Königin die Stirn gehalten und Gott angefleht, ihr zu helfen. Die Königin hatte sich ein Kissen vor den Bauch gedrückt und Galle in eine goldene Schüssel gewürgt. Sauer riechender Schleim war von ihrem Kinn getropft, der Schweiß war ihr die Schläfen heruntergelaufen und wimmernde Töne waren aus ihrer zusammengekrümmten Brust gekommen. Meister Jacobus war im Zelt hin und her gelaufen und hatte zuerst auf Hebräisch, dann auf Griechisch und dann wieder auf Latein geschimpft. Hin und wieder war er stehen geblieben und hatte fragend zu ihnen hinübergeblickt.
Johanna hatte den Kopf geschüttelt, die Augen geschlossen und in sich hineingehört. Immer wenn sie ihre heilenden Hände benutzte, sprachen die Bilder aus der Seele des Kranken zu ihr. Die Albträume der Königin waren jahrelang um König Otto in Gestalt eines Ungeheuers gekreist und Richard Löwenherz war mit Drachenflügeln und düsteren Prophezeiungen erschienen. Diesmal war es anders gewesen. Diesmal hatten die Albträume die Macht besessen, die Königin auch körperlich zu quälen.
Johanna betrachtete den Nachthimmel und dachte daran, wie sich die Königin zitternd neben ihr gekrümmt hatte. Sie hatte alle Heiligen angefleht, ihre armseligen Hände zu segnen.
Sie tastete sich die Zeltreihen entlang und dachte daran, was ihren Kopf erreicht hatte. Es waren zusammenhanglose, von Angst getriebene Bilder gewesen. Da war der Papst in hell leuchtenden Gewändern. Er schleuderte Blitze aus einem Stab und goss eine blutrote Flüssigkeit aus einem Kelch zu Boden. Mönche hatten gesungen, eine Stadt lag in Trümmern, Felder standen in Flammen und große Vögel flatterten auf. Für einen Moment war ihr, als wäre der Körper von Königin Irene mit schwarzen Käfern gefüllt, dann wieder, als züngelten Schlangen in ihrem Bauch.
Der Gestank im Zelt und die würgenden Geräusche hatten ihr Übelkeit bereitet und sie hatte ihre Hand an der Stirn der Königin kaum noch gespürt. Doch gerade als sie aufgeben wollte und die Hand fortgezogen hatte, war eine Veränderung eingetreten. Die Königin war

seufzend zurückgesunken, ihr Atem war ruhiger geworden und ihre Gesichtszüge hatten sich entspannt. Jacobus hatte ihr zugeflüstert, dass sie nun gehen müsse, und sie hatte sich leise aus dem Zelt geschlichen.

Bevor sie ins Zelt zu Dame Engeltrud zurückkehren würde, wollte sie Konrad aufsuchen und ihn nach seiner Meinung fragen. Er wusste vielleicht, welches Leiden die Königin quälte. Natürlich gehörte es sich nicht, dass sie nachts allein das arabische Zelt aufsuchte. Dame Engeltrud beschwerte sich häufig über ihre ständigen Besuche bei den Sarazenen. Doch es zog Johanna immer wieder dorthin und sie nutzte jede Gelegenheit, um Konrad zu sehen. Das arabische Zelt stand ein wenig abseits und sie hielt einen Moment inne, um sich zu erinnern, hinter welchen Büschen es sich befand. Es kam ihr so vor, als wären die Büsche viel größer als bei Tageslicht.

Während sie auf die Büsche zuging, konnte sie Konrads Zelt sehen. Es hob sich in einem sanft leuchtenden Goldgelb vor dem schwarzen Nachthimmel ab. In seinem Inneren schien ein schwaches Feuer zu glimmen. Johanna beschleunigte ihre Schritte und ließ das goldene Glimmen nicht aus den Augen. Es schien ihr unpassend, dass in diesem warmen Juwel so viel Schwermut und Hilflosigkeit gefangen waren. Am wohlsten schien Konrad sich zu fühlen, wenn er über die Medizin sprechen durfte. Sicher würde er auch zu dieser späten Nachtstunde die großen arabischen Ärzte zitieren. Nach den erschöpfenden letzten Stunden würde sie sich zusammennehmen müssen, um seinen Ausführungen folgen zu können. Doch Konrads Gesicht würde bei der Erwähnung von Rhazes und Avicenna und ihren Traktaten leuchten. Es war die einzige Freude, die ihm geblieben war. Es war gut, einem Mann das Gefühl zu geben, dass er gebraucht wurde. Wenn Jacobus ihn schon nicht um Rat fragte, sie würde es tun. Auch wenn sie sich dafür allein durch die dunkle Nacht schleichen musste. Gerade als sie das dachte und entschlossen einen Zweig zur Seite schob, durchdrang ein Schrei die Stille.

Johanna griff erschrocken in das dichte Blattwerk. Der Schrei war aus der Richtung des Zeltes gekommen, da war sie sich ganz sicher. Hatte ein Mensch geschrien oder ein Tier? Angstvoll starrte sie in die Dunkelheit und wagte nicht, sich zu rühren. Huschten dunkle Schatten durch das erleuchtete Zelt? Bildete sie sich das nur ein oder winkte ihr jemand zu? Sie wollte gerade vorsichtig ihre Hände von den Zweigen lösen, da hörte sie eilige Schritte in ihrem Rücken. Sie kamen näher. Während alle ihre Sinne auf die herannahenden Schritte gerichtet waren, duckte sie sich unter die dichten Blätter. Ledersohlen knirschten auf dem Boden und das leise Klappern eines Schwertgehänges war zu hören. Ein Schwert besaß nur, wer von Stand war, überlegte Johanna mit klopfendem Herzen. Doch weshalb rannte ein Ritter allein durch die Nacht? Ehe sie darüber nachdenken konnte, waren die Schritte auch schon neben ihr. Schneller, gleichmäßiger Atem keuchte dicht an ihr vorbei. Ein Mantel streifte sie und ihr wurde schwindelig. Sie hielt die Luft an und rechnete damit, dass sie jeden Augenblick entdeckt würde. Die Schritte entfernten sich.

Johanna wagte sich nicht aus ihrer Deckung hervor. Sie stand nur da und die Zeit schien stehen zu bleiben. Es war beunruhigend still, viel zu still, als hielte die Nacht den Atem an. Johanna lauschte angespannt, doch sie konnte nur ein Käuzchen rufen hören.

Die Neugier trieb sie schließlich aus dem schützenden Blätterdach. Sie lief so leise wie möglich in die Richtung, in der die Schritte verklungen waren. In Konrads Zelt schien plötzlich alles in Bewegung zu sein. Verworrene, zuckende Schattenbilder schwankten hinter den gold leuchtenden Zeltbahnen. Johannas Herz raste und sie hatte das Gefühl, keine Luft zu bekommen. Wenn sie doch nur etwas erkennen könnte! Wolken verdunkelten den Mond und sie starrte auf ein unruhig wogendes Schattengewirr. War das ein Arm, ein Flügel, flog da ein Umhang oder waren es Haare? Waren es überhaupt menschliche Wesen? Johanna wagte nicht, sich zu rühren. War Abū gekommen, um Konrad zu töten? Oder Kamāl selbst? Die Schatten bewegten sich nicht mehr. Sie schienen erstarrt zu sein. Was sollte sie bloß tun? Davonlaufen oder schreien? Sie konnte weder ihre Beine dazu bringen, sich zu bewegen, noch ihren Mund, sich zu öffnen. Gebannt starrte sie auf die stillen Schattengestalten.

Im Zelt kniete Friedrich mit einer Schwertspitze an der Kehle und blickte regungslos zu einem großen weiß gekleideten Ritter empor. Hinter ihnen, irgendwo im Dunkeln, lag der Mann mit dem blauen Turban. Sein Gewand war blutdurchtränkt und er hatte ein Bein un-

natürlich vom Körper abgewinkelt. Als der Ritter hereingestürmt war, hatte Friedrich neben dem Fremden gehockt, dessen leblosen Körper betrachtet und sich gewundert, woher auf einmal so viel Blut kam, denn er hatte nicht kräftig zugestoßen. Der Ritter mit dem weißen Mantel hatte sofort sein Schwert gezogen. Friedrich hatte, ohne recht zu wissen, was er tat, Anselms blutbeschmiertes Schwert gehoben und sich benommen gewehrt. Es war ein hoffnungsloser Versuch gewesen, das Unvermeidliche abzuwehren. Gegen den Ritter hatte er keine Chance gehabt. Irgendwann hatte er Anselms Schwert in die Scheide geschoben, war in die Knie gesunken und hatte die Hände erhoben. Der Ritter drückte das Schwert gegen seinen pochenden Hals und knurrte: »Du hast ihn umgebracht. Du Mörder, heb deinen Hintern hoch und folge mir zum König.«
Zum König, dachte Friedrich, ich habe getötet, Gott helfe mir. Niemand würde ihm nun mehr glauben. Er hatte ein Unrecht begangen und musste sein eigenes Leben retten. Aus Friedrichs Brust kam ein gequälter Laut. Der Ritter wurde ungeduldig. Er senkte das Schwert und zog Friedrich auf die Beine. Seine zusammengekniffenen Augen sprachen von Folterinstrumenten und langsamem, qualvollen Sterben. Friedrich zuckte zurück. Mechthild würde ihn so sehen. Das durfte nicht geschehen. Er hatte keine Wahl, er musste fliehen. Plötzlich konnte er an nichts anderes mehr denken. Er machte sich steif und stieß den Ritter von sich. Der Stoß kam so überraschend, dass der Ritter rückwärts taumelte und über das ausgestreckte Bein des leblosen Mannes stolperte. Er rutschte auf einer Blutlache aus und fiel fluchend in die Kissen. Von der heftigen Bewegung begann Friedrichs verletzter Arm zu pochen. Blut rann ihm den Ellbogen hinab. Der Schmerz fuhr ihm ins Bewusstsein: Er würde es niemals schaffen. Sie würden ihn sofort einholen. Herr, erbarme dich, ich muss es schaffen, dachte er. Er musste seinen Arm verbinden, doch womit? Seine Augen hasteten über den Teppich und er bemerkte das Seidenbündel. Er griff zu und hielt eine dunkle Flut mit gold schillernden Sternen in den Händen. Er hatte keine Zeit, sich zu wundern. So gut es ging, schlang er die Seide um seinen Unterarm und verließ das Zelt. Draußen stieß er mit dem Fuß gegen den silbernen Krug am Eingang. Der Krug fiel um und eine duftende Flüssigkeit ergoss sich ins Gras.

Die blaue Seide an seinem Arm schien zu pulsieren. Die Wunden schmerzten nicht mehr und Friedrich fühlte einen unerklärlichen Strom durch seine Beine fließen. Er wusste auf einmal, dass er laufen konnte. Er hatte die Kraft. Hinter ihm brüllte der Ritter: »Haltet den Mörder«, und Friedrich rannte los. Der Seidenballen an seinem Arm verlieh ihm ungeahnte Kräfte und er lief durch die Büsche in die Nacht. Die Dunkelheit empfing ihn.

Johanna wich zurück. Wieder hastete ein keuchender Schatten an ihr vorbei. Als die Schritte verklungen waren, setzten sich endlich ihre Beine in Bewegung. Langsam näherte sie sich dem Zelt. Der Mond kam zwischen den Wolken hervor und beleuchtete eine breitbeinig dastehende Gestalt. Der Mann hielt ein Schwert in den Händen und trug einen weißen Mantel mit einem schwarzen Adler darauf. Den Mann kannte sie. Es war zu ihrer großen Erleichterung kein Mann mit einem Turban und auch kein blonder Sklave aus Damaskus. Vor ihr im Mondlicht stand einer von Philipps treuesten Rittern. Eigentlich hieß er Gottfried von der Heide, an Philipps Hof nannte er sich jedoch Wolfram von Isenberg und hatte vor einiger Zeit auch versucht, Johannas Herz zu erobern. Sie hatte Ritter Wolfram das letzte Mal vor vielen Monaten gesehen. Damals war er aus Rom gekommen, wo er für Philipp mit dem Papst verhandelt hatte, und war auch bald wieder dorthin zurückgekehrt. Was tat er heute Nacht hier? Er atmete schwer und sein Gesicht war bleich. Warum zögerte er? Noch im Laufen rief sie: »Warum verfolgt Ihr ihn nicht?«
Der Ritter ließ die Schultern hängen, steckte sein Schwert zurück in die Scheide und sagte seufzend: »Johanna, endlich! Ich war auf der Suche nach dir. Ich fürchte, wir kommen zu spät. Der Medicus ist tot.«
»Tot? Das kann nicht sein! Harun ist bei ihm. Er gibt sein Leben für seinen Herrn und würde niemals von seiner Seite weichen.«
»Diese Nacht hat er es getan. Ein fremd aussehender Mann amüsiert sich mit den italienischen Knechten, die mit mir heute Morgen zum Tross gestoßen sind. Sie scheinen ihn durch eine List betrunken gemacht zu haben und nun gebärdet er sich wie ein Affe. Seine morgenländische Gefährtin kauert ängstlich daneben.«

Der Ritter hinderte sie daran, an ihm vorbei zum Zelt zu laufen. Sie blickte auf die Zeltbahn und murmelte trotzig vor sich hin: »Ihr lügt! Niemals, niemals würden Harun und Fatma so etwas tun.«

»Ich habe es doch mit eigenen Augen gesehen. Ich bin weggegangen, um Euch zu suchen. Ich war zuerst bei den Hofdamen. Sie haben mich zum Zelt des arabischen Medicus geschickt. Als ich näher kam, hörte ich einen Mann schreien und eilte zu Hilfe.«

Johanna verstand, dass er der Mann gewesen war, der zuerst in der Dunkelheit an ihr vorbeigelaufen war. Doch was schwatzte er da? Konrad würde jeden Moment die Zeltbahn zur Seite schieben. Die Stimme des Ritters fuhr unerbittlich fort: »Doch als ich ankam, hockte der Mörder bereits neben seinem Opfer. Alles ist voller Blut, es ist entsetzlich. Johanna, nicht.«

Johanna kam mit geballten Fäusten auf ihn zu und trommelte auf seine Brust ein: »Ihr lügt. Ihr lügt. Ihr seid ein Lügner.«

Er griff nach ihren Handgelenken, hielt sie fest umklammert und sagte ruhig: »Es tut mir Leid.«

Sie starrte ihn über ihre geballten Fäuste hinweg an. Er schüttelte mitleidig den Kopf: »Ich kam zu spät und dann ist mir der Mörder auch noch entwischt.«

Behutsam ließ er ihre Handgelenke los. Johanna öffnete ihre Fäuste, rang hilflos die Hände und wimmerte: »So verfolgt den Mörder doch. Tut doch etwas!«

»Der ist über alle Berge. Aber ich kann den Hofmedicus Jacobus holen. Einen Priester braucht der da drinnen nicht mehr.«

»Ja, holt Jacobus! Bei Gott, tut endlich etwas. Geht! Ich … Ich komme allein zurecht.«

Sie versuchte, tapfer zu klingen. Ihr war, als würde sie durch einen Nebel auf das Zelt zustolpern. Es war ein furchtbarer Albtraum und gleich würde sie erwachen. Mit zitternden Händen schob sie die Zeltbahn zurück. Ihre Augen hasteten über den mit Blut voll gesogenen Teppich und die blutbespritzten Kissen, dann sank sie neben Konrads leblosem Körper in die Knie.

Friedrich rannte schwer atmend durch die Nacht. Sein Herz raste und vor seinen Augen flimmerte es. Der Ritter würde Verstärkung holen.

Philipps Soldaten würden ihn jagen. Er beschleunigte seine Schritte und stolperte über eine Baumwurzel. Ein dichter Wald umgab ihn und der moosige Untergrund bot kaum Halt. Nachdem er eine Zeit lang über freies Feld gelaufen war, hatte er den dunklen Wald am Horizont nicht mehr aus den Augen gelassen. Der Wald würde die Verfolgung erschweren. Alles war mit Pflanzen überwuchert, voller sperriger Zweige und dichtem Unterholz.

Er folgte einem kleinen von Tieren ausgetretenen Pfad, der im Mondlicht kaum zu erkennen war. Jederzeit würde er sich in die Büsche retten und sich in dem Gewirr aus Farn und Gräsern verbergen können. Seine Kräfte ließen nach und er wurde langsamer. Der Seidenballen an seinem Arm war plötzlich unerträglich schwer geworden. Er schien immer größer zu werden.

Friedrich blieb keuchend stehen und stützte seinen Arm mit der Hand. Es schien ihm, als trüge er seine Schuld am Arm, als hinge sie an ihm und zog ihn zu Boden. Er war ein Mörder. Er hatte getötet. Ein Menschenleben ausgelöscht, in Blut gebadet, so viel Blut.

Schwer atmend wickelte er den Seidenstoff ab und ließ ihn zu Boden gleiten. Seine Hände begannen zu zittern und er hatte Mühe, aufrecht zu stehen. Die Wunden pochten wieder.

Friedrich richtete den Blick nach oben. Gott sollte ihn richten. Er sollte Blitze schicken, die Erde spalten, die Wolken niederstürzen. Er sollte himmlische Heerscharen mit glühenden Schwertern aussenden, doch außer pechschwarzer Nacht und den leuchtenden Sternen zwischen den Wolkenfetzen war nichts zu sehen. Friedrich stöhnte und presste beide Handrücken auf sein Gesicht. Wo war Gott? Warum schwieg er? Er presste die Wunden aufeinander, drückte Hautfetzen auf Fleisch und warmes Blut auf gefühllose Haut. Der Schmerz hämmerte in seinen Schläfen. Ihm wurde schwindelig und er sank neben dem Seidenbündel auf die Knie. Er durfte hier nicht bleiben. Sie würden ihn finden. Sicher waren sie schon auf der Suche nach ihm. Friedrichs Hände fielen kraftlos zu Boden und er begann, am ganzen Körper zu zittern. Herr, was soll ich tun? Herr, mein Gott, hilf mir! Der Fremde hatte ihn angegriffen und etwas gerufen, das wie Bastard geklungen hatte. Das hatte ihn um den Verstand gebracht. Er hatte ihn nicht töten wollen, doch niemand würde ihm, einem Handelsge-

hilfen aus Braunschweig, glauben. Der Mann mit dem blauen Turban musste ein mächtiger Mann gewesen sein. Seine Kleidung hatte wertvoll ausgesehen und im Zelt hatten goldene Krüge gestanden. Der König würde kein Erbarmen mit seinem Mörder haben. Er musste fort. Irgendwohin, wo ihn keiner kannte. Wo er namenlos war und auf Gottes Gericht warten konnte.
Das sonderbare Bündel zu seinen Füßen funkelte im Mondlicht. Benommen bückte sich Friedrich, hob die Seide auf und betrachtete sie genauer. Es war ein Mantel. Ein wertvoller Mantel, der über und über mit prächtigen Sternen bestickt war. Friedrich dachte an die fremd wirkenden Dinge im Zelt und an die arabisch klingenden Laute, die der Fremde ausgestoßen hatte. Der Mantel kam aus dem Land der Ungläubigen. Friedrich strich über die geschwungenen Schriftzeichen. Der Mantel strahlte Würde und Frieden aus, Heiligkeit und Hingebung. Friedrich glaubte, die Gebete von Märtyrern zu hören. Er sah die Pfeile, die den heiligen Sebastian durchbohrten, und hörte das Zischen des Schwertes, als dem heiligen Johannes das Haupt abgeschlagen wurde. Mit einem Ratsch zerschnitt der heilige Martin seinen Mantel. Engelschöre sangen Halleluja und priesen Gott. Friedrich lauschte ihren überirdischen Stimmen und verstand plötzlich: Er hielt den Mantel eines Märtyrers in den Händen, eine Reliquie. Gott hatte dafür gesorgt, dass er dieses Zeugnis des Glaubens fand. Die Seide musste später bestickt worden sein, um den Märtyrer zu ehren. Gottes Wege waren unergründlich. Gott blickte aus dem nächtlichen Sternenhimmel auf ihn herab. Friedrich konnte es fühlen. Gott würde ihm vergeben.
Gottes Gericht, dachte er und heftete den Blick auf den glitzernden Sternenmantel. Gott hatte ihm diesen Mantel anvertraut. Gott sprach auf diese Weise zu ihm. Friedrich sollte die heilige Reliquie an einen sicheren Ort bringen, an einen würdigen Ort, einen Ort der Anbetung und der Heiligkeit. Dann würde er selbst Vergebung erlangen.
Er durfte den Mantel nicht mit seinen blutenden Wunden beschmutzen.
Ungeschickt riss er einen Streifen vom seinem Gewand und wickelte sich die Fetzen um die blutenden Handrücken. Dann stand er auf

und nahm die heilige Sternenreliquie ehrfurchtsvoll in die Hände. Während er weiterlief, bat er Mechthild um Verzeihung. Mechthild musste nun den König vor den Verrätern warnen. Er konnte es nicht mehr tun. Er hatte von Gott einen anderen Auftrag bekommen.

Am nächsten Morgen erwachte Mechthild mit dem Gefühl, jemand würde sie beobachten. Hastig schlug sie die Augen auf. Sie lag zusammengerollt vor Marthas Feuerstelle und blickte zu Anselm auf. Anselm hatte sich in den Mantel ihres Vaters gewickelt und saß auf einem niedrigen Hocker. Neben seinen Füßen stand eine kleine Schüssel mit sicher längst erkaltetem Brei. Er bemerkte ihren fragenden Blick und erklärte: »Wir haben es nicht übers Herz gebracht, dich gestern Nacht noch zu wecken. Du hast noch nicht einmal im Schlaf gezuckt, als ich dich zu Boden gleiten ließ und Martha dich zugedeckt hat. Den Getreidebrei hast du gestern nicht angerührt. Du musst hungrig sein und kalt ist dir sicher auch. Ich hole Martha, sie wird sich um alles kümmern. Sie soll Brian suchen, er kann das Feuer wieder in Gang bringen.«

Er machte Anstalten aufzustehen, doch sie richtete sich aus den Decken auf und rief: »Brian? Ist er hier?«

»Ja, ich habe den kleinen Bastard mitgenommen, da dein Vater ihn nicht mehr wollte. Eigentlich hatte ich vor, ihm die Grundbegriffe des Rechts beizubringen, doch er treibt sich immer bei den Hunden herum.«

»Nenn ihn nicht Bastard.«

Sie hatten Friedrich einen Bastard genannt. Friedrich, dachte sie erschrocken. Wo war Friedrich? Hatte er den König gesprochen und ihn vor dem Verrat gewarnt?

Anselm sagte verständnisvoll: »Er ist ein kluger Junge und …«, doch sie wollte nicht über Brian sprechen: »Wo ist Friedrich? Ist er schon zurück? Was ist geschehen?«

»Vermutlich hat er das Lager noch in der Nacht verlassen.«

Mechthild sah ihn erstaunt an. Anselm beugte sich vor und flüsterte: »Mit Königen kenn ich mich aus. Vertrau meiner jahrelangen Erfahrung mit König Otto. König Philipp wird jedes Aufsehen vermeiden wollen. Er wird Friedrich aus Dankbarkeit seinen Schutz anbieten und ihn heimlich aus dem Lager bringen lassen. Dann wird Philipp den richtigen Moment abwarten, um die Verräter zu stellen. Er wird lauern und zuschlagen, wenn die Männer sich in Sicherheit wähnen. Jeder kluge Herrscher würde so vorgehen. Friedrichs Bericht wird keinen Skandal auslösen, keine Verhaftung und Verhöre nach sich ziehen. Das würde das politische Gleichgewicht im Reich stören, dazu ist Philipp zu klug. Seine Männer werden die Verräter heimlich beseitigen oder außer Landes schaffen lassen. Otto jedenfalls würde es tun.«

Es würde gar nichts passieren? Mechthild war enttäuscht. Friedrich würde fortgehen, ohne sich von ihr zu verabschieden. Wo würden sie ihn hinbringen? Anselm suchte ihren Blick und sagte ernst: »Mach dir keine Sorgen. Friedrich ist vor dem Wittelsbacher in Sicherheit und der König ist gewarnt. Ich hoffe nur, dass Friedrich so ehrlich und treu ist, wie immer alle behaupten. Ich möchte meinen prächtigen Mantel und das Schwert gern wiederhaben. Was denkst du, kann ich Friedrich trauen?«

»Natürlich ist Friedrich zuverlässig. Er wird dir das Schwert und den Mantel so schnell wie möglich zurückbringen. Wenn er nicht selbst kommen kann, wird er jemanden schicken.«

Anselm knurrte etwas Unverständliches und erhob sich: »Ich werde endlich Martha und Arno holen. Du musst am Verhungern sein und ich sorge mich um meinen Mantel!«

»Nein, warte«, Mechthild wickelte sich aus den Decken und sprang auf. »Bevor die anderen hier sind, muss ich noch eines wissen. – Das Lehen! Wie hat Otto dafür gesorgt, dass uns das Lehen sicher ist? Hat er den Kreuzritter ermorden lassen?«

»Seine Männer haben ihre Methoden«, antwortete Anselm knapp und wandte sich zum Gehen.

Welche Methoden, überlegte Mechthild. Natürlich raue Methoden, Männermethoden, nicht geeignet für das Ohr einer Dame. Doch es ging sie sehr wohl etwas an.

»Rechtfertigt das Lehen, dass du dein Leben und das deiner Leute aufs Spiel setzt?«

Anselm kam zurück und wisperte vorwurfsvoll: »Sprich nicht so laut. Das ganze Lager kann dich hören.«

»Aber Otto …«
»Otto hat uns das Lehen gesichert und er verdient unsere Dankbarkeit.«
»Und dazu gehört, dass du bei Philipp dein Leben für ihn riskierst?«
»Ja, das tut es!«
Mechthild strich sich eine Strähne hinter das Ohr und flüsterte: »Du riskierst auch unser Leben. Marthas, Arnos, Brians und meins. Du bist für deine Leute verantwortlich. Ich will gar nicht daran denken, was passiert, wenn Philipps Männer dich beim Spitzeln erwischen. Du musst mir versprechen, vorsichtig zu sein und niemanden zu gefährden. Versprichst du das?«
Anselm seufzte, dann nickte er kurz und feierlich. Als er draußen war, konnte sie ihn nach Martha und Arno rufen hören. Sie fühlte sich kein bisschen besser.
Auch nachdem Martha dafür gesorgt hatte, dass Mechthild etwas gegessen und saubere Sachen angezogen hatte, fühlte sie sich beunruhigt. Sie saß auf dem Hocker und beobachtete Arno beim Feuermachen. Ihr war, als wäre sie von einer Gefahr in die nächste geraten. Was würde geschehen, wenn sie Anselm erwischten? Bot ihm seine Tarnung als Kaufmann ausreichend Schutz? Was konnte sein König Otto für ihn tun, wenn er als welfischer Spion in Philipps Hände geriet? Gar nichts. Und was nützte ihnen dann noch das Lehen? Gar nichts. Mechthild beschloss, dass sie unbedingt mit Johanna sprechen musste. Auch wenn sie ihr nicht den wahren Grund verraten konnte, wieso sie sich in Philipps Tross aufhielten, so würde sie vielleicht etwas über Friedrich erfahren. Immerhin war Johanna eine persönliche Hofdame der Königin. Sie sprang auf, schenkte Martha und Arno ein entschuldigendes Lächeln und lief hinaus.
Kurze Zeit später stand sie vor dem Zelt der Hofdamen und versuchte Dame Engeltrud davon zu überzeugen, dass sie unbedingt Dame Johanna sprechen musste. Doch die ältliche Hofdame mit dem verkniffenen Zug um den Mund schüttelte immer wieder den Kopf.
Sie stand vor dem Zelt wie ein Drache, der seine Höhle verteidigte. Mechthild verstand nicht, wieso die Frau sich weigerte, sie zu Johanna zu führen. Gut, Mechthild trug kein Gebände, sondern hatte die Haare in einem lockeren Kranz aufgesteckt. Doch war das ein Grund,

sie so abfällig zu mustern? Selbst die strenge Tante Herrad hätte nicht hochmütiger an ihr hinunterblicken können. Die Schuhe, dachte Mechthild erschrocken. Dame Engeltrud betrachtete gerade kritisch ihre fleckigen Lederschuhe, die unter dem etwas zu kurzen Rock hervorsahen. Mechthild hatte versucht, sie zu reinigen, doch der Lehm hatte sich nicht abbürsten lassen. Sie biss sich verlegen auf die Unterlippe und erklärte: »Ich komme von weit her. Johanna kennt mich seit langem. Ihr könnt mir vertrauen. Seid Ihr nicht die Dame, die wundervolle Rezepte für die Schönheitspflege ersinnt? Wenn Ihr Dame Engeltrud seid, dann benutze ich jeden Tag mit gutem Erfolg Eure Ringelblumensalbe.«
»Die bin ich und wer bitte seid Ihr? Oh, sagt nichts! Ich weiß es. Ihr müsst Mechthild sein. Ihr habt eine schreckliche Handschrift, schreibt allerdings amüsante Briefe.«
»Danke sehr«, sagte Mechthild artig.
Dame Engeltrud blickte nicht mehr ganz so abweisend. Versöhnlich erklärte sie: »Dame Johanna ist nicht hier. Sie ist am Rande des Lagers. Dort versteckt sich ein buntes Zelt hinter Büschen. Aber ich würde lieber nicht hingehen.«
Mechthild runzelte verwundert die Stirn. Engeltrud beugte sich vor und flüsterte: »Etwas Schreckliches ist heute Nacht geschehen. Die arme Johanna hat die ganze Nacht geweint und ist vor Schmerz und Gram nicht ganz bei Sinnen. Es ist entsetzlich!«
»Was ist geschehen?«
Engeltrud seufzte: »Ich habe immer gesagt, dass dieser fremde Medicus nichts für unsere zarte Johanna ist. Vielleicht solltet Ihr doch hingehen. Bestellt ihr, dass gute Freundinnen mit Trost und Fürsorge auf sie warten.«
Mechthild nickte abwesend. Ihre Augen huschten längst auf der Suche nach den erwähnten Büschen an den Zeltreihen entlang.
»Dort!«, sagte Engeltrud und wies in die Richtung, »Und Gott mit Euch.«

Das Zelt lag im dunklen Schatten der Büsche verborgen. Die Fahne bewegte sich träge, die mit bunten Mustern bedeckten Zeltbahnen kräuselten sich und vor dem Eingang war ein Krug umgestürzt. Kein

Vogel war zu hören und kein Tier raschelte in den Zweigen. Eine unheimliche Stille umgab das Zelt.
Mechthild dachte daran, was Engeltrud gesagt hatte, und versuchte, sich vorzustellen, wie es im Inneren aussah. Doch sie hatte keine Ahnung, was sie erwartete. Sie ging auf das Zelt zu und betrachtete den umgestürzten Krug. Sein Griff hatte die Form eines Kranichs. Sie blieb stehen und runzelte die Stirn. Vorsichtig schob sie mit den Fingerspitzen den Stoff beiseite und blickte ins Zelt. Es war sehr dunkel. Nur eine schwache Öllampe warf ihr Licht auf einige zerknitterte Tücher. Sie waren mit Blut verschmiert. Dieselben dunklen Flecken waren auch auf den Kissen und dem Teppich. Die Vorstellung, mit all dem getrockneten Blut allein zu sein, behagte ihr nicht. Mechthild wollte sich hinausschleichen, da entdeckte sie die Laute.
Das mit Vögeln bemalte Instrument lehnte zwischen den Kissen und kam ihr seltsam vertraut vor. Die alte Laute zeigte Spuren jahrelangen Gebrauchs. So eine Laute war an einem Hof nichts Ungewöhnliches, jeder dahergelaufene Fahrende besaß so ein Instrument und pflegte es wie seinen Augapfel. Doch dieses schien etwas ganz Besonderes zu sein. Plötzlich sah sie die schmale weiße Hand, die neben der Laute lag. Sie schien aus dem Nichts zu kommen. Mechthild kniete sich hin, schob mehrere Kissen zur Seite und blickte in Johannas blasses Gesicht.
Johanna wirkte so friedlich, als schliefe sie im Kräutergarten von Burg Hohenstaufen. Mechthild musste beinah lächeln. Johanna hatte sich in all den Jahren überhaupt nicht verändert. Sie holte die Öllampe. Sachte stellte sie die kleine Lampe neben die Schlafende. Johannas Wimpern zuckten und dann öffneten sich widerwillig ihre Augenlider. Sie zwinkerte verwirrt und kroch unter den Kissen hervor. Dabei murmelte sie: »Verlangt die Königin nach mir? Ist es schon so spät?«
Mechthild beugte sich vor und wisperte: »Johanna? Ich bin es, Mechthild!«
Johanna blinzelte. Offensichtlich brauchte sie einen Moment, um zu sich zu kommen. Als sie endlich erkannte, dass es keineswegs eine Magd war, die sie zur Königin bringen wollte, sagte sie überrascht: »Mechthild? Wo … wo kommst du plötzlich her? Dein Mann sucht nach dir!«

»Anselm ist auch hier. Er ist nun Kaufmann und soll für meinen Vater eine Wagenladung Wein verkaufen. Es ist eine lange Geschichte. Doch was ist heute Nacht geschehen? Warum bist du hier?«

Johanna presste ihre Handballen auf die Augen, als wolle sie die Tränen zurückhalten. Lange Zeit saß sie so da und sagte nichts. Mechthild wagte nicht, sie zu stören. Jeder konnte sehen, dass es Johanna schwer fiel, über das Geschehene zu sprechen. In so einem Fall war es immer das Beste abzuwarten. Endlich sagte Johanna leise: »Ich dachte, er wäre tot. Alles war voller Blut. Doch Jacobus konnte die Blutung stillen. Gott sei gepriesen.«

»Was tust du noch hier? Wo sind alle anderen?«

»Konrad ist im Krankenzelt. Meister Jacobus lässt mich nicht zu ihm. Er fürchtete sich vor … ach, ich dachte, Konrad wäre tot. Ich habe geweint und geschrien. Alle dachten, ich hätte den Verstand verloren. Das viele Blut hat mich erschreckt. Konrads linkes Bein sieht furchtbar aus. Sein Angreifer muss eine Blutbahn verletzt haben.«

Johannas Finger spielten mit den verblichenen Bändern der Laute. Ihre Augen waren in eine unbekannte Ferne gerichtet.

»Johanna, so red schon; erklär mir endlich, was passiert ist.«

»Konrad war viele Jahre fort. Er war in Damaskus und studierte die arabische Heilkunst. Von dort brachte er einen wertvollen Sternenmantel mit. Er wollte den Mantel König Philipp schenken.«

Johanna sah für einen Augenblick aus, als müsse sie sich erst erinnern, dann sagte sie: »Konrad hatte den Mantel von seinem Freund Kamāl in Damaskus. Eines Tages kam Kamāls Sklave Abū zu Konrad und forderte den Sternenmantel zurück. Doch der Sternenmantel war verschwunden. Konrad hatte zur selben Zeit einen Unfall. Er gab vor, erblindet zu sein. Er fühlte sich so sicher.«

»Er war nicht sicher.«

»Letzte Nacht ist einer der Sarazenen zu ihm ins Zelt gekommen. Entweder Abū oder Kamāl wollte Konrad töten. Ich kam zur späten Stunde von der Königin. Ich wollte zu Konrads Zelt und ihm ihre Beschwerden schildern. Einer der Sarazenen ist in der Dunkelheit an mir vorbeigelaufen. Es war furchtbar.«

Johanna konnte die Tränen nicht mehr zurückhalten. Sie rannen über ihr blasses Gesicht und tropften von ihrem Kinn. Schniefend bückte

Johanna sich und hob einen Gegenstand vom Boden auf. Sie hielt ein kleines Messer in die Höhe, dessen Klinge am Ende halbmondförmig gebogen war: »Damit hat Konrad sich gewehrt. Ich habe es neben ihm gefunden.«

»Was ist das? Es sieht ungewöhnlich aus.«

Mechthild nahm ihr das Messer aus der Hand und drehte es verwundert zwischen den Fingern. Johanna wischte sich mit dem Ärmel über die Nase und flüsterte: »Es ist ein medizinisches Instrument. Konrad hat es aus dem Morgenland mitgebracht. Es wird dort zum Reinigen und Ausschaben genommen. Sieh, es hängen winzige blutige Hautfetzen daran. Der Sarazene muss Schnittwunden an Gesicht und Händen davongetragen haben. Es werden tiefe, halbmondförmige Narben zurückbleiben.«

Mechthild verzog angewidert das Gesicht, gab ihr das Instrument zurück und fragte besorgt: »Wird der Sarazene wiederkommen und es noch einmal versuchen?«

Johanna legte das gebogene Messer weg und warf einen Blick auf die blutigen Tücher.

»Ich weiß es nicht.«

Mechthild stand auf und blickte sich um, dann entschied sie: »Du solltest nicht hier bleiben. Komm, zeig mir das Krankenzelt. Wir werden Meister Jacobus davon überzeugen, dass du dich beruhigt hast. Das hast du doch, oder?«

Johanna nickte und versuchte, ein ernstes und gefasstes Gesicht zu machen. Während sie Mechthild aus dem Zelt folgte, war sie plötzlich sehr froh, dass sie nicht allein zum Krankenzelt musste.

Vor dem Krankenzelt schlief Harun. Sein massiger Körper versperrte den Eingang. Neben ihm hockte Fatma und rupfte gedankenverloren Grashalme aus. Als sie Mechthild und Johanna bemerkte, flüsterte sie gequält: »Wir wollten zurück, die Männer dann Harun gezwungen, aus Krug zu trinken. Es nicht seine Schuld!«

Johanna nickte, genauso hatte es Ritter Wolfram beschrieben. In dieser Nacht schien das Böse sich gegen Konrad verschworen zu haben.

Fatma blickte zu ihr auf und erklärte leicht trotzig: »Allah hat Meister beschützt.«

»Mach dir keine Sorgen, Fatma. Ich werde mit Konrad sprechen und ihm alles erklären.«

Harun bewegte im Schlaf seinen Kopf und seine Hände zuckten. Mechthild zögerte einen Moment, dann stieg sie über seine ausgestreckten Beine und Johanna folgte ihr.
Im Krankenzelt spürte Johanna sofort, dass sich etwas verändert hatte. Es roch wie immer nach Kampfer, wie gewöhnlich hantierte Jacobus mürrisch mit seinen Instrumenten herum und würdigte sie keines Blickes. Und doch war die Stimmung anders. Sie trat noch einen Schritt näher an Konrads Lager heran und wusste plötzlich, was es war. Konrad sah zwar sehr blass aus und er hatte dunkle Ringe unter den Augen, trotz allem wirkte er glücklich. Ja, dachte Johanna, Konrad sah erleichtert und froh aus. Er sah bestimmt nicht aus wie ein Mann, dessen Leben in der Nacht zuvor gewaltsam beendet werden sollte. Im Gegenteil, er sah aus, wie ein Mann, von dessen Schultern eine große Last genommen worden war. Johanna hockte sich vorsichtig neben ihn und winkte Mechthild, es ihr gleichzutun. Mechthild schüttelte den Kopf und wandte sich Meister Jacobus zu. Leise begann sie, mit ihm zu flüstern. Anscheinend wollte Mechthild nicht stören und tat lieber so, als würden sie die vielen blinkenden Nadeln und kleinen Messer interessieren. Konrad sollte Johanna ganz allein gehören. Sie blickte in seine geweiteten Pupillen und dachte, dass seine Augen seit dem Unfall nicht mehr so ausgesehen hatten. Konrads Augen waren nicht mehr zusammengekniffen und schweiften nicht suchend umher. Es war, als wäre ein Schleier von ihnen gezogen worden. Sie widerstand dem Drang, ihre Hände auf sein Gesicht zu legen, um zu fühlen, was geschehen war. Stattdessen fragte sie leise:
»Was ist mit deinen Augen passiert?«
Konrad griff nach ihrer Hand und zog sie zu sich heran: »Ich habe den Sternenmantel gefunden und er hat mich geheilt.«
Johanna starrte ihn fassungslos an.
»Du hast den Sternenmantel gefunden? Wo war er?«
»Er war in Fatmas Truhe versteckt. Sie hat einen doppelten Boden.«
Johanna dachte an Fatma vor dem Zelt, die neben ihrem schlafenden Bruder kauerte, und sagte hastig: »Sie hat ihn bestimmt aus einem guten Grund dort versteckt. Bitte Konrad, bevor du sie bestrafst, frag sie erst, warum sie es getan hat. Sie sitzt draußen vor dem Zelt.«

Konrad ließ ihre Hand los, richtete sich auf und stützte sich auf seine Ellbogen. Sein Gesicht war nun ganz nah. Mit seltsam rauer Stimme flüsterte er: »Ich weiß. Sie war schon hier. Sie hat ihn genommen, um mich zu beschützen. Das ist jetzt nicht mehr wichtig. Kamāl hat mich mit dem Sternenmantel im Zelt überrascht. Ich habe den Mantel verteidigt wie eine Löwin ihr Junges. Wie dumm von mir. Von Anfang an war Kamāl der Hüter des Sternenmantels. Es verlieh ihm die Kraft, mich mit einem einzigen Klingenhieb kampfunfähig zu machen. Er hat den Sternenmantel mitgenommen und wird ihn nach Damaskus zurückbringen. Nun ist alles gut. Ich habe meine Schuld beglichen. Es ist vorbei.«

Konrad nahm die Ellbogen herunter und ließ sich seufzend zurückfallen. Er fühlt sich befreit, dachte Johanna und musterte sein entspanntes Gesicht. Der Sternenmantel war fort und Konrad hatte seinen Frieden zurückgewonnen. Sie wurde plötzlich von seiner Erleichterung angesteckt und atmete tief durch.

In diesem Augenblick räusperte sich Jacobus und warf ihnen einen strengen Blick zu. Konrads verletztes Bein, dachte sie erschrocken, wie hatte sie das vergessen können? Beunruhigt blickte sie an Konrads ausgestreckt daliegendem Körper entlang und starrte auf die Erhebung, die der Verband unter der Decke verursachte. Konrad beobachtete sie und sagte leise: »Es ist nicht schlimm. Ich spüre es kaum. Nur ein leichtes Pochen und mit jedem Pochen nähert sich der Sternenmantel seiner Bestimmung.«

»Du wolltest ihn König Philipp bringen, um ihm zu Macht und Ansehen zu verhelfen. Es war nichts Böses von dir.«

»Doch, Johanna, das war es.«

Jakobus und Mechthild traten an Konrads Lager. Konrad zog bei Mechthilds Anblick fragend die Augenbrauen hoch. Johanna war so in Gedanken versunken, dass sie es nicht bemerkte. Sie dachte an den Sternenmantel und stellte sich vor, wie er in einem goldenen, lichtdurchfluteten Saal einem Sultan angelegt wurde. Sie zuckte zusammen, als Mechthild neben ihr sagte: »Es freut mich, dass es Euch besser geht. Johanna war sehr in Sorge.«

Konrad lächelte und erklärte freundlich: »Seit ich zurückgekommen bin, habe ich ihr Sorgen bereitet. Das hat nun ein Ende«, er suchte Jo-

hannas Blick und flüsterte: »Es wird sich alles ändern, glaub mir, Johanna.«
Meister Jacobus räusperte sich noch einmal und schlug verärgert die Decke zurück. Behutsam machte er sich daran, den Verband abzuwickeln und verscheuchte die Fliegen, die sich auf der Wunde niederlassen wollten. Die Haut war gerötet und Blut klebte an den Rändern. Es roch unangenehm metallisch.
»Zeit zu gehen«, murmelte Mechthild beklommen und zog Johanna mit sich.

Einige Tage später erwachte Mechthild am frühen Morgen mit einer Melodie im Kopf. Es war ein Lied von Walther von der Vogelweide und sie hatte es früher oft gesungen. Sie lag neben dem schlafenden Anselm und konnte nicht wieder einschlafen. Das Licht schimmerte durch die Ritzen der Zeltbahnen, die Vögel zwitscherten vor dem Zelt und die Zeilen kreisten durch ihren Kopf: Könnt ich verschlafen die Winterzeit. Wach ich solange, so bringt es mir Leid.
Sie konnte einfach nicht mehr still daliegen. Außerdem musste sie dringend und so stand sie leise auf und zog sich an. Möglichst lautlos, denn sie wollte Anselm nicht wecken, schlich sie aus dem Zelt.
Draußen empfing sie ein strahlender Morgenhimmel. Die Luft schien voller Frühlingsdüfte zu sein und während sie die Zeltreihen entlanglief, sang sie: »Endlich muss siegen der Frühling im Streit. Dann pflück ich Blumen, wo's früher geschneit.«
Sie hockte sich hinter einen Busch, hantierte mit den langen Röcken und summte dabei weiter vor sich hin. Als sie fertig war, entschied sie, sich zu waschen. Sie rannte zu dem kleinen Bach hinunter, der sich hinter dem lagernden Tross entlangschlängelte.
Als sie näher kam, bemerkte sie eine Frau, die am Bach saß. Sie trug die braunen Zöpfe zu einem Kranz aufgesteckt und beugte sich über das sprudelnde Wasser. Mechthild erkannte sie und rief: »Johanna, haben dich die Vögel geweckt? Ist das Wasser sehr kalt?«
Johanna wandte sich um und Mechthild sah sofort, dass sie irgendetwas bedrückte. In Johannas Augen standen Tränen und ihre Unterlippe zitterte. Mechthild ließ sich neben sie ins Gras fallen und fragte erschrocken: »Was ist los?«

Erst jetzt bemerkte sie, dass Johanna dabei war, sich die Hände einzuseifen. Ein blumig süßer Duft stieg von der feinen weißen Paste auf, die ihre Finger bedeckte. Johanna verteilte die Paste auf ihren Handrücken und flüsterte: »Es ist Seifenpaste aus Aleppo. Konrad hat sie mir mitgebracht. Wenn ich ihren Duft an mir trage, dann ist es ein wenig so, als wäre er bei mir und würde mich den Tag über begleiten. Ich vermisse ihn so.«

Mechthild betrachtete sie besorgt. Es sah ganz danach aus, als würde Johanna nun doch noch den Verstand verlieren. Was war geschehen? War Konrad plötzlich doch noch gestorben? Sie musste behutsam vorgehen, um Johanna nicht aufzuregen. Sie beugte sich vor. Ganz sanft begann sie, die feine Paste auf Johannas Handgelenken zu verstreichen. Johanna seufzte und schloss die Augen. Sie sah aus, als würde sie von fernen Ländern und unbekannten Genüssen träumen.

Mechthild fuhr mit ihrem Finger unvermutet unter Johannas langen Ärmel. Johanna machte die Augen auf und sagte vorwurfsvoll: »Das kitzelt!«

»Warum sitzt du hier allein? Gibt es einen besonderen Grund für die Seifenpaste aus Aleppo?«

Johanna sprang plötzlich auf. Als sie sich bückte und einen kleinen Kiesel vom Ufer in den Bach schleuderte, spritzten die Seifenflocken: »Sie lassen mich nicht zu ihm. Sie verbieten mir, Konrad zu sehen.«

Mechthild sprang ebenfalls auf. Sie legte ihre Hände auf Johannas Schultern, um sie daran zu hindern, weitere Steine zu schleudern, und fragte: »Wer? Wer verbietet es dir?«

Johanna fuhr sich mit dem Handrücken über das Gesicht. Seifenpaste blieb auf ihrer Nase und ihren Wangen zurück.

»Die Hofdamen! Allen voran Engeltrud und Vater Ambrosius. Vorgestern begann Konrad, auf einmal zu fiebern. Im Fieberwahn warf er sich auf den Boden und rief voller Inbrunst arabische Worte. Immer wieder vollzog er ein offensichtlich heidnisches Gebet. Er hob die Hände, rief den Namen Allah und weinte. Alle liefen herbei und niemand konnte etwas tun. Während sich Konrad mit Harun nach Sarazenenart nach Osten verbeugte, lief Vater Ambrosius vor dem Krankenzelt auf und ab und flehte Gott um Hilfe an. Es war furchtbar.«

Johanna begann zu weinen. Mechthild wischte ihr behutsam Seife und Tränen vom Gesicht. Dabei sagte sie leise: »Er hat sich im Fieber an Damaskus erinnert. Er hat Heimweh.«

»Ich fürchte, niemand hat dafür Verständnis. Außer Meister Jacobus, denn er ist selbst kein Christ und wird von vielen als Heide beschimpft. Er hat Vater Ambrosius fortgeschickt, lässt Fatma und Harun bei sich im Zelt wohnen und schützt Konrad, doch kann er uns nicht helfen. Die Hofdamen haben es sich zur Aufgabe gemacht, meine Seele vor Konrad zu retten. Er ist für sie nur noch der Heide im Krankenzelt.«

»Soll ich mich im Krankenzelt erkundigen, wie es Konrad geht?«

Johanna schüttelte den Kopf und kniete sich wieder an den Bach. Sie suchte etwas zwischen den Grasbüscheln. Schließlich griff sie nach einem kleinen silbernen Gefäß. Sie schloss den Deckel und verbarg es sorgsam in ihrem Gürtel.

»Meister Jacobus hat seinen kleinen Gehilfen geschickt. Er hat mir ausrichten lassen, dass Konrads Fieber gesunken ist und die Wunde gut verheilt.«

»Das ist doch wunderbar.«

»Nichts ist wunderbar. Für Dame Engeltrud steht fest, dass Konrad mein Seelenheil gefährdet. Sie wird dafür sorgen, dass Vater Ambrosius mich nicht mehr aus den Augen lässt. Der Hofkaplan wünscht schon lange, dass Harun und Fatma sich taufen lassen. Konrad wird fortgehen und ich werde mein Leben lang bei den Hofdamen neben den Stickrahmen sitzen und eine alte Jungfer werden.«

Mechthild wollte tröstend ihren Arm um Johannas Schultern legen, da ließ sie eine hohe Stimme in ihrem Rücken innehalten.

»Dame Johanna, die Frühmesse beginnt gleich, Vater Ambrosius erwartet Euch.«

Dame Engeltrud stand am Rand der Zeltreihe. Sie hatte die Hände in die Hüften gestemmt und sah vorwurfsvoll zu ihnen herüber. Johanna erhob sich und flüsterte: »Siehst du, das meine ich.«

Sie rannte zu der wartenden Hofdame und Mechthild blieb allein am Bach zurück. Vorsichtig hob sie ihre Hände und roch an ihren Fingern. Die Paste hatte einen süßen Geruch hinterlassen, der eine unbestimmte Sehnsucht weckte.

Juni 1207, im Herzogtum Franken

In den folgenden Wochen sahen sich Johanna und Mechthild kaum. Johanna war immer von wachsamen Hofdamen umringt. Sie ließen Johanna nie aus den Augen und jeden Abend kam Vater Ambrosius, um mit ihr zu beten. Alle schienen nur noch um ihr Seelenheil besorgt zu sein. Johanna verstand nicht, wieso sie in Gefahr geraten sollte, wenn sie Konrad kurz im Krankenzelt besuchte. Sie dachte viel an ihn und war sich sicher, dass er ohne sie abreisen würde, sobald er gesund genug dafür war.

Mechthild hatte es leichter. Sie konnte sich frei bewegen und brauchte nur hin und wieder die umsichtige Kaufmannsfrau zu spielen. Das bereitete ihr so viel Vergnügen, dass sie manchmal fast vergaß, dass Anselm in Wahrheit gar kein Kaufmann, sondern Ottos Spitzel war. Seit der Pfalzgraf von Wittelsbach zum Tross gestoßen war, musste sie allerdings ständig ein Gebände tragen. Sie verabscheute die strammen Bänder unter dem Kinn, doch sie wollte nicht erkannt werden. Anscheinend hatte der Pfalzgraf sich von den Verschwörern abgewandt und dem König glaubhaft seine Treue versichert. Mechthild beobachtete mehrmals, wie er mit Philipp scherzte. Der Pfalzgraf genoss offensichtlich wieder Philipps Vertrauen und benötigte niemanden mehr, der ihm eine versprochene Heirat bezeugte. Einmal ritt der junge Pfalzgraf dicht an ihr vorbei, erkannte jedoch in der geschäftigen Kaufmannsfrau nicht die von ihm entführte Kölnerin aus dem dunklen Schankraum.

Als vorgebliche Kölner Kaufleute fügten sie sich mühelos in den Rhythmus des reisenden Hofes ein. Mitten in dem langen Zug aus Wagen und Lasttieren zogen sie über Wege, die manchmal kaum als solche zu erkennen waren. Gegen Abend bauten sie ihr Zelt auf und besprachen die Ereignisse des Tages. Martha klagte über das verschmutzte Wasser und das unbeständige Wetter, Brian schwärmte von Beatrix und ihrem klugen jungen Hund, der ihm schon aufs Wort folgte, und Anselm erzählte, dass der Gesandte aus Rom ebenfalls auf sich warten ließ. Er schilderte, wie ungeduldig Philipps Männer seine Ankunft erwarteten, da erst dann der Wein für alle freigegeben werden sollte. Alle hatten das ewige Kräuterbier satt.

Dann kam endlich die Nachricht, dass Wolfger von Aquileja eingetroffen sei. Das war das Signal, nach dem Kämmerer des Königs schicken zu lassen. Mechthild bestand darauf, bei den Verhandlungen dabei zu sein, damit Anselm sich nicht übervorteilen ließ. Sie vermutete, dass Anselm sehr zufrieden mit dieser Entwicklung war. Kontakte zum engen Kreis des Hofes und vielleicht sogar zur Gesandtschaft aus Rom konnten sehr nützlich sein. Sie freute sich vor allem auf den zu erwartenden Gewinn. Im Kopf überschlug sie die Summe, die für ihren Vater herausspringen würde.
Der Kämmerer des Königs verspätete sich natürlich. Mechthild setzte sich schließlich zwischen die Fässer auf einen der Wagen und hielt ungeduldig Ausschau nach ihm. Als er endlich kam, hatte er die Sonne im Rücken. Sie blinzelte und schirmte ihre Augen mit der Hand ab. Er kam ihr irgendwie bekannt vor. Ihr war, als hätte sie diesen hoch gewachsenen, breitschultrigen Mann schon einmal gesehen. Er trug einen weißen Mantel, auf dem etwas prangte, was Ähnlichkeit mit dem Adler der Staufer hatte. Um die Hüften trug er ein prächtiges Schwertgehänge. Der Mann sah ungewöhnlich gut aus, so viel konnte sie trotz der grellen Sonne erkennen. Er hatte lange braune Locken und der gestutzte Bart passte gut in das braun gebrannte Gesicht. Das konnte unmöglich der Kämmerer des Königs sein. Mechthild überlegte, ob es sich um einen Mann aus Wolfgers Gesandtschaft handelte oder ob der Kämmerer verhindert war und einen der Ritter geschickt hatte. Hoffentlich einen, der etwas von Wein verstand.
Der Mann bemerkte Mechthild gar nicht und ging direkt auf Anselm zu, der ihm erwartungsvoll entgegensah. Etwa drei Schritte vor ihm blieb er stehen. Beide Männer starrten sich schweigend an. Eine Ewigkeit schien zu vergehen.
Mechthilds Herz setzte für einen Augenblick aus, als sie den Fremden erkannte. Ihr brach der Schweiß aus und es schnürte ihr den Atem ab. Er war der Mann, den sie vor vielen Jahren als Verräter gejagt hatten. Der Mann, dessen Heiratsabsichten sie fast ein Jahr lang beschäftigt hatten. Dort stand Gottfried von der Heide, der seinen welfentreuen Vater verlassen hatte, um König Philipp zu dienen. Oh, Heilige Jungfrau steh uns bei! Anselm war ihm wohl bekannt. Als Ottos treuer Gefolgsmann und nicht als Kölner Kaufmann! Sie flehte die heilige

Margareta an, dass sie den Ritter mit Blindheit schlagen würde. Doch Gottfried schien sehr gut sehen zu können.

Er brach das Schweigen durch ein trockenes Lachen. Es jagte Mechthild eine Gänsehaut über den Rücken und vor Angst vergaß sie zu beten. Anselm wich einen Schritt zurück und stieß an den Wagen hinter ihm. Er wirkte klein und blass neben seinem kräftigen Gegner. Gottfried fuhr mit seiner Hand zum Schwertknauf und sagte: »Da geht's nicht weiter oder wollt Ihr in eines der Fässer kriechen? Da schickt mich der dicke Kämmerer, um für den König einen Wein zu probieren, und was finde ich vor? Einen Ottofreund in Kaufmannskleidern! Hätte nicht übel Lust, Euch in dem Wein zu ersaufen. Wer hätte das gedacht? Gott hat mir Ottos treuen Schreiberling direkt in die Hände gespielt! Nun folgt die Abrechnung – für die vereitelte Erstürmung Kölns, für die Schmach, die Ihr mir zugefügt habt, für all die Jahre in Rom, in Konstantinopel, in Istrien und Venedig. All die vergeudeten Jahre, bis Philipp mir wieder vertraut hat.«

Gottfried zog sein Schwert, setzte die Spitze auf Anselms Brust und fuhr fort: »Was tut Ottos Mann bei Philipp? Natürlich dasselbe, wofür er mich einst verfolgt hat: Er spioniert! Hah, wie amüsant – nun seid Ihr der Verräter. Doch ich lasse Euch nicht zu Otto entkommen. Ich werde Euch ausliefern …«

Mechthild sprang vom Wagen und rief: »Steckt das Schwert zurück. Ihr irrt Euch! Anselm ist nicht mehr Ottos Mann. Nach unserer Hochzeit ist er ein selbstständiger Kaufmann geworden. Er war dabei, als zweitausend angesehene Kölner in diesem Frühjahr Philipp die Treue geschworen haben. Mein Mann hat die Seiten gewechselt, genau wie Ihr.« Mechthild hoffte, dass Anselm jetzt nicht aus übertriebenem Ehrgefühl widersprechen würde. Es war wirklich nicht der Zeitpunkt, auf seiner Ehre zu bestehen.

Gottfried hatte sein Schwert gesenkt und blickte sie erstaunt an. Anselm nutzte den Moment, sich umzudrehen und ein Weinfass vom Wagen zu rollen. Das schwere Fass polterte zu Boden und Holz splitterte. Roter Wein spritzte und winzige Tröpfchen flogen herum. Wie feiner Nieselregen kam der Wein auf sie herunter.

Mechthild sprang erschrocken zur Seite. Die Flecken werden niemals aus der Kleidung zu entfernen sein, dachte die besorgte Hausfrau in

ihr sofort. Aus einer zerbrochenen Latte floss der kostbare Wein in die Erde. Sie musste den Wunsch unterdrücken, ein Gefäß zu holen und ihn aufzufangen. Die Kauffrau in ihr konnte den Verlust des Weins nicht mit ansehen. Gottfried musste wohl ähnlich fühlen, denn er hockte sich neben das Fass und hielt seine hohlen Hände unter den Strahl. Anselm wischte sich den Wein aus den Augen. Er setzte sich neben ihn und sagte ruhig: »Sie hat Recht. Ich bin Kaufmann geworden, und zwar ein ziemlich guter. Wir werden sicher handelseinig, probiert nur … er ist genau richtig – schwer und süß.«
Gottfried nahm einen Schluck aus seiner hohlen Hand. Prüfend ließ er den Wein im Mund kreisen, dann schluckte er und fragte interessiert: »Wie viel für ein Fass?«
Mechthild musste sich am Wagen festhalten, da sie plötzlich weiche Knie bekam. Sie war so unendlich erleichtert, dass sie den Wein am liebsten verschenkt hätte. Gottfried glaubte ihnen! Oh, sie würde die ganze Nacht auf den Knien im Gebet verbringen und ihrer Lieblingsheiligen danken. Sicher hatte die Heilige Verständnis für die kleine Verdrehung der Tatsachen. Und eigentlich war es ja auch gar nicht so erstaunlich, dass Gottfried den Wechsel zu Philipp fraglos akzeptiert hatte, denn jeder war zu König Philipp gewechselt. Es gab im Reich kaum jemanden, der das nicht getan hatte. Wenn selbst der Papst es bald tat, dann hielt nur noch Anselm zu König Otto. In diesem Moment machte er nicht den Eindruck eines treuen Ratgebers. Er saß neben Gottfried im Dreck, trank Wein aus der hohlen Hand und verhandelte eifrig über den Preis. Der geborene Kaufmann, dachte sie stolz.

Am nächsten Tag erlebte der reisende Hof eine böse Überraschung. Die schmale Brücke, über die sie noch im Frühjahr den Neckar überquert hatten, war zusammengebrochen. Der verantwortliche Abt hatte seine Pflicht vernachlässigt und sich nicht um die Instandsetzung gekümmert.
Walther von der Vogelweide lehnte an einem Baum und beobachtete, wie König Philipp verärgert auf und ab lief. Schlecht gelaunt beriet er sich mit seinen Rittern. Die Abtei würde einen Tag länger auf Philipps Schiedsspruch im Waldnutzungsstreit warten müssen. Bedauer-

licherweise musste der Tross auch einen Tag länger auf die gute Küche der Abtei verzichten. Walther vermutete, dass dies für Philipp besonders unangenehm war. Es war bekannt geworden, dass Philipp den Gesandten aus Rom schon ein reichhaltiges Abendessen in Aussicht gestellt hatte.

Die Soldaten machten sich daran, Bäume zu schlagen und Flöße zu bauen. Als sie am frühen Nachmittag endlich so weit waren, dass die Wagen über den Fluß gerudert werden konnten, setzte ein starker Wind ein. Das Wetter schlug um und ein heftiger Regen prasselte auf die Wagenplanen. Die Flöße wackelten bedenklich.

Walther zögerte einen Augenblick, dann sprang er kurz entschlossen auf ein Floß. Er machte sich nicht die Mühe, genau hinzusehen, wer sich darauf befand. Erfreut stellte er fest, dass es Dame Johanna mit den anderen Hofdamen der Königin war. Er nickte Johanna höflich zu, doch sie schien nur das herannahende Ufer im Blick zu haben.

Am sicheren Ufer angelangt, sah Walther zu, wie die Knechte das Zelt der Hofdamen auf dem schlammigen Boden aufbauten. Johanna stand, in eine Decke gewickelt, daneben und schien zu frieren. Als sie endlich ins Zelt konnte, folgte Walther ihr unaufgefordert. Er ließ sich in die vor Feuchtigkeit dampfenden Kissen fallen und stellte zufrieden fest, dass eine Magd dabei war, feuchtes Holz zum Brennen zu bringen.

Der Regen klatschte so heftig gegen die Zeltwände, dass er die Geräusche des sonst so lauten Lagerlebens dämpfte. Johanna versuchte, auf einer Laute zu klimpern. Walther nahm ihr mit einer heftigen Bewegung die Laute aus der Hand und begann, ein fröhliches Lied zu singen. Es war sein neuestes Werk und der Papst wurde darin nicht gerade zimperlich behandelt. Gegen ihren Willen musste Johanna lächeln. Zufrieden, sein Ziel erreicht zu haben, legte Walther die Laute weg und fragte: »Eignet es sich zur Unterhaltung der Gesandten aus Rom? Ich soll heute Abend spielen. Denkt Ihr, es ist zu direkt?«

Johanna sah einen Moment nachdenklich aus, dann entschied sie: »Das denke ich! Es sei denn, sie haben schon viel Wein getrunken und können dem feinen Wortwitz nicht mehr so richtig folgen. Soll Wolfger von Aquileja nicht ein großer Weinkenner sein?«

»Diese alte Geschichte! Das Gerücht habe ich in die Welt gesetzt. Hätte ich geahnt, dass es dem armen Mann so lange anhaften würde … Es war ein dummes Scherzlied über ihn. Aus der Zeit als er noch Bischof Wolfger von Passau war und ich an seinem Hof weilte. Ich habe Euch doch davon erzählt? Wir gerieten über die Versform des Nibelungenliedes in Streit. Danach habe ich im Zorn dieses Lied gereimt. Es verspottete in seiner ersten Fassung den Bischof, gerade weil er so gemäßigt ist. Doch die Knechte im Hof müssen es irgendwie anders verstanden haben. Das Lied wurde mit völlig verdrehtem Sinn im Reich verbreitet. Genau genommen bin ich also unschuldig.«

»Ich glaube, ich kenne es. Beginnt es mit: Rot wie der Klatschmohn ist Wolfgers Nase am Palmsonntag …?«

»Ja, das ist es! Seitdem eilt Wolfger dieser Ruf voraus. Aus Höflichkeit trinkt er den für ihn herbeigeschafften Wein. Er will seine Gastgeber nicht verärgern und verfestigt so seinen Ruf als Weinliebhaber noch.«

»Ihr solltet Euch schämen!«

»Es hat ihm nicht geschadet. Im Gegenteil: Der Mann ist zum Vermittler zwischen Papsttum und Kaisertum aufgestiegen. Eine glänzende Karriere, wie sie sich jeder Kirchenmann nur erträumen kann, egal ob er nun gern trinkt oder nicht.«

Johanna wollte ihm gerade ins Gewissen reden, seinen Spottvers durch ein Loblied auf Wolfger von Aquileja wieder gutzumachen, da kam ein Mann ins Zelt. Er schüttelte sich wie ein nasser Hund.

Walther erkannte erschrocken, dass es derselbe war, auf den er vor ein paar Tagen ebenfalls ein Spottlied gesungen hatte. Wer konnte wissen, wie schnell so etwas die Runde machte? Hastig legte er die Laute fort und erhob sich aus den Kissen. Es war besser zu verschwinden.

Johanna bedauerte, dass Walther sich so schnell davonmachte.

Es war ihm gelungen, sie aufzuheitern. Ihre Tage bei den Hofdamen waren eine lähmende Abfolge von ermüdenden, sinnlosen Verrichtungen, wie: etwas essen, sich waschen und sprechen müssen. Ritter Wolfram lächelte sie freundlich an.

Sie hatte sich schon gefragt, wann er kommen würde. Er hatte versprochen, im Umkreis des Hofes nach einem Sarazenen mit auffälligen Narben zu suchen.

Der Ritter setzte sich genau in die Kissenkuhle, die zuvor Walther dort hineingedrückt hatte, und fuhr sich durch die feuchten Strähnen. Johanna betrachtete ihn besorgt. Er roch nach Wein und seine Bewegungen hatten etwas Fahriges. Beunruhigt fragte sie: »Gibt es Neuigkeiten?«

»Sei unbesorgt, ich habe Gunther losgeschickt, um nach dem Sarazenen zu suchen. Gunther ist ein erfahrener Mann. Er war all die Jahre an meiner Seite und hat gelernt, mit Waffen umzugehen. Zuerst dachte ich, er würde in Rom bleiben. Dann ist er plötzlich wieder aufgetaucht. Er hatte sein Geld mit Hurereien durchgebracht und bot mir erneut seine Dienste an. Was die Weiber angeht, da kann er sich nicht beherrschen, doch er ist ein guter Kämpfer.«

Johanna schwieg und fragte sich, ob Gunther jemals eine Spur finden würde. Sicher waren die Sarazenen und der Sternenmantel längst auf dem Weg nach Damaskus. Und war das nicht das, was Konrad sich wünschte? Sie wollte die Sarazenen endlich vergessen und Konrad wiedersehen. Wenn die Hofdamen sich doch nur erweichen ließen und ihr einen Besuch im Krankenzelt erlauben würden.

Plötzlich beugte sich der Ritter vertraulich vor und flüsterte: »Wusstet Ihr, dass Mechthild und ihr Schreiberling den Tross begleiten? Angeblich sind sie nun staufentreue Kaufleute geworden. Anselm der Schreiber führt guten Wein mit sich, den er dem König zur Verköstigung des Papstgesandten anbieten will. Was haltet Ihr davon?«

Was hielt sie davon? Sie war so mit ihren eigenen Sorgen beschäftigt gewesen, dass sie Mechthild nie danach gefragt hatte. Nachdenklich spielte sie mit den verblichenen Bändern der Laute. Warum hatte Anselm nach Mechthild gesucht? Hatte er sich nicht verdächtig verhalten? Fatma hatte ihn einen bösen Mann genannt. Johanna wusste nicht, was sie antworten sollte. Sie blickte in das misstrauische Gesicht des Ritters und entschied, ihrer Freundin zu vertrauen.

»Oh, alle Kölner sind unserem König Philipp treu ergeben. Mechthild ist eine Kölner Kaufmannstochter und hält es genauso.« Sie machte eine bedeutungsvolle Pause und fügte hinzu: »Ihr habt anscheinend schon reichlich von Anselms gutem Wein gekostet.«

»Nur um ihn dann ins Zelt des Königs bringen zu lassen. Wolfger ist gutem Wein sehr zugetan und es wird den Verhandlungen nicht schaden, wenn seine Stimmung gut ist.«

»Walther von der Vogelweide hat ihm das angedichtet, er …«

»Ah, der kleine Wortverdreher. Mit dem habe ich noch ein Hühnchen zu rupfen. Schenk seinen Versen kein Gehör. Ich kenne mich aus. Ich war lange in Rom. Philipp hört auf meinen Rat und er tut gut daran. Wenn Philipp erst Kaiser ist, dann wird auch mein Vater einsehen müssen, dass er dem falschen König Treue geschworen hat. Er wird mich wieder als Erben einsetzen. Du hast all die Jahre meine welfische Herkunft verschwiegen. Ich bin dir viel schuldig.«

Johanna rutschte nervös auf ihrem Kissen herum. Wenn sie nicht aufpasste, sprach er gleich vom Heiraten, hastig fragte sie: »Denkt Ihr, die Verhandlungen mit Wolfger von Aquileja werden erfolgreich sein?«

Er lehnte sich zurück, begann seine Hände zu kneten und erklärte: »Papst Innozenz ist ein Mann, der genau weiß, was er will. Er setzt alles daran, um seinen Kirchenstaat zu vergrößern. Er wird einsehen, dass er auf den falschen Mann setzt. Ottos Eid in Neuß war sehr eindrucksvoll. Jeden Schwur hat er geleistet. Er will die Interessen des Papstes in Mittelitalien und auf Sizilien anerkennen und ihn gegen die Städtebünde der Toskana und der Lombardei unterstützen. Sogar Frieden mit Frankreich hat er ihm versprochen. Glaub mir, der wankelmütige Otto wird sein Wort brechen. Wir werden Wolfger von Aquileja davon überzeugen, dass Innozenz Philipp den Vorzug geben muss.«

»Aber der Papst hat unseren König als Kirchenfeind gebannt! Erst muss Innozenz den Bann aufheben.«

»Da schwatze ich mit einer Dame von der Politik und werde doch in Philipps Zelt erwartet. Sobald ich Neuigkeiten habe, wirst du es erfahren. Gott beschütze dich.«

Als er das Zelt verließ, blieb sie noch einen Augenblick regungslos sitzen. Dame Engeltrud kam herein und lächelte wohlwollend: »Ritter Wolfram ist ein christlicher Ritter mit einem treuen Herzen. Ihm kann eine Dame sich ohne Sorge um ihr Seelenheil anvertrauen. Das gilt nicht für alle Männer, die sich im Tross aufhalten.«

Johanna griff nach Konrads Laute und begann eine einfache Melodie. Sie wusste genau, wen die Hofdame meinte. Sie wollte sagen: Vergesst den Heiden im Krankenzelt. Johanna zupfte energisch an den Saiten und dachte wütend, dass sie das nicht tun würde.

Am nächsten Morgen standen Anselm und Brian hinter dem Zelt des Königs. Sie stritten sich leise.

»Hau ab!«, fuhr Anselm den Jungen erbost an. Als Brian sich nicht rührte, zischte Anselm wütend: »Du sollst endlich verschwinden.«

Der Junge tauchte im ungünstigsten Moment auf. Anselm hatte im Morgengrauen ein Weinfass an die Rückseite des königlichen Zeltes gerollt. Stundenlang hatte er sich gegen das Fass gelehnt und gewartet. Wolfger von Aquileja war endlich gekommen und nun störte Brian. Jeden Moment konnte jemand kommen und fragen, was er hinter dem Zelt des Königs trieb. Er war nicht sicher, ob er damit durchkäme, dass er dem König ein Fass Wein liefern wollte. Jeder wusste, dass ein Kaufmann mit seiner Ware vor dem Zelt des Kämmerers warten musste. Es war riskant, hier zu lauschen, doch es war eine Gelegenheit, um etwas über Philipps Rompolitik zu erfahren. In der Abtei würde es Räume mit dicken Wänden geben, durch die kein Satz dringen konnte. Bis jetzt hatten die beiden hohen Herren im Zelt nur höfliche Konversation gemacht. Philipp hatte ein paar Mal geniest und dem Bischof Wein angeboten. Endlich kamen sie auf die Politik zu sprechen! Anselm lauschte angespannt.

»Freie Bischofswahlen und Spolienverzicht, dazu bin ich bereit, aber das andere … das ist unmöglich … Tichschiiee«, erklärte der König heiser und schniefte.

»Der kleine Hund ist weg! Beatrix und ich haben ihn schon den ganzen Morgen gesucht. Habt Ihr ihn vielleicht gesehen? Er hat ein geflecktes Ohr und …«, weiter kam Brian nicht, denn Anselm hielt ihm den Mund zu. Der Junge starrte ihn erschrocken an.

»Seit Markwart von Annweiler seinen hartnäckigen Widerstand aufgeben musste, ist die Mark Ancona sowieso verloren, ähnlich steht es mit Umbrien-Spoleto und Tuszien. Ihr könnt Euch nicht länger den Wünschen des Papstes in den Weg stellen«, sagte Wolfger hinter der Zeltwand ruhig.

»O doch, das kann und werde ich. Diese Gebiete waren nie päpstliche Lehen, sondern immer in den Händen der deutschen Kaiser. Er nimmt sich zu viel heraus. Jemand muss ihn aufhalten«, empörte sich Philipp. Vor Aufregung bekam er einen Hustenanfall.
Er bleibt hartnäckig bei seinen Forderungen, dachte Anselm erstaunt. Der Papst beanspruchte die Mark Ancona und die anderen umkämpften Gebiete in Norditalien. Otto hatte sie ihm längst in einem Eid zugesichert, warum war Philipp so störrisch? Innozenz würde den Bann über die Staufer nie aufheben, wenn Philipp ihm nicht entgegenkam.
Brian schob Anselms Hand zur Seite und wisperte: »Die kleine Prinzessin weint schon den ganzen Morgen. Vielleicht ist der Hund in den Fluss gefallen? Könnt Ihr schwimmen?«
»Scht!« Anselm hob warnend den Zeigefinger und sah Brian scharf an. Die Antwort des päpstlichen Vermittlers hatte er verpasst. Nun war wieder Philipps verschnupfte Stimme zu hören: »Ich bin bereit, die Reichsacht an den Kirchenbann zu binden – richtet ihm das aus. Aber die Mark Ancona werde ich nicht herausgeben! Bedauerlich, dass Papst Innozenz keinen Sohn hat. Ich könnte sonst seinen Sohn mit einer meiner Töchter verheiraten und ihn mit den fraglichen Gebieten belehnen. Ein hübsches Reichslehen zur Hochzeit … hartschichi.« Philipp schnäuzte sich heftig.
Ein Hund begann im Zelt zu bellen und Brian strahlte.
»Ruhig, Kleiner, wo kommst du denn her?«, sagte Wolfger im Zelt freundlich und der Hund hörte auf zu lärmen. Wolfger von Aquileja fuhr mit seiner harten Verhandlungsstimme fort: »Innozenz hat vielleicht keinen Sohn, aber er hat Neffen. Ich werde ihm Euren Vorschlag unterbreiten.«
Bevor Philipp etwas erwidern konnte, stürzte der Hund aus dem Zelt, rannte zur hinteren Zeltwand und sprang freudig bellend an Brian hoch. Seine Begrüßung war so stürmisch, dass der Junge umgerissen wurde. »Nein, aus!«, rief Brian erschrocken, doch der kleine fleckige Hund leckte ihm das Gesicht.
Im Zelt rief Philipp besorgt: »Wer ist denn da? Wurden wir belauscht? Wo ist die Wache?«
Brian rappelte sich auf, tätschelte den Hund und rief geistesgegenwärtig: »Ich habe nur meinen Hund gesucht. Er muss mich gerochen

haben, als ich vorbeiging. Es tut mir Leid, wenn er Euch belästigt hat, edler Herr!«

»Ist schon gut, Junge. Such dir einen anderen Platz zum Spielen«, krächzte der König zurück.

Anselm lächelte Brian dankbar an und flüsterte: »Du hast mir das Leben gerettet, Kleiner.«

Brian grinste zurück und sagte leise: »Ich mag Geheimnisse!«

Anselm hielt seinen Zeigefinger warnend vor die Lippen. Brian flüsterte: »Ich werde Euch nicht verraten. Aber Ihr müsst mir versprechen, dass ich Euer Komplize sein darf. Ich bin sehr gut im Herumschnüffeln.«

Anselm sah dem kleinen Jungen nach, der mit dem gut gelaunten Hund davonlief. Im Zelt sprachen sie jetzt wieder über das Wetter.

Er hatte genug gehört, so leise wie möglich ging er wieder zu den Wagen. Das Fass würde er später holen, es war sowieso leer. Es gab wichtige Entscheidungen zu treffen. Er musste einen Weg finden, König Otto den neuesten Stand der Verhandlungen mitzuteilen. Es würde ihn interessieren, welche Lösung sich die beiden Männer im Zelt für den Streit um die Mark Ancona ausgedacht hatten. Es war wirklich schlau. So hielten es die Königreiche seit Jahrhunderten: Heiratspolitik als Friedensgarantie. Was galt schon Ottos Schwur gegen eine Hochzeit? Ein Schwur konnte jederzeit gebrochen werden. König Otto hatte keine Töchter anzubieten. Ottos Ratgeber war ratlos. Was sollte er seinem König vorschlagen? Otto musste sofort handeln und dem Papst erneut seine Ergebenheit und Treue zusichern. Anselm konnte unmöglich selbst zu Otto aufbrechen, vielleicht gab es noch wichtige Entwicklungen an Philipps Hof. Da fiel sein Blick auf Arno, der zwischen den jungen Rittern saß und sich mit Sigmar einen Wettkampf im Armdrücken lieferte. Natürlich, er würde Arno mit einem Brief nach Braunschweig schicken!

Anselm nutzte den restlichen Tag, um Vorbereitungen für Arnos Abreise zu treffen.

Arno war gar nicht begeistert, denn er würde Fatma zurücklassen, und das gerade jetzt, wo er davon überzeugt war, dass Fatma seine Gefühle erwiderte. Er hatte Abend für Abend von Sigmar berichtet, aber er hatte nie erwähnt, dass er den größten Teil des Tages damit verbrachte, nach der schönen Fremden Ausschau zu halten. Manchmal hatte er sie am Bach abgefangen und mit ihr gescherzt und beim letzten Mal hatte sie ihm einen Kuss versprochen. Deshalb hatte er schon dem nächsten Morgen entgegengefiebert. Nun konnte er den Kuss vergessen.

Sein Herr bestand darauf, dass er im Morgengrauen nach Braunschweig aufbrach. Arno machte ein ziemlich lustloses Gesicht und humpelte mit hängenden Schultern neben seinem Herrn her. Anselm konnte ihn nur dazu überreden, den Tross zu verlassen, indem er ihm sein Pferd zur Verfügung stellte.

Anselm redete Arno ins Gewissen, dass er sich so schnell wie möglich einer Reisegruppe anschließen sollte. Es gab immer Reisende in den Norden: Pilger auf dem Rückweg von den heiligen Stätten oder Kaufleute, die beladen vom Besuch der Messen im Süden zurückkamen. Es war am sichersten, in einer großen Gruppe zu reisen. Überall lauerten Wegelagerer und Raubritter. Dennoch sollte ein Mann ruhig bleiben und sein Schwert erst im letzten Augenblick ziehen. Arno versprach, die Mahnungen seines Herrn nicht zu vergessen, und verstaute den Brief für König Otto in seinem Gepäck.

Er schlief in dieser Nacht angekleidet neben dem Pferd, um noch vor Sonnenaufgang das Lager unauffällig verlassen zu können.

Es wurde eine unruhige Nacht. Arno konnte nicht schlafen, lag wach neben dem schnaufenden Pferd und starrte in die Dunkelheit. Wenn er wenigstens vor Sigmar mit seinem geheimen Auftrag prahlen dürfte. Wie unehrenhaft, sich mitten in der Nacht davonzustehlen! Niemand konnte sagen, ob er je wieder lebend zurückkommen würde. Es war durchaus üblich, dass der Überbringer schlechter Nachrichten gehängt wurde. Arno musste schlucken, als er sich vorstellte, wie ihm gleich bei seiner Ankunft ein Strick um den Hals gelegt wurde. Ihm brach der Schweiß aus und sein Herz raste. Keuchend setzte er sich auf. Es wäre klug, vor so einer anstrengenden und gefährlichen Reise zu schlafen. Wer weiß, wo er die nächste Nacht verbringen musste? Vielleicht in den Händen von brutalen Räubern oder im Kerker einer dunklen Burg. Wenn jemand ihm das Pferd stahl, würde er laufen müssen. Ein grauenhafter Gedanke. Vielleicht verfolgten ihn Philipps Soldaten und nahmen ihm die Nachricht ab, natürlich nachdem sie ihn vorher durchbohrt hätten. Das taten sie ohne zu zögern mit Verrätern.

Arno stand leise auf und wischte sich das schweißnasse Gesicht. Er wollte doch ein mutiger Ritter sein, ein Kämpfer in allen Lebenslagen. Beschämt musste er sich eingestehen, dass er einfach nur Angst hatte. Die Schatten der Wagen und Zelte kamen ihm bedrohlich war. Überall schienen Männer mit Dolchen zu lauern. Er war sich plötzlich ganz sicher, dass er nie wieder zurückkommen würde. Eine Eule schrie und stürzte sich auf ihre Beute. Arno stellte sich vor, wie er blutüberströmt am Wegesrand lag. Reisende und Mönche zogen an ihm vorüber, ohne ihm zu helfen. Niemand reichte ihm die Letzte Ölung oder sprach ein Gebet, niemand weinte um ihn. Arno schüttelte sich und atmete tief durch, dann schlief er endlich ein.

Am nächsten Morgen war herrliches Wetter. Es war sonnig, aber es wehte ein erfrischender Wind, genau richtig zum Reisen. Der Tross bereitete alles für den Aufbruch vor und jeder war sehr beschäftigt. Knechte und Soldaten bauten die Zelte ab, sattelten Pferde und beluden Lasttiere. König Philipp sah noch einmal alle Papiere durch und entwarf einen Urkundentext für die Abtei. Die edlen Ritter prüften den Zustand ihrer Waffen und ließen sich von ihren Knappen den Waffenrock ausbürsten. Die Hofdamen schimpften über ihre faulen Mägde und trieben sie zur Eile an. Am Ende dieses Tages würden sie die Abtei erreichen. Meister Jacobus sah seine Kräutervorräte durch und freute sich, dort einen reichhaltigen Kräutergarten zur Verfügung zu haben. Bald würde er mit den Mönchen über ihre Heilmethoden diskutieren können. Jeder war zufrieden damit, dass sie endlich weiterzogen.

Nur Martha sah verärgert aus. Sie knallte einen dreibeinigen Kessel vor Mechthilds Füße und blickte nicht auf. Mechthild sah sie verwundert an. Sie war ins Proviantzelt gekommen, um zu fragen, wie weit die Reisevorbereitungen vorangeschritten waren, doch ehe sie nur ein Wort herausbrachte, begann Martha auch schon zu schimpfen: »Arno ist heute Nacht fortgegangen. Er hat all sein Zeug mitgenommen und sich klammheimlich davongemacht. Doch wenn ich mich nicht täusche, dann weiß Anselm Bescheid. Aber mir sagt ja wieder keiner was.«

Mechthild dachte daran, dass Anselm schon seit dem Morgengrauen über seinen Dokumenten saß. Er hatte sehr zufrieden ausgesehen. Hatte er nicht sogar vor sich hin gesummt? Das tat er sonst nie, wenn er in etwas vertieft war. Martha hatte Recht, da stimmte etwas nicht. Sie verließ die vor sich hin knurrende Magd und ging nachdenklich zu Anselms Zelt zurück. Arno war verschwunden und Anselm wusste Bescheid. Das konnte nur eines bedeuten: Anselm hatte Arno mit einer Botschaft für Otto nach Braunschweig geschickt. Anselm musste etwas Bedeutendes erfahren haben. Warum hatte er ihr nichts gesagt? Wütend hob sie die Zeltwand zurück und baute sich mit verschränkten Armen vor ihrem Mann auf.

Offensichtlich hatte er die Zeit vergessen. Anselm war summend dabei, seine Schreibfedern anzuspitzen. Als er aufblickte, brach die Melodie ab und er runzelte die Stirn.

»Wo … ist … Arno?«, fragte Mechthild drohend.

»Sprich nicht so laut! Ich habe ihn mit einer Nachricht zu König Otto geschickt. Er hat sogar mein Pferd, sodass ich auf dem Wagen neben dir weiterreisen muss.«

»Wie kannst du es wagen! Du hast mir versprochen, niemanden von meinen Leuten zu gefährden.«

»Arno gehört zu mir. Der Mann steht in meinem Dienst.«

»Er lebt bei uns, seit er ein kleiner Junge war. Ich fühle mich für ihn verantwortlich. Sie werden ihn aufgreifen!«

»Er hat seine Anweisungen. Er wird vernünftig sein«, sagte Anselm gelassen.

Von draußen hörten sie Martha rufen, dass sie sich beeilen sollten. Die ersten Wagen stünden schon zur Abfahrt bereit. Anselm schien sie nicht zu hören. Er fuhr sich mit gespreizten Fingern durch die Haare und richtete ein heilloses Durcheinander auf seinem Kopf an. Er sah aus wie ein kleiner Junge, den der Scholar beim Schummeln ertappt hatte. Natürlich hatte er als Junge niemals gemogelt und wenn doch, dann hatte er sich nicht erwischen lassen. Doch diesmal konnten sie ihn erwischen und Arno zum Sprechen bringen. Auch Philipps Männer hatten ihre Methoden. Arno war ein dummer Junge und von ihm hing nun alles ab. Wenn man es recht bedachte, sogar die Politik im Reich. Und dann Arno, also wirklich! Leise protestierte sie: »Aber Arno hat sich in Sinzig nicht gerade vernünftig benommen, du hast es mir erzählt. Er hat auf einen Mann geschossen! Du selbst musst nach Braunschweig gehen!«

»Ich kann hier nicht weg. Nicht, bevor ich weiß, wie der Papst auf Philipps Vorschlag reagieren wird. Ich will abwarten, ob Innozenz jemanden aus Rom schickt. Jemanden, der Philipps Bann aufhebt. Das wäre die Wende. Innozenz würde sich damit zu König Philipp bekennen und mit ihm Frieden machen. Ottos Traum von einer Kaiserkrönung in Rom wäre ausgeträumt.«

»Wirklich? Otto hat dem Papst doch alles geschworen, was der wollte. Was könnte Philipp mehr bieten?«

»Er bietet ihm an, seine Tochter mit einem Neffen des Papstes zu vermählen und ihnen die strittigen Gebiete als Brautgeschenk zu überlassen.«

Mechthild war zu verblüfft, um zu antworten. Dann musste sie sich eingestehen, dass Anselm Recht hatte. Wenn der Papst den Bann aufhob, dann wandte er sich von Otto ab. Otto musste davon erfahren.

Anselm packte die Schreibfedern in den dafür vorgesehenen, tintenbeschmierten Holzkasten und blickte auf: »Arno wird uns nicht verraten. Doch wir sollten Gottfried gut im Auge behalten. Er könnte zum König gehen und ihm berichten, dass ich jahrelang als Ministeriale an Ottos Hof gedient habe.«

»Das wird er nicht wagen. Immerhin kennen wir seinen wirklichen Namen und der lautet nicht Wolfram von Isenberg, sondern Gottfried von der Heide. Jeder weiß, dass die von der Heides welfentreu sind. Wenn wir darüber schweigen, wird auch er schweigen.«

»Ich hoffe, du hast Recht. Er ist ein eitler Mann und vielleicht gefällt ihm die Rolle des Königsretters. Ein Mann, der einen Verräter am Hof entlarvt, wird reich belohnt, genießt hohes Ansehen und die Dankbarkeit des Königs.«

Mechthild antwortete nicht. Vor dem Zelt lachten Soldaten, ein Pferd wieherte und ein Wagen polterte vorüber. Sie würden bald aufbrechen. Mechthild beobachtete, wie Anselm sorgfältig seine Dokumente zusammenrollte und in die Truhe legte. Ein Mann, der einen Verräter am Hof entlarvt, dachte sie und starrte auf Anselms Rücken. Friedrich war so ein Mann. Er war zum König gegangen, um ihn vor

einem geplanten Verrat zu warnen. Doch wo war Friedrich jetzt? Hatte er von Philipp für seine Warnung eine Belohnung erhalten und versteckte sich nun? In Köln war er nicht. Ihr Vater hätte in seinem letzten Brief davon berichtet. Vielleicht war er nach Braunschweig gegangen und wartete dort auf sie? Anselm drehte sich um und fragte: »Ist alles in Ordnung?«
Mechthild nickte, doch wurde sie das Gefühl nicht los, dass irgendetwas nicht stimmte.

Juli 1207, in Speyer

Wochen später traf endlich die Antwort aus Rom ein. Walther von der Vogelweide beobachtete voller Misstrauen die Ankunft der päpstlichen Legaten in Speyer. Er hatte am Stadttor gestanden und einen Spottvers auf die Helden des Nibelungenliedes gedichtet. Vermutlich hatten die Legaten noch nie von den Helden Hagen und Siegfried gehört. Eher waren ihnen seine kritischen Aussprüche gegen den Papst zu Ohren gekommen. Er hielt es für das Beste, sich an diesem heißen Sommertag in die Wiesen und Felder vor der Stadtmauer zurückzuziehen und ein paar nette kleine Sommerliedchen zu dichten.
Hugo von Ostia und Leo von St. Croce brachten gute Neuigkeiten. Der Papst war bereit, den Bann zu lösen, den er vor sechs Jahren über König Philipp und seinen Anhang hatte aussprechen lassen.
Die ganze Stadt erwartete gespannt die entscheidenden Worte aus dem Mund der päpstlichen Legaten. Die Sonntagsmesse sollte den feierlichen Rahmen abgeben und alle hohen Herrschaften waren in den Dom geladen worden. Der gesamte Hofstaat würde versammelt sein. Nur Philipps Hofdichter würde zwischen den hohen Getreideähren liegen und in den Himmel starren. Er würde an einem Grashalm kauen und darauf warten, ob sich der Himmel im entscheidenden Moment verfinstern oder erhellen würde. So wie es sich für einen Dichter gehört, würde Walther in sich hineinhorchen. Er glaubte allerdings kaum, dass er sich als Mann ohne Kirchenbann anders fühlen würde. Dafür misstraute er dem Papst viel zu sehr. Was konnte

man schon von einem Mann erwarten, der eine Schrift mit dem Titel ›Vom Elend des Menschseins‹ verfasst hatte? Heute wollte Walther lieber an die guten Seiten des Menschseins denken. Er tastete unter seinem Gewand nach den Hartwürsten, die er sich am Morgen in der Pfalzküche besorgt hatte. Sie waren noch dort. Einem vergnüglichen Ausflug schien nichts im Wege zu stehen.

An diesem drückend heißen Morgen ging es in den Frauengemächern der Pfalz sehr lebhaft zu. Die Hofdamen flatterten wie aufgeregte Vögel um Johanna herum. Sie waren entschlossen, sie aufzumuntern, und schmückten sie, so gut es ging. Johanna ließ es seufzend über sich ergehen. Vater Ambrosius hätte es gar nicht gefallen, wie Dame Engeltrud großzügig die rote Farbe auf ihren Wangen verteilte. Gieselberta fragte hämisch, ob sie dafür nicht zu alt sei, und klatschte sich einen Schwall Bleiweiß auf die Nase. Richilde verteilte eine seltsam riechende rosa Paste in Johannas Gesicht. Sie fragte lieber nicht, woraus sie gemacht war. Als Richilde ihre Wimpern mit Kohlenpaste färben wollte, nahm sie selbst den kleinen Spachtel in die Hand. Das Ding klebte und kleckerte. Johanna hatte große Schwierigkeiten, ihre Hand ruhig zu halten. Wäre doch bloß Fatma hier, niemand konnte so gut Wimpern färben wie sie. Es sah immer richtig echt aus. Beatrix' hohe Stimme erklang plötzlich direkt neben ihr: »Bist du endlich fertig? Meine Schwestern warten schon vor dem Dom. Wir werden zu spät kommen. Ich muss doch an zweiter Stelle hinter Maria schreiten. Der Kämmerer hat es mir den ganzen Morgen eingeschärft. Ruhige Schritte und ja nicht laufen oder hüpfen.«

Johanna erschrak so sehr, dass sie einen großen schwarzen Klumpen unter ihrem Lid verschmierte. Sie wischte hektisch daran herum, aber es wurde nur noch schlimmer. Beatrix beobachtete sie interessiert und sagte ein wenig schadenfroh: »Du siehst furchtbar aus.«

Johanna starrte verzweifelt in ihren Handspiegel und musste dem kleinen Mädchen Recht geben. Graue Kohlenspuren zeigten sich um ihre Augen, unter dem Gebände rann ihr Schweiß in die rosa Gesichtspaste. Seufzend strich sie ihr gutes Sonntagskleid glatt, das leider für einen heißen Augusttag reichlich ungeeignet war. Immerhin war es für lange Gebete in kalten Kirchen und Kapellen besonders dick ausgefüttert worden. Wenn sie bei dieser Schwüle auch noch mit

Beatrix im Laufschritt zur Kapelle musste, würde sie in Schweiß gebadet sein.

Zwei Stunden später stand Johanna im Mittelschiff des Doms. Eine große Menschenmenge hatte sich versammelt. Alle wollten hören, wie der Bannspruch gegen die Staufer endlich aufgehoben wurde. Es war ein Gedränge und Geschiebe wie auf einem überfüllten Marktplatz. Johanna und Beatrix standen mitten zwischen den ehrwürdigen Würdenträgern des Reiches. Der Ellbogen des Truchsess bohrte sich in Johannas Rippen und der Oberfalkner trat ihr schon zum zweiten Mal auf den Fuß. Der Bischof von Speyer intonierte im Altarraum einen lateinischen Singsang. Um sie herum wurde so viel gehustet, geräuspert und geflüstert, dass sie kein Wort verstehen konnte. Die Luft war durchtränkt vom Schweiß und den Ausdünstungen der Menschen. Riesige Weihrauchwolken zogen durch den Raum und ein Meer von Kerzen sengte ab und zu ein Kleidungsstück an. Es war eine besonders feierliche und endlos lange Liturgie ausgewählt worden. Johanna hatte das Gefühl, als müsse sie zwischen den vielen Menschen, ihren Gerüchen und dem Gesang ersticken. Ihr war schwindelig. Beatrix zupfte an ihrem langen Ärmel und sagte: »Ich muss mich übergeben.«

Sie sah wirklich kreidebleich aus und hatte Schweißtropfen auf der Oberlippe. Beatrix hatte ein besonderes Talent dazu, in Menschenmengen ohnmächtig zusammenzusinken. Sie war schon bei Weihnachtsmessen, Altarsegnungen und Schwertleiten umgekippt. Oft ohne Vorwarnung und jedes Mal so eindrucksvoll, dass ein großer Tumult ausgebrochen war. Das durfte heute Morgen auf gar keinen Fall passieren. Im ganzen Reich würde man dies als böses Omen deuten, welches die heilige Handlung der Legaten in Zweifel ziehen würde.

Johanna packte Beatrix, bückte sich und ruderte sich mit dem freien Arm einen Weg durch die Menge. Gerade in diesem Moment war Hugo von Ostia neben den Bischof getreten und alle starrten gebannt nach vorn. Johanna sah aus dem Augenwinkel wie Beatrix' Unterlippe zu zittern begann. Entschlossen drängten sie sich durch die Menge der Edelknappen und Waffenmeister. Beatrix begann jetzt zu würgen. Hugo von Ostia stimmte einen Lobgesang an und alle fielen auf die Knie. Johanna blieb nichts anderes übrig, als ebenfalls in die Knie zu gehen. Sie bettete den Kopf des kleinen Mädchens in ihren Schoß und legte ihr die Hand auf die Stirn. Beatrix verdrehte seltsam die Pupillen und keuchte schwer. Johanna schloss ihre Augen und konzentrierte sich auf die Heilkraft in ihren Händen. Irgendwo weit vorn im Altarraum fand die heilige Lösung des päpstlichen Banns statt, aber sie bekam nichts davon mit. Alle ihre Gedanken und Sinne waren auf das kleine Mädchen gerichtet. Sie konnte später nicht sagen, wie lange sie dort mit geschlossenen Augen gekniet hatte. Als sie die Augen aufschlug, hatten sich alle längst erhoben und der Bischof verteilte das heilige Sakrament an die edlen Ritter aus Philipps Gefolge. Beatrix atmete nun etwas ruhiger, war jedoch noch immer sehr blass. Zur offenen Domtür waren es nur noch ein paar Schritte und endlich standen sie auf dem Platz vor dem Dom.

Die Stimmung draußen hatte sich verändert. Dicke schwarze Wolken verfinsterten den Himmel und das Grollen eines nahenden Gewitters war zu hören. Die ersten dicken Regentropfen fielen zögernd, als ob sich das Gewitter noch einen Augenblick Bedenkzeit ausbitten würde. Johanna warf einen prüfenden Blick zum Himmel und überlegte, ob sie es wohl noch bis zur Pfalz schaffen würden.

Sie schafften es nicht mehr. Denn während sie den kurzen Weg zwischen Dom und Pfalz zurücklegten, erhellte sich plötzlich der Himmel und ein gewaltiger Donner krachte. Die Bedenkzeit war vorüber. Das Gewitter war nun genau über ihnen. Ein heftiger Wind setzte ein, Blitze zuckten am Himmel und ein Donner folgte dem nächsten. Johanna und Beatrix suchten unter dem dichten Blätterdach einer großen Eiche Schutz. Der alte Baum hatte wohl schon seit Jahrhunderten auf dem Domplatz bei Regen Unterstand geboten. Viele waren hierhin geflüchtet und so fanden sie sich abermals in einem Gedränge wieder. Nur dass diesmal alle vor Feuchtigkeit dampften und es aus Haaren und Kleidern tropfte.

Ein kleiner Hund sprang erfreut an Beatrix hoch. Ein rothaariger Junge rief ihn zur Ordnung. Beatrix umarmte den gefleckten Hund und begann mit dem Jungen zu flüstern. Johanna nahm einen Zipfel ihres Kleides und wischte in ihrem nassen Gesicht herum. Erschrocken bemerkte sie, dass sich der Stoff rosa und schwarz färbte. Sie hatte die Schminke ganz vergessen.

»Es sieht sehr eindrucksvoll aus. Ich wusste gar nicht, dass man die Lösung eines Bannspruchs so deutlich am Gesicht ablesen kann«, sagte eine spöttische Stimme.
Sie blickte beschämt auf. Ein durchnässter Walther von der Vogelweide biss herzhaft in eine Hartwurst und grinste. Ein Donner ließ alle zusammenzucken. Walther rief durch das Krachen hindurch: »Ich war auf den Feldern vor der Stadt und wollte mir ein paar gemütliche Stunden machen, da kamen plötzlich Wolken aus dem Osten herangezogen. Wie erklärt Ihr Euch das Unwetter? Ist es Gottes Zorn über den Bann oder über dessen Auflösung?«
Während ein Blitz das schelmische Funkeln in Walthers kleinen runden Augen erhellte, sagte sie nachdenklich: »Vielleicht ist es eine Warnung an König Philipp …«
Der Donner krachte los. Beatrix kreischte und trat dem Jungen mehrmals heftig gegen das Schienbein. Treten konnte sie gut, das hatte sie von ihrer großen Schwester gelernt. Der Junge ballte seine Fäuste, überlegte es sich jedoch anders und rannte in den Regen hinaus. Beatrix schrie ihm hinterher: »Das ist nicht wahr! Du gemeiner Lügner. Das erzähl ich meinem Vater, dann kommen seine Soldaten und verprügeln dich!«
Johanna legte ihr beruhigend eine Hand auf die Schulter: »Warum ist er ein Lügner?«
Ein weiterer Blitz erhellte den Himmel und Beatrix schluchzte vorwurfsvoll: »Er … Brian … er … behauptet, dass Maria den Sohn des Papstes heiraten muss!«
Walther und Johanna sahen sich verblüfft an. Der nachfolgende Donner war schon weitaus weniger eindrucksvoll. Das Gewitter schien weiterzuziehen. Walther hockte sich neben das weinende Mädchen und sagte freundlich: »Du Dummerchen – der Papst hat doch gar keinen Sohn«, doch dann verfinsterte sich plötzlich sein Gesicht und er richtete sich wieder auf: »Wer war der Junge? Er gibt mir Antwort auf die Frage, die mich schon den ganzen Morgen quält. Natürlich eine Hochzeit – Maria mit einem Verwandten des Papstes … Warum bin ich bloß nicht selbst darauf gekommen?«
»Eine Hochzeit? Was schwatzt Ihr da? Komm, Beatrix, der Regen hat nachgelassen. Ich bereite uns einen Kräutertee in der Pfalzküche.«

»Ich komme mit Euch! Ich könnte auf den Schreck gut noch etwas vertragen. Die Politik rutscht besser mit einem guten Schluck Kräuterbier.«
Die Politik, dachte Johanna verwirrt, wieso redete er über Politik? Sie würde später darüber nachdenken, nun war sie zu nass und müde dazu.

Um das Ereignis im Dom angemessen zu feiern, fanden am nächsten Tag Turnierspiele und Wettkämpfe vor der Stadt statt. Für den Abend war ein großes Fest in der Pfalz geplant, auf dem die Sieger vom König geehrt werden würden.
Mechthild interessierte sich weniger für die Festlichkeiten als für die Waren auf dem großen Marktplatz in Speyer. Sie verbrachte den Tag damit, sich kunstvoll gearbeitete Mantelspangen, bemalte Holzkästchen und Spielfiguren anzusehen. Eine Zeit lang beobachtete sie eine Kinderschar, die sich um einen bunt gekleideten Akrobaten drängte. Das laute Geschrei der Kinder klang noch in ihren Ohren, als ihr Blick auf ein Kräuterweiblein fiel. Es hockte zwischen zartgrünen und ockerfarbenen Büscheln und zwinkerte ihr herausfordernd zu. Die Alte schien sagen zu wollen: Ich habe das richtige Kraut für jeden Wunsch, sei er auch noch so verborgen. Mechthild konnte nicht widerstehen. Obwohl die Kaufmannsfrau in ihr protestierte, erstand sie etwas gegen Schläfrigkeit, ein Kraut gegen dunkle Gedanken und einige Bündel gegen Kinderlosigkeit.
Die Mittagshitze verbrachte sie im Schatten einer Eiche auf dem Domplatz. Mit einer vor Honig tropfenden Waffel in der Hand beobachtete sie die vielen Menschen. Es schien ihr, als wären alle seit der Bannlösung viel fröhlicher. Die Einwohner von Speyer schienen wie von einer Last befreit über den Platz zu schweben. Sie strömten in ihren Dom und kamen mit vor Freude strahlenden Gesichtern wieder heraus. Einen Moment stellte sie sich vor, dass der Segen der Papstlegaten als golden flimmerndes Licht im Altarraum schwebte. Er senkte sich auf jeden herab, der vor dem Altar betete. Doch dann schüttelte sie das Bild ab und stand auf.
Müde und um ein paar Münzen leichter, aber mit dem Korb voller schöner Dinge spazierte sie, zufrieden vor sich hin summend, durch die Gassen.

Sie waren in einem Gasthof untergekommen, in dem auch andere Kölner Kaufleute nächtigten. Froh, bei dieser Hitze dem stickigen Reisezelt entkommen zu sein, hatte Anselm seinen Reisetisch aufgebaut. Seit den frühen Morgenstunden brütete er über den Pergamenten. Er schien davon besessen zu sein, etwas für Otto zu ersinnen, was Philipps Angebot an den Papst übertreffen könnte. Er wälzte alte Verträge und entwarf in Ottos Namen Briefe an den Papst. Es schien eine schwierige Angelegenheit zu sein. Als Mechthild die Schlafkammer am Morgen verlassen hatte, hatte bereits ein Haufen zerfetzter Pergamentstreifen auf dem strohbedeckten Boden gelegen. Anselms Laune war mit jedem Brief schlechter geworden.
Sie näherte sich dem Gasthof und überlegte, womit sie ihn aufmuntern könnte. Vielleicht mit den neu erworbenen Spielfiguren? Oder doch mit der Mantelspange, die einen Adler im Flug darstellen sollte? Die Spange würde sich gut auf dem löwengeschmückten Mantel machen, den Anselm vor vielen Wintern von Otto geschenkt bekommen hatte.
Ganz in Gedanken versunken, bemerkte sie zu spät, dass etwas nicht stimmte. Vor der Tür zum Gasthof hatten sich eine Hand voll bewaffneter Soldaten versammelt. Sie wollte schon umkehren und in der Menge verschwinden, da erkannte sie zwischen den Männern den zappelnden Brian.
Ein großer Kerl hielt ihn mit beiden Händen in die Höhe und der Junge wehrte sich nach Kräften. Er trat um sich und brüllte: »Beatrix lügt. Ich gehöre nicht zu den Kölnern. Sie will sich nur wichtig machen, so sind Mädchen! Die blöde Gans lügt. Ich habe nichts gestohlen und gelauscht habe ich auch nicht.« Er wand sich unter dem Griff des Mannes und traf ihn ein paar Mal am Schienbein. Dann entdeckte er Mechthild. Wie ein Ertrinkender streckte Brian die Hände nach ihr aus und schluchzte: »Wolfhild, sag ihnen, dass ich nicht stehle. Ich habe doch nur den Hund gesucht!«
Der Soldat schüttelte Brian, bis ihm die Zähne aufeinander schlugen, und knurrte:
»Bist du seine Mutter? Der Bengel hat vor der Kammer des Königs herumgelungert und darauf steht der Tod. Wir haben Befehl zu prüfen, wer der Junge ist und zu wem er gehört.«

Mechthilds Augen fuhren hektisch über die gut bewaffneten Männer. Sie waren zu fünft und waren ausgerüstet, als gelte es, eine Bande Raubritter zu jagen und nicht einen Jungen zu seiner Mutter zurückzubringen. Ihr wurde ganz übel bei dem Gedanken, dass die Soldaten ihr ins Gasthaus folgen könnten. Sie würden Anselm dabei erwischen, wie er in Ottos Namen an den Papst schrieb. Vielleicht wollten Philipps Männer Brian mit ihren Drohungen nur einschüchtern. Darauf, was Anselm da oben tat, stand mit Sicherheit der Tod. Ihre Kehle war wie zugeschnürt, trotzdem gelang es ihr hervorzupressen: »Brian spielt schon den ganzen Sommer über mit der kleinen Prinzessin. Niemand hat sich bis jetzt darüber beschwert.«
Der Soldat, der Brian festgehalten hatte, ließ den Jungen nun los und kam auf sie zu. Seine Augen musterten sie misstrauisch. Er schien zu überlegen, ob es sich lohnte, sich länger mit dieser blonden Frau zu beschäftigen. Mechthild presste den Korb voll duftender Kräuter an sich und versuchte auszusehen, wie eine ganz normale Hausfrau, die eben vom Markt kam.
Anscheinend gelang es ihr. Der Mann wollte sich schon abwenden, da schniefte Brian: »Sie haben da drin gar nichts über den Neffen des Papstes gesagt und auch nicht über die Mark Ancona.«
Der Soldat schnellte herum. Er packte Mechthilds Handgelenk und der Korb fiel ihr aus der Hand. Während Kräuterbündel und Spielfiguren davonrollten, versuchte Mechthild zu begreifen, was Brian gesagt hatte. Was erregte Philipps Soldaten so? Hatte Brian doch gelauscht und etwas Wichtiges gehört? Um Zeit zu gewinnen, bückte sie sich nach dem Korb, aber sie wurde brutal wieder hochgezerrt und angebrüllt: »Was weiß der Junge über die Mark Ancona? Los, Männer, durchsucht ihre Quartiere.«
Mechthild spürte, wie sie bei seinen Worten zu schwitzen begann. Brian duckte sich, als erwartete er, geschlagen zu werden, und wimmerte unglücklich. Obwohl sie keine Anstalten machte zu fliehen, wurde ihr Handgelenk weiter festgehalten, während die vier anderen Soldaten ins Gasthaus stürmten.
Eine Menschenmenge hatte sich gebildet. Neugierige Augenpaare umringten sie. Schweigend warteten alle, was passieren würde. Niemand wagte, den Korb oder seinen verstreuten Inhalt aufzuhe-

ben. Nur ein Hund schnupperte an den Kräutern und trottete zu Brian hinüber. Er stupste den Jungen tröstend mit seiner feuchten Schnauze an.
Mechthild schien es, als würde die Zeit stehen bleiben. Nachdem die Schritte der Männer verklungen waren, war aus der halb geöffneten Gasthoftür kein Laut gedrungen. Mit klopfendem Herzen stellte sie sich vor, wie die Soldaten in ihre Kammer kamen und Anselm an seinem Reisetisch überraschten. Sie sah ihn, wie er tief über das Pergament gebeugt dasaß. Die Schreibfeder bewegte sich über das Pergament. Gedankenversunken blickte Anselm auf und ließ erschrocken die Feder fallen, als er Philipps Soldaten erkannte. Er sprang auf und riss dabei den Tisch um. Er fing einige Pergamente auf und presste sie an sich, als gelte es, sie mit seinem Leben zu verteidigen. Die verräterischen Schriftstücke bedeckten den Boden und wurden raschelnd und knisternd von großen Soldatenstiefeln niedergetreten. Schwielige Hände griffen nach den hellen Bögen, pflückten sie von den Schlafdecken, sammelten sie von der Reisetruhe und machten auch vor den winzigen Stücken nicht Halt.
Mechthild konnte die Augen nicht von der Tür wenden und flehte: Heilige Margareta, tilge die Tinte von den Pergamenten. Heilige Mutter Gottes, verwandle die verräterischen Worte in die harmlosen Abrechnungen eines Kaufmannes.
Als die Tür endlich zurückschlug, taumelte ein blasser Anselm ins helle Sonnenlicht. Vor seine zusammengekniffenen Augen hingen wirre Haarsträhnen und auf seinen angeschwollenen Lippen zitterten Blutstropfen. Er hatte die Schreibfeder hinter seinem Ohr klemmen und in seinem losen Gürtel steckten unzählige Briefrollen.
Er wurde vor den Anführer geschubst und ein einzelnes Pergament wurde durch die Luft geschwenkt. Keiner sagte ein Wort, offensichtlich konnten Philipps Soldaten nicht lesen. Doch Anselm schien sich gewehrt zu haben, und das machte jeden Mann verdächtig.
Der große Kerl, der Mechthild endlich losließ, griff nach dem Schriftstück und las es mit vor Anstrengung gerunzelter Stirn. Er formte lautlos jede Silbe. Es sah aus, als würde er den Inhalt genüsslich zerkauen.
Lass es eine Abrechnung sein. Lass es eine Abrechnung sein.

Doch Mechthilds Stoßgebet schien nichts zu bewirken. Der Soldat blickte auf und schnaufte: »Zum Teufel, es ist wahrhaftig von Otto. Bringt sie zum König.«
Die Menschen bildeten eine schmale Gasse. Als Mechthild hinter Anselm hindurchgeführt wurde, trat sie auf die Kräuterbündel und über die Spielfiguren. Kurz blickte sie in die schadenfrohen Gesichter und heftete ihre Augen fest auf Anselms Gewand. Ein großer nasser Fleck hatte sich auf seinem Rücken gebildet. Die Schreibfeder war herausgerutscht und baumelte bei jedem Schritt über seiner Schulter. Hinter ihr schniefte Brian und der Hund hechelte, bis ihm ein Soldat einen Tritt versetzte und er sich jaulend davonmachte.
Von dem eiligen Marsch durch die Stadt bekam Mechthild kaum etwas mit. Sie hätte später auch nicht sagen können, wie sie in die Pfalz gelangt war oder wie der mächtige Bau von außen aussah.
Sie heftete den ganzen Weg über die Augen auf Anselms Rücken und beobachtete, wie der Schweißfleck auf seinem Gewand immer größer wurde. Die Schreibfeder wehte irgendwann davon, aber Anselm bemerkte es nicht. Die Briefrollen an seinem Gürtel erinnerten sie daran, dass Philipps Soldat ein Dummkopf war. Zwar ein Dummkopf, der lesen konnte, aber einer, der nicht wusste, dass ein Schriftstück von Otto auch dessen Siegel tragen musste. Das zusammengerollte Pergament, das der große Mann vor ihr immer noch in der Faust hielt, schmückte nie und nimmer das Siegel des Königs. Anselm hätte niemals gewagt, Ottos Siegel zu benutzen. Das da war nur ein Entwurf, versuchte sie sich zu beruhigen. Doch genügte das nicht, um einen Mann des Verrats zu überführen?
Während sie eine Treppe hinaufgeführt wurden, malte sie sich aus, was sie oben erwarten würde. Sie hörte Brian in ihrem Rücken schniefen und stellte sich vor, wie König Philipp mit versteinertem Gesicht das verräterische Schriftstück überflog und mit kalter Stimme nach seinen Folterknechten rief. Was dann geschah, darüber wollte sie lieber nicht nachdenken. Wer würde ihnen jetzt noch glauben, dass sie nur harmlose Weinhändler aus Köln waren? Süße, gnädige, mitleidsvolle Margareta, lass alles Pergament in Flammen aufgehen und zu Asche zerfallen! Wenn es sein muss auch die Urkunden dieser Stadt, die Kräuterkunden der Mönche und die Wä-

schelisten der Hausfrauen. Doch der Soldat hielt Anselms Schriftstück fest in seiner Faust und trug es wie eine Trophäe die Stufen hinauf.
Sie kamen in einer düsteren Vorhalle zum Stehen. Der Raum war quadratisch und an seinen gleich großen Seiten hingen vier riesige Wandteppiche.
Mechthild hob verwundert den Kopf. Sie hatte noch niemals zuvor so große Webarbeiten gesehen. Die bestickten Teppiche hingen an schweren Seilen von der Holzdecke. Vermutlich lagen hinter ihnen Fensteröffnungen, doch bedeckten sie diese fast vollständig. Nur ein schmaler diffuser Schein umgab sie und bildete an den Rändern einen Kranz aus Licht. Wie lebendig schwankten sie im Luftzug und ließen mal mehr und mal weniger Licht hindurch. Sie waren mit Holzstangen beschwert und schleiften mit einem schnarrenden Geräusch über den staubigen Boden. Es klang schwermütig und trostlos. Mechthild versuchte zu erkennen, was die Teppiche darstellten. Beunruhigt fuhren ihre Augen über das Gewimmel von Hunderten von Kriegern in einer nicht enden wollenden Schlacht. Es gab zerstörte Schiffe, gestürzte Pferde und Unmengen von verrenkten Körpern. Braune und rote Töne herrschten vor, aber es gab auch hier und da ein kräftiges Blau oder schimmerndes Orange. Da alle vier Seiten das Thema wiederholten, schien es, als würden die kämpfenden und sterbenden Männer in einem niemals endenden Kreis von Tod und Verwüstung gefangen sein. Das Gewirr der Krieger und das eintönige Schnarren, der Luftzug und der flimmernde Staub betäubten ihre Gedanken. Sie atmete stoßweise und spürte ihren Herzschlag den Hals hinaufsteigen und in ihren Schläfen pochen.
Philipps Männer schienen auf irgendetwas zu warten. Ein großer Käfer krabbelte mit langen Fühlern tastend über den Boden. Er hatte einen grünlich schimmernden Panzer und seine vielen Beine suchten sich zielsicher ihren Weg durch den Staub. Mechthild wünschte, sie könnte sich so klein machen und unter den Teppichen hindurchschlüpfen. In diesem Augenblick kamen hinter einem der Wandbehänge ein Paar gelbe Beinlinge mit spitzen glöckchenbehängten Schuhen hervor. Mitleidslos begruben sie den Käfer mit einem knirschenden Geräusch unter sich. Mechthild zuckte zusammen und

wusste auch ohne aufzublicken, wer da gekommen war. Vor ihnen stand der Kämmerer des Königs.
Die Soldaten flüsterten eine Weile mit dem gelangweilt dreinblickenden Mann und wiesen immer wieder auf die Gefangenen. Schließlich nahm der Kämmerer das verräterische Schriftstück entgegen und widmete sich eine schier endlos scheinende Ewigkeit seinem Inhalt. Mechthild konnte Anselms Gesicht nicht sehen, aber sie war sich sicher, dass es hinter seiner Stirn arbeitete. Er formulierte Rechtfertigungen und Erklärungen, drehte geschickte Wendungen und überzeugende Vergleiche in seinem Kopf herum. Es würde alles nichts nützen. Auch ein gelehrter Mann redete seinen Kopf nicht aus der Schlinge. Jedenfalls nicht, wenn es um Verrat ging und es einen Beweis gab.
Zwei von Philipps Männern hoben den Wandteppich hinter dem Kämmerer ein Stück an. Ein schwacher Lichtkegel fiel in den Vorraum. Die Soldaten führten die Gruppe hinter den Teppich, wo sich ein niedriger Durchgang befand. Mechthild duckte sich und tastete sich unsicher eine mit Fackeln erleuchtete Treppe hinunter. Die schmale Treppe wand sich spiralförmig in die Tiefe und die Luft wurde zunehmend feuchter.
Mechthild fühlte Brians kalte Hand in die ihre gleiten und umklammerte die kleine Jungenhand. Irgendwo weiter vorn konnte sie Anselms blonden Kopf auf und ab wippen sehen. Leises Glöckchengeläut begleitete das Schnaufen der Soldaten und das Klappern ihrer Nierendolche. Hinter ihr erklärte Brian bedrückt: »Ich war es nicht! Ich war es nicht!«
Die Treppe endete vor einem düsteren Gang durch den ein dunstiger Nebel zu ziehen schien. Irgendwo waren gedämpfte Geräusche zu hören. Wasser plätscherte und jemand hustete.
Mechthild drückte Brians Hand ganz fest und zog ihn hinter den Männern her. Der Gang wurde breiter und der Nebel dichter. An der Wand befanden sich Reste einer alten Anlage, die aus Römerzeiten stammen musste. Die zerbröckelten Steine schienen einst nach einem bestimmten System angelegt worden zu sein. Am Ende des Ganges zierten zwei springende Steinfische einen Türfirst. Unter zerbrochenen grünen Kacheln hing anstatt des vorgesehenen Türflügels ein Mantel herab. Es war ein staubiger, weißer Mantel unter dessen

schmutzigem Saum sich Dampfwölkchen kringelten. Der Geruch nach feuchten Tüchern, Harz und Zitronenmelisse zog mit ihnen herauf und löste Erinnerungen an Badetage aus. Mechthild hatte erwartet, dem König in einem prächtig ausgestatteten Raum gegenüberzutreten. Wie es schien, war heute sein Badetag und er nutzte die alten Anlagen unter der Pfalz für sein körperliches Wohlbefinden. Sie überlegte noch, ob das ein gutes Zeichen war, da schob der Kämmerer mit seiner beringten Hand den Mantel zur Seite. Er winkte der Gruppe, ihm zu folgen. Der als Vorhang dienende Rittermantel streifte Mechthilds Gesicht und sie stand in einer mit Dampf gefüllten unterirdischen Badekammer.

König Philipp döste mit geschlossenen Augen in einem riesigen hölzernen Badezuber. Das dampfende Wasser reichte ihm bis zum Kinn und nur seine Hände hingen schlaff über den Rand des Zubers. Pfützen standen auf dem teilweise grün gefliesten Boden, dessen Fliesen große Sprünge aufwiesen. Die Heizanlage bestand aus aufgeschichteten Steinplatten, die an manchen Stellen umgestürzt waren und sich neben dem Zuber ergossen. Rauchschwaden suchten sich einen Weg durch die Steine und umwirbelten springende Fische, steinerne Muscheln und an der Decke rankende Wasserpflanzen.

Hitze und Dampf drangen in Mechthilds Kleider, trieben ihr den Schweiß auf die Stirn und erschwerten das Atmen. Erst jetzt bemerkte sie, dass der König nicht allein war. Ein Mann hockte vor einer Wandöffnung und schichtete Holz in etwas, das wie ein verfallener Kamin aussah. Züngelnde Flammen blitzten auf und griffen nach seinen sich unablässig auf und ab bewegenden Händen. Er hatte ihnen den Rücken zugekehrt und schien genauso vertieft zu sein wie der König. Es gab keine Pagen, die Philipp mit Ölkrügen, Salbentiegeln und Tabletts voller Früchte und Gebäck aufwarteten. Es gab auch keine Musikanten, die das Bad des Königs mit ihren Instrumenten begleiteten. Es war nirgends ein prächtiges Kleidungsstück oder ein Zeichen königlicher Würde zu sehen. Nichts deutete darauf hin, wer da sein Bad nahm. Der Dampf hüllte das Gesicht des Königs ein und ließ es unwirklich fern erscheinen.

Der Kämmerer schnippte verlegen mit den Fingernägeln und wagte offensichtlich nicht, den König zu stören. Einer der Soldaten presste seinen Handrücken vor den Mund und unterdrückte mühsam ein Husten. Gequältes Röcheln kam aus seinem Hals. Der König öffnete träge die Augen und blinzelte schläfrig. Philipp schien endlich zu bemerken, dass es eine Angelegenheit gab, die seine volle Aufmerksamkeit erforderte. Er zuckte mit seinen schlanken Fingern und winkte dem Mann vor dem Kamin einzuhalten. Woraufhin dieser ungerührt noch einen dicken Holzscheit auf die züngelnden Flammen warf. Der König legte müde den Kopf in den Nacken und ließ die Finger wieder baumeln. Dann schien er sich an den wartenden Kämmerer und seine Pflichten zu erinnern.

Entschlossen stützte er die Hände auf den Rand des Zubers und zog schwerfällig seinen Oberkörper hoch. Das Wasser rann ihm die Brust entlang und seine geröteten Schultern dampften. Aus dem Nichts kamen plötzlich zwei Pagen mit großen Tüchern gelaufen. Der König erhob sich und kletterte tropfend und zitternd aus dem Zuber, wobei er sich sehr ungeschickt anstellte und sein glitschigen Füße mehrmals ins Rutschen gerieten. Mechthild bezweifelte, dass es für eine Dame schicklich war, einen König beim Verlassen des Bades zu beobachten. Tante Herrad hätte sicher empfohlen, die Lider zu senken. Doch sie konnte die Augen nicht niederschlagen. Sie war viel zu gespannt, was nun geschehen würde.

Der König stand nackt in den Dampfwolken und schnäuzte sich in die Finger. Während er die Hand an den Oberschenkeln abwischte, ließ er seine unerwarteten Besucher nicht aus den Augen. Dann griff er nach einem der Tücher und wickelte es sich um die Hüften. Barfuss kam er ihnen entgegen. Seine nackten Fußballen klatschten auf die Fliesen und Wassertropfen flogen aus seinen Haaren, als er sich das Wasser aus den Ohren schüttelte.

Der Kämmerer wich zurück, deutete eine Verbeugung an und zischelte unterwürfig:

»Verzeiht unser Eindringen, hoher Herr. Nur die Umstände rechtfertigen unser dreistes Vorgehen. Es ist gelungen, einen von Ottos Spitzeln unter Eurem Gefolge zu erwischen. Dieser Mann gibt vor, ein Kölner Kaufmann zu sein. Doch Eure Männer haben ihn mit Briefrollen und Urkunden überrascht, die Ottos Zeichen tragen. Ich habe mich davon überzeugt: Es ist das Zeichen Eures Feindes! Dort ist der Beweis.«

Der Kämmerer wies mit einer großspurigen Geste auf das gerollte Pergament in der Faust des Soldaten und die Glöckchen an seinem Saum klingelten, als würden sie frohlocken. Philipp wischte sich einen Wassertropfen von der Nasenspitze und musterte Anselm überrascht.
Mechthild glaubte, unter seinen feuchten Wimpern ein amüsiertes Glitzern zu sehen. Der König wirkte ganz und gar nicht erbost oder verärgert. Das heiße Bad schien ihn milde gestimmt zu haben. Vielleicht hatte die heilige Margareta doch noch einen Weg gefunden, um sie zu retten. O gute, gute Heilige, steh uns bei! Ich werde auch nie wieder über Herbststürme klagen und über Kinderlosigkeit jammern. Ich werde demütig jeden Tag Fischsuppe und ein straffes Gebände ertragen. Lass es ein Lächeln werden, lass den König lächeln, flehte Mechthild still und heftete die Augen auf die Lippen des Königs. Und wirklich!
Der König lächelte. Zwar nur ganz leicht und kaum wahrnehmbar, aber er lächelte. Mechthild unterdrückte den Drang, vor Erleichterung auf die Knie zu sinken und Gott zu preisen. Sie wollte Philipps nackte Füße küssen. Ihr Leben hätte sie in diesem Augenblick für König Philipp gegeben. Doch der König beachtete sie gar nicht. Sie war nur irgendeine Frau, die mit ihrem Kind an der Hand zwischen den Soldaten stand. Philipp suchte Anselms Blick und fragte zweifelnd: »Ottos Mann?«
Anselm presste die Lippen aufeinander und senkte den Kopf.
Der Kämmerer trat eifrig einen Schritt vor und rief ungeduldig: »Ohne Zweifel, hoher Herr, ohne Zweifel. Sein Schreibstil verrät ihn. Er formuliert so gelehrt, wie es nur einem Ministerialen des Königs aus der Feder fließen kann. Kein Kaufmann würde so ein Latein benutzen. Überzeugt Euch selbst!«
Er schnippte mit den Fingern und der Soldat beeilte sich, Philipp das Pergament zu reichen. Während Philipp das Schriftstück las, bedeckte eine Gänsehaut seinen Oberkörper und seine Finger zitterten leicht. Mechthild hoffte, dass die Stimmung des Königs nicht umschlug. Doch als er endlich aufblickte, umspielte immer noch ein Lächeln seine Lippen. Er reichte dem Kämmerer das Pergament und fragte Anselm: »Ihr schreibt in Ottos Namen an den Papst? Ihr wisst

von meinen Plänen? Ihr sorgt Euch um die italienischen Marken und die aufmüpfigen Städte? Ihr scheint ein kluger Mann zu sein. Wie lautet Eurer Name?«

Mechthild wartete in der einsetzenden Stille genauso gespannt wie alle anderen darauf, was Anselm antworten würde. Würde er alles abstreiten und weiter darauf beharren, ein harmloser Kaufmann zu sein? Aber nein, der Ausdruck auf seinem Gesicht sagte es ganz deutlich. Anselm würde reden. Es war sehr geschickt vom König, ihn als klugen Mann zu bezeichnen. Jeder Gelehrte hörte so etwas gern. Anselm hob das Kinn und erklärte stolz: »Ich bin Anselm der Schreiber. Mein Vater war unter Heinrich dem Löwen ein unfreier, aber einflussreicher Ministeriale. Otto machte mich zum freien Mann und schenkt mir sein Vertrauen. Ihm allein gilt meine ergebene Treue.«

Ja, dachte Mechthild aufgebracht, ergebene Treue bis in den Tod. Philipps Gesicht verzog sich und sein Lächeln verschwand. Da haben wir es, nun wird der König doch noch zornig. Er lässt uns sicher als Verräter pfählen, vierteilen, die Haut abziehen und unsere Köpfe auf Spießen vor der Stadtmauer aufstellen. Der König rieb sich fröstelnd die Oberarme und nieste heftig. Als er losbrüllte, brüllte er nicht nach den Wachen, sondern nach seinem Knappen: »Thietmar, bring mir meinen Mantel!«

Es dauerte nicht lange und ein verschlafen wirkender Junge kam gerannt. Er warf dem frierenden König einen blau schillernden Samtmantel über. Der König wickelte sich fest darin ein und hob ein Bein, um sich Strümpfe überziehen zu lassen. Während er etwas wackelig dastand und sich mit einer Hand auf dem Kopf des Knappen abstützte, sagte er nachdenklich: »So, Otto schenkt Euch sein Vertrauen?«

Anselm nickte und Philipp stand mit gerunzelter Stirn da und dachte nach. Schließlich erklärte er: »Anselm Schreiberling, Euch schickt der Himmel! Ich brauche genau so einen Mann wie Euch. Einen, dem Otto vertraut. Einen, den ich mit einem Friedensangebot zu Otto schicken kann. Ihr werdet für mich zu Otto gehen und ihm ausrichten, dass ich ihm wie dem Neffen des Heiligen Vaters eine meiner Töchter anbiete. Ich werde in Rom zum Kaiser gekrönt und der Welfe Otto wird mein Schwiegersohn. Das ist mehr als dieser Emporkömmling verdient. Ihr werdet Otto davon überzeugen, dass er keine andere Wahl hat. Dann ist dafür gesorgt, dass dieser Thronstreit mit all seinem Blutvergießen endlich ein Ende nimmt.«

Anselm sah einen Moment verwirrt aus. Doch dann holte er tief Luft und flüsterte: »Ja, Herr.«

Philipp lächelte nun richtig. Es war ein frohes, zufriedenes Lächeln, dass ihn fast jungenhaft erscheinen ließ. Er blinzelte verschwörerisch und rief ausgelassen: »Folgt mir, Anselm, Ottos Vertrauter. Noch heute sollt Ihr aufbrechen!«

»Aber meine Frau …«

»Einer meiner Ritter kümmert sich um Euer Weib und um Euren Sohn. Es wird ihnen bei Hofe an nichts fehlen. Ihr bekommt ein schnelles Pferd und eilt. Krieg kann nicht warten. Frieden sollte nicht warten!«

Philipp stürmte an ihnen vorbei und verschwand hinter dem Vorhang. Hektisch folgten ihm sein Knappe, die ängstlich um sich blickenden Pagen und die Soldaten. Der Kämmerer schnaufte verblüfft und schüttelte den Kopf. Anselm nahm ihm das Schriftstück aus der Hand und rollte es zusammen. Der Kämmerer erhob keinen Einspruch, als Anselm sich das Pergament in den Gürtel schob. Anselm fuhr über Brians Kopf und beugte sich zu Mechthild: »Sorge dich nicht. Otto wird einlenken. Ich werde dafür sorgen. Der Thronstreit ist so gut wie vorbei.«

Mechthild wollte noch etwas zum Abschied sagen, doch da war er schon verschwunden. Der Rittermantel mit dem Adler schaukelte sacht. Glöckchen klimperten und Anselms Schritte verklangen.

Der Dampf hatte sich verzogen. Brian rannte zum Zuber und tippte seinen Finger hinein. Immer größer werdende Kringel entstanden. Fasziniert sah er zu, wie die Kreise auf der glänzenden Oberfläche schwächer wurden und ganz verebbten.

Mechthild wollte Brian zu sich rufen, da legte sich eine große Männerhand auf Brians Schulter. Der Junge schrie erschrocken auf und rief: »Ich hab nichts getan! Ich weiß nichts über die Mark Ancona.«

Mechthild erschrak nicht weniger. Sie hatte die Gestalt bei der flackernden Öffnung ganz vergessen. Dabei hatte der Mann die ganze Zeit das Feuer versorgt, ohne dass ihn jemand beachtet hatte. Vielleicht hätte sie auf ihn achten sollen, denn er war keineswegs ein einfacher Knecht, sondern ein ihr sehr gut bekannter Ritter.

Gottfried von der Heide war zwar im Augenblick ein verrußter Ritter, doch ohne Zweifel ein Ritter. Sein Gewand und seine Locken waren voller Staub. Sie begriff, dass es sein Mantel war, der dem Baderaum als Sichtschutz diente. Niemals hätte sie ihn im Bad des Königs erwartet. Wieso gelang es diesem Kerl immer wieder, sie zu überrumpeln? Mechthild starrte ihn wütend an.

Seit Wochen fürchtete sie, dass Gottfried sie verraten würde. Sie hatte sich vorgenommen, dann nicht mehr zu schweigen und alles über seine welfentreue Vergangenheit und seinen Vater Raimund zu erzählen. Doch nun war alles anders gekommen. Diesem arroganten Nichtsnutz, der seine Hand immer noch auf Brians Schulter liegen hatte, würde es dennoch nicht gelingen, sie einzuschüchtern. Wieso sollte sie sich vor seinem rußverschmierten Gesicht fürchten? Keiner forderte ihren Tod oder bedrohte ihr Leben. Es würden keine Köpfe vor der Stadtmauer von Speyer aufgespießt werden. Der König selbst hatte ihr seinen Schutz zugesagt. Sie reckte ihr Kinn und sagte laut: »Lasst den Jungen los. König Philipp hat uns einen Ritter versprochen, der sich um uns kümmert. Er wird gleich hier sein.«

Gottfried ließ seine Hand von Brians Schulter rutschen und wischte sich mit den Handballen über die schmutzige Wange: »Ich bin der Ritter, der sich um Euch kümmern soll.«

»Nein, gewiss nicht. Wieso sollte der König dabei an Euch gedacht haben?«

Dieser selbstgefällige Kerl. Er wagte es doch wirklich, näher zu kommen. Während er gelassen seinen Mantel vom Türrahmen nahm, erklärte er: »Ich kümmere mich um alles: um das Bad des Königs, seine Falken und wenn es sein muss – auch um Euch. Die Idee, mit Otto Frieden zu schließen, stammt übrigens von mir. Ich habe Philipp heute Morgen bei der Jagd vorgeschlagen, seinem Gegner ein großzügiges Angebot zu machen. Für Otto sieht es trostlos aus. Alle wenden sich ab von ihm. Die Schlacht bei Wassenberg hat er verloren und die Stadt Köln auch. Er wird das Angebot annehmen und Philipps Schwiegersohn werden. Dann ist der Thronstreit vorbei. Nach acht langen Jahren! Ich kann zurück zu meinem Vater und ihn um Vergebung bitten. So war mein Plan. Doch was fehlte noch, um Philipp von meinem Vorschlag zu überzeugen? Ihr wisst die Antwort bereits. Ottos treuer Ratgeber! Und der ist ihm soeben in den Schoß oder, besser, in das Bad gefallen. Ich habe den Jungen festnehmen lassen, damit Philipps Männer den Tintenkleckser Anselm auf frischer Tat im Gasthaus der Kölner ertappen und zu Philipp bringen. War das nicht schlau?«

Mechthild wusste nicht, was sie sagen sollte. Gottfried hatte alles geplant? Weil dieser eitle Geck sein welfisches Erbe antreten wollte, war Anselm auf dem Weg nach Braunschweig? Es gab Frieden im Reich, weil Ritter Gottfried sich mit seinem Vater versöhnen wollte? Das war unglaublich. Fassungslos stand sie da und versuchte ihre Gedanken zu ordnen.

Brian steckte wieder seinen Finger in den Zuber und erzeugte weitere Kringel. Gottfried legte sich seinen Mantel um und befestigte ihn mit einer goldenen Spange. Er schien auf etwas zu warten. Schließlich rief er: »Oh, Ihr müsst Euch nicht bedanken. Wirklich nicht. Es war mir ein Vergnügen, Eurem Tintenkleckser zu helfen und das Reich zu retten.«

Brian hatte den Kopf vorgebeugt und die Lippen gespitzt. Er pustete in das Wasser und es blubberte. Es klang, als mache er sich über sie lustig. Mechthild warf ihm einen verärgerten Blick zu und rief ungeduldig: »Brian, hör auf damit. Du wirst ja ganz nass.«

Brian machte unbeeindruckt weiter. Gottfried betrachtete ihn amüsiert und sagte freundlich: »Er hat nur Unsinn im Kopf. Kommt, ich bringe euch beide zurück zum Gasthof.«

Brian wollte schon durch den Türrahmen hüpfen, doch Gottfried packte ihn blitzschnell am Arm und sagte streng: »Erst einmal erklärst du mir, wieso du vorhin die Mark Ancona erwähnt hast.«

Brian biss sich verlegen auf die Lippe und murmelte schließlich: »Die Mark Ancona? Hab ich die erwähnt?«

Gottfried ließ ihn los und wandte sich verärgert um. Während Mechthild ihm mit einem bedrückt wirkenden Brian den Gang hinab folgte, hörte sie den Ritter ungläubig murmeln: »Hab ich's doch gewusst. Der Tintenkleckser hat seinen Sohn zum Spionieren in die Pfalz geschickt.«

Das hat er nicht, dachte Mechthild verärgert. Anselm würde Brian niemals gefährden. Doch dann erinnerte sie sich an Arno und runzelte nachdenklich die Stirn. Vielleicht hatte Gottfried doch Recht? Hatte Anselm Brian zum Spionieren in die Pfalz geschickt?
Sie stolperte hinter Gottfried her und fragte sich, wieso sie bereitwillig dem Mann folgte, der Anselm verraten und ihn zugleich gerettet hatte. Das war schrecklich verwirrend. Sollte sie ihm böse oder dankbar sein? Anselm hatte nicht sehr unglücklich ausgesehen. Er hielt sich für den Retter des Reiches genau wie Gottfried.
Mit Brian an der Hand folgte Mechthild dem Ritter durch die Straßen und grübelte darüber, wieso Männer sich immer so wichtig nahmen.
Kurz vor dem Gasthof der Kölner kehrte Gottfried um und sie gingen das letzte Stück allein weiter. Mechthild entdeckte Martha vor der Eingangstür des Gasthauses. Als sie Mechthild und Brian erkannte, rannte sie ihnen entgegen und rief: »Herrin! Gott sei Dank, Ihr seid wohlauf. Der Herr war hier. Er ist mit Philipps Soldaten gekommen und hat seine Sachen zusammengesucht. Sie sind sofort nach Braunschweig aufgebrochen und er wollte mich nicht mitnehmen. Sie hatten es eilig und haben gute Pferde dabeigehabt. Was hat das zu bedeuten? Bringt er Arno zurück?«
Mechthild lächelte der Alten beruhigend zu und sagte freundlich: »Es ist alles in Ordnung. Anselm ist nun wieder ein königlicher Ratgeber und muss in Philipps Namen zu Otto. Er wird wiederkommen und er wird Arno mitbringen, da bin ich ganz sicher.«
Martha nickte und beugte sich zu Brian: »Na, Kleiner, hast du Hunger?«
Während Martha Brian erklärte, dass sie auf dem Rückweg etwas Gutes auf dem Markt erstanden hätte, rannte Mechthild die Treppe hinauf.
Sie stieß die Tür zur Kammer auf und blickte auf ein Durcheinander von Pergamenten und Kleidungsstücken. Die Truhe stand offen. Jemand schien darin herumgewühlt zu haben. Es sah alles nach einem hektischen Aufbruch aus. Beim Anblick der Unordnung begann sie sich Sorgen zu machen. Anselm ging für Philipp zu Otto. Was geschah, wenn Otto über Philipps Vorschlag in Wut geriet? Er könnte

seine Enttäuschung an Anselm auslassen. Sie wünschte für einen Augenblick, sie wäre Brians kleine Ratte. Als Felicius hätte sie, in Anselms Satteltasche versteckt, mit nach Braunschweig reisen können.

September 1207, eine Tagesreise vor Quedlinburg

Philipp musste sich gedulden, denn die Antwort aus Braunschweig ließ auf sich warten. Mechthild musste sich ebenfalls gedulden. Jede weitere Woche hielt sie unruhiger nach der Gesandtschaft Ausschau. Johanna interessierte sich nicht für König Otto. Sie sehnte sich danach, Konrad wiederzusehen und mit ihm zu sprechen. Stattdessen sprach sie jeden Tag mit dem Hofkaplan. Vater Ambrosius malte ihr die dunklen Verlockungen der Leidenschaften aus, die eine Frau direkt in die Hölle führten, und die Hofdamen behandelten Johanna, als wäre sie eine Gefangene, nur selten war sie unbeaufsichtigt. Nach Konrads Fieberträumen, in denen er mit einer Mischung aus Inbrunst und Verzweiflung den Namen Allahs gerufen hatte, hatten ihr die Hofdamen jeden Umgang mit ihm verboten.
An diesem Abend gelang es Johanna trotzdem, sich aus dem Zelt der Hofdamen zu schleichen. Dame Engeltrud war über ihrem Stickrahmen eingeschlafen und Gieselberta schnarchte nach dem Genuss unzähliger Honigwaffeln zwischen ihren Decken. Richilde war so in ihren Psalter vertieft, dass sie nicht hochblickte, als sich Johanna aus dem Zelt stahl.
Johanna lief an den Wagen vorbei und suchte das Krankenzelt. Ein buntes arabisches Zelt gab es im lagernden Tross schon lange nicht mehr. Gieselberta hatte schadenfroh erklärt, dass alle Sachen aus dem Sarazenenland in Truhen lagerten und die Heiden selbst bei Meister Jacobus untergekrochen wären. Das Krankenzelt stand nur ein kleines Stück entfernt vom Zelt des Königs. Wahrscheinlich war der König wieder verschnupft und benötigte den Hofmedicus in seiner Nähe, überlegte Johanna. Im selben Augenblick trat Konrad aus dem Krankenzelt. Sein unerwartetes Erscheinen ließ Johannas Herz höher schlagen. Sie blieb abrupt stehen und musste tief Luft holen.

Konrad sah sehr verändert aus. Er trug keinen Turban, sondern gut sichtbar ein Holzkreuz um den Hals. Statt seines seidenen braunen Mantels mit Stickerei hatte er nur einen schlichten, kurzen Kittel an, unter dem fleckige Beinlinge hervorsahen. Sein braunes Haar hing ihm strähnig bis zum Kinn und sein Gesicht wirkte schmal und blass. Er bemerkte Johanna und seine grünen Augen begannen zu leuchten. Mit einem strahlenden Lächeln humpelte er auf sie zu. Schwerfällig zog er sein linkes Bein nach und ließ sie nicht aus den Augen. Als er vor ihr stand, zögerte er einen Moment, dann griff er nach ihrer Hand und drückte sie: »Endlich, Johanna, endlich. Gott sei gepriesen. Wie oft habe ich diesen Augenblick herbeigesehnt!«

Johanna berührte sacht die kleinen Narben um seine Augen und murmelte: »Geht es dir gut? Lassen sie dich in Ruhe?«

»Vater Ambrosius und die eifrigen Hofdamen? Oh, ich bemühe mich, ein guter Christ zu sein. Ich gehe zu den Messen. Ich werde sie schon noch davon überzeugen, dass ich dein Seelenheil nicht in Gefahr bringe.«

»Bist du ein guter Christ?«

Konrad schwieg. Er umschloss ihr Handgelenk, zog ihre Hand zu seinen Lippen und küsste ihre Handfläche. Johanna versuchte, ihm ihre Hand zu entziehen.

»Konrad, bist du ein guter Christ? Sie werden es herausfinden, wenn das Holzkreuz um deinen Hals nicht ehrlich gemeint ist. Sie werden es merken, wenn deine Gebete nur leere Worte sind.«

»Jahrelang waren meine Gebete in Damaskus nur leere Worte. Und trotzdem lassen sie mich nicht los. Jacobus hört mich jede Nacht im Schlaf Allahs Namen rufen. Bin ich ein guter Christ? Ich weiß es nicht. Ich weiß nicht, wohin ich gehöre. Ich bin durcheinander. Ich möchte ein guter Christ sein, um deinetwillen. Mein Herz sehnt sich jedoch nach Damaskus und den Rufen des Muezzin.«

Konrad hielt immer noch ihr Handgelenk umklammert, doch sie konnte spüren, dass er ihr entglitt. In Gedanken bestieg er bereits ein Schiff und segelte noch Osten. Hastig fragte sie: »Wirst du dorthin zurückkehren?«

»Nach Damaskus? Ich würde es gern. Ich möchte meinen Frieden mit Kamāl machen. Vielleicht finde ich dadurch auch meinen Frieden mit Gott. Und dich, Johanna, möchte ich mitnehmen. Ich will dir die helle Sonne zeigen, die verlockenden Gerüche des Gewürzmarktes, die Freuden des Badehauses und die Bücher des Haman Nuri. Aber ich kann hier nicht weg. Meister Jacobus braucht mich.«

»Ist er krank?«

»Es ist das Alter. Er wird immer vergesslicher und sein Augenlicht lässt nach. Ich muss ihm zur Hand gehen und ihm das Augenlicht ersetzen. Ich kann ihn jetzt nicht im Stich lassen. Er braucht mich.«

Konrad hielt plötzlich inne und machte eine rasche Kopfbewegung. Viel sagend deutete er auf das königliche Zelt.

Ein einzelner Reiter brachte vor Philipps Zelt sein Pferd zum Stehen. Er schien zu der lang erwarteten Braunschweiger Gesandtschaft zu gehören. Johanna beobachtete, wie ein etwas müde wirkender König mit dem Boten verhandelte. Sie konnte hier und da ein Wort verstehen. Philipp verschwand sofort wieder im Zelt.

Meister Jacobus kam aus dem Krankenzelt und blickte sich um. Mit mürrischem Gesicht schlurfte er zu ihnen herüber und stellte sich ganz nah neben Konrad. Johanna ignorierte er, als wäre sie gar nicht da. Stattdessen blaffte er Konrad an: »Was trödelst du hier draußen herum?«

»Ottos Männer aus Braunschweig sind da. Gesandte des Papstes begleiteten die Gruppe und das kann nur Friedensverhandlungen bedeuten.«

Jacobus schnaufte verächtlich: »Ein Waffenstillstand! Ich hätte nicht gedacht, dass ich den auf meine alten Tage noch erleben würde. Sicher wird er gebrochen werden, bevor ich meine gichtigen Knochen zur ewigen Ruhe betten darf.«

Konrad unterdrückte ein Lächeln.

»Ihr seht wieder alles zu schwarz. Wie lehren sie in Salerno? Das Greisenalter ist der Winter des Lebens und bringt den Schleim des Phlegmatikers hervor. Ihr seid in letzter Zeit ein gutes Beispiel dafür.«

»Besser ein Greis als ein Weib. Was hat die Heilerin der Königin hier zu suchen? Ein schwaches Weib wie Dame Johanna, dem warmen roten Saft allmonatlich unterworfen, der alle Sinne verwirrt. Lass endlich ihre Hand los, Dummkopf. Hat Vater Ambrosius dir nicht eingeschärft, dass du sie in Ruhe lassen sollst? Wir sind kein Umgang

für sie. Wir mit unseren verdammten Seelen«, gab Meister Jacobus zurück.
»Ihr friert. Geht besser zurück in Euer Zelt und zieht Euren Mantel über.«
»Pah, ich brauche keinen Mantel.«
Johanna entdeckte hinter den Zeltreihen eine Gruppe von Reitern und rief: »Sie kommen! Da seht, die päpstlichen Farben und das Wappen der Welfen.«
Meister Jacobus schnaubte: »Das sehe ich auch, Weib.«
Konrad warf einen prüfenden Seitenblick auf Meister Jacobus, beugte sich zu ihr und wisperte: »Das ist nicht wahr. Er kann fast gar nicht mehr sehen. Er benimmt sich immer häufiger wie ein störrischer Esel. Ich möchte, dass er einen Starstecher aufsucht. Aber sobald ich auch nur eine Andeutung darüber mache, preist er die Sehkraft seiner Augen. Er fürchtet sich vor dem Starstecher, dabei ist es gar nicht schlimm. Ein geschickter Starstecher wird die Hornhaut durchstechen und die Linse auslöffeln.«
Meister Jacobus sagte grantig: »Was flüsterst du da? Natürlich sehe ich sie auch. Und zwar sehr gut. Ich brauche keinen Starstecher. Es sind alles Pfuscher. Ich sehe noch sehr gut. Ich sehe gerade den Gesandten des Papstes. Er sieht etwas blass aus. Ich werde Hugo von Ostia einen Stärkungstrunk bereiten.« Jacobus verschwand im Krankenzelt.
Johanna seufzte und Konrad erklärte beunruhigt: »Wieder einer seiner Versuche, gutes Augenlicht vorzutäuschen. Hugo von Ostia sieht gar nicht blass aus, er hat glühend rote Wangen und sprüht vor Leben. Hoffentlich ist der Geruchssinn des Meisters noch gut genug, um Fingerhut von Eisenkraut zu unterscheiden, sonst sind die Wangen des päpstlichen Gesandten bald wirklich blass. Ich werde dem Alten lieber auf die Finger sehen. Die Nachricht aus Braunschweig kann warten, sie wird sich sowieso rasch herumsprechen. Entschuldige mich, Johanna. Ich kann Jacobus nicht allein lassen.«
Konrad zuckte bedauernd mit den Schultern und ließ ihr Handgelenk los.
Sie blickte ihm nach. Es würde schwierig sein, ihn bald wiederzusehen. Nicht nur Vater Ambrosius wachte über ihr Seelenheil, auch der

störrische Hofarzt schien sie von Konrad fern halten zu wollen. Sie vermutete, dass er eifersüchtig war. Er wollte Konrad ganz für sich allein haben. Das würde es nicht leichter machen.

Ein Horn erklang und kündigte die Gesandtschaft an. Johanna reckte den Kopf und versuchte, etwas zu erkennen.

Etwa einhundert Mann bildeten den Zug aus Braunschweig, der sich gemächlich seinen Weg zum Lager des Königs bahnte. Die Vorhut bildeten Soldaten, dann folgten die beiden Gesandten des Papstes umgeben von Ottos Männern und zum Abschluss wieder eine Schar gut gerüsteter Reiter und die Wagen. Der größte Teil der Gruppe blieb am Rande des Lagers zurück. Unter ihnen waren auch die Wagen mit dem Gesindel. Eine Schar Ritter löste sich aus der Menge und näherte sich dem königlichen Zelt. Johanna wich ein Stück hinter das Zelt des Hofmedicus zurück. Neugierig spähte sie an der Zeltbahn vorbei und konnte die Reiter in Ruhe betrachten. Den Rittern voran ritten zwei mit Wappen geschmückte Knappen, die Trommeln mit sich führten. Als sie vorüber waren, kamen die edlen Herren. Zwischen den beiden päpstlichen Legaten ritt Anselm. Er war prächtig anzusehen. Auf seinem Mantel prangten zwei große springende Löwen, breite Borten zierten sein Gewand und goldene Ketten wiesen ihn als hohen Würdenträger aus. Er blickte erwartungsvoll auf das Zelt des Königs und gab den Knappen ein Zeichen. Ein Trommelwirbel erfolgte und dann noch einer. Aufgeschreckt von dem ungewohnten Lärm kamen die Menschen aus dem Lager zusammengelaufen. Bartlose Jünglinge, alte Kämpfer, pockennarbige Knechte und aufgeregte Mägde bildeten einen Kreis um das königliche Zelt. Die abendliche Stille war mit einem Schlag vorbei. Kinder drängelten sich durch die wartende Menge und Säuglinge schrien. Jeder schien begierig darauf zu sein, Ottos Botschaft zu hören. Die Pferde der Ritter tänzelten nervös und der Kämmerer mit den gelben Beinlingen kam keuchend gerannt. Zögernd blieb er vor den Reitern stehen und schien nicht zu wissen, mit welchen Worten er sie begrüßen sollte. Eine kräftige Windböe brachte die Fahnen und Gewänder zum Flattern. Kappen und Bänder wurden durch die Luft gewirbelt und die Ritter hatten Mühe, die Pferde ruhig zu halten. Niemand bemerkte, wie sich die Zeltbahn des Königs öffnete.

Der König stand vor der Menge, als wäre er vom Himmel herabgestiegen. Auf seinem blonden Haar funkelte ein breiter Stirnreif und sein schillerndes Gewand reichte bis zum Boden. Er hatte die Arme in die Seiten gestemmt und das Kinn stolz erhoben. Die Menge verstummte, die Ritter sprangen von ihren Pferden und sanken vor ihm in die Knie. Sie lösten hastig ihre Schwertgurte, warfen sie scheppernd in den Staub und senkten demütig die Köpfe.
Johanna wagte kaum zu atmen. Es war ein bedeutender Moment und jeder schien es zu spüren. Die Pferde waren ruhig geworden, die Menschen verstummten und die Kinder sahen mit großen Augen zum König auf. Selbst der Wind hatte nachgelassen und schien dem König Respekt zu zollen.
Johanna war von den Geschehnissen gebannt. Sie bemerkte nicht, dass jemand neben sie trat. Erschrocken fuhr sie zusammen, als eine vertraute Stimme dicht an ihrem Ohr wisperte: »Sie huldigen dem einzig rechtmäßig gesalbten König. Otto hat nachgegeben!«
Mechthild stand neben ihr und lächelte ihr zu. Johanna lächelte zurück und blickte wieder nach vorn. Anselm war nun aufgestanden, nur um nach drei Schritten wieder vor dem König in die Knie zu sinken. Er hatte ein Knie angewinkelt und die Hände darüber gefaltet. Ernst blickte er zu Philipp auf. Anselms Stimme war gut zu hören, als er ausrief: »Erhabener König, mein Herr ist bereit, für ein Jahr die Waffen ruhen zu lassen und sein Heer aufzulösen, wenn ihr dasselbe tut. Zur endgültigen Friedensregelung schickt er seine Gesandten mit den Eurigen nach Rom. Mein Herr nimmt mit Freuden das Herzogtum Schwaben und die Hand Eurer Tochter Beatrix entgegen. Gott segne das Heilige Römische Reich.«
Anselm senkte den Kopf und verharrte regungslos vor dem König. Die Menge schien den Atem anzuhalten und es herrschte eine bedrückende Stille. Erst als Philipp seine Hand ausstreckte, um Anselm aufzuhelfen und ihn in sein Zelt zu führen, brachen die Menschen in Jubel aus. Sie lachten und schrien, ließen König Philipp hochleben und priesen Gott.
Johanna stand wie betäubt da. Es dauerte einen Moment, bis sie begriff, was sie da eben gehört hatte. Der Kampf um die Reichskrone war beendet, doch die kleine Beatrix sollte dafür verheiratet werden.

Sie war erst neun Jahre alt und der Welfe würde sich gedulden müssen, bis sie ihm Kinder schenken konnte. Johanna dachte an das zarte Mädchen, wie es selbstvergessen mit ihrem Hund spielte, über Konrads Lieder lachte und den königlichen Vater grenzenlos verehrte. Einen Vater, der sie für die Reichspolitik opferte, dachte Johanna. Die frohen Rufe ringsherum klangen seltsam verzerrt. Wie aus weiter Ferne hörte sie Mechthild sagen: »Johanna, was hast du denn?«

»Sie werfen Beatrix zum Welfen ins Bett. Er wird sie mit seinen Krallen zerfetzen. Er ist ein löwenköpfiges Ungeheuer und Schlangen zischen um seine Füße.«

»Unsinn. Das sind nur die Träume der Königin. Sie verwirren dich. Prinzessinnen heiraten aus politischen Gründen. Otto ist so gut wie jeder andere. Komm, Arno muss irgendwo zwischen den Soldaten sein.«

Mechthild griff nach Johannas Hand und Johanna ließ sich von ihr durch die Menge ziehen. Ein Ellbogen traf sie in der Magengegend und sie trat einem Kind auf den Fuß.

Plötzlich war es Mechthild, die langsamer wurde. Irgendetwas schien sie zu beschäftigen. Sie blickte zum Zelt des Königs hinüber, vor dem sich Soldaten postiert hatten. Sie sorgt sich um ihren Mann, dachte Johanna und sagte leise: »Otto braucht immer noch kluge Ratgeber. Seine neue Stellung im Reich ist nicht unbedeutend. Er wird Philipps Schwiegersohn. Anselm wird als Ottos Ratgeber nach Braunschweig zurückgehen. Du wirst mit ihm gehen und alles wird so sein wie früher.«

Mechthild schien nicht überzeugt zu sein und Johanna fragte: »Mechthild, was ist nur los mit dir? Wir werden Frieden haben und im Frieden lassen sich doch gute Geschäfte machen?«

»König Philipp hat Feinde, die ihm den Thron neiden. Es gibt Gerüchte über Männer, die sich gegen ihn verschworen haben.«

»Vergiss die Gerüchte. Niemand wird es wagen, Philipp vom Thron zu stürzen. Die Reichsritterschaft steht geschlossen hinter ihm und der Papst in Rom tut es auch.«

Mechthild blickte immer noch auf das königliche Zelt und sah aus, als wäre sie kurz davor, hinüberzugehen. Johanna zupfte an ihrem Ärmel: »Komm mit, ich stell dir Walther von der Vogelweide vor. Er ist ein lustiger und kluger Mann. Er wird dich auf andere Gedanken bringen.«

Mechthild nickte, wirkte jedoch nicht sehr überzeugt. Ihre Gedanken waren ganz woanders.

Etwas hatte eben bedrohlich gewirkt, ganz unterschwellig, und doch war es da gewesen. Etwas hatte das schöne Bild mit dem knienden Anselm vor dem König getrübt. Mit einem Mal fiel es Mechthild ein. Es war das finstere Gesicht des Pfalzgrafen von Wittelsbach gewesen. Es stand ihr nun wieder ganz klar vor Augen. Der junge Pfalzgraf mit den schwarzen, wirren Locken hatte mit den anderen Rittern vor Philipp gekniet. Während Anselms Rede hatte er als Einziger gewagt, den Kopf zu heben und Philipp anzusehen. In seinen dunklen Augen hatte Ablehnung und Unwillen gestanden. Oder war es Hass gewesen? Die blitzenden Augen des Wittelsbachers und sein finsteres Gesicht beunruhigten sie. Der König gab seine Tochter Beatrix einem bedeutenden Mann zur Frau, verheiratete seine Tochter mit seinem mächtigen politischen Gegner und nicht mit einem unwichtigen Pfalzgrafen. Hatte sich der Pfalzgraf an das Versprechen des Königs erinnert? Hatte er in diesem Augenblick begriffen, dass er, ein unbedeutender Vasall des Königs, niemals eine von Philipps Töchtern heiraten würde? Weder Beatrix noch Maria, noch irgendeine andere Tochter. Mechthild fragte sich, ob er nun doch zu den Verschwörern überlaufen würde. Hatte er sich in dem Moment, als Anselm vor dem König kniete, entschieden? Würde er nun mit dem glatzköpfigen Markgrafen gemeinsame Sache machen? Mechthild konnte nichts unternehmen, denn sie war die Frau eines welfentreuen Ratgebers und niemand würde ihr glauben. Sie betrachtete die prächtigen schwarzen Adler auf dem Zelt und ihr kamen Zweifel, ob Friedrich wirklich den Mut gefunden hatte, den König zu warnen. Er hatte Anselms Festtagsmantel und das Schwert mit dem Rubin nicht zurückgeschickt. War Friedrich wirklich so zuverlässig, wie sie all die Jahre geglaubt hatte? Bevor sie Johanna folgte, warf sie noch einen letzten beunruhigten Blick auf das königliche Zelt.

5. KAPITEL

Ein Fremder hinterlässt eine Spur und Philipp entlässt sein Heer

März 1208, in Köln

Mechthild wälzte sich auf die andere Seite. Sie schlief in ihrer alten Kammer und träumte von Friedrich. Er steckte bis zum Hals in einem Schlammloch und rief nach ihr. Plötzlich veränderte sich der Schlamm und wurde zu einem knorrigen Baum. Friedrich hing kopfüber in den Ästen und spuckte Blut. Die Blätter im Baum rauschten, sie wurden bläulich und zu einem Fluss. Der Rhein, dachte Mechthild erleichtert. Die Wellen kräuselten sich und Friedrichs nackte Leiche trieb aufgeschwemmt im Wasser. So ging es nicht weiter. Sie musste endlich aufwachen. Mechthild setzte sich so rasch auf, dass ihr schwindelig wurde.

Den ganzen Winter über hatte sie nicht an Friedrich gedacht. Sie hatte Friedrich im Norden nicht vermisst. Statt im Kontor in Braunschweig über den Geschäftsbüchern zu sitzen, hatte sie die langen frostigen Abende mit Anselm auf dem Lehnshof verbracht. Endlich hatte er Zeit für sie gehabt. Der Frieden war gesichert und Otto brauchte seinen Rat nicht mehr.

So schien es jedenfalls. Doch nach den Tagen der heiligen Christmesse war alles anders geworden. König Otto war in eine tiefe Schwermut gefallen, fing an, mit den Vereinbarungen zu hadern, und ließ nach seinem Ratgeber schicken. Anselm war sofort nach Braunschweig aufgebrochen und hatte die meiste Zeit des neuen Jahres auf der Burg Dankwarderode verbracht. Die wenigen Male, die Anselm zwischendurch bei Mechthild auf dem Lehnshof gewesen war, hatte er über Ottos Launen geklagt. Er hatte berichtet, dass Otto seinen

Verzicht auf die Krone bereute. Otto gefiel die Vorstellung, Philipps Schwiegersohn zu werden, nicht mehr. Er verfluchte Philipp und schwor mit erhobenen Fäusten, alle Versprechen zu brechen. Der Frieden schien auf einmal wieder in Gefahr zu sein. Otto spielte mit dem Gedanken, sein Heer zu vergrößern, statt es, wie ausgehandelt, im Frühjahr aufzulösen. Anselm war so beschäftigt gewesen, dass Mechthild ihre Gebete in St. Martin aufgegeben hatte. Wie sollte sie auch schwanger werden, wenn sie jeden Abend allein verbrachte? So ein Wunder konnte noch nicht einmal die heilige Margareta vollbringen. Sobald das Wetter es zugelassen hatte, war sie nach Köln aufgebrochen. Es war eher eine Flucht gewesen, doch sie hatte es mit den beunruhigenden Nachrichten über den Zustand ihres Vaters begründet. Mein Vater braucht mich in Köln, hatte sie erklärt. Lothar versteht nicht, mit ihm umzugehen, und Elisabeth noch viel weniger. Anselm hatte es gelten lassen.

Mechthild fuhr sich durch ihr zerzaustes Haar und überlegte, ob es schon Zeit war aufzustehen. Im Haus schien es ganz ruhig zu sein. Durch die Fensterläden der Kammer drang kaum Licht und ihr war kalt. Fröstelnd wickelte sie sich in ihre Decke und erinnerte sich plötzlich wieder an ihren Traum. Friedrich hatte tot im Rhein getrieben. Warum hatte sie den ganzen Winter über nichts von Friedrich gehört? Warum erhielt sie keinen Brief, in dem er ihr versicherte, dass es ihm gut ging? Warum schickte er Anselm den Mantel und das Schwert nicht zurück? Es musste etwas passiert sein. Vielleicht war Friedrich in der fraglichen Nacht gar nicht beim König gewesen. Vielleicht hatte Philipp ihn gar nicht fortgeschickt.

Sie starrte auf den dunklen Umriss ihrer Truhe und fragte sich, wo sich in diesem Augenblick wohl der Pfalzgraf von Wittelsbach befand. Hatte er etwas mit Friedrichs Verschwinden zu tun? Es war alles so verwirrend. Verwirrend oder nicht, sie musste etwas unternehmen. Da sie nicht sofort aufbrechen und Friedrich suchen konnte, musste sie eben etwas anderes Sinnvolles tun.

Mechthild warf die Decke von sich, schwang die Füße aus dem Bett und zuckte zusammen, als ihre nackten Sohlen den kalten Boden berührten. Wenn sie schon nicht mehr schlafen konnte, so wollte sie wenigstens etwas Besseres tun als grübeln. Alle schliefen noch. Sie würde die Zeit bis zum Morgen damit verbringen, sich im Kontor nützlich zu machen.

Eine halbe Stunde später stand Mechthild allein im viel zu kühlen Kontor. Sie hatte damit begonnen, im schwachen Licht der Öllampe die voll geschriebenen und unbrauchbaren Wachstäfelchen abzukratzen. Das abgeschabte Wachs war über das ganze Pult verstreut. Wachsbröckchen hatten sich in ihren Haaren verfangen und klebten an ihrem Ärmel. Die kleinen Wachstafeln lagen zu einem Turm aufgestapelt neben ihr. Immer wenn sie mit einem Täfelchen fertig war, warf sie es in eine Kiste und griff nach dem nächsten. Später würden sie mit neuem Wachs beträufelt werden. Sie waren dann bereit, neue Notizen aufzunehmen: Berechnungen, Zahlenreihen und Warenlisten. Jeder Kaufmann trug seine Wachstafel und den Griffel am Gürtel. Wenn er ohne Wachstafel aus dem Haus ging, dann war das ein schlechtes Zeichen.

Ihr Vater ging überhaupt nicht mehr aus dem Haus. Das Alter setzte ihm zu. Seine Hände zitterten unkontrolliert und er überließ die Geschäfte fast vollständig seinem Sohn. Mechthild war sehr erschrocken gewesen, als sie in Köln eingetroffen waren. Ihr Vater schien ihr während eines Winters um Jahre gealtert. Sein Haar war ihm ausgefallen und sein Gang war gebeugt. Immer wieder vergaß er Dinge und behauptete, niemand hätte sie ihm mitgeteilt. Im Haus Cleingedank schien der Winter trostlos gewesen zu sein. Noch bevor die Herbststürme eingesetzt hatten, hatten sie Heinrich nach London und Wilhelm nach Genua in die Lehre gegeben. Mechthild kam das Haus ohne sie seltsam still vor. Hätte sie nicht Brian mitgebracht, wäre die Stille noch unerträglicher gewesen.

Das kleine Messer machte beim Schaben ein unangenehmes Geräusch. Mechthild pustete die Wachsstückchen vom Pult und knallte die fertige Tafel in die Kiste. Das nächste Täfelchen trug Friedrichs Handschrift. Sie zögerte einen Augenblick, bevor sie das Schabemesser ansetzte. Doch es waren nur veraltete Zahlen von längst abgeschlossenen Geschäften.

Endlich, die letzte Wachstafel. Sie begann zu kratzen und dachte daran, dass ihr Vater ihre Ankunft kaum zur Kenntnis genommen hatte. Er lebte in seiner eigenen Welt. Sein fast kahler Kopf bewegte sich unablässig hin und her. Es sah aus, als würde er über die Zustände um ihn herum sorgenvoll den Kopf schütteln. Mechthild hatte schnell begriffen, dass sie nichts für ihn tun konnte, und sich in die Arbeit gestürzt. Lothar schienen die Cleingedank'schen Geschäfte über den Kopf zu wachsen und er wirkte erleichtert, dass sie ihn unterstützte.

Sie nahm eine frische Wachstafel und verzeichnete zufrieden die wertvollen Samt- und Seidenstoffe, die ein provenzalischer Händler ihr unten am Rhein angeboten hatte. Er hatte einen niedrigen Preis verlangt, da er dringend wieder nach Hause wollte. Es waren genau die Stoffe, die bei einer Kaiserkrönung gefragt waren. Hofdamen, Pagen und Knappen konnten mit ihnen aufs Prächtigste eingekleidet werden. Diese Stoffe hatten sie trotz des guten Preises ein Vermögen gekostet. Fast das gesamte ungebundene Kapital der Cleingedanks war dafür ausgegeben worden. Lothar hatte sich von ihrer Begeisterung anstecken lassen. Ihr Vater hatte nur müde gelächelt und seine Unterschrift unter den Vertrag gesetzt, ohne ihn zu lesen. Nun lag dieser Schatz, unter Tüchern sicher versteckt, in den Lagerräumen. Er wartete nur darauf, dass es Frühling werden würde und sie zu Philipps Tross aufbrechen konnte. Die Hofdamen würden ihr die kostbaren Stoffe aus den Händen reißen. Johanna hatte Recht: In Friedenszeiten ließen sich gute Geschäfte machen.

Der intensive Geruch nach zu lange gekochtem Fisch drang plötzlich in ihre Nase. Schon wieder Fastentag und es gab sogar Fisch zum Frühstück. Dabei konnte sie gekochten Fisch in Salbei nicht ausstehen. Mechthild schüttelte sich das Wachs aus den Haaren und lief zum Essen hinunter.

Kurz darauf knabberte sie an einem Stück Brot und versuchte, den Geruch zu ignorieren. Allen anderen schien es zu schmecken. Rudolf Cleingedank kaute langsam und bedächtig, während seine Schwiegertochter sich einen Bissen nach dem anderen hineinschaufelte. Elisabeth schluckte kaum, bevor sie schon wieder anfing zu sprechen: »Heinrichs letzter Brief aus London kam vor dem heiligen Fest. Ist er vielleicht krank?«

»Heinrich ist nur schreibfaul«, erklärte Lothar unwirsch und Elisabeth warf ihm einen verärgerten Blick zu.

Der Fisch starrt mich an, dachte Mechthild empört. Der tote Fisch in Salbeisoße wirkte plötzlich sehr lebendig. Sein glänzendes schwarzes

Auge war genau auf sie gerichtet. Widerlich, warum schien es nur noch Fastentage zu geben? Ach, was würde sie für ein süßsaures Ferkelchen in Ingwer geben. Sie würde es keinen Tag länger in diesem Haus aushalten. Worauf wartete sie denn noch? Das Wetter war milder geworden und die guten Stoffe wurden durch die Lagerung nicht besser. Erst gestern hatte sie gehört, dass der Hof die Festung Trifels bald verlassen würde. Der König würde durch das Reich reisen und seine Krönung vorantreiben. Sie würde zur Stelle sein und ihm die passenden Stoffe anbieten. Sie suchte den Blick ihres Bruders und sagte: »Wirst du mich zum König begleiten? Ich plane, Geschäfte mit ihm zu machen.«
Lothar schüttelte den Kopf: »Vater braucht mich hier. Geschäfte? Warum gehst du nicht zurück nach Braunschweig? Dort warten die Geschäfte, denen du dich widmen solltest.«
»Ich hoffe, auch etwas über Friedrich zu erfahren. Vielleicht kann ich herausfinden, was passiert ist. Niemand verschwindet einfach, ohne Spuren zu hinterlassen.«
Elisabeth runzelte die Stirn und wollte etwas sagen, doch Lothar kam ihr zuvor: »Jeder erfahrene Kaufmann weiß, dass Menschen genauso spurlos verschwinden können wie Warenladungen. Schnell ist jemand im Fluss versenkt oder ins Moor gestoßen.«
»Ich werde mich nicht damit abfinden, bis …«, Mechthild stockte. Sie konnte an ihren Gesichtern ablesen, dass sie im Kopf ergänzten … bis seine Leiche gefunden wurde.
Eine beklemmende Stille breitete sich aus. Mechthild holte tief Luft. Sie beschloss, auch ohne Lothar zum Hof des Königs zu reisen und Brian mitzunehmen. Alles war besser für ihn, als in der Küche zu schlafen und von seiner Tante schikaniert zu werden. Es würde bald Frühling werden. Der Handel erwachte und die Aussicht auf ein gutes Geschäft würde ihren Bruder schon überzeugen. Sie räusperte sich und sagte: »Dann werde ich allein zu Philipps Hof reisen.«
Ein lauer Luftzug kam durch das Fenster. Er kam wie von Zauberhand genau im richtigen Augenblick, eine erste milde Frühlingsbrise. Ihr Vater musste es auch gespürt haben, denn er schien plötzlich zu erwachen. Seine Hände hörten auf zu zittern. Er beugte sich interessiert vor und fragte: »Ist ein gutes Geschäft zu erwarten? Wünscht der König wieder diesen vorzüglichen Wein aus der Lombardei?«

»Ich weiß es nicht. Aber es liegt eine große Warenladung im Lagerraum. Hinter den Weinfässern sind die prächtigsten Seiden und Samtstoffe verborgen. Gerade richtig für eine Kaiserkrönung. Erinnerst du dich? Du warst einverstanden, dass ich sie gegen den Erlös vom Verkauf der Grundstücke …«
Das Zittern setzte wieder ein und ihr Vater rief aufgebracht: »Was? Wovon redest du? Bist du von Sinnen? Samtstoffe? Seit wann handeln wir mit so einem Tand? Womöglich noch Goldborten und Sticktücher. Wie für ein Hurenhaus! Wir Cleingedanks sind ehrwürdige Kaufleute. Wir handeln nur mit Tuchen aus Flandern. Rein und weiß.«
Der Fisch zwischen den Salbeiblättern blinzelte Mechthild schadenfroh an. Freu dich nicht zu früh, dachte Mechthild. Ruhig sagte sie: »Du warst einverstanden und ich bin sicher, wir werden viel mehr damit verdienen als mit Wein.«
Ihr Vater runzelte verärgert die Brauen, sagte jedoch nichts. Auch der Fisch blieb stumm, obwohl Mechthild sich sicher war, dass er sie missbilligend musterte.
Elisabeth übertraf ihn dabei noch, entsetzt flüsterte sie: »Ihr wollt mit Hurenstoffen handeln? Das ist Teufelswerk.«
»Es sind südfranzösischen Stoffe und kein Teufelswerk. Aus den besten Werkstätten. Unübertrefflich gearbeitet.«
Der Fisch grinste spöttisch. Was verstehst du schon davon, dachte Mechthild verärgert.

Ein paar Tage später war Martha im Küchentrakt des Kaufmannshauses sehr beschäftigt. Sie schichtete Leinenwäsche in einen Bottich und übergoss sie mit Aschenlauge. Mechthild saß auf der Küchenbank und sah dabei zu. Sie hatte den ganzen Morgen versucht, die alte Magd davon zu überzeugen, dass sie unbedingt mitreisen musste. Doch Martha wollte nicht reisen. Die Reise von Braunschweig nach Köln war anstrengend gewesen. Ihre alten Knochen wurden müde und der harte Winter hatte ihren Gelenken nicht gut getan. Sie bat darum, dass jemand Jüngeres Mechthild zum Tross des Königs begleiten sollte. Das Haus wimmelte doch nur so vor jungen Dingern, die noch viele Winter vor sich hatten.

Mechthild wollte nicht irgendeine unerfahrene Magd mitnehmen. Sie wollte Martha.
Martha ging zum nächsten Bottich, in dem die Wäsche schon seit gestern eingeweicht war, und schöpfte die Aschelauge ab: »Die Lauge ist mir gut gelungen. Wenn sie zu früh angesetzt wird, färbt sie die Wäsche grau. Es ist Asche aus gutem Buchenholz. Getrocknet gehören die Reste in den Garten, dann bringt's reiche Früchte. Leider hält die Hamburgerin nichts davon. Sie weiß ja alles besser.«
Mechthild drehte nachdenklich das Schlagholz in der Hand. Solange sie zurückdenken konnte, gab es dieses Holzbrett zum Ausprügeln der Wäsche. Der Griff war von Hunderten fleißigen Händen blank gerieben worden. Als kleines Mädchen hatte sie die Waschtage im Frühjahr geliebt. Überall standen Zuber, Eimer und Bottiche herum. Es dampfte und blubberte geheimnisvoll. Jeder musste mit anpacken. Niemand hatte Zeit, ein Kind zu ermahnen, selbst Tante Herrad nicht. Oft war Mechthild mit den Mägden zum Rhein hinuntergelaufen, wenn an der Waschstelle die Lauge aus der Wäsche gespült wurde. Sie war zwischen ihnen herumgehüpft und hatte in ihre Waschlieder eingestimmt. Doch die Waschtage hatten ihren Zauber verloren, seit sie selbst Hausfrau war. Die Mägde bekamen im kalten Wasser blau gefrorene Hände und von der Lauge juckende Ausschläge. Waschtage kosteten viel Schweiß, brachten Rückenschmerzen und Seitenstechen. Prüfend betrachtete sie Martha und sagte: »Wenn du bei Elisabeth bleibst, dann wird sie dich weiter zur Arbeit antreiben. Du ärgerst dich doch nur über sie. Komm mit. Anselm wird in wenigen Wochen mit Ottos wohlgefälligen Grüßen zu Philipp aufbrechen. Erst gestern erreichte mich sein Brief. Anselm wird nach Aachen kommen. Dort wird Philipp weilen und wir werden ebenfalls dort sein. Es wird Anselm einige Mühe bereitet haben, Otto zu brüderlichen Friedensgrüßen zu veranlassen. Unser Anselm wird erschöpft sein und sich freuen, dich zu sehen. Du munterst ihn auf und bist die Einzige, die seine Ingwersoße genau richtig zubereitet.«
Martha sah immer noch skeptisch aus und Mechthild erklärte feierlich: »Wir werden dich behandeln wie eine Dame. Wir nehmen Truda mit fürs Grobe und du darfst dich ausruhen. Wirst verwöhnt

mit Ingwerplätzchen und Kräuterbier. Darfst ausschlafen und dir mit Stickerei die Zeit vertreiben.«

Martha blickte auf und lachte vergnügt: »Ausschlafen? Ich darf wirklich ausschlafen? Truda holt morgens das Wasser und macht Feuer?«

»Versprochen, fest versprochen. Ich schwör's beim Rad der heiligen Katharina.«

»Mhm, wenn ich die große Dame spielen darf, begleite ich Euch.«

Erleichtert verließ Mechthild die Küche. Martha würde auf dem Weg nach Aachen zuverlässig wie ein Wachhund über die Samt- und Seidenstoffe wachen. Sie wusste am besten, wie man sie vor Feuchtigkeit, Ungeziefer und Liegefalten schützte. Keiner kannte sich so gut mit Tuch aus wie Martha. Mechthild konnte sicher sein, dass ihre wertvollen Stoffe die Königspfalz in Aachen unbeschadet erreichen würden.

März 1208, auf der Burg Trifels

Johanna lag vor sich hin träumend im Badezuber. Sie träumte mit offenen Augen von Konrad und wollte alles andere ringsherum vergessen. Gerade hatte die Magd heißes Wasser nachgegossen. Getrocknete Blütenblätter schwammen auf dem Wasser. Das wohlig warme Gefühl war Johanna nicht lange vergönnt, denn die dicke Gieselberta kam mit ihrem Es-ist-furchtbar-dringend-Gesicht ins Badehaus gestürmt. Nicht schon wieder, dachte Johanna verärgert. Es war immer furchtbar dringend, nie hatte sie eine ruhige Minute für sich. Wenigstens das Frühjahrsbad wollte sie in Ruhe genießen. Sie wollte zusehen, wie der heiße Dampf im Backhaus aufstieg und die Luft erfüllte. Ihre müden Glieder sollten nach dem harten, langen Winter durchgewärmt werden. Doch daraus würde wohl nichts werden.

Gieselbertas fleischige Hände ruderten durch die Luft. Ihre Körpermassen füllten den ganzen Raum und die Fettringe am Hals wackelten, als sie losbrüllte: »Dame Johanna, Dame Johanna! Ihr müsst sofort kommen!«

Sie rutschte ein Stück tiefer in den Zuber hinein. Ihre Ohren waren nun unter Wasser und sie musste das Kinn recken, um die Nase oben zu behalten. Ihre Haare breiteten sich auf dem Wasser aus. Blütenblätter blieben darin hängen. Gieselbertas Gesicht war nur noch eine wabernde Masse, in der sich der kleine runde Mund unaufhörlich bewegte. Johanna hörte nur ein dumpfes Dröhnen in ihrem Kopf. Das taube Gebrumm erschwerte das Denken. Es warf einen undurchdringlichen Vorhang vor Gieselbertas Wortschwall. Träge bewegte Johanna ihren Kopf. Es blubberte. Gieselbertas Mund bewegte sich unablässig. Sie füllte den Raum mit Worten, die mit dem Dampf durch das Badehaus zogen.

Johanna überlegte schläfrig, was es diesmal sein könnte. Warum musste sie sofort kommen? Es könnte der neue Scholar sein, der sich ständig über die Prinzessinnen beschwerte und den nur Johanna beruhigen konnte. Der junge Scholar aus Paris musste bleiben, denn Beatrix mochte ihn. War es nicht unerlässlich, dass eine Prinzessin mit einer guten Ausbildung in die Ehe geschickt wurde? Schließlich würde sie bald hohe Kirchenfürsten und mächtige Herrscher treffen. Den ganzen Winter über hatte Johanna darauf gedrängt, dass Beatrix statt des Hundes ihre Schreibtafel auf dem Schoß hielt.

Vielleicht hatte die Königin auch wieder Kopfschmerzen, Unwohlsein oder böse Träume und benötigte die heilende Kraft ihrer Hände. Die dunklen, muffigen Räume der Festung Trifels verschlimmerten ihr Leiden. Die Königin saß gebeugt über dem Stickrahmen und machte Stunde um Stunde winzige Stiche. Wenn sie doch endlich wieder auf die Jagd gehen könnte. Dieser elende Winter! Er hatte Krankheit, Leid und Tod gebracht. Das tat der Winter immer, doch dieser war besonders schlimm gewesen.

Johannas Haare schaukelten und das dumpfe Dröhnen in ihrem Kopf wurde stärker. Sie hob endlich ihren Kopf aus dem Wasser. Das nasse Haar platschte auf ihren Rücken. Benommen blickte sie Gieselberta an, die empört nach Luft schnappte: »Ihr habt mir gar nicht zugehört! Ich hatte Euch gewarnt, Baden verweichlicht und weckt sündige Gedanken. Beeilt Euch endlich!«

Gieselbertas Stimme kam Johanna schrill und scheppernd vor. Sie hielt den Kopf schräg und klopfte erst gegen das eine und dann gegen das andere Ohr. Etwas Kaltes schaukelte darin herum und blubberte. Gieselberta rief aufgebracht: »Das dauert viel zu lange.«

»Ich komme ja!«, rief Johanna und beeilte sich, aus dem Zuber zu steigen. Tropfnass und frierend blickte sie sich zitternd um. Wo war nur das Tuch, das die Magd über dem Feuer erwärmt hatte? Schlotternd vor Kälte stieg sie aus dem Zuber. Gieselberta streifte ihr das Unterkleid über die noch feuchte Haut und zerrte sie mit sich. Johanna blickte sich um, doch dann verzichtete sie auf das Oberkleid und den Gürtel. Als sie über den Burgplatz rannten, klatschte ihr das nasse Haar schwer auf den Rücken. Es war kühl und ihr Atem bildete in der kalten Luft weiße Schleier. Dame Gieselberta keuchte und packte Johannas Arm: »Beeilt Euch. Sie stirbt. Nur Ihr könnt sie retten.«

Johanna wollte etwas sagen, doch sie wurde grob durch eine Tür geschoben.

Gieselberta stieß sie wie eine Beute vor sich her. So gelangten sie in die Frauengemächer und in das Schlafgemach der Königin.

Ein seltsamer Geruch lag in der Luft. Der Raum war voller Menschen. Dicke Kerzen brannten in dem mit Vorhängen verhängten Raum und warfen ihr Licht auf die byzantinischen Heiligenbilder. Die dicke Gieselberta bahne sich einen Weg durch die schweigende Menge, schubste jeden zur Seite und rief: »Lasst Dame Johanna durch. Lasst sie doch durch!«

Ritter, Hofdamen, Pagen und Mägde wichen zurück. Der junge Scholar hielt die weinende Maria an der Hand. Fatma kauerte vor Meister Jacobus und bedeckte ihr Gesicht mit den Händen. Der Marschall, der Truchsess und der Kämmerer bildeten einen Halbkreis um den König. Philipp kniete mit geschlossenen Augen am Bett und wirkte wie erstarrt. Die Königin kam auf Johanna zugestürzt. Die tiefschwarzen Haare hingen strähnig um ihr bleiches Gesicht. Ihre Schwangerschaft war nun trotz des weiten Oberkleides deutlich zu sehen. Sie braucht dringend Ruhe, dachte Johanna besorgt. Was taten all diese Leute hier? Die Königin schrie verzweifelt: »Ihr müsst mein Kind retten. Der alte Medicus hat sie vergiftet. Mein Kind, meinen süßesten Schatz! Im Sommer sollte sie den Brautschleier nehmen und dem Reich Frieden bringen. Nun nimmt sie den Totenschleier und ruht in ewigem Frieden. Eine Hustenmedizin aus Thymian wollte er mischen, nur einen harmlosen Saft, und nun stirbt sie!«

Heilige Jungfrau, steh uns bei, dachte Johanna erschrocken. Konrads schlimmste Befürchtungen waren eingetreten. Das schwindende Augenlicht des Meisters hatte ein Unglück heraufbeschworen. Ausgerechnet die kleine Prinzessin!

Beatrix lag ausgestreckt auf dem Bett. Sie war sehr blass und hatte bläulich schimmernde Lippen. Johanna tastete den dünnen Körper ab und zog vorsichtig ein Augenlid hoch: »Sie ist nicht tot! Ihre Säfte fließen nur ganz langsam. Manche Pflanzen bewirken diesen todesähnlichen Schlaf. Was war das für eine Mischung?«

Ihren Worten folgte ein erleichtertes Aufatmen, das den ganzen Raum zu durchströmen schien. Ein kleiner Page hielt ihr einen leeren Becher hin. Johanna roch daran. Eine erwartungsvolle Stille breitete sich aus. Der König erhob sich und bekreuzigte sich. Johanna atmete aus: »Sie braucht ein Gegengift. Scordeon, Satirion und Centaurea. Meister Jacobus, habt Ihr noch einen Vorrat?«

»Der Greis wird nichts mehr mischen, was ihre Lippen berührt!«, protestierte die Königin.

Johanna wandte sich zu ihr um: »Edle Dame, bedenkt: Wir dürfen keine Zeit verlieren. Meister Jacobus muss die rettenden Kräuter mischen.«

»Meister Konrad kann Heiltrunk bereiten. Ich ihn holen«, warf Fatma schüchtern ein.

Johanna sah sie erstaunt an. Warum hatte niemand daran gedacht, Konrad zu holen? Hinter ihr zischte Gieselberta: »Gott steh uns bei! Der Mann ist ein gottloser Heide!«

Johanna warf dem König einen fragenden Blick zu. Als Philipp leicht mit dem Kopf nickte und so sein Einverständnis bekundete, rief sie: »Fatma, hol Meister Konradus, schnell! Meine Hände werden den Lebensfunken wach halten, bis das Gegengift kommt. Schickt die Leute hinaus! Ich brauche unbedingte Ruhe.«

Fatma sprang auf und rannte los. Johanna beugte sich über das tief schlafende Kind. Der Marschall und seine Männer trieben die Leute hinaus und der König flüsterte: »Könnt Ihr meine Tochter retten?«

»So Gott will!«, gab Johanna leise zurück.

Die Königin sank neben ihr auf die Knie und wischte ihrer Tochter die Stirn.

Johanna konzentrierte sich auf die schwindenden Lebenszeichen des Mädchens. Es kostete sie all ihre Kräfte. Das Klopfen des kleinen Herzens pulsierte in ihrem Kopf. Sie suchte nach dem Fließen von Säften, dem strömenden Rhythmus des Lebens. Das Pulsieren verstärkte sich zu einer gleichmäßigen Melodie. Das Blut pochte in den Adern des Kindes und sein Atem wehte durch den schmalen Körper. Johanna lauschte in sich hinein. Sie hörte nicht, dass der König neben ihr kniete und betete. Sie bemerkte nicht, dass die Königin die Hand ihrer Tochter umklammert hielt. Johanna sah nicht, wie Fatma und Konrad hereinkamen. Erst als ihr Konrad sanft eine Hand auf die Schulter legte, löste sie sich von Beatrix und öffnete die Augen.
Erschöpft sah Johanna zu, wie Konrad den Kopf des Mädchens vorsichtig anhob und ihr einen Becher an die Lippen hielt. Die Flüssigkeit rann ihr in zwei dünnen Bächen über das Kinn. Nach einem endlos scheinenden Augenblick schluckte das Mädchen endlich. Als der Becher leer war, warteten sie schweigend. Nichts geschah. In der folgenden Stunde wurde das Schlafgemach von den verschiedenen Gebeten erfüllt. Der König betete nach der Art der römischen Kirche. Die Königin nach den Formen der Ostkirche. Meister Jacobus betete zu Jehova und Fatma zu Allah. Johanna rief die heilige Katharina an. Die heilige Katharina machte ihre Sache anscheinend sehr gut, denn als die Kerzen fast heruntergebrannt waren, schlug Beatrix die Augen auf und sah sich verwirrt um: »Warum macht ihr alle so ernste Gesichter? Seid ihr böse auf mich, weil ich den Unterricht versäumt habe?«
Ehe jemand etwas erwidern konnte, beugte sie sich vor und begann zu würgen. Sie erbrach den grünlich gelben Inhalt mehrerer Becher der verschiedensten Kräutermischungen. Obwohl der Gestank furchtbar war, sahen alle Anwesenden sehr erleichtert aus.
Konrad hielt ihren Kopf. Als Beatrix sich hustend zurücklehnte, wischte Johanna ihr mit ihrem Untergewand das Gesicht und sagte leise: »Das wird gleich besser. Meister Konradus hat das Gift hervorgebracht.«
Gieselberta schnaufte abfällig. Der König erhob sich. Alle sahen ihn an und warteten gespannt darauf, was er tun würde. Philipp löste rasch seinen mit bunten Edelsteinen geschmückten, schmalen Gürtel und reichte ihn Konrad. Mit einem Seitenblick auf Gieselberta erklär-

te der König: »Meister Konradus hat meiner Tochter das Leben gerettet. Zu welchem Gott er auch betet, ab heute soll ihn jeder ehren und niemand mehr einen Heiden schimpfen.«
Konrad verbeugte sich und sagte leise: »Meine Treue und Dankbarkeit sind Euch sicher, mein König. Eure Tochter braucht jetzt vor allem Ruhe. Seht, hoher Herr: Sie schläft bereits.«
Beatrix' Augen hatten zu flackern begonnen und waren dann zugefallen. Ihr Atem ging nun ganz ruhig. Der König nickte, griff nach dem Arm der Königin und führte sie behutsam aus dem Schlafgemach. Gieselberta warf Fatmas Rücken einen finsteren Blick zu und folgte ihr und Meister Jacobus unwillig nach draußen.
Als sie mit dem schlafenden Mädchen allein waren, drehte Konrad den prächtigen Gürtel nachdenklich zwischen den Fingern. Nach einer Weile flüsterte er: »Das Geschenk des Königs gebührt dir ebenso wie mir. Ohne deine Heilkraft wären meine Kräuter zu spät gekommen. Meine medizinischen Kenntnisse aus dem Morgenland und deine heilenden Hände ergänzen sich auf wunderbare Weise. Wir beide sollten für immer zusammenbleiben. Du solltest darüber nachdenken.«
Er wollte ihr den Gürtel reichen. Plötzlich hielt er inne und musterte ihr fleckiges Unterkleid und ihr feuchtes Haar, schmunzelnd fügte er hinzu: »Willst du dich vielleicht lieber fertig ankleiden, bevor du mir eine Antwort gibst?«
Johanna spürte, wie sie errötete, und kreuzte hastig die Arme vor der Brust.
Während sie zum Badehaus zurücklief, fragte sie sich, ob er ihr gerade einen Heiratsantrag gemacht hatte oder nicht.

April 1208, in Aachen

Ein paar Tage später stand Mechthild vor den mächtigen Türmen der Aachener Pfalz und ärgerte sich. Philipps lästiger Kämmerer weigerte sich hartnäckig, sie mit ihren edlen Stoffen zum König vorzulassen. Breitbeinig stand er auf dem überfüllten Platz. Die Menschen in der Schlange wurden langsam ungeduldig. Sie wollten alle zum König.

Unruhig scharrten sie mit den Füßen und flüsterten. Schließlich bat Mechthild darum, zur Königin vorgelassen zu werden. Sie erwähnte die Namen der Hofdamen und nannte sie ihre Freundinnen. Der Kämmerer schüttelte den Kopf und murmelte etwas von festen Lieferanten.

Mechthild war empört. Sie stemmte die Fäuste in die Hüften und rief: »Wieso feste Lieferanten? Meine Ware ist unübertrefflich. Die Königin soll sich selbst davon überzeugen. Lasst mich endlich zu ihr.«

Der Kämmerer schüttelte wieder den Kopf und winkte einen kleinen dicken Händler mit Elfenbeinfiguren durch. Die Schlange vor der Pfalz rückte auf. Die Wartenden drängten Mechthild einfach zur Seite. Sie trat dem Knecht aus dem Gasthaus auf die Füße. Der arme Mann hatte die schwere Truhe mit den Stoffen von dort hierher geschleift. Brian hockte mit schaukelnden Beinen auf der Truhe und fragte: »Gehen wir jetzt endlich?«

»Nein, wir warten hier. Wir bleiben, bis sie uns zur Königin lassen. Und wenn ich mich den ganzen Tag immer wieder hinten anstellen muss.«

Brian verzog das Gesicht. Plötzlich wurde die wartende Menge unruhig. Eine Gruppe kam mit Fahnen und Löwenbannern in den Hof geritten.

»Die Gesandten aus Braunschweig«, schrie der Gewürzhändler.

»Endlich Nachricht aus Braunschweig. Der Welfe löst sein Heer auf«, sagte der Kämmerer zufrieden.

»Seht den Blonden mit den goldenen Ketten.« Der pockennarbige Goldschmied zeigte bewundernd auf einen der Männer.

»Das ist mein Mann«, sagte Mechthild stolz. Der Kämmerer sah sie ungläubig an. Ja, da staunst du, dachte sie triumphierend. Sie beugte sich zu Brian und flüsterte: »Lauf zu Anselm. Sag ihm, er muss mir helfen.«

Brian rannte los.

Anselm stieg vom Pferd und begleitete den Jungen zu der Schlange wartender Händler. Der Kämmerer verbeugte sich höflich: »Hoher Herr, seid gegrüßt. Möge der Allmächtige die Wege segnen, auf denen Ihr wandelt. Ich werde sofort dem König von Euer Ankunft berichten lassen.«

Anselm nickte kurz in seine Richtung, dann erkannte er Mechthild und strahlte über das ganze Gesicht. Mechthild grinste ihn an: »Du kommst genau im richtigen Moment! Der da will mich mit meinen Stoffen nicht zur Königin lassen.«
»Meine Frau ...«, begann Anselm und strich sich eine Strähne aus der Stirn. Der Kämmerer unterbrach ihn hastig: »Aber natürlich. Selbstverständlich bringe ich Eure Frau sofort in die Frauengemächer. Es war alles nur ein Missverständnis. Folgt mir, hohe Dame. Hier entlang.«
Anselm zwinkerte ihr belustigt zu und ging langsam zurück zu seinem Pferd. Mechthild blickte ihm nach. Er sieht wirklich prächtig aus, dachte sie stolz. Der bestickte Mantel musste neu sein. Sie hatte ihn noch nie an ihm gesehen. Die dunkelblaue Farbe stand ihm vorzüglich und brachte seine blauen Augen zum Funkeln. Sie hatte schon ganz vergessen, wie wunderschön seine Augen waren. Sie nahm sich vor, ihn diesmal nicht ohne Abschied ziehen zu lassen.
Der Kämmerer winkte seinem Edelknappen. Mit mürrischem Gesicht half der pickelige Jüngling dem Knecht, die schwere Truhe die Treppe hinauf zu den Gemächern der Königin zu schleppen.

Am Abend saß Mechthild mit Brian in der Schankstube des Gasthofes »Zum Reisenden Kölner«. Sie hatte den teuersten Wein bestellt, denn es gab Grund zum Feiern. Die schönen Stoffe waren ein voller Erfolg gewesen. Die Königin war nicht allein gewesen, sondern eine Schar aufgeregter Hofdamen hatte sich auf den Inhalt der Truhe gestürzt und vor Entzücken kleine Schreie ausgestoßen. Die Samtstoffe waren zärtlich gestreichelt worden, viele Fingerspitzen waren über die glänzenden Borten gefahren und hatten die knisternde Seide berührt. Dame Johanna hatte Mechthild verschwörerisch zugelächelt und die Qualität der Stoffe gelobt. Die Königin hatte schließlich fast die Hälfte der Stoffe gekauft und der Kämmerer hatte widerstrebend die Silbermünzen in Mechthilds offene Hand fallen lassen. Die Königin hatte sie aufgefordert, ihr im Sommer noch prächtigere Stoffe vorzuführen. Zur Hochzeit ihrer Nichte in Bamberg würden die heute erworbenen Stoffe reichen, aber es wäre Zeit, an die Krönung in Rom zu denken. Spätestens im Juni sollten die Krönungsmäntel begonnen

werden. Mechthild solle zusehen, ob sie nicht Hermeline und Zobel für die Fütterung liefern könne. Mechthild hatte beteuert, dass sie ihr Bestes tun werde, und war von Johanna hinausbegleitet worden.
Den ganzen Nachmittag hatte Martha damit zugebracht, die zerwühlten Stoffe auszuklopfen und wieder zusammenzulegen, und dabei zufrieden gesummt. Arno war inzwischen aufgetaucht und hatte ihr dabei zugesehen. Er unterhielt Martha mit Zoten aus den Aachener Bädern. Ihr Kichern hatte Mechthild bei der Buchführung gestört. Doch um die Finanzen stand es so gut, dass nichts ihre gute Laune beeinträchtigen konnte.
Die Schankstube füllte sich. Brian stellte sich auf die Bank, um die Ankommenden besser beobachten zu können: »Da sind Arno und Sigmar. Hier sind wir.« Brian winkte aufgeregt und wäre fast von der Bank gekippt.
Endlich hatten die beiden ihn bemerkt und kamen zu ihrem Tisch. Arno ließ sich auf die Bank fallen und stöhnte: »Was für ein Tag. Ich bin so viel gerannt, dass meine Füße keinen Schritt mehr machen können. Arno hol dies, Arno such das. Verzeiht, aber es herrscht seit der Ankunft der Gesandten eine große Aufregung. Anselm kommt später. Er wurde noch aufgehalten.«
Mechthild war ein bisschen enttäuscht, doch sie wies freundlich auf den teuren Wein. Arno lehnte dankend ab und wischte sich über die glänzende Stirn. Der andere junge Mann setzte sich ungehörig nah zu Mechthild. Seine Schulter berührte ihren Arm und sein warmer Atem streifte ihr Gesicht: »Darf ich den Wein kosten? Achtet nicht auf ihn. Arno denkt, dass nur er gescheucht wird und wir Knappen den ganzen Tag herumhängen und würfeln.«
Mechthild überlegte, woher sie den jungen Mann mit den frechen Augen kannte. Wie hatte Brian ihn noch genannt? Als er seine Lippen an den Becher setzte und ihr zublinzelte, fiel es ihr wieder ein: Sigmar. Sie hatte ihn im letzten Frühjahr zusammen mit Arno gesehen. Da hatte er oft bedrückt gewirkt, nun schien er ihr locker und unbeschwert. Er kam ein bisschen zu nah, als er erklärte: »Ich bin Sigmar. Ich bin Knappe beim Pfalzgrafen von Wittelsbach.«
Mechthild rückte von ihm ab und dachte an den jähzornigen Ritter, der den König aus hasserfüllten Augen angestarrt hatte. Sie saß neben

dem Knappen eines Mannes, der vielleicht längst mit den Verschwörern gegen Philipp gemeinsame Sache machte. Nachdenklich fragte sie: »Weißt du, ob dein Herr in letzter Zeit hohen Besuch empfangen hat oder einen mächtigen Reichsfürsten aufgesucht hat?«

»Wie kommt Ihr denn darauf? Er hatte wieder eine seiner reumütigen Phasen. Dann besinnt er sich auf all seine Sünden und sucht das Kloster Ebrach auf. Mein Herr verbringt dort bei den Mönchen fastend und betend in einem Büßergewand ein paar Wochen. Ich muss in der Klosterküche helfen und ärgere ein bisschen die Novizen. Am Ende bekommen die Mönche eine großzügige Spende. Dann ist alles wie vorher. So lange, bis mein Herr wieder von seinen Sünden gepeinigt wird. Es ist immer dasselbe.«

Mechthild biss nachdenklich auf ihrer Unterlippe herum. Sie war etwas überrascht über die Besuche des Pfalzgrafen im Kloster. Sie hatte ihn für einen Mann gehalten, der sich nicht viel um sein Seelenheil sorgte. Anscheinend hatte sie sich getäuscht.

Sigmar rückte wieder näher. Er legte seine Hand auf ihren Arm und flüsterte: »Sagt, plant Ihr, in Aachen zu verweilen?«

Mechthild schüttelte seine Hand ab: »Es wäre dumm, es nicht zu tun. Das Aachener Tuch ist von einzigartiger Qualität, denn sie verwenden das Thermalwasser zum Walken. Es soll in der Stadt auch tüchtige Waidhändler geben.«

In diesem Augenblick kamen Musikanten in den Schankraum. Eine Frau sprang auf einen Tisch. Sie begann, sich anmutig zur Musik zu bewegen. Die anwesenden Kaufmänner schauten zuerst ein wenig betreten. Als sie sich aus den Tüchern wickelte und ihre Arme in die Luft warf, klatschten die Ersten. Mechthild hatte diesen Gasthof von ihrem Vater empfohlen bekommen. Er schien seit dem letzten Besuch des Kaufmanns etwas heruntergekommen zu sein. Die Musik wurde wilder und die Tänzerin stampfte im Takt mit den Füßen. Mechthild warf einen besorgten Blick auf Brian. Er hatte den Kopf in der Armbeuge liegen und war eingeschlafen. Die Musik wurde immer lauter. Brians lange rote Wimpern zitterten leicht, doch er wachte nicht auf. Er sieht furchtbar zerbrechlich aus, dachte Mechthild. Wie konnte er bei diesem Lärm nur schlafen? Seine Hand hing völlig entspannt von der Tischkante und die roten Haare fielen ihm wirr in die Stirn.

Sigmar schien sich von der Stimmung anstecken zu lassen. Er wippte mit dem Fuß und rief:
»Warum belastet Ihr Euren hübschen Kopf mit solchen Dingen? Wer interessiert sich schon für so etwas wie Waidhandel?«
Mechthild musterte ihn. Anscheinend gehörte er zu den Männern, die keine Ahnung hatten, wie Geld gemacht wurde. Die Sorte, die auf ihren adligen Stand mächtig stolz war und die Kaufmannschaft verachtete. Verärgert erklärte sie: »Es ist nicht langweilig! Ich habe als kleines Mädchen meinen Vater oft auf den Waidmarkt begleitet. Es ist ganz einfach: Jeder kennt die Regeln. Der Händler nennt zuerst eine hohe Summe. Der Käufer bietet einen Bruchteil der Summe. Nach langem Hin und Her einigen sie sich auf einen Preis genau dazwischen. Die Waidpreise sind in den letzten Jahren sehr gestiegen, aber das Verfahren ist immer gleich. Ich bin sehr gut darin, eine Summe herunterzuhandeln.«
Sigmar verzog das Gesicht und wandte sich seufzend der Tänzerin zu. Sie zerwühlte gerade mit ihren Zehen die Haare eines Händlers. Mechthild sah weg.
In dem Augenblick bahnte sich Anselm einen Weg durch die Menge und lächelte entschuldigend. Er nickte Arno und Sigmar kurz zu, dann vergrub er sein Gesicht in die Hände und stöhnte. Mechthild reichte ihm wortlos den Krug.
Anselm trank hastig und wischte sich mit dem Ärmel über den Mund. Er kam gleich zur Sache: »Kannst du das glauben? Den ganzen Winter bemühe ich mich, Otto zur Vernunft zu bringen. Nun hab ich ihn endlich so weit, da stellt sich Philipp quer. Das hatte ich nicht erwartet.«
Mechthild runzelte erstaunt die Stirn. Der vernünftige Philipp zögerte plötzlich, seinen eigenen Vorschlag in die Tat umzusetzen? Mechthild konnte sich noch gut daran erinnern, wie Gottfried sich stolz als Retter des Reiches bezeichnet hatte. Anscheinend ging es mit der Rettung des Reiches nicht recht voran. Enttäuscht fragte sie: »Aber es war doch ausgemacht worden, dass die Könige ihre Heere auflösen?«
»Beide zögern. Sie belauern sich wie die Hunde. Umkreisen sich und warten, dass der andere den ersten Schritt macht. Jetzt habe ich Philipp endlich überzeugt. Er wird das Heer am Tag der Hochzeit seiner

Nichte entlassen. Das wird in Bamberg sein und alle Reichsritter werden sich dort versammeln. Doch bis dahin sind es noch zwei Monate. Ich habe es so satt.«

Mechthild betrachtete ihn besorgt. Er sah müde und erschöpft aus. Anselm fuhr ihr mit dem Finger über den Handrücken und fragte leise: »Und du? Warst du erfolgreich? Hat der Königin deine Ware gefallen?«

»O ja, sie hatte gleich neue Aufträge für mich. Es ist schon spät. Ich erzähle es dir morgen. Kannst du Brian nach oben tragen?«

Anselm nahm den schlafenden Jungen vorsichtig auf den Arm. Brian seufzte im Schlaf und wimmerte: »Ich war es nicht!« Mechthild folgte den beiden die schmale Treppe hinauf und hoffte inständig, dass es nur ein Traum war und Brian diesmal nichts angestellt hatte.

Mai 1208, in Aachen

Ein paar Tage später begleitete Konrad einen schlecht gelaunten Meister Jacobus zum Spital. Er beachtete dessen mürrische Miene gar nicht. Es war wichtig, dass sie endlich etwas unternahmen. Seit Wochen hatte Konrad diesen Gang geplant, doch immer war er zu beschäftigt gewesen.

Heute hatte er weniger zu tun und Aachen war genau die richtige Stadt, um einen Starstecher aufzusuchen.

Konrad hatte in Damaskus am Maristan Nuri unter der Aufsicht seines Meisters häufig Augenoperationen durchgeführt. Seit dem Unfall mit den Dornen konnte er den Gedanken daran kaum ertragen. Allein die Vorstellung von spitzen Instrumenten in der Nähe seiner Augen bereitete ihm Unbehagen. Ein kundiger Mann musste die Hornhaut durchstechen, die Linse auslöffeln und mit einem Spachtel die Gewebereste niederdrücken. Er hatte die Operation bei Jacobus vorbereitet, allerdings abbrechen müssen, weil sich sein Magen zusammengezogen und seine Hände geflattert hatten.

In Aachen wimmelte es nur so von erfahrenen Heilkundigen. Immerhin hatten schon die Römer die Stadt wegen ihrer Heilquellen besucht und genau wie Karl der Große suchte auch König Philipp fast täglich das Königsbad auf. Doch für Konrad war nur das Spital am Marienstift von Bedeutung. Es nannte sich Gasthaus am Hof und genoss einen guten Ruf. Dort würden sie einen erfahrenen Starstecher für Meister Jacobus finden.

Der alte Hofmedicus war nach dem Vorfall mit dem Hustentrunk in Ungnade gefallen. Der König hatte Konrad gebeten, Jacobus' Pflichten bei Hofe zu übernehmen. Zumindest so lange, bis das Augenlicht des Alten wieder hergestellt war. Niemand hatte gewagt, dagegen zu protestieren. Konrad wusste, dass Vater Ambrosius mit dieser Lösung haderte. Die Hofdamen gluckten um Johanna, als wäre Konrad der Leibhaftige, und versuchten mit allen Mitteln, Johanna daran zu hindern, ihn zu sehen. Konrad lächelte grimmig in sich hinein. Sobald der Hofmedicus wieder sehen konnte, würde er nach Damaskus aufbrechen und Johanna würde er mitnehmen.

Das Spital am Marienstift war ein großes dunkles Gebäude, in dem die Kranken in langen Reihen lagen. Konrad hatte viel Schlechtes über christliche Spitäler gehört. Sie standen im Ruf, schmutzig und schlecht geführt zu sein. Im Maristan Nuri hatten sie oft über die Zustände in christlichen Krankenhäusern gespottet, deshalb verwundete ihn der Anblick der sauberen Decken und eifrigen Mönche im Gasthaus am Hof. Immer zwei Kranke teilten sich einen Schafpelz und ein Paar Schuhe. In den Schüsseln, die gerade hereingetragen wurden, war offensichtlich frisches Schweine- und Hühnerfleisch. Es roch sehr verlockend. Das Spital am Marienstift schien den anderen christlichen Spitäler überlegen zu sein. Er wandte sich zu Jacobus und stellte erfreut fest: »Es ist gut geführt. Alles wirkt sauber und geordnet.«

Meister Jacobus knurrte etwas Unverständliches. Hinter ihnen sagte eine freundliche Stimme: »Es wird nach der Hospitalsordnung der Johanniter geführt. An drei Tagen der Woche gibt es Fleisch. Aber Ihr hättet das Pantokrator Hospital in Konstantinopel sehen sollen. Vor der Zerstörung gab es sieben Spezialabteilungen unter ärztlicher Leitung, eine Apotheke und eine eigene Ärzteschule! Das haben wir hier noch nicht.«

Konrad wandte sich überrascht um. Dort stand ein freundlicher Mönch und musterte ihn interessiert. Konrad fand ihn sofort sympathisch. Der Mann in der schlichten Kutte hatte einen wachen Blick. So sagte Konrad viel vertraulicher, als er vorgehabt hatte: »Ich kenne so ein Krankenhaus wie das in Konstantinopel. Ich habe lange am Maristan Nuri in Damaskus studiert. Sie führen es auf ähnliche Weise. Doch die Ausstattung und Größe der Bibliothek, die Pracht der leuchtend weißen Kuppel und die Anzahl der Gelehrten am Maristan Nuri ist unvergleichlich. Etwas Ähnliches findet sich nirgends.«

»Das Maristan Nuri in Damaskus? Ich habe davon gehört.«

»Du hast davon gehört? Wie ist das möglich? Nur wenige waren dort.«

»Ein Sterbender hat mir davon berichtet. Er war sehr schwach, doch er konnte nicht aufhören, über Damaskus zu sprechen. Er beschrieb mir die Kuppeln der Moscheen, die mächtige Zitadelle und das Maristan Nuri. Er benutzte fast dieselben Worte wie Ihr, Herr.«

Konrad starrte ihn verblüfft an. Ein Patient in Aachen hatte das Maristan Nuri beschrieben? Wie war das möglich? Er machte einen Schritt auf den Mönch zu und widerstand der Versuchung, ihn zu schütteln: »Wann war das? Wo ist der Mann?«

Der Mönch wich erschrocken zurück und hob beschwichtigend die Hände: »Beruhigt Euch, Herr. Das ist lange her. Lasst mich nachdenken. Mhm – Jetzt weiß ich es wieder. Es ist vor einem Jahr gewesen. Er starb einen Tag nach der Ostermesse«, der Mönch bekreuzigte sich und fügte nachdenklich hinzu: »Es war einen Tag nach der Feier der Auferstehung unseres Herrn. Im April letzten Jahres. Das erinnere ich noch genau.«

»Es ist ein Jahr her und er ist tot, sagst du? Wie sah er aus? War er Araber, kam er von dort?«

»Er war hellblond und vielleicht siebzehn Jahre alt. Er sprach gebrochen Deutsch und trug die Kleidung eines Händlers aus dem Norden. Viel zu viel Pelz für den April. Er schien die Kälte schlecht zu vertragen. Er fror ständig und starb schließlich an einer Lungenentzündung. Der Herr sei seiner Seele gnädig.«

Konrad war sich sicher, dass der Mönch von Abū sprach. Es konnte nur Abū sein und Meister Jacobus hatte Abū genau so beschrieben. Von Sinzig bis Aachen war es nicht weit.

»War sein Name Abū? War er allein?«

»Ich kenne seinen Namen nicht. Allein war er. Eines Abends stand er vor Fieber glühend am Tor. Wir nehmen jeden auf, ohne Ansehen der Person, so wie es Christus gelehrt hat. Ich vermutete, dass er ein entflohener Sklave aus Damaskus war. Beim Entkleiden entdeckten wir kupferne Fußringe an seinen Fußgelenken und er hatte Narben auf dem Rücken, die von Auspeitschungen stammten. Warum, fragt Ihr, Herr? Kanntet Ihr den Jungen?«

Konrad wusste nicht, ob er erleichtert sein sollte oder besorgt. Abū war tot und er konnte sich nicht mehr rächen. Doch wo war Kamāl? Warum hatte er seinen treuen, kranken Sklaven nicht zum Spital begleitet? Kamāl hätte Abū niemals im Stich gelassen. War Kamāl überhaupt ins deutsche Reich gekommen? Hatte er Damaskus je verlassen? Konrad dachte an die Nacht zurück, als der Sternenmantel verschwunden war. Der Mann, der sein Bein verwundet und den Sternenmantel an sich genommen hatte, hatte einen Turban getragen. Abū war nie in Frage gekommen, denn kein Sklave trug einen Turban. War der Mann nicht viel größer gewesen als Kamāl? Langsam drang es in Konrads Bewusstsein, dass es nicht Kamāl gewesen war, der ihn mit dem Sternenmantel überrascht hatte. Doch wer war es dann gewesen?

Meister Jacobus unterbrach seine Gedanken. Er machte eine unwillige Bewegung mit dem Kopf und sagte verärgert: »Was schwatzt ihr so lange. Bringen wir es endlich hinter uns. Wo ist der Starstecher? Ich habe nicht den ganzen Tag Zeit, hier herumzustehen.«

Der Mönch musterte ihn prüfend. Dann entschied er offensichtlich, dass der alte Mann der Patient sein musste, und sagte freundlich: »Ich bringe Euch zu Bruder Eusebius. Er ist ein fähiger Mann, seid unbesorgt. Kommt, hier entlang.«

Der Mönch winkte ihnen, ihm zu folgen. Konrad wich zurück. Er wollte das Auslöffeln der Linse nicht mit ansehen. Verlegen murmelte er: »Ich warte solange im Gang.«

Der freundliche Mönch schnaubte überrascht, lächelte dann verständnisvoll und führte Jacobus fort. Konrad blickte ihnen nach und versuchte, nicht an spitze Schaber im Augapfel zu denken.

Mechthild befand sich an diesem Morgen ebenfalls im Spital am Marienstift. Sie interessierte sich nicht für das Spital und seine Ausstat-

tung. Stattdessen war sie aufgebrochen, um für Martha eine Gichtsalbe zu besorgen. Nun stand sie schon wieder in einer Schlange und musste warten. Auf dem Gang hatten sich unzählige Menschen versammelt, die alle eine Medizin benötigten. Kinder mit Ausschlag hockten neben alten Soldaten mit eiternden Geschwüren. Eine junge Frau hielt ein zappelndes Kind an der Hand und hustete.
Mechthild lehnte hinter ihr an der fleckigen Wand und fühlte sich unbehaglich. Am liebsten wäre sie wieder gegangen, doch Marthas Gicht hatte sich verschlimmert. Die alte Magd konnte ihre Gliedmaßen kaum noch bewegen. Mechthild quälte das schlechte Gewissen, weil Martha sich aufopferungsvoll um die Pflege ihrer Stoffe gekümmert hatte und die viele Arbeit ihr nicht gut getan hatte. Mechthild würde Martha eine wirksame Salbe für ihre schmerzenden Glieder bringen, das war das Mindeste, was sie tun konnte. Jeder wusste doch, dass Aachen die besten Heilkundigen besaß. Während Mechthild noch grübelte, sah sie Konrad den Gang entlangkommen. Er sah sehr besorgt aus. Als er Mechthild erkannte, beschleunigte er seine Schritte und fragte erstaunt: »Dame Mechthild, was tut Ihr hier?«
»Ich besorge eine Salbe für meine alte Magd. Ihr seht bedrückt aus. Ist etwas nicht in Ordnung?«
Konrad lehnte sich an die Wand und seufzte: »Ich bin mit dem alten Hofarzt Jacobus hier. Ein Starstecher kümmert sich gerade um ihn. Er ist in guten Händen.«
Konrad runzelte die Stirn und starrte nachdenklich auf die bräunlichen Flecken auf der Wand. Mechthild beobachtete ihn und fragte leise: »Der alte Hofarzt ist nicht der Grund für Euren Kummer, nicht wahr?«
Als er nicht antwortete, erinnerte sie sich daran, was Johanna über seine Fieberträume und die Hofdamen erzählt hatte. Er sah ganz wie ein Mann aus, den die Sehnsucht plagte. Den schwermütigen Blick kannte sie. Es bestand kein Zweifel. Konrad litt unter Liebeskummer. Sie beugte sich leicht vor und flüsterte verschwörerisch: »Hört nicht auf den Hofkaplan und Dame Engeltrud. Geht zu Johanna.«
»Johanna?«
»Ja, sie liebt Euch. Befreit sie endlich aus den Fängen der Hofdamen, bevor es zu spät ist.«

Konrad lächelte plötzlich und löste seinen Blick von den hässlichen Flecken an der Wand. Er sah sie nun direkt an und seufzte erneut. Diesmal klang es eher erleichtert.

»Dame Mechthild, Ihr seid eine kluge Frau. Doch alles könnt Ihr nicht wissen. Ich werde Johanna mitnehmen, das habe ich schon lange entschieden. Mein Kummer hat nichts mit ihr zu tun.«

»Was ist es dann?«

»Ich habe gerade erfahren, dass der Mann, den ich für meinen Verfolger hielt, schon seit über einem Jahr tot ist. Er war der Sklave meines Freundes Kamāl.«

»Hieß er nicht Abū? Johanna hat mir von Damaskus und von dem geheimnisvollen Sternenmantel erzählt.«

»Ich dachte, Kamāl hätte den Mantel in jener Nacht an sich genommen. Doch plötzlich bin ich mir nicht mehr sicher. Der Mann war viel größer, es war dunkel und ich war erregt.«

»Ihr meint die Nacht, als Euer Bein verletzt wurde. Johanna und ich besuchten Euch am nächsten Morgen im Krankenzelt. Ihr wirktet nicht sehr verzweifelt über den Verlust des Mantels.«

Die junge Frau vor ihnen bekam einen Hustenanfall. Es klang gar nicht gut. Das Kind riss sich von der Hand seiner Mutter los und begann, auf einem Bein den Gang entlangzuhüpfen. Sie beobachtete das hüpfende Kind und dachte daran, wie Johanna ihr ein gekrümmtes Messer gezeigt hatte. Leise sagte sie: »Euer Angreifer muss viele sichelförmige Narben zurückbehalten haben. Johanna hat mir das gebogene Instrument gezeigt.«

»Abū kann es nicht gewesen sein, sie fanden nur Narben von Peitschenhieben auf seinem Körper. Außerdem war er zu dem Zeitpunkt schon tot. Der Angreifer war viel größer als mein Freund Kamāl aus Damaskus. Er kann es auch nicht gewesen sein.«

»Das ist sehr merkwürdig. Was hat es zu bedeuten?«

Konrad kam nicht dazu, etwas darauf zu erwidern.

In diesem Augenblick kam ein Mönch mit einem gütigen Gesichtsausdruck und einem alten Mann am Arm den Gang herunter. Das Kind hörte auf zu hüpfen und starrte auf den dicken Augenverband des Alten. Der Mönch entdeckte Konrad und führte den Alten mit dem Augenverband zu ihm. Als er vor der Wand mit den braunen

Flecken stand, begrüßte er Konrad mit einem beruhigenden Lächeln: »Die Operation ist gut verlaufen. Er braucht nun Ruhe. In wenigen Tagen kann der Verband abgenommen werden und er wird wieder gut sehen können.«

Konrad betrachtete stirnrunzelnd den Augenverband und fragte: »Was schulden wir dem Spital?«

»Ein Mann, der um seinen jungen Freund trauert, der schuldet mir nichts. Geht mit Gott. Ich werde den blonden Sklaven in meine Gebete einschließen.«

Als er fort war, wisperte Mechthild: »Er irrt sich, Ihr trauert nicht um Abū.«

Konrad holte tief Luft und stieß hervor: »Bei Allah, das tue ich!«

Juni 1208, in Bamberg

Der Tag, an dem Philipp seine Heerführer empfing, war ein ungewöhnlich heißer und drückender Tag. Bereits am frühen Morgen hatte der König seine Kriegsherren im Palast des Bischofs versammelt.

Anselm war zu dieser Besprechung nicht geladen worden. Er saß auf einem kleinen Mauervorsprung vor dem Bischofspalast. Ringsherum erhoben sich die hohen Gebäude: die alte Domschule, die achteckige Andreas-Kapelle und die große Baustelle des vor langer Zeit abgebrannten Doms. Der kleine Mauervorsprung war ein mehr oder weniger bequemer Sitz. Der warme Wind führte feinen weißen Sand mit, der über den ungepflasterten Platz fegte. Es war fast Mittag und die hoch stehende Sonne war kraftvoll und stechend.

Anselm wünschte, er könnte bei der Zusammenkunft dabei sein. Ungeduldig wartete er auf den Ausgang der Verhandlungen. Auf der Reise nach Bamberg war er ganz sicher gewesen, dass der König noch diesen Monat sein Versprechen halten und die Truppen entlassen würde. Doch die Hitze machte alle matt und träge. Es schien kein Wetter zu sein, um Entscheidungen zu treffen. Anselm sah besorgt die breite Treppe hinauf, an deren Ende sich die Flügeltür zum Palast befand. Wenn die Tür nicht jeden Moment aufging, dann zogen sich die Verhandlungen zu sehr in die Länge. Das war kein gutes Zeichen.

Bald würde der König speisen wollen und seinen Mittagsschlaf beginnen. Anselm hatte bemerkt, dass Philipps Gefolge diese Stunde in bedrückter Stimmung wartete. Alles schien in dieser Zeit stillzustehen, als würde das Reich den Atem anhalten. Anselm seufzte. Was machten die Männer da drinnen so lange?

Er fächelte sich mit einem Pergamentstreifen Luft zu und sah unauffällig zu Gottfried von der Heide. Der Ritter schien genauso unter der drückenden Hitze zu leiden wie er. Die brauen Locken klebten ihm im Nacken und der Schweiß glänzte auf seiner Oberlippe. Anselm hatte bereits hier gesessen, als Gottfried angeschlendert gekommen war und sich zu ihm auf die Mauer gesetzt hatte. Sie saßen schon eine ganze Weile schweigend nebeneinander und beobachteten den Eingang zum Palast des Bischofs.

An der großen Treppe schnupperte ein kleiner weißer Hund herum, sonst war niemand zu sehen. Dabei war der Palast voller Menschen. Nicht nur die Heerführer mit ihren Männern, sondern fast die gesamte Reichsritterschaft befand sich dort. Große Ereignisse standen bevor. Heute Nachmittag heiratete Philipps Nichte den Herzog von Meran. Und, so Gott wollte, würde Philipp morgen früh endlich sein Heer entlassen, das in der brütenden Hitze vor der Stadt lagerte. Eine Hochzeit war eine gute Gelegenheit, um einen Akt des Friedens zu vollziehen. Anselm hoffte, Philipp würde sie nicht ungenutzt verstreichen lassen. Eigentlich mussten sie sich da drinnen nur über die Entlohnung und den geordneten Abzug der Soldaten einigen. Warum dauerte das so lange?

Anselm wischte sich mit dem Ärmel den Schweiß aus der Stirn. Der kleine Hund an der Treppe hatte anscheinend irgendetwas Essbares gefunden und kaute zufrieden. Es gab noch etwas Unangenehmes, das Anselm Sorgen bereitete. Er würde bald nach Braunschweig aufbrechen, um Otto zu berichten. Zuvor musste er noch mit Mechthild sprechen. Sie war verändert. Gestern Abend war Anselm kurz im Haus des Fischhändlers gewesen. Der Fischhändler war ein entfernter Cousin von Mechthild. Wenn sie in Bamberg waren, wohnten die Cleingedanks dort. Das ganze Haus roch nach Fisch. Das hatte Mechthilds Stimmung nicht gut getan. Sie hatte mit abwesendem Gesicht am Küchentisch gesessen und zugesehen, wie eine Magd Fische ausnahm. Er hatte versucht herauszufinden, was sie bedrückte. Doch sie hatte nur auf die Fischköpfe gestarrt und auf ihrer Unterlippe herumgebissen. Endlich rückte der Frieden in greifbare Nähe und Mechthild freute sich nicht mit ihm. Was war nur los mit ihr? Grübelte sie immer noch über Friedrichs Verschwinden? Das musste sie nicht. Anselm würde sich ein neues Schwert anschaffen und einen Mantel konnte man ebenfalls ersetzen. Otto würde ihn bald reich belohnen.

Gottfried schien seine Gedanken erraten zu haben. Er beugte sich zu ihm und sagte: »Ihr habt es weit gebracht, Schreiberling. Der teure Mantel und die Goldketten. Ein bedeutender Mann bei den Welfen, was? Ich hatte Euch zu Anfang fast geglaubt, dem Kaufmann mit den Weinfässern. Ihr wart wirklich gut. Der Wein übrigens auch.«

»Das ist jetzt nicht mehr wichtig. Ihr habt gewonnen. König Philipp wird in Rom zum Kaiser gekrönt. Vielleicht noch diesen Sommer.«

Gottfried fuhr sich mit den Fingern durch die verklebten Locken und sah sehr zufrieden aus: »Immerhin heiratet Euer Otto seine Tochter und wird Herzog von Schwaben. Bei einem großen Herzog gibt es für einen Schreiberling sicher viele Urkunden zu beklecksen. Wann werdet Ihr zu Otto aufbrechen?«

»Sobald alles geregelt ist. Und Ihr? Werdet Ihr für Philipps Ritterschaft Wolfram von Isenberg bleiben oder nun die allgemeine Versöhnung nutzen, um das Erbe Eures Vaters als Gottfried von der Heide anzutreten?«

Gottfried antwortete nicht. Er starrte zur Flügeltür hinauf und fragte verblüfft: »Ist das nicht der Pfalzgraf von Wittelsbach? Was wollte er beim König?«

Der Pfalzgraf kam aus dem Palast gerannt. Er trug seine vollständige Rüstung. Sie glitzerte im Sonnenlicht. Die Eisenringe behinderten ihn beim Laufen und sein Haar wurde von der Eisenkapuze verdeckt. Er schien sehr erregt zu sein und hastete die Stufen hinunter, ohne sie zu bemerken. Unten an der Treppe stolperte er über den Hund und versetzte ihm einen heftigen Tritt. Der Hund jaulte auf und flog über den Hof. In diesem Augenblick kam Brian herangestürmt, stürzte sich mit einem Aufschrei auf den Pfalzgrafen und hämmerte auf sein Kettenhemd ein. Der Wittelsbacher sah einen Moment überrascht

aus. Dann fing er sich und holte zu einem Schlag aus. Gottfried machte einen Satz nach vorn und zog gleichzeitig sein Schwert aus der Scheide. Der Pfalzgraf blickte sich um, senkte die eiserne Faust und tastete nach seinem Schwertgriff. In diesem Augenblick waren Stimmen auf der Treppe zu hören. Dort stand der König mit seinen Heerführern und rief: »Pfalzgraf, wollt Ihr mir drohen? Eine Tochter für eine Tochter? Ist Euch die Hitze zu Kopf gestiegen?«
Der Wittelsbacher wirbelte herum und schnaufte: »Wortbrecher!«
Ehe Gottfried ihn an der Schulter packen konnte, war er bereits über den Hof gestürmt. Der König schüttelte den Kopf und ging mit seinen Männern wieder hinein.
Brian kniete weinend neben dem toten Hund. Der Eisenstrumpf des Pfalzgrafen hatte dem Tier den Bauch aufgerissen. Anselm wollte sich lieber nicht vorstellen, was der Eisenhandschuh in Brians Gesicht angerichtet hätte. Anselm fühlte sich dennoch erleichtert, als ihm einfiel, was das zu bedeuten hatte: Philipp handelte! Der König hatte Friedrichs Warnung ernst genommen und den Pfalzgrafen von Wittelsbach zur Rede gestellt. Friedrich würde bald aus seinem Versteck hervorkommen. Eine Tochter für eine Tochter. Was hatte das zu bedeuten? Ging es dem Pfalzgrafen immer noch um eine Ehe mit einer von Philipps Töchtern? Hatten ihn die Vorwürfe des Königs und die Hochzeit der Nichte mit dem Herzog von Meran daran erinnert?
Brian streckte den Arm aus und strich über das blutige Fell. Anselm wollte den Jungen fortziehen, doch der zog den Hundekörper zu sich heran, nahm ihn in die Arme und schniefte:
»Es war ihr Hund … Es war Beatrix' Hund.«
Gottfried warf sein Schwert zu Boden und hockte sich neben den Jungen.
»Greife nie wieder mit bloßen Händen einen bewaffneten Mann an. Das ist kein Mut. Das ist Wahnsinn! Hat dich das dein Vater nicht gelehrt?«
»Ich …«, nuschelte Brian und kraulte den toten Hund.
»Er ist mein Neffe und arbeitet für mich«, erklärte Anselm.
»Bei einem Schreiberling in der Lehre? Der arme Junge. Kein Wunder, dass er nichts vom Kämpfen versteht«, sagte Gottfried und stand auf.

Brian wischte sich mit seiner blutigen Hand den Rotz aus dem Gesicht und sah ihn böse an.
Gottfried bückte sich nach seinem Schwert. Anselm überlegte, ob er ihm nun irgendwie danken müsse. Ihm fielen keine passenden Worte ein und so lächelte er nur verlegen.
Am Abend desselben Tages lungerte Arno auf dem Platz vor der Domschule herum und beobachtete die jungen Ritter. Er hatte von der Trauung und der feierlichen Zeremonie in der Andreas-Kapelle nichts mitbekommen. Zu seinem Leidwesen hatte er Anselm zu den Soldatenzelten begleiten müssen, wo der sich umhören wollte. Anselm misstraute Philipps Versprechen, in aller Frühe sein gesamtes Heer zu entlassen, keinesfalls. Dennoch hatten sie den Nachmittag damit verbracht, die Stimmung im Lager auszukundschaften und mit den Heerführern zu sprechen. Arno hatte den Lärm der ausgelassen Feiernden in der Stadt hören können und war immer mürrischer geworden. Am Abend hatte Anselm ihn endlich gehen lassen. Zuvor hatte er Arno einen kleinen Vortrag über die Bedeutung der Ereignisse gehalten und betont, dass Philipp morgen früh einen wichtigen Akt des Friedens vollführen würde. Wenn Philipp sein Heer entließe, würde einer Einigung mit Otto nichts mehr im Wege stehen. Arno hatte gar nicht zugehört.
Endlich konnte er das bunte Treiben vor der Pfalz genießen. Neugierig blickte er sich um. Die Dämmerung setzte bereits ein, doch das Stimmengewirr wurde immer lauter. Die Menschen hatten schon reichlich getrunken. Der Pfalzhof war übersät mit abgeknickten Blumen, Hühnerknochen und Erbrochenem. Das Brautpaar hatte sich bereits zurückgezogen. Spott und Scherz hatten sie begleitet. Walther von der Vogelweide hatte noch ein Lied über die Glut der Brautnacht vorgetragen und viel Applaus bekommen. Nun spielte er eine wilde Melodie, die er immer wieder abbrach, um von einer Keule abzubeißen.
Arno lehnte sich an ein Weinfass und sah sehnsüchtig zu den jungen Rittern hinüber. Er hatte versprochen, sich von ihnen fern zu halten. Sigmar forderte ihn mit einer lockenden Handbewegung auf, zu ihnen herüberzukommen. Als Arno den Kopf schüttelte, wurden seine Gesten noch eindringlicher. Er winkte, nickte und bewegte die Lip-

pen. Arno schüttelte wieder den Kopf. Er durfte nicht mit ihnen trinken.

Sigmar bahnte sich nun einen Weg zu ihm. Er stieg über umgestoßene Bänke, drängte sich durch die Tischreihen und wehrte eine rotgesichtige Dame ab, die vertraulich den Arm um ihn legen wollte. Er sprang schnell zur Seite, als sich eine Gruppe verschwitzter Ritter mit Wein bespritzte. Dabei rempelte er einen Pagen mit einem Teller Kirschen an. Sofort bediente er sich und kam mit den Händen voller Kirschen auf Arno zu: »Da nimm! Genieße die süßen Früchte des Sommers und zieh nicht so ein Gesicht. Nicht an diesem Tag! Warst du heute Nachmittag dabei? Nun bin ich ein Ritter! Ich habe die Schwertleite empfangen. Nicht, wie ich dachte, auf der Hochzeit des Pfalzgrafen. Du musst zugeben, auf der Hochzeit der Tochter des Königs – das ist viel ehrenvoller. Hast du gesehen, wie der Pfalzgraf mir das Schwertgehänge umgebunden hat?«

»Ich konnte nicht. Zu viel Arbeit«, erklärte Arno verlegen.

»Du hast es verpasst! Ich bin nicht sicher, ob ich dir vergeben kann«, sagte Sigmar und spuckte einen Kirschkern auf den Boden.

»Es tut mir Leid. Ich hätte es sehr gern gesehen.«

Sigmar stellte sich breitbeinig vor ihm auf und reckte das Kinn: »Hier steht – Ritter Sigmar. Ein freier Ritter des Reiches. Bereit, für seinen König zu sterben.« Ein paar Kirschen fielen ihm aus der Hand. Schnell steckte er sich wieder eine in den Mund. Der rote Saft tropfte über sein Kinn.

»Wirst du nach Hause zurückkehren?«

»Ich wäre dumm, das zu tun. Ich werde mir meinen Platz an der Seite des Königs verdienen. Genau wie der Pfalzgraf.« Er spuckte den Kern aus und hätte fast Arnos Beinlinge getroffen.

Auf der anderen Seite des Hofes wurden Stimmen laut. Sigmar ließ die restlichen Kirschen auf den Boden fallen. Er packte Arno an der Schulter und fragte aufgeregt: »Siehst du die?«

Arno blickte in die Richtung, aus der die Stimmen drangen. Dort standen zwei Ritter und redeten auf den Pfalzgrafen von Wittelsbach ein. Der eine trug einen viel zu warmen dunkelroten Mantel und der andere war klein und glatzköpfig. Beide Männer schienen den Wittelsbacher von etwas überzeugen zu wollen. Der Wittelbacher hatte rote Flecken im Gesicht und fuhr sich immer wieder durch seine langen, schwarzen Locken. Arno bückte sich nach einer Kirsche und sagte verwundert: »Was sind das für Männer und was wollen sie vom Pfalzgrafen?«

Sigmar schnaufte: »Die kenne ich gut. Der kleine Glatzkopf ist der Markgraf von Istrien und der andere ist der Bruder des Bischofs von Bamberg. Sie sind angeblich hier, um die Hochzeit des Herzogs von Meran zu feiern. In Wahrheit bedrängen sie meinen Herrn schon seit langem. Es geht um irgendwelche finsteren Machenschaften. Ich bin froh, dass ich nun mein eigener Herr bin. Mit dem Pfalzgrafen habe ich nichts mehr zu tun und dafür danke ich Gott.«

Arno wischte die Kirsche an seinem kurzen Gewand ab und steckte sie in den Mund. Kauend und schluckend brachte er hervor: »Der Markgraf von Istrien drängt ihn zu finsteren Machenschaften? Was kann er von ihm wollen? Seht nur.«

Der glatzköpfige Markgraf zog sich gerade einen Lederbeutel vom Gürtel und streckte ihn dem Pfalzgrafen auffordernd entgegen. Als dieser zögerte, drehte der Markgraf den Beutel um und schüttete sich einen Haufen Silber in die Hand. Die mit Münzen gefüllte Hand streckte er ihm erneut entgegen und schien ihn zu bedrängen, die Münzen zu zählen. Arno spuckte den Kirschkern aus und rief: »Er besticht ihn mit Silbermünzen. Es scheinen sehr viele zu sein. Was kann er nur vom Pfalzgrafen wollen?«

Sigmar zuckte mit den Schultern: »Bei Geld wird er schwach werden, ganz sicher. Doch was kümmert es mich? Mein Herr war nie abgeneigt, ein Abenteuer einzugehen, und wenn es noch so sündhaft war. Seine Freveltaten sühnt er regelmäßig im Kloster Ebrach. Das wird er auch diesmal tun. Wie gut, dass ich das nicht mehr mitmachen muss.«

Arno sagte nichts. Mit zusammengekniffenen Augen beobachtete er den Pfalzgrafen von Wittelsbach, der nun seine Handflächen zu einer Schale formte und sich die Silbermünzen hineinkippen ließ. Der Markgraf lachte und schlug ihm anerkennend auf die Schultern. Sigmar seufzte: »Sie haben ihn überredet. Der Pfalzgraf ist schwach geworden. Es sieht ganz danach aus, als ob er dem Kloster Ebrach in nächster Zukunft wieder einen Besuch abstatten muss. Komm, wir suchen uns einen vollen Becher Wein.«

Arno stolperte hinter ihm her. Er dachte an sein Versprechen, diesmal nüchtern zu bleiben. Verstohlen warf er einen Blick auf die beiden Ritter, die den Pfalzgraf Besitz ergreifend untergehakt hatten und ihn in ihrer Mitte über den Hof führten. Arno schien ein Becher Wein plötzlich eine lässliche Sünde zu sein.

Zur selben Zeit saß Johanna im Gästetrakt des Palastes. Sie lauschte auf die Stimmen, die durch das hohe Fenster drangen. Eine schwere Last lag auf ihrer Brust und drückte ihr die Luft ab.

Engeltrud, Richilde und Gieselberta hatten ihre Stickrahmen wie eine Festung um sie herum aufgebaut. Es gab kein Entkommen. Johanna schien es, als würde sie für immer zwischen ihrem Glaubenseifer und ihrem Misstrauen gefangen sein. Es war furchtbar heiß und stickig. Die Damen beugten sich über die Stickrahmen und durchstießen mit den glänzenden Nadeln den Nesselstoff. Johanna wünschte, die Stickerei würde in Flammen aufgehen und sie alle verschlingen.

Stattdessen wurde der Türflügel zurückgeschlagen und Konrad betrat die Kammer. Er trug seinen blauen Turban und den mit bronzefarbenen Blättern bestickten Mantel. Das Holzkreuz war nirgends zu sehen. Entschlossen drängte er sich durch die Stickrahmen hindurch und stellte sich breitbeinig vor Johanna auf. Mit einem streitlustigen Funkeln in den Augen streckte er die Hand nach ihr aus und sagte fordernd: »Komm mit, ich will dir etwas zeigen. Es ist eine Überraschung für dich.«

Dame Engeltrud sprang so hastig auf, dass der Stickrahmen ins Wanken geriet und die Nadel auf den Boden fiel. Ihre Stimme überschlug sich fast vor Erregung: »Niemals! Dame Johanna wird Euch nirgendwohin begleiten. Richilde, holt Vater Ambrosius.«

Richilde erhob sich eifrig und wollte hinauslaufen. Konrad sagte barsch: »Niemand wird geholt. Ich besitze das Vertrauen des Königs«, und sie fiel wortlos auf ihren Hocker zurück und starrte ihn entgeistert an.

Eine Hand hatte er nach Johanna ausgestreckt und mit der anderen Hand schob er seinen Mantel zurück. Für alle sichtbar legte er sie auf den mit Edelsteinen geschmückten Gürtel. Johanna erkannte den Gürtel, den der König ihm zum Dank geschenkt hatte.

Konrad sah die Hofdamen der Reihe nach herausfordernd an. Keine von ihnen wagte, ihm zu widersprechen. Johanna blickte zu ihm auf und eine unglaubliche Freude durchströmte sie. Er sah so wundervoll aus, genau wie in ihren Träumen. Langsam hob sie ihre Hand und ließ sich fast willenlos von ihm hochziehen. Seine grünen Augen waren voller Versprechungen und sein geheimnisvolles Lächeln verhieß etwas ganz Besonderes. Er presste ihre Hand vor seine Brust und flüsterte kaum hörbar: »Komm mit, es wird dir gefallen.«

Johanna schritt an seiner Hand zwischen den Stickrahmen hindurch, ohne auf Dame Engeltruds empörtes Gemurmel zu achten. Sie ließ ihren Mantel, ihren Walrosskamm und ihren Psalter zurück. Alles schien ihr bedeutungslos zu sein. Konrad war gekommen. Das bedrückende Gefühl auf der Brust war verschwunden. Die dicken Mauern des Palastes schienen zu schrumpfen und die hellen Stimmen auf dem Platz wirkten plötzlich freundlich und heiter.

Als sie zusammen in die Nacht traten, atmete sie tief durch und lächelte den feiernden Menschen zu. Zwischen den Rittern entdeckte sie Arno mit einem Becher Wein und sie grüßte hoheitsvoll mit einem Nicken. Sie fühlte sich wie eine Königin auf dem Weg zur Krönung.

Konrad führte sie den Berg hinunter in die Stadt. Johanna spürte kaum ihre Schritte. Sie schwebte an seiner Hand durch Bambergs Gassen und durch das wie von Zauberhand geöffnete Stadttor auf das offene Feld. Die weißen Soldatenzelte leuchteten im Mondlicht und Grillen zirpten im hohen Gras. Konrad blieb unvermutet stehen und flüsterte: »Da, siehst du es?«

Im selben Augenblick erblickte sie sein buntes Zelt hinter hohen dunklen Bäumen. Es war ein vertrauter Anblick und trotzdem schien es ganz unwirklich zu sein. Die Bäume umrahmten es wie rauschende Wächter und die Soldatenzelte schienen sich respektvoll abgewandt zu haben. Johanna beschleunigte ihre Schritte. Sie hatte das Gefühl, sie müsse sich beeilen, da sich sonst das herrliche arabische Zelt jeden Moment auflösen könnte. Konrad lachte leise, ließ ihre Hand los und ließ sie vorlaufen. Johanna näherte sich mit klopfendem Herzen dem bunten Zelt. Es war ein Traum und gleich würde sie erwachen. Ihre Hände waren ganz taub und sie schaffte es nicht, die Zeltbahn zurück-

zunehmen. Konrad hatte sie erreicht und blickte sie fragend an. Als sie unsicher zu ihm aufsah, erklärte er amüsiert: »Es verstecken sich keine glutäugigen Sarazenen mit Krummsäbel darin.«
Johanna atmete tief durch und schlug die Zeltbahn zurück.
Es war Konrads Zelt und es war doch ganz anders. Es brannte kein Feuer und es waren keine Bücher zu sehen. Überall standen Kerzen und warfen ihr warmes Licht auf herabhängende Schleier und verstreute Blütenblätter. Ein betörender Duft nach Rosen, Veilchen und Jasmin entströmte kleinen viereckigen Schalen. Ehe Johanna ganz eingetreten war, erhob sich Fatma aus den Kissen und strich einen der Schleier zur Seite. Sie blickte lächelnd zu Johanna auf und hauchte mit seltsam rauer Stimme: »Willkommen, Herrin.«
Harun saß im Schatten der Truhe. Er war dabei, einen Pfeil anzuspitzen. Als er aufblickte und Johanna erkannte, schob er den Pfeil lächelnd in den Köcher. Er nickte höflich und verließ das Zelt. Fatma reichte Konrad einen grünen Glaskrug und flüsterte: »So wie Meisterrr gesagt, schwerr und süß.«
Konrad griff nach dem Krug und roch daran. Als er zufrieden seufzte und sich in die Kissen sinken ließ, stand Fatma auf. Leise folgte sie Harun hinaus in die laue Nacht.
Johanna blickte verwirrt auf die hin und her schwankende Zeltbahn und fragte sich, was wohl Dame Engeltrud davon halten würde. Sie war nachts allein mit einem Mann. Und dazu noch in einem lieblich nach Blüten duftenden Zelt mit zarten Schleiern und flackernden Kerzen. Das hier war die Sünde, vor der sie Vater Ambrosius gewarnt hatte. Betörend süße, sündige Düfte und viel zu bunte, viel zu schöne, lockende Farben. Ein Gebet, nur ein Gebet konnte jetzt noch helfen. Johanna knetete ihre tauben Finger. Heilige Jungfrau, erbarme dich meiner. Heilige Barbara, bitte für mich. Heilige Perpetua, wende dich nicht ab. Alle Worte wurden zu einer lieblich klingenden Melodie, einschläfernd und lähmend wie ein warmes Bad. Gieselbertas Stimme fuhr dazwischen und keifte: Baden verweichlicht und Euer Sarazene ist ein wahrer Teufel.
Konrad stellte den Krug ab und streckte die Hand nach ihr aus: »Komm, probier es. Es ist der Trunk meines Meisters Ali al-Farādīs. Ein Schluck lässt dich allen Kummer vergessen, zwei Schlucke zeigen

dir deine verborgenen Kräfte und drei Schlucke bringen einen Schimmer des Paradieses.«
Johanna blickte in sein erwartungsvolles Gesicht und kam vorsichtig näher. Gieselbertas Stimme kreischte in ihrem Kopf: Pah, Kummer vergessen und verborgene Kräfte, ein Schimmer des Paradieses – Sünde, Sünde, Sarazenenzauber und Teufelsbuhlen! Johanna schloss die Augen und war hin- und hergerissen. Konrads sanfte Stimme drang unendlich zärtlich durch Gieselbertas grantiges Schimpfen: »Johanna, vertrau mir.«
Als sie sich nicht rührte, flüsterte er: »Wir werden heiraten. Morgen schon gehen wir zum König und bitten ihn um Erlaubnis. Er wird seinen Segen geben. Er ist ein guter und gerechter Mann. Komm, komm, Johanna.«
Johanna machte die Augen auf und blickte in einen Wirbel aus Schleiern, Lichtern und Farben. Konrads Augen waren so offen, freundlich und hell. Sie schienen alles zu überstrahlen. Johanna ließ sich neben ihm auf einem der Kissen nieder und er zog sie an sich. Sie war plötzlich sehr müde. Sie wollte nicht mehr an Engeltruds Mahnungen und Gieselbertas Gezänk denken. Erschöpft ließ sie ihren Kopf an seine Schulter sinken. Als er mit seinem Finger über ihren Nacken strich, spürte sie die Berührung bis tief in ihren Bauch. Lange sagte keiner von ihnen ein Wort. Nur die Schleier bewegten sich leicht und die Kerzen brannten nach und nach herunter, sodass es immer dunkler wurde. Irgendwann tastete Konrad nach dem Krug und trank einen Schluck daraus. Johanna setzte sich auf und atmete überrascht den ungewöhnlich süßen Duft ein. Er trank noch einen Schluck. Jetzt weckt er seine verborgenen Kräfte, dachte Johanna und wartete gespannt, was passieren würde. Er trank nicht noch ein drittes Mal, sondern reichte ihr wortlos den Krug.
Der atemberaubende Duft stieg in ihre Nase. Der Wunsch zu kosten war übermächtig. Nur einen winzigen Schluck. Sofort pulsierte es auf ihrer Zunge. Alles schwoll an und ihr Kopf fühlte sich leicht an. Sie konnte nicht anders und musste noch einen Schluck nehmen. Der honiggelbe Saft war süß und würzig zugleich. Er schmeckte nach fleischigen Blüten und wilden Melodien. Er schmeckte nach galoppierenden Pferden und tanzenden Füßen, wehenden Stoffen und

schwirrenden Vögeln. Sie spürte das heftige Verlangen auf der Zunge, diese Wonnen zu schmecken. Sie trank und trank. Sie trank das Morgenland, die Gebirge und die Königreiche. Ein Gefühl von Triumph und Stärke erfüllte sie. Die Stimmen aus dem Heerlager wurden zu den Stimmen von mächtigen Streitern. Ihren Streitern für den Frieden. Sie war ihre mächtige und starke Königin. Ihr Herz klopfte wild und plötzlich war ihr, als könne sie die Sterne des Sternenmantels ganz deutlich sehen. Ein Windzug kam herein und brachte die Zeltbahnen zum Flattern. Die Sterne tanzten und wirbelten.

»Das reicht«, flüsterte er und wies auf den Krug.

Sie reichte ihm den Krug und während er trank, ließ er sie nicht aus den Augen. Dann streckte er die Hände nach ihr aus und zog sie an sich. Sie versanken in den Kissen.

Endlich, dachte sie, endlich.

Konrads Mantel raschelte, als er von seinen Schultern glitt. Noch mit geschlossenen Augen sah Johanna die goldenen Sterne tanzen. Seine Lippen berührten ihren Hals. Er roch nach dem gelben Sirup. Süß und herb zugleich.

Endlich gehörte Konrad ihr.

Am nächsten Morgen war er fort. Fatma hockte vor ihr und blinzelte ihr vergnügt zu. Johanna richtete sich mit steifen Gliedern auf und blickte sich um. Neben ihr stand noch der grüne Krug mit dem Kranichgriff. Bis auf eine winzige Pfütze war er geleert. Sie konnte sich gar nicht daran erinnern, wer das alles getrunken hatte. Da kein klebriger Fleck auf dem Teppich zu sehen war, musste der Krug in der Nacht von ihr und Konrad geleert worden sein. Seltsamerweise bedrückte sie das keineswegs. Sie hatte weder Kopfschmerzen noch ein schlechtes Gewissen. Sie fühlte sich frei und erleichtert. Er hatte sie gebeten, seine Frau zu werden. Heute Abend würden sie zum König gehen und alles würde sein, wie es sein sollte.

Fatma blickte schmunzelnd in den leeren Krug und sagte verschwörerisch: »Kommt noch eine Nacht. Kommen noch viele Nächte.«

Johanna sah verlegen auf ihr zerknittertes Kleid hinunter und Fatma fügte hinzu: »Meisterrr nun in Krankenzelt helfen. Harun bei ihm. Ist viel Arbeit nach Fest. Herrin bleibt bei Fatma bis Abend.«

Johanna stand auf. Ohne Fatma anzusehen, strich sie sich über das Kleid und rief: »Oh, ich kann nicht bleiben.«
»Wird Herrin wiederkommen, wird bleiben?«
Johanna hielt in der Bewegung inne und lächelte: »Dein Meister und ich werden vermählt werden. Dann bleibe ich für immer.«
Fatma lächelte zurück: »Das ist sehr gut.«
Johanna strich sich über ihr zerzaustes Haar. Fatma sprang auf und rief: »Ich mache schön.« Ehe Johanna sie daran hindern konnte, war Fatma neben ihr und begann ihre Zopfflechten zu lösen. Während Fatma ihr mit einem kleinen Kamm durch die Strähnen fuhr, dachte Johanna über den Hof nach. Was würden die Hofdamen zu ihrer Heirat sagen? Sie hatten sich so bemüht, ihr Ritter Wolfram ans Herz zu legen. Und wie würde die Königin reagieren? Bevor sie Konrad am Abend wiedersah, musste sie mit Königin Irene sprechen, die ihr einst versprochen hatte, einer Heirat mit Konrad zuzustimmen.
Fatma schnurrte zufrieden wie eine Katze und band Johanna selbstvergessen eines ihres Bänder ins Haar. Kupferne Plättchen fielen Johanna in die Stirn und ein gemustertes Band kringelte sich vor ihren Augen, während Fatma eine Blüte befestigte. Johanna blickte sich beunruhigt zu Fatma um: »Was tust du da? Das ist viel zu auffällig. Was werden sie denken?«
»Ist für Braut, Herrin.«
Johanna hinderte sie daran, ihr eine weitere Blume ins Haar zu flechten, und sprang auf. Fatma sah sehr enttäuscht aus, als Johanna mit einem entschuldigenden Lächeln aus dem Zelt schlüpfte.
Die Sonne stand schon ziemlich hoch, als Johanna in die Stadt zurückkehrte.
Überall gab es Spuren des Festes: Leere Weinfässer und Reste von Hühnerknochen, verwelkte Blütenblätter und in den Schmutz getretene Bänder. Als Johanna den Berg zum Domplatz und dem Palast des Bischofs hinaufstieg, waren ihre Gedanken beim bevorstehenden Gespräch mit der Königin. Sie bemerkte die Blicke erst gar nicht. Erst nach einer Weile fiel ihr auf, dass sie alle anstarrten. Sie versuchte vorsichtig, die Blume aus ihren Haaren zu ziehen. Doch das verflixte Ding steckte so fest, dass Johanna es bleiben ließ.

Sie lief an der breiten Treppe zum Bischofspalast vorbei und warf einen verstohlenen Blick auf die Tür zur Andreas-Kapelle. Sie hatte die Messe versäumt und gegessen hatte sie auch noch nicht. Ihr Magen knurrte, als sie am Küchentrakt des Palastes vorbeikam. Sie achtete nicht auf ihren Hunger, sondern stieg die Treppe hinauf zum Gästetrakt.

Vor dem Schlafgemach der Königin saß eine Frau mit einem schneeweißen Gebände auf einem Hocker und sortierte Seidengarn. Die Dame blickte auf und Johanna fuhr erschrocken zurück. Sie blickte in Dame Engeltruds strenges Gesicht und ihre Hand fuhr schuldbewusst zu der Blüte in ihrem Haar. Engeltrud ließ einen Goldfaden durch ihre Finger gleiten und rief empört: »So, da ist sie ja wieder. Und wie sieht sie aus? Wie die Mätresse eines Sarazenen!«

»Es sind doch nur Bänder und Blumen.«

Engeltrud wickelte den Faden um ihren Finger und zischte: »Sie sind das Zeichen Eurer Schande.«

Johanna hockte sich neben die Dame und suchte ihren Blick: »O bitte, Engeltrud, urteilt nicht vorschnell. Konrad wird mich heiraten. Er wird den König aufsuchen und ich werde mit der Königin sprechen. Vater Ambrosius wird unseren Bund vor Gottes Angesicht in der Andreas-Kapelle segnen.«

»Vor welchem Gott? Vor dem Gott der Christen? Vater Ambrosius hat Euch gewarnt.«

»Lasst mich zur Königin. Sie wird den Hofkaplan umstimmen.«

Johanna wollte ihre Hand auf Engeltruds Arm legen, doch die zuckte zurück, als hätte sie sich verbrannt, und wisperte vorwurfsvoll: »O Johanna, all die Jahre habe ich Euch unter meiner Obhut gehabt. Warum tut Ihr mir das an?«

Johanna wusste nicht, was sie darauf sagen sollte, so wiederholte sie kleinlaut: »Ich muss zur Königin.«

Engeltrud richtete sich kerzengrade auf und sagte abweisend: »Die Königin schläft und will nicht gestört werden. Ihr werdet später wiederkommen müssen.«

Als Johanna sich erhob, fügte Engeltrud giftig hinzu: »Glaubt ja nicht, dass sie Euch gehen lässt. Sie braucht Eure heilenden Hände. Sie wird Euch niemals aus Ihrem Dienst entlassen.«

Johanna dachte an den Pfalzgrafen und das Versprechen der Königin. Engeltrud konnte nicht wissen, dass die Königin selbst von einer Heirat mit Konrad gesprochen hatte. Johanna beschloss, am Nachmittag noch einmal zurückzukommen. Vorher wollte sie Gott um seinen Beistand bitten. Ohne einen Gruß wandte sie sich zum Gehen. Als sie die Treppe fast erreicht hatte, hörte sie Engeltrud besorgt rufen: »Wo wollt Ihr denn hin?«

Johanna rief über ihre Schulter: »Zur Andreas-Kapelle. Beten.«

Als sie die Stufen herabstieg, entschied sie, zuvor in der Küche vorbeizuschauen. Ihr knurrender Magen würde sie beim Beten stören.

Im Küchentrakt bekam Johanna von den Mägden eine Schale mit kaltem Dinkelbrei vorgesetzt und ein dünnes Tuch geliehen, mit dem sie in der Kapelle ihr Haar bedecken konnte. Mit gefülltem Bauch und dem weißen Leinentuch auf dem Kopf erreichte sie kurz darauf die achteckige Kapelle. In ihrem Inneren war es angenehm kühl und dunkel. Es war fast Mittag und nach der Messe war die Kapelle mit den bunten Malereien an der Holzdecke und den mächtigen Säulen menschenleer.

Johanna bekreuzigte sich mit Weihwasser, knickste und blickte sich verstohlen um. Vater Ambrosius war nirgends zu sehen. Sie trat zum Altar, sank vor dem großen Christuskreuz in die Knie und senkte den Kopf. Sie war gekommen, um darum zu bitten, dass Gott das Herz von Vater Ambrosius erweiche. Sie wollte Gott anflehen, die Hofdamen milde zu stimmen und ihren Geist verständig zu machen. Konrad hatte seinen Glauben verloren, doch er würde ihn wiederfinden. Sie mussten nur Geduld mit ihm haben. Nach all den Jahren im Morgenland war er verwirrt und wusste nicht, wo er hingehörte. Natürlich gehörte er zu ihr. Das hatte sie in der Nacht ganz deutlich gespürt. Und wenn sie mit Konrad bis nach Damaskus musste. Vor Damaskus war aus Saulus Paulus geworden. Wo auch immer, sie würde überall hingehen, damit Konrad seinen Frieden wiederfand. Gott würde ihr beistehen. Er war groß und allmächtig. Himmel und Erde waren ihm untertan. Gottes Sohn war gekreuzigt worden, um die Menschen von ihren Sünden zu erlösen. Gott war am Kreuz Christi gegenwärtig. Johanna hob die Hände zum Gekreuzigten auf.

Schritte näherten sich und jemand blieb schweigend hinter ihr stehen. Johanna nahm an, dass es ein Gläubiger wäre, der hier vor dem Altar Gottes Segen erflehen wollte. Gleich würde er neben ihr in die Knie sinken und ebenfalls die Hände zu Gott erheben. Doch nichts geschah. Johanna versuchte, nicht auf die Anwesenheit des anderen zu achten. Sie versuchte, sich Gottes Gegenwart in Erinnerung zu rufen. Das bedeutungsvolle Schweigen neben ihr war zu mächtig. Sie senkte die Arme und blickte sich um.
Der Pfalzgraf von Wittelsbach bedachte sie mit einem Blick voller Verachtung. Erschrocken sprang Johanna auf. Etwas Finsteres umgab den Ritter, der es wagte, in Gottes Gegenwart ein Schwertgehänge zu tragen. Johanna versuchte ein Lächeln. Der Pfalzgraf rührte sich nicht, sondern betrachtete sie weiter auf diese beunruhigende Weise. Johanna erinnerte sich, wie sie im Gras neben dem toten Mündel des Pfalzgrafen gekniet hatte. Johanna schluckte und tastete sich Schritt für Schritt rückwärts. Ihre Hände berührten das steife Altartuch. Sie krallte ihre Finger hinein und flüsterte: »Verzeiht, Herr Pfalzgraf. Ich will Euer Gebet nicht stören.«
»Bleibt.«
Die Stimme des Pfalzgrafen hallte durch den hohen Raum und wurde von den Säulen zurückgeworfen. Johanna presste ihre Finger an das Altartuch und wagte kaum zu atmen. Der Pfalzgraf kam mit drei großen Schritten auf sie zu und packte ihren Arm. Das Altartuch rutschte hinunter und etwas fiel klirrend zu Boden. Ohne darauf zu achten, zog er sie quer durch den Raum der Kapelle hinter sich her. Plötzlich blieb er stehen und beugte sich zu ihr. Sein Flüstern schien sich durch die Säulen hindurchzuwinden und ihren Rücken hinaufzukriechen: »Den ganzen Morgen habe ich gebetet. Ich bin bereit für Gottes Gericht.«
Johanna verstand nicht, wovon er sprach. Sie wünschte, dass endlich jemand käme und sie aus dieser Lage befreite. Doch es kam keiner. Seine schreckliche kalte Stimme war nun dicht neben ihrem Ohr. Sein Gesicht streifte das dünne Leinentuch und es schwebte zu Boden. Der Pfalzgraf zupfte ein Blütenblatt aus ihren Haaren und zerdrückte es zwischen seinen Fingern: »Ihr werdet zusehen, wie ich den König richte.«

Johanna versuchte, sich aus seinem Griff zu befreien. Unbeeindruckt schleifte er sie hinter sich her. Sie blickte wild um sich. Warum half ihr niemand? Die Heiligenfiguren in den Nischen hoben segnend die Hände und lächelten gleichgültig. Auf der Malerei an der Holzdecke fuhr Christus auf einer Wolke in den Himmel und Petrus streckte ihr hoheitsvoll den Himmelsschlüssel entgegen. Der Pfalzgraf öffnete die schwere Tür und stieß sie ins Freie. Die Sonne blendete und Johanna kniff die Augen zusammen. Eine grimmige Stimme fragte: »Was soll das? Wir können keine Dame brauchen.«

Johannas Augen hatten sich an die Helligkeit gewöhnt und sie bemerkte eine Hand voll gut gerüsteter Ritter in Kettenhemden. Inmitten des bunten Haufens erkannte sie den Markgrafen von Istrien. Sie hatte ihn schon oft bei Hofe gesehen, die anderen Männer kannte sie nicht. Der kleine glatzköpfige Markgraf knurrte ungeduldig: »Kommt endlich. Gleich beendet der König seine Mittagsruhe. Dann sind wir nicht mehr ungestört. Und denkt daran, es muss wie ein Unfall aussehen.«

»Sie soll es mit ansehen. Sie hat vor der Königin geleugnet, dass mir der König sein Wort gab.« Johanna erstarrte bei seinen Worten. Es war alles ihre Schuld. Sie hatte gelogen. Der Gedanke fuhr ihr eiskalt in die Glieder und lähmte sie.

Der Pfalzgraf schien zu spüren, dass sie ihren Widerstand aufgab. Er ließ Johanna los und schubste sie vor sich her. Der Markgraf grummelte etwas und ging mit strammen Schritten voran. Der Platz war menschenleer. Nur die hoch stehende Sonne spiegelte sich auf den Steinen. Johanna stolperte die Treppe zum bischöflichen Palast hoch und versuchte zu begreifen, was hier geschah. Was wollten diese Männer vom König? Wieso störten sie seine Mittagsruhe?

Der Pfalzgraf schubste sie durch die Flügeltür in den bischöflichen Palast. Die entschlossen ausschreitende Gruppe von Männern durchquerte einen fensterlosen Gang. Mit bedrohlich klappernden Schwertgehängen schritten sie an den dicken Säulen entlang und erreichten schließlich die reich verzierte Tür zum Schlafgemach des Königs. Der Markgraf lachte leise und zischte: »Keine Wachen! Diese Dummköpfe. So, Pfalzgraf, nun zeigt dem König, wie gut Euer neues Schwert die Borte an seinem Gewand durchtrennen kann. Wir werden alle be-

zeugen, dass er unbedarft den Kopf bewegte. Bewahrt eine ruhige Hand, ein Hals ist empfindlich, ha!«
Sein Gezischel weckte Johanna aus ihrer Erstarrung. Sie begriff plötzlich, was diese Männer vorhatten. Sie wollten den König ermorden! Das durfte nicht geschehen. Johanna drängte sich an den überraschten Männern vorbei, stellte sich mit dem Rücken vor die geschlossene Tür und rief: »Nein, das dürft ihr nicht!«
Der Pfalzgraf packte grob ihre Schulter und stieß sie zur Seite. Sein Stoß war so heftig, dass sie durch die Luft flog und ihr Kopf gegen eine Säule schlug. Ein messerscharfer Schmerz raste durch ihre Schläfe und alles wurde dunkel.

Mechthild traf kurz darauf an der Treppe des Palastes mit Anselm zusammen. Sie trug einen in Leinentücher geschlagenen Samtstoff unter dem Arm. Sie hatte den wertvollen Stoff unten an der Regnitz einem Stoffhändler abgekauft: der ideale Stoff für einen Mantel zur Kaiserkrönung. Heute würde sie den Samt der Königin vorführen und eine reiche Frau werden. Sie hatte Dame Johanna gestern Morgen gebeten, sie in den Gemächern zu erwarten. Es war immer gut, Unterstützung von einer erfahrenen Hofdame zu haben.
Anselm biss herzhaft in einen Brotkanten, bemerkte das Bündel unter ihrem Arm und fragte kauend: »Na, wieder Geschäfte?«
Mechthild lächelte und flüsterte: »Samtstoff für Philipps Krönung!«
Anselm nickte und sagte erleichtert: »Wir haben endlich Frieden! König Philipp hat sich an die Abmachung gehalten und sein gesamtes Heer entlassen. Ich war gerade bei ihm. Er hat mir aufgetragen, seine Grüße nach Braunschweig zu bringen.«
Mechthild überlegte, ob sie ihn bitten sollte, mit zur Königin zu kommen. Sie kam nicht mehr dazu, ihn zu fragen.
Die Flügeltür zum Palast wurde aufgestoßen. Das Holz knallte an die Mauern und zersplitterte. Der Wittelsbacher taumelte blutbespritzt heraus. Er reckte sein glänzendes Schwert in die Höhe. Es war feucht und dunkelrot, nur im Knauf spiegelte sich das Sonnenlicht.
»Rache!«, brüllte er heiser.
Mechthild ließ erschrocken ihr Stoffpaket fallen. Plötzlich wimmelte es auf der Treppe von Männern. Alle schrien und fuchtelten mit Waf-

fen. Einer schob einen kleinen Jungen vor sich her. Sein Gewand war blutgetränkt. Das Kind sah aus, als hätte es in Blut gebadet. Aus den Haaren tropfte es und selbst in den Brauen klebte Blut.
Der Anblick war grauenvoll. Mechthild brauchte einen Moment, um zu begreifen, wer der Junge war. Sein Haar hatte eindeutig eine hellrote Farbe und das schmale Gesicht kannte sie gut. Einer der Männer drängte ihn zur Seite und er stürzte zu Boden.
»Brian!«, krächzte Mechthild. Es hatte eigentlich ein Schrei werden sollen. Sie wollte zu ihm, doch Anselm hielt sie am Arm zurück.
Einer der Ritter schrie: »Weg hier, der Zorn des Pfalzgrafen hat alles zunichte gemacht. Niemand wird uns glauben, dass es ein Unfall war. Rasch zu den Pferden.«
Alle schienen gleichzeitig die Treppe herunterzustürmen und Mechthild sprang erschrocken zur Seite. Einen Augenblick später kamen sie auf ihren Pferden an ihnen vorbei. Anselm zog sie hastig auf die Treppe. Dann war alles still.
Mechthild sah ihren Stoffballen im Schmutz liegen. Pferdehufe waren darüber hinweggetrampelt und hatten das Leinentuch zerrissen. Der rote Samt war herausgequollen.
Sie musste sich schütteln. Es kam ihr vor, als würde sie sich in einem schrecklichen Traum befinden. Ihr Blick glitt zögernd zur Palasttür hoch. Auf der obersten Stufe lag ein kleiner zusammengekauerter Körper.
»Briiian!«, schrie sie und hastete die Stufen hinauf. Anselm war schneller. Er war als Erster bei Brian. Als er ihm die Hand auf die Brust legte, schlug der Junge die Augen auf und sagte: »Er ist tot.«
»Wer ist tot. Bist du verletzt? Br-ian sag et-was!« Mechthild hockte sich zu ihm.
»Es ist sein Blut. Es ist das Blut des Königs. Ich habe unter dem Bett gelegen. Der da war auch dabei.« Brian richtete sich auf und zeigte auf eine Gestalt in der offenen Tür.
»Es ist der Marschall des Königs. Heinrich von Kalden«, flüsterte Anselm.
»Brian redet wirres Zeug. Der König kann gar nicht tot sein«, erklärte Mechthild aufgebracht.

Der Marschall wankte nach vorn. Er wurde von zwei Wachsoldaten gestützt und presste sich die blutigen Hände vor den Bauch. Sein Kopf fiel nach vorn und er nuschelte: »Verfolgt sie! Verfolgt die Mörder des Königs!«

»Es ist niemand da. Alle Soldaten wurden heute Morgen entlassen. Holt den Hofarzt! Schnell, er wird sonst verbluten«, befahl Anselm den Wachsoldaten.

Mechthild hob den Kopf und rief: »Nein. Holt Dame Johanna. Vielleicht kann sie den König noch retten. Sie ist in den Gemächern der Königin.«

Die Wachsoldaten legten den verletzten Marschall ab und rannten los. Der Marschall richtete sich etwas auf und flüsterte: »Dem König kann keiner mehr helfen. Der Wittelsbacher hat gründliche Arbeit geleistet. Er hat ihm am Hals die Schlagader durchtrennt und ihn anschließend noch gewürgt. Kein Funke Leben ist mehr in ihm.«

Mechthild ging zu ihm hinüber und wischte ihm die nasse Stirn.

Der Marschall sah sie mit einem seltsamen Blick an und fragte: »Wo war Gott, als der Pfalzgraf mit seinen Anhängern zum König kam? Warum hat Gott ihn nicht gewarnt? Wie konnte Gott ihn so sterben lassen? Ohne Sakramente, ohne Letzte Ölung, fast im Schlaf.« Er hustete und spuckte einen Schwall Blut auf die Treppe.

Brian versuchte aufzustehen, doch seine Beine zitterten und wollten ihm nicht so recht gehorchen. Er kroch auf allen vieren zu ihm. Der Marschall fragte: »Kleiner, was hattest du dort verloren? Hast du alles gehört? Was haben sie gesprochen, bevor es passierte? Hast du es gehört?«

Brian wirkte verstört, tonlos flüsterte er: »Ich habe alles mit angehört. Einer sagte: Spiel nicht mit dem Schwert herum. Jemand antwortete: Dies soll auch kein Spiel für dich sein. Dann wackelte es über mir und irgendwie krabbelte ich aus meinem Versteck. Alles war voller Blut.«

»Ich habe versucht, ihn am Würgen zu hindern, aber dann …« Der Marschall musste wieder husten.

»Seid endlich still. Ihr müsst Eure Kräfte schonen«, sagte Mechthild und half Brian auf die Beine. Sie musste ihn stützen. Er zitterte immer noch am ganzen Körper.

Johanna kam mit Harun aus dem Palast. Harun musste sie stützen. Sie sah blass und verwirrt aus. Eine feine Blutspur rann an ihrer Schläfe entlang. Sie hielt offensichtlich Brian für den Verletzten. Doch Mechthild schüttelte den Kopf und wies stumm auf den Marschall.

Johanna hockte sich neben den hustenden Mann. Sie schloss die Augen und tastet nach seiner Wunde. Sie fühlte tief hinein und entschied: »Er wird nicht sterben, aber wir müssen ihn verbinden. Harun, trag ihn in die Schlafgemächer.«

Der Marschall keuchte: »Nein, dort liegt der König. Sie sollen ihn für die Aufbahrung im Dom bereitmachen. Lasst die Glocken läuten und Messen lesen, stellt Kerzen auf.«

Harun hob den Marschall auf und trug in den Palast zurück. Mechthild suchte Johannas Blick und rief ungläubig: »Der König ist tot. Der Pfalzgraf von Wittelsbach hat ihn ermordet.«

Johannas Unterlippe begann zu zittern, Tränen traten in ihre Augen und sie hauchte: »Es ist alles meine Schuld. Ich war dort und konnte sie nicht aufhalten.«

Mechthild wollte zu ihr, doch Anselm drückte ihr den zerfledderten Stoffballen in den Arm und zischte: »Wir müssen weg!«

Brian sah mit blutverschmiertem Gesicht zu ihr hoch, dann griff er nach ihrer Hand. Sie drehte sich noch einmal um. Johanna war fort.

Am Brunnen auf dem Platz vor der Dombaustelle blieb Mechthild stehen. Sie legte den Stoffballen vorsichtig auf den Rand und prüfte, ob noch Wasser im Eimer war. Er war leer. Nach kurzem Zögern befeuchtete sie den Zipfel ihres Ärmels mit Spucke. Sie rieb damit grob über Brians rotes Gesicht.

»Beeil dich. Wir müssen weg. Hier bricht gleich die Hölle los«, drängte Anselm.

»Moment noch, nur …«

»Komm jetzt! Sie werden es bald erfahren. Dann will ich lieber schon weg sein.«

Sie ließ Brian los und musterte ihn skeptisch. Anselm packte den Jungen und zog ihn den Berg hinunter in die Stadt. Mechthild konnte kaum Schritt halten. Als die mit Gerüsten bekleideten, halbhohen

Türme des neuen Domes hinter ihnen lagen, verlangsamte Anselm seinen Schritt.
Mechthild blickte sich um und wunderte sich, dass alles seinen gewohnten Gang ging. Ruhig trottete ein Bäckerjunge mit einem Tablett Kuchen vorbei. Ein Fuhrmann peitschte auf ein bockiges Maultier ein. Die verkrüppelte Hand eines Bettlers streckte sich ihnen entgegen. Kinder warfen Knöchelchen an die Hauswand und eine Magd goss einen Eimer Wasser auf die Straße. Keiner ahnte etwas. Nirgends gab es einen Hinweis darauf, dass sich alles verändert hatte. Wie seltsam, dachte Mechthild. Es schien die Bamberger nicht zu kümmern, ob ihr König lebte oder tot war. Was würde passieren, wenn sie es einfach herausbrüllen würde? Würden alle innehalten? Würde dieser normale Tag sich wenden und ein besonderer Tag werden? Der Tag, an dem König Philipp ermordet wurde.
Auf dem Milchmarkt blieb ein kleines Mädchen stehen und fragte Brian: »Bist du in die Mühle gefallen oder hast du beim Schlachten geholfen?«
Anselm zog Brian schnell weiter. Mechthild fragte sich, was Brian eigentlich im Schlafzimmer des Königs unter dem Bett gemacht hatte. Es gab nur eine Erklärung. Abrupt blieb sie stehen und sah Anselm scharf an: »Hast du etwa Brian in sein Schlafgemach geschickt? Sollte er für dich lauschen? Nach geheimen Briefen und Dokumenten suchen, damit du deinen Otto beeindrucken kannst?«
»Wovon sprichst du? »
»Streite es nicht ab! Was bist du nur für ein Feigling? Schickst kleine Kinder vor, damit sie die Drecksarbeit für dich machen. Riskierst ihr Leben und wofür? Für Otto, immer geht es nur um deinen Otto. Doch nun hast du ja, was du wolltest. Otto wird König, dass Philipp tot ist, schert dich nicht. Seine feige Ermordung kommt dir gerade recht.«
»Mechthild, das ist doch nicht wahr. Otto …«
»Du lügst, betrügst und spionierst für deinen Otto. Es reicht mir! Verschwinde doch! Hau ab! Verschwinde endlich zu deinem Otto. Schwing dich aufs Pferd, es juckt dir ja schon der Hintern. Soll er doch dein Bett wärmen!«, schrie sie aufgebracht.
Ohne dass sie es bemerkt hatte, hatte sich eine Menschenmenge um sie versammelt. Ein paar Leute klatschten und lachten. Als Anselm sie

nur ansah und sich nicht gegen die Vorwürfe wehrte, wurde sie noch wütender. Sie trat einen Schritt auf ihn zu und knallte ihm ihre flache Hand ins Gesicht. Er zuckte nicht zusammen, sondern starrte sie nur entsetzt an. So etwas hatte sie noch nie getan. Sie spürte sofort, dass sie zu weit gegangen war.

Eine alte Frau rief: »Gut so, gebt es den Kerlen hundertfach zurück!«

»Er soll sich einen Stock nehmen und ihn auf ihrem Hintern jucken lassen«, brüllte ein dicker Mann und lachte gackernd.

Anselm drehte sich um und die Menge teilte sich schweigend, um ihn hindurchzulassen. Mechthild biss sich auf die Unterlippe. Sie wollte ihn zurückrufen, um Verzeihung bitten. Ihn anflehen, ihr zu vergeben. So hatte sie es doch gar nicht gemeint! Wie konnte sie nur mit ihm streiten, während der König ermordet in seinem Schlafgemach lag? Das Reich war in Verwirrung, Aufstände und Überfälle drohten. Und sie? Sie schlug ihren Mann. Die Menschen zerstreuten sich und Brian schaute besorgt zu ihr hoch: »Wolfhild? … Ähm … weißt du, er hat mich nicht geschickt. Ich hatte mich dort versteckt, weil ich den König sprechen wollte. Ich wollte ihn bitten, Beatrix einen neuen Hund zu schenken. Der Pfalzgraf von Wittelsbach hat ihren Hund totgetreten.«

»Ach?«, sagte sie verwirrt. Einen Hund! Er riskierte sein Leben für einen Hund. Verblüfft schüttelte sie den Kopf.

Auf dem Weg zum Fischmarkt sprachen sie kein Wort miteinander.

Bei Anbruch der Nacht saß Mechthild in der Küche des Fischhändlers. Sie hatte eine kleine Öllampe auf den Tisch gestellt und beobachtete die zuckende Flamme. Sie wartete auf ihren Mann. Die Reisegruppe nach Braunschweig würde erst morgen früh aufbrechen. Niemand begann eine lange Reise am späten Nachmittag. Aber würde er kommen, nach dem, was vorgefallen war? Wenn er nun nicht kam. Sie schob den Gedanken beiseite.

Bevor er aufbrach, musste sie Anselm unbedingt sprechen. Er sollte verstehen, wieso sie die Beherrschung verloren hatte. Und sie würde nicht mit ihm nach Braunschweig gehen und auch nicht nach Köln zu ihrem Vater. Sie würde sich dem staufischen Tross anschließen, denn sie hatte nicht vor, Johanna zu verlassen. Mechthild konnte unmöglich ihre Freundin in ihrem Schmerz allein lassen.

Der rote Samt, der hinter ihr in einer Truhe verwahrt war, musste warten. Mechthild seufzte und blickte über ihre Schulter zurück. Sie war ein hohes finanzielles Risiko eingegangen, um den Samt zu kaufen. Er war für Philipps Kaiserkrönung gedacht gewesen. Nun war König Philipp tot. Doch es musste einer zum Kaiser gekrönt werden und es war nur noch König Otto übrig. Oder hatte der schon einen Mantel anfertigen lassen? Sollte sie Anselm danach fragen und ihn bitten … Ach, das ging ja nicht. Fast hätte sie den Streit auf dem Milchmarkt vergessen. Könnte sie ihn doch ungeschehen machen! Sie blickte in die Lampe und überlegte, was sie der heiligen Margareta diesmal versprechen könnte. Wenn er kam, dann würde sie … würde sie … Ins Kloster gehen? Eine Pilgerreise nach Jerusalem oder Santiago machen? Almosen geben?

Die Tür öffnete sich knarrend. Er war gekommen! Der heiligen Margareta sei Dank. Eine Kerze hatte sie mindestens verdient.

Anselm setzte sich auf die Küchenbank. Mechthild warf ihm einen prüfenden Blick zu und fragte mit belegter Stimme: »Tat es weh? Ich wollte das nicht tun.«

»Was meinst du? Dieses leichte Lüftchen, das mich auf dem Milchmark gestreift hat. Die Ereignisse hatten dich verwirrt. Ich habe es längst wieder vergessen. Ich wollte mich verabschieden.«

Sie fühlte sich unendlich erleichtert und beeilte sich zu erklären: »Ich war so durcheinander von … all dem Blut. Es kommt nie wieder vor. Ich schwöre es, beim Schwert der heiligen Margareta. Brian wollte nur um einen Hund für Beatrix bitten. Darum lag er unter dem Bett …«

»Dieser Verrückte! Ich hätte doch mit dem Jagdmeister sprechen können. Aber Brian ist schon in Ordnung. Er hat Mut und kann sogar ein wenig Latein. Für den Anfang muss es genügen. Weißt du, ich habe beschlossen, ihn in die Lehre zu nehmen. Als angehender Ministeriale am Hof. Er kann Arnos Arbeit übernehmen. Dein Vater wird damit einverstanden sein.«

»Du nimmst ihn mit nach Braunschweig? Schon morgen?«

Es machte sie ein wenig traurig, Brian so schnell abgeben zu müssen. Sie würde ihn vermissen. Anselm unterbrach ihre Gedanken. Er stand auf und begann in der Küche auf und ab zu laufen. Dabei schüttelte er immer wieder den Kopf und erklärte schließlich: »Ich hätte nie gedacht, dass König Philipp sich so ungeschickt anstellen würde. Otto hätte es besser gemacht. Otto mag ja viele Fehler haben, aber das hätte er besser gemacht.«

»Was meinst du?«

»Friedrich war bei Philipp und hat ihn vor dem Wittelsbacher gewarnt. Otto hätte einem Mann nicht mehr vertraut, vor dem er gewarnt worden ist.«

»Ich vermute, König Philipp hat nichts von einem geplanten Verrat gewusst. Wahrscheinlich ist Friedrich nie bei ihm gewesen.«

Anselm unterbrach seine Wanderung und blieb vor ihr stehen. Seine Augen blitzen im Licht der Öllampe. Ungläubig fragte er: »Du glaubst, Friedrich ist nie bei ihm gewesen?«

Mechthild wusste nicht, wie sie es erklären sollte. Schließlich sagte sie: »Es muss etwas passiert sein, in jener Nacht. Friedrich war immer pflichtbewusst und zuverlässig. Er hätte dir sonst bestimmt das Schwert und den Mantel geschickt.«

Anselm ließ sich wieder auf die Küchenbank sinken. Er ließ die Hände über den Knien baumeln und erklärte müde: »Wir hätten zu Philipp gehen können.«

»Er hätte uns niemals geglaubt. Du bist Ottos Ratgeber. König Philipp hat dem Pfalzgrafen von Wittelsbach trotz allem vertraut. Er nahm wahrscheinlich an, dass der Pfalzgraf scherzen würde, als dieser sein Schwert zog. Stell dir vor: Der König hat seinem Mörder vertraut. Das ist schrecklich!«

»Hast du gesehen, dass unter den Männern, die zu ihren Pferden eilten, der Markgraf von Istrien war? Den Bruder des Bischofs von Bamberg habe ich auch erkannt. König Philipp hat ihnen ebenfalls vertraut.«

Der Markgraf von Istrien, dachte Mechthild verblüfft, er war der Glatzkopf aus dem Gasthof. Der Mann, der den Herzog von Brabant auf den Thron bringen wollte. Nachdenklich sagte sie: »Der Pfalzgraf ist schließlich doch noch zu den Verrätern gestoßen und hat den König aus gekränkter Ehre verraten und ermordet. Dabei hatten die Verschwörer geplant, es wie einen Unfall aussehen zu lassen. Niemand kann seinen Tod für einen Unfall halten!«

»Vielleicht ging etwas schief? Vielleicht hat der Markgraf den Jähzorn des Pfalzgrafen unterschätzt und alles lief anders als geplant. Ich bin sicher, dass der Markgraf und seine Komplizen zum König von

Frankreich fliehen werden. Für Männer wie sie gibt es immer einen Unterschlupf. Nur für den Wittelsbacher gibt es keine Zuflucht. Er hat königliches Blut an den Händen. Ihn wird keiner schützen. Er wird gejagt werden und dafür bezahlen müssen.«

Anselm schwieg eine Weile, dann richtete er sich plötzlich auf und erklärte: »Ich werde meine Pläne ändern. Ich werde jemand anderes nach Braunschweig zu Otto schicken. Ich werde die Gruppe um Marschall von Kalden begleiten. Sie brechen nach Süden auf, um den Wittelsbacher zu suchen.«

»Anselm, hast du den Verstand verloren?«, Mechthild sprang auf und hockte sich vor die Küchenbank. Sie legte ihre Hände auf seine Knie und blickte zu ihm auf: »Warum willst du Philipps Mörder jagen? Geh nach Braunschweig, empfange Ottos Dankbarkeit und sein Wohlwollen und überlass die Rache anderen.«

Er schob ihre Hände fort und erklärte unwillig: »Soll ich genauso feige sein wie dein feiner Friedrich und davonlaufen? Wenn ich den Wittelsbacher zu Otto bringe, dann wird Ottos Dankbarkeit noch größer sein.«

»Anselm, das ist völlig verrückt.«

»Sie brechen in wenigen Stunden auf. Heinrich von Kalden ist entschlossen, Philipps Mörder zu finden. Und ich werde mit ihnen reiten. Ich nehme Arno und Brian mit. Wir werden den Wittelsbacher finden und wenn wir das ganze Herzogtum Bayern auf den Kopf stellen müssen.«

»Brian mitnehmen, das darfst du nicht! Er kommt mit mir. Wenn du nach Süden gehst, gehe ich auch nach Süden. Ich begleite Johanna und den staufischen Hof. Brian kann die kleine Prinzessin von ihrem Kummer ablenken. Beatrix wird den Tod ihres Vaters nur schwer verwinden.«

Die Flamme der Lampe flackerte unruhig. Anselm stand auf und murmelte etwas Zustimmendes. Mechthild stand ebenfalls auf und stellte sich ihm in den Weg. Es war zu dunkel, um seine blauen Augen zu sehen. Er legte seine Hand in ihren Nacken und zog sie an sich. Der Kuss war viel zu schnell zu Ende. Als die Tür knarrte, öffnete sie die Augen. Sie rief ihm nach: »Geh mit Marschall von Kalden, du Schafskopf, aber bleib am Leben!«, doch da war er schon fort.

6. KAPITEL

Ein Mantel wird entdeckt und Philipps Marschall unterstützt Otto

August 1208, auf der Burg Hohenstaufen

»Cirologia, in qua est flos medicinae«, las Mechthild und blätterte um. Sie befand sich in Konrads Zelt und versuchte zu lernen. Etwas über die Heilkunst zu wissen konnte nicht schaden. Vielleicht war es irgendwann einmal nützlich. Außerdem liebte Mechthild die Stimmung in dem bunten Zelt, das im Kräutergarten unter den schattigen Zweigen stand. An diesem Abend war es der friedlichste Ort, den man sich denken konnte.

Johanna schlief zwischen den Kissen und Fatma zerkleinerte Kräuter, die wie Dill aussahen, aber wie Liebstöckel dufteten. Konrad saß mit übereinander geschlagenen Beinen neben der schlafenden Johanna und klimperte leise auf seiner Laute. Er hatte Mechthild mit einem amüsierten Lächeln seine Bücher überlassen und etwas über Kaufmannslatein gemurmelt. Eines lag auf ihren Knien und vor ihr lagen schon die Werke von Avicenna und Rhazes bereit, um sie in die Geheimnisse der Medizin einzuführen.

»Virtutes naturales, animales, spirituales …«, murmelte Mechthild und versuchte, Konrads skeptische Blicke zu ignorieren. Auf Burg Hohenstaufen gab es sonst nichts Sinnvolles für sie zu tun. Mechthild schien es, als tat keine der edlen Herrschaften etwas Sinnvolles. Während die Mägde und Knechte schufteten, saßen die Hofdamen nur herum. Dabei wirkten sie ungemein beschäftigt. Seit ihrer Ankunft wunderte sich Mechthild immer wieder darüber, wie man beim Garnichtstun so beschäftigt aussehen konnte. Wollte sie in den Frauengemächern mit einer der Damen plaudern, blickte diese durch sie hindurch auf ihren Stickrahmen und machte ein Stört-mich-nicht Gesicht. Und nun sah Konrad sie auch noch auf diese skeptische Weise an. Was konnte falsch daran sein, wenn sie etwas über Mandragora und Centaurea minor wusste? Mechthild dachte für einen kurzen Moment an den jungen Soldaten des Wittelsbachers mit dem Ausschlag auf der Hand. Benutzte er wohl noch die Wurzeln der Gundelrebe?

Johanna seufzte im Schlaf. Konrad und Mechthild blickten gleichzeitig zu ihr hinüber. Als Johanna wieder ruhig atmete, beugte sich Konrad über seine Laute und flüsterte: »Ich mache mir Sorgen um sie.«

Mechthild nickte und dachte daran, dass Johanna wirklich Grund hatte, erschöpft zu sein. Seit König Philipps Tod war sie für die Königin unentbehrlich geworden. Zwar ging es Meister Jacobus mit jedem Tag besser und Konrad bereitete unzählige Stärkungstrunks, doch die Königin wollte nur Johanna. Seit dem Tod des Königs wurde Irene von schrecklichen Albträumen und Angstzuständen geplagt und Johanna befürchtete, dass die schwangere Königin ihr Kind verlieren könnte, und wachte jede Nacht bei ihr. Niemand sonst durfte zur Königin, was die anderen Hofdamen nur murrend akzeptierten. Johannas häufige Besuche in Konrads Zelt gefielen ihnen auch gar nicht und mehr als einmal hatten sie Vater Ambrosius vorbeigeschickt. Mechthild mochte Vater Ambrosius, weil er sie an ihren Vater erinnerte. Allerdings wünschte sie, der Hofkaplan würde Johanna nicht so bedrängen, denn Johanna hatte schon genug Sorgen. Die Königin benötigte Johannas heilende Hände dringend. Irene träumte jede Nacht, dass sie ein Ungeheuer zur Welt bringen würde. Mal war es ein Schwein mit zwei Köpfen und mal eine schleimige Otter. Die Königin lag den ganzen Tag auf den Knien und betete zur Heiligen Jungfrau. Die Jungfrau hatte ihr offenbart, dass die Sündhaftigkeit im Reich schuld am Tod des Königs sei. Seitdem fastete die Königin und trug ein Büßerhemd, das ihre Haut blutig riss.

Konrad spielte ein paar Töne auf dem Instrument, dann hielt er inne, blickte nachdenklich auf die Bänder der Laute und flüsterte: »Johanna und ich wollten in Bamberg heiraten. König Philipps Ermordung hat alles zerstört.«

Mechthild fuhr langsam mit dem Finger an der Buchkante entlang und erinnerte sich daran, wie verzweifelt alle beim Aufbruch aus Bamberg gewesen waren. Das ganze Reich war von einer nicht enden wollenden Trauer erfüllt gewesen. Kein Kinderlachen und kein Gesang waren in den Straßen zu hören gewesen. König Philipp war im noch unfertigen Dom zu Bamberg in einem schlichten Sarkophag bestattet worden. Die engsten Mitglieder seiner Familie hatten unter dem provisorisch hergerichteten Baldachin gestanden und von allen Hofdamen war nur Johanna dort gewesen und hatte die weinende Königin gestützt. Seit dem Tod des Königs hatte sich eine dunkle Hand über das Land gelegt.

Konrad schien ähnlichen Gedanken nachzuhängen, denn er räusperte sich leise: »Der Sternenmantel hätte König Philipp beschützt. Kein Mörder hätte in seine Nähe gelangen können. Ich hätte Philipp gleich bei meiner Ankunft den Mantel überlassen müssen.«

Mechthild sah ihn überrascht an und fragte verwundert: »Wie hätte ein Mantel so etwas bewirken können?«

Konrad antwortete nicht und Mechthild wurde neugierig. Sie überlegte, wie sie etwas aus ihm herauslocken könnte. Nach einer Weile fragte sie: »Denkt Ihr oft an Euren Mantel aus Damaskus?«

»Nein, nicht sehr oft. Ich hatte Pläne und wollte heiraten. Ich war mir sicher, dass die Königin Johanna aus ihrem Dienst entlassen würde. Doch seit dem Tod des Königs ist alles anders. Königin Irene braucht Johannas Heilkräfte und wird sie nun niemals gehen lassen.«

»Was wird die Königin tun?

»Sie wird entweder eine politische Ehe eingehen oder ins Kloster gehen. In beiden Fällen wird sie verlangen, dass Johanna sie begleitet. Johanna wird niemals meine Frau werden.«

Konrad stöhnte leise. Mechthild dachte über seine Worte nach. Es klang vernünftig. Viele adelige Witwen heirateten wieder und viele gingen ins Kloster. Ins Kloster, dachte Mechthild, Kloster, Kloster. Irgendjemand hatte ihr von einem Ritter erzählt, der regelmäßig ins Kloster ging, um seine Sünden zu bereuen. Wer war das noch?

Plötzlich wusste sie es wieder. Ihr Herz begann heftig zu klopfen. Natürlich! Nicht irgendein Ritter suchte ein Kloster auf. Es war der Pfalzgraf von Wittelsbach! Sein Knappe Sigmar hatte ihr in Aachen

davon erzählt. Ein Königsmord war eine ziemlich große Sünde. Ganz sicher würde er sich im Kloster Ebrach verstecken. Mechthild stieß das Buch von ihrem Schoß und sprang auf.
Konrad blickte erstaunt zu ihr hoch und Johanna zuckte im Schlaf. Mechthild vergaß zu flüstern und rief: »Der Herr sei gepriesen. Mir ist soeben eingefallen, wo sich Philipps Mörder versteckt hält. Ich muss sofort aufbrechen und Marschall von Kalden und seine Männer suchen. Anselm ist bei ihnen und muss es erfahren. Der Wittelsbacher ist im Kloster Ebrach!«
Fatma bekam einen Schluckauf und Johanna richtete sich müde auf. Sie unterdrückte ein Gähnen und fragte schläfrig: »Was ist los? Was schreist du so?«
Mechthild kniete sich vor Johanna und strich ihr eine Haarsträhne zur Seite, etwas ruhiger wiederholte sie: »Der Pfalzgraf von Wittelsbach versteckt sich im Kloster Ebrach. Es ist mir soeben eingefallen. Ich werde mithelfen, Philipps Mörder zu fangen. Johanna, mach dir keine Sorgen. Es wird alles gut werden.«
Mechthild stand auf und versuchte ein möglichst zuversichtliches Lächeln. Anscheinend wirkte es nicht sehr überzeugend, denn Johanna blickte unsicher zu Konrad. Als der nur mit den Schultern zuckte, rief sie zornig: »Konrad, verbiete es ihr! Es ist für Mechthild viel zu gefährlich, allein und ohne Schutz zu reisen.«
Konrad runzelte die Stirn und Mechthild bereitete sich darauf vor, ihr Vorhaben verteidigen zu müssen. Ihr Entschluss stand fest. Sie würde sich nicht aufhalten lassen. Konrad schob sich nachdenklich eine Strähne unter den Turban und erklärte: »Ich werde sie begleiten. Harun und Fatma bleiben bei dir und kümmern sich um dich. Ich werde ein Reisezelt besorgen und den Stallmeister um zwei schnelle Pferde bitten. Sieh sie dir an. Niemand kann sie aufhalten, wenn sie sich etwas in den Kopf gesetzt hat.«
Mechthild bemerkte, dass sie beide Hände in die Hüfte gestemmt und das Kinn entschlossen vorgestreckt hatte. Verlegen nahm sie die Hände herunter und sagte höflich: »Es wäre mir sehr angenehm, einen so klugen Begleiter zu haben.«
Die letzten Worte klangen etwas spöttisch, doch Konrad lächelte nur. Als sie gemeinsam das Zelt verließen, um den Stallmeister zu su-

chen, bemerkte Mechthild ein abenteuerlustiges Glitzern in Konrads Augen.

Ein paar Tage später stand Johanna am Brunnen und schöpfte mit der hohlen Hand Wasser aus einem Eimer. Sie verteilte es auf Stirn, Wangen und Nacken. Immer wieder füllte sie ihre Hand mit Wasser und spritzte es sich ins Gesicht. Ihre Haut hatte den ganzen Tag vor Trockenheit gespannt und der Schweiß hatte salzige, brennende Spuren auf ihren Wangen hinterlassen. Nun perlte das Wasser aus ihren Haaren und lief ihr den Hals hinunter. Den Eimer hatte Harun heraufgezogen. Sie gab ihm den halb vollen Eimer nun zurück und nickte. Harun zögerte einen Moment, dann hob er den Eimer an und kippte ihn sich über den Kopf. Ein Kichern war zu hören. Johanna drehte sich erschrocken um. Beatrix beobachtete amüsiert, wie Harun sich die Tropfen aus den Haaren schüttelte.
»Bea, was tust du hier? Bist du allein? Müsstest du nicht schon lange im Bett sein?«, fragte Johanna und sah sich misstrauisch um. Beatrix beugte sich über den Brunnenrand und erklärte: »Ich sollte zu dir kommen. Dir sagen, dass du in die Frauengemächer zurückkommen musst.«
»Wer sagt das? Wer schickt dich?«
»Alle. Alle sagen das!«, kam es dumpf aus dem Brunnenschacht. Beatrix beugte sich noch ein Stück tiefer hinein. Harun streckte rasch seine Hände aus und war bereit zuzupacken.
»Hör auf damit, du wirst gleich hineinfallen!«, rief Johanna erschrocken.
»Dann komme ich in den Himmel und sehe Vater wieder«, dröhnte es aus dem Schacht und Harun riss das Mädchen zurück.
»Im Himmel könnte ich die Jungfrau bitten, Mutter keine Träume mehr zu schicken«, beschwerte sie sich. Johanna schnappte empört nach Luft: »Tu das nie wieder. Es ist eine große Sünde!«
Beatrix fing plötzlich an zu weinen und schniefte: »Mein Hund ist tot. Vater ist tot. Und der rothaarige Junge hat mir einen neuen Hund versprochen! Er hat gelogen. Alle lügen.«
Johanna brauchte einen Moment, um zu begreifen, von wem sie sprach. Dann verstand sie, dass Beatrix von Brian sprach. Sie wollte

Beatrix tröstend in den Arm nehmen, doch das Mädchen stieß sie weg und schluchzte: »Ich will mei … meinen Hund zurück. Der Junge hat gesagt …«
»Du wirst einen neuen Hund bekommen, ganz sicher. Komm mit! Fatma hat bestimmt noch etwas Mandelgebäck für dich.«
Johanna streckte ihre Hand aus. Beatrix schniefte, griff nach der Hand und folgte ihr zum Zelt.

August 1208, im Herzogtum Bayern

Anselm hatte schlechte Laune. Die Suche nach Philipps Mörder hatte sich als schwieriger erwiesen, als er angenommen hatte. Das Herzogtum Bayern besaß große Wälder und undurchdringliche Schluchten. Der Wittelsbacher konnte überall sein. Der Suchtrupp des Marschalls hatte keinerlei Anhaltspunkt, wo er suchen sollte. Es war voreilig gewesen, nach Süden aufzubrechen und die Burg Wittelsbach aufzusuchen. Natürlich war der Pfalzgraf nicht auf der Burg gewesen. Die Stimmung unter den Rittern wurde immer gereizter. Wo sollten sie den Mörder noch suchen?
Anselm lehnte an einem Baumstamm und blickte missmutig zu Gottfried von der Heide. Alle nannten ihn Ritter Wolfram und er schien fest entschlossen, Philipps Mörder zu finden. Sein blinder Eifer ging Anselm auf die Nerven und er hatte sich unauffällig zurückgezogen.
Anselm überlegte, ob er sich wieder zu den anderen Männern gesellen sollte. Sie saßen immer noch im Kreis und diskutierten, wo sie Philipps Mörder suchen sollten. Marschall von Kalden war nicht unter ihnen. Die Wunde des Marschalls war vor ein paar Tagen wieder aufgebrochen. Das Reiten hatte ihm nicht gut getan und sie hatten ihn fiebernd in Eichstätt zurückgelassen. Zitternd hatte der Marschall seine Männer beschworen, keine Gnade zu zeigen. Sie sollten den Wittelsbacher verfolgen und unverzüglich richten.
Anselm gab sich einen Ruck und verließ seinen Platz am Baumstamm. Ehe er die anderen Männer erreicht hatte, war einer von ihnen aufgesprungen und wies zum Horizont. Alle Köpfe wandten sich zur Anhöhe, auf der zwei Reiter sichtbar wurden. Alle Männer waren

aufgesprungen und blickten erwartungsvoll in dieselbe Richtung. Als Anselm sich zwischen sie drängte, flüsterte einer besorgt: »Es werden schlechte Nachrichten vom Zustand des Marschalls sein.«
Die Pferde kamen so ungestüm heran, dass die beiden Reiter Mühe hatten, ihre Tiere zum Stehen zu bringen. Die Pferde schnauften und zitterten, als sie endlich zur Ruhe kamen. Anselm legte die flache Hand über die Augen und blinzelte in die Sonne.
Eine zerzauste Mechthild lächelte von einem schweißbedeckten Schimmel auf ihn herab. Ihre Wangen glühten und in ihrem Blick lagen Triumph und Verwegenheit. Neben ihr sprang ein schwer atmender Mann vom Pferd. Er trug einen blauen Turban und kam Anselm bekannt vor. Der Helfer des Hofarztes, dachte Anselm. Was tat dieser Konradus hier? Und warum begleitete er Mechthild zu Pferd? Sie hatte ihm versprochen, beim Tross der Königin zu bleiben. Anselm wollte sie zur Rede stellen, doch sie war schon vom Pferd gesprungen und sah die Ritter der Reihe nach bedeutungsvoll an. Als sie sicher war, dass sie ihre Aufmerksamkeit hatte, holte sie geräuschvoll Luft und stieß atemlos hervor: »Ich weiß, wo ihr suchen müsst. Der da hat mich darauf gebracht.«
Sie streckte den Arm aus und wies auf Sigmar, der neugierig näher gekommen war. Sigmar zuckte zusammen, als hätte sie einen Pfeil auf ihn abgeschossen. Mechthild lächelte siegesgewiss und fuhr fort: »Er war Knappe beim Wittelsbacher und kennt seine Gewohnheiten. Fragt ihn, wohin sich der Pfalzgraf zurückzieht, wenn er gesündigt hat und büßen will.«
Sie blickte Sigmar erwartungsvoll an. Sigmar machte ein verwirrtes Gesicht und kratzte sich verlegen am Kinn. Arno trat einen Schritt vor und rief: »Beim Kreuze Christi, sie hat Recht! Sigmar hat es mir erzählt: Der Wittelsbacher sucht regelmäßig das Kloster Ebrach auf.«
Die Männer begannen zu murmeln und Mechthild lachte übermütig. Anselm vergaß alle Vorwürfe, denn erstaunlicherweise war sie die Einzige, die sich an die Gewohnheiten des Wittelsbachers erinnert hatte. Da grübelten die Männer und grübelten und dabei war es so einfach.
Sigmar baute sich vor den Rittern auf und stemmte wichtigtuerisch seine Fäuste in die Seiten: »Ich kenne das Kloster genau. Es liegt zwi-

schen Würzburg und Bamberg in den Wäldern versteckt. Wir müssen zurück nach Franken. Ich kenne den Weg und werde euch dorthin führen.«

Gottfried lachte übermütig und rief begeistert: »Los, wir brechen sofort auf. Wir werden den Wittelsbacher im Schlaf überraschen, so wie dieser Schweinehund den König überrascht hat.«

Anselm hockte sich neben eine ungelenke Zeichnung, welche die Ritter in den Sand vor das Reisezelt gekritzelt hatten und die eine grobe Landkarte darstellen sollte. Er benutzte seinen kleinen Finger, um die Entfernung abzumessen. Sie hatten den Weg nach Süden ganz umsonst gemacht.

Mechthild kniete sich neben Anselm und flüsterte: »Diese Angeber! Dabei hab ich sie erst darauf gebracht.«

Anselm lächelte und wisperte zurück: »Das hast du gut gemacht. Wie habt ihr uns gefunden, du und Konradus? Was tut er überhaupt hier?«

»Das war nicht schwierig, euch zu finden. Euer Schwertgerassel war in ganz Bayern zu hören. Und auf Konrads Begleitung hat Johanna bestanden. Sie sorgte sich um mich.«

Konrad kam zu ihnen und betrachtete die unbeholfene Zeichnung interessiert. Mit einem Seitenblick auf Mechthild erklärte er ruhig: »Wir müssen uns um die Pferde kümmern. Sie haben alles gegeben und brauchen eine Pause. Wir können die Ritter unmöglich begleiten.«

Anselm blickte auf und bemerkte, wie enttäuscht Mechthild war. Er räusperte sich und legte ihr behutsam einen Arm um die Schulter: »Mechthild, sei vernünftig. Du kannst nicht mitkommen. Unsere Pferde sind ausgeruht und wir werden sofort aufbrechen. Ihr kommt nach. Wir treffen uns in einigen Tage beim Kloster.«

Wenn sie in Ebrach eintreffen würde, wäre schon alles vorüber. Sie würde nicht mit ansehen müssen, wie Gottfried sich am Wittelsbacher rächte. Dieser Gedanke beruhigte ihn.

Mechthild strich ihm liebevoll eine Strähne aus dem Gesicht und seufzte: »Pass auf, dass der Pfalzgraf euch nicht entwischt.«

Von Kaldens Suchtrupp stand hinter hohen Tannen verborgen auf einer Anhöhe. Anselm konnte in der Ferne einen kleinen Fluss glitzern sehen. Unter ihnen lagen die Klostergebäude wie Würfel hingestreut. Der Turm der Klosterkapelle glänzte in der Mittagssonne. Alles wirkte ruhig und friedlich. Zur linken Seite der Kapelle lagen die Wirtschaftsgebäude und Scheunen des Klosterhofes. Goldgelbe Felder und saftige Wiesen wechselten mit brachliegenden Äckern.
Sie waren zügig geritten und hatten die Pferde mehrmals gewechselt. Auf ihrem Ritt war Sigmar eingefallen, dass der Pfalzgraf es vorzog, seinen Mittagsschlaf in einer der großen Scheunen beim Kloster zu machen. Gottfried war entschlossen gewesen, die Scheune des Klosterhofes zur Mittagszeit zu erreichen. Es war ihnen gelungen, beim Höchststand der Sonne einzutreffen. In der Klosterkapelle rief gerade eine Glocke zum Gebet. In der Stille ringsherum klang der hohe Ton beunruhigend verloren. Keiner der Ritter dachte daran, zu beten. Verschwitzt und aufgewühlt, wie sie waren, wollten sie endlich zuschlagen. Anselm schüttelte den Kopf. Er würde nicht mitgehen und sich das Gemetzel ansehen.
Gottfried warf ihm einen prüfenden Blick von der Seite zu und sagte: »Natürlich kommt Ihr mit hinein. Ihr müsst doch König Otto berichten …«
Gottfried machte mit seiner flachen Hand ein paar angedeutete Schwerthiebe durch die Luft. Er freut sich darauf, dachte Anselm angewidert. Die Ritter wirkten wie unruhige Jagdhunde, die endlich von den Ketten gelassen werden wollten. Die Beute schlief in einer Scheune unter ihnen. Anselm erklärte ruhig: »Ritter Sigmar und von Kaldens Männer können Euch begleiten. Ich wäre nur im Weg. Ich würde über Eure Schwerter stolpern und in seinem Blut ausrutschen.«
Gottfried lachte und schlug ihm auf die Schulter: »Wünsch uns Glück, Schreiber! Oder soll ich lieber Kaufmann sagen?«
Als die Männer sich leise den Abhang hinunterbewegten, sagte Arno vorwurfsvoll: »Wie konntet Ihr das ablehnen? Es ist ein großartiger Augenblick! Philipps Mörder erhält seine gerechte Strafe.«

»Es ist kein großer Augenblick, sondern unüberlegt und übereilt. Der Marschall muss im Fieberwahn gewesen sein. Wie konnte er nur den Befehl geben, den Pfalzgrafen zu töten? Es wäre vernünftig, den Mörder gefangen zu nehmen und zu verhören.«

Arno schnaufte ungeduldig, dann rief er: »Seht! Sie haben ihre Schwerter gezogen und gehen hinein. Oh, wie gern würde ich jetzt dabei sein!«

»Es ist ein Fehler. Sie bringen den Pfalzgrafen zum Schweigen, für immer und unwiderruflich. Niemand wird nun je erfahren, welche Gründe ihn zur Tat getrieben haben. Niemand wird erfahren, warum König Philipp sterben musste.«

»Was spielt das für eine Rolle? Er hat ihn getötet, so viel ist sicher. Was tun sie nur so lange dort drinnen? Warum ist es so still?« Arno knetete aufgeregt seine Finger und reckte den Hals. Anselm versuchte noch einmal, Arnos Begeisterung zu dämpfen. Jeder Dummkopf musste doch einsehen, dass sie einen schweren Fehler begingen.

»Wir hätten den Wittelsbacher als Gefangenen zu Otto bringen sollen. Dort hätte er vor aller Welt antworten müssen. Wahrscheinlich kommt es dem Markgrafen von Istrien und seinen Komplizen sehr gelegen, wenn der Pfalzgraf zum Schweigen gebracht wird. Wir erweisen den falschen Männern einen Dienst.«

»Was geht es uns an? Oh, sie kommen.«

Arno blickte gespannt nach vorn und schien überhaupt nicht zugehört zu haben.

Das Scheunentor wurde aufgestoßen und ein schlaffer Körper in den Dreck geworfen. Sie hatten anscheinend gefunden, was sie gesucht hatten. Arno war nicht mehr zu halten. Er stolperte auf seinen verkrüppelten Füßen den Abhang hinunter und Anselm folgte ihm unwillig. Er war froh, dass Mechthild nicht mit ansehen musste, wie Gottfried nach dem blutigen Bündel trat und wie Sigmar wieder und wieder mit dem Schwert in den leblosen Körper stieß. Das waren Männer im Blutrausch, die ganze Arbeit geleistet hatten. Von Kaldens Männer warfen die getöteten Gefolgsleute des Wittelsbachers aus der Scheune. Ein Haufen toter Männer, an deren blutverschmierten Kleidern noch das Stroh hing. Anselm kletterte über sie hinweg.

»Was wollt Ihr? Nachsehen, ob wir noch einen vergessen haben?«, spottete Gottfried und rieb sich mit heftigen Bewegungen seine blutigen Hände an den Beinlingen ab.

»Ihre Satteltaschen durchsehen. Oder sind die Pferde draußen angebunden?«

Wie zur Antwort wieherte ein Pferd in der Scheune.

»Sie stehen ganz hinten. Seht Euch vor, sie sind nervös«, riet Gottfried freundlich.

Anselm brauchte einen Moment, um sich an die Dunkelheit zu gewöhnen. Dann sah er die Stelle, an der die Männer gelegen haben mussten. Das Stroh war blutig und aufgewühlt. Vorsichtig kam er näher und stellte sich ihr Entsetzen beim Erwachen vor. Er schüttelte sich, hockte sich ins Stroh und murmelte: »Herr, erbarme dich ihrer sündigen Seelen.«

Draußen wurden Stimmen laut. Sie stritten darüber, ob sie die Leichen verscharren oder zum Marschall nach Eichstätt bringen sollten. Doch es war heiß und die Leichen würden anfangen zu stinken. Gottfried war fürs Verscharren.

Anselm stand auf und ging zu den Pferden. Der kräftige Braune mit dem prächtigen Sattel musste der Hengst des Pfalzgrafen sein. Er durchsuchte die Satteltaschen. Vielleicht gab es irgendetwas, was auf den Markgrafen von Istrien hindeutete. Vielleicht gab es ein Dokument, das sein Siegel trug. Das Tier tänzelte unruhig und schnaufte. Endlich fand er, was er suchte. Schnell überflog er die Papiere, doch es war nichts Verdächtiges darunter. Hatte der Markgraf von Istrien wirklich die Hände im Spiel gehabt? Hatte er den Wittelsbacher zu dem Mord angestiftet? War der Pfalzgraf nur ein Instrument gewesen, auf dem andere gespielt hatten? Anselm wünschte, er könnte es beweisen, doch der Wittelsbacher würde darauf keine Antworten mehr geben können. Als Anselm die Dokumente wieder in die Satteltasche stopfte, stieß er gegen etwas Hartes. Er griff danach und hielt einen prall gefüllten Beutel in der Hand. Einen Beutel voller Silber. So viel Silbermark trug kein Ritter mit sich herum. So viel Silber erhielt ein bezahlter Mörder, Blutgeld. Der Beutel kam ihm plötzlich klebrig und schmierig vor. Hastig steckte er ihn wieder zurück. Das Silber in den Satteltaschen und der gesamte Besitz des Pfalzgrafen würden nun

an den Herzog von Bayern fallen. Die Urkunden darüber sollten andere aufsetzen. Er wollte nichts damit zu tun haben.
Beim Verlassen der Scheune fiel sein Blick auf einen toten Hund. Das Tier lag ausgestreckt neben dem Scheunentor. Eine Hand voll Welpen tapste aufgeregt herum. Die weißen Hunde erinnerten ihn an den kleinen Hund von Beatrix. Er bückte sich und einer kam mit wackelndem Schwanz auf ihn zu. Er schnupperte an Anselms Knie und blickte ihn aus klugen schwarzen Augen an.
»Na Kleiner! Willst du mitkommen? Aber du musst schön artig sein, denn in der Satteltasche ist es sehr eng«, flüsterte Anselm und streichelte vorsichtig das gefleckte Ohr. Der Hund sah aus, als wäre er einverstanden. Anselm griff ihn am Nacken und legte ihn sich in die Armbeuge. Es kam ihm auf einmal ungerecht vor, dass er nur einen Hund mitnahm. Da die Hündin tot war, würden die anderen bald sterben. Aber er konnte nur einen mitnehmen und der kleinen Prinzessin schenken.
Als er mit dem kleinen Hund im Arm aus der Scheune kam, zog Gottfried erstaunt die Augenbrauen nach oben.
»Ihr habt ja doch noch einen gefunden!«
»Ja, und ich werde ihn als wichtigen Zeugen zu Prinzessin Beatrix bringen«, erklärte Anselm ernst. Die Männer lachten und der kleine Hund gab eine Art schnaufendes Bellen von sich.

Am Nachmittag hoben sie einen Graben aus und warfen die Leichen der Männer hinein. Der Wittelsbacher war irgendwo zwischen ihnen. Mittlerweile waren die Mönche des Klosters aufmerksam geworden und kamen in Scharen herbeigelaufen. Sie holten den Abt, der kopfschüttelnd vor der frisch aufgeworfenen Erde stand und nicht zu begreifen schien, dass in seinem Kloster eine Bluttat begangen worden war. Er machte eine segnende Geste über dem Grabhügel und wies ein paar Mönche an, am Grab des Wittelsbachers zu wachen und zu beten. Anscheinend war ihm der Pfalzgraf von seinen früheren Besuchen nach gut in Erinnerung, denn er blickte die Ritter der Reihe nach an und sagte bedauernd: »Der Pfalzgraf von Wittelsbach war kein böser Mann. Manchmal ging der Zorn mit ihm durch und anschließend packte ihn eine tiefe, ehrliche Reue. Diesmal kam er nicht mehr dazu, seinen Frieden mit Gott zu machen. Gott sei seiner Seele gnädig.«

Der Abt bekreuzigte sich und wandte sich ab. Als er zur Kapelle hinüberging, hingen seine Schultern vornüber, als trüge er die Last der Welt mit sich.

Anselm blickte ihm nach und fühlte sich elend. Dabei hatte er keinen Grund dazu. Sie hatten Gleiches mit Gleichem vergolten. Trotzdem begleitete ihn das unbestimmte Gefühl von Schuld den ganzen Tag.

Die Ritter nächtigten im Gästehaus des Klosters und am nächsten Morgen erreichte sie die Nachricht, dass der Marschall nach Ebrach aufgebrochen wäre. Sie beschlossen, ihm entgegenzureiten. Anselm dachte an sein Versprechen, auf Mechthild zu warten, doch er konnte es nicht halten, weil er als Ottos Ratgeber mit den anderen reiten musste. Er würde Mechthild ausrichten lassen, sie solle so schnell wie möglich zur Burg Hohenstaufen kommen und sobald er mit dem Marschall gesprochen hatte, würde er dorthin reiten.

Der kleine Hund schlief während des eiligen Rittes in den Süden friedlich in Anselms offener Satteltasche. Den ganzen Vormittag kreisten Anselms Gedanken um die übereilte Hinrichtung von Philipps Mörder. Gegen Mittag kamen ihnen zwei Männer zu Pferd entgegen.

Sigmar, der vorn ritt, rief: »Da kommen zwei Reiter. Der eine kann sich kaum im Sattel halten.«

Gottfried knurrte: »Marschall von Kalden! Er sieht erschöpft aus. Warum hat er nicht in Eichstätt auf uns gewartet?«

Sie trieben ihre Pferde an und kamen vor dem erschöpften Marschall zum Stehen.

»Ist es vollbracht?«, fragte der Marschall und wischte sich die schweißnasse Stirn. Er sah zitterig und schwach aus. Anselm befürchtet, dass er gleich vom Sattel rutschen würde, und sprang ab. Von Kaldens Mann richtete sich im Sattel auf.

»Ja, Herr, wir haben ihn in einer Scheune des Klosters zu Ebrach erwischt.«

»Gut, es ist gut. Wer hat das Schwert geführt?«, hauchte der Marschall und wankte mit dem Oberkörper vor und zurück.

»Wir alle! Wir alle haben das Schwert geführt«, rief Gottfried und bezog mit einer Armbewegung alle ein. Der Marschall sackte zusammen

und Anselm stützte ihn. Der Begleiter des Marschalls sprang ab und half seinem Herrn vom Pferd. Er schien ein erfahrener alter Soldat zu sein, mürrisch erklärte er: »Er hat nicht auf mich hören wollen. Wir müssen ein Lager errichten. Er braucht dringend Ruhe.«
Anselm beugte sich über den Marschall, der keuchte: »Ihr seid Ottos Ratgeber! Reitet nach Braunschweig. Überbringt ihm die Nachricht. Wir werden nach Hohenstaufen reiten und der Königin berichten, dass der Königsmörder erschlagen wurde. Sobald … es geht.«
»Was soll ich König Otto berichten? Aus welchen Gründen hat der Pfalzgraf von Wittelsbach König Philipp erschlagen? Ihr wart dabei. Hatten der Markgraf von Istrien und der Bruder des Bischofs von Bamberg etwas mit dem Mord zu tun? Haben sie den Pfalzgrafen angestiftet? Soll ich Otto vor diesen Männern warnen? Soll er eine Suche veranlassen? Ich selbst könnte nach Frankreich aufbrechen.«
Der Marschall sah plötzlich noch blasser aus. Er schnaufte: »Der Pfalzgraf von Wittelsbach, möge er ewig in der Hölle schmoren, hat den König wegen einer persönlichen Kränkung im Zorn erstochen. Männer wie Ihr vermuten immer eine große Verschwörung dahinter. Doch solche Dinge geschehen oft aus sehr niedrigen Beweggründen. Einem Mann gehen die Nerven durch, das geschieht jeden Tag.«
»Aber …«, versuchte Anselm einzuwenden.
»Aus gekränkter Ehre, das ist alles. Es muss genügen! Eine Privatrache aus gekränkter Ehre. Es muss für England und Frankreich genügen, für die Königin und für König Otto. Der Friede im Reich muss gewahrt werden. Wenn Gerüchte über eine Verschwörung bekannt werden, könnte es zu Unruhen und Aufständen kommen. Die Ruhe im Reich ist oberstes Gebot. Sie ist wichtiger als alles andere.«
»Wichtiger als die Wahrheit?«
»Gott strafe mich – wichtiger als die Wahrheit!«
Die Stimme des Marschalls klang plötzlich laut und entschieden. Seine Wangen glühten und die Augen funkelten. Anselm versuchte zu begreifen, was er gehört hatte. Was hatte das zu bedeuten? War der Marschall an der Verschwörung beteiligt gewesen? Aber er hatte sein Leben riskiert, um den Mord zu verhindern. Oder deckte er die Verschwörer? War auch er mit Silber bestochen worden? Oder war er wirklich nur um die Ruhe im Reich besorgt und fürchtete Aufstände?

Was für Gründe der Marschall auch hatte: So einfach würde er es ihm nicht machen, dachte Anselm wütend. Ein kluger Mann würde sich sein Schweigen teuer bezahlen lassen. Der Marschall musste ihm versprechen, dass er Otto unterstützte. Nur dann konnte Anselm glauben, dass er nichts mit einer Verschwörung des Markgrafen von Istrien zu tun hatte. Würde sich der Marschall dem Herzog von Brabant anbiedern, dann machte er sich verdächtig und Anselm würde nicht mehr schweigen. Leise fragte er: »Welchem König werdet Ihr zur Macht verhelfen? Die Großen des Reiches, die staufentreuen Fürsten, sie alle folgen Eurem Urteil. Welcher König kann mit Eurer Unterstützung rechnen?«
»Ihr könnt König Otto ausrichten, dass ich seiner Sache dienen werde, so wie ich vorher Philipps Sache gedient habe.«
Anselm nickte erleichtert.

Ein paar Tage später erreichten Mechthild und Konrad das Kloster Ebrach. Es war ein drückend schwüler Nachmittag. Sie waren langsamer vorangekommen als der Suchtrupp des Marschalls. Sie besaßen keine Vollmacht, um an den Gasthäusern am Weg die Pferde zu wechseln. Es war ein beschwerlicher Ritt gewesen. Die Hitze hatte ihnen zu schaffen gemacht. Auf der Anhöhe über dem Kloster hielten sie an und blickten über das Klosteranwesen. Dicke schwarze Wolken hingen drohend über den Dächern und verdunkelten den Himmel. Ein frischer Wind fuhr durch die Büsche und blies Mechthild die Haare ins Gesicht. Ihr Blick wanderte über die unheimlich wirkenden Klostergebäude und die einsam daliegende Scheune. Eine Gruppe Mönche hockte zusammengekauert vor einem Hügel tiefschwarzer Erde. Der Wind fuhr unter die Kapuzen ihrer Kutten und wirbelte den Haarkranz ihrer Tonsuren durcheinander. Konrad räusperte sich: »Kommt, wir müssen das Gästehaus erreichen, bevor das Gewitter losbricht.«
Mechthild verstand plötzlich, was der Erdhügel zu bedeuten hatte: ein frisches Grab, neben dem die Mönche eine Totenwache hielten. Sie schüttelte den Kopf, lenkte ihr Pferd nach links und rief über ihre Schulter zurück: »Seht dort drüben. Sie haben den Wittelsbacher gerichtet und vor der Scheune verscharrt. Ich will es mir ansehen.«

»Wartet, nein. Der Sturm bricht gleich los.«

Konrad trieb sein Pferd an. Am Fuß der Anhöhe griff er in ihre Zügel und rief gegen den heulenden Wind an: »Steigt ab. Die Pferde werden bei Gewitter scheu.«

Mechthild stieg vom Pferd und band ihm die Vorderbeine zusammen. Es wieherte unruhig und warf die Mähne zurück. »Brav«, sagte sie abwesend und ließ die Mönche nicht aus den Augen. Konrad war abgesprungen und versuchte, sein Pferd zu beruhigen. Die ersten schweren Regentropfen trafen sie, als sie sich dem Grabhügel näherten. Konrad blieb hinter ihr zurück. Ein unbestimmtes Gefühl von Grauen und Neugier trieb Mechthild unaufhaltsam vorwärts. Sie fragte sich, was sie vor dem Grab des Mörders empfinden würde. Würde sie für sein Seelenheil beten können, so wie die Mönche es taten?

Ein Blitz erhellte den Himmel und einer der Mönche blickte sich um. Sein Gesicht war mit unzähligen sichelförmigen Narben bedeckt. Tiefe, weiße Furchen zogen sich über die Wangen und verunstalteten seine Gesichtszüge. Mechthild kannte diesen Mann. Sehr gut sogar. Sie warf sich nach vorn und schrie.

»Friedrich!«

Eine heftige Böe fuhr in ihre Röcke und der plötzlich einsetzende Regen peitschte ihr ins Gesicht. Hagelkörner stachen auf ihrer Haut, verfingen sich in ihren Haaren und nahmen ihr die Sicht. Ein kaltes Gemisch aus Hagel und Regen prasselte auf sie nieder und Konrad brüllte gegen den Sturm an: »Bei Allah … der Mann dort. Er trägt die Narben von meinem Messer.«

Mechthild blickte sich nicht um. Ein gewaltiger Donner krachte und sie stolperte vorwärts. Wind und Regen rauschten auf den Grabhügel herab. Es spritzte, Erdbrocken flogen und sie hielt sich schützend die Hand vor die Augen. Endlich hatte sie Friedrich erreicht.

Sie wollte nach ihm greifen, doch er schien hinter einer Wand aus Regen gefangen zu sein und so schrie sie: »Was tust du hier? Warum bist du hier?«

Friedrich starrte sie durch die Regenwand hindurch an. Der Regen trommelte auf seine schwere Kutte. Das Wasser lief in kleinen Bächen an seinen zerfurchten Wangen hinab, als würde er weinen.

Ein greller Blitz leuchtete am tiefschwarzen Himmel. Irgendwo wieherten ihre verängstigten Pferde. Die Mönche waren aufgesprungen und blickten verstört um sich. Mechthild sah durch die Regenschleier Konrads Hände. Wie Schlangen hatten sie sich um Friedrichs schutzlosen Hals gelegt. Friedrichs Gesicht bekam einen überraschten Ausdruck und er schlitterte rückwärts. Schlamm spritze und es donnerte über ihnen, als würde der Himmel herabstürzen. Konrad riss Friedrich zu Boden und brüllte: »Wo ist der Sternenmantel?«

Es war Friedrich? Ihn hatte Konrad für seinen Freund aus Damaskus gehalten? Er hatte den Sternenmantel gestohlen! Heilige Jungfrau hilf. Der Wind peitschte Mechthild die nassen Strähnen gegen die Wangen und die Regenschleier hüllten die beiden Männer in einen Nebel. Alles wirkte unwirklich und fern. Es war ein schrecklicher Albtraum. Jeder klare Gedanke ging in den grauen Nebelschwaden unter und die Angst breitete sich mit den Wasserlachen aus. Sie machte eine hilflose Geste und stieß hervor: »Ich kenne ihn. Er ist harmlos. Tut ihm nichts, bitte!«

Konrads wandte ihr sein klitschnasses Gesicht zu. Unglauben und Verzweiflung standen darin. Von seinen zusammengepressten Lippen kam kein Laut.

Friedrich schüttelte mit einer heftigen Bewegung Konrads Hände ab und richtete sich auf.

»In jener Nacht vertraute Gott mir den Sternenmantel an. Ich brachte ihn ins Kloster.«

Konrad zischte: »Du hast ihn gestohlen!«, und Friedrich wich zurück. Seine Stimme klang nun laut und trotzig durch den Regen: »Der Mantel ist aus dem Heiligen Land. Er ist die Reliquie eines Märtyrers. Ich habe ihn nicht gestohlen! Ich wurde vom Allmächtigen geleitet. Es war sein Wille.«

Friedrich machte eine bedeutungsvolle Pause und wollte etwas hinzufügen.

Im selben Augenblick schlug der Blitz in die Kapelle ein. Mechthild hatte aus den Augenwinkeln die leuchtenden Zacken am dunklen Himmel gesehen. Trotzdem zuckte sie zusammen, als der Donner ohrenbetäubend laut über der Klosteranlage krachte. Die Luft vibrierte

und Mechthild stockte der Atem. Hohe Flammen flackerten und leckten am Dach empor wie Zungen von Dämonen. Gierige Teufel wisperten, knisterten und zischelten um die Kapelle. Über dem dunkelgrauen Himmel leuchtete es blutrot, orange und golden. Die Mönche rafften ihre Kutten und rannten schreiend zur brennenden Klosterkapelle hinüber. Der Regen ließ plötzlich nach und am Horizont klärte sich der Himmel auf.
Wie gelähmt starrte Mechthild in die züngelnden Flammen und den aufsteigenden Qualm. Die Kapelle würde bis auf die Grundmauern niederbrennen. Genau wie der Dom zu Bamberg nach dem Osterfeuer. Was für ein großes Unglück für das Kloster!
Von überall kamen schreiende und rufende Mönche gerannt. Sie bildeten eine Kette und ein kleiner Eimer wanderte von Hand zu Hand. Das Feuer fraß sich durch die Holzbalken. Steine und Dachziegel stürzten krachend zu Boden und Funken stiegen knisternd in den Himmel.
Friedrich kam keuchend auf die Beine und rief: »Die Sternenreliquie liegt im Reliquienschrein unter dem Altar. Sie wird verbrennen!«
Konrad stieß einen gequälten Laut aus und rannte los. Noch im Laufen wickelte er sich den Turban vom Kopf. In wenigen Schritten war er bei der brennenden Kapelle. Wütend schlug er mit dem blauen Tuch auf die Flammen ein. Ein Balken krachte ihm vor die Füße und zerbrach in zwei Hälften. Glühende Funken sprühten und Mechthild zuckte zusammen. Friedrich neben ihr stieß hervor: »Was macht er da? Ist er von Sinnen?«
Ohne eine Antwort abzuwarten, lief er durch die Pfützen und reihte sich in die Reihe der Mönche ein. Alle rannten wild schreiend durcheinander und reichten hastig Wassereimer weiter. Mechthild wankte durch die Menge. Ihre nassen Füße fanden kaum Halt und sie hatte Mühe Konrad zu erreichen. Er hatte das brennende Tuch fortgeworfen und schien nicht zu merken, was um ihn herum geschah. Als er sie kommen sah, taumelte er ein paar Schritte rückwärts und sank zu Boden. Er schlug die Hände vor das Gesicht und kauerte sich zusammen wie ein verängstigtes Kind. Er weint, dachte sie und hockte sich neben ihn. Sie wusste nicht, was sie tun sollte, und fühlte sich entsetzlich hilflos. Ihre Augen brannten und sie hustete. Der Qualm wurde

immer dichter. Asche fiel nieder und blieb in ihren Haaren und ihren Wimpern kleben. Es fiel ihr schwer, zu atmen und zu denken. Sacht lege sie ihre Hand auf Konrads zuckende Schultern. Er schien ruhiger zu werden. Verzweifelt sah Mechthild zu, wie die Mönche versuchten, ihre Kapelle zu retten.

Irgendwann gaben die Mönche den Kampf gegen die Flammen auf. Sie ließen die Eimer fallen und hockten sich erschöpft ins nasse Gras. Ein großer Mann stellte sich mit ausgebreiteten Armen zwischen die Männer und wandte sein Gesicht schweigend zum Himmel. Das ist der Abt, dachte Mechthild seltsam berührt. Er fleht Gott um Beistand an. Das sollte sie auch tun. Heilige Jungfrau, begann sie zaghaft und schluckte. Ihre Kehle fühlte sich wund und trocken an und ihre Augen tränten vom Staub. Ihr gelang ein gekrächztes Ave Maria und sie fühlte sich besser.

Konrad hatte das Kinn in die Armbeuge gestützt und beobachtete fast gleichmütig, wie die Kapelle des Klosters den Flammen zum Opfer fiel. Als die Nacht hereinbrach, begannen die Mönche zu beten. Konrad saß schweigend da. Mechthild wagte nicht, zu ihm hinüberzublicken. Es wurde eine lange Nacht.

Mechthilds Glieder wurden steif und die Feuchtigkeit kroch in alle Knochen. Manchmal döste sie und überließ sich der betäubenden Müdigkeit, dann war sie wieder hellwach. Als der Abt die Mönche anwies, in die Schlafkammern zu gehen, blieb sie neben Konrad sitzen. Sie konnte ihn nicht allein lassen. Sie wünschte, er würde sich ihr anvertrauen und anfangen, mit ihr zu sprechen. Doch er sagte kein Wort. Sie dachte darüber nach, was wohl in ihm vorging. Vermutlich kreisten seine Gedanken um den Sternenmantel, um seinen Freund in Damaskus und dessen Sklaven, der in einem Aachener Spital unerkannt gestorben war. Sie wollte nicht in Konrads Haut stecken. Der Sternenmantel war für immer verloren. Konrad schien viel zu bereuen in dieser Nacht.

Gegen Morgen setzte der Regen wieder ein und löschte die letzten züngelnden Flammen. Die Kapelle war nur noch ein qualmender Steinhaufen, aus dem hier und da ein verkohlter Balken herausragte. Bald hörte der Regen auf und am Horizont war ein erstes Glimmen zu sehen, das die aufgehende Sonne ankündigte. Konrad stand auf,

ging zu der glühenden Ruine und stieg mitten in die qualmenden Trümmer hinein.
Mechthild beobachtete ihn überrascht. Er sucht seinen Sternenmantel, dachte sie und erhob sich, um zu ihm hinüberzugehen. Er war gerade dabei, eine zerbrochene Altarplatte zur Seite zu schieben. Vorsichtig legte sie ihre Hand auf seinen Arm und flüsterte: »Es gibt den Sternenmantel nicht mehr. Er ist verbrannt. Findet Euch damit ab.«
Konrad ließ die schwere Platte los, die mit einem lauten Knall zurückfiel, und sagte mit rauer Stimme: »Es ist alles meine Schuld. Ich hätte ihn nie ins Reich bringen dürfen. Er gehörte nicht hierher.«
»Was war so Besonderes an diesem Mantel aus Damaskus? War er wirklich eine heilige Reliquie, wie Friedrich sagt?«
»Vielleicht war er das. Ich weiß es nicht. Der Sternenmantel besaß die Kraft, einem würdigen Herrscher zu Macht und Ansehen zu verhelfen. König Philipp war ein würdiger Herrscher. Nun ist er tot.«
Plötzlich bückte sich Konrad und zog unter einem verkohlten Holzstück ein kleines Stück Stoff hervor. Ein seltsames Glimmen ging von dem Stoff aus, als würde er von innen heraus leuchten. Es waren zwei handtellergroße goldene Sterne auf einem dunkelblauen Seidenstoff, dessen verkohlte Ränder in Fetzen hingen. Mechthild sagte fast andächtig: »Es stammt vom Sternenmantel, nicht wahr? Es ist wunderschön.«
Sie seufzte leise und wagte nicht, es zu berühren. Eine Ahnung erfüllte sie. Eine Ahnung, was dieser Mantel bewirkt haben mochte, als er noch vollständig gewesen war, denn bereits der kleine Rest genügte, um sie ganz kribbelig zu machen. Konrad steckte das Stoffstück in seinen prächtigen, mit Edelsteinen verzierten Gürtel und wischte sich über die rußverschmierte Nase. Er schniefte und sagte traurig: »Das ist alles, was von ihm übrig geblieben ist! Er war so prächtig und strahlend.«
»Was werdet Ihr nun tun?«
Sie meinte Friedrich. Seine Gedanken waren jedoch ganz woanders.
»Ich habe meinen Freund verraten. Er hat mir vertraut und ich habe den Sternenmantel gestohlen. Ich werde dieses letzte Stück des Sternenmantels nach Damaskus zurückbringen und mich mit Kamāl versöhnen. Allah ist groß.«

Die aufgehende Sonne tauchte nun alles in ein goldenes Licht. Stimmen waren zu hören und ein paar Mönche kamen gelaufen. Sie standen zuerst ratlos vor der Ruine ihrer Kapelle. Erst als der Abt hinzutrat, ein schwarzes Kreuz aus den Trümmern zog und es unter lautem Lobgesang aufrichtete, fielen sie auf die Knie und begannen zu beten. Mechthild erkannte Friedrichs vernarbtes Gesicht unter den Mönchen. Er kam aus dem Kloster und wollte sich offensichtlich seinen Brüdern im Gebet anschließen. Konrad holte tief Luft und blickte reglos zu ihm hinüber.
Mechthild befürchtete das Schlimmste. Unruhig wartete sie, was Konrad tun würde. Sie flehte zu Gott, dass er Friedrich in Ruhe ließ. Hatte er nicht selbst den Sternenmantel gestohlen? Hoffte er nicht ebenfalls auf Vergebung? Gerade eben hatte er davon gesprochen. Anscheinend erinnerte sich Konrad ebenfalls daran, denn er atmete geräuschvoll aus und wandte sich ab.
Mechthild folgte ihm erleichtert zum Gästehaus. Sie war sich nicht sicher, ob Anselm genauso gehandelt hätte. Anselm mit seiner Gesetzestreue. Zum ersten Mal fragte sie sich, wo Anselm wohl steckte. Wieso war er nicht hier? Er hatte doch versprochen, auf sie zu warten. Sie kamen an den leeren Ställen vorbei, in denen nur ihre beiden Pferde standen. Jemand musste sie in der Nacht gefunden haben. Verwundert blieb sie vor der Stalltür stehen und ließ Konrad vorgehen. Ein dicker Mönch kam aus einer Ecke hervor und fragte mürrisch: »Gehören die Tiere Euch?«
Mechthild nickte und der Mönch fuhr seufzend fort: »Das Unwetter war ein Zeichen. Es war Gottes Zorn über die Tat.«
Er sprach offensichtlich vom Pfalzgrafen. Mechthild dachte an Anselm und fragte beunruhigt: »Wo sind die Männer, die sie begangen haben?«
»Die Männer des Marschalls? Die sind längst fortgeritten. Sie wollten nach Hohenstaufen zu Philipps Witwe. Die Michaelskapelle müssen wir ganz allein wieder aufbauen.«
Mechthild schenkte ihm ein tröstendes Lächeln. Doch ihre Gedanken waren längst nicht mehr bei der verbrannten Kapelle, sondern bei Anselm, dem sie erzählen wollte, dass sie Friedrich gefunden hatte. Mechthild wandte sich rasch um und rannte über den Platz. Sie

musste sich dringend waschen, denn sie roch, als wäre sie in die Kaminasche gefallen. Ihr Gesicht fühlte sich klebrig an und Ruß hing in ihren Haaren. Außerdem war es Zeit, etwas zu essen. Selbst wenn es im Kloster nur trockene Brotkanten gab, es war besser als nichts. Sie nahm die staubigen Röcke ihres Kleides hoch und beschleunigte ihre Schritte.

Fast wäre sie in Friedrich hineingelaufen. Er blickte verlegen zu Boden und murmelte: »Ich hatte es nicht vergessen. Doch es war nicht mehr meine Aufgabe, Philipp zu warnen. Ich musste die Reliquie fortbringen. Ich vertraute darauf, dass Gott den König beschützen würde. Das Schwert und den Mantel Eures Mannes musste ich unterwegs gegen Bett und Brot eintauschen. Verzeiht mir, bitte.«

Mechthild ließ ihre Röcke fallen, betrachtete sein entstelltes Gesicht und rief empört: »Der Sternenmantel hat euch alle um den Verstand gebracht.«

»Aber er ist heilig …«

»Ich weiß nicht, was für Kräfte es waren, ob göttlich oder teuflisch, sie sind mit dem Reliquienschrein verbrannt. Vielleicht ist es gut so. König Philipp ist tot und für ihn wurde der Mantel einst ins Reich gebracht! Und du hast wegen des Mantels einen Mann verwundet und musst dich für den Rest deines Lebens im Kloster verstecken. Allein für das Versetzen von Anselms Schwert würden sie dich aufhängen. Du kannst nie mehr zurück. Der verwünschte Sternenmantel! Er ist schuld an allem.«

»Gottes Wege sind unergründlich. Manchmal benutzt er einen Sternenmantel, um einen Sünder ins Kloster zu führen. Ich preise ihn dafür.«

Mechthild wollte ihm widersprechen, sie wollte ihm sagen, dass sie ihn in Braunschweig als Handelsgehilfen brauchte, und ihn an die vielen guten Stunden erinnern, an die gemachten Gewinne und an die gemeinsame Flucht. Doch er sah sie so bittend an, dass sie es bleiben ließ.

»Gott schütze dich, Friedrich.«

Als Friedrich über den Platz ging, blickte sie ihm nachdenklich hinterher. Sie würde Anselm nicht erzählen, dass sie Friedrich gefunden hatte. Anselm hatte sicher kein Verständnis für die geheimnisvollen Kräfte eines Sternenmantels. Er war immer so vernünftig und würde alles ganz genau hinterfragen. Auf manche Dinge gab es eben keine Antwort, auch nicht für den Ratgeber des Königs. Mechthild raffte wieder ihre Röcke und fragte sich, ob der Mantel nicht doch eine Reliquie gewesen war. Es gab unzählige prächtige Mäntel unbekannter Herkunft in den Reliquienkammern des Reiches. An die paar Dutzend Köpfe Johannes' des Täufers und an die vielen Splitter und Nägel vom Kreuz Christi wollte sie gar nicht denken. Als sie zum Gästehaus hinüberging, war ihr, als könne sie eine Glocke schlagen hören. Die Glocke hatte verrußt in den Trümmern gelegen. Gott helfe ihr, sie verlor auch langsam den Verstand.

August 1208, auf der Burg Hohenstaufen

Johanna schlief in Konrads Zelt. Gegen Morgen träumte sie, dunkle Gestalten würden die ahnungslose Fatma einkreisen. Sie hatten Messer und Lanzen dabei und knurrten unverständliches Zeug. Hostie, Taufe, Kreuzigung. Verbrennt sie, verbrennt alle Heiden. Johanna schreckte hoch. Ein Traum. Nur ein Traum, dachte sie erleichtert. Ihr Herz raste. Hastig setzte sie sich auf und versuchte, sich zu beruhigen. Licht schimmerte durch die Stoffbahnen des Zeltes und die ersten Vögel zwitscherten. Fatma atmete ruhig und gleichmäßig in den Kissen. Es bestand keine Gefahr.

Ein unförmiger Schatten tauchte neben Haruns großer Silhouette auf. Gieselbertas hohe Stimme ließ sie zusammenfahren. Sie stand vor dem Zelt und rief: »Dame Johanna – was guckt der Sarazene mich so an? – Dame Johanna! Eilt, o eilt. Unsere Königin! Das Fieber ist gestiegen und sie redet wirr.«

Johanna blinzelte und brauchte einen Moment, bis sie verstand. Hohes Fieber nach einer Geburt bedeutete nichts Gutes, das tot geborene Kind hatte ihr die letzten Kräfte geraubt. Es war erst zwei Tage her. Zwei Tage, in denen alle gehofft hatten, die Königin würde wieder zu Kräften kommen. Doch der Blutverlust und das Fieber machten jede Hoffnung zunichte. Seit Philipps Tod war der Lebenswille

der Königin gebrochen. Nun ging es zu Ende. Es schien nichts mehr zu geben, was ihr helfen konnte.
Johanna seufzte, stand auf und streifte sich ihr Unterkleid über. Fatma war erwacht. Schweigend reichte sie ihr das Überkleid und half ihr, die Schnüre an den Seiten zu binden.
»Was dauert das so lange? Sie holen bereits Vater Ambrosius für die Letzte Ölung«, rief Gieselberta und diesmal klang sie wirklich besorgt.
Johanna trank hastig einen Schluck Wasser, wischte sich die Hände an einem Tuch ab, das Fatma ihr reichte, und verließ das Zelt. Sie hatte kaum Zeit, sich umzublicken, denn Gieselberta zog sie sofort mit sich. Sie rannten durch den Kräutergarten und den Burgplatz hinauf. Als sie keuchend das Schlafgemach der Königin erreichten, war Gieselberta hochrot im Gesicht und hielt sich die Seite. Immer noch keuchend zog sie einen Vorhang zur Seite und schob Johanna in den Raum. Hinter Johanna fiel der Vorhang mit einem Rascheln zurück: Sie war mit der sterbenden Königin allein.
Johanna schlich sich auf Zehenspitzen an den dicken Kerzenleuchtern und den byzantinischen Heiligenbildern vorbei. Das Bettlager stand im Schatten einer Nische. Ein säuerlicher Geruch schlug Johanna entgegen, als sie sich näherte. Es war furchtbar stickig und dunkel. Krankheit und Tod schienen in diesem düsteren Raum übermächtig zu sein. Johanna musste den Drang unterdrücken, zum Fenster zu stürzen und die Läden aufzustoßen.
Vorsichtig trat sie an das Bett und betrachtete das eingefallene Gesicht der Königin. Irene hatte die Augen geschlossen. Das feuchte Haar klebte auf ihrer Stirn und die Wangen wirkten hohl und eingefallen. Die Haut war durchsichtig wie flüssiges Wachs. Fiebernde glühen, dachte Johanna besorgt, Fiebernde haben leuchtend rote Wangen. Irene dagegen war weiß und fahl. Große Kälte und ein eisiger Atem umgaben sie. Sie war blutleer, so kalt und ohne Hoffnung. Eine große Traurigkeit schnürte Johanna die Kehle ab. Ihre Augen füllten sich mit Tränen. Dabei hatte sie die Königin immer gefürchtet. War sie nicht oft hart und ungerecht gewesen? Hatte sie nicht ihren Stolz hochmütig zur Schau gestellt? Hatte sie Johanna nicht mit ihren Launen gequält? Das alles war in diesem Moment bedeutungs-

los. Johanna dachte an die vielen Stunden, in denen sie der Königin nah gewesen war. Sie hatte die Albträume und Ängste durch ihre Hände ziehen lassen. Sie hatte tief in ihre Seele geschaut und das hatte sie miteinander verbunden, wie Schwestern, wie Leidensgenossinnen. Es war mit nichts zu vergleichen. Die Verbindung würde durch den Tod für immer ausgelöscht. Johanna hatte angenommen, dass sie sich befreit fühlen würde, doch alles, was sie wahrnehmen konnte, waren Hilflosigkeit und Einsamkeit. Ein unerträglicher Druck lag auf ihrer Brust und sie stöhnte leise. Die Königin schlug die Augen auf und hauchte: »Es ist so kalt. Ich friere.«

Johanna war sich nicht sicher, ob die Königin sie erkannte. Sie lehnte sich vor und flüsterte: »Ich bin es, Johanna. Soll ich jemanden rufen? Wünscht Ihr, in die geheizte Kemenate getragen zu werden, Herrin?«

»Nein.«

»Meine Hände, Herrin? Soll ich Euch meine heilenden Hände auf die Stirn legen und die Kälte herausziehen?«

»Es ist zu spät. Ich habe den Tod gesehen. Er hat die Gestalt eines blonden Jünglings und trägt grüne Beinlinge. Er springt so lustig.«

Johanna unterdrückte ein Lächeln und fühlte die Tränen an ihren Wangen herablaufen. Sie trat vor, um ihre Hände auf die schweißnasse, bleiche Stirn zu legen. Die Königin bewegte leicht den Kopf und flüsterte mit einer seltsam tiefen Stimme: »Berührt mich nicht. Ihr werdet schreckliche Bilder sehen. Dinge, die Ihr nie wieder vergessen könnt. Davor will ich Euch bewahren.«

»Wovor, Herrin?«

»Ich sehe das brennende Konstantinopel. Es brennt in mir. Ich höre die Schreie meines Bruders Alexios. Sie hauen ihm die Glieder ab, Stück für Stück und er schreit so furchtbar. Mein blinder Vater ruft nach mir. Ich kann ihm nicht helfen. Konstantinopel brennt. Konstantinopel brennt und ich ersticke an der Schuld.«

»Ihr seid nicht schuld am Untergang von Konstantinopel, Herrin.«

Irene versuchte, sich aufzurichten, fiel aber gleich wieder zurück. Schweißtropfen traten auf ihre Oberlippe und sie ächzte leise: »Philipp hat es zugelassen. Meine geliebte Stadt! Gott hat ihn bestraft.«

Johanna wusste nicht, was sie sagen sollte. Die Königin hatte die Augen nun wieder geschlossen und atmete schwer. Als sie wieder anfing zu sprechen, war ihre Stimme kaum zu verstehen. Johanna beugte sich vor und hielt ihr Ohr über den Mund der Königin. Heißer Atmen streifte sie und die Worte tropften in ihr Bewusstsein: »Philipp hat dem Pfalzgrafen … sein Wort gegeben und … er hat es gebrochen … wir alle wussten es … und wir alle haben geschwiegen.«

Johanna wandte den Kopf weg und presste die Hände vor ihre Brust. Sie selbst hatte geschwiegen. Mühsam stieß sie hervor: »Herrin, Euer Gemahl war zu großzügig und konnte sein Versprechen dann nicht halten. Es gab wichtige politische Gründe!«

Die Königin schlug die Augen auf und suchte Johannas Blick. Ihre Augen flackerten und das Kerzenlicht brach sich darin. Hoffnungslosigkeit und Verzweiflung sprachen aus Irenes Augen. Johannas Beine wurden schwach. Sie fiel vor dem Bett auf die Knie, grub ihre Finger in die klammen Decken und rief: »Vor Gott sind wir alle sündig. Doch uns wird Vergebung geschenkt.«

Irene bekreuzigte sich und lag dann lange still da. Johanna ließ ihren Kopf auf die Decken sinken und vergrub ihr Gesicht in das feuchte Tuch. Das Weinen kam von tief unten und schüttelte ihren Körper. Sie weinte über Philipps Sünden, das Elend der Königin, den Untergang Konstantinopels und ihre eigene Schuld. Plötzlich durchdrang die Stimme der Königin die Stille. Sie klang überraschend laut und klar.

»War Philipp ein würdiger Herrscher?«

»O ja, Herrin! Es wird keinen geben wie ihn.«

Eine schwere Hand legte sich auf Johannas Schulter. Sie wandte sich erschrocken um. Vater Ambrosius war unbemerkt hereingekommen. Er wies mit dem Kopf auf einen kleinen Pagen, der ein Tablett mit dem Öl für die Letzte Ölung bereithielt, und erklärte freundlich: »Dame Johanna, Ihr habt genug getan. Nun müsst Ihr sie mir überlassen. Ich werde die Königin für ihren letzten Weg vorbereiten. Sie wird zu Gott gehen.«

Johanna erhob sich und warf noch einen letzten Blick auf die sterbende Königin. Es war, als ob sie einen Teil von sich selbst zurückließe.

Vor dem Schlafgemach der Königin standen die byzantinischen Hofdamen, die sich schwarze Tücher umgelegt hatten und ein düsteres Klagelied sangen. Zwischen ihren Röcken kam auf einmal ein blonder Kopf hervorgestürzt. Beatrix rannte schluchzend zu Johanna und presste sich an sie. Johanna streichelte dem kleinen Mädchen über den Kopf und sagte abwesend: »Ist ja gut. Ich bin ja da.«
Lange hielt sie das weinende Kind in den Armen. Irgendwann trat Vater Ambrosius zu ihnen und sagte grimmig: »Unsere Königin ist gegangen. Der Herr sei ihrer Seele gnädig.«
Er bekreuzigte sich nach Art der griechischen Kirche.

September 1208, auf der Burg Hohenstaufen

Zwei Wochen später erreichte der Marschall mit seinen Männern die Burg. Johanna blickte zu den Ställen hinüber. Die Schwertgehänge der Ritter glänzten in der Abendsonne, als sie abstiegen und die erschöpften Pferde zurückließen. Johanna machte sich Sorgen. Beatrix würde die Männer im großen Saal begrüßen müssen, denn ihre Schwester Maria war am Hof von Brabant, um die Sitten ihres Verlobten zu lernen. Es war Beatrix' erste Handlung als ranghöchste Vertreterin der Staufer im Reich.
Johanna wickelte sich fest in ihren Mantel, verließ den Kräutergarten und ging über den Burgplatz. Im großen Burgsaal war es zu dieser Stunde kühl. Johanna stellte sich neben einen Wandteppich und beobachtete das Treiben. Pagen mit Kerzen und Mägde mit Besen eilten an ihr vorbei, doch keiner schien sie zu bemerken. Ihr Fuß schlief ein und kribbelte unangenehm.
Endlich brachten die alten griechischen Kinderfrauen Beatrix herein. Sie sah klein und blass aus.
Alle anwesenden Damen gruppierten sich um die Prinzessin, die dadurch noch kleiner wirkte. Johanna stellte sich neben Dame Engeltrud und lächelte Beatrix aufmunternd zu.
Schwere Stiefel knallten auf den Holzboden, Männer lachten und Schwerter klapperten. Beatrix versteckte die zitternden Hände hinter ihrem Rücken und starrte auf die Tür. Die Türflügel flogen zur Seite

und eine Hand voll Ritter stürmte in den Saal. Die Männer sahen müde und dreckig aus. Johanna stellte erstaunt fest, dass sie fast jeden kannte.

Anselms Gesicht war gerötet und die Haare hingen ihm wirr in die Stirn. In Wolframs Locken glitzerten die Wassertropfen. Er stützte den Marschall, der einen dicken Verband um den Bauch gewickelt hatte. Gut gelaunt zwinkerte Ritter Wolfram in Johannas Richtung und Anselm grinste verlegen. Der Marschall zögerte einen Augenblick, weil er sich offensichtlich nicht sicher war, welche der Damen er ansprechen musste.

Beatrix reckte ihr Kinn in die Höhe und versuchte ein Räuspern. Der Marschall verbeugt sich vorsichtig. Seine Bauchwunde schien zu schmerzen.

»Seid gegrüßt, Prinzessin. Wir hörten unterwegs vom Tod der Königin. Unsere Herzen sind von Trauer schwer und wir beten für ihre Seele.«

Beatrix wagte ein leichtes Nicken und der Marschall fuhr fort: »Wir hoffen, Euren Kummer und Eure Sorgen durch die Nachricht leichter zu machen, dass der Mörder des Königs durch unser Schwert gefallen ist.«

Beatrix schaute sich unsicher zu ihren Kinderfrauen und Hofdamen um. Dame Engeltrud beugte sich zu ihr und wisperte ihr etwas zu. Beatrix holte Luft, dann wiederholte sie offensichtlich Engeltruds Worte: »Mein Dank sei Euch gewiss. Eure Tat wird im ganzen Reich gerühmt werden«, sie stockte und Engeltrud flüsterte wieder. Beatrix runzelte unwillig die Stirn und fuhr fort: »Dem Wunsch meines Vaters gemäß werde ich nach Braunschweig gehen und den Welfen Otto heiraten. Wenn Eure Verwundung es zulässt, sollt Ihr mein Begleiter sein.«

Der Marschall verbeugte sich wieder, so gut es mit dem Verband ging, und die Damen führten eine sehr klein und traurig wirkende Beatrix hinaus.

Johanna war erleichtert, dass es vorüber war. Dem Marschall schien es ähnlich zu gehen, denn er versuchte, ein wenig mit seinen Männern zu scherzen. Anselm löste sich aus der Gruppe und kam auf Johanna zu. Sie fragte leise: »Hat Mechthild Euch gefunden? Hat Meister Konradus sie begleitet?«

»O ja, ihr Hinweis brachte uns auf das Kloster, in dem der Pfalzgraf sich versteckt hatte. Bedauerlicherweise haben Mechthild und Konrad uns nicht mehr eingeholt. Sie werden auf dem Weg hierher sein. Es war gut, dass sie die Bluttat nicht ansehen mussten.«

Anselm wirkte bedrückt und Johanna fragte sich, weshalb er so niedergeschlagen war. Sie flüsterte: »Wie seid Ihr überhaupt zwischen die Ritter geraten? Ihr seid doch ein Mann der Feder. Musstet Ihr Euch selbst vom Tod des Pfalzgrafen überzeugen?«

»Ich bedaure, was geschehen ist. Nun kann uns der Wittelsbacher nichts mehr erzählen. Er hätte nach Braunschweig gebracht werden müssen. Otto hätte ihn erst verhören und dann hinrichten sollen«, er strich sich seufzend eine Strähne aus der Stirn.

»Aber der Wittelsbacher hat den Tod hundertfach verdient. Durch seine Klinge starb unser guter König Philipp.«

»Es war nicht Recht, den Mörder auf der Stelle hinzurichten. Doch nun ist es geschehen und Otto erwartet mich. Grüßt Mechthild von mir und richtet ihr bitte aus, dass sie so schnell wie möglich nachkommen soll.«

»Es wird ihr gar nicht gefallen, dass Ihr nicht auf sie wartet!«

»Ehe ich nach Braunschweig aufbreche, muss ich Euch noch etwas geben. Es ist für Beatrix. Kommt, es ist in meiner Satteltasche.«

Während sie ihm über den Burghof zu den Ställen folgte, überlegte sie, was es sein könnte. Sie konnte zuerst nicht sehen, was er machte, da er ihr seinen Rücken zugedreht hatte. Ein Winseln war zu hören und ehe sie sich darüber wundern konnte, hatte sie auch schon einen kleinen Welpen im Arm. Der kleine Hund begann sofort, ihr Gesicht abzulecken. Er war ganz aufgeregt, zappelte und stieß kleine hohe Töne aus. Sie konnte ihn kaum halten. Seine Zunge fühlte sich rau und klebrig an. Vergeblich versuchte Johanna, ihr Gesicht wegzudrehen und ihn gleichzeitig nicht fallen zu lassen. Anselm lachte.

»Oh, was tut er denn? Er soll damit aufhören!«, rief sie verzweifelt und eine Pfote schlug ihr gegen die Nase. Sie fühlte, wie ihr Kleid nass wurde.

»So behandelt man eine Dame aber nicht«, sagte Anselm tadelnd und nahm ihr den Hund ab. Ein hässlicher gelber Fleck blieb auf ihrem Kleid zurück.

»Sie werden niemals erlauben, dass Beatrix ihn behält«, rief Johanna und versuchte an dem Fleck herumzuwischen. Es wurde nur noch schlimmer. Verärgert blickte sie den Hund an, der mit seinen scheckigen Ohren wackelte. Sie verbot sich ein Lächeln und fasste einen Entschluss: »Ich werde ihn bei mir im Zelt behalten. Harun soll ihm Benehmen beibringen. Aber Ihr müsst ihn hintragen.«
Sie verließen den Stall und gingen über den Burghof. Johanna verschränkte die Arme vor der Brust und schaute sich um. Alle Hofdamen waren in der Burg, nur ein paar Mägde schleppten Wassereimer vorbei. Eine kicherte hinter vorgehaltener Hand.
»Ich spreche in Braunschweig mit König Otto. Er wird ihr den Hund lassen, denn er kann in solchen Dingen sehr großzügig sein«, sagte Anselm und versuchte, den Hund daran zu hindern, ihm ins Ohr zu beißen.
»Er würde sich bei seiner angehenden Gemahlin damit empfehlen. Ich zeige Beatrix den Hund, sobald es möglich ist.«
Vor dem Zelt schlief Harun. Anselm legte ihm den Hund in den Schoß und er sprang erschrocken auf. Der kleine Hund purzelte über den Boden, rappelte sich aber wieder auf und schnupperte an Haruns Füßen. Harun knurrte ihn an und er knurrte zurück. Johanna lachte: »Sie scheinen sich zu mögen. Wartet ab, in Braunschweig wird er der folgsamste Hund sein, den man sich nur wünschen kann.«
»Wenn er nur vorher lernt, dass er nicht die Beinlinge unseres Kämmerers anpinkeln darf.«
Johanna sah an ihrem beschmutzten Kleid hinunter und verschwand im Zelt. Während sie sich umzog, konnte sie die beiden Männer mit dem Hund herumtollen hören. Der Hund kläffte und Fatma schüttelte den Kopf: »Damen werden sagen: Hunde und Heiden, das nicht gut!«

Als der Hund sich schon in Konrads Zelt eingelebt hatte, trafen Konrad und Mechthild endlich auf der Burg ein. Sie hatten ihre Reise unterbrechen müssen, weil Konrad sehr krank gewesen war. Vielleicht hatte er das Essen aus der Klosterküche nicht vertragen, denn kurz nach ihrem Aufbruch krümmte er sich mit Bauchkrämpfen und musste sich heftig übergeben. Vielleicht war es auch etwas anderes,

was dazu führte, dass Konrad kein Essen bei sich behalten konnte und sich unentwegt übergeben musste. Was für eine lange und unangenehme Woche das gewesen war. Konrad hatte Mechthild unter Stöhnen und Ächzen die Pflanzen beschrieben, die bei Krämpfen und Erbrechen halfen. Sie hatte die Kräuter eifrig zerhackt und zerrieben. Dabei hatte sie sich seufzend gefragt, ob sie Anselm jemals wiedersehen würde. Und auch jetzt, als sie sich den Ställen näherten, war sich Mechthild sicher, dass er längst nach Braunschweig aufgebrochen war, um Otto von der Hinrichtung des Mörders zu berichten. Er schien ihr seit Wochen immer einen Schritt voraus zu sein.
Vor den Ställen hockte Meister Jacobus im Staub und schiente einem Stalljungen das Bein. An der Stalltür lehnte Fatma und sah ihm aufmerksam zu.
Der kleine Junge versuchte, tapfer auszusehen, und der alte Hofmedicus schimpfte auf Hebräisch. Beim Klang der sich nähernden Hufe wandte er sich um. Als er Konrad erkannte, ging ein Lächeln über sein runzeliges Gesicht. Er sprang hastig auf, sodass seine Bartzöpfe schaukelten und sein spitzer Hut wippte. Er rief erfreut: »Konrad! Da bist du endlich«, dann schien er zu bemerken, wie Konrad aussah. Jacobus wich zurück und runzelte die Stirn.
Mechthild stellte sich vor, was in dem Alten vorging. Sein geliebter Schüler kehrte blass und elend zurück. Konrads braunes Haar klebte strähnig in seinem Nacken und seine Lippen waren aufgesprungen und blutig. Man brauchte kein Arzt sein, um zu erkennen, dass dieser Mann schwer krank gewesen war. Konrad stieg umständlich und unter Stöhnen vom Pferd. Er beeilte sich, dem besorgten Jacobus zu erklären: »Ich litt unter Erbrechen und Krämpfen, doch nun geht es mir besser. Sobald ich wieder bei Kräften bin, werde ich nach Damaskus aufbrechen.«
Meister Jacobus starrte ihn ungläubig an. Seine Hand zitterte vor innerer Erregung, als er sie auf Konrads Schulter legte und flüsterte: »Mein geliebter Sohn, du verlässt mich? Aber du kommst doch wieder?«
Mechthild sprang vom Pferd, hockte sich neben den Jungen und betrachtete interessiert das geschiente Bein. Doch ihre eigentliche Aufmerksamkeit galt den beiden Männern. Sie wartete gespannt auf

Konrads Antwort. Würde er wiederkommen? Konrads suchte nach Worten: »Ich … dort … Ich werde wiederkommen. Wenn ich dort Vergebung gefunden habe, dann kehre ich zurück. Ihr habt mein Wort!«
Mechthild hörte Jacobus skeptisch mit der Zunge schnalzen, doch schließlich knurrte er: »Er will einen alten Mann zurücklassen. Beim Gesetz des Moses, meine Jahre sind gezählt und er geht nach Damaskus!«
Er ließ sich neben Mechthild fallen und zog eine Schnur am Bein des Jungen strammer und knurrte: »Fatma, komm und hilf mir.« Doch Fatma antwortete nicht.
Mechthild blickte auf und sah gerade noch, wie sich Fatma davonstahl. Konrad ließ die Zügel fallen und kam seinem Meister zu Hilfe. Sein Pferd warf unruhig den Kopf zurück und trabte dann zum Stall hinüber. Mechthilds Tier folgte ihm neugierig, anscheinend witterten sie frisches Heu. Meister Jacobus beugte sich zu dem Jungen und erklärte: »Das nächste Mal suchst du dir einen anderen Zaun zum Schaukeln. Dieser war offensichtlich morsch.«
Der Junge wisperte: »Ja, Herr«, und sah schüchtern zu Mechthild auf. Mechthild lächelte ihn an und Jacobus schien sie endlich zu bemerken. Er betrachtete sie erstaunt und fragte: »Ihr? Ihr seid doch die Frau von Ottos Ratgeber? Ihr kommt zu spät, von Kaldens Männer sind schon nach Braunschweig aufgebrochen. Der Marschall war noch sehr schwach und hätte die weite Reise nicht antreten dürfen. Doch er wollte nicht auf mich hören. Niemand hört auf mich!«
Der Hofarzt klang ehrlich empört. Mechthild wollte etwas sagen, doch in diesem Moment tauchte Fatma hinter dem Stall auf. Johanna drängte sich an ihr vorbei. Konrad stand auf, ging Johanna entgegen und umfing sie mit seinen ausgebreiteten Armen. Liebevoll strich er ihr übers Haar und drückte sie an sich. Sie wandte ihm ihr Gesicht zu und fragte: »Hast du es gehört? Die Königin ist tot.«
Konrad nickte und sagte ernst: »Der Herr erbarme sich ihrer Seele.«
Sie standen eine Weile schweigend da, dann ging ein Leuchten über Konrads Gesicht und er rief: »Johanna, du gehörst nun für immer mir. Du kannst mit mir kommen. Niemand braucht dich mehr am staufischen Hof.«

Johanna machte sich von ihm los. Mechthild betrachtete sie verwundert. In Johannas Gesicht spiegelte sich Entsetzen und Verwirrung. Sie hob abwehrend die Hände, wich zurück und rief: »Für immer fortgehen? Wie kann ich das? Ich … die kleine Prinzessin! Beatrix braucht mich. Sie hat beide Eltern verloren und muss nun zu Otto, dem welfischen Ungeheuer. Sie war all die Jahre wie eine Tochter für mich. Sie vertraut mir und ich soll einfach nach Damaskus gehen und sie im Stich lassen? Wie kannst du nur so etwas von mir verlangen?«

Sie wandte den Kopf, als könne sie es nicht ertragen, ihm länger in die Augen zu blicken. Hastig und ohne sich umzublicken stolperte sie über den Burghof davon.

Mechthild unterdrückte ein Lächeln. Gut gemacht, Johanna. Das hätte sie nicht besser machen können. Konrad schien endlich aus seiner Erstarrung zu erwachen.

»Johanna … so warte doch.«

Konrad machte ein paar Schritte, als wolle er ihr folgen. Doch dann blieb er stehen. Er schüttelte seufzend den Kopf: »Frauen! Wer versteht schon die wankelmütigen Frauen?«

Fatma blickte unsicher zu ihm auf und Jacobus schnaufte zufrieden: »Du wirst die Reise nach Damaskus aufschieben und uns nach Braunschweig begleiten. Dem Herrn sei Dank für die Unberechenbarkeit der Weiber.«

Mechthild erhob sich. Sie wollte Johanna nachgehen und sie trösten. Ihre Freundin hatte sehr verzweifelt gewirkt. Außerdem musste Mechthild sie unbedingt nach dem roten Samt fragen. Johanna hatte den wertvollen Stoff für sie aufbewahrt und in Braunschweig gab es einen König, der vielleicht bald zum Kaiser gekrönt wurde.

Oktober 1208, in Braunschweig

Ein paar Wochen später sah Mechthild auf dem Braunschweiger Burgplatz zu dem bronzenen Löwen hoch, der auf einer schlanken Säule thronte. Er stand noch genauso stolz und ruhig dort wie immer. Sie schickte ihm einen stillen Gruß. Sein Herr und Meister sollte sich ein Beispiel an ihm nehmen und mehr Würde zeigen. König Otto

hatte sich in die Burg zurückgezogen und war schlecht gelaunt. Ab und zu konnte man ihn brüllen hören. Dann hielten die Leute auf dem Burgplatz einen Moment inne und blickten zu den Fenstern.
»Ich werde nicht nach Süden ziehen! Sie sollen zu mir kommen. Speichellecker, Arschkriecher, Gesindel!«
Mechthild zuckte zusammen. Gott möge ihm vergeben, so von den mächtigsten Fürsten des Reiches zu sprechen! Hoffentlich fing er keine Prügelei mit Anselm an. Auf alle Fälle schien es kein günstiger Tag zu sein, um mit dem König Geschäfte zu machen. Wie hatte sie das ahnen können, als sie heute Morgen den Samt in die Truhe gepackt hatte? Anselm hatte versprochen, heute mit dem Kämmerer zu reden, und Mechthild hatte schon frohlockt, denn mit seiner Unterstützung würde sie alle Konkurrenten verdrängen. Ihr Samt würde den Vorzug erhalten und sie würde eine reiche Frau werden. Nun schien alles schief zu laufen.
»Niiiieeeemals«, brüllte Otto und ein Buch flog aus dem Fenster.
»O je, das kostbare Buch. Manch einer würde für ein Buch töten«, sagte ein kleiner, dicker Mann und setzte sich neben sie auf die Truhe. Das war ziemlich unverschämt. Er hätte wenigstens fragen können, dachte Mechthild empört. Irgendwie kam er ihr bekannt vor. Er grinste fröhlich und band sich eine Laute vom Rücken. Natürlich! Jetzt wusste sie, wer er war. Er war Philipps Sänger, Walther von der Vogelweide. Johanna hatte ihn ihr vorgestellt und er hatte sie mit seinen Liedern unterhalten. Bevor sie etwas sagen konnte, hatte er ihr die Laute auf den Schoß gelegt.
»Lasst hören! Dame Johanna behauptet, Ihr hättet eine schöne Stimme! Was bevorzugt Ihr? Liebeslieder, politische Verse oder Heldensagen?«
»Was tut Ihr hier?«
»Natürlich König Otto meine Dienste als Hofdichter anbieten! Was für eine unsinnige Frage. Nur der Tag ist wohl schlecht gewählt. Ich werde morgen wiederkommen.«
»Ihr wart doch Philipps Hofdichter! Habt Ihr nicht über Otto Spottlieder gesungen? Wie könnt Ihr ihm nun Eure Dienste anbieten?«
»Warum denn nicht? Ein toter König kann keine Lieder mehr hören. Er sorgt auch nicht für einen gefüllten Bauch. Darin war Philipp

übrigens nie besonders gut, dieser Geizhals! Ein König ist so gut wie der andere. Wenn er mich satt macht, besinge ich ihn. Soll er doch Warzen haben, ich werde ihm Rosen andichten. Soll er doch jähzornig sein, ich werde seinen Sanftmut preisen.«

»Ein Dichter sollte …«

»Oh, oh, haltet lieber ein.« Er klopfte auf die Truhe und flüsterte: »Was hat sie da drin, die Kaufmannsfrau? Etwas, was vorher für König Philipp bestimmt gewesen war? Etwas, das ihren Geldbeutel füllen wird?«

Plötzlich brach Tumult aus. Ein Reiter stürmte mitten zwischen die Leute. Mägde schrien und Hunde bellten, Körbe kippten um und Äpfel rollten über den Burgplatz, nach denen sich Kinder bückten. Der Kämmerer kam aus der Burg gelaufen, stellte sich dabei sehr ungeschickt an, denn seine Beine schienen sich beim Laufen zu verheddern.

Der Reiter kam genau neben Mechthilds Truhe zum Stehen. Er keuchte: »Sie werden bald hier sein. Der Tross der Prinzessin ist schon an Goslar vorbei. Nur noch wenige Tage, dann wird sie mit ihrem Gefolge in Braunschweig einziehen. Ich bringe einen Brief für den König. Er ist voller Segenswünsche und süßer Worte.«

Die Leute hatten einen Kreis um ihn gebildet und jedes seiner Worte andächtig verfolgt. Nun brachen sie in Jubelrufe aus.

Ottos Kämmerer nickte zufrieden: »Das wird ihm gefallen. Ihr könnt mir den Brief geben und Euch ausruhen.«

Der Bote wirkte sehr erleichtert und reichte ihm das versiegelte Schreiben. Er hatte anscheinend befürchtet, König Otto gegenübertreten zu müssen. Der Kämmerer hatte es nun eilig, in die Burg zu kommen.

»Wartet, der Samt für den Krönungsmantel!«, rief Mechthild.

Ottos Kämmerer drehte sich um und runzelte die Stirn, dann kam er zögernd näher: »Anselms Frau, die Kaufmannstochter aus Köln? Begleitet mich und wenn ich Euch ein Zeichen gebe, tretet vor und breitet den Samt vor dem König aus.«

Walther nahm ihr die Laute ab und sprang von der Truhe.

»Samt für eine Kaiserkrönung! Ich werde Euch in die Burg begleiten. Wo ein Kaiser gekrönt wird, da müssen Lieder gesungen werden.«

»Walther von der Vogelweide! Der König hat sich schon gefragt, wo Ihr steckt. Willkommen an unserem Hof. Wer würde nicht den besten Dichter des Reiches freudig willkommen heißen?«, rief der Kämmerer und der Brief rutschte aus seiner Hand. Walther bückte sich danach und zwinkerte Mechthild verschwörerisch zu.

Eine Stunde später stand Mechthild in der Stiftskirche St. Blasius vor einem großen Holzkreuz. Die Kirche war menschenleer und düster, der Gekreuzigte schaute auf sie herab und hatte die Augenbrauen in die Höhe und die Mundwinkel nach unten gezogen. Sein purpurrotes Gewand war mit goldenen Borten verziert. So sollte königliches Rot aussehen, hatte König Otto gesagt. Er hatte ihren roten Samt kritisch betrachtet und ihn für zu dunkel befunden, denn sein Krönungsmantel sollte strahlen wie das Rot des Gekreuzigten am Marienaltar. Nun war sie hier, um sich davon zu überzeugen. Doch ihr Urteil hatte sowieso keine Bedeutung: Ein König hatte immer Recht.
Mechthild legte den Kopf schief. Irgendetwas empört Gottes Sohn, überlegte sie. Er sieht genauso aus wie Vater, wenn ihm ein Geschäft vor der Nase weggeschnappt worden ist. Dabei war sie diejenige, die einen großen Verlust erlitten hatte, weil Otto ihren Samt nicht wollte! Sie war gar nicht auf die Idee gekommen, dass dies passieren könnte. Sie war ruiniert! Was sollte sie nur tun? Sie biss auf ihrer Unterlippe herum und dachte an die Truhe im Burghof. Zögernd fasste sie einen Entschluss: Wenn Gott ihre Geschäfte nicht mehr segnete, dann musste sie sich seinen Segen verdienen. Vielleicht sollte sie etwas tun, was ihn beeindrucken würde, etwas, von dem er wusste, dass es ein großes Opfer für sie wäre. Sie runzelte die Stirn. Natürlich der Samt! Sie würde den Abt aufsuchen und ihm den Samt zur Auspolsterung der Reliquienschreine überlassen, zum Ruhme Gottes, der die Farbe sicher nicht zu dunkel fand. Während sie schon vor sich sah, wie der Abt vor Dankbarkeit Tränen in den Augen hatte, kamen ihr plötzlich Zweifel. Es war sicher richtig, etwas zu spenden. Jeder Kaufmann tat das, wenn es schlecht um die Geschäfte stand. Viele angesehene Kaufmänner hatten Reliquien, Altäre, sogar ganze Kirchen gestiftet, um ihr Seelenheil zu retten. Sie würde den roten Samt spenden. Nur, war das genug? Vielleicht wollte Gott sie ermahnen oder prüfen, denn an-

ders waren ihre finanziellen Schwierigkeiten nicht zu erklären. Sie hatte alle Regeln befolgt, so wie ihr Vater es sie gelehrt hatte. Gott musste den Samt vor Ottos Augen verdunkelt haben, um ihr ein Zeichen zu geben. Sie sah fragend zu dem Gekreuzigten hoch. Es schien ihr, als stimme er zu. Sie schloss die Augen zum Gebet.
Die Kerzen vor den Heiligenfiguren hinterließen weiße Flecken unter ihren Augenlidern. Das hatte sie ganz vergessen! Kerzen für die heilige Margareta. Möge Gott ihr vergeben! Sie hatte der Heiligen versprochen, jeden Tag eine Kerze für sie anzuzünden. Mechthild hatte die letzten Wochen nur an den Gewinn gedacht. Die Kerzen hatte sie darüber vergessen. O je! Die Heilige war beleidigt. Sie hatte den roten Samt in Ottos Augen hässlich erscheinen lassen. Wie hatte sie nur ihre Lieblingsheilige so vernachlässigen können?
Sie suchte Margaretas kleine Statue, zündete eine Kerze davor an und sank auf die Knie. Hoffentlich würde es die Heilige besänftigen, wenn sie den Samt der Kirche schenkte. Mechthild presste die Hände vors Gesicht und versuchte zu beten.

Oktober 1208, einige Tagesreisen vor Braunschweig

Ein Herbststurm erschwerte die Reise der staufischen Prinzessin Beatrix durch das Herzogtum Sachsen. Es war keine freundliche Begrüßung und Beatrix wurde von Tag zu Tag stiller. Es gelang den Hofdamen kaum, die kleine Prinzessin zum Essen zu bewegen. Der ganze Tross wirkte niedergeschlagen und trostlos. Der Wind peitschte den Regen gegen die Zeltbahnen der Reisezelte und wirbelte Blätter durch das Lager.
An diesem Abend war Fatma ins Zelt gekommen, das sich Johanna wieder mit Engeltrud, Richilde und Gieselberta teilte. Die Damen waren zur Messe gegangen und hatten Johanna nur deshalb allein zurückgelassen, weil es ihr offensichtlich nicht gut ging. Seit dem Streit mit Konrad war Johanna nicht mehr bei ihm gewesen. Fatma brachte Johanna nun Kissen, Bücher, Fläschchen mit Duftöl und den kleinen Hund. Johanna lud Fatma lächelnd ein zu bleiben. Der Hund sprang aufgeregt um Johanna herum.

Draußen tobte der Sturm. Fatma starrte auf die schaukelnde Zeltbahn, als könne sie den Stoff mit ihren Blicken zur Ruhe bringen. Doch dann hörte sie durch das Geheul hindurch eindeutig Schritte im Sand knirschen. Aufgeregt lauschte sie. Kam Konrad, um Johanna zu holen? Die Schritte wurden schneller. Es waren feste männliche Schritte.

Fatma warf Johanna einen Blick zu. Johannas Finger spielten nervös mit der Borte ihres Ärmels. Wollte Konrad sie mit einem Bündel voller Morgenlanderinnerungen an ihre gemeinsame Reise nach Damaskus erinnern?

Die Zeltbahn öffnete sich und ein brauner Lockenkopf erschien: Ritter Wolfram! Fatma holte erschrocken Luft. Noch nie hatte Fatma sich so geärgert, diesen Mann zu sehen. Der Hund schien zu spüren, dass der Besucher nicht willkommen war, und sprang grimmig bellend an ihm hoch.

»Nicht doch – Baibar, komm her!«, rief Fatma und lockte ihn mit einem Stück getrocknetes Fleisch, das sie von einem Teller genommen hatte. Fatma hatte den Hund nach ihrem Wirt in Sidon genannt und ihr Herr hatte nichts dagegen gehabt. Der braun gelockte Ritter ließ sich in Konrads Kissen fallen und rief: »Dame Johanna, seid tausendfach gegrüßt. Ich weiß, dass Ihr Schmeicheleien nicht mögt, doch Ihr seid wie immer wunderschön. Darf ich mich setzen?«

Dieser elende Lügner, dachte Fatma aufgebracht. Johanna sah gar nicht gut aus. Sie hatte erzählt, dass sie schlecht schlief und keinen Appetit hatte, sogar ihre Lieblingsgerichte rührte sie nicht an. Sogar den gepfefferten Hasen und den gewürfelten Fisch, die Fatma das letzte Mal mitgebracht hatte, hatte der Hund bekommen. Auch die dunklen Ringe unter Johannas Augen konnte keiner übersehen. Baibar schien der Einzige zu sein, der Dame Johanna ein Lächeln entlocken konnte. Dem hübschen Ritter gelang das nicht. Johanna musterte ihn nur müde und fragte: »Hat Vater Ambrosius Euch geschickt? Soll ich zur Messe kommen?«

»Aber nein! Man muss mich doch nicht schicken. Ich bin gern hier. Das Zelt, der ganze bunte Kram und die seltsamen Flaschen hier – es gefällt mir.«

»Mögt Ihr Fatma auch? Oder beleidigt sie Eure christliche Seele?«

Fatma zuckte zusammen. Der Ritter sah plötzlich verärgert aus. Es war besser, etwas gastfreundlicher zu sein und einen Gewürztee anzubieten. Ohne auf einen Befehl zu warten, machte sie sich an die Zubereitung. Die beiden beachteten sie gar nicht. Der Ritter beugte sich vor und flüsterte: »Nichts, was Euch umgibt, kann mich beleidigen. Keines Eurer Worte kränkt mich. Ich bin gekommen, um Euch zu bitten, meine Frau zu werden.«

Fatma hätte fast das heiße Wasser über ihre Hand gekippt. Im letzten Moment zog sie den Krug über die Gewürze. Es schäumte und dampfte. Der Ritter fühlte sich sichtlich unbehaglich und rief: »Gott helfe mir, Ihr werdet doch nicht diesen Meister Konradus heiraten wollen?!«

Johanna seufzte nur. Fatma blickte besorgt auf. Dame Johanna sah aus, als ob sie gleich ohnmächtig werden würde. Ihre Augen waren seltsam glasig und ihre Unterlippe zitterte. Ritter Wolfram betrachtete sie und sagte beschwörend: »Hört mich an: Ich werde in König Ottos Dienst treten. Marschall von Kalden verwendet sich für mich, als Anerkennung für meinen Einsatz bei der Suche nach Philipps Mörder. Ich genieße dann als Ritter des Königs wieder alle meine Rechte und seinen Schutz. Als einer der ersten Ritter des Reiches kann ich Euch alles bieten: Wohlstand, Sicherheit und Schutz. Stimmt endlich zu, werdet meine Frau!«

Fatma fühlte, wie sich alles in ihr zusammenzog. Das durfte nicht geschehen! Ihr Herr liebte Johanna mehr als sein Leben. Sie durfte keinen anderen Mann heiraten. Fatma vergaß den Tee und sah den Ritter böse an. Er hatte nur Augen für Johanna. Vor Anspannung hatte er kleine Fältchen um den Mund. Dame Johanna lächelte plötzlich: »Wolfram von Isenberg oder sollte ich lieber Gottfried von der Heide sagen? Ihr gebt wohl nie auf? Ihr kennt die Antwort bereits.«

»Sie lautet nein? Endgültig nein?«

Als Johanna nickte, stand der Ritter auf und verließ grußlos das Zelt.

Fatma konnte Johannas Schweigen kaum ertragen. Sie wollte aufspringen und durch das Zelt tanzen. Sie hatte ihn abgewiesen! Vor Erleichterung traten ihr die Tränen in die Augen. Sie wischte sich mit dem Handrücken über die Augen. Plötzlich spürte sie eine Hand auf der Schulter und Johanna sagte leise: »Weine nicht.«

»Wird Herrin zu Meister gehen?«
Johanna lächelte verschmitzt und flüsterte: »Es ist etwas Wundervolles geschehen. Schon bald werde ich es Konrad erzählen.«
Baibar stellte sich auf die Hinterbeine und leckte Fatmas Gesicht. Es kitzelte und sie schob ihn verärgert weg. Obwohl sie nicht verstand, wovon Johanna sprach, fühlte sich Fatma seltsam beruhigt.
Johanna setzte sich in die Kissen und zog eines von Konrads Büchern auf ihren Schoß. Sie schlug den Buchdeckel auf und fuhr erschrocken zurück. Die erste Seite wurde von einem Stück des Sternenmantels bedeckt. Fatma starrte erschrocken auf die dunkelblaue Seide. Die Ränder waren verkohlt und Fäden hatten sich gelöst. Geheimnisvoll leuchtete das bestickte Stück Stoff im Feuerschein und ein goldener Schimmer umgab Johannas Gesicht. Der Wind vor dem Zelt heulte und zerrte an den Zeltbahnen. Johanna fuhr andächtig mit den Fingern an den goldenen Zacken und Schriftzeichen entlang. Erstaunt fragte sie: »Was hat das zu bedeuten?«
Fatma zuckte hilflos mit den Schultern.
»Meister mich nur geschickt.«
Johanna starrte nachdenklich auf die glitzernden Sterne. Es schien der letzte Rest des Sternenmantels zu sein und er schickte ihn ihr. Er schenkte ihr das Wertvollste, was er besaß.
Plötzlich klappte Johanna das Buch zu, presste es vor ihre Brust und flüsterte: »Bring mich zu ihm, rasch.«

Oktober 1208, in Braunschweig

Auf der Burg Dankwarderode kratzte Anselms Feder über das Pergament. Er stand an einem Pult und schrieb so konzentriert, dass er den Sturm draußen gar nicht hörte. Otto hockte zusammengesunken am Kamin und starrte missmutig auf die knisternden Holzscheite.
Sie arbeiteten bereits den ganzen Nachmittag an einem Entwurf und Anselm war immer noch nicht zufrieden. Er räusperte sich: »Dem Pfalzgraf von Wittelsbach und dem Markgraf von Istrien werden ihre Lehen vom Reich entzogen und dem Herzog von Bayern und seinen Erben verliehen. So viel steht fest, aber was ist mit

Forst Bazhart und der Burg Neuburg? Wollt Ihr da auch so verfahren?«

»Der Herzog von Bayern würde sich beides sowieso nehmen. Sie alle nehmen sich einfach, was ihnen beliebt. Warum also dieser Urkundenkram?«, fragte Otto mürrisch.

»Da das menschliche Erinnerungsvermögen schwach und den unruhigen Zeitläufen nicht gewachsen ist, haben frühere Könige und Kaiser festgesetzt, dass die Vorgänge, die im Lauf der Zeit dem Gedächtnis zu entschwinden drohen, durch Schriftzeugnisse festzuhalten sind.«

»Gut formuliert. Ich werde es mir merken. Ich werde dich vermissen, Engländer!«

Anselm schaute hoch. Otto zuckte verlegen mit den Schultern und erklärte: »Marschall von Kaldens Vorhut hat heute Morgen seine Bedingungen überbracht. Der Kerl stellt mir Bedingungen! Er fordert, dass ich Philipps Ratgeber und Ministerialen übernehme und meine eigenen Leute entlasse. Dies war deine letzte Urkunde für mich. Ich muss von Kaldens Wunsch nachkommen. Selbst der Herzog von Bayern wird mich nur anerkennen, wenn von Kalden auf meiner Seite ist.«

Otto seufzte und goss Wein in einen Becher. Er trank ihn in einem Zug aus. Anselm beobachtete ihn schweigend. Er wollte protestieren, dann ließ er es. Die Jahre am Hof hatten ihn gelehrt, dass es besser war, sich mit den Mächtigen nicht anzulegen.

Während Anselm noch überlegte, was er sagen könnte, trank Otto den nächsten Becher leer. Er trank schon den ganzen Nachmittag und hatte bereits einen unsteten Blick. Er beugte sich vor. Anselm konnte seinen schlechten Atem riechen.

»Du hast den Lehnshof und eine tüchtige Frau. Ich dagegen habe bald eine Kindfrau, die gerade zehn Sommer zählt. Es wird noch Jahre dauern, bis ich sie mir ins Bett holen kann. Dein König beneidet dich.« Otto presste seine heiße und kratzige Wange gegen die von Anselm, der nicht zu atmen wagte. Otto ließ seine gespreizten Finger über Anselms Oberschenkel kreisen. Einen Moment lang verharrten sie zögernd, dann ließ er die Hand sinken und richtete sich auf. Anselm atmete erleichtert aus.

Otto setzte sich auf einen Hocker und ließ ihn beim Trinken nicht aus den Augen. Er nahm winzige Schlucke, als ob er den Geschmack prüfen wollte. Dann flüsterte er: »Aber sie werden sich noch wundern. Philipp ist tot. Nun kann ich meinen Feind mit aller Kraft bekämpfen. Sie werden mich nicht daran hindern können.«
»Welchen Feind?«, fragte Anselm verwirrt.
»Sobald Innozenz mich gekrönt hat, werde ich über den Eid von Neuß lachen. Bis nach Sizilien wird es zu hören sein. Ich werde mir die Mark Ancona und Umbrien-Spoleto zurückholen. Und dann Sizilien, dann greife ich Sizilien an.«
»Das dürft Ihr nicht! Wenn ein König einen Eid bricht, dann werden auch seine Fürsten ihre Eide brechen und deren Vasallen die ihrigen. Alles wird zusammenbrechen. Gottes Ordnung gerät ins Wanken.«
Otto schleuderte den Becher zu Boden und atmete schwer. Der rote Wein spritzte nach allen Seiten. Wie Blut, dachte Anselm, es sieht aus wie Blut. Otto ballte seine Hände zu Fäusten und brüllte: »Halt dein dämliches Maul! Ich bin der König und mache die Ordnung. Ich brauche keinen Gott. Ich brauche niemanden. Verschwinde! Sollen von Kaldens Männer die Urkunde aufsetzen. Raus!«
Als Anselm sich nicht rührte, schlug er zu. Der Ring des Königs zerschnitt Anselms Wange und sein Kopf schleuderte zur Seite. Benommen stolperte Anselm hinaus und rannte dann den Flur entlang. Erst im Burghof blieb er stehen. Es krachte im großen Saal. Der König hatte offensichtlich damit begonnen, die Hocker gegen die Wand zu schlagen.
Im Burghof standen von Kaldens Männer und blickten ihn verwundert an. Ein Ritter kam auf ihn zu und prüfte den Schnitt auf seiner Wange. Es war Gottfried von der Heide. Seine Finger wurden blutig.
»Es ist ziemlich tief. Wird eine hübsche Narbe geben. Ein Andenken an deinen König.«
Anselm versuchte zu lächeln, doch es wollte ihm nicht so recht gelingen. Die ganze Wange pochte und er presste seinen Handballen auf die Wunde.
»Das ist die Belohnung für so viele Jahre treue Ergebenheit.«

»Das wird Mechthild aber gar nicht gefallen. Was werdet Ihr jetzt tun? Auf die Jagd gehen? Falken züchten? Turniere ansehen?«
Gottfried betrachtete ihn besorgt. Die anderen Männer riefen nach ihm, er wandte sich um und schrie: »Gleich!«, dann sah er wieder Anselm an: »Wir müssen zum König. Ich werde in seinen Dienst treten und Ihr werdet seinen Dienst verlassen. Gott spielt manchmal seltsame Spiele mit uns. Ich komme! Wir müssen los, heute Abend schon werden wir dem König unseren Eid schwören.«
Als sie fort waren, blickte Anselm noch einmal zum Burglöwen hoch, der stolz und gleichgültig über den Platz blickte. Anselm wischte sich das Blut vom Arm und ging zu den Ställen. Während er aus dem Burghof ritt, dachte er darüber nach, wie er es Mechthild erklären sollte. Sie hatte Recht behalten: Otto war es nicht wert gewesen. Es war verrückt, den Papst zu bekämpfen. Mit einem Einmarsch in Sizilien wird Otto das Reich in den Untergang stürzen, Frankreich ihm in den Rücken fallen und England ihm nicht helfen können. Man musste nicht Ottos Ratgeber gewesen sein, um das zu erkennen. Anselm dachte daran, wie er sich bei von Kalden für Otto eingesetzt hatte. Was war er für ein Trottel gewesen. Wie hatte er all die Jahre nur so blind sein können? Wie ein Verliebter hatte er Ottos Wutanfälle immer wieder entschuldigt. War er nicht immer stolz darauf gewesen, ein vernünftiger Mann zu sein? Nun fühlte er sich gedemütigt und verraten, wie ein Hund davongeprügelt. Er ließ seine Hand sinken, um nach den Zügeln zu greifen. Die Wunde pochte. Am Tor starrte ihn ein Mann erschrocken an. Er kam Anselm bekannt vor und er drehte sich im Vorüberreiten noch einmal um. War das nicht Walther von der Vogelweide? Anselm verwarf den Gedanken. Walthers Preislieder für Philipp, seinen holden süßen Mann, waren doch im ganzen Reich berühmt. Walther würde doch nicht … oder doch? Alle spielten verrückt, warum nicht auch der Hofdichter?

An diesem Abend wartete Mechthild vergeblich im Kaufmannshaus auf Anselm. Sie blickte aus dem Kontorfenster und erwartete, dass er jeden Moment die schmale Straße herunterreiten würde, doch es näherte sich nur eine kleine Reisegruppe, ein Wagen mit Verdeck. Sie wollte sich schon enttäuscht abwenden, da erkannte sie Johanna. Sie

saß neben Fatma auf dem Wagen und sah sehr verändert aus. Sie trug das Haar offen und ein Band glitzerte über ihrer Stirn. Harun mühte sich vorn mit dem Maulesel ab.
Mechthild rannte die Treppe hinunter. Unten standen Martha und Arno und stritten sich. Martha schrie: »Arno hat sich ein Messer gekauft! Dabei hat der Herr es verboten. Er hat auch ein Übungsschwert im Stall versteckt.«
»Das gehört Brian. Anselm hat es Brian geschenkt. Er schenkt ihm ständig Sachen.«
»Hört auf damit. Johanna kommt!«, sagte Mechthild und stürzte hinaus.
Arno und Martha vergaßen ihren Streit und liefen ihr hinterher.
»Johanna! Was tust du hier? Hätten wir dich erwartet, dann hätten wir … Schnell, Martha, in die Küche, Arno, kümmere dich um den Wagen und die Tiere.«
Arno reagierte nicht. Er stand vor Fatma und starrte sie an. Als er ihr die Hand reichen und ihr vom Wagen helfen wollte, kam Harun ihm zuvor. Ein kleiner Hund sprang unter dem Verdeck hervor. Sobald Brian aus dem Haus gelaufen kam, stürzte sich der Hund auf ihn und warf den überraschten Jungen fast um.
Johanna lächelte müde und erklärte: »So ist er immer. Ich wollte Anselm bitten, ihn mit zur Burg zu nehmen.«
»Bist du deswegen gekommen? Warum bist du nicht beim staufischen Hof? Ist der Tross der Prinzessin schon eingetroffen?«
»Wir sind vorausgeritten. Konrad liegt im Wagen und schläft. Können wir heute Nacht hier bleiben?«
»Natürlich könnt ihr. Bleibt, so lange ihr wollt. Brauchen sie euch im Tross nicht?«
»Wir konnten nicht dort bleiben. Jetzt nicht mehr.«
In diesem Augenblick kam Konrad unter dem Verdeck hervor. Die Stimmen mussten ihn geweckt haben. Mechthild musterte ihn neugierig. Er sah immer noch dünn und blass aus. In der Hand hielt er einen Reisehut mit breiter Krempe und über der Wolle seines dunklen Mantels schaukelte ein Holzkreuz an einem Lederband. Als er Mechthild erkannte, hob er grüßend die Hand und sprang vom Wagen. Seine Stimme klang erfreut: »Dame Mechthild, Gott schenke

Euch einen guten Abend. Ich preise ihn für Eure Gesundheit und den Wohlstand Eures Hauses.«

»Gott bewahre Euch vor Unheil, Meister Konradus. Seid willkommen als unsere Gäste.«

Konrad nickte dankend, stülpte sich den Reisehut über und begann, Harun beim Abladen zu helfen. Johanna folgte Mechthild ins Haus. Als sie den schweren Mantel ablegte, betrachtete Martha Johanna kritisch und entschied: »In ihrem Zustand ist Hühnersuppe mit Ei immer das Beste. Erlaubt mir, ein Huhn zu schlachten. Diese Neuigkeit muss gefeiert werden.«

»Was für ein Zustand?«, fragte Mechthild besorgt. War Johanna denn krank?

Arno grinste und sagte: »Ich begreife zwar nicht, wovon sie spricht, aber feiern ist immer gut. Ich kann das Huhn schlachten. Mit dem neuen Messer. Welches Huhn soll ich nehmen?«

Er war schon halb auf dem Weg in den Hof. Mechthild rief ihm nach: »Nimm das dickste! Anselm muss jeden Moment kommen, vielleicht hat er noch nicht gegessen.«

Fatma folgte Martha in die Küche. Brian hockte sich mit dem Hund auf dem Arm vor das Haus und beobachtete die Männer beim Abladen.

Nach dem Essen war Anselm immer noch nicht da. Das Huhn war köstlich gewesen. Allen hatte es geschmeckt. Nur Johanna hatte kaum etwas gegessen. Nachdem Martha den Tisch in der Halle abgeräumt hatte, blieb Konrad sitzen und breitete ein vergilbtes Pergament vor sich aus. Mit einem Seitenblick auf Mechthild erklärte er, dass es eine Reisekarte sei, die er in Goslar auf dem Markt erstanden hätte. Mechthild fragte sich verwundert, wieso er eine Reisekarte brauchte. Hatte Johanna nicht gesagt, dass sie Beatrix nicht verlassen würde? Hatte Konrad sie überredet und sie brachen nun doch ins Morgenland auf? Das würde ihren überstürzten Aufbruch erklären. Mechthild stellte sich vor den Tisch, stützte die Hände in die Seiten und rief: »Wohin wollt ihr reisen? Johanna wollte doch nicht …«

Johanna hakte sich bei ihr unter, zog sie mit sich und flüsterte: »Später! Komm, zeig mir zuerst den roten Samt. Wo bewahrst du ihn auf?«

Der rote Samt? Warum interessierte sich Johanna plötzlich für den roten Samt? Warum erklärte ihr niemand, was los war? Kopfschüttelnd führte sie Johanna ins Kontor und zeigte ihr den roten Samt. Die Truhe stand ihrem Pult genau gegenüber, sodass sie den Grund für ihre finanziellen Schwierigkeiten immer genau vor Augen hatte.

Bei Kerzenlicht glänzte der Stoff besonders schön. Mechthild hielt die Kerze ein Stück höher und achtete darauf, dass kein Wachs heruntertropfte. Johanna strich zärtlich über den Samt. Sie hinterließ kleine Spuren und ihre Stimme klang ehrlich bewundernd: »Ich finde ihn nicht zu dunkel. Er ist herrlich.«

»Ich werde ihn ins Stift bringen. Der Abt kann sich glücklich schätzen.«

Johanna starrte gedankenverloren auf den roten Stoff. Mechthild wurde ungeduldig.

»Johanna, warum plant Konrad eine Reise? Müsst ihr fortgehen? Habt ihr Schwierigkeiten?«

»Mhm.«

Mechthild stellte die Kerze auf das Pult. Verärgert schob sie Johanna zur Seite und klappte die Truhe zu. Jetzt reichte ihr diese Geheimnistuerei. Nun wollte sie endlich wissen, was vor sich ging. Sie setzte sich auf den Deckel und sagte streng: »Also Schwierigkeiten. Was ist es? Eine unglückliche Liebe oder eine tödliche Krankheit – was dasselbe ist, wie meine Tante Herrad immer sagte – oder Geldnot, was das Schlimmste ist?«

Johanna schüttelte den Kopf und setzte sich zu ihr auf die Truhe.

»Wir werden bei Sonnenaufgang die Stadt verlassen. Der Tross wird morgen früh eintreffen. Wir müssen weiterreisen.«

»Wohin? Wohin wollt ihr reisen? So schlimm wird es schon nicht sein, dass ihr fliehen müsst. Oder hat Harun jemanden umgebracht?«

»Es ist wegen der anderen Damen.«

»Hast du Streit mit ihnen? Ist es wegen Konrad? Erkläre es ihnen. Sie werden es verstehen. Es sind deine Freundinnen. »

Mechthild wollte ihr aufmunternd zulächeln, doch Johanna flüsterte: »Sie werden es niemals dulden.«

»Was? Die Heirat mit Konrad?« Mechthild wäre am liebsten aufgestanden und hätte sie geschüttelt. Von unten war plötzlich Gepolter zu

hören. Martha rief herauf: »Der Herr ist zurück. Er ist sturzbetrunken! Stinkt nach billigem Kräuterbier und geprügelt hat er sich auch!«
Mechthild sprang auf. Johanna sagte leise: »Warte noch. Du sollst es wissen.«
Mechthild verharrte in der Bewegung. Unten brüllte Anselm: »Ichch hade kein Gjält für Wain … had nurrr fürn Biär greischscht.«
»Ich bin schwanger.«
Mechthild ließ sich auf die Truhe fallen und flüsterte: »Einfach so schwanger? Ich versuche alles, um es zu werden: Ich zünde Kerzen an, flehe zu allen Heiligen, trinke Melissentee, massiere täglich – und du, und du wirst schwanger?«
»Es tut mir Leid!«
Johanna presste schützend die Hände vor ihren Bauch. Unten begann Anselm zu singen: »Dair Rainschiffer, dair Rainschifwer had nen besonners Dikken, besonners Dikken.«
»Ich verstehe das nicht! Anselm trinkt sonst nie. Wieso werde ich nicht schwanger, wieso läuft alles schief? Anselm betrinkt sich und die Geschäfte stehen schlecht. Ich bin völlig ruiniert, wenn ich meinem Vater das Geld ersetzen muss. Dieser verflixte rote Samt! Was ist nur los? Ich fühle mich schrecklich.«
»Vielleicht denkst du zu viel an Geld und Gewinn? Ständig kreisen deine Gedanken um deinen Vorteil. Vielleicht solltest du dich besinnen. Es gibt Dinge, die viel mehr bedeuten als der rote Samt und die Schulden bei deinem Vater.«
»Was meinst du? Wovon sprichst du? Ich soll nicht an Geld und Gewinn denken? Woran soll ich denn sonst denken?«
»Mach dich auf die Suche. Geh dorthin, wo Suchende hingehen. Geh nach Santiago de Compostela, nach Rom oder nach Jerusalem.«
»Ich soll eine Pilgerreise machen?«
Mechthild schwieg verwirrt.
Unten begann Anselm wieder zu singen: »Dair Rainschiffer, dair kann schifwen sain Dikken, sain Dikken.«
Johanna wollte aufstehen, doch Mechthild zog sie zurück. Sie stützte ihr Kinn in die Hand und flüsterte: »Lass mich raten, wer ist der Vater …? Gottfried? Nein? Vielleicht Walther von der Vogelweide? Auch nicht?«

»Natürlich weißt du es. Hör auf, dich über mich lustig zu machen.«
»Vielleicht der Kämmerer mit den gelben Beinlingen oder Harun?«
»Du bist unmöglich. Es ist natürlich Konrad.«
Mechthild knurrte: »Wie langweilig.«
»Es ist nicht langweilig! Er ist ein wunderbarer Mann. Vater Ambrosius weigert sich, uns den Segen der Kirche zu geben. Alle halten Konrad für einen Heiden. Doch das ist er nicht! Er hat einst im Fieber Allah angerufen. Das ist vorbei. Er ist ein frommer Christ!«
Mechthild dachte daran, wie Konrad beim Kloster Ebrach Friedrich erkannt hatte. Konrad hatte in der Erregung ganz selbstverständlich Allahs Namen gerufen. Sie bezweifelte, dass Konrad so christlich war, wie Johanna behauptete. Nun, immerhin trug er ein Holzkreuz um den Hals.
Johanna fuchtelte mit den Händen herum und sagte trotzig: »Unser Kind wird selbstverständlich getauft werden. Doch Dame Engeltrud behandelt es jetzt schon wie den Bastard eines Sarazenen. Wir können dort nicht bleiben. Wir werden nach Damaskus gehen, es soll eine wundervolle Stadt sein. Ich werde all das sehen, was er dort gesehen hat. Ich werde all die Gerüche riechen, die er gerochen hat, und die Gewürze schmecken, die er dort schmeckte.«
Johanna ließ die Hände in ihren Schoß fallen. Sie sah aus, als könne sie gar nicht erwarten, all die wundervollen Dinge zu sehen, von denen Konrad ihr erzählt hatte. Mechthild lehnte sich vor und fragte vorwurfsvoll: »Und die kleine Prinzessin? Wolltest du nicht bei Beatrix in Braunschweig bleiben?«
»Das kann ich jetzt nicht mehr. Andere müssen sich um Beatrix kümmern. Ich muss an das Wohl meines eigenen Kindes denken.«
Die Treppe knarrte, viele Schritte waren zu hören und die Tür wurde aufgestoßen. Anselm taumelte in den Raum. Konrad und Harun versuchten, ihn festzuhalten. Fatma folgte ihnen mit weit aufgerissenen Augen. Anselm hatte einen tiefen Schnitt auf der Wange und getrocknetes Blut klebte am Kinn. Harun versuchte vergeblich, ihn davon abzuhalten, sich über das Pult zu lehnen und zu würgen. Mechthild sprang auf und griff nach ihren Geschäftsbüchern.
Anselm nuschelte: »Meschthid, kum isch zeisch nen besonners Dikken«, und wollte nach ihr greifen. Harun zog ihn heftig zurück. Anselm krümmte sich wimmernd zusammen.

Konrad schüttelte den Kopf. Mit einem verächtlichen Blick auf Anselm erklärte er: »Der Prophet Mohammed hat alles Gegorene verboten. Das war sehr weise! Seht nur, wohin der Wein einen klugen Kopf bringt. Dieser Mann weiß seinen eigenen Namen nicht mehr, geschweige denn den seines Gottes.«

Anselm blinzelte verwirrt und rülpste.

Fatma rang die Hände und rief: »Herrin muss helfen! Wir können nicht finden Kräuselkraut gegen Trunkenheit.«

Johanna verließ hastig mit Konrad und Harun das Kontor. Konrad schüttelte immer noch missbilligend den Kopf und Harun trug Anselm mehr, als dass er ihn stützte. Fatma wollte ihnen folgen, doch Mechthild hielt sie am Arm zurück: »Stimmt es, dass deine Herrin schwanger ist?«

Fatma nickte. Mechthild suchte ihren Blick, so wie Anselm es immer tat, wenn er die Wahrheit herausfinden wollte, und flüsterte: »Weißt du, wann das Kind kommen wird?«

»Oh, denke im Frühling.«

Sobald schon, dachte Mechthild. Fatma lächelte und sagte freundlich: »Wir haben in Heimat gute Ärzte für bringen Kind zur Welt.«

Mechthild seufzte und hoffte, dass Fatma Recht hatte.

In dieser Nacht konnte Mechthild nicht schlafen. Sie saß an ihrem Pult und blickte in das Kerzenlicht. Johannas und Konrads Reise nach Damaskus beschäftigte sie. Es war eine sehr mutige Entscheidung von Johanna, so weit fortzugehen. Mutig für eine zierliche Hofdame, die immer verwöhnt an einem Hof gelebt hatte. Überall würden Gefahren lauern. Sie war dort eine Fremde. Hätte sie ihnen nicht anbieten sollen, hier zu bleiben? Hier, in ihrem Haus hätte Johanna das Kind zur Welt bringen können. Doch Johanna hatte so verzaubert ausgesehen und sehnte sich offensichtlich nach diesem Ort, den sie nur von Konrads Erzählungen kannte. Seltsame Dinge wurden über das Land im Osten berichtet, dem Land, in dem die Sonne aufging. Fliegende Pferde sollte es dort geben, duftende Bäume und schillernde Blüten. Herrliche Gewürze brachten die Kaufleute von dort mit: Muskatnuss, Gewürznelken und Paradieskorn. Schlangen bewachten Pfeffersträucher und Zimt kam aus dem Nest des Phönix. Die Flüsse entsprangen dem Paradies selbst. Und fast beneidete sie Jo-

hanna darum, dass sie all dies kennen lernen würde. Könnte sie selbst doch auch dorthin. Den Duft verzauberter Gärten riechen und den Geschmack unbekannter Gewürze schmecken.
Mechthild starrte in die flackernde Kerze. Eine Pilgerreise, hatte Johanna gesagt, viele Suchende machen sich auf. Es gibt Dinge, die mehr bedeuten als der rote Samt und die Schulden bei deinem Vater. Dachte sie wirklich zu viel an ihren eigenen Vorteil, an Geld und Gewinn? Sie könnte nach Santiago de Compostela gehen. Ein dicker Wachstropfen lief an der Kerze hinunter und ein kleinerer folgte zögernd. Es hatte etwas Beruhigendes.
Als sie gerade beschlossen hatte, ins Bett zu gehen, ging leise die Tür auf. Anselm kam herein. Seine Haare waren zerwühlt und er hatte Ringe unter den Augen. Er fasste sich an die Stirn und murmelte: »Das Kraut gegen Trunkenheit macht furchtbare Kopfschmerzen. Eisenketten winden sich um meinen Kopf! Hilf mir.« Er kam zu ihr und versuchte, seine Stirn gegen ihre Schulter zu legen.
Sie schob ihn weg und knurrte: »Geschieht dir ganz recht! Ich habe mich furchtbar geschämt.«
»Ich entschuldige mich morgen bei Dame Johanna.«
Er hockte sich hin und sah bittend zu ihr auf.
»Dafür wird kaum Zeit sein. Sie bricht in aller Frühe auf. Ins Morgenland, zu den Ungläubigen nach Damaskus. Aber sie bittet dich, einen Hund für sie zur Prinzessin bringen. So kannst du es wieder gutmachen.«
»Ich gehe nie wieder zur Burg. Otto hat mich rausgeworfen. Ohne Lohn für all meine Mühe. Es tut mir Leid, ich werde …«
»Er war das, nicht wahr?«, fragte sie und fuhr vorsichtig über das verkrustete Blut auf seiner Wange.
»Autsch! Otto wurde zornig, weil ich seine Pläne kritisierte. Er will den Eid brechen, den er dem Papst in Neuß gegeben hat, und Sizilien angreifen. Außerdem nimmt er Philipps Ratgeber in seinen Dienst. Er braucht mich nicht mehr!«
»Du armer, alter Mann. Was wirst du denn bloß anstellen ohne Urkunden und Verträge?« Sie konnte nicht widerstehen, nach all ihren Auseinandersetzungen über Otto musste sie einfach ein bisschen spotten. Doch eigentlich tat Anselm ihr Leid.

»Ich werde Brian zum Ministerialen ausbilden. Er soll alles lernen, was mein Vater mir einst beigebracht hat, und dann verschaffe ich ihm eine gute Stelle bei einem der großen Fürsten. Aber vorher habe ich noch eine Bitte.«
Anselm presste seine Fingerspitzen gegen die Schläfen und schloss die Augen. Er sah blass und müde aus. Er seufzte und machte die Augen wieder auf. Er suchte ihren Blick und sagte leise: »Bist du einverstanden damit, dass Brian unser Sohn wird? Ich habe die Unterschriften von deinem Vater und von deiner Schwägerin. Wir dürfen ihn adoptieren, so wie es schon die Cäsaren mit ihren Söhnen gemacht haben. Du siehst, wir sind in guter Gesellschaft.«
Sie wollte empört erwidern, dass sie eigene Kinder haben würden. Sie wollte eine zornige Rede darüber halten, dass er ja nie da gewesen war, um eines zu zeugen, dass er immer nur für seinen Otto gearbeitet hatte. Sie konnte sich seinem eindringlichen Blick nicht entziehen. Nach einer Weile sagte sie: »Ich bin einverstanden, allerdings nur, wenn ich unser nächstes Kind zum Kaufmann erziehen darf. Brian erbt den Lehnshof, aber seine kleine Schwester erbt mein Haus in Braunschweig.«
Anselm lachte. Doch diesmal ließ Mechthild ihn nicht aus den Augen. Sie lehnte sich vor und sagte: »Ich werde eine Pilgerreise nach Santiago de Compostela machen. Viele Frauen gehen dorthin, wenn sie sich ein Kind wünschen, und beten am Grab des heiligen Jacobus.«
Anselm schluckte, als müsste er diese Neuigkeit erst verdauen. Nach einer Weile sagte er zögernd: »Mechthild, eine solche Reise kostet viel Geld. Die Ausrüstung, die Soldaten zum Schutz und die Unterbringung in den Gasthöfen am Weg müssen bezahlt werden. Wir haben kein Geld! Du konntest den Samt nicht verkaufen und Otto hat mich mit leeren Händen fortgejagt.«
»Viele brechen barfuß und in Lumpen zum Grab des Jacobus auf. Gott wird für uns sorgen.«
»Du gibst nie auf«, sagte er zärtlich und strich ihr über den Handrücken.
»Gehen wir fort?« Sie zog ihre Hand weg und versuchte es mit dem Augentrick. Vorsichtshalber schlug er die Augen nieder und sagte leise: »Ich werde darüber nachdenken.«

Im Haus waren Schritte zu hören. Die Mägde waren aufgestanden, um Feuer zu machen. Der Morgen brach an und sie hatten nicht geschlafen. Mechthild beschloss, Johanna zu wecken und ihr beim Packen zu helfen.
Johanna war jedoch schon wach und half Fatma, einen Riss in ihrem Reisemantel zu flicken.
»Ihre Finger sind zu flatterig. Sie ist so aufgeregt, weil sie ihre Heimat wiedersehen wird. Sie kann keine Nadel halten«, erklärte Johanna und durchstach den dicken Wollstoff.
»Er wirkt eher mürrisch. Was hat er?«, fragte Mechthild und wies auf Konrad, der aus dem Fenster starrte. Er sah aus, als hätte er in der Nacht kaum geschlafen. Harun stand breitbeinig hinter ihm und hatte die Hand auf dem Köcher liegen.
»Konrad plant unsere Reiseroute.« Johanna stach sich in den Finger. Ein winziger Blutstropfen quoll hervor. Mechthild setzte sich zu ihr.
»Ich bin froh, dass Harun bei euch ist. Er wird euch beschützen.«
Fatma sagte leise: »Allah wird uns beschützen.«
Johanna zerrieb den Blutstropfen zwischen ihren Fingern und wisperte: »Konrad hat mit erzählt, was im Kloster Ebrach passiert ist.«
»Oh«, sagte Mechthild und sah für einen Moment wieder das brennende Kloster vor sich. Als sie fortfuhr, klang Johannas Stimme ehrlich bekümmert: »Der prächtige Sternenmantel ist im Reliquienschrein der Kapelle verbrannt.«
Mechthild seufzte und erklärte unwirsch: »Dieser Sternenmantel hat allen nur Unglück gebracht.«
Johanna senkte die Nadel. Sie saß plötzlich sehr aufrecht da und ihre Augen funkelten vor Empörung: »Das ist nicht wahr! Als wir Streit hatten, hat mir Konrad den kleinen, verkohlten Rest des Mantels geschickt. Das Stück, das er in den Ruinen der Kapelle gefunden hatte. Der Sternenmantel hat uns wieder miteinander versöhnt und er wird auch Konrad mit seinem Freund Kamāl versöhnen.«
In diesem Moment verließ Konrad seinen Platz am Fenster und kam zu ihnen herüber. Besorgt erklärte er: »Wir sollten uns lieber beeilen. Der Tross wird bald eintreffen. Sie werden sicher Soldaten schicken, um uns zu suchen. Immerhin stehen wir noch im Dienst des Hofes.«

Johanna steckte die Nadel in ihre Gürteltasche und zog den Mantel über. Harun schleppte ihre Reisetruhe und Fatma hüpfte gut gelaunt hinterher.

Vor dem Haus stand bereits der Wagen. Mechthild sah zu, wie Harun die Truhe auflud und Johanna neben Konrad aufstieg. Die Sonne schickte ihr erstes dunstiges Licht und ließ die Schatten über den Häusern unwirklich und fremd erscheinen. Sie fröstelte vor Müdigkeit, aber gleichzeitig war sie hellwach. Ein Reiter kam im Galopp die Straße herunter.

Johanna blickte erschrocken auf. Konrad schien zu zögern. Anselm kam aus dem Haus, sah den Reiter und drängte: »Los, fahrt los! Wir halten ihn auf.«

Konrad sagte: »Los!«, und Harun gab dem Maulesel mit der Peitsche einen Schlag. Das Tier setzte sich in Bewegung. Der Reiter brachte sein Pferd neben Anselm zum Stehen. In diesem Augenblick kam Arno aus dem Haus gestürzt.

»Nein, du darfst nicht weggehen!«, schrie er und humpelte neben dem Wagen her. Harun schlug mit der Peitsche nach ihm. Der Reiter sprang ab und lief hinter Arno her. Mechthild erkannte, den jungen Mann aus dem Gasthaus. Sigmar packte Arno und brüllte: »Lass sie ziehen, du Narr!«

»Aber ich liebe sie!« Arno macht einen verzweifelten Versuch, sich loszureißen. Sein Ärmel zerriss und er stolperte ein paar Schritte vorwärts.

»Fatma! Fatma, bleib hier. Geh nicht fort!« Arno stieß einen Schluchzer aus.

Der Wagen blieb stehen. Das Maultier weigerte sich weiterzugehen. Harun versetzte ihm mit der Peitsche mehrere Schläge. Es schüttelte nur unwillig den Kopf.

Sigmar legte Arno den Arm um die Schulter und sagte ruhig: »Das ist doch kein Leben für einen Mann, mit einer Ungläubigen! Komm mit mir! Ich bin jetzt Ritter an König Ottos Hof. Werde mein Knappe, lerne zu kämpfen und werde ein Ritter. Auch ohne Zehen bist du ein geschickter Kämpfer. Viele mit fehlenden Gliedmaßen siegen bei Turnieren. Schwör mir einen Treueeid und ich werde dich eines Tages zur Schwertleite führen.«

Arno wischte sich über die Augen und starrte ihn an.

»Das würdet Ihr wirklich tun? Mich als Knappen nehmen? Das wäre … wundervoll!«

Sigmar nickte und ging zu seinem Pferd. Zielsicher griff er in die Satteltasche und zog einen dicken Beutel hervor. Er hielt ihn auffordernd vor Anselms Gesicht.

»Anselm der Schreiber? Das ist Euer Lohn. Silber vom König für seinen treuen Ratgeber. Er gab es mir gestern Nacht und ich bin gleich in aller Frühe los, um es Euch zu bringen. Wer wacht schon gern über so viel Geld? Unser König war sehr großzügig. Ihr seid ein reicher Mann.«

Anselm nahm zögernd den Beutel und drehte ihn prüfend: »Ich kenne den Beutel. Er steckte in der Satteltasche des Wittelsbachers.«

»Fragt nicht danach, wo es herkommt. Überlasst mir Euren Arno und kauft Euch einen neuen Burschen davon. Arno soll sich noch heute auf der Burg melden.«

Sigmar zwinkerte Arno zu und stieg auf sein Pferd. Als er davonritt, rief ihm Arno nach: »Gott segne Euch!«

Der Maulesel nahm dies offensichtlich als Zeichen, wieder loszutraben. Der Wagen ruckelte und setzte sich in Bewegung. Mechthild versuchte, sich vorzustellen, wie Johanna und Konrad in Damaskus ankommen würden. Es wollte ihr nicht so recht gelingen. Ihre Nase kribbelte und sie musste niesen. Anselm schlang von hinten beide Arme um sie und drückte sie an sich. Der Geldbeutel drückte gegen ihren Bauch.

»Nun haben wir das Geld für die Pilgerreise nach Santiago. Lass uns aufbrechen«, flüsterte er ihr ins Ohr, während sie dem schaukelnden Wagen nachblickten.

»Bist du sicher?«

»Ich werde nicht hier bleiben und mit ansehen, wie Otto sich mit Innozenz anlegt. Niemand wird ihn umstimmen können, jetzt, wo ich nicht mehr am Hof bin.«

»Du hast es versucht. Die Narbe in deinem Gesicht wird dich immer daran erinnern. Wenn Ottos Stern sinkt, werden wir weit fort sein. Komm, wir sagen es Brian.«

Es war hell geworden und die ersten Fensterläden wurden zurückgeschlagen. Mechthild löste ihren Blick von dem immer kleiner werdenden Wagen.

Epilog

Februar 1209, in Damaskus

Als die Nacht anbrach, wurde es kühl. In dem großen Empfangszimmer auf der Westseite der Zitadelle war das Feuer erloschen. Kamāl spürte die Kälte nicht. Er trug keinen Mantel und seine Hände waren bis hinauf zu den Ellbogen mit Blut beschmiert. Kamāl achte nicht darauf. Er saß nur da, drehte ein kleines Messer zwischen den Fingern und starrte ins Leere. Eine tiefe Verzweiflung erfüllte ihn. Noch nie war er so mutlos und erschöpft gewesen.

Viele Stunden hatte Kamāl versucht, den Gesandten aus Bagdad zu retten. Er hatte den Kampf verloren. Der Gesandte lag neben den blutigen Instrumenten und Tüchern auf dem Teppich. Er war ohne Imām und mit offener Bauchdecke gestorben. Ein eitriges Geschwür zu entfernen, das ist doch ein einfacher Eingriff, hörte Kamāl die tadelnde Stimme seines Meisters. Wenn man es richtig macht und bei einem so wichtigen Mann des Kalifen sollte man es richtig machen.

Kamāl seufzte. Doch sein Meister Ali al-Farādīs war längst tot und er bildete nun selbst Studenten am Maristan Nuri aus. Auch an diesem Abend hatte eine Hand voll Studenten aufmerksam jeden seiner Handgriffe verfolgt. Sie steckten ihre grünen Turbane zusammen und warfen ihm fragende Blicke zu.

Kamāl legte das Messer zu den anderen Instrumenten, stand auf und ging zu der Waschschüssel hinüber. Morgen würde er dem Kalifen in einem Schreiben wortreich darlegen, wie klein die Weisheit der Ärzte gegen die Weisheit Allahs war. Gründlich seifte er seine Arme mit der bereitstehenden Seifenpaste ab. Die Studenten beobachteten ihn schweigend. Er wusch sich viel sorgsamer, als es nötig gewesen wäre. Als sich die Haut bereits rötete, trocknete er sich an einem Handtuch ab und griff in seine Arzttasche. Behutsam zog er ein vergilbtes Buch

hervor und klemmte es sich unter den Arm. Die Studenten nickten verstehend und einer versuchte sogar ein Lächeln. Sie kannten seine Eigenart, sich nach schweren Operationen bei der Lektüre eines Dichters zu entspannen. Diesmal hatte er ein historisches Werk von Saladins Sekretär 'Imād ad-Dīn dabei. Es hieß: Die Beredsamkeit eines Cicero über die Eroberung der Heiligen Stadt. Es war die Geschichte der Eroberung Jerusalems und obwohl die anderen Ärzte am Maristan Nuri über ihn spotteten, mochte Kamāl dieses Buch. Die Reimprosa und die ununterbrochenen Wortspiele amüsierten ihn. Vielleicht lag es auch daran, dass er dem Sekretär einst selbst begegnet war, in der Nacht, in der Saladin gestorben war.
Kamāl überließ es den Studenten, das Empfangszimmer aufzuräumen, und ging hinaus in den Flur. Er wollte den von Zedern beschatteten Innenhof von damals suchen. Es schien ihm der passende Ort zu sein, um sich in 'Imād ad-Dīns Werk zu vertiefen. Allerdings musste er sich beeilen, denn es wurde bereits dämmerig. Die Nacht würde bald hereinbrechen und dann musste er sich auf den Rückweg zum Krankenhaus machen, wo viele Patienten warteten. Doch diesen einen Moment wollte er für sich haben. Seine Augen glitten an den Torbögen entlang, bis er meinte, die Marmorplatten wieder zu erkennen. Kamāl trat in den Schatten der hohen Zedern hinein. Ihm war, als träte er zurück in die Nacht, als er den Sternenmantel erhalten hatte. Es schien ihm sehr lange her zu sein. Langsam ließ er sich am Brunnen nieder. Das Buch legte er auf seinen Schoß, doch er schlug es nicht auf. Er starrte die verschlungenen Muster, welche die Schatten der Zedern auf den weißen Marmor malten, an. Die Kacheln im Badehaus sahen ähnlich aus. Kamāl sah plötzlich das Haman Nuraddin vor sich. Die Kuppel mit den blauen Glasaugen und das elegante muschelförmige Steinbecken. Seit ihn Konrad niedergeschlagen und den Sternenmantel mitgenommen hatte, war er nicht mehr dort gewesen. Er hatte auch nie wieder einen Freund wie Konrad besessen. Er hatte ihn schmerzlich vermisst, ihre vertrauten Gespräche und ihre langen Spaziergänge durch Damaskus. Ein Gefühl von Einsamkeit und Verlassenheit schnürte ihm die Brust zusammen und er musste schlucken.
Als es raschelte, blickte Kamāl zum Torbogen. Es war nun fast dunkel und im ersten Augenblick dachte er, dort stünde einer seiner Studen-

ten und wollte ihn abholen. Doch der Mann im Torbogen trug keinen Turban. Regungslos sah er zu ihm herüber. Hinter ihm konnte Kamāl die Silhouette einer Frau erkennen, die offensichtlich schwanger war: Mit einer typischen Geste presste sie nämlich ihre Hände auf den Rücken und bog ihr Kreuz durch.
Der Mann kam näher. Er war blass und das braune Haar fiel ihm in die Augen.
Ein Ifranğ, dachte Kamāl erstaunt. Was hatte er in der Zitadelle zu suchen? Als der Fremde vor ihm stand, erkannte er ihn. Es waren zweifellos Konrads grüne Augen, die ihn unsicher anblickten. Für einen Moment glaubte Kamāl, seine Sehnsucht hätte den Freund herbeigerufen. War er lebendig oder nur eine Traumgestalt?
Die Traumgestalt versuchte ein schüchternes Lächeln.
Kamāl schob das Buch zur Seite und sprang auf. Er hatte sich diesen Moment so oft ausgemalt. Er hatte sich vorgestellt, dass er nach den Wachen rufen würde, die Konrad in Ketten davonschleiften. Oft waren ihm die zornigen Vorwürfe durch den Kopf gegangen, mit denen er Konrad empfangen wollte. Nun war es ganz anders. Kamāl fühlte bei Konrads Anblick keinen Hass, sondern nur tiefe Erleichterung. Konrad war zurückgekehrt. Er war lebendig und unversehrt. Als Kamāl das Lächeln erwidern wollte, fiel ihm auf, wie angespannt Konrads Gesichtszüge wirkten. In seinen Augen standen Angst und Misstrauen.
Plötzlich schlug Konrad seinen dunklen Wollmantel zurück und ein Holzkreuz und ein edelsteinbesetzter Gürtel wurden sichtbar. Er zieht seinen Dolch, dachte Kamāl erschrocken. Er will mich töten. Kamāl machte einen Schritt nach hinten und stieß gegen den Brunnenrand. Konrad griff in einen am Gürtel befestigten Beutel. Langsam zog er ein glänzendes Stück Stoff hervor. Kamāl erkannte die dunkelblaue, schimmernde Seide des Sternenmantels. Er fühlte, wie sich sein Magen zusammenzog und sein Mund trocken wurde. Die Schatten der Zedern huschten über die verkohlten Ränder. Kamāl wollte nach dem Stoff greifen und streckte die Hand aus. Ein Gefühl, als würden tausend Nadeln in seine Haut stechen, ließ ihn zurückzucken. Konrad begann zu flüstern. Es war mehr ein Keuchen. Seine Stimme war kaum zu verstehen.

»Nimm es. Es gehört dir. Es ist das Einzige, was übrig ist. Weit im Norden, an einem heiligen Ort der Christen, ist er verbrannt. Ich konnte ihn nicht retten. Es tut mir Leid.«

Kamāl starrte auf das Seidenstück in Konrads Hand. Konrad warf den Kopf zurück und rief: »Ich weiß, ich habe es nicht verdient, und dennoch erflehe ich deinen Großmut. Verschließe dein Herz nicht.«

Der Klang der Stimme, mit der er so oft gescherzt und gestritten hatte, traf Kamāl unvermutet. Er hatte diese Stimme so lange nicht gehört. Nun war sie verwirrend nah und vertraut. Unschlüssig betrachtete er das Stück Stoff in Konrads Hand. Mit einem kleinen Seufzer stieß er hervor: »Hast du einen Herrscher gefunden, der würdig war, ihn zu tragen?«

»Ja, das habe ich. Aber als ich es erkannte, da hatte man mir den Mantel bereits entwendet.«

Kamāl nickte und flüsterte: »So war es immer …« Er dachte daran, wie er selbst gezögert hatte, den Mantel fortzugeben. Auch dem Hüter des Sternenmantels vor ihm war es nicht gelungen. Vielleicht war es eine unlösbare Aufgabe gewesen. Allah allein kannte die Wege des Schicksals. Kamāl holte tief Luft und sagte: »Ich verzeihe dir, denn die Macht des Mantels hatte deinen Verstand getrübt. Fort mit dem letzten Stück. Es erinnert mich an all den Kummer, den der Sternenmantel uns bereitet hat. Saladins Sekretär soll es zurücknehmen.«

Er nahm Konrad das Stück Seide aus der Hand und bückte sich nach dem Buch. Die beiden letzten Sterne des Mantels verschwanden zwischen den Seiten. Fast mürrisch sagte er: »Ich wollte nie der Hüter des Sternenmantels sein.«

Er legte das Buch auf den Brunnenrand und trat auf Konrad zu. Während er ihn herzlich umarmte, flüsterte er: »Dummer Ifranǧ, mein kleiner Bruder! Du bist alt geworden und siehst schwächlich aus. Wer ist die Frau dort? Ist sie etwa dein Weib?«

Konrad befreite sich lächelnd aus seinen Armen und sagte mit unverkennbarem Stolz in der Stimme: »Das ist Johanna und sie trägt mein Kind unter dem Herzen«, unsicher fügte er hinzu: »Ich muss dir erzählen, was mit Abū geschehen ist. Er war bei mir und verlangte den Sternenmantel. Da besaß ich den Mantel schon nicht mehr und später ist Abū am Winterfieber gestorben.«

»Dieser Sohn einer Frankenhure! Er wollte dir unbedingt folgen und den Sternenmantel zurückholen. Er tat es gegen meinen Willen. Ich konnte ihn nicht aufhalten. Möge er Allahs Frieden gefunden haben. Komm, ich zeige dir das Maristan Nuri. Es hat sich viel verändert, seit unser Meister tot ist und ich seinen Platz eingenommen habe. Wir stellen das Buch in die Bibliothek. Niemand außer mir liest im Krankenhaus die Werke von 'Imād ad-Dīn. Keiner wird je den Rest des Sternenmantels finden.«

Kamāl nahm das Buch an sich und führte Konrad zum Torbogen. Die schwangere Frau empfing sie mit großen ängstlichen Augen. Sie wirkte jung und zerbrechlich. In ihrem dunkelbraunen Haar schimmerten Lichter und ihr weites Gewand reichte ihr bis zu den zierlichen Füßen. Konrad trat zu ihr und legte ihr zärtlich seinen Arm um die Hüften, so als würde er ihr helfen wollen, das Kind zu tragen. Er sagte etwas in seiner Sprache und sie lächelte.

Konrad führte die Frau den langen Flur entlang, an den Empfangszimmern und Torbögen vorbei. Kamāl folgte ihnen mit einigem Abstand. Als sie am Tor waren, hatte er sie eingeholt. Es war Nacht geworden und ein klarer, wolkenloser Himmel umfing sie.

Die junge Frau trat an Konrads Seite durch das Tor. Beim Anblick der leuchtenden Sterne löste sie sich von ihm. Sie lief über den weiten Platz, streckte die Hände aus und berührte den Sternenhimmel.

Nachwort

In der neueren Forschung wird der Bamberger Königsmord als ein ungeklärter Kriminalfall von welthistorischer Bedeutung bezeichnet. Die Motive für den Mord bleiben trotz vieler Quellen und Forschungsberichte im Dunkeln.

Bei der Durchsicht der zeitgenössischen Quellen wird das Entsetzen über die Tat spürbar. Burchard von Ursberg berichtet in seiner Chronik über die Ereignisse des Jahres 1208: Otto von Wittelsbach betrat mit mehreren Männern das Gemach, in dem Philipp nach einem Aderlass ruhte. Der Wittelsbacher ließ sich ein Schwert aushändigen und durchtrennte eine Halsschlagader des Königs. Burchard nennt den Pfalzgrafen von Wittelsbach den »verruchten Otto« und erwähnt die Anwesenheit des Markgrafen von Istrien und des Bischofs Ekbert von Bamberg. Er nimmt an, dass der König aus Rache für eine gelöste Verlobung erschlagen wurde. Burchard erklärt die Anwesenheit der anderen Männer nicht. Es bleibt ein Rätsel, was sie beim König wollten.

Die Marbacher Annalen erwähnen diese Männer gar nicht. Dafür heißt es dort, dass der Pfalzgraf von Wittelsbach beim Eintritt ins Gemach des Königs längst die »schlimme Tat« in seinem Herzen beschlossen hatte. In den Annalen heißt es weiter, dass sich der Pfalzgraf stellte, als spiele er »einen Possenreißer«, bevor er den König in der Gegend des Halses tödlich verwundete.

Der Papstlegat Hugolinus schreibt in einem Brief an Papst Innozenz sehr ausführlich über die Ereignisse in Bamberg. Hugolinus zitiert einen zur Tatzeit in Bamberg weilenden Boten. Der beschrieb ihm, wie Philipp um die neunte Stunde im Palast des Bischofs ruhte, als der Pfalzgraf von Wittelsbach, der Herzog von Bayern, der Markgraf von Istrien mit dem Bischof von Bamberg und zehn bewaffneten Männern in sein Schlafgemach drangen. Der König wollte scherzen, doch der Pfalzgraf zog sofort sein Schwert. Als Philipp ihm verbot, mit dem Schwert zu spielen, erwiderte der Wittelsbacher: »Dies soll auch kein Spiel für dich sein!«, und tötete Philipp. Anschließend erwürgte der Pfalzgraf den König. Hugolinus bezeichnet den Wittelsbacher als einen Mann, dem Philipp seine Tochter gegeben und wieder genommen hatte.

Nach Sichtung der Quellen bleibt die Frage: Welche Motive führten zu Philipps Ermordung? War es wirklich nur eine persönliche Rache für ein gelöstes Eheversprechen? Die Quellen berichten nichts darüber, wie es zu diesem Eheversprechen gekommen war und wieso es wieder gelöst wurde. Wahrscheinlich hatten eine Falkenjagd und der durchgegangene Hengst des Königs nichts damit zu tun.

Die gelöste Verlobung hat unter den Zeitgenossen viel Verwirrung gestiftet und sich lange als Motiv in der Forschung gehalten. Doch es ist noch komplizierter. Zwar stimmen viele Chronisten darin überein, dass der jähzornige Wittelsbacher sich für eine vereitelte Hochzeit rächen wollte, doch ist nicht klar, um welche Braut es sich handelte. War es Philipps Tochter Beatrix oder seine Nichte, die Erbtochter seines verstorbenen Bruders, die verwirrenderweise ebenfalls Beatrix hieß? Diese Nichte wurde am Tag von Philipps Ermordung in Bamberg mit dem Herzog Otto von Meran verheiratet. Die Gerüchte, dass der Pfalzgraf von Wittelsbach auf eine Hochzeit mit Philipps Nichte gehofft hatte, scheinen so entstanden zu sein. Doch auch die Annahme, es handele sich um die nun Otto zur Frau versprochene Tochter Beatrix, findet sich häufig.

In jüngster Zeit neigt die Forschung zu der Ansicht, dass es sich nicht um eine private Rache, sondern um einen von langer Hand geplanten Staatsstreich gehandelt hat. Es wird vermutet, dass der Wittelsbacher in enger Verbindung mit dem Bischof Ekbert von Bamberg und dem Markgraf von Istrien stand, die ihre territorialen Interessen durch Philipp bedroht sahen. Sie planten, mit Unterstützung des französischen Königs den Herzog von Brabant auf den Thron zu bringen.

Bereits die Zeitgenossen vermuteten, dass der Pfalzgraf von Wittelsbach die Tat unter Mitwisserschaft des Markgrafen von Istrien vollführte. Eine Urkunde vom November des Jahres 1208 scheint dies zu bestätigen. König Otto verleiht dem Herzog von Bayern darin die Lehen des Pfalzgrafen von Wittelsbach und des Markgrafen von Istrien.

Beide Männer werden in dieser Urkunde ganz selbstverständlich als Philipps Mörder bezeichnet.
Nach Philipps Ermordung nennt der Papst in einem Sendschreiben an die deutschen Fürsten den Mord ein Zeichen göttlicher Vorsehung. Innozenz unterstützte nun Otto und krönte ihn 1209 zum Kaiser. Natürlich brach Otto alle Eide und machte sich auf, Sizilien zu erobern.
Philipps Tochter Beatrix hat die 1209 stattfindende Hochzeit mit dem ehemaligen Gegner ihres Vaters nicht lange überlebt. Sie starb 1212 mit nur vierzehn Jahren und wurde im Dom zu Braunschweig beigesetzt.
Der Thronstreit war nach Philipps Ermordung keineswegs beendet, denn der Sohn des Staufers Heinrich VI. war unterdessen alt genug, seinen Anspruch auf die Krone zu erheben. Der junge Friedrich verließ Sizilien und mit Frankreichs Hilfe gelang es ihm, Otto vom Thron zu stürzen. 1220 empfing Friedrich II. die Kaiserkrone.
Die historische Forschung und die zeitgenössischen Quellen stimmen darin überein, dass Otto nicht in den Mord verwickelt war. Philipps Marschall von Kalden und fast alle seine Ratgeber sind nach Philipps Tod in Ottos Dienst gewechselt. Es ist nicht überliefert, was mit Ottos Ratgebern geschah. Hoffentlich wurden sie besser behandelt als der treue Anselm.
Walther von der Vogelweide wechselte ebenfalls nach Philipps Tod an Ottos Hof und erfreute den König mit seiner Dichtung. Er besang die Taten seines neuen Herrn Otto so überschwänglich wie zuvor Philipps. Später kritisierte er wiederum dessen Geiz. Kein einziges Lied ist überliefert, in dem der Sänger den blutigen Königsmord in Bamberg zum Thema gewählt hat.
Genau wie die Ratgeber und Dichter sind auch die Kaufleute zu Otto gewechselt. Ich habe die Handlung im November 1206 beginnen lassen, um die Rolle der Stadt Köln im Thronstreit hervorzuheben. Nicht nur die gewonnene Schlacht bei Wassenberg, sondern auch der Abfall des vormals welfentreuen Kölns brachte die Wende. Eine Urkunde zwischen König Philipp und den Kölner Bürgern aus dem Jahr 1207 macht deutlich, mit wie viel Respekt Philipp seine ehemaligen Gegner behandelte. Er billigte ihnen bei Leistung des Treueeids groß-

zügige Privilegien zu. Kein Herrscher konnte es sich leisten, die Kölner zu verärgern.

Aus heutiger Sicht erscheint es vielleicht seltsam, dass König Philipp ständig mit seinem Tross unterwegs ist. Für den Menschen des Mittelalters war es ein vertrauter Gedanke. Der Hof weilte nie lange an einem Ort. Es war wichtig, dass möglichst viele Untertanen das Gesicht ihres Königs und den Glanz seines Hofes bewunderten. Das galt besonders, wenn die Position des Regenten umstritten war, wie bei einem Thronstreit. Dazu kam, dass die vielen Menschen und Tiere des Trosses versorgt werden mussten. Schnell war das Wasser verunreinigt, die Abfallberge häuften sich und der Tross reiste zum nächsten Aufenthaltsort weiter, ob es sich nun um eine Pfalz, eine Abtei oder auch nur um einen Lagerplatz auf einer Waldwiese handelte. Kleine Intrigen am Hof und auch die große Politik reisten einfach mit. So ist es nicht ungewöhnlich, dass der Gesandte des Papstes mit Philipp in einem Reisezelt verhandelt.

Der legendäre Ruf des Sultans Saladin hatte sich in jenen Jahren bereits bis ins Abendland verbreitet. So besingt Walther von der Vogelweide die berühmte Großzügigkeit des Sultans. Viele wichtige Quellen habe ich in Francesco Gabrielis Buch »Die Kreuzzüge aus arabischer Sicht« gefunden. So erläutert ein Zeitzeuge die Umstände von Saladins Tod und bekundet seinen tief empfundenen Schmerz darüber.

Das Badehaus in Damaskus, das Haman Nuraddin, existiert noch heute und hat sich kaum verändert. Der syrische Filmemacher Nabil Maleh beschreibt sehr anschaulich einen Besuch im, wie er es nennt, schönsten und ältesten Schwitzbad von Damaskus.

'Imād ad-Dīn al-Kātib al-Işfahānī war zuerst unter Nureddin und später unter Saladin Sekretär. Er verfasste eine Anthologie der arabischen Dichter und viele historische Werke. Schon die Zeitgenossen beschwerten sich über seinen rhetorisch gezierten Stil. So warf man ihm vor, dass man den Saft der Tatsachen erst aus der gezierten Schale des Originals pressen müsse. 'Imād ad-Dīn starb im Jahre 1201 in Damaskus und nicht bereits 1193. Ob er je einen Sternenmantel besessen hat, ist nicht bekannt. Es befindet sich auch kein goldbesticktes Seidenstück in einem seiner erhaltenen Werke.

Wenn doch, würde mich das nicht wundern.